10/18

12, AVENUE D'ITALIE. PARIS XIIIᵉ

Sur l'auteur

Né en 1945, Selden Edwards est professeur. Il vit en Californie, à Santa Barbara. *L'Incroyable Histoire de Wheeler Burden* est son premier roman. Il y a travaillé pendant près de trente ans.

SELDEN EDWARDS

L'INCROYABLE HISTOIRE DE WHEELER BURDEN

Traduit de l'anglais (États-Unis)
par Hubert Tézenas

CHERCHE MIDI

Titre original :
The Little Book

© Selden Edwards, 2008.
© le cherche midi, 2014, pour la traduction française.
ISBN 978-2-264-06603-9

À Gaby

Voici comment, après un voyage dans le temps, mon fils Frank Standish Burden III, idole du rock'n'roll américain des années 1970, s'est retrouvé à Vienne à l'automne 1897. C'est une histoire complexe, truffée de personnages extraordinaires et de furieuses invraisemblances. Plutôt que de m'attarder sur ces invraisemblances ou sur les aspects exigeant un surcroît de réflexion et d'explication, je me contenterai de relater ce que je sais exactement comme je le sais, et je vous laisserai organiser les pièces du puzzle par vous-même, en espérant que vous pardonnerez ses nombreux trous de mémoire à une vieille dame de 90 ans. Comme l'a écrit un poète d'âge vénérable : « Je ne me rappelle pas tout, mais je me rappelle parfaitement ce dont je me souviens. » Et vous pardonnerez aussi à cette narratrice éminemment subjective son besoin de se décrire à la troisième personne, comme tous les autres personnages de ce récit hors du commun. Après tout, c'est mon fils qui en occupe le centre. Le monde, bien sûr, l'a connu sous son surnom, Wheeler, acquis au début des années 1950 lorsqu'il jouait au base-ball au sein d'une équipe de minimes de la vallée de Sacramento, Californie, dans des circonstances sur lesquelles nous reviendrons. Je l'appellerai donc Wheeler, le temps de reconstituer pour vous son histoire.

Flora Zimmerman Burden
Feather River, Californie, 2005

Première partie

LA CORRÉLATION
DE TOUTES CHOSES

1

ARRIVÉE

Wheeler Burden n'envisagea d'aller sonner au 19 Berggasse qu'au bout de son troisième jour à Vienne, ou du moins l'idée n'est-elle pas mentionnée plus tôt dans le journal qu'il s'était mis en devoir de tenir avec un soin maniaque quasiment dès son arrivée. Il passa les deux premiers à s'adapter, pourrait-on dire, à l'exultation de la nouveauté et au spectacle de cette ville qu'il connaissait si bien en théorie, tout en n'y ayant jamais mis les pieds. Puis les nécessités pratiques le rattrapèrent, accompagnées d'une profonde sensation de décalage. Wheeler était loin de chez lui, privé de tout moyen d'identification ou de subsistance. Mais, avant que la gravité de la situation s'impose à lui, on pourrait presque dire qu'il s'amusa, passant une bonne partie du premier jour à s'émerveiller sans fin de sa présence dans cette magnifique cité impériale : rien de moins que la Vienne de 1897. Sa première heure, nous dit son journal, fut consacrée à dissiper le brouillard de ses pensées et à retrouver péniblement un état de pleine conscience, après un passage dans des limbes proches d'un sommeil agité, et qui avait été déclenché par un événement catastrophique dont il n'était pas près de se souvenir.

Dans les premiers instants, Wheeler ne put que contempler d'un air hagard les élégants messieurs en manteau noir et haut-de-forme, les femmes vêtues de belles robes longues qui leur corsetaient la taille et soulignaient leur buste, les officiers en grand uniforme chamarré, les ouvriers portant leur boîte à repas. Des attelages de toutes sortes circulaient en tous sens, et les majestueux édifices qui avaient fait la renommée de Vienne en cette fin de siècle dressaient le long des rues leurs hautes et élégantes façades de marbre.

Vous devez savoir que si Wheeler Burden ne connaissait pas physiquement la capitale de l'Empire austro-hongrois, il s'y était maintes fois rendu par la pensée. Il parlait allemand grâce à un don naturel pour les langues et disposait d'une bonne vue d'ensemble sur la façon dont un jeune homme était censé se comporter dans la Vienne fin de siècle, deux atouts qu'il devait au judicieux enseignement prodigué par son ancien mentor, le « vénérable Haze », que nous rencontrerons en temps utile. Il se peut d'ailleurs qu'après mûre réflexion vous parveniez à la conclusion que, comme pour tant d'autres héros appelés à vivre des voyages extraordinaires, la voie de Wheeler avait été préparée.

Quelque temps après sa mystérieuse arrivée, revenant sur ses impressions initiales, Wheeler décrirait dans son journal ses premiers instants sur le Ring, le splendide boulevard qui ceinturait la ville, comme une sorte de réveil faisant suite à un très long sommeil, un flottement entre oubli et conscience. Il avait déjà fait l'expérience de l'anesthésie à deux reprises – la première enfant, lorsqu'on lui avait retiré les amygdales, et la seconde adulte, en 1969, après qu'un Hell's Angel en colère lui eut éclaté la rate pendant un concert resté tristement célèbre pour avoir viré à l'émeute. Sauf que, cette fois-ci, il n'était pas cloué sur un lit d'hôpital, réduit à regarder en clignant les yeux des murs stériles et des visages inconnus d'infirmières : il s'était réveillé marchant le long d'un large boulevard et regardant bouche bée les passants bien mis et les édifices massifs, surchargés d'ornements.

Les premières pages de son journal nous le décrivent donc flânant sans but, souriant, contemplant ces bâtiments spectaculaires avec un mélange de respect et de jubilation, comme si le mécanisme qui l'avait projeté dans cette ville de légende s'accompagnait, telle l'anesthésie, d'une abolition complète de toute forme de préoccupation matérielle.

Il devait être arrivé, supposerait-il plus tard, quelque part à proximité du canal du Danube, et ce ne fut qu'après avoir contourné la moitié de la vieille ville qu'il recouvra un état de lucidité suffisant pour ressentir le besoin de vérifier sa situation dans l'espace et le temps. Wheeler laissa ses pas le guider vers un kiosque, où il souleva son premier journal viennois. Ce fut alors qu'il se rendit compte qu'en aucun cas il n'aurait pu atterrir ailleurs. Les impressions qui l'amenèrent à cette inévitable conclusion étaient toutes enracinées dans les descriptions hautes en couleur de ce temps et de ce lieu consignées par Haze dans ses célèbres « Notes éparses », mais Wheeler était évidemment plus soucieux à ce moment-là de questions pratiques que de la coïncidence pour le moins singulière que constituait sa présence dans une ville et à une époque dont il avait si souvent entendu parler.

Avant tout, il lui fallait trouver d'autres vêtements. Car s'il observait les Viennois, réaction prévisible au vu de sa situation, eux aussi l'observaient, ce qui, toujours au vu de sa situation d'étranger en territoire inconnu, n'augurait rien de bon. Le regard des autres, comme vous le savez sans doute, n'était pas une nouveauté pour mon fils. Avec ses cheveux longs et sa moustache tombante à la Wild Bill Hickok, Wheeler Burden avait figuré cinq ans de suite sur la liste des dix célébrités les plus reconnaissables du magazine *People* au milieu des années 1970 ; et même avant cela, selon l'expression de l'un de ses instituteurs à l'école primaire, il avait toujours « assuré le spectacle ». Les Viennois le suivaient des yeux avec une attention méfiante, non parce qu'ils l'avaient identifié, comme n'auraient pas manqué de le faire des passants des années 1970, mais parce qu'ils se demandaient ce que ce quadragénaire fabriquait sur le Ring en bras de chemise. Le style de l'époque et la fraîcheur de l'air matinal rendaient parfaitement incongrue une sortie dans cette tenue, sans même parler de son inconfort. Ces regards insistants commençaient à lui inspirer un mauvais pressentiment.

Puisque c'était son étrangeté, et non sa notoriété, qui attirait sur lui une attention indésirable alors qu'il souhaitait par-dessus tout demeurer anonyme, en tout cas tant qu'il n'aurait pas pris ses marques, il décida que modifier son apparence devait être sa priorité numéro un.

À l'encontre des conseils de prudence que n'aurait pas manqué de lui prodiguer une personne raisonnable – sa mère, par exemple –, il sentit qu'il devait agir. Ainsi, sa déambulation sur le Ring l'ayant mené aux abords de l'opéra, se laissa-t-il entraîner à prendre une initiative fatidique, qui mettrait en branle tout ce qui allait s'ensuivre et l'installer de façon définitive dans le rôle de personnage central de cette histoire.

En face de l'opéra, devant la majestueuse entrée de l'hôtel Imperial, Wheeler fut arrêté par la vue d'un petit portefaix qui déchargeait péniblement une volumineuse malle-cabine d'une voiture garée au bord du trottoir, sous l'œil antipathique de son propriétaire, un jeune homme d'une vingtaine d'années d'aspect sévère et athlétique. Ce dernier éveilla sur-le-champ l'attention de Wheeler, d'abord en raison de son attitude déplaisante, mais surtout parce qu'il était quasiment de sa taille et de sa carrure : on aurait dit un autre lui-même, en plus svelte, plus musclé et plus jeune.

Obnubilé par le déchargement de son bagage, le jeune homme s'emporta sans remarquer qu'on l'observait.

« Plus vite que ça, sacrebleu ! Tu crois peut-être que j'ai toute la journée ? » Son accent était à l'évidence américain. Il fourra quelques billets de banque dans la main du portefaix, ainsi qu'un bout de papier portant une série de chiffres en gros caractères. « Tiens. Monte-moi donc ça à la 433. » Et il ajouta en anglais dans sa barbe, dans l'intention de ne pas être compris : « J'en ai pour une bonne heure au consulat américain. Ça devrait te laisser le temps, même à quelqu'un comme toi. »

Wheeler ne sut jamais si ce fut l'agressivité de ce jeune homme ou l'énergie de son propre désespoir qui le poussa alors à tenter une action aussi soudaine qu'audacieuse, appelée à résoudre son problème immédiat et – il faut l'ajouter – à lui en attirer de bien pires. Quoi qu'il en soit, il s'éloigna à grands pas de l'entrée principale de l'hôtel, localisa une entrée de service et se mit à gravir avec assurance l'ample escalier. Spécialiste des entrées et sorties en catimini, Wheeler savait depuis longtemps que rien ne camouflait mieux une présence indue qu'un masque de confiance.

Dans l'escalier, il croisa une femme de chambre en uniforme noir et blanc. Wheeler la salua avec aplomb puis, dès qu'elle eut disparu au coin du palier, ramassa un ballot de draps sales et poursuivit son ascension. Au quatrième étage, il finit par se trouver un poste de guet, avec vue sur la chambre 433, et attendit, un œil collé à l'entrebâillement de la lourde porte palière, l'arrivée du portefaix avec son chariot et la malle-cabine.

Wheeler entra en cachette dans la chambre et se glissa dans une penderie pendant que l'homme se démenait pour décharger l'encombrant bagage. Puis la porte claqua, signe qu'il venait enfin de partir, et Wheeler se retrouva seul à l'intérieur de cette immense chambre d'hôtel avec la malle en position verticale, à l'intérieur de laquelle il découvrit – le jeune Américain ayant visiblement prévu de faire un long séjour – une impressionnante garde-robe. Sachant que son propriétaire en avait pour « une bonne heure au consulat américain », Wheeler décida de prendre son temps et étala des vêtements sur le lit. Il choisit les chaussures, le pantalon, la chemise, le gilet et le manteau qui paraissaient les plus appropriés d'après ce qu'il avait pu voir pendant sa brève promenade sur le Ring. Une fois tout cela enfilé, il se mit en devoir de sélectionner une cravate et remarqua sur une étagère de la malle une pile bien nette de cinq enveloppes portant chacune le nom d'un pays. Il ouvrit l'enveloppe « Autriche », trouva à l'intérieur une liasse de billets de banque qu'il faillit empocher, mais qu'il remit finalement à sa place. Wheeler Burden avait beau être connu pour son penchant à enfreindre les règles, ce n'était pas un voleur.

Une clé cliqueta soudain dans la serrure, et la porte s'ouvrit en grand. Le jeune homme, visiblement pressé, entra tête baissée et s'avança de plusieurs pas dans la chambre avant de lever les yeux et de découvrir Wheeler, entièrement vêtu de ses propres effets, planté à côté de sa malle. Il laissa échapper un grognement de surprise pendant que son regard d'acier cherchait à évaluer la situation. Les deux hommes se fixèrent interminablement, et l'expression du plus jeune ne tarda pas à basculer de la stupeur à l'indignation.

Si Wheeler avait su dès ce moment-là tout ce qu'il raconterait plus tard dans son journal, il aurait vu couver dans les yeux de son vis-à-vis un éclat familier, mais sans doute était-il trop profond pour être reconnaissable par l'un ou l'autre.

« Qu'est-ce que c'est que ça ? »

Le jeune homme commençait à se ressaisir, et ses narines frémissantes semblaient vouloir absorber l'essence même de l'intrus et percevoir quelque chose de primaire, qui défiait les mots et les principes de la civilité. Pendant que sa question résonnait dans le silence, sans réponse, les deux hommes toujours pétrifiés continuèrent de s'affronter du regard.

Si le plus jeune avait été moins surpris, sans doute serait-il aussitôt passé à l'offensive, mais cet instant de paralysie était une chance que Wheeler décida de saisir. Il reprit prestement l'enveloppe autrichienne, frôla son adversaire stupéfait, traversa le seuil et disparut dans le couloir. Après un temps d'hésitation qui offrit à Wheeler l'infime avantage dont il avait besoin, le jeune homme sortit soudain de sa torpeur et se précipita à son tour dans le couloir.

Dès qu'il eut atteint l'escalier de service, Wheeler claqua la porte palière de toutes ses forces et la condamna en abaissant le loquet en bois. Il dévala ensuite les quatre étages menant à la sortie de l'hôtel pendant que s'amenuisaient derrière lui les tambourinements furieux de sa victime.

Il eut vite rejoint le Ring et régla son pas sur celui des autres piétons. Il traversa le boulevard à hauteur de l'opéra, s'enfonça dans l'écheveau de ruelles sombres qui formaient le cœur de la vieille ville et dépassa la cathédrale Saint-Étienne, à bonne distance du lieu de son forfait. Il portait désormais une tenue appropriée et avait de l'argent autrichien en poche :

il ne lui manquait plus qu'un rasage et une coupe de cheveux pour ressembler à un Viennois, ou à défaut à un touriste américain des années 1890. Wheeler était assez content de lui. Dès qu'il se serait procuré un moyen de subsistance, même temporaire, il tâcherait de retrouver l'Américain pour réparer sa faute, mais en attendant il devait penser à Vienne.

Wheeler Burden était un homme neuf. Il ne pensait déjà presque plus à ses vêtements du XXe siècle, abandonnés comme une peau de serpent après la mue au pied de la malle de l'Américain, dans une chambre de l'hôtel Imperial. Le fait d'être bien habillé, de disposer d'un pécule et de ne plus attirer les regards le soulageait grandement et lui permit, du moins pendant un temps, de négliger deux inconvénients de sa situation : non seulement il n'avait ni passeport ni pièce d'identité, mais il n'avait également aucun ami et venait même, dès son premier jour dans la Vienne de 1897, de se faire un ennemi mortel.

2

UN PARCOURS PEU ORDINAIRE

En demandant à un barbier viennois de lui couper les cheveux court et de lui raser la moustache à la Wild Bill Hickok, Wheeler parachevait une mue vers l'anonymat entamée grâce à ses vêtements d'emprunt. Il avait désormais l'air « scandaleusement normal », comme n'aurait pas manqué de le faire remarquer sa vieille amie Joan Quigley si elle avait été en mesure de le voir ce jour-là. « Tu ressembles maintenant à n'importe qui », aurait-elle persiflé, mi-dégoûtée, mi-amusée. Joan Quigley, épouse d'un éminent juge fédéral et figure de la haute société de Pittsburgh, où son mari était né avant d'aller briller dans l'équipe de football de Harvard, avait offert à Wheeler sa première expérience sexuelle en 1959. Leur liaison passionnée et clandestine avait duré vingt-cinq ans.

« Wheeler Burden est célèbre à cinquante mètres », lui avait-elle dit un jour, à San Francisco, peu après qu'il eut été blessé dans la catastrophe d'Altamont, exaspérée et parlant de lui à la troisième personne. Ils étaient dans le Golden Gate Park, face au musée De Young, et elle venait d'aborder pour la énième fois avec lui la question de leur avenir commun. « J'entends par là qu'il n'est pas reconnaissable au premier coup d'œil comme, disons, Ringo Starr, ou Robert Redford, ou Mick Jagger, oh non, mais il se situe juste en dessous. Au bout de cinquante mètres de marche, que ce soit à New York, San Francisco ou Atlanta, on peut être sûr que quelqu'un va l'aborder pour lui demander un autographe, lui parler de Woodstock ou l'interroger sur l'avenir de Shadow Self. Et ça finit par porter sur le système, figure-toi, surtout quand on essaie d'avoir une conversation sérieuse sur l'avenir. D'autant qu'il ne fait rien pour que ça cesse. C'est cette fichue tête à la Wild Bill, avait-elle ajouté, sachant d'avance que Wheeler n'accepterait jamais de rentrer dans le rang. Personne ne te reconnaîtrait avec une coupe en brosse et sans moustache. »

Wheeler avait pourtant commencé à attirer les regards bien avant d'avoir les cheveux longs, et même avant d'être dépucelé par Joan Quigley à Harvard en 1959. De l'avis de sa génitrice, Flora Burden, c'était plutôt une conséquence naturelle de la gloire de son père et de l'excentricité de sa mère. De cela et aussi du fait, incompréhensible pour la sensibilité anglaise de Flora, que les habitants de leur petit bourg de la vallée de Sacramento avaient découvert chez ce garçon, âgé de 12 ans, une aptitude à lancer une balle de base-ball plus vite que n'importe qui d'autre. Ainsi sa mère s'était-elle habituée, lorsqu'ils marchaient ensemble dans la rue, à voir des gens le montrer du doigt, le suivre des yeux puis le rattraper pour l'interroger sur ses projets.

Chaque fois que Wheeler se retournait sur son passé et sur les causes de son exceptionnelle trajectoire, il en attribuait invariablement le mérite à l'héroïsme de son père, ou peut-être à une certaine bienveillance des dieux envers lui. Dans un cas comme dans l'autre, il était facile de désigner le moment où tout avait commencé – son épiphanie, comme il l'appelait : le fameux jour où, à 10 ans, il avait assommé un épervier avec un caillou. C'était en tout cas ce jour-là que s'étaient révélés ses talents de lanceur.

À l'automne 1951, Wheeler Burden – qu'on appelait encore Stan – avait 10 ans et marchait avec sa mère sur les basses terres de leur ferme, entre la Feather River et la levée, vingt hectares régulièrement envahis chaque hiver par les eaux et ne permettant guère que des cultures maraîchères. Flora adorait cette partie de la propriété, avec ses immenses champs de haricots, ses bouquets touffus de peupliers de Virginie et ses mares éparses où l'on pouvait surprendre des canards sauvages et se faire croire qu'on était perdu, seul au monde. Ce territoire à la fois sauvage et calme ne ressemblait à rien de ce qu'elle avait connu durant sa jeunesse londonienne. Après la guerre, dans les longues journées de tourments qui avaient suivi son installation, ces promenades avec son fils avaient été pour elle une véritable planche de salut.

Cet après-midi-là, il était en train de lui raconter, comme c'était son habitude pendant leurs marches, une version détaillée et intégrale des chapitres finaux de *Quatre-vingt-treize*, le roman de Victor Hugo qu'il était en train de lire, ou de relire. Pour le jeune Stan, pensait sa mère, la parole relevait de la découverte permanente ; aussi se contentait-elle de le laisser palabrer pendant qu'elle-même se perdait dans les chiffres de la récente récolte de pruneaux. Elle était consciente d'avoir un fils original, non dénué d'une certaine flamboyance, et ce n'était pas pour lui déplaire. Le flot libre de ses idées lui tenait agréablement compagnie, et elle se figurait que ces logorrhées lui permettaient de libérer les flots d'énergie mâle réfrénés en l'absence de père.

Elle marchait et l'écoutait revenir avec force détails sur le périple de l'héroïne hugolienne, une mère traversant avec ses enfants la France ravagée par la Terreur. Wheeler n'avait alors aucune idée des événements que sa propre mère s'était efforcée de tenir secrets : quand elle était très jeune, elle aussi avait vécu une odyssée similaire, son enfant dans les bras, à travers le nord de la France à peine libérée, dans l'espoir de retrouver son mari et le père de son fils, le héros de la Résistance Dilly Burden.

En pleine évocation de l'intrigue de Victor Hugo, Wheeler remarqua, avec la curiosité caractéristique des enfants de 10 ans, un épervier qui planait à une trentaine de mètres de là. Sans réfléchir, et sans modifier le moins du monde le rythme de son soliloque, il ramassa un caillou de forme arrondie et le lança en direction de l'oiseau, qu'il atteignit en plein thorax. L'épervier tomba comme une pêche mûre et heurta le sol avec un bruit sourd.

Wheeler s'interrompit au milieu d'une phrase et, bouche bée, le fils et la mère restèrent à observer le volatile qui, après quelques secondes d'inertie sur le riche sol alluvial des basses terres, se remit à bouger, tentant de se relever et de remettre un peu d'ordre dans sa petite cervelle.

« Regarde ce que tu as fait, lâcha sa mère, d'une voix dénuée de la moindre trace d'admiration ou d'humour, dès qu'il fut évident que l'épervier n'était ni mort, ni même sérieusement blessé. Et sans aucun motif. »

Flora Burden jouissait d'une réputation méritée de pacifiste opiniâtre. Cinq ans plus tôt, en 1946, ayant perdu son mari à la guerre, elle avait fait le choix improbable de quitter, avec son fils de 5 ans, le quartier londonien à moitié détruit par les bombes où elle vivait jusque-là, pour cette petite ferme de la lointaine Californie dont lui avaient fait cadeau les grands-parents paternels de Wheeler, les Burden de Boston.

C'était pour eux un moyen de l'acheter, de se débarrasser d'elle, de compenser tout ce qu'elle avait subi et de fournir un toit à l'unique petit-fils de la famille, le tout dernier représentant mâle de la lignée des Burden. La mère de Wheeler, elle-même épuisée par le conflit, avait apprécié d'échapper à la tristesse de son pays, et les Burden avaient apprécié de la savoir loin. La famille de Wheeler, du moins son grand-père, n'avait jamais accepté Flora, malgré l'amour passionné qu'elle avait témoigné à son défunt fils et le courage avec lequel elle avait quitté l'Angleterre, dans le sillage du débarquement allié en Normandie, pour tenter de savoir ce qu'il était devenu. Dans l'esprit de Flora, il était clair que le vieux patriarche Frank Burden ne voyait en elle qu'une Juive anglaise que son fils avait eu le malheur d'engrosser.

Ce qui pouvait apparaître aux yeux du monde – peut-être même à ceux de Flora Burden – comme un exil fut en fait, pour le petit garçon américain né à Londres, un rêve devenu réalité, un environnement idéal pour grandir. Dès ses plus jeunes années, Wheeler sillonna les basses terres avec ses camarades, dans la plus complète insouciance.

Mais ce jour-là, pendant qu'il fixait l'oiseau blessé en train de se débattre par terre, aux pieds de sa mère qui ne comprenait pas grand-chose à la vie des gamins de 10 ans de la Californie rurale, Wheeler ne parvint qu'à bredouiller. Il aurait voulu expliquer à Flora l'histoire complète des petits garçons, des cailloux et des lancers prodigieux, mais, pour la première fois de sa courte vie, il se retrouva sans voix et, malgré son jeune âge, prit conscience de la futilité de certaines tâches.

« Il était loin, tenta-t-il, encore sous le coup de la sensation magique éprouvée à l'instant où le caillou avait quitté ses doigts. J'étais sûr de n'avoir aucune chance. »

L'épervier déploya ses ailes.

« Tu l'as visé.

— Euh, oui. »

Comment s'y prenait-on pour expliquer à une mère anglaise que les petits garçons américains avaient l'habitude de lancer des cailloux sur à peu près tout ce qui bougeait sans forcément s'attendre à faire mouche ? D'autant que cette mère anglaise, Flora Burden, était sans doute la femme la plus inflexible que Wheeler rencontrerait de toute son existence. Elle marchandait ferme avant d'acheter quoi que ce soit pour le ranch. Elle savait très exactement de qui elle voulait et de qui elle ne voulait pas être l'amie. Elle comptait bien rester célibataire, elle était chaste et fière de l'être. C'était plutôt une belle femme, mais ses engagements avaient des racines trop profondes. « Je suis une aigle, disait-elle à Wheeler. Quand j'ai choisi ton père, ç'a été pour la vie. » Il en allait de même de son engagement pacifiste. C'était une disciple de longue date de Bertrand Russell, d'Albert Einstein et par-dessus tout de Sigmund Freud, dont elle avait embrassé de bonne heure les principales thèses et qu'elle avait eu l'occasion de côtoyer au crépuscule de sa vie, après que celui-ci eut quitté Vienne pour Londres en 1938. Elle n'avait aucune intention d'élever un guerrier en herbe et, peut-être plus important encore, si elle ne connaissait rien aux distances de lancer que pouvait atteindre un bras de dix ans, elle savait que ce qui commençait par des jets de pierre pouvait se terminer par le choc frontal de deux puissantes armées.

« Je ne pensais vraiment pas l'avoir, balbutia à nouveau Wheeler, toujours sidéré par ce qu'il venait d'accomplir.

— Eh bien, tu sais maintenant ce qu'il en est. »

Ce fut sa manière de souligner ce qu'elle espérait bien être une leçon de vie pour son fils : que des actes de violence aussi infimes et aussi irréfléchis pouvaient avoir des conséquences aussi funestes que celles d'une guerre mondiale. Elle ne le forçait jamais à promettre quoi que ce soit. Ayant une foi absolue en son intelligence, elle ne vit aucune raison d'expliquer son point de vue ni de lui demander des explications. Ce « Eh bien, tu sais maintenant ce qu'il en est » suffirait amplement. Elle ne doutait pas une seconde de la capacité de Wheeler à l'entendre, à l'assimiler et à opérer les changements d'attitude nécessaires.

L'épervier prit une dernière fois son élan, battit des ailes, décolla maladroitement puis voleta jusqu'au bois de peupliers le plus proche. Wheeler l'observa en silence et se rappela les sensations dans son bras droit à l'instant où le projectile avait quitté sa main. Tout s'était passé comme si ses doigts avaient accompagné la trajectoire du caillou jusqu'à sa cible mouvante en un geste superbement unifié. Il baissa les yeux sur sa main, l'ouvrit puis la referma. Il leva la tête vers l'endroit du ciel où avait plané l'épervier ; il regarda à nouveau sa main, puis le peuplier où l'oiseau reprenait ses esprits. Ce n'était pas facile à expliquer, mais quelque chose se fit jour dans son esprit d'enfant à ce moment-là. L'espace d'un instant, il avait ressenti la corrélation de toutes choses.

Ce fut, on peut le dire, un de ces moments qui changent le cours d'une vie. Le parcours de Wheeler n'aurait rien d'ordinaire.

3

LE VÉNÉRABLE HAZE

Interrogé sur les personnes qui avaient eu le plus d'influence sur lui dans un mémorable entretien publié en 1969 par le magazine *Rolling Stone,* juste après le désastreux concert d'Altamont où il avait failli être tué par un Hell's Angel armé d'une queue de billard, Wheeler Burden en cita trois : Victor Hugo, dont il avait lu tous les romans dès l'âge de 13 ans ; Buddy Holly, découvert dans la vallée de Sacramento à 15 ans ; et son ancien professeur d'histoire à Boston, Arnauld Esterhazy, figure centrale de la singulière histoire de mon fils, surnommé le « vénérable Haze » par trois générations d'élèves. Esterhazy – Haze, donc – enseignait l'histoire depuis plus de quarante ans à la très chic St Gregory School, un établissement privé pour garçons des environs de Boston, quand Wheeler y arriva à 16 ans, en 1957, au moment de son entrée en première.

Après avoir grandi et vécu le début de sa vie d'adulte à Vienne au tournant du XXe siècle, Esterhazy, encore mal remis du traumatisme et des blessures de la Grande Guerre, s'était installé à St Gregory, où il avait fini par devenir une sorte de légende. Ce duo improbable naquit en 1957 : l'enfant indiscipliné du fin fond de la Californie et le vieil aristocrate viennois, rapprochés par certaines singularités familiales, tissèrent des liens qui s'avéreraient extrêmement fructueux, y compris pour l'enseignant. Étrangement, presque miraculeusement, tous deux – le vieux maître et son jeune élève – s'apprécièrent d'emblée.

« Nous avons beaucoup à apprendre de vous, Herr Burden », déclara Haze à leur première rencontre. Et il ajouta, après une brève pause rhétorique : « Même si le moment est venu de commencer à graver votre *tabula rasa*. »

Si bien que dès la fin de sa première semaine, dans l'environnement étranger de cette nouvelle école, le garçon de 16 ans écrivit à sa mère, à propos de ce professeur quasi octogénaire : « M. Esterhazy et moi avons l'impression de nous connaître depuis toujours. »

Haze avait également eu pour élève et disciple le père de Wheeler dans les années 1930, ce qui expliquait, de l'avis général, que le vieil homme ait accordé autant d'attention à l'adolescent dès son arrivée. Et en effet, il s'efforça tout au long des deux années suivantes de compléter sa « table rase ». Haze avait beau aller sur ses 80 ans, il allait influencer la pensée de Wheeler au point de faire paraître bien pâles toutes ses autres sources d'inspiration. Cette période de 1957 à 1959 vit d'ailleurs coïncider – comme Wheeler l'expliquerait plus tard à l'occasion de son célèbre entretien dans *Rolling Stone* – deux de ses influences les plus déterminantes, Esterhazy et Buddy Holly, même si les deux hommes n'entendirent sans doute jamais parler l'un de l'autre.

Buddy Holly, icône de la musique américaine du milieu du XXe siècle, avait passé son enfance au Texas, sans le moindre rapport avec Vienne. Haze, icône de la St Gregory School, n'était jamais allé au Texas mais avait grandi à Vienne, où il avait été le témoin d'un extraordinaire apogée culturel et, dans le même temps, du déclin puis de la chute de quasiment tout ce qui aurait été indispensable à sa préservation.

Haze était grand, maigre et immensément cultivé. Ses yeux luisaient d'un éclat bleu qui, lorsqu'il les vrillait en salle de classe sur son jeune et impressionnable auditoire masculin, prêtait à ses exposés historiques un caractère d'urgence qui frappait les esprits. Il s'exprimait avec un accent plus théâtral que réellement germanique. Ses tenues élégantes et simples, taillées sur mesure dans les meilleures étoffes, accentuaient son allure de professeur à l'aise dans ses habits un peu usés, tout comme l'odeur de vieux talc qui l'accompagnait en permanence. « Il sent la vieille Europe », expliqua un jour à Wheeler un élève de terminale.

Il ne fait guère de doute que ce fut la bienveillante attention du vieil homme qui rendit supportable à Wheeler son passage à St Gregory, lequel, sans cela, aurait viré au désastre. Ainsi ce jeune homme tout juste débarqué d'une ferme californienne parvint-il, malgré une veste et une cravate qui lui étaient aussi étrangères qu'elles semblaient aller de soi pour les rejetons de la haute société bostonienne, à se concentrer sur les propos de ce fascinant professeur plutôt que sur son sentiment de ne pas être à sa place. Abreuvé d'élégantes descriptions d'une Europe révolue, il préféra se concentrer sur leur charme magnétique plutôt que de se lamenter sur ses propres lacunes en termes de sophistication et de culture classique. Et de son côté, le vieil homme parut accepter bien volontiers la tâche pourtant ardue qui consistait à éduquer cet adolescent venu du fin fond de la Californie rurale.

Dans sa jeunesse, Arnauld Esterhazy, issu de l'une des plus grandes familles aristocratiques de l'empire Habsbourg, avait lui-même reçu une éducation raffinée, participant à la bouillonnante vie intellectuelle des cafés viennois et publiant même quelques *feuilletons*[*1], ces brefs essais à la fois denses et personnels qui paraissaient chaque jour dans la *Neue Freie Presse,* le grand quotidien libéral de Vienne. Après avoir un temps envisagé une double carrière journalistique et universitaire, il s'était laissé attirer aux États-Unis au début des années 1900 par une invitation anonyme émanant d'une entité qui parrainait également la St Gregory School, pour enseigner l'histoire européenne et l'allemand à des jeunes gens de bonne famille, ce qu'il fit – si l'on en croit le mythe – avec un talent immédiat et une popularité grandissante. En réalité, son initiation ne fut pas simple, le raffinement de ses manières viennoises étant d'abord perçu comme un mélange de mépris et d'arrogance, et ce ne fut qu'après être reparti en Autriche au tout début de la Grande Guerre puis revenu aux États-Unis en 1920, diminué par ses blessures et quasiment détruit par cette atroce expérience, qu'il entra vraiment dans la légende de l'école.

Plus tard, en 1957, les cours d'histoire du vieil homme et ses somptueuses évocations – les « Hazings », comme disaient les garçons de St Gregory, ou encore « le monde selon Haze » – exercèrent un attrait irrésistible sur le jeune Herr Burden et se gravèrent peu à peu sur sa table rase.

Plus qu'un professeur, Haze ressemblait à un évangéliste au sommet de son art, répandant la bonne nouvelle. À lui seul, il marqua profondément la vie éducative et culturelle de trois générations d'élèves de St Gregory, qui sortirent du lycée en connais-

---

1. En français dans le texte, comme tous les mots et expressions en italique suivis d'un astérisque. (Toutes les notes sont du traducteur.)

sant sur le bout des doigts l'histoire européenne, en particulier le pan de cette histoire que semblait s'être approprié cet étrange personnage. Les dissertations, dans sa classe, étaient rebaptisées « feuilletons », et il appelait avec une certaine pompe sa Jung Wien – Jeune Vienne – le groupe d'élèves parmi les plus doués qui gravitait en permanence autour de lui, une allusion au célèbre mouvement d'artistes et d'intellectuels d'avant-garde qui s'était jadis développé dans les cafés de sa ville natale. Ces jeunes poulains pleins de talent étaient ensuite pour la plupart reçus à Harvard et promis à une brillante carrière dans les affaires ou le service public. Les garçons de St Gregory maîtrisaient bien l'histoire européenne, c'est certain, mais par-dessus tout ils étaient incollables sur Vienne. Nombre d'éminents Bostoniens désigneraient plus tard les « Hazings » comme la source essentielle de leur réussite : un ancien gouverneur du Massachusetts, un ancien sénateur des États-Unis, un directeur de musée, un ancien procureur général et un ancien président de la Cour suprême de l'État du Massachusetts, un romancier ainsi qu'une pléthore de financiers et d'universitaires bostoniens, pour n'en citer que quelques-uns. Les relations de Wheeler avec ce personnage charismatique furent à l'origine de sa connaissance de Vienne et, pourrait-on dire, de son désir – partagé par des centaines d'autres garçons de St Gregory – de se rendre dans la capitale autrichienne pour voir tout cela de ses propres yeux.

« Ce fut une époque de splendeur trompeuse, scandait Haze d'un ton énigmatique, où un mode de vie exquis vacillait au bord de l'abîme, totalement aveugle à l'imminence de son extinction. Mais quelle splendeur ! »

Tous les élèves de St Gregory connaissaient par cœur l'évangile selon Haze, et Wheeler ne dérogea pas à la règle. Dès ses premiers jours dans la Vienne de 1897, nous le savons par son journal, il se sentit curieusement préparé à cette expérience des plus insolites grâce aux cours de son mentor, qui résonnaient dans son esprit comme si le vieil homme arpentait le Ring à côté de lui en commentant ses impressions. Son aptitude à reconnaître les styles vestimentaires, les édifices, les parcs et les autres sites marquants de la ville était telle que Wheeler sut exactement à quel endroit et à quelle époque il se trouvait, bien avant de s'approcher de ce kiosque devant l'opéra pour lire la date du jour imprimée à la une de la *Neue Freie Presse* et d'une pléiade d'autres journaux.

Voici ce que donnait la version de Haze. Dans les années 1850, poussés par une forte aspiration au libéralisme, les Viennois, sous la houlette de l'empereur François-Joseph, avaient décidé d'abattre les remparts qui faisaient le tour complet de la ville depuis le Moyen Âge. En lieu et place des anciennes fortifications, ils construisirent une des merveilles de l'Europe, un large boulevard circulaire dont le percement allait provoquer à Vienne une explosion de vitalité qui caractériserait toute la fin du siècle : le Ring, en allemand Ringstrasse, un monument à la gloire de la science, de l'ordre rationnel et de la supériorité de l'industrie, fut inauguré en 1865. Les somptueux édifices qui le bordaient, sans équivalent dans le monde, furent mis en chantier et achevés dans les années 1880.

La prospère bourgeoisie industrielle arriva au pouvoir et instaura un régime constitutionnel propice au capitalisme, à l'industrialisation et aux Juifs, qui affluèrent à Vienne non seulement pour échapper à l'oppression qu'ils subissaient ailleurs, mais aussi parce qu'ils étaient attirés par une perspective d'égalité des chances et de stimulations esthétiques. Les pères du Ring, issus de la haute bourgeoisie, laissaient de bonne grâce une partie de leur pouvoir à l'aristocratie et à la bureaucratie impériales.

Ce boulevard bordé de platanes, splendide quelle que fût la direction où l'on portât le regard, était trop spacieux pour se laisser gangrener par le grouillement typique des autres capitales européennes.

« Le Ring ! s'exclamait Haze. Ici, on pouvait admirer une invraisemblable démonstration d'élégance humaine. En voiture ou à pied, pressés ou se promenant, des officiers vêtus d'uniformes colorés, des beaux messieurs en hauts-de-forme de soie, et des dames dont la légende n'a en rien exagéré la beauté ! »

Les garçons de St Gregory, grâce à lui, n'avaient aucun mal à se représenter une telle scène. Personne n'aurait su expliquer l'utilité d'une connaissance aussi détaillée de ce qui n'était après tout qu'une ville d'Europe parmi d'autres, et même une ville de deuxième ordre pour ceux qui lui préféraient Paris ou Londres, mais tous les élèves la maîtrisaient. Wheeler croyait encore entendre Haze lâcher avec une pointe d'ironie :

« L'armée la mieux habillée de l'histoire, au bord d'une défaite ignominieuse. Où que l'on aille à Vienne – au café, au restaurant ou au Prater, l'immense parc public de la ville –, on se retrouvait cerné d'uniformes. Avec apparat et tapage ils menaient le monde, et l'empereur était le plus pompeusement vêtu de tous. »

Et voici que Wheeler Burden, catapulté dans le passé, arpentait ce boulevard en contemplant, médusé, les vastes jardins, la stupéfiante opulence des édifices publics et des immeubles résidentiels récents. Tout le quartier débordait de vie, marquait la quête d'un idéal. Et voici que, en pleine Vienne de Haze, les descriptions et rêveries évoquées dans les notes de son vieux maître refaisaient irruption dans le cerveau de Wheeler, sous forme non pas de curiosités abstraites permettant de mieux appréhender l'histoire moderne, mais d'informations indispensables à sa survie. Sous les yeux de ce visiteur d'un autre temps, cette ville dont la splendeur et la vitalité n'avaient jusque-là existé que dans les récits grandiloquents d'un vieux professeur original se déployait à présent dans sa réalité la plus palpable. Les beaux édifices à façades de marbre se dressaient ici même, devant lui, presque tous construits durant les trois décennies précédentes, symboles d'une explosion de confiance et d'énergie culturelle sans équivalent dans le reste de l'Europe. Le climat de splendeur impériale et de puissance bourgeoise si souvent évoqué par Haze lui apparaissait à présent sans ironie, sans aucun signe avant-coureur de l'issue tragique qui se préparait, du moins si on se tenait à l'écart du désolant spectacle des quartiers pauvres.

Pendant ses plus de quarante années d'enseignement à St Gregory, le vieil excentrique autrichien avait accumulé sur des feuilles volantes rassemblées dans un classeur noir toutes sortes de réflexions sur la vie viennoise à l'époque du déclin des Habsbourg : il les appelait « Notes éparses » et voua une bonne partie de son temps à les affiner et à les relire à ses trois générations d'élèves.

« Si vous comprenez la Vienne fin de siècle, leur disait-il, vous comprendrez l'histoire moderne. » Ses yeux balayaient alors la salle pour s'assurer que l'attention de chaque garçon était bien fixée là où elle devait l'être. « L'important, c'était la *grandeur**, martelait-il ensuite, pour bien graver ce mot dans la psyché collective de son auditoire. La *grandeur**. »

Dans ses moments de grande dramaturgie, il arrivait à Haze de brandir la plus précieuse de ses sources, son « petit livre », comme il l'appelait, un volume noir mince et usé dont il lisait quelques extraits.

« Ceci a été écrit à l'époque », annonçait-il d'une voix vibrante d'admiration, avant de réciter un passage restituant selon lui à la perfection l'ambiance de la Vienne impériale, dont ses élèves buvaient chaque mot. « On ne peut pas mieux la décrire », concluait-il en refermant l'ouvrage, souvent les larmes aux yeux.

Le titre officiel de cet opuscule était *La Ville de la musique* et son auteur un certain Jonathan Trumpp, mais personne ne s'en souciait : dans l'esprit de tous, c'était juste le « petit livre » de Haze. Tous les élèves de St Gregory le connaissaient, l'adoraient et le citaient à profusion. Haze soulevait le volume entre ses longs doigts fins, l'ouvrait à telle ou telle page en déclarant : « Voyons ce que notre éloquent M. Trumpp a à nous dire », ou encore : « Savourons un moment la magie de notre "petit livre" », avant de se lancer dans une limpide évocation de la vie culturelle viennoise. « Cette écriture n'est-elle pas exquise ? » Et sur plus de quatre décennies, rares furent les membres de sa « Jeune Vienne », pourtant composée d'adolescents spirituels et capables d'un grand cynisme, qui se risquèrent à faire du « petit livre » de Haze un objet de dérision.

Les particularités décrites ci-dessus faisaient de la Vienne de l'époque un point de vue privilégié pour observer ce qui s'avérerait une chute vertigineuse des sommets de la culture au plus profond chaos.

« C'était fascinant, expliquait Haze à ses jeunes auditeurs, les héritiers de l'élite bostonienne, qui commençaient tout juste à saisir son message. Mais pour un jeune idéaliste impressionnable, ajoutait-il dans un bref accès d'autodérision, c'était aussi effrayant. »

Lorsqu'il se retrouva en chair et en os dans la capitale autrichienne, Wheeler Burden avait des notes de son ancien professeur une connaissance dépassant de très loin ce à quoi on aurait pu s'attendre de la part de l'adolescent provincial qu'il était en 1957, mal dégrossi au sortir d'une enfance singulière. Il faut ici préciser qu'avant de mourir, en 1965, Haze lui avait inexplicablement légué tous ses livres et écrits. Pourquoi à lui, personne ne le comprenait, étant donné le très grand nombre d'anciens élèves et disciples déclarés qui auraient pu mériter une telle distinction.

« Que sont devenues les notes de Haze ? demandaient régulièrement les anciens. Et où est passé son "petit livre" ? »

Il fallait alors leur expliquer que tous les papiers du professeur, livres compris, étaient tombés entre les mains de Burden, cet étrange gamin venu de Californie. Après l'accession de Wheeler à la célébrité, ce legs leur apparut un peu moins injustifié, mais tout de même : le choix de Haze continua de susciter leur perplexité, en tout cas jusqu'à la publication du livre-événement de 1988.

Cinq ans après la mort du vieil homme, en 1970, Wheeler, qui était en train de devenir un phénomène musical, présenta les notes de celui-ci au jeune envoyé très insistant d'une petite maison d'édition de Boston, Athenaeum Press, venu à San Francisco spécialement pour l'occasion.

« Et vous avez lu tout ça ? demanda l'éditeur en montrant le classeur plein à craquer, comme si son contenu était clairement hors de la portée intellectuelle d'une rock star de Woodstock.

— Bien sûr. Ces notes sont ma bible.

— Il y a toutes sortes de parallèles, dit l'éditeur, à qui une rapide lecture avait permis de survoler l'ensemble de ce que les élèves de St Gregory avaient mis plusieurs années à saisir. La musique, les arts, les idées politiques radicales de la Vienne de l'époque, tout ça fait vraiment penser à aujourd'hui – avec Woodstock, les manifestations pacifistes, le développement culturel. » Le jeune homme marqua un temps d'arrêt, comme s'il avait atteint la limite de ce que son cerveau était capable d'appréhender, et se rabattit sur un scénario préécrit. « Bon, j'ai un contrat à vous proposer. Nous sommes prêts à publier ce truc sous forme de livre, mais il faudrait que vous mettiez de l'ordre dans tout ça. Et il y a du boulot. »

Ainsi Wheeler s'engagea-t-il à organiser en un tout cohérent les écrits fragmentaires de son mentor, une tâche qui consumerait près de quinze années – les quinze dernières – de son existence. Et pour une raison inexpliquée, Athenaeum Press patienta pendant tout ce temps.

Ce n'est donc qu'à la fin des années 1980, plus de vingt ans après la mort de Haze, que ses « Notes éparses » furent publiées. Ce qui avait jusque-là été pour tous les élèves de St Gregory un recueil hétéroclite d'observations et de souvenirs uniquement destiné à favoriser leur compréhension de l'histoire moderne devint d'un seul coup, comme l'écrivit un critique du *Boston Globe*, « un faisceau de descriptions poignantes et prémonitoires de la fin d'une époque, sous-tendues par la réflexion approfondie d'un observateur remarquable qui a passé le premier tiers de sa vie à considérer la culture de son temps comme un sommet de la civilisation et les deux tiers suivants à s'apercevoir que tout cela n'était qu'une cruelle illusion ». Les leçons de ces essais, la plupart des critiques en convinrent, s'appliquaient aussi à notre époque. En partie grâce à la pertinence des observations et de la vision de l'auteur, et en partie aussi du fait de la célébrité de celui qui en avait établi le texte définitif, les notes de Haze revues par Wheeler Burden furent un succès de librairie à l'échelle nationale et offrirent au reclus célèbre qu'il était devenu un retour à la lumière – un « second avènement », selon l'expression de sa mère – qui lui serait fatal.

Le titre choisi par Wheeler pour ce best-seller inattendu de 1988 était tout bonnement *Fin de siècle**.

4

LA JEUNE VIENNE

En 1683, une puissante armée turque venue de l'est attaqua Vienne pour la dernière fois et s'installa au pied de ses remparts pendant trois mois. Ce fut une bataille terrible, et la ville assiégée était au bord de la famine lorsque l'armée polonaise arriva enfin à la rescousse. Les envahisseurs, contraints de battre en retraite, abandonnèrent derrière eux cinq cents sacs de grains verts que les Viennois prirent d'abord pour de la nourriture pour chameaux. Ils devaient une fière chandelle à un audacieux aristocrate polonais du nom de Franz Georg Kolschitsky, qui au péril de sa vie s'était infiltré derrière les lignes ennemies pour aller chercher des renforts. Or Kolschitsky avait vécu dans l'Empire ottoman et, reconnaissant le contenu des sacs, demanda et obtint qu'on lui offrît ces grains en apparence sans valeur. Il les fit griller. Grâce à son butin de guerre, il investit dans un lieu voué à la dégustation de l'infusion tirée de ces grains, fondant ainsi le premier débit de café de Vienne – et d'Europe.

Tout d'abord, les Viennois trouvèrent un goût amer et un peu rebutant à ce noir breuvage turc, mais le jour où Kolschitsky eut l'idée d'y adjoindre du sucre et de la crème fouettée, il créa sans le savoir une véritable addiction viennoise. Dans les années suivantes, son café, La Bouteille bleue, devint le point de rencontre de l'intelligentsia et fit de nombreux émules. Et à la fin du XIXᵉ siècle, dans une ville qui souffrait depuis longtemps d'une forte pénurie de logements, les lieux publics à la fois propres et bien éclairés restaient éminemment prisés.

Un peu plus de deux siècles après l'ultime siège turc, Wheeler Burden, tout juste débarqué à Vienne, finit par arriver devant le plus illustre descendant de l'établissement de Kolschitzky, le Café Central. Pour un vagabond comme lui, privé de tout point de chute, ce fut une bénédiction qui lui permit dès le premier jour de jalonner son territoire. Il était fatigué de marcher et commençait à se sentir perdu. À la seconde où il entra dans l'établissement, il sut qu'il s'était trouvé un foyer. Une riche fragrance de café frais flottait dans l'air tiède. Le sol carrelé et les tables de marbre étaient le prototype de la représentation du luxe que se feraient plus tard les Américains. Il y avait partout des hommes élégants, et quelques femmes : apparemment issus d'un milieu intellectuel, ils étaient occupés soit à discuter avec animation, soit à lire l'abondante presse du jour. Comme l'avait dit Haze : « On comptait pas moins de quarante-cinq journaux à Vienne, et tous les cafés réputés, trop nombreux pour que je les énumère, étaient abonnés à la totalité. Pour le modique prix d'une tasse de café sucré ou d'une eau minérale, on pouvait passer sa matinée à prendre connaissance des dernières nouvelles. »

Wheeler choisit une table vacante et, une fois assis, attrapa le journal posé devant lui. Un jeune homme lui adressa un signe amical depuis la table voisine.

« Serions-nous anglais ? lança-t-il avec un fort accent allemand.

— Américain », répondit Wheeler.

Le jeune homme et ses trois compagnons de table se mirent à rire et à échanger des coups de coude amusés qui ne furent pas sans rappeler à Wheeler la méchanceté de certains de ses camarades de classe lors de sa première rentrée à St Gregory. Il leur adressa un sourire prudent avant d'ajouter, cette fois dans leur langue :

« Mais je parle allemand.

— Dans ce cas, dit le jeune homme en le considérant avec intérêt, vous nous avez sûrement entendus. Mes amis vous croyaient anglais. Je pensais quant à moi que vous étiez français, et von Tscharner ici présent, dit-il en indiquant l'un de ses voisins, vous a pris pour un nationaliste tchèque. Nous voyons très peu d'Américains dans notre club, conclut-il en indiquant d'un revers de main la salle richement décorée.

— À l'exception de votre célèbre compatriote Mark Twain, bien sûr, qui ces temps-ci est omniprésent dans la presse, déclara gaiement un autre jeune homme, rappelant à Wheeler que le grand écrivain avait effectivement passé un an et demi à Vienne avec sa famille au tournant du XXe siècle.

— Vous êtes notre premier Américain inconnu, dit un autre en tendant la main à Wheeler. Voilà pourquoi nous n'arrivions pas à vous situer. Peut-être pourriez-vous vous joindre à nous. Je suis Ernst Kleist, le peintre du groupe, promis à une renommée mondiale.

— Je m'appelle… Harry Truman, répondit Wheeler sans trop savoir pourquoi, ce nom ayant quitté ses lèvres avant qu'il ait pu le retenir.

— Voulez-vous rejoindre notre club, monsieur Truman ? L'un de nous au moins est toujours présent à cette table. Nous avons hélas d'autres activités à mener, croyez-le ou non, pour gagner notre vie ou mériter nos diplômes, mais nous nous réunissons ici le plus souvent possible. Permettez-moi de vous présenter la nouvelle génération viennoise – notre quatuor, dit Kleist en riant. Voici Karl Claus, le viscéral, l'écrivain. Vous savez comment sont ces gens-là. Toujours en quête de métaphores. Il décrit le monde par le biais de ses émotions et passe son temps à trouver et à défendre des causes. »

Le jeune homme assis à la gauche de Kleist tendit en souriant la main à Wheeler, signe qu'il approuvait la description.

« Et voici von Tscharner, le bricoleur, le pragmatique. Il est architecte et aspire à redessiner notre abominable centre-ville. Pour lui, tout ce qui marche est bon. »

L'intéressé prit la main de Wheeler et la serra avec vigueur.

« Et là, reprit Kleist, c'est Schoetler, notre scientifique, notre cartésien : il pense donc il est. Un génie de la physique, qui étudie à l'université et réécrit les lois de Newton. Pour lui, tout se réduit à du rationnel.

— Et toi, Herr Kleist ? lança Karl Claus. Comment te décrirais-tu ?

— Je suis l'intuitif de la bande, répondit Kleist sans hésiter. Je suppose qu'on peut dire que j'ai tendance à sauter sur les conclusions. Cela exaspère Schoetler et ses amis rationalistes parce que, sans raisonnement apparent, j'ai plus souvent raison que tort.

— Tu es exaspérant, c'est vrai, confirma Schoetler, mais il faut préciser que Herr Kleist et sa bande sont en train de bouleverser les règles de la peinture à l'huile et auront bientôt éclipsé les Parisiens. Lui et son ami Klimt, surtout.

— Ha ! s'exclama von Tscharner. Mais il est meilleur que Klimt, c'est évident.

— Chaque fois que ce groupe devient trop sérieux, reprit Kleist, je me charge de mettre de l'eau dans son vin. Nous représentons tous les domaines artistiques. Nous sommes la Jung Wien, la Jeune Vienne comme vous dites à l'étranger », conclut-il avec un sourire espiègle, en se tapotant la poitrine.

Wheeler n'en revenait pas. C'étaient donc là les fils de la *haute bourgeoisie** dont lui avait tant parlé Haze, la fameuse progéniture des géants parvenus de l'industrie et de la banque, des libéraux d'une Vienne en plein essor qui avaient construit le Ring au cours des quarante dernières années. Élevés par leurs parents dans l'abondance et le matérialisme, bercés d'œuvres d'art, de musique et de littérature, ces fils cultivés rejetaient le monde financier dont ils étaient issus pour embrasser une vie créative et intellectuelle. Le grand-père était un ancien marchand ambulant de Kiev qui avait pu ouvrir une échoppe après l'instauration de la monarchie constitutionnelle en 1848 ; le père avait transformé ce commerce en industrie ; et les fils étaient nés dans le luxe produit par ces efforts. Ils avaient grandi au sein de maisons bruissantes de vie, fréquentées par toutes sortes d'invités capables de conversations passionnantes. Pour ces jeunes gens indifférents aux affaires de leurs riches et puissants parents, l'esthétique passait avant tout. C'étaient eux qui avaient fait la réputation des cafés de Vienne, et ce fut de leurs rangs qu'émergèrent les grands mouvements intellectuels et artistiques qui distinguèrent tellement la capitale autrichienne au tournant du XXe siècle. Haze lui-même n'avait pas été peu fier d'avoir participé, même tardivement, à un mouvement aussi prestigieux que la Jeune Vienne.

« Ce sera un honneur pour moi d'être des vôtres le temps de mon séjour à Vienne, dit Wheeler.

— J'ai hâte de mieux vous connaître, monsieur Truman. » Ernst Kleist jeta un regard par-dessus son épaule. Un homme venait de franchir le seuil en coup de vent, comme s'il était en retard à un rendez-vous. « Aha, voici venir notre dernier membre. Celui qui fait tenir l'ensemble, notre ciment, notre esprit universel, notre génie aux multiples facettes, trop éclectique pour être rangé dans une quelconque... Herr Truman, ajouta Kleist avec une certaine emphase, permettez-moi de vous présenter notre philosophe, Herr Wickstein. »

Wheeler tourna la tête vers le nouvel arrivant, un jeune homme à la tignasse en bataille et aux yeux fiévreux, qui serrait sous le coude une petite serviette en cuir gonflée de papiers.

« Wickstein ? répéta-t-il, incrédule. Egon Wickstein ?
— Vous le connaissez ? » demanda Kleist, surpris.

Wheeler se retint de justesse de prononcer le « Vous plaisantez ? » qui lui brûlait les lèvres.

« Je connais... quelqu'un de sa famille, répondit-il à la hâte. Très indirectement.
— Egon, dit Kleist, voici notre nouvel ami américain, M. Harry Truman. Il connaît quelqu'un de ta famille, "très indirectement". »

Le jeune homme gratifia Wheeler d'un regard distrait, comme s'il attendait vaguement une explication, et lui tendit la main. Wheeler hésita, éberlué de se retrouver face à un des plus grands philosophes du XXe siècle.

Une vague d'embarras l'envahit. Comment expliquer à ce jeune homme d'où il le connaissait, que ses travaux feraient un jour sensation, qu'il s'imposerait comme un géant de la pensée et que, par sa faute, lui-même avait bien failli se faire renvoyer de Harvard ? Il prit sa main tendue et la serra.

« En fait, dit-il à Wickstein dès qu'il eut retrouvé un début d'assurance, on m'a expliqué récemment que vous étiez quelqu'un dont l'avis comptait pour tous ceux qui s'intéressent de près à la philosophie. »

Le jeune homme, quoiqu'un peu surpris, parut se contenter de l'explication.

« Je suis ravi de vous rencontrer, Herr Truman, et j'apprécie que quelqu'un me prenne enfin au sérieux. Il n'est pas facile d'étudier à l'université dans cette ville, surtout quand on vit entouré d'autant de critiques autoproclamés », dit Wickstein en montrant du doigt ses amis.

Kleist, hilare, lui administra une tape dans le dos.

« Mon ami est trop modeste, Herr Truman. C'est le meilleur d'entre nous. Nous nous contentons de picorer des concepts. Egon est une encyclopédie vivante. »

Tandis que les jeunes gens revenaient à leur conversation, Wheeler entreprit de rassembler tous ses souvenirs du grand Egon Wickstein, appelé à connaître une fin tragique. Bien des années plus tard, à titre posthume, Wickstein ferait une entrée remarquée dans sa propre vie lorsqu'un jeune professeur de Harvard l'accuserait d'avoir plagié l'illustre philosophe. Il se rendit compte qu'il avait failli commettre un énorme faux pas. Et ce fut là, debout à côté d'une table du Café Central, que l'idée l'effleura pour la première fois : rien n'était plus facile pour lui que de lâcher un mot irréfléchi, comme il avait été à deux doigts de le faire en réagissant avec enthousiasme au nom de Wickstein. Et rien ne serait plus facile pour lui que de dire à ce jeune homme quelque chose de marquant, de semer dans son esprit une graine capable de modifier le cours de sa vie et pourquoi pas, même marginalement, celui de l'histoire intellectuelle de l'Europe.

Que se passerait-il, se demanda Wheeler ce jour-là, s'il annonçait de but en blanc à ce jeune homme un peu prétentieux mais charmant qu'il connaîtrait la gloire, non seulement comme penseur, mais aussi comme martyr ? Cela ne changerait-il pas le cours de son existence ? Cela ne modifierait-il pas son comportement, assez en tout cas pour altérer subtilement l'équilibre des forces censées le conduire à son funeste sort ?

Quel pouvoir, songea Wheeler en se rasseyant, flatté par l'arôme du café qu'on venait de lui servir. Il avait l'impression grisante d'être un homme nouveau dans une ville nouvelle, de se voir accorder une deuxième chance. En revanche, il le savait désormais, il allait devoir être prudent.

Wheeler aurait poursuivi sa réflexion sur d'éventuelles altérations du cours de l'histoire si un fâcheux événement n'avait brusquement détourné son attention. Le sévère jeune homme dont il portait les habits venait d'entrer dans le café et semblait se diriger droit sur lui. Wheeler reprit son journal et maintint le nez plongé dedans jusqu'à ce que l'homme ait choisi une table à quelques mètres de lui. Celui-ci lança des signes impérieux au serveur et balaya la salle du regard, frôlant au passage la tête baissée de Wheeler, commanda un café et ouvrit à son tour un quotidien. Wheeler frissonna en revoyant l'éclat glacial de ses prunelles. Il se leva en prenant soin de lui tourner le dos et jeta un coup d'œil furtif par-dessus son épaule. L'homme lisait toujours mais levait souvent la tête, comme s'il attendait quelqu'un. Apparemment, il ne se doutait de rien. Peut-être son passage chez le coiffeur l'avait-il rendu méconnaissable, mais Wheeler n'avait aucune envie de tester le bien-fondé de cette hypothèse.

Toujours tête baissée, il prit congé de ses nouveaux amis en marmonnant, promit de revenir le lendemain et s'éclipsa.

À la porte du Café Central, Wheeler fit halte un instant pour observer son adversaire, qui n'avait toujours pas remarqué sa présence et venait d'être rejoint par un bel homme bien vêtu d'une cinquantaine d'années. Après quelques phrases échangées sur un mode familier, tous deux se lancèrent ensemble dans ce qui ressemblait à une conversation informelle. Wheeler était trop obnubilé par la crainte d'être repéré et l'exaltation inattendue qu'avait fait naître en lui sa rencontre avec Egon Wickstein pour accorder une attention réelle à la rencontre de ces deux personnages, qui aurait pourtant des conséquences fatidiques.

5

WHEELER

Lorsque le championnat de base-ball pour enfants, la Little League, fit son apparition en 1953 dans les lointaines campagnes de la vallée de Sacramento, Wheeler, âgé de 12 ans, entrait en sixième. Walter Hefley, le patron de la station Standard Oil de B Street, qui ravitaillait sa mère en essence et en diesel pour les engins du ranch, était entraîneur des Indians, une des toutes premières équipes du cru, et il la persuada d'y inscrire Wheeler.

« Il paraît que ce garçon a un sacré bras, dit-il en ressortant la sonde de niveau d'huile. Je vous le ramènerai moi-même après l'entraînement si vous ne pouvez pas. » Soit, décida-t-elle, mais elle profiterait de l'occasion pour rappeler à son fils, sachant que ce type de discours passerait loin au-dessus de la tête du très prosaïque Walter Hefley, que, après les violences infligées par les colons américains aux populations indigènes de ce pays tout au long du siècle précédent, le nom d'Indians ne semblait pas particulièrement bien choisi.

« Ce n'est qu'un sport, madame Burden », lui répondit Hefley en remettant la sonde en place, quand elle aborda la question.

Lorsqu'elle rentra à la ferme, Wheeler lui fit exactement la même réponse, tout en essayant d'assouplir le vieux gant de lanceur de son père, découvert au grenier dans une malle contenant un uniforme et des souvenirs divers, avant d'ajouter :

« Au fait, est-ce que papa était bon sur les balles rapides ? »

La mère de Wheeler ne savait absolument pas ce qu'était une balle rapide, et encore moins si son défunt mari avait maîtrisé cette forme de lancer. Elle l'avait connu à Londres, avant la guerre. Frais émoulu de la faculté de droit de Harvard, il venait d'être recruté par l'US Navy pour travailler sur la première version de la loi du prêt-bail, avant l'entrée en guerre des États-Unis. Leur rencontre eut donc lieu après qu'il eut connu la gloire sportive au lycée puis à l'université, mais avant qu'il devienne une figure de la Résistance française : le légendaire Rouge-Gorge, qui avait préservé les secrets du débarquement allié et inspiré toute une génération par sa mort héroïque aux mains de la Gestapo.

« Je parierais que oui, répondit Flora, assumant sans honte son ignorance de la culture sportive américaine. C'est important ?

— Les balles rapides ? Ici, oui. Très.

— Dans ce cas, je suis sûre qu'il était bon. Ton père savait tout faire. »

Il n'en fallut pas davantage à Wheeler.

« Mon père était fantastique sur les balles rapides, claironna-t-il à qui voulait l'entendre, comme s'il l'avait vu lancer de ses propres yeux. Et je serai comme lui. »

Avant la création du championnat de Little League, le petit Frank Standish Burden III avait toujours été Standish pour sa mère, Stan à l'école. Ce fut pendant sa première saison chez les Indians qu'il acquit son surnom et découvrit la balle papillon. Bucky Hannigan, qui deviendrait bientôt son grand ami, était le receveur attitré de l'équipe. Bucky rêvait de devenir lanceur, mais il avait perdu un doigt et demi de la main droite en jouant avec des pétards l'année précédente.

« Bon, qui c'est qui va lancer ? » demanda Walter Hefley à son groupe de gamins la veille du match inaugural.

Bucky prit la parole pour déclarer que l'Anglais maigrichon envoyait de sacrés boulets de canon.

« Surveille ton langage », répondit Hefley en inscrivant « fils Burden » sur sa feuille de match, car il n'avait jamais eu la mémoire des noms.

Le premier lancer officiel de Wheeler eut lieu le lendemain. La balle quitta sa main gracile à point nommé, pourrait-on dire, et passa en sifflant au-dessus des têtes du batteur, du receveur et de l'arbitre, qui montra l'étendue de son inexpérience derrière le marbre en s'écriant : « Hé, attention ! » lorsque le projectile le frôla. Le dernier lancer de sa vie, huit ans plus tard, entrerait dans la légende et serait considéré par un grand nombre de gens comme l'un des plus beaux de tous les temps, toutes divisions et catégories d'âge confondues. Cette ultime balle, à ce qu'il paraît, voyagea à plus de cent cinquante kilomètres-heure, fila d'abord vers le haut de l'angle intérieur de la zone de prise, puis descendit d'une cinquantaine de centimètres et percuta le bas de l'angle extérieur. « Même Willie Mays aurait eu du mal à la toucher », écrivit un journaliste sportif du *Boston Globe*. Mais personne n'aurait pu prédire que Wheeler marquerait l'histoire du baseball en le regardant effectuer le deuxième lancer de sa vie, puis le troisième, qui atterrirent tous deux dans le grillage après être passés, comme leur prédécesseur, très loin de leur cible. Cette troisième balle perdue poussa l'entraîneur Hefley à s'avancer pour la première fois de son existence vers le monticule du lanceur.

« On démarre tous, fiston, dit-il en lui rapportant la balle. Tu devrais peut-être y aller un peu plus doucement. »

Conscient de la responsabilité que son choix faisait peser sur les épaules de cet enfant de 12 ans, mais ne sachant quoi faire d'autre, il replaça la balle dans la paume préadolescente de Stan Burden. C'était la première fois qu'il entraînait une équipe, et lui-même avait très peu joué au base-ball. Walter Hefley n'avait pas de fils. Il était veuf et passait le plus clair de son temps à la station-service, où il devait chaque année âprement renégocier avec la mère de Wheeler le prix de gros des carburants qu'il lui vendait, quand le contrat d'approvisionnement du ranch arrivait à échéance.

À l'opposé, Bucky Hannigan semblait savoir très exactement quoi faire : tout le monde chez les Indians démarrait dans le base-ball sauf Bucky, qui se voyait déjà en receveur en Major League et dont l'idole était Roy Campanella, des Brooklyn Dodgers. En position accroupie derrière le marbre, il attendait déjà le tir suivant. Lui non plus n'avait visiblement pas encore assimilé le prénom du petit Anglais, car il cracha par terre, se frotta l'entrejambe et hurla avec cet accent nasillard que la mère de Stan supposait être une tradition chez les petits garçons américains :

« Envoie-la-moi, *wheeler-dealer*[1] ! Et mets le paquet ! Mets le paquet, petit *wheeler-dealer* ! »

Le petit Anglais en question émergea soudain de sa rêverie et se mit à fixer le gant de Bucky avec des yeux de faucon. *Concentre-toi*, s'exhorta-t-il. Cette fois, quand il lança, ce fut avec une force et une précision suffisantes pour que la balle aille se nicher en claquant

---

1. Magouilleur, embrouilleur.

dans le cuir du gant. Walter Hefley sourit et adressa un hochement de tête satisfait à la mère du gamin.

Plus Bucky scandait sa litanie – « Mets le paquet, *wheeler-dealer* ! » –, plus les tirs de Stan devenaient précis.

« Je crois qu'on tient notre lanceur, madame Burden », déclara Walter Hefley après le match, souriant jusqu'aux oreilles.

Flora Burden se demandait toujours si l'équipe n'aurait pas dû choisir un nom plus convenable.

Le jeune Stan passa tout le trajet de retour à s'agiter sur la banquette arrière.

« C'est ça, c'est la solution, finit-il par lâcher, comme si le nom à rallonge qu'il devait à la grande bourgeoisie bostonienne dont était issu son père lui posait problème depuis longtemps. *Wheeler-Dealer*... Ça me va pile poil, c'est sûr. » Et il posa sur sa mère un regard de saint des premiers temps prêt à recevoir les stigmates. « À partir de maintenant, je veux qu'on m'appelle Wheeler. »

Ainsi fût-il.

Malgré sa totale méconnaissance du base-ball en général et de la Little League en particulier, Flora reconnut et adora sur-le-champ la joie qu'elle voyait dans les yeux de son fils chaque fois qu'il jouait. Elle s'habitua vite à le regarder lancer – des balles rapides, supposait-elle – et prit même un certain plaisir à s'imaginer le père de Stan faisant de même, enfant, à Boston.

La deuxième chose qui resta, en dehors du surnom de son fils, fut la balle papillon. Wheeler découvrit cette technique tard dans la saison grâce à Bucky Hannigan, qui s'était toujours vu en lanceur et le serait sans doute devenu sans la mésaventure des pétards.

« Tu tiens la balle comme ça, dit Bucky en écartant l'index et le majeur de sa main gauche. Tu mets un gros mollard ici, pile entre la marque et la couture, ajouta-t-il en joignant le geste à la parole. Tu étales bien ton truc – si l'arbitre te fiche la paix, et il te la fichera parce que t'es qu'un gosse. Une fois que ta balle sera bien glissante, elle te giclera des doigts comme un pépin de pastèque, sans effet. » Il resserra les doigts et fit gicler la balle. « Entre ta vitesse de bras et l'absence d'effet, cette saloperie flottera dans tous les sens. Personne n'arrivera à encaisser correctement un coup pareil.

— Surveille ton langage », dit Wheeler.

La première fois qu'il essaya la balle papillon en match, il élimina dix frappeurs à la suite. Bucky, chargé de réceptionner ces lancers erratiques, était aux anges.

« T'as vu comment qu'elle zigzaguait ? » s'exclama-t-il quand Wheeler quitta le monticule au terme d'une incroyable manche défensive.

Persuadé, au vu de ses trajectoires flottantes, que son lanceur avait perdu la main, l'entraîneur Hefley décala Wheeler sur le champ extérieur et le remplaça par Robert Collins, qui en cinq lancers se prit trois coups de circuit. C'était le tout dernier match de la saison, et les Indians furent écrasés par les Pirates 23 à 3.

« Mais qu'est-ce qui t'a pris de lui montrer ça ? demanda Hefley à Bucky après le match, quand celui-ci lui eut expliqué sa technique. Ce gosse est capable d'envoyer des balles plus droit et plus vite que n'importe qui, et maintenant il va passer son temps à expérimenter ce truc. Tu sais comment il est », soupira-t-il en se grattant le crâne.

Dans la voiture qui le ramenait au ranch, la tête encore pleine des sensations que lui avaient procurées les balles en giclant comme des pépins de pastèque de ses doigts poisseux, Wheeler déclara : « Une journée historique. T'as vu comment qu'elle zigzaguait, maman ? »

Sa mère lui décocha un regard vide, la tête encore pleine du non-sens absolu qu'était pour elle un match entre « Pirates » et « Indians », et se demanda si le vieil ami de Dilly, Winston Churchill, aurait compris de quoi parlait son fils.

Winston Churchill, fils d'une Américaine et franc admirateur de l'Amérique sur bien des plans, aurait compris, sans l'ombre d'un doute.

Wheeler, son bras exceptionnel et son gant antédiluvien ne firent que gagner en notoriété dans la vallée de Sacramento au cours des années suivantes, une notoriété qui se prolongerait jusqu'à la fin de sa seconde au lycée de Feather River.

Walter Hefley, qui avait renoncé à son statut d'entraîneur dès la fin de sa première saison en Little League, reparla si souvent de Wheeler en faisant le plein à Flora qu'elle en vint rapidement à savoir à l'avance ce qu'il dirait.

« Ce garçon est un vrai prodige, madame Burden. Si seulement il pouvait être un tout petit peu plus conventionnel… »

Mais le conventionnalisme ne faisait pas partie des traits de caractère de son fils, et ce n'était pas pour lui déplaire. L'année de ses débuts en Little League, par exemple, Wheeler décida d'appeler le gouverneur de Californie pour lui faire part de son opinion sur la peine de mort. Il demanda à l'opératrice locale de lui passer Earl Warren, mais celle-ci ne réussit à joindre que le secrétariat du vice-gouverneur. À ce stade, Wheeler prit lui-même la communication en main et se retrouva bientôt en ligne avec le vice-gouverneur Goodwin Knight. Tous deux eurent une longue série de conversations politiques étalées sur les dix années suivantes, c'est-à-dire jusque bien après que Goodwin Knight eut remplacé Earl Warren, nommé à la Cour suprême, comme gouverneur de Californie.

« Je connais pas d'autre gosse qui soye capable d'appeler ce putain de gouverneur dès qu'il y a un truc qui lui plaît pas, déclara un jour Bucky Hannigan.

— Surveille ton langage », répondit Wheeler.

Quelquefois, en plein match, Wheeler tapait dans son gant, s'avançait jusqu'à la première base et demandait au frappeur adverse comment il avait trouvé son lancer. Ou bien il faisait un détour par la troisième base à la fin d'une manche pour demander à l'entraîneur adverse son opinion sur les impôts, le contrôle des naissances ou le rôle de la religion dans l'histoire occidentale. La plupart des gens le trouvaient drôle et presque tous s'émerveillaient de son habileté au lancer. À lui seul, ce talent permit au jeune Wheeler Burden de bénéficier d'une grande liberté.

« Il a besoin de vider son sac », répondit un jour son entraîneur scolaire à quelqu'un qui demandait pourquoi son joueur vedette ne se contentait pas de lancer en silence. Et il ajouta en se tournant vers Wheeler : « Tu vois, fiston, tes idées n'intéressent personne. Ils veulent juste que tu envoies la balle. »

Un soir, pendant qu'il était en déplacement à Bakersfield avec une sélection de jeunes, Wheeler passa un coup de fil au célèbre présentateur télé Chet Huntley juste après son émission d'actualités : il réussit à contourner le barrage du standard et discuta pendant près d'une heure avec Huntley, ce qui fit gonfler la note de sa chambre d'hôtel de façon spectaculaire.

« Je n'étais pas d'accord avec lui sur le pétrole vénézuélien », se justifia Wheeler quand son entraîneur l'interrogea sur cet appel le lendemain.

Il fut retenu dans l'équipe du comté pendant son année de seconde – c'était le premier élève de Feather River à réussir pareil exploit depuis Ray Webster, recruté dans la foulée par les vrais Indians, c'est-à-dire chez les pros. Désormais célèbre en ville grâce à sa vitesse de bras et à ses quelques minutes de formation illicite par Bucky Hannigan, Wheeler semblait avoir devant lui un avenir tout tracé. Personne à Feather River ne comprit ce qui se passa ensuite.

« C'est sa mère – elle était anglaise, vous savez – qui a eu l'idée de l'envoyer dans cette école pour gosses de riches de l'Est. Elle voulait qu'il fasse Harvard », expliquerait des années plus tard son ami Bucky Hannigan au journaliste de *Rolling Stone* désireux de savoir pourquoi, avec son lancer de classe internationale, Wheeler n'avait pas fait carrière en Major League.

« Dieu accorde parfois ses dons à la mauvaise personne, déclarerait son ancien entraîneur scolaire dans le même article. Ce gosse a été pourri par des conneries du genre mythologie et Victor Hugo. Wheeler Burden a toujours été un fêlé de première. Mais, bon sang, ce qu'il lançait fort ! »

Ce fut à cette époque que le livre de sa mère vit le jour. Durant une de leurs longues marches à travers les basses terres, Wheeler lui parla de mythologie, qui était en effet, à 12 ans, un de ses thèmes de prédilection. Sa grand-mère lui avait envoyé de Boston un exemplaire de *La Mythologie* d'Edith Hamilton pour son neuvième anniversaire, avec le mot suivant sur la page de garde : « Mon cher Stan, je pense que tu trouveras ceci à ton goût. » Il s'était bien sûr empressé de dévorer ce livre entre deux romans de Hugo et, pendant quelque temps, avait été incapable de tenir une conversation, de voir un film ou de lire un article sans se référer aussitôt à tel ou tel mythe grec. Ce jour-là, donc, en pleine promenade, il lâcha :

« Pourquoi est-ce qu'on n'adopte jamais le point de vue de Perséphone ?

— Et en quoi consiste exactement le point de vue de Perséphone ? »

Sa mère, habituée depuis longtemps au flot de réponses que produisait son fils dès qu'elle lui posait une question, eut droit ce jour-là à un remarquable chapelet d'idées qu'elle s'empressa de noter dès son retour à la maison, sans se rendre compte immédiatement du rôle déterminant que cette conversation aurait sur sa propre vie.

L'opinion du mythologue en herbe pourrait être résumée de la manière suivante : Perséphone, la ravissante fille de Déméter, déesse des moissons, est enlevée par Hadès, le maître des Enfers qui rêve d'en faire sa reine, et se retrouve alors en très mauvaise posture. Sa mère se met en deuil et le monde est alors plongé dans les ténèbres de l'infertilité, une sorte d'hiver perpétuel. Zeus finit par intervenir et conclut un accord avec Hadès : Perséphone pourra revenir passer une partie de l'année avec sa mère mais devra régner sous la terre le reste du temps.

« Sa position est intenable, conclut Wheeler. Elle doit être tantôt une petite fille pour sa mère, tantôt une grande reine pour son mari. J'ai l'impression que personne n'a jamais essayé de se mettre à sa place. »

Pendant les marches qui suivirent, Wheeler et sa mère revinrent sur le sujet et l'explorèrent de plus en plus en profondeur. Chaque fois, Flora noircissait ensuite des pages de notes, et il en fut ainsi jusqu'à ce que son fils et elle aient à peu près épuisé le point de vue de Perséphone.

Peu de temps après, Flora Burden reçut une des plus singulières visites de son existence. Tandis qu'elle épluchait les livres de comptes du ranch, assise dans son bureau, un homme en costume-cravate sombre frappa à la porte et demanda à lui parler. Il s'appelait Smallwood, ou Woodcock, ou quelque chose d'approchant, et expliqua qu'il représentait une petite maison d'édition universitaire de la côte Est. Il avait entendu dire qu'elle avait été l'élève de Sigmund Freud à Londres et souhaitait savoir si elle serait intéressée par l'écriture d'un livre inspiré de cette expérience. Flora répondit qu'elle n'avait pas été à proprement parler l'élève de Freud mais que, étudiante en psychiatrie à l'époque, elle vouait une grande admiration à l'œuvre du Viennois et avait fait partie du premier cercle chargé d'organiser son arrivée à Londres en 1938.

« Et vous l'avez rencontré personnellement ? s'enquit l'éditeur avec une admiration sincère.

— Bien sûr. Pour rien au monde je n'aurais manqué ça.

— Dans ce cas, vous pourriez peut-être envisager de nous écrire un livre là-dessus ? »

Flora commença par déclarer que l'écriture d'un livre ne faisait pas partie de ses projets.

« Ce n'est pas mon rayon, conclut-elle. Merci beaucoup. »

Mais au même moment, son regard tomba sur la grosse quantité de notes consacrées à Perséphone qui encombrait le bureau.

« Voilà tout ce que j'ai », dit-elle en poussant la liasse vers M. Smallwood, Woodcock ou autre.

Celui-ci passa la nuit dans un hôtel du coin et revint le lendemain, une lueur étrange au fond des yeux.

« C'est exactement ça, annonça-t-il à brûle-pourpoint. C'est le livre que nous espérions. »

Ainsi Flora Burden travailla-t-elle pendant un an à affiner la thèse centrale de ses notes, à savoir que Perséphone symbolisait la triste condition de la femme moderne, élevée par une société patriarcale pour être une fille soumise mais dont on attendait aussi, du fait des responsabilités nouvelles qu'imposait un monde en pleine mutation, qu'elle règne en souveraine indépendante sur sa propre vie. « C'est le pendant du complexe d'Œdipe freudien, écrirait à ce sujet un critique du *New Yorker*. La prise en main de son propre destin par la femme moderne.» Après bien des débats intérieurs et quelques conversations supplémentaires avec son fils, *L'Essor de Perséphone* fut publié en 1955, sous un nom d'emprunt. Ce mince ouvrage fut la première production littéraire de Flora et lui vaudrait par la suite d'être considérée, au côté de Betty Friedan, l'auteur de *La Femme mystifiée*, comme l'une des premières grandes voix du mouvement féministe américain. Quarante ans plus tard, son livre était toujours lu sur les campus universitaires, et elle continuait de recevoir sous son nom de plume – Flora Standish – des invitations à des conférences (qu'elle déclinait le plus souvent), dans des lieux tels que Berkeley, Northampton ou Montréal. Chaque fois qu'elle acceptait de se produire en public pour parler de son livre, son instinct de protection maternelle lui interdisait de citer sa source principale, un garçon de 12 ans un tantinet hyperactif et incapable d'endiguer les torrents d'idées qui jaillissaient de son esprit lors de ses promenades avec sa mère dans la vallée de Sacramento. Et jamais elle ne s'expliqua sur la dédicace qui ouvrait son livre : « À Dilly ».

6

CAP À L'EST

L'idée d'envoyer Wheeler dans l'Est pour ses deux dernières années de lycée était la conséquence d'une sorte d'armistice entre sa mère et sa grand-mère de Boston. La grand-mère souhaitait voir le jeune Standish devenir interne à St Gregory, par où son père et son grand-père étaient passés avant lui. Wheeler étant le dernier représentant mâle des Burden, elle jugeait très important de cultiver chez lui un certain sens de la tradition familiale. Mais elle s'était rangée jusque-là aux arguments de Flora qui, de façon peut-être un peu égoïste, affirmait vouloir garder son fils unique auprès d'elle pendant les années les plus délicates de l'adolescence. En réalité, Flora voulait surtout maintenir son jeune fils à distance de la famille Burden aussi longtemps que le grand-père, un vieux bigot cruel, ferait partie du tableau.

La mère de Wheeler n'avait jamais apprécié les Burden, ni St Gregory, ni Harvard, ni Boston, dont elle ne savait d'ailleurs pas grand-chose sinon que cette combinaison s'était avérée plus que néfaste pour son mari, malgré tout l'amour qu'elle lui avait donné. Elle en était même venue à voir dans tout ce boniment sur la bravoure, le respect des traditions et la nécessité d'accomplir son devoir à tout prix dont on farcissait le crâne des écoliers une influence terriblement pernicieuse, qui avait sans nul doute contribué à sa mort héroïque mais inutile. Le sens de l'honneur avait fini par monter à la tête de ce jeune homme pourtant sensible et intelligent, au point qu'il s'était convaincu de la nécessité de sacrifier sa vie à une cause. Radicalement hostile à cette conception, Flora ne voulait surtout pas que son fils tombe dans le même panneau et avait résisté bec et ongles.

Mais la mort de l'austère patriarche Frank Burden, en 1956, pendant la première année de lycée de Wheeler, la fit changer d'avis sur les éventuels bienfaits pour son fils d'une scolarité haut de gamme à Boston. D'ailleurs, à la réflexion, elle avait toujours senti que Mme Burden était une femme réfléchie, pondérée et – comme elle-même – très pragmatique sous bien des aspects. Sa mauvaise impression d'ensemble s'expliquait juste par le fait qu'elle était mariée à ce triste sire. Une fois que celui-ci eut tiré sa révérence, la très convenable Mme Burden émit à nouveau le vœu que Wheeler vienne dans l'Est apprendre le latin, l'allemand et quelques solides rudiments d'histoire européenne. Elle avait toujours rêvé de l'avoir auprès d'elle, un désir qu'elle exprimait régulièrement dans ses lettres avec ferveur et délicatesse. Ainsi Flora, réputée pour sa détermination – que d'aucuns prenaient pour de l'entêtement –, finit-elle par céder.

« Nous sommes au bout de ce qu'une mère seule et un bourg rural peuvent t'apporter, dit-elle à Wheeler en lui exposant son projet. Et l'éducation ne se réduit pas à la lecture des romans de Victor Hugo et au fait de savoir lancer une balle de base-ball. »

Wheeler, qui avait récemment ajouté la musique populaire à l'éventail restreint de ses passions, donna son accord non par envie d'apprendre l'allemand et le latin, ni même parce que, étant le dernier des Burden, il voulait découvrir la Nouvelle-Angleterre de ses racines, mais pour la simple raison qu'il pensait pouvoir se rapprocher ainsi de son nouveau héros.

Car à l'automne de son année de seconde, pendant un bal dans le gymnase du lycée de Feather River, il avait vécu une nouvelle expérience déterminante. Un groupe venu d'une autre ville avait été engagé pour la soirée et jouait un style de musique que Wheeler n'avait jamais entendu : de la country sur un rythme de rock'n'roll. Wheeler l'écouta pendant deux heures, envoûté par le phrasé nasal du chanteur, ses décrochements de voix et la façon dont il se tortillait sur scène. Après le bal, il déclara à Bucky Hannigan que ce jeune homme était un pur génie. Bucky éclata de rire et le toisa avec mépris.

« Y fait rien que copier le Tex-Mex, tu veux dire. Ce connard est juste une caricature minable de Buddy Holly. »

On était à l'automne 1956, une bonne partie de l'Amérique était folle d'Elvis Presley et personne ou presque ne connaissait Holly. Mais Bucky avait de la famille à Lubbock, Texas, ce qui lui avait permis d'assister à trois concerts de la vedette du cru. Il emmena Wheeler à la station de radio locale dont le DJ possédait quelques enregistrements d'authentiques groupes de musique Tex-Mex, qu'il leur fit écouter. Wheeler s'empressa ensuite d'aller chercher la vieille guitare Martin de son père qui trainait au grenier dans son étui poussiéreux, et commença à apprendre des accords et à essayer de reproduire les morceaux, du moins ce qu'il s'en rappelait.

Au printemps de l'année suivante, alors que deux chansons de Buddy Holly avaient enfin atteint les hit-parades nationaux et les radios de la vallée de

Sacramento, Wheeler apprit que le chanteur avait quitté son Texas natal pour s'installer à New York. Et comme il n'avait qu'une notion assez floue de la géographie et de l'emploi du temps qu'on imposait aux élèves des écoles privées, Wheeler se dit que terminer ses études secondaires à Boston pourrait être une bonne rampe de lancement pour rencontrer son idole.

Frank Standish Burden III n'était pas à sa place à St Gregory. Comme le dirait un jour son maître d'internat, ancien joueur de hockey à l'université de Bowdoin : « Sa culture classique est insuffisante, il est à peine capable d'écrire une phrase correcte, et il n'a quasiment rien lu. Ce serait bien qu'il maîtrise autre chose que le frisbee. »

Cette dernière remarque faisait référence à l'une des grandes découvertes de Wheeler après son arrivée à St Greg. Dès son premier week-end sur place, le spectacle d'un groupe d'élèves plus jeunes que lui en train de lancer des disques en plastique de couleur vive sur l'un des terrains de sport de l'école le fascina. L'exclamation – « C'est un don des dieux ! » – qui lui échappa lorsqu'il vit un premier frisbee redescendre vers lui resterait dans les annales. Il maîtrisa presque sur-le-champ l'art de la réception et du lancer, ce qui lui valut un titre immédiat de « roi du frisbee » qui lui collerait à la peau jusqu'à son départ de l'école, surtout chez les plus jeunes qui le virent en action ce jour-là.

En revanche, cet étrange gamin venu de Californie ne brilla dans aucun autre domaine durant les premiers mois, et il aurait certainement été prié de faire ses valises dès Noël s'il n'avait pas été le fils unique de l'illustre Dilly Burden et s'il ne s'était pas lié d'amitié avec Haze, son professeur d'histoire, qui l'avait immédiatement pris sous son aile, comme si cela relevait pour lui d'une mission sacrée.

Dès son arrivée à St Gregory, un élève plus jeune que lui était venu le trouver dans sa chambre d'internat pour lui annoncer avec enthousiasme :

« Haze veut te voir. Enfin, M. Esterhazy, il est allemand ou quelque chose comme ça, il vit ici depuis toujours. Tout le monde l'appelle Haze, mais jamais devant lui. Je crois bien qu'il sait qui tu es, ajouta le gamin d'un air énigmatique. Il dit qu'il a eu ton père comme élève et qu'il connaît ta famille, et il t'appelle la *tabula rasa* de Californie. »

Bien que n'ayant aucune idée du sens de cette formule latine, Wheeler alla trouver le vieil homme. Il n'en savait pas davantage une heure plus tard lorsque, au terme de leur première rencontre, Haze fixa sur lui ses yeux aqueux et déclara :

« Vous voici donc enfin, Herr Burden. Nous allons pouvoir commencer à façonner votre *persona*, à graver votre *tabula rasa*. »

Et en effet Arnauld Esterhazy semblait déjà tout savoir de Wheeler, de sa campagne californienne et de sa scolarité dans un petit établissement public. Plus étrange, il était aussi informé des difficultés que l'adolescent rencontrait dans sa transition vers ce que son aristocratique grand-mère appelait la « période classique » de son éducation. En vérité, il y avait quelque chose d'inexplicable dans la manière dont le vieil homme l'avait choisi et dans la quantité d'informations dont il semblait disposer sur sa grand-mère de Boston, son père, sa mère anglaise, les grandes lignes de son enfance dans une ferme de la vallée de Sacramento et même ses talents de lanceur au base-ball. Dès l'instant où Haze le fit venir et lui tendit sa main osseuse, Wheeler ressentit une indéfinissable et plaisante impression d'affinité avec ce vieux professeur d'histoire, chose qu'il n'avait jamais ressentie et ne ressentirait plus jamais avec personne. Cette impression, il s'en rendrait compte plus tard, procédait d'une compréhension totale et d'une acceptation inconditionnelle.

L'appartement de Haze – ses « quartiers », comme il disait –, situé tout au bout du couloir d'accès aux dortoirs, était tapissé de belles boiseries en chêne envahies de bibelots, de menus trésors artistiques et d'antiquités diverses. « Un vrai musée », avait glissé le jeune élève à Wheeler en l'y conduisant. « On dirait qu'il vit là depuis la guerre d'Indépendance », lui avait dit un autre. Tous semblaient considérer qu'une impérieuse nécessité poussait Haze à prendre le jeune Californien sous son aile, et c'était le cas. « Il porte toujours une cravate ou une lavallière, tu ne le verras jamais en bras de chemise », lui avait expliqué un terminale dès la première semaine. À près de 80 ans, Haze avait amplement dépassé l'âge de la retraite, mais Wheeler eut très vite l'intuition que son allure et son odeur étaient restées les mêmes qu'au temps de sa propre scolarité à Vienne.

Son passé faisait d'ailleurs l'objet de la part des garçons de récits fragmentaires et mythifiés, portant en général soit sur ses prétendues activités d'espion pendant la Première Guerre mondiale, soit sur le fait qu'il était resté célibataire par suite d'une longue histoire d'amour clandestine avec une femme mariée de la haute société de Boston, soit encore sur la rumeur selon laquelle il avait eu bien des années plus tôt pour élève, à St Greg, son propre fils. Ce portrait à grosses touches permit toutefois à Wheeler de dégager certaines réalités concrètes, notamment concernant son arrivée à St Gregory dans la première décennie du XXe siècle puis son mystérieux retour à Vienne pendant la Grande Guerre. Personne ne semblait savoir au juste ce qu'il était reparti faire là-bas, sinon que quelque temps après la fin du conflit il était revenu à l'école en piteux état – conséquence d'un gazage, selon certains – et qu'il avait mis deux ans à pouvoir reprendre ses fonctions à plein temps.

Il avait véritablement trouvé son rythme de croisière à la fin des années 1920 et n'avait quasiment plus jamais quitté l'école, exception faite d'un voyage malheureux en Europe vers le milieu des années 1950, quelques années après que le père de Wheeler eut péri dans une France occupée par les nazis. Il ne s'était jamais marié et n'avait jamais été vu seul en compagnie d'une femme, disait-on, même s'il passait pour être un personnage sociable, invité dans toutes les bonnes maisons et à toutes les soirées importantes. Deux ou trois fois, il avait apparemment confié à des groupes d'élèves que son modèle était Dante, l'immense poète de la Renaissance : Dante avait écrit sa *Divine Comédie* en s'inspirant de son amour pour la belle Florentine Béatrice, qu'il avait chérie jusqu'au bout dans le secret de son cœur mais n'avait jamais épousée, ni même seulement touchée, ce qui ne l'avait pas empêché de lui rester éperdument fidèle. « Je suis comme Dante, aurait déclaré Haze en ces quelques occasions. J'ai ma Béatrice. »

Il faisait du canoë seul sur la Charles River à la belle saison, patinait seul ou avec les garçons l'hiver. Grâce à la convention qui liait depuis longtemps l'école à l'université de Harvard, il bénéficiait d'un accès illimité à la bibliothèque Widener, où il effectuait toutes les recherches qui l'aidaient à rédiger ses notes. Membre respecté du directoire du musée des Beaux-Arts de Boston, il adorait et connaissait intimement tous les chefs-d'œuvre européens.

« Votre vie sera riche et bonne si vous étudiez l'histoire », dit-il ce jour-là à Wheeler, comme il n'avait eu de cesse de le répéter depuis près de cinquante ans aux garçons de St Gregory en fixant sur chacun d'eux ses yeux bleu cobalt – le bleu de Klimt, comme il le soulignait lui-même.

Il savait aussi, curieusement, que Wheeler avait lu tous les romans du grand auteur français Victor Hugo, et même plusieurs fois *Quatre-vingt-treize*.

« Vous connaissez l'histoire par la lecture de Hugo. » Et d'ajouter après une pause théâtrale : « Je la connais parce que je l'ai vécue. »

Il délivrait ses vérités *staccato*, par rafales. Des litanies de faits tels qu'ils avaient eu lieu, de l'histoire brute tout droit sortie des pages jaunies du classeur noir qui l'accompagnait en permanence et dont Wheeler, son plus célèbre élève, tirerait plus tard un livre.

« Mes "Notes éparses", comme je les appelle, bien qu'elles ne soient pas tout à fait le fruit du hasard. J'y travaille depuis de nombreuses années. Le monde selon M. Esterhazy, comme disent certains élèves. »

Le père de Wheeler, Dilly Burden, comme son propre père avant lui, avait étudié à St Gregory, de 1926 à 1932, la période qu'Arnauld Esterhazy surnommait ses « années d'or ». Haze n'avait jamais caché son admiration pour Dilly, mais avec Wheeler il laissa son émotion prendre le dessus.

« La plupart des gens font grand cas des exploits sportifs de votre père – qui m'a appris à patiner, soit dit en passant – mais c'est surtout l'extraordinaire agilité de son esprit que nous devrions garder en mémoire. C'était un garçon remarquable. Oui, remarquable », ajouta-t-il après un silence, visiblement plongé dans ses souvenirs.

Pour l'état civil, Dilly avait porté le même nom que son père et son fils : Frank Standish Burden, le « Standish » étant là pour rendre hommage au grand capitaine puritain des premières colonies. Personne ne se rappelait au juste d'où lui était venu son surnom, sinon peut-être que « *It's a dilly* ! » – « C'est sensas ! » – avait été une des exclamations favorites de son enfance.

Dilly avait ingurgité la totalité des notes de Haze, et c'était à présent au tour de Wheeler. Aux funérailles d'Arnauld Esterhazy en 1965, la célèbre formule de Dilly serait d'ailleurs reprise à l'envi : « Les élèves de St Gregory porteront à jamais Haze en eux. »

Wheeler, à 16 ans, s'adapta sur-le-champ aux leçons du vieil Autrichien, d'abord sur un plan théorique, en se disant qu'elles ressemblaient pour lui à des intrigues hugoliennes.

« Considérez l'Empire », disait Haze. Et Wheeler se laissa vite fasciner par la complexité de cet ensemble hétéroclite, allant jusqu'à apprendre par cœur les noms des diverses nationalités austro-hongroises, qu'il récita un jour d'une traite :

« Allemands, Ruthènes, Italiens, Slovaques, Roumains, Tchèques, Polonais, Magyars, Slovènes, Croates, Saxons transylvaniens, Serbes, Bulgares et Slaves. »

Le vieil homme l'écouta avec ravissement.

« C'est un point capital, Standish. Et les citoyens de cet Empire paradaient à travers Vienne, en discutant dans des langues et dialectes aussi pittoresques que la ville elle-même. Ils étaient incapables de se battre mais avaient fière allure. Ah, comme j'aimerais que vous puissiez voir tout cela par vous-même ! Un jour, peut-être…

— Je n'ai pas beaucoup voyagé, objecta Wheeler.

— Vous voyagerez, répondit fermement Haze. Cela fait partie de votre héritage. Votre père est allé à Vienne pendant ses études. Il m'écrivait de très belles lettres. Il a vu la magnificence de la ville. Il a pleinement saisi la splendeur des temps anciens. Car tout était là, n'est-ce pas ? » Il regarda Wheeler comme il aurait regardé un fils : quelqu'un qui le comprenait à demi-mot. « Vous êtes le dernier des Burden. Nous allons devoir vous apprendre ce que cela signifie. Je l'ai appris à votre père. Mon travail consiste à vous aider à réussir ici, à St Gregory. »

Sa charge, comme il l'appelait, consistait à rendre ce jeune naïf « opérationnel ». Et ce n'était pas une mince affaire. L'esprit de Wheeler était indiscipliné et vagabond, son manque d'application abyssal.

« Si seulement vous pouviez vous concentrer », lâcha un jour le vieil homme, au bord de l'exaspération.

Et pour ne rien arranger, Wheeler semblait se soucier comme d'une guigne de la réussite conventionnelle.

Dans les écoles privées de l'élite bostonienne, on acquérait le droit à l'excentricité en grimpant dans la hiérarchie. Les rares étudiants de troisième ou quatrième année de faculté encore hébergés à l'internat de St Gregory devaient eux aussi montrer patte blanche, et montrer patte blanche n'avait jamais fait partie ni de près ni de loin des réflexes de Wheeler. Son manque d'empressement à prendre le pli constituait donc, pour ses aînés de terminale, une source d'irritation permanente. Original et irrévérencieux, il n'avait aucun respect pour l'ordre depuis longtemps établi des préséances, et ces traits de caractère déjà mal vus chez les anciens devenaient carrément insupportables chez un petit nouveau californien comme lui.

Wheeler rencontra son principal adversaire en la personne d'un élève de terminale, Prentice Olcott, qui était aussi le grand champion sportif de l'école et le chef des délégués de classe. Malgré la façade lisse qu'il présentait à la majeure partie du monde, Olcott pouvait faire preuve de mesquinerie et de cruauté. Son premier accrochage avec Wheeler survint à une table du réfectoire, qu'il présidait en remplacement d'un professeur absent. Après la soupe, Olcott ordonna à un élève de troisième, l'un de ceux que Wheeler avait vus jouer au frisbee, de débarrasser les assiettes creuses sous prétexte qu'il ignorait en quelle année avait été fondée l'école.

« Je vais l'aider, déclara tranquillement Wheeler. Je ne le savais pas non plus. »

Après le repas, Olcott vint le trouver et lui enfonça son index dans la poitrine.

« Écoute, mon gars. Tu ne te mêles pas de mes affaires, d'accord ? Quand je dis à quelqu'un de faire quelque chose, il le fait, point final.

— Il n'avait rien fait de mal, ce petit.

— Je suis en terminale, riposta Olcott, outré.

— Tu es élève ici, comme nous tous. »

Olcott le foudroya du regard, stupéfait qu'on lui parle sur ce ton.

« Tu n'as pas bien compris le truc, mon gars.

— Quel truc ? » lâcha Wheeler, sans montrer la déférence attendue.

Ainsi commencèrent les corvées. À chaque distribution de tâches, son nom figurait sur la liste. Wheeler réagit à cette persécution en omettant tout simplement de les effectuer.

« C'est ce Prentice Olcott, expliqua-t-il à Haze.

— Ne le laissez pas vous tourmenter, répondit le vieil homme, compréhensif. Son père était autoritaire, il l'est aussi. Il cherche à vous pousser à bout. Cela dit, vous feriez mieux d'effectuer votre part de corvées et de suivre les consignes des anciens. C'est la tradition. »

Un jour, dans le hall, Olcott lança en ricanant à Wheeler :

« Je t'aurai fait virer d'ici avant Pâques. Et ta vieille pédale viennoise ne pourra rien faire pour sauver ton petit cul. Ça fera toujours un Juif de moins à St Greg. »

Wheeler soutint froidement son regard.

« C'est donc ça, Olcott ? Tu ne m'aimes pas parce que je suis juif ? »

Il ne lui était jamais venu à l'esprit de se considérer comme juif. Sa mère, dont les parents sionistes et marxistes étaient morts à Londres trop tôt pour qu'il ait pu les connaître, faisait rarement allusion à son héritage familial, et jamais ils n'avaient pratiqué ensemble la moindre activité cultuelle. Pendant son enfance à Feather River, Wheeler avait très peu pensé à la religion, que ce soit en bien ou en mal. Il n'y avait que dans la région de Boston, où la légende de Dilly Burden était connue de tous, que les gens semblaient savoir que Dilly avait épousé une Juive à Londres avant la guerre et accorder de l'importance à ce fait. Par ailleurs, jamais il ne serait venu à l'idée de Wheeler que Haze puisse être homosexuel.

Olcott ricana de plus belle.

« Tu as raison, Burden, je ne t'aime pas. Parce que tu es un plouc mal embouché. Et parce que tu ne sais pas rester à ta place. Peu m'importe que tu sois youpin, espingouin ou rital, ou même pédé comme lui. Tu n'as rien à faire dans cette école et tu ne seras plus là quand la saison de base-ball commencera. Je te le promets. »

7

EMILY JAMES, D'AMHERST

Pour sa première soirée à Vienne, conscient de ses ressources limitées, Wheeler dîna seul dans un petit restaurant rustique mais néanmoins propret, entre le Ring et le cœur de la vieille ville. Le patron était un homme de haute taille, cadavérique et vérolé, courtois sans être indiscret. Wheeler lui commanda une chope de bière et une assiette de choucroute au bœuf semblable à celle qu'il avait vue à la table voisine. Il allait devoir attendre un peu avant de déguster les délices culinaires tant vantés par Haze, les *Schnitzels* de veau, l'excellent vin, avec pour couronner le tout une moelleuse *Sachertorte* et un café, « *mit Schlag*, toujours *mit Schlag* », c'est-à-dire accompagné d'une onctueuse crème fouettée. Et comme il n'était pas pressé le moins du monde, Wheeler prit une deuxième chope de bière et mangea lentement, en sauçant son assiette avec du pain noir.

Après le repas, il profita de la lumière déclinante et du fait que sa table était débarrassée pour noircir ses premières lignes dans le carnet qu'il avait déniché dans l'après-midi sur l'étal d'un bouquiniste. Avec sa reliure en cuir rouge toute neuve et ses coins dorés, il aurait certainement coûté une somme rondelette si les pages initiales n'avaient pas déjà été utilisées. En l'achetant, Wheeler avait demandé au bouquiniste de les découper au canif. Dans les semaines suivantes, il s'interrogerait souvent sur la raison qui le poussait à tenir aussi minutieusement ce journal, qui ne le quittait jamais. Il finirait par conclure que, dans la situation d'exil qui était la sienne, ces notes circonstanciées lui donnaient un sentiment d'appartenance, comme si décrire par le menu les événements de sa nouvelle vie lui permettait de s'enraciner à Vienne. Il se pouvait aussi que quelqu'un, à une époque ultérieure, découvre son journal et apprenne ainsi ce qui lui était arrivé. Cette pensée l'aidait à se sentir moins seul, moins perdu.

Ayant fini d'écrire, il quitta le restaurant et trouva un hôtel bon marché en s'enfonçant plus profondément encore dans la vieille ville, un quartier où les messieurs de la bourgeoisie ne s'aventuraient jamais, sinon pour des virées crapuleuses, et où personne ne s'étonna de le voir arriver sans pièce d'identité ni bagage. Ce fut pour lui l'occasion d'une promenade dans l'écheveau sinueux des ruelles de la capitale, dont certaines avaient conservé leurs pavés médiévaux. Il était désormais au cœur de la Vienne interlope, de la Vienne obscure, mais pour un visiteur aussi apatride que lui ces quartiers-là avaient quelque chose de plus enveloppant et de plus protecteur que les vastes perspectives brillamment éclairées du Ring.

Vienne était depuis longtemps, selon les dires de Haze, une ville de contrastes où les privations et la misère du petit peuple s'opposaient au train de vie fastueux d'une minorité plus que prospère. Wheeler connaissait les raisons de ce contraste. Dans sa grande période d'élan libéral de la seconde moitié du XIXe siècle, Vienne, comme d'autres villes européennes, avait accepté les bienfaits de l'industrialisation sans se soucier de ses classes laborieuses. La situation des travailleurs salariés en matière de logement, notamment, était intolérable. Moins d'un appartement sur dix possédait une salle d'eau, moins d'un sur cinq des cabinets d'aisance intérieurs. Une famille sur quatre sous-louait une partie de son logement ou hébergeait des pensionnaires contre de l'argent – parfois plus d'un par lit. La modernisation progressive de Vienne sous la houlette de Karl Lueger et de son Parti chrétien-social n'avait pas encore commencé. L'alimentation en gaz de la vieille ville restait sporadique. Les premiers travaux d'implantation d'un réseau électrique municipal étaient lancés, mais ne concernaient que les abords extérieurs du Ring. Le coût des services publics était exorbitant pour les consommateurs, et l'approvisionnement intermittent. L'utilisation de l'électricité chez les particuliers était quasiment réservée aux plus riches.

La chambre de Wheeler était petite et sombre mais bien tenue ; malgré le lit trop court, il sombra vite dans un sommeil de plomb, en se demandant s'il se réveillerait à San Francisco. Au bout d'une journée, il n'avait toujours aucun souvenir de l'événement qui l'avait expédié dans le passé.

Il ne se réveilla que tard dans la matinée. Il resta au lit le temps de reprendre ses esprits, de se rappeler son arrivée la veille sur le Ring et de s'accoutumer à l'étrangeté de sa situation. La veille, il ne s'était guère attardé sur les raisons de sa présence à Vienne : là n'était pas la priorité, avait-il pensé. Mais des questions commençaient à se bousculer dans son esprit, et il prit le temps d'essayer d'y répondre. N'ayant aucune idée de la manière dont il avait atterri là, il ne savait ni combien de temps il resterait, ni même s'il retournerait un jour dans le futur. Et plus immédiatement, il ne voyait pas davantage comment il allait subvenir à ses besoins dans la Vienne fin de siècle une fois épuisée sa réserve de billets de banque. Plusieurs idées lui vinrent, des plus simples aux plus saugrenues, mais aucune ne lui parut suffisamment séduisante ou réalisable. Aucune, sauf celle du frisbee.

La veille, en passant devant l'atelier d'un ébéniste, il s'était arrêté pour observer avec admiration l'artisan en train de façonner une pièce de bois sur le tour rudimentaire qu'il commandait au pied, et ce fut ce souvenir qui provoqua le déclic. Wheeler consacra environ une heure de sa deuxième matinée viennoise à griffonner des croquis de frisbee, en s'efforçant de restituer aussi précisément que possible sur le papier ses qualités aérodynamiques. Il alla ensuite montrer ses dessins à un ébéniste du centre de Vienne et lui demanda s'il pensait possible de fabriquer un objet en bois massif sur le même modèle. Si le bois était assez finement tourné, puis renforcé par des couches successives de laque, expliqua Wheeler, la légèreté et l'aérodynamisme du disque d'origine avaient une chance d'être reproduits. Amusé, l'ébéniste prit ses dessins et accepta de s'atteler à l'élaboration d'un prototype. Il fut convenu que Wheeler repasserait régulièrement pour examiner l'évolution de son travail, jusqu'à ce que la forme et l'épaisseur du disque lui paraissent convenables. Ce fut donc pour lui une rencontre très satisfaisante.

Tellement satisfaisante, en vérité, que Wheeler revint sur le Ring avec le sentiment que tous ses soucis s'étaient envolés. Vienne, comme l'avait toujours affirmé Haze à ses élèves, était une ville où les gens adoraient déambuler et regarder les passants.

L'ambiance légère qui y régnait devait sa réputation au combat plus ou moins fructueux que la capitale de l'Empire avait mené pendant près d'un demi-siècle pour abolir les préoccupations liées à la faim, au froid et à la précarité.

Distrait, Wheeler entra dans l'un des nombreux petits parcs qui bordaient le Ring et s'assit sur un banc, content d'observer les Viennois et désireux de passer aussi inaperçu que possible. Ce défilé de visages l'émerveilla. Quel éventail d'humanité ! Quelle riche collection de dialectes et de langues ! Quelle élégance nonchalante et gracieuse ! Au bout d'un certain temps, il se leva et marcha lentement vers le Café Central.

La table de la Jeune Vienne était déserte. Il s'y installa, prit la *Neue Freie Presse* du jour et se mit à lire.

« Ah, Herr Truman ! lança une voix derrière lui. Je vois que vous revenez au siège de notre club. »

Il se retourna et vit Ernst Kleist approcher en souriant. Après lui avoir serré la main, Kleist s'assit face à lui et commanda du café.

« J'ai l'impression que les autres se sont donné le mot pour arriver en retard », plaisanta-t-il.

L'attention de Wheeler se porta à cet instant sur une autre table de la grande salle dallée de marbre : il venait de reconnaître le quinquagénaire plein de prestance aperçu la veille en compagnie du jeune Américain dont il avait volé les vêtements.

« Qui est-ce ? demanda-t-il à Kleist. On dirait un personnage important.

— Et comment ! C'est l'homme le plus puissant de Vienne, Karl Lueger, notre maire. Vous avez forcément entendu parler de lui.

— Un peu, fit Wheeler. Mais dites-m'en plus.

— C'est un Viennois hors du commun, le maire le plus populaire que nous ayons jamais eu. Son allure et son charisme lui ont valu le surnom de "beau Karl". Ses grands-parents étaient paysans et artisans, son père gardien d'école. Il a réussi à obtenir un doctorat en droit et s'est fait élire au conseil municipal sous la bannière libérale il y a vingt ans. Il s'est affirmé d'emblée comme un adversaire acharné des grands intérêts financiers en s'alliant avec les classes laborieuses pour fonder le Parti chrétien-social.

— Il représente une vraie force, apparemment.

— Une force, oui. Son seul défaut est d'utiliser l'antisémitisme radical comme levier politique. Un levier puissant et perturbateur.

— J'en ai entendu parler, fit Wheeler avec un imperceptible mouvement de recul. Ce n'est pas une bonne chose.

— Mais la tactique s'est avérée très efficace. Et ce n'est que temporaire, voyez-vous. Tout cela ne mènera nulle part. Les Viennois sont d'un naturel extrêmement accommodant, et nous savons tous que la situation finira par s'apaiser. Simplement, il y a trop de Juifs haut placés.

— Je n'en suis pas si sûr, rétorqua Wheeler d'un air sombre. C'est de mauvais augure. Le maire sait peut-être ce qu'il fait, mais quelqu'un d'autre, un jour, vous entraînera tous dans une très mauvaise direction. »

Même Wheeler ne pouvait pas se douter que l'accomplissement de sa prédiction était d'ores et déjà en marche. Il n'avait aucun moyen de savoir que le jeune Américain aperçu la veille avec le maire était à Vienne pour une mission dont leur rencontre dans ce même café ne constituait que l'étape préliminaire.

Wheeler quitta le Café Central en début d'après-midi et retourna se promener dans un jardin public proche du Ring. Son regard fut bientôt attiré par un groupe de trois jeunes gens et de quatre jeunes filles d'une vingtaine d'années – des gens cultivés et de bonne famille, supposa-t-il à leur tenue, du genre à fréquenter les cafés et à mener la fameuse vie de bohème qui avait tant contribué à la gloire de Vienne. Ils bavardaient avec animation et semblaient s'être donné rendez-vous dans le parc en préambule à une excursion commune.

Au sein de ce groupe, une jeune fille éveilla sur-le-champ son intérêt. Elle se tenait au côté d'un garçon aux allures d'esthète dont Wheeler sentit au premier coup d'œil qu'il en était follement épris. Elle se distinguait de ses décadentes amies en ce sens qu'elle représentait une sorte de quintessence de la beauté viennoise qui, sous l'influence marquée de Haze, avait autrefois hanté ses rêves de lycéen. Elle n'avait pas la robuste constitution des Allemandes, mais ses formes étaient néanmoins généreuses, et son visage était encore plus fin que l'image qu'il s'était faite de la « bonne amie » viennoise idéale selon Arnauld Esterhazy, n'aurait pas déparé les plus splendides tableaux de Gustav Klimt. Elle avait le teint pâle, avec une infime trace de rose sur les joues. Quelque chose en elle toucha Wheeler immédiatement, irrémédiablement, quelque chose dans son regard lorsqu'elle se mit à parler en allemand de Vienne, d'une voix si douce qu'elle lui donna envie de boire l'une après l'autre les syllabes délicieusement mélodiques qui s'échappaient de ses lèvres. Il émanait de sa personne tout entière un pouvoir d'attraction foudroyant ; on aurait dit une incarnation de l'érotisme inaccessible dont les récits de Haze avaient nourri les fantasmes adolescents de ses élèves en pleine agitation hormonale.

Les Viennoises bien nées, leur répétait-il, étaient contraintes de rester honnêtes et chastes jusqu'au mariage, de réprimer le feu de toutes les passions conscientes ou subliminales qui couvaient en elles. Bien qu'entourées d'artistes libertins et de libres penseurs, il y avait là une dimension de leur personnalité qu'elles n'avaient le droit ni d'exprimer ni d'assouvir avant la sanctification du mariage. Ce puissant refoulement collectif, cela va sans dire, fournissait au grand Sigmund Freud et à ses confrères une part conséquente de leur clientèle et un terrain d'exploration particulièrement propice aux grandes découvertes. Mais il donnait aussi aux jeunes filles à marier de la bourgeoisie viennoise un charme unique, affirmait Haze à ses garçons, une sensualité exquisément subtile.

Les jeunes gens bien nés, à l'inverse, étaient encouragés à avoir des relations sexuelles en dehors de leur classe sociale, soit auprès des innombrables prostituées de la ville – malgré la menace de maladies vénériennes redoutables –, soit, de façon plus sûre et comme Arthur Schnitzler le décrivait dans ses œuvres de fiction, dans les bras voluptueux et accueillants de quelque « chérie » de la classe ouvrière qu'il ne serait jamais question pour eux d'épouser.

Wheeler avait le plus grand mal à quitter des yeux la belle jeune femme, qui finit par regarder de son côté et surprendre sa contemplation. Elle ne se détourna pas pudiquement, comme on aurait pu s'y attendre de la part d'une jolie Viennoise innocente observée avec un peu trop d'insistance par un inconnu dans un parc. Bien au contraire, cet instant où elle aurait pu sans peine rompre tout contact donna naissance à un sourire – l'un des plus éblouissants jamais adressés à Wheeler, malgré son expérience en la matière.

C'était un sourire botticellien, qui disparut presque avant qu'il ait eu le temps de le voir, à la fois candide et – très loin sous la surface – empreint d'une connaissance espiègle des choses de la vie. Ce genre de sourire pouvait marquer un esprit à tout jamais, et Wheeler sut qu'il devait à n'importe quel prix tenter d'approcher cette belle Viennoise. Il se leva et choisit le premier prétexte qui lui passa par la tête.

« Pourriez-vous m'indiquer le chemin de l'hôtel Imperial, mademoiselle ? » demanda-t-il dans son meilleur allemand.

Surprise, elle le détailla à toute vitesse de ses beaux yeux bleus.

« On dirait que vous êtes américain. »

De près, son accent viennois était encore plus mélodieux, encore plus ensorcelant.

« Et moi qui croyais parler un allemand parfait, soupira Wheeler.

— Votre allemand est parfaitement suffisant, dit-elle en se détachant du groupe. Vous avez juste été trahi par votre accent. C'est tout.

— Je ne savais pas qu'on apprenait aux Viennoises à repérer les Américains.

— Je me garderais bien de parler au nom des Viennoises, répliqua-t-elle, cette fois dans un anglais impeccable, avec un léger renversement de tête qui semblait dire "espèce d'idiot". Je suis aussi américaine que vous. »

Et elle tendit brusquement la main à Wheeler, qui dut faire un effort pour garder sa contenance.

« Permettez-moi de me présenter : Emily James, d'Amherst, Massachusetts. »

En temps normal, Wheeler aurait sans doute risqué un trait d'esprit du genre : « Enchanté de faire votre connaissance, Emily James, d'Amherst, Massachusetts », ou : « Vous me rappelez un personnage de Jane Austen », mais son trouble était tel qu'il se borna à singer maladroitement un style fin de siècle dont il n'avait qu'une connaissance livresque.

« Je m'appelle Truman, dit-il en lui prenant la main. Harry Truman, de San Francisco.

— Ma foi, je suis enchantée de faire votre connaissance, Harry Truman, de San Francisco. »

Elle lui serra la main avec douceur et fermeté, le gratifia d'un nouveau sourire et jeta un coup d'œil à ses amis qui s'approchaient d'un fiacre.

« Comment se fait-il que vous parliez aussi bien allemand ?

— J'ai eu pour professeur un vieux Viennois excentrique.

— Sur la côte Est, monsieur Truman ? » demanda-t-elle, sincèrement intéressée.

Wheeler hésita, embarrassé de devoir mentir à une aussi charmante créature.

« Non, mentit-il. À San Francisco.

— Je trouve dommage que les gens de la Nouvelle-Angleterre se rendent si souvent en Europe et si rarement dans l'ouest de leur propre pays.

— Quand vous le ferez, je vous conseille d'ajouter San Francisco à votre itinéraire. Vous l'ignorez peut-être, mais nous sommes des gens relativement civilisés. »

Il se rendit compte à cet instant qu'il était sans doute face à la femme la plus séduisante qu'il ait jamais rencontrée de sa vie et que les efforts désespérés qu'il faisait pour maintenir son intérêt en éveil devaient se sentir.

« Je le sais pour avoir lu Mark Twain, répondit-elle du tac au tac, en jetant un nouveau regard par-dessus son épaule. Mes amis et moi nous sommes fixé rendez-vous ici pour une sortie en voiture au château de Schönbrunn. Je suis certaine qu'ils ne verraient aucun inconvénient à ce que vous vous joigniez à nous. »

Elle lui indiqua le groupe, à la périphérie duquel se tenait toujours le jeune esthète : vu d'aussi près, il était évident que celui-ci ne devait pas avoir plus de 18 ans. Plutôt beau garçon, raffiné, vêtu avec une sorte de désinvolture soignée à la mode des artistes, il était à l'évidence attentif aux moindres mouvements de la jeune femme.

« Je suis malheureusement déjà pris pour l'après-midi. »

Wheeler, toujours aussi troublé, fit cette réponse sans réfléchir. Et bien sûr, elle était non seulement fausse, mais aussi en total désaccord avec ses désirs.

« Nous aurons, je l'espère, d'autres occasions, dit-elle, toujours souriante. Vous êtes à Vienne pour longtemps ?

— Pour une durée indéterminée. Je suis, disons, dans une phase de transition.

— Raison de plus pour vous joindre à nos sorties. Nous-mêmes, en tant que groupe, sommes plus ou moins *dans une phase de transition*. »

Le jeune homme aux allures d'artiste revint sur ses pas et s'immobilisa ostensiblement à leur hauteur pour manifester son souhait d'être présenté à Wheeler – non pas parce que cet inconnu croisé au parc lui inspirait un quelconque intérêt, mais en raison de sa visible fascination pour son amie. Après l'avoir ignoré un certain temps, elle dit :

« J'aimerais vous présenter un ami. »

Le jeune homme, gêné d'être surpris dans l'attitude d'un petit chien attendant son os, fit un grand pas vers Wheeler.

« Arnauld, dit-elle avec grâce, voici M. Harry Truman. De San Francisco. »

Le jeune homme tendit la main à Wheeler et le regarda avec solennité. Sa poigne était étonnamment ferme. Ce fut alors qu'elle ajouta :

« Et voici mon ami viennois Arnauld Esterhazy. »

8

UNE ENFANT VOLONTAIRE

Nous savons par le journal qu'elle aussi tenait à l'époque que Weezie Putnam fut immédiatement impressionnée par cet Américain quadragénaire, à un point qui l'alarma ou à tout le moins la perturba. Il y avait quelque chose dans son regard, écrirait-elle plus tard, un mélange d'intensité et de douceur, qui l'avait fait rougir dès qu'il s'était avancé vers elle au parc. Et lorsqu'il lui avait pris la main en se présentant, elle avait été envahie par une inexplicable bouffée d'émotion. Peut-être était-ce la raison pour laquelle elle avait décidé aussi vite de recourir à un faux nom.

Ce faux nom n'était pas une nouveauté. Elle avait déjà fait plusieurs fois appel au personnage fictif d'Emily James ces dernières années, le plus souvent lorsqu'elle était tentée par un soupçon d'extravagance ou qu'elle éprouvait le besoin de dissimuler son identité. Et il n'aurait pas été question pour elle de s'abriter derrière son autre pseudonyme, son *nom de plume**, comme disaient ses amies de l'université Smith – son George Sand, son George Eliot. Pas plus qu'il ne lui serait venu à l'idée d'expliquer à cet homme qu'elle venait à peine de rencontrer que le fait d'avoir assumé une identité masculine était directement responsable de son départ de Boston.

Toutes les réflexions de ce genre sur les raisons de sa présence à Vienne la ramenaient inéluctablement à un entretien fatidique avec Mlle Hewens, son ancienne directrice de l'école de filles Winsor, à Boston, qui l'avait convoquée vers Pâques de sa dernière année de faculté, dans son bureau lambrissé, pour lui conseiller assez fermement de prendre le large.

Connaissant bien Weezie, ses parents et la plupart des secrets de sa famille, Mlle Hewens – il nous est permis de le conclure – n'émit sans doute pas sa suggestion à la légère.

« Ma chère enfant, vous devriez sérieusement envisager un séjour à l'étranger quand vous aurez votre licence. Votre amour de la musique mériterait que vous remontiez à la source. Peut-être pourrions-nous vous trouver une pension convenable à Paris ou à Vienne. »

Et quand Mlle Hewens parlait, ses élèves l'écoutaient. C'était pour elles bien davantage qu'une directrice. C'était leur plus éminent professeur d'histoire, leur maître à penser, une amie, une confidente et même, dans le cas de Weezie, une conseillère respectée. Mlle Hewens était aussi devenue pour elle le substitut d'une mère qu'elle avait perdue à l'âge de 8 ans, la grand-mère sage et patiente dont elle rêvait depuis toujours et l'amie intime capable de voir par-delà la surface des choses et de comprendre l'essence profonde d'une jeune femme de 22 ans, pleine d'optimisme et bien décidée à mener une vie hors norme, peut-être même radicale. Mlle Hewens l'observa attentivement cet après-midi-là et, comme toujours, choisit ses mots avec une extrême circonspection.

« Nous aimerions toutes savoir si une certaine jeune femme de notre connaissance, qui s'abrite derrière un pseudonyme, serait capable d'écrire un texte significatif. »

L'allusion à son nom d'emprunt fit rougir Weezie. Elle avait cru jusque-là, naïvement, que personne à Boston – et surtout pas son ancienne directrice, si proche de sa famille – ne connaissait son existence ni, surtout, l'identité de la personne qui l'utilisait.

L'idée d'un pseudonyme masculin lui était venue dans un moment d'exaltation, un soir qu'elle discutait avec des amies dans un salon de l'université Smith.

« Ils sont tellement à la traîne ! avait lancé Weezie. Avec tous les compositeurs audacieux qui existent aujourd'hui, pourquoi ces gens-là persistent-ils à ne rien jouer d'autre que les vieilleries sirupeuses de Schubert et de Liszt ? »

Elle revenait tout juste d'un concert au Philharmonique de New York, où elle s'était rendue en train. Le programme ne l'avait pas réellement dérangée, mais elle se sentait ce soir-là d'humeur rebelle.

« Pourquoi n'écris-tu pas une lettre au *New York Times* ? » lui suggéra son amie Charlotte Simpson.

Charlotte avait grandi dans un hôtel particulier du quartier de Harlem, à Manhattan, et jouait de la viole dans l'orchestre de chambre où Weezie était violoncelliste. Elle donnait l'impression d'être – comme souvent les New-Yorkaises – mieux informée et plus sophistiquée que ses amies de Boston. Weezie écrivit donc une lettre, très détaillée, pour fustiger les goûts désespérément conservateurs du Philharmonique, citant en exemple plusieurs compositeurs contemporains dont elle avait entendu parler, en particulier Gustav Mahler, qui venait de quitter Budapest pour s'établir à Vienne.

« Ils ne la publieront jamais, décréta Charlotte après que Weezie eut lu son brouillon de lettre au groupe. Ils ne publient que des lettres d'hommes. »

Aussi, avec une grande minutie, Weezie la recopiat-elle de sa plus belle écriture masculine. Après l'avoir signée du nom du vieux portier de l'internat de la faculté, elle y adjoignit l'adresse de son professeur de musique à Amherst et la posta. Moins de deux semaines plus tard, l'auteur de ce courrier fut sollicité pour rédiger un article plus circonstancié sur le même sujet, en échange de la coquette somme de quinze dollars. De fil en aiguille, le mélomane d'Amherst, Massachusetts, signa quatre critiques musicales consécutives dans le *New York Times*, plus spirituelles et modernes les unes que les autres, à l'insu complet – croyait Weezie – des gens de Boston.

D'où la brusque rougeur qui s'empara d'elle dans le bureau de son ancienne directrice, même si elle vit tout de suite à l'expression de celle-ci, lorsqu'elle aligna sur la table ses quatre articles découpés dans le journal, que sa prouesse ne la laissait pas insensible.

« Ce monsieur fait preuve d'une grande pertinence et ne doit en aucun cas être découragé, reprit Mlle Hewens, avec un sourire qui en disait long sur son plaisir de savoir que l'école de filles Winsor ait pu produire un "homme de lettres" aussi talentueux. Quel dommage que nous autres, pauvres femmes, ne soyons pas capables d'écrire aussi bien… Fräulein Tatlock, à Vienne, accepterait peut-être de vous accueillir et de vous chaperonner si certaines de ses connaissances à Boston lui en faisaient la demande. J'espère que vous y réfléchirez. »

Mlle Hewens savait mieux que personne à quoi ressemblait la vie de Weezie dans sa maison familiale de Beacon Hill. Elle connaissait à la fois son père et la sœur de celui-ci, l'austère Prudence, quasiment depuis leur naissance. Elle avait eu sa mère pour élève et pleuré son décès. Devenue une sorte d'ange gardien pour Weezie, elle était aussi sa première admiratrice. Lors de la cérémonie de remise des diplômes à l'école

Winsor, elle l'avait décrite comme « l'une des plus charmantes et talentueuses demoiselles à avoir honoré ces murs de sa présence ».

C'était aussi Mlle Hewens qui avait suggéré à Weezie de faire ses études à l'université Smith de Northampton, c'est-à-dire à distance de Boston. En surface, la proposition que venait de formuler son ancienne directrice semblait avoir pour but l'approfondissement de sa culture musicale, et peut-être aussi la poursuite de la carrière secrète mais néanmoins brillante du talentueux critique d'Amherst. Mais sans doute est-il plus conforme à la vérité d'y voir l'intervention d'une vieille protectrice pour délivrer son ancienne élève du plus noir des secrets.

Weezie soupçonna sur-le-champ Mlle Hewens de savoir qu'elle lui offrait la liberté et se dit que la pension viennoise de Fräulein Tatlock, sise sur l'Ebendorferstrasse, lui fournirait le gîte, le couvert et tous les conseils avisés dont une jeune Bostonienne pouvait avoir besoin dans un pays étranger. En réalité Fräulein Tatlock, malgré l'étendue de sa bienveillance, se présentait plutôt au mieux comme un être insouciant, au pire comme une femme permissive, voire libertine.

Dès son arrivée, Fräulein Tatlock entreprit de faire rencontrer à Weezie Putnam ce qu'elle appelait en privé la faune musicale, c'est-à-dire des gens tous liés d'une manière ou d'une autre au milieu de la musique ou des musiciens. Le principal service qu'elle rendit à Weezie fut de la présenter à Ernst Felsch, le fils du directeur du Burgtheater.

Ce séduisant jeune homme aux idées progressistes et sa famille permirent à Weezie de nouer des contacts que les meilleurs critiques professionnels de

New York lui auraient enviés. Elle put ainsi assister à tous sortes de concerts et de pièces de théâtre en compagnie de jeunes gens enthousiastes, passionnants et extrêmement bien informés, tout en préservant sa précieuse indépendance. Peut-être Mlle Hewens savait-elle depuis le début dans quelle sorte d'environnement elle envoyait Weezie. Mais que ce fût ou non l'effet d'un acte prémédité, c'était exactement ce dont avait besoin une jeune femme dans sa position : une occasion unique d'explorer le monde, comme elle le nota dans son journal, et de se forger un destin tout en effectuant au passage un vigoureux effort d'introspection.

En lisant entre les lignes de ses réflexions sur elle-même, on apprend d'ailleurs bien des choses. Les huit premières années de la vie de Weezie à Boston furent, du moins dans son souvenir, une enfance quasi idéale. Son père était le pasteur de la petite paroisse St Andrew – il le resterait jusqu'à la fin de sa vie, mais on voyait alors en lui le futur ministre de l'imposante église de La Trinité, voire le futur évêque épiscopalien du Massachusetts. Sa mère, issue d'une vieille famille de Boston, était une très belle femme, brillante et chaleureuse. Elle avait la passion des livres et des idées et recevait dans son salon un flot d'admirateurs, dont William et Henry James. Ce fut sur ses genoux, assise devant la cheminée du salon de Beacon Hill, que Weezie apprit à aimer la poésie d'Emily Dickinson et les fictions de Sir Walter Scott ou de Robert Louis Stevenson. Sa mort fut soudaine, et bien que la cause en fût connue de tous à Boston, cette tragédie demeura toujours enveloppée d'un voile de mystère dans l'esprit de Weezie. Sans en parler à quiconque, la petite fille finit par se mettre en tête que sa mère s'était étouffée en mangeant.

En réalité, Laura Putnam et son fils nourrisson avaient été emportés par la diphtérie. Anéanti par cette double perte, le révérend Josiah Putnam pria presque aussitôt sa sœur aînée Prudence, restée célibataire, de venir s'installer sous son toit pour tenir la maison et l'aider à élever sa fille.

Âgée d'une cinquantaine d'années, convenable, cultivée, polie, Prudence Putnam possédait toutes les qualités requises pour faire face aux diverses obligations sociales de Josiah, toujours pasteur de sa petite paroisse. Mais elle avait hélas le cœur sec et considérait l'éducation reçue jusque-là par la jeune Weezie comme beaucoup trop permissive. Et elle savait exactement comment y remédier.

« Tu es une enfant volontaire, déclara-t-elle à la fillette juste après son arrivée. Comme ta mère. Même si j'admire la volonté chez les jeunes, je ne tolérerai ni les caprices, ni l'entêtement. »

En dépit de ses vigoureuses convictions, la tante Prudence n'avait aucune expérience concrète de l'éducation des enfants, et seul le révérend Putnam aurait pu se rendre compte qu'elle traitait Weezie avec une sévérité excessive. Mais son aveuglement fut mis sur le compte des ravages du chagrin et, plus tard, sur celui des effets anesthésiques de l'alcool. Le père de Weezie possédait malheureusement un caractère faible, défaut camouflé jusque-là par un mariage plus qu'heureux. Une fois disparue sa charismatique épouse, il se laissa aller à un profond désespoir dont sa médiocre imagination ne lui permit jamais de s'extraire.

Quand Weezie eut 13 ou 14 ans, plusieurs parents éloignés et paroissiens proches de la famille prirent enfin conscience de l'état de dépérissement de cette enfant jadis si alerte et si gaie, qui avait été très proche de sa mère. Ils intervinrent en proposant leur aide et toutes sortes de conseils. Ce fut alors que Mlle Hewens fit son entrée dans la vie de Weezie comme enseignante, conseillère et amie. Mais avant cela, pendant six longues années, tout le monde avait cru que tout allait pour le mieux à Beacon Hill, dans le respect des convenances et de la volonté divine.

Non seulement Prudence Putnam était stricte, mais elle se targuait de savoir tout ce dont une jeune fille chrétienne avait besoin pour son instruction et son édification. Weezie se levait à 6 h 30 chaque matin, faisait son lit, se lavait le visage, puis descendait prendre son porridge à la table du petit déjeuner. Elle ne remettait jamais les pieds dans sa chambre avant l'heure du somme, comme l'appelait sa tante, et, chaque soir, était à nouveau en chemise de nuit à 19 heures et au lit à 19 h 30, sauf quand la séance de lecture se prolongeait. Ces lectures étaient essentiellement tirées de la Bible, avec de temps en temps une petite incursion récréative dans *Le Voyage du pèlerin*, et Prudence les lui faisait rabâcher tout au long de l'année par souci d'efficacité. Sa tante avait beau ne jurer que par la famille, Weezie n'était pas autorisée à rendre visite à ses cousins de son âge, sauf pendant les vacances : Prudence était fermement convaincue que sa pupille n'avait pas encore atteint l'âge où les jeux collectifs deviennent profitables. Weezie fréquentait une petite école de filles de la paroisse et avait pour consigne de rentrer à la maison dès la fin des cours afin que son temps de prière et de contemplation puisse produire un effet maximal.

Weezie était docile, et son tempérament volontaire, que Prudence prétendait admirer, posa très peu de problèmes qui ne soient promptement résolus par une soirée de réclusion dans sa chambre, sans manger.

Un soir au dîner, un peu plus d'un an après la mort de sa mère, c'est-à-dire bien au-delà du délai nécessaire à un enfant pour s'adapter à une situation nouvelle, selon Prudence, Weezie osa proférer une obscénité. D'où cela lui venait-il, ni son père abasourdi ni sa tante toujours vigilante n'auraient su le dire. Cette dernière, qui ne badinait pas avec la discipline, prit les mesures qui s'imposaient et l'incident ne se reproduisit jamais, ce dont le père lui fut profondément et éternellement reconnaissant.

L'origine de ce méfait était à chercher à l'école. Weezie avait alors 9 ans. Les deux autres fillettes en avaient 11 ou 12, et Weezie avait déjà entendu dire qu'elles étaient vilaines, mais vilaines d'une façon qui échappait toujours aux grandes personnes. Elles lui semblaient pourtant inoffensives et ne faisaient jamais preuve de méchanceté intentionnelle avec les plus petites qu'elles. Un jour, Weezie les vit sortir des toilettes du premier étage, s'adosser au mur du couloir et, constatant que le champ était libre, se mettre à glousser. L'une d'elles tenait à la main un petit volume à couverture souple, une sorte de revue, qu'elle montra à sa camarade.

« Elle a assouvi son ardeur », l'entendit très distinctement dire Weezie.

Les deux grandes faillirent tomber par terre, pliées de rire.

« Peut-être même qu'elle lui a avalé l'os », renchérit l'autre.

S'ensuivit une telle explosion d'hilarité que Weezie crut qu'elles allaient mourir sur place. Ni l'une ni l'autre ne la vit approcher.

« Qu'est-ce qui vous fait rire ? » demanda-t-elle naïvement.

Les deux grandes s'efforcèrent de reprendre un air sérieux, les lèvres pincées.

« Rien, répondit l'une d'elles en se retenant de pouffer.

— Juste une ardeur assouvie », ajouta l'autre.

Ce fut la goutte d'eau : leur fou rire reprit de plus belle.

Weezie allait faire demi-tour quand une des filles réussit à se calmer un peu et lui attrapa le bras.

« Attends... fit-elle, mais un nouvel accès d'hilarité l'empêcha d'aller plus loin.

— Oh, elle comprendra bien assez tôt », parvint à articuler l'autre.

Et les deux grandes s'éloignèrent dans le couloir, toujours secouées de convulsions.

Le dîner, ce soir-là, arriva bien tard pour Weezie. Il y avait au menu du hachis parmentier et du chou. Elle but une gorgée de lait puis se tourna vers le révérend Josiah Putnam.

« Père, demanda-t-elle, qu'est-ce que l'ardeur ? »

Le révérend Putnam, qui sirotait son vin rouge, déglutit bruyamment. Sans dire un mot, mais dans un état proche de la panique, il chercha le regard de sa sœur.

Prudence resta de marbre, mâchoires crispées, jusqu'à ce que son pasteur de frère ait fini de manger. Puis, sans un mot, elle se leva, s'approcha de la chaise de sa nièce, la prit par la main, l'entraîna dans la salle de bains et tira le loquet.

Elle versa dans la bassine en émail une partie de l'eau du grand broc posé sur la commode, prit un pain de savon et le trempa dedans.

« Tu n'as pas le droit d'utiliser ce genre de mot », dit-elle d'une voix cassante.

Weezie ne comprit où elle voulait en venir que lorsque sa tante lui écarta les mâchoires d'une main d'acier, et ne chercha pas à résister. Le savon avait un goût infect, âcre et amer à la fois.

« Pas à la table du dîner, martela sa tante en lui frottant les gencives. Pas devant ton père. Jamais. »

Weezie eut un haut-le-cœur, qu'elle réussit à ravaler. Sa tante reposa le savon et l'empoigna par les épaules. La fillette luttait pour chasser le goût de sa bouche. Une mousse s'était formée aux commissures de ses lèvres.

« L'entêtement est un très vilain péché, dit Prudence en la secouant. Ta mère était une entêtée, et tu sais quel sort le Seigneur lui a réservé. Veux-tu finir comme elle ? Est-ce là ton souhait ?

— Non, bredouilla Weezie dans un sanglot.

— Nous ne tolérerons pas de larmes. Les pécheurs n'ont aucune raison de pleurer. »

Cette nuit-là, Weezie fit le rêve pour la première fois. Elle errait dans la cave obscure de la maison de Beacon Hill et voyait soudain apparaître une femme aux formes généreuses, en robe d'été immaculée, assise sur une couverture également blanche à côté d'un panier de pique-nique.

« Qu'est-ce que l'ardeur ? » lui demandait Weezie.

La femme la gratifiait d'un merveilleux sourire et l'invitait à s'asseoir auprès d'elle.

« Viens, mon trésor », disait-elle, tapotant les plis de sa robe déployée en corolle.

En s'avançant, Weezie voyait que la femme était en train de grignoter un os de poulet. Elle croquait dedans et, après avoir avalé une petite bouchée de viande, se mettait à tousser. Puis elle se retrouvait sans transition sur le dos, dans sa robe blanche, les mains croisées sur la poitrine, et Weezie comprenait qu'elle était morte.

Ce fut alors qu'elle se réveilla, transie, effrayée et seule au monde, avec un affreux goût de savon dans la bouche, cette nuit-là et toutes celles où le rêve revint la hanter.

9

LE PROJET BURDEN

La première année de Wheeler à la St Gregory School, où personne n'avait entendu parler de ses exploits dans la vallée de Sacramento, fut très difficile, sanctionnée par des mauvaises notes dans la plupart des matières. À l'ouverture de la saison de base-ball, il était clair pour la plupart de ses professeurs que Frank Standish Burden III, malgré son illustre ascendance, ne serait pas repris l'année suivante.

« Médiocre » était le mot le plus souvent utilisé pour qualifier tout ce que Wheeler entreprenait : médiocre et erratique. « Si seulement ce garçon pouvait se concentrer ! » lâcha un enseignant exaspéré lors d'un conseil de classe – et la formule fit florès. Concentré, en effet, Wheeler ne l'était pas. Dès son arrivée, pour une raison inconnue, Haze s'était investi à corps perdu dans le « projet Burden », comme les autres enseignants de St Gregory avaient fini par surnommer l'introduction trop tardive de ce jeune Californien inculte dans un circuit scolaire d'élite. « Ce garçon est en première, il est beaucoup trop tard pour se lancer dans une entreprise aussi colossale », déclara un professeur vétéran en voyant ses jeunes collègues s'arracher les cheveux.

Seul Haze restait d'une patience inébranlable, cajolant et harcelant sans répit le jeune homme pendant que les autres ne parvenaient même pas à obtenir de lui qu'il rende ses copies dans les temps, ni qu'il les rédige avec soin, ni même, quand il semblait s'y intéresser, que son travail se rapproche un tant soit peu du sujet concerné. « Médiocre » était aussi le mot le plus utilisé pour qualifier son niveau au base-ball, et Wheeler fut tout de suite relégué en équipe B. Personne à Boston n'avait jamais entendu parler de sa balle papillon ni ne savait qu'il se retenait de l'utiliser, encore moins pourquoi.

Prentice Olcott était le lanceur vedette de l'équipe A depuis trois ans. « Le nouveau Dilly Burden », s'étaient même extasiés les élèves les plus optimistes en le voyant lancer contre Dover le jour de la remise des diplômes, à la fin de sa seconde. Le nouveau Dilly Burden... Au fil des ans, nombre de garçons de St Gregory avaient décerné ce titre à nombre de joueurs prometteurs tout en sachant au fond de leur cœur qu'il n'y avait aucune comparaison possible, comme les anciens revenus assister aux matches ne manquaient jamais de le rappeler. Leur sentence était inévitable : « Il n'a rien à voir avec Dilly Burden. » Suivie d'un tout aussi inévitable : « Qui pourrait l'égaler ? »

Le jour de la remise des diplômes était traditionnellement aussi celui du match contre Dover, c'est-à-dire le grand choc sportif du printemps. Pour la quasi-totalité des élèves de St Gregory, il y avait sur le calendrier annuel deux événements très attendus : la date où Harvard aurait sa chance d'écraser Yale au football et celle de la cérémonie de remise des diplômes de St Greg, où l'école pourrait infliger la même correction à Dover au base-ball. Tous les espoirs reposaient cette année-là sur Pren Olcott, désormais en terminale, dont on attendait une prestation spectaculaire. Sauf que, deux jours avant le grand match, une catastrophe survint. Olcott se déchira les ligaments de la cheville à l'entraînement en voulant effectuer un plongeon sur la troisième base. Plusieurs anciens élèves, ayant appris que le fils de Dilly Burden jouait dans l'équipe B au poste de lanceur, allèrent demander au proviseur si le moment n'était pas venu de lui laisser sa chance.

« Il n'arrive pas à la cheville de son père », répondit amèrement M. Wiggins, et il leur annonça la décision de l'entraîneur Storer de se passer du jeune Burden contre Dover. Il serait néanmoins sur le banc, ce qui donnerait aux anciens le plaisir de voir le fils du grand Dilly Burden sous les couleurs de St Greg. Le président de l'association des anciens élèves n'insista pas, persuadé que le port du maillot ouvrait la porte à une éventuelle entrée en jeu.

Le camarade de chambrée de Pren Olcott, lui aussi en terminale, était le deuxième lanceur de l'équipe. Et il fit bonne figure pendant les premières manches, réussissant à sauver son scalp jusqu'à la fin de la cinquième, qui s'acheva sur un score de 4 à 0 pour St Gregory. En revanche, il sombra dans la sixième, concédant deux buts sur balle aux deux premiers frappeurs adverses et offrant un coup de circuit au troisième. Avec son lanceur éliminé à deux manches de la fin, zéro retrait et une avance réduite à un seul point, l'entraîneur Storer balaya du regard le banc des remplaçants. Les anciens retinrent leur souffle, conscients de ne devoir pas s'immiscer mais espérant envers et contre tout qu'il ferait le bon choix. Il n'y avait de toute façon plus aucun bras frais à faire entrer en jeu. Un murmure palpable parcourut les abords du terrain.

« Burden », finit par grommeler le coach, du bout des lèvres.

Et trois générations d'anciens de St Greg soupirèrent d'aise, oubliant – l'espace d'un instant – que ce gamin venu de Californie n'arrivait pas à la cheville de son père. Peu leur importait la victoire : ils allaient voir le fils de Dilly Burden lancer contre Dover.

Si Wheeler était conscient du séisme qu'allait provoquer le choix désespéré de Storer, il n'en montra rien. Il se leva comme un ressort de l'extrémité du banc, enfila le gant trentenaire de son père et le bourra de coups de poing.

« Sors-nous de cette panade, lui glissa l'entraîneur. Et essaie de te concentrer, fiston. »

Sa voix traînante trahissait clairement son incrédulité, même s'il savait Wheeler capable d'effectuer des tirs corrects dans la zone de prise.

Wheeler n'avait pas fait forte impression sur le plan sportif depuis son arrivée. En dehors du baseball, le sport l'intéressait peu, et il n'avait plus lancé la moindre balle papillon depuis son arrivée. Non par excès d'orgueil ni parce qu'il jugeait St Gregory indigne d'un tel spectacle ; simplement, il ne s'était jamais retrouvé en situation de lancer assez fort au sein de l'équipe B, ayant toujours affaire à des frappeurs plus jeunes que lui et à peine capables de toucher ne fût-ce que ses balles lentes. Il n'aurait pas été juste de leur envoyer des missiles injouables.

« Vous voulez que je sorte des frappeurs ? proposa Wheeler avec une flamme caractéristique dans le regard, en tapant du poing dans le vieux gant de son père.

— Ne t'emballe pas, fiston, répondit sans enthousiasme l'entraîneur. On ne va pas se compliquer la vie. Contente-toi de la mettre dans la zone. »

Quelques réceptions miraculeuses dans le champ extérieur, se disait Storer, et il leur resterait une petite chance de se sortir d'affaire.

Wheeler ne savait pas trop si l'arbitre surveillerait sa balle. Les équipes de la vallée de Sacramento avaient fini par repérer sa méthode et demandaient régulièrement des balles neuves. Lancer une balle neuve était toujours assez déconcertant, surtout quand vos moindres gestes étaient épiés entre deux coups. Bien sûr, il était capable de lancer correctement sans enrober sa balle d'un gros mollard, comme aurait dit Bucky, mais jamais de façon aussi satisfaisante que lorsqu'il avait l'occasion de la « personnaliser ». Wheeler avait donc appris à se cracher dans les doigts juste *après* chaque lancer, quand tout le monde regardait le marbre, et non plus avant, quand tout le monde regardait le monticule.

Trip Thornton, le receveur de son équipe, ne connaissait rien à la balle papillon et gratifia Wheeler d'un regard méfiant quand celui-ci tenta de l'avertir.

« Elle va flotter un peu, l'avertit Wheeler avec un masque de sérieux que personne à St Gregory ne lui avait jamais vu.

— Occupe-toi de lancer, répondit sèchement Thornton, pressé de reprendre sa place. Je m'occupe de recevoir. »

Thornton, autre pilier de l'équipe A – quoique un peu éclipsé par la gloire de Prentice Olcott –, ne savait qu'une seule chose : tout fils de Dilly Burden qu'il était, personne n'appréciait ce jeune Californien impertinent qui ne savait pas rester à sa place. Il ne put s'empêcher de se demander pourquoi l'entraîneur avait pris cette décision absurde à un moment aussi crucial du match, alors que les frappeurs de Dover accumulaient les coups sûrs. Mais avait-il le choix ?

« Vise juste le marbre », ajouta-t-il avec un regard désabusé en direction du banc, en laissant tomber la balle dans le gant de Wheeler.

Il alla se mettre en position accroupie derrière le batteur adverse et Wheeler l'observa en clignant les yeux comme un lézard, comme s'il cherchait à renforcer sa réputation d'excentricité. Il s'était copieusement craché dans les doigts juste après l'échauffement ; il transféra sa salive sur la balle, entre la marque et la couture, jusqu'à ce qu'elle soit bien poisseuse. Ses lancers d'échauffement atterrirent en claquant dans le gant de Thornton, sans rien annoncer de ce qui allait s'ensuivre.

Avant d'effectuer, face au frappeur de Dover, le tout premier tir d'un Burden en équipe A de St Gregory depuis vingt-cinq ans, Wheeler s'emplit les poumons, ferma les paupières et laissa son esprit vagabonder comme il l'avait déjà fait tant et tant de fois. Il se retrouva sur les basses terres de la Feather River avec sa mère. Il sentit le caillou lisse au creux de ses doigts. Il revit son bras lançant le projectile en direction de l'épervier. Il retrouva le sentiment de corrélation. Il rouvrit les yeux et fixa le gant de Thornton en écartant les doigts juste comme il le fallait entre la marque et la couture. Il prit le temps de réentendre la litanie de Bucky Hannigan : « Envoie-la-moi, *wheeler-dealer* ! Mets le paquet, petit *wheeler-dealer* ! »

La foule attendit la fin de ce rituel dans un silence anxieux. Puis il leva lentement la jambe gauche, inclina le buste en arrière, s'élança et projeta le bras droit en arc de cercle au-dessus de sa tête, de toutes ses forces. À l'instant où son poignet entamait sa redescente, la balle gicla d'entre ses doigts et se mit à voler vers le gant de Thornton, en plein centre de la zone de prise. Le bloqueur chargé de frapper pour Dover, un jeune boursier plein de fougue, fils d'un épicier de Swampscott, arma sa batte d'un geste puissant. La balle, qui jusque-là avait filé en ligne droite, descendit tout à coup d'une soixantaine de centimètres pour se retrouver à un mètre cinquante du marbre, frôla le frappeur, puis Trip Thornton, et alla s'écraser au pied du grillage. Dans un ensemble parfait, l'arbitre, le receveur et le fils de l'épicier de Swampscott se retournèrent bouche bée vers le monticule, où un Wheeler impassible tapotait le célèbre gant de son père.

« Putain de merde, lâcha le frappeur de Dover en cherchant le regard de Trip Thornton. C'était quoi, ce truc ?

— Aucune idée », répondit le receveur en secouant la tête.

Le truc en question se reproduisit sur les deux lancers suivants, et le frappeur fut éliminé. Les deux joueurs qui lui succédèrent connurent prestement le même sort. Pendant cette avant-dernière manche, les joueurs de Dover marquèrent trois buts et en concédèrent trois. Quand elle se termina, toutes les bases étaient désertes et St Greg menait d'un point.

Une foule de professeurs, d'élèves et d'anciens se pressait à présent au bord du terrain. Presque à l'instant où le coach Storer avait changé de lanceur, la rumeur s'était répandue à travers le campus : « Venez voir jouer l'équipe première. Le fils de Dilly Burden va lancer. »

Tout le monde regarda dans un silence béat Wheeler frapper une dernière fois dans son gant puis revenir vers le banc. La voix rauque d'un ancien d'âge vénérable s'éleva alors derrière la troisième base pour entonner un « Bur-den, Bur-den ! » qui avait dû souvent résonner sur ce même stade vingt-cinq ans plus tôt.

Dix ou douze autres spectateurs de la même génération reprirent en chœur. Puis il y eut une pause, le temps que tous les membres de la grande famille de St Gregory – y compris ceux qui n'étaient pas nés à l'époque – retrouvent dans la mémoire collective de l'école le souvenir du plus grand héros de son histoire. Une voix unique s'éleva alors, une voix jaillie des gorges de tous les élèves de St Gregory, passés, présents et à venir.

« Bur-den ! Bur-den, Bur-den, Bur-den ! »

La septième et dernière manche alla très vite. Il n'était plus utile d'ajouter quoi que ce soit à la balle : elle était exactement comme Wheeler les aimait. Ses balles papillons giclaient, plongeaient, virevoltaient. Les deux premiers frappeurs de Dover qui se présentèrent sur le marbre ne réussirent qu'à taper dans le vide et furent éliminés. Et d'un, et de deux – le troisième ne fit pas mieux sur ses premiers tirs : deux fautes.

Dernier lancer. Wheeler repensa à ses marches avec sa mère sur les basses terres de la Feather River. Il revit l'épervier, sentit le caillou dans sa main, fixa le gant de Thornton et entendit le « Mets le paquet, *wheeler-dealer* ! » du seul vrai ami qu'il ait jamais eu en ce monde. Il repensa à Buddy Holly et fut soudain envahi par les accords, le rythme et les décrochements de voix du chanteur de Tex-Mex entendu dans le gymnase vétuste du lycée de Feather River. Et, pour la première fois depuis son arrivée dans l'Est, il commençait à sentir le « courant universel », comme l'appelait sa mère, la corrélation de toutes choses.

Tout le public retint son souffle quand Wheeler agrippa la balle entre l'index et le majeur de sa main droite, leva haut le genou gauche, l'abaissa, et tira. La balle ne flotta pas, ne descendit pas. Elle partit en ligne droite jusqu'à claquer dans le gant de Thornton, sans être touchée par le coup de batte aussi violent qu'inutile du dernier frappeur de Dover. Une pure balle rapide, peut-être la plus rapide, la plus rectiligne, la plus pure qu'il ait jamais été donné de voir aux spectateurs présents ce jour-là. « Faute ! » glapit l'arbitre. Troisième faute. La victoire revenait à St Gregory.

Les spectateurs envahirent le terrain et se précipitèrent vers le monticule, où s'étaient déjà illustrés son grand-père Frank Burden et son père Dilly, pendant que Wheeler enfonçait une dernière fois le poing dans son vieux gant. On le porta en triomphe.

Perché au-dessus de la multitude, Wheeler se retourna vers le banc de l'équipe, que tout le monde avait déserté sauf Prentice Olcott, le capitaine blessé, qui le fixait avec un mélange de joie et de fureur. Après lui avoir décoché quelques-uns de ses plus beaux clignements d'yeux de lézard, Wheeler promena son regard sur les tribunes vides. Un seul spectateur y était encore, debout, Haze. À cet instant, Wheeler prit conscience de quelque chose qui resterait gravé en lui pendant les trente années suivantes, jusqu'à la fin de ses jours : la force de l'amour que le vieux professeur vouait à son père, un amour qui ne se fondait pas seulement sur des exploits sportifs, ni sur la façon dont Dilly Burden était devenu Rouge-Gorge, le héros de la Résistance. Haze voyait à ce moment-là deux Burden sur le monticule de St Gregory, portés en triomphe par le public du match contre Dover, le fils et le père, en 1958 et en 1932. Wheeler le comprit pendant ces quelques secondes de tumulte. Tout en s'efforçant de garder l'équilibre, il fixa son mentor au fond des yeux et toucha la visière de sa casquette. Ce fut alors qu'il remarqua les larmes qui ruisselaient sur les joues du vieil homme.

10

LA VILLE DE LA MUSIQUE

Wheeler se retrouva à déambuler sur le Ring. Encore mal remis de sa rencontre avec Arnauld Esterhazy jeune, il avait besoin de temps pour réfléchir. Il décida de repasser comme convenu à l'atelier de l'ébéniste et y découvrit une version quasi achevée de son frisbee en bois. Après avoir demandé quelques ultimes modifications à l'artisan, il reprit le chemin du boulevard circulaire. Parvenu devant le musée impérial d'Histoire de l'art, il en gravit l'escalier monumental, régla les cinquante kreutzers de l'entrée et entreprit de déambuler à travers les immenses salles, toujours perturbé par l'étrangeté de sa situation. Il se tenait immobile devant une collection de tableaux du XVIe siècle, perdu dans ses pensées, lorsqu'une voix féminine s'éleva derrière lui.

« Vous vous intéressez aux beaux-arts, à ce que je vois, monsieur Truman. »

Il pivota sur lui-même et se retrouva face à l'adorable sourire d'Emily James, la jeune et jolie Américaine rencontrée au parc.

« Mademoiselle James ? fit-il, sortant brusquement de sa rêverie. D'Amherst, Massachusetts ?

— Vous avez la mémoire des noms, observa-t-elle, visiblement satisfaite d'être reconnue. Et des lieux. »

« Comment aurais-je pu vous oublier ? » faillit-il rétorquer, au lieu de quoi il se rabattit *in extremis* sur une des citations favorites de Haze :

« J'adore le silence des musées. Il apaise les âmes inquiètes.

— *Il apaise les âmes inquiètes*, répéta-t-elle, souriant de plus belle. C'est de Byron, je crois.

— Pour être franc, je ne faisais que citer une expression de mon vieux mentor, que j'aimais énormément. Je ne savais pas d'où il la tenait », ajouta Wheeler, pas encore tout à fait remis de la surprise de cette rencontre. Il avait presque oublié la façon désarmante dont la jeune femme plongeait ses yeux dans les vôtres, la manière dont leur bleu s'intensifiait à mesure qu'elle parlait et que le rouge lui montait aux joues. « Je vous croyais en route pour le château de Schönbrunn avec vos amis.

— L'indécision des groupes. Notre excursion a tourné court. Nous avons fait demi-tour à peine arrivés là-bas. Et j'ai décidé de venir seule ici pour un moment de contemplation.

— Que je regrette d'avoir perturbé.

— Oh non, monsieur Truman. C'est moi qui ai interrompu le vôtre.

— Et je m'en réjouis, dit-il en la voyant rougir à nouveau. Est-ce la première fois que vous visitez ce musée ?

— Je viens souvent, seule. Je trouve moi aussi les musées très reposants, ils offrent une occasion de recueillement. Celui-ci est superbe. Il appartenait à l'empereur et n'a été ouvert au public qu'au milieu du siècle. Je les trouve exquises, dit-elle en indiquant les aquarelles devant lesquelles était Wheeler. Elles ont été offertes par des artistes autrichiens au prince héritier Rodolphe et à la princesse Stéphanie pour leur mariage, il y a seize ans. On les voit tous les deux ici. Et encore ici, enchaîna-t-elle, le doigt pointé sur un joli tableau de couleurs vives de Defregger représentant Rodolphe et Stéphanie dans un chalet rustique. Je trouve l'exubérance artistique qui règne dans ce pays absolument grisante.

— C'est exquis, admit Wheeler en se penchant pour regarder de plus près les aquarelles.

— Oui. » Elle eut un léger froncement de sourcils. « Même si tout cela rappelle la tragédie de Mayerling. Je suppose qu'on ne connaîtra jamais le fin mot de l'histoire. »

Haze avait évidemment relaté la tragédie de Mayerling à tous ses élèves. Le 30 janvier 1889, dans une somptueuse chambre du pavillon de chasse royal, l'archiduc Rodolphe, le prince héritier de l'Empire, c'est-à-dire l'incarnation de l'avenir du pays, avait mis fin à ses jours ainsi qu'à ceux d'une demoiselle de 17 ans. Wheeler croyait encore entendre son ancien professeur psalmodier : « Rodolphe a d'abord abattu l'écervelée baronne, puis il est descendu au rez-de-chaussée pour boire et se trouver de la compagnie, et enfin, six ou huit heures plus tard, il est remonté dans la chambre à l'étage et s'est brûlé la cervelle. »

Wheeler ne put qu'acquiescer et vit une ombre de tristesse passer sur les traits de la jeune femme.

« L'effet a été dévastateur, dit-elle. Imaginez l'héritier du trône, l'avenir même de l'Empire commettant ce... Je pense souvent à sa mère, la belle et grande impératrice. Perdre un fils de cette façon... Perdre un fils de quelque façon que ce soit... c'est tout bonnement abominable. »

Un silence s'instaura entre eux.

« Je suppose que c'est une des raisons d'être des musées, finit par dire Wheeler d'un ton aussi léger que possible, pour détendre l'atmosphère. Ils nous permettent de revivre des moments poignants.

— Avez-vous des musées en Californie ?

— Ce n'est plus le Far West, vous savez. Même si nous avons beaucoup de retard à rattraper, fit Wheeler en montrant la salle d'un geste circulaire.

— Je vous l'ai déjà dit : à l'ouest, mes connaissances géographiques s'arrêtent sur les rives de l'Hudson.

— Vous êtes censée venir nous voir, vous vous rappelez ?

— Laissez-moi le temps de m'imprégner de Vienne, répondit-elle en souriant. Je ne sais même pas si j'en repartirai un jour.

— Qu'est-ce qui vous attire tellement ici ?

— Je suis venue pour la musique.

— Un genre de musique particulier ? Elle semble jaillir de tous les coins et recoins de cette ville, dit Wheeler, citant *La Ville de la musique*, le "petit livre" de M. Jonathan Trumpp dont Haze avait si souvent lu des passages à ses élèves. Et résonner, pourrait-on dire, sur chacune de ses glorieuses façades de marbre.

— Bigre, lâcha-t-elle, impressionnée. Vous avez de l'éloquence, monsieur Truman.

— Pas du tout. Ces phrases ne sont pas de moi. Il s'agit là encore d'une citation, tirée d'un de mes livres favoris, auquel se référait souvent le mentor dont je vous ai parlé. »

Elle l'observa un moment, puis :

« Pour tout vous dire, j'écris, moi aussi. Mais rien d'aussi important que le livre que vous venez de citer. Mon travail se réduit à une modeste série d'articles sur les nouveaux compositeurs. Mais c'est assez confidentiel, s'empressa-t-elle de préciser, surprise elle-même d'en avoir dit aussi long, et je préférerais que cela ne s'ébruite pas. J'utilise un pseudonyme.

— Je n'ai personne à qui en parler. Je suis seul à Vienne. »

Si vous saviez à quel point, pensa-t-il.

« Oh, ce n'est pas ce que j'ai voulu insinuer. Mais je viens de vous présenter Arnauld et ses amis.

— Soyez tranquille, mademoiselle, votre secret restera bien gardé.

— Vous êtes très différent des autres, monsieur Truman, dit-elle en riant. Et je dois avouer que ce n'est pas pour me déplaire. »

Wheeler crut la voir rougir une nouvelle fois.

« Eh bien, dit-il, peut-être aurons-nous l'occasion d'écouter ensemble un peu de musique viennoise.

— J'en serais ravie. Mais je dois vous laisser, ajouta-t-elle soudain. Mon chaperon m'attend. »

Elle lui tendit la main. Wheeler la prit et sentit la tiédeur soyeuse de sa peau. Elle s'éloigna mais se retourna avant d'avoir quitté la salle.

« Monsieur Truman, lança-t-elle, encadrée par les moulures baroques du large seuil, votre regard est d'une douceur remarquable. »

Wheeler la regarda disparaître à l'angle de la pièce suivante. *Quelle femme*, se dit-il, le cœur tout à coup incroyablement léger.

Ce soir-là, soucieux de sa situation financière, Wheeler se contenta à nouveau d'un modeste souper puis s'aventura plus profondément dans le vieux Vienne, où il trouva une chambre encore moins chère que la précédente. Il commençait à être mal à l'aise dans ses vêtements froissés et à rêver d'une bonne douche. Son petit pécule était presque épuisé.

À la fin du deuxième jour, il découvrit dans son nouveau quartier une facette de la cité impériale dont il ne soupçonnait pas l'existence. Jamais il n'avait vu autant de pauvreté ni été assailli par une telle puanteur, la conséquence la plus immédiate de ces conditions de vie abjectes. Plus il s'enfonçait dans la vieille ville, plus les gens étaient nombreux à dormir dans les rues, abandonnés à leur triste sort, entassés, crasseux et misérables, toute une population de sans-logis qui n'avait tout simplement jamais eu sa place dans les vibrantes descriptions de Haze. Partout, des femmes ayant parfois moins de 12 ans, d'autres en ayant plus de 60, déguenillées et laides à faire peur, l'accostaient pour lui proposer leur compagnie et leurs services. Les plus agressives n'hésitaient pas à se pendre à son bras et à le suivre quelque temps avant de se rendre compte qu'elles perdaient leur temps.

Plus tard, assis à la table de la Jeune Vienne dans la propreté, le confort et la clarté du Café Central, il interrogea Kleist sur cette immense pauvreté.

« Oh, ce n'est pas un problème tant qu'on ne la voit pas, répondit le jeune peintre avec sa bonhomie coutumière. Il n'y a ni assez de travail, ni assez de logements pour tout le monde. C'est une des raisons pour lesquelles les cafés comme celui-ci prolifèrent et ont autant de succès. Les Viennois ont besoin d'un peu de confort. Cela vous étonnera peut-être, mais certains des messieurs que vous voyez assis ici n'ont aucun autre endroit pour lire au chaud, fit-il en montrant les autres tables à plateau de marbre, presque toutes occupées par des gens qui lisaient seuls ou discutaient entre amis. Vous seriez surpris de savoir combien d'entre eux ont des proches qui souffrent de la faim et du froid.

— Rien n'est fait pour y remédier ?

— Vous venez de découvrir notre talon d'Achille, monsieur Truman, intervint von Tscharner, l'architecte.

— Les conditions de vie sont déplorables, dit Wheeler avec un geste agacé en direction du canal du Danube et de la vieille ville. On voit partout des ordures et des malades. Et beaucoup de prostituées à peine sorties de l'enfance.

— On est assez loin de la Vienne de Strauss et de Mahler, n'est-ce pas ? fit l'écrivain Claus, toujours cynique.

— J'ai l'impression que des milliers de gens vivent dans les égouts et les caniveaux. »

Wheeler avait du mal à contenir son indignation. Il dévisagea l'un après l'autre ces jeunes gens cultivés, aux opinions ostensiblement progressistes, qui étaient devenus ses hôtes.

« Le fameux libéralisme de nos pères, expliqua Kleist avec un haussement d'épaules. Il a permis de créer le Ring mais ne s'est jamais soucié des indigents, non ? Si l'une des fonctions majeures d'une civilisation est de préserver ses membres du chaos tout en leur faisant sentir qu'ils vivent au centre de l'univers, alors nos pères ont échoué.

— Que faire ? demanda von Tscharner. C'est une situation désespérée.

— Vous vous attendiez à voir des valses et de la joie partout, monsieur Truman ? railla Claus.

— On parle beaucoup de la splendeur de Vienne, répondit Wheeler. Il est normal de s'attendre à...

— Ah, oui, la splendeur, dit l'écrivain. La splendeur et le *Schlag*. » Il prit dans sa tasse une cuillerée de crème fouettée, qu'il laissa retomber. « La splendeur avant la chute. C'est une fausse impression de bien-être.

— Une fausse impression de bien-être, oh, non ! s'exclama Kleist. Méfiez-vous, revoilà le discours de Claus sur la fausse-impression-de-bien-être.

— Les spasmes d'une civilisation à l'agonie, insista Claus. Qui se dirige en dansant vers l'apocalypse.

— Au secours, fit Kleist. Il va nous ressortir sa tirade sur la danse.

— C'est ainsi que vous voyez Vienne ? s'étonna Wheeler.

— Une démesure culturelle. Un insupportable sentiment aristocratique dans un monde fondamentalement insensible aux besoins humains, et tout cela ne peut mener qu'à un dur réveil.

— Et en quoi consistera ce réveil ?

— Je n'en ai aucune idée, répondit Claus d'un ton lugubre. Mais quand les gens commencent à penser que le progrès va de soi et que la vie est facile, ils perdent toute croyance en l'héritage culturel de leurs pères et ils s'enlisent. »

Il se tut et promena un regard froid sur la salle.

« Et vos amis et vous en êtes là ? demanda Wheeler sur un ton empreint de compassion.

— Exactement. Nous observons les signes avant-coureurs de l'effondrement de tout ce à quoi nos pères croient encore – la primauté du rationnel, de la science et de l'ordre – et nous n'avons plus foi en rien.

— La ville semble effectivement avoir du mal à venir à bout de ses problèmes.

— À Vienne, nous préférons suivre l'exemple impérial en faisant comme s'ils n'existaient pas, dit Claus avec un sourire ironique.

— Combien de temps cela peut-il durer ? »

Souriant toujours, Claus fit signe à un serveur de venir remplir les tasses puis fixa Wheeler.

« Jusqu'à l'apocalypse, lâcha-t-il, à la fois résigné et lucide. Et il se pourrait bien qu'elle nous pende au nez. »

De retour dans la rue, Wheeler se sentit gagné par le découragement. Seul dans ce quartier misérable avec les sarcasmes de ses nouveaux amis sur la pauvreté qui lui tintaient encore aux oreilles, il faisait face à un problème matériel immédiat. Il devait absolument trouver un moyen de s'offrir le gîte et le couvert pour toute la durée de son séjour dans cette ville étrangère. Une idée folle lui traversa l'esprit et le poursuivit tout au long de l'humble repas de saucisses au chou qu'il prit dans un petit estaminet malpropre, après avoir dépensé ses derniers marks pour se payer une chambre.

Aussi, au matin du troisième jour, abattu, sans énergie, à court d'argent et fatigué de porter toujours les mêmes vêtements fripés, Wheeler Burden se renseigna-t-il sur la meilleure façon de se rendre à une adresse maintes fois entendue dans la bouche de Haze. « La modernité est née au 19 Berggasse », avait coutume de répéter le vieil homme avec son sens du raccourci habituel, certain que chacun de ses élèves comprendrait à demi-mot de quoi il parlait.

C'était une façade somme toute banale, malgré sa haute porte cochère à voûte donnant sur un porche suffisamment large pour une voiture attelée. Un escalier intérieur de pierre s'élançait vers les étages. Wheeler fit halte sur le palier du premier et attendit un long moment avant de frapper à la porte qui se dressait devant lui, à la fois empli d'appréhension et gêné d'être poussé à cette intrusion monumentale dans le cours du destin par une nécessité purement pratique. En deux mots, il avait besoin d'argent et d'un toit.

« Prof. Dr Freud », disait la plaque vissée sur la porte.

11

UN ENFANT DE ST GREGORY

Le match contre Dover fut un tournant pour Wheeler à St Gregory. Après ce moment de gloire solitaire, toute une école fut disposée à changer d'opinion sur le projet Burden. « La beauté est dans l'œil de celui qui la regarde », commenta Haze. Ce qui avait été jusque-là considéré comme un refus navrant de s'adapter devenait tout à coup une excentricité charmante. « Un matériau que nous devrions pouvoir travailler », décréta l'un des doyens du corps enseignant. Les professeurs en vinrent à considérer Wheeler comme un esprit brillant quoique original. Un jour, en plein cours, son professeur d'anglais lui lança, facétieux :

« Au nom du ciel, Burden, ne me dites pas que vous avez lu *tout* Hugo !

— Juste les romans, répondit Wheeler. Mais deux fois *Quatre-vingt-treize*. »

Cet échange fut abondamment repris entre élèves.

Le proviseur, M. Wiggins, était arrivé à St Gregory avant la guerre. Lui-même avait connu son heure de gloire au football et au hockey sur glace à Harvard, où il avait été le coéquipier du père de Wheeler. Professeur de français de formation, il était proviseur depuis 1947. Sur bien des plans, cet homme dont les traits anguleux semblaient avoir été taillés dans le granit était l'incarnation des valeurs de l'école, et du mode de vie de l'élite bostonienne en général. C'était en grande partie grâce aux discours qu'il prononçait deux fois l'an devant ses élèves, au printemps pour l'ouverture de la saison de base-ball et le 11 novembre pour la célébration de l'Armistice, que le souvenir de Dilly Burden restait aussi vivace. Dans ces moments très particuliers, il laissait affleurer la part de sensibilité cachée sous son aspect solennel et bourru en annonçant quelque chose que tous savaient déjà, c'est-à-dire que les phrases qu'il s'apprêtait à lire avaient été écrites par Dilly Burden pour son discours de remise de diplôme en 1932 – lesdites phrases étant gravées à la vue de tous sur une plaque commémorative dans le grand hall de l'école. Il invoquait l'âme de Dilly avec une élégance patricienne à la Lionel Barrymore.

« Je suis un enfant de St Gregory, récitait-il devant son auditoire muet. Je gagne sans plastronner et je sais perdre sans me lamenter ; je suis trop brave pour mentir et trop généreux pour tricher. La fierté ne me rendra jamais oisif, et je mettrai toujours un point d'honneur à effectuer ma part du travail en toutes circonstances. Je ne demande qu'à partager équitablement avec tous les autres, faibles ou forts, humbles ou talentueux, pauvres ou fortunés, les bénédictions que nous offre le Seigneur. Tout cela parce que je suis avant tout, aujourd'hui, demain et pour toujours, un enfant de St Gregory ! »

Quand M. Wiggins se taisait, rares étaient ceux qui, enfants ou adultes, n'avaient pas les yeux brillants.

Même dans les moments de scepticisme maximal du corps enseignant vis-à-vis du projet Burden, ce gamin de Californie brut de décoffrage avait paru toucher au cœur M. Wiggins, qui durant cette période avait plus d'une fois renversé la tête en arrière en partant d'un rire entendu afin de montrer à ses collègues qu'il continuait d'approuver cette entreprise en laquelle il était pratiquement le seul à croire. Personne ou presque n'ignorait que la décision de tenter ce pari avait été prise par Wiggins, autant pour honorer la mémoire du père de Wheeler que pour marquer le respect qu'il portait comme tout un chacun à sa grand-mère, qui se trouvait par ailleurs être l'une des principales bienfaitrices de l'école.

« Votre grand-mère est une grande dame, déclara M. Wiggins à Wheeler dès leur première rencontre. Je crois que trop peu de gens dans cet établissement... que trop peu de gens dans cette ville mesurent son importance. »

Wheeler demanda peu après à Haze si les compliments du proviseur n'étaient pas excessifs, et le vieil homme répondit avec des trémolos dans la voix :

« Oh, non, c'est une femme remarquable. » Et il avait semblé se perdre dans une sorte de rêverie avant d'ajouter : « Absolument remarquable. »

Il n'est pas anodin que la venue de Wheeler à St Gregory, au mépris de la tradition, ait été suggérée et peut-être même manigancée par sa grand-mère. Et compte tenu de cette influence initiale, le fait que M. Wiggins ait été le premier artisan de cette idée n'a rien d'une coïncidence. Admirateur avoué des petites manifestations de spontanéité qui émaillaient parfois le strict quotidien de l'école, surtout chez les plus jeunes élèves, M. Wiggins avait été d'emblée l'un des observateurs les plus attentifs des excentricités de Wheeler – et l'un de ses plus fervents soutiens. C'était lui qui avait pris à part M. Esterhazy pour lui confier la responsabilité du projet Burden. En privé, disait-on, le proviseur défendait l'idée que le côté fantasque du jeune homme pouvait avoir une influence favorable sur certains élèves trop rigides ou guindés. M. Wiggins ne se laissa jamais déconténancer ni par ses piètres résultats scolaires, ni par sa volubilité. Or, quand M. Wiggins croyait voir ce qu'il appelait une « étincelle spéciale » chez un élève, la sécurité de celui-ci était garantie. Et à l'évidence, indépendamment de la vénération qu'il vouait à sa grand-mère, M. Wiggins avait décelé cette étincelle chez le fils de Dilly Burden.

L'un des rares donateurs de St Gregory à ne pas assister au match contre Dover fut précisément la grand-mère de Wheeler, Eleanor Burden, veuve de l'éminent banquier bostonien Frank Standish Burden Senior et mère de Frank Standish Burden Junior, c'est-à-dire de Dilly. Son cœur fragile l'avait contrainte à renoncer à ses visites à l'école, mais c'était bien elle qui avait mis sur pied et financé le projet Burden. Lorsque le proviseur lui passa un coup de téléphone juste après LE match, comme on l'appelait déjà, elle exprima une joie immédiate, non par amour du base-ball mais pour l'effet positif de cet exploit sur l'intégration de son petit-fils, plutôt mal engagée jusque-là. Elle avait pour lui un amour inconditionnel et souhaitait par-dessus tout que la greffe prenne, ce dont elle n'avait d'ailleurs jamais paru douter.

« Le jeune Burden a la tête sur les épaules », déclara le proviseur lors d'un conseil de classe, et il confia avec bonhomie à ses confrères qu'il était arrivé plus d'une fois à Wheeler de téléphoner chez lui pour discuter longuement avec Mme Wiggins du sens profond de l'allocution prononcée par lui à la chapelle ce matin-là ou d'un article lu dans l'éditorial du *Boston Globe* – une habitude que son épouse et lui-même avaient choisi de juger charmante. En guise de conclusion, le proviseur usa d'un euphémisme pour évoquer l'excentricité de Wheeler : « Il semble avoir un certain goût pour le dialogue. »

En sciences physiques, Wheeler rattrapa une année complète d'échecs en se distinguant à l'épreuve écrite finale. Les responsables du magazine littéraire de l'école décidèrent de voir dans sa copie un texte « poétique » et la publièrent dans leur dernier numéro. M. Warner, le professeur de physique, que tous ses élèves du plus âgé au plus jeune appelaient « Zoof », la présenta à un concours interscolaire patronné par le *Scientific American.* Elle contenait une brillante explication de la fameuse rupture de trajectoire des balles courbes.

« Dans le monde selon Burden, déclara Zoof devant toute la classe, c'est parce que la vitesse de la balle pendant les deux premiers tiers de sa course l'a emporté sur son effet qu'il est possible d'éliminer six frappeurs de Dover. C'est assez simple. La balle ralentit au dernier tiers, l'effet prend le dessus et incurve brusquement sa trajectoire. »

Un élève capable de comprendre ce concept et de l'exposer avec autant de clarté et de simplicité méritait de passer dans la classe supérieure, chose qui avait semblé impossible jusque-là au vu des calamiteux débuts de Wheeler en physique. Il fut aidé par le fait que Zoof ait été un ancien camarade de classe de Dilly Burden et qu'en sa qualité de fervent supporter des Red Sox de Boston il se soit toujours interrogé sur la raison de cette rupture de trajectoire des balles courbes. Quand le rédacteur en chef du *Gregorian* lui demanda où il était allé chercher une explication aussi élégante, Wheeler répondit simplement : « Bucky Hannigan. »

Les choses finirent même par s'arranger avec Prentice Olcott, ou du moins celui-ci se résolut-il à laisser Wheeler tranquille, conscient d'avoir affaire à plus fort que lui.

Aussi improbable que cela ait pu paraître au lancement du projet Burden, Frank Standish Burden III, comme avant lui son père et son grand-père, devint soudainement, et même triomphalement, un enfant de St Gregory. On l'encouragea à se réinscrire en terminale. Wheeler, comme son père et son grand-père, finirait donc sa scolarité à St Greg. Cette deuxième et dernière année se déroulerait sans incident notable, lui-même ayant tendance à devenir plus conventionnel et M. Esterhazy continuant de graver les espaces vierges de sa table rase.

Si les talents de lanceur de Wheeler contribuèrent à faire changer d'avis le corps enseignant de St Gregory, ils furent aussi à l'origine de son admission à l'université de Harvard. M. Wiggins, disait-on, y était désormais favorable. Harvard, à l'image de St Gregory, ne demandait pas mieux que d'accueillir en son sein le fils de Dilly Burden – entré en 1936 –, pourvu que cela ne cause aucun embarras. Par une heureuse coïncidence, le directeur des admissions de Harvard était lui-même un ancien de St Gregory et avait assisté au fameux match contre Dover. Pendant l'hiver de sa terminale, l'idée d'envoyer Wheeler à Harvard se transforma en lame de fond. Il accepta surtout pour faire plaisir à sa grand-mère, qui tenait une place de plus en plus importante dans son cœur.

Ce ne fut qu'après la Noël de son année de terminale à St Gregory que Wheeler partit à la recherche de Buddy Holly, à New York. La plupart de ses week-ends avaient été jusque-là occupés par des retenues ou des devoirs à rendre, et il ne savait absolument pas où le trouver. Après lui avoir écrit une série de lettres restées sans réponse, il décida de se rendre sur place en chair et en os pour tenter de rencontrer son idole.

Il avertit l'école qu'il passerait le week-end chez sa grand-mère et fit le voyage en stop dans la voiture d'un étudiant de l'université de Boston originaire du Lower East Side. Il dormit dans une YMCA new-yorkaise et, dès le lendemain matin, se présenta au siège de Coral Records, où il demanda l'adresse de Holly à toutes les personnes qui ressemblaient de près ou de loin à des musiciens. Un homme à fort accent cockney finit par lui donner une adresse dans Greenwich Village. Wheeler sonna à la porte de l'immeuble mais n'obtint pas de réponse. C'était un samedi soir sinistre, pluvieux et froid. Il partit et revint plusieurs fois. Vers 1 heure du matin, misérable et tremblotant, il poireautait encore sur le seuil lorsqu'un taxi stoppa à sa hauteur. Un homme en ciré marron foncé tenta péniblement d'en sortir deux caisses de matériel. Wheeler s'avança pour lui prêter main-forte.

L'homme le précéda jusqu'au seuil de l'immeuble et ouvrit la porte avec sa clé.

« Merci beaucoup. Tant que tu y es, tu pourrais peut-être m'aider à monter l'escalier, dit-il en se retournant vers Wheeler. Hé, mais tu es plus trempé qu'un ragondin. Viens donc prendre quelque chose de chaud. »

Ce ne fut qu'à mi-chemin de leur ascension vers le dernier étage que Wheeler se rendit compte que cet homme était Buddy Holly.

Holly, de son vrai nom Charles Hardin Holley, était né à Lubbock, Texas, en 1936, soit cinq ans avant que Wheeler voie le jour à Londres. Élevé dans une famille de musiciens, il avait appris le violon et le piano avant de se prendre de passion pour la musique country et de se mettre à la guitare à l'école primaire. Pendant ses années de lycée, il rejoignit un groupe et tenta de présenter ses morceaux à d'autres musiciens jusqu'à ce que, en 1955, Elvis Presley vienne se produire à Lubbock, un événement qui scella son destin. Holly et son groupe partirent à Nashville pour essayer d'enregistrer un disque. Mais ce ne fut qu'en 1957, après avoir arrêté ses études pour se consacrer entièrement à la musique, que le jeune homme fit la connaissance du producteur Norman Petty à Clovis, Nouveau-Mexique. Dans le studio de celui-ci il enregistra avec son groupe de rockabilly, The Crickets, la chanson « That'll Be the Day », et ce fut le début d'un phénomène qui allait bouleverser la vie de Wheeler. Un an plus tard, tenaillé par l'envie d'écrire et de chanter en solo, Holly se sépara de ses camarades texans et monta à New York, où il était en train d'explorer de nouvelles voies pour sa musique. Alors qu'il vivait dans un appartement mansardé de Greenwich Village avec sa jeune épouse, Maria Elena, le hasard d'une tempête hivernale lui fit ouvrir sa porte à un lycéen efflanqué et atypique de Boston qui lui rappelait sans doute ce que lui-même avait été quelques années plus tôt.

Wheeler resta cinq heures assis avec Buddy, jusqu'à l'aube, à parler et à jouer de la guitare, et Holly les enregistra sur un magnétophone après lui avoir demandé de chanter avec lui. Il s'approcha ensuite du tourne-disque.

« Écoute-moi ça, gamin. C'est du Haydn. »

Les notes d'un morceau classique emplirent la pièce.

« Je travaille sur un truc assez nouveau, dit Holly avec un sourire, en arrêtant le tourne-disque puis en attrapant sa guitare. Écoute. »

Il plaqua une série d'accords et chanta un premier couplet. Wheeler l'écouta, hypnotisé, sans avoir conscience de l'importance capitale de ce moment pour son avenir.

« Ma nouvelle voie, dit Holly.

— C'est beau, murmura Wheeler.

— Tu crois que ça pourrait marcher ? » s'enquit la star du rock'n'roll.

Wheeler ne put que hocher la tête.

Le maître apprit ensuite à son élève l'enchaînement des accords jusqu'à ce qu'ils puissent jouer un morceau ensemble, et Holly se mit à égrener les premiers « ah-ah-oh » d'une ligne de chœurs naissante.

« Allez, dit-il. Tu prends la mélodie, et je chanterai deux tons au-dessus de toi. »

Leurs voix entremêlées basculèrent alors dans un territoire d'une telle harmonie que Wheeler ne sut bientôt plus où commençait la sienne, ni où finissait celle de son idole. Holly était radieux.

« Ouuuuaouh ! s'écria-t-il. Ça sent le tube, gamin, c'est moi qui te le dis ! »

Ainsi fut semée la graine de ce qui, deux décennies plus tard, deviendrait l'hymne de toute une génération.

L'aube était presque là quand ils cessèrent de jouer.

« Tu ferais bien de dormir un peu sur ce canapé », dit Buddy.

Vers 10 heures du matin, tout gêné de constater qu'il avait dormi aussi tard, Wheeler se réveilla seul dans l'appartement new-yorkais de Buddy Holly. Quand il voulut laisser un mot sur la table de la cuisine, un petit paquet enrobé de papier blanc uni était déjà posé dessus, maintenu par une paire d'élastiques, avec le mot « GAMIN » suivi de : « Pour que tu n'oublies pas. Continue à jouer. » Wheeler défit l'emballage et trouva l'enregistrement des morceaux de la nuit : il le glissa dans sa valise et repartit à Boston. Personne à St Gregory n'entendit jamais parler de son voyage à New York ni de son duo nocturne avec une légende du rock'n'roll.

Une semaine plus tard environ, le matin du 4 février 1959, Wheeler était assis devant son petit déjeuner au réfectoire de l'école, les paupières encore gonflées de sommeil, quand un jeune pensionnaire vint le trouver, la mine défaite. « Désolé » fut le seul mot qu'il prononça en laissant tomber sur la table le *Boston Globe*. Wheeler regarda fixement la une, d'abord incrédule : « Crash aérien dans l'Iowa : Holly et deux autres chanteurs tués ».

Son seul habit noir était une veste de soirée ayant appartenu à son père. Il la porta toute la journée, avec une chemise et une cravate ficelle également noires.

12

LE PREMIER DES SHOMSKY

À Harvard, Wheeler passait une bonne partie de ses week-ends avec sa grand-mère dans la demeure familiale du centre de Boston où elle-même avait grandi puis élevé son père, au fond d'une étroite rue pavée. À plus de 80 ans, Eleanor Burden restait alerte et pleine d'esprit malgré son cœur fragile. Il avait adoré les rares occasions où sa mère et lui avaient traversé le pays pour venir la voir. Maintenant qu'il était seul – et plus ou moins adulte –, sa grand-mère et lui se sentaient de plus en plus proches.

« Tu sais, Standish, l'avertit-elle dès sa première semaine de cours à l'université, les gens de Harvard sont affreusement réservés. Je crois qu'ils te trouveront un peu extraverti. »

« Extraverti » était le terme qu'elle employait pour le décrire depuis son enfance. Wheeler supposa que c'était sa façon de l'encourager à faire preuve de circonspection les premiers temps. Mais, ayant survécu à St Gregory, il était déjà quelque peu préparé à la raideur bostonienne.

« Je sais, grand-mère. Je crois qu'on me regarde comme un taureau sauvage de la pampa.

— On va sûrement te proposer d'entrer au Porcellian, le club de ton père et de ton grand-père. Ce sont des gens assez collet monté, peut-être même les plus collet monté de tous. Mais j'espère néanmoins que tu accepteras leur offre. Tu leur feras du bien », conclut-elle avec un sourire mi-espiègle, mi-admiratif.

Une de leurs conversations resta tout particulièrement gravée dans la mémoire de Wheeler. Un ancien de St Gregory, lui aussi admis à Harvard, le croisa un jour dans la cour et lui parla d'un très vieux guide touristique trouvé à la bibliothèque Widener, et sur la page de garde duquel il avait cru voir écrit le nom de son grand-père. Wheeler alla vérifier et découvrit en effet un guide Baedeker de l'Autriche de 1896, avec « F. S. Burden Jr » annoté à la main. Wheeler trouva cela bizarre, n'ayant jamais pensé que son grand-père avait pu être un jour appelé « Junior ». Il l'apporta à sa grand-mère et lui fit part de sa perplexité.

« N'est-ce pas papa, qu'on appelait Junior ? »

Eleanor Burden resta un long moment à tenir le petit volume rouge sans rien dire.

« Tu as raison. C'était ton père », dit-elle à mi-voix, en pressant le livre contre son sein.

Elle l'y garda longtemps, les yeux clos. Quand elle les rouvrit, Wheeler s'aperçut qu'ils luisaient de larmes.

« Il adorait les livres anciens, dit-elle. Il a dû s'acheter celui-ci et écrire son nom dessus pendant son voyage d'étudiant en Europe avec Brod Walker. »

Wheeler lui fit remarquer que son professeur de philosophie, à Harvard, s'appelait Broderick Walker.

« C'était l'ami le plus cher de ton père, expliqua sa grand-mère, à la fois touchée et amusée. Tu devrais faire merveille en cours de philosophie, Standish. J'espère seulement que les autres seront prêts pour toi. »

Elle avait toujours adoré sa façon de jongler avec les concepts. Elle pouvait rester des heures assise à l'écouter dans son salon de Beacon Hill, l'encourageant sans cesse à digresser et embellir.

Conformément aux prévisions de sa grand-mère, l'apprentissage de la philosophie fut – avec la rencontre de Joan Quigley – le temps fort de cette première année à Harvard. Wheeler en apprit nettement plus long qu'il ne l'aurait cru possible grâce aux efforts conjugués de M. Walker et d'une fille de Radcliffe. Eleanor Burden n'aurait pas pu prédire le rôle que Joan Quigley allait jouer dans sa vie.

Comme vous l'avez sans doute compris, mon fils, Wheeler, avait certaines tendances obsessionnelles qui, pendant ses études à Harvard, s'étaient cristallisées autour de la musique. Il se mit dès son arrivée en quête d'autres guitaristes. Il s'acheta une guitare électrique Fender Stratocaster d'occasion en plus de la vieille Martin acoustique de son père et, à force de pratiquer tous les jours, il finit par jouer le rockabilly à la manière de son modèle. L'envie le démangeait d'apprendre de nouveaux riffs et peut-être d'entrer dans un groupe. Un ami l'emmena sur Brattle Street, où il joua un peu et écouta énormément. Les cafés exercèrent sur lui un attrait irrésistible : on y croisait un flot en apparence inépuisable de musiciens, le plus souvent des guitaristes. Cambridge et les alentours de Harvard Square bouillaient d'une fièvre contagieuse au début des années 1960, et Wheeler s'y retrouva plongé. Il eut l'impression de découvrir un pays des merveilles peuplé de beatniks, de chevelus, de penseurs radicaux, de poètes avant-gardistes et même de quelques naïfs comme lui – un univers aux antipodes de celui de la vallée de Sacramento où il avait grandi. « Dans ce milieu-là, observerait plus tard Wheeler, personne n'avait jamais entendu parler de Dilly Burden. Et c'était un immense soulagement. »

Il adorait cette faune, qui l'attirait comme un chant de sirènes. Les cafés de Brattle Street étaient pleins de gens qui venaient y lire la presse du jour, en vêtements simples et sombres. Mais il n'y avait pas que les nouveaux riffs de guitare qui le retenaient de longues heures dans sa chambre d'étudiant, il y avait aussi le flot tempétueux de ses idées. Wheeler trouvait toujours quelqu'un au café pour s'asseoir et discuter avec lui, pour écouter et prendre au sérieux ses propos, et jamais on ne l'empêchait d'aller au bout de ses raisonnements. Il y avait toujours une idée à approfondir, des références à rechercher, des livres à éplucher, après ces discussions de fin de soirée. C'était encore mieux que de débattre avec le gouverneur de Californie ou avec Chet Huntley. « T'es au paradis, mon pote », aurait dit son ami Bucky Hannigan s'il avait pu le voir. Jamais Wheeler n'avait été entouré de gens aussi prêts à accepter ses incessants questionnements et à l'entendre disserter sur la politique et la société, sur le monde tel qu'il aurait dû être.

Les musiciens des cafés s'intéressaient surtout à la musique folk mais, plus le temps passait, plus Wheeler se rendait compte que sa vraie passion était le rock'n'roll.

L'enregistrement de Buddy Holly lui valut une certaine notoriété. Alors qu'il ne l'avait jamais montré à personne à St Gregory, il le fit écouter à ses amis des cafés et se tailla ainsi une réputation de bon guitariste. Quelques étudiants de l'université de Boston avaient fondé un petit groupe spécialisé dans la reprise de tubes rock du Top 40, The Shadow Self[1], sous la

1. La Part d'Ombre.

houlette d'un guitariste nommé Hitzie – le plus rapide que Wheeler ait jamais rencontré, vif comme l'éclair. Hitzie semblait apprécier ce gamin venu de Californie qui leur tournait autour et apprenait des riffs à la chaîne, mais, après avoir entendu l'enregistrement de la chanson qu'il avait chantée avec un imitateur de Buddy Holly, son groupe et lui le regardèrent d'un autre œil.

« Ce n'est pas un imitateur », dit Wheeler.

Personne ne le crut.

« Il y a quoi sur le reste de cette bande ? lui demanda un soir Hitzie en salle de répétition.

— Je n'en sais rien. »

Wheeler n'avait que très rarement réécouté la chanson après la mort de Holly, sans jamais aller au-delà de la plage de silence qui la suivait.

« On ferait peut-être bien d'écouter ça », suggéra un autre.

Ils s'assirent donc et découvrirent, avec stupéfaction, que les quarante-cinq minutes de bande restantes contenaient la matrice de six chansons totalement inconnues et jamais enregistrées sous quelque autre forme que ce soit. Sans le savoir, juste avant sa mort, Buddy Holly avait légué une mine d'or à ce jeune homme qu'il avait accueilli dans son appartement.

« Personne n'a jamais entendu ça ! s'exclama Hitzie, extatique. C'est le tombeau de Toutankhamon. »

Ils échangèrent des regards ébahis et convinrent sur-le-champ que Wheeler Burden serait désormais membre à part entière de The Shadow Self.

La même semaine, il se retrouva assis à côté de Joan Quigley au milieu d'une tablée, sur Brattle Street.

« Comment s'appelle ton groupe, déjà ? » lui demanda-t-elle.

Joan Quigley était sans doute la plus belle fille que Wheeler ait jamais vue. Membre périphérique de la bande, actrice plus que chanteuse, mais toujours prête à dépanner dès que quelqu'un avait besoin d'une voix féminine, elle était très souvent dans les cafés. On la surnommait « la princesse de glace ». Étudiante en deuxième année à Radcliffe, elle sortait officiellement avec un joueur de football. Elle avait tapé dans l'œil de Wheeler dès la première fois qu'il l'avait vue, assise seule dans un coin d'une librairie de Harvard Square, vêtue d'un sous-pull à col roulé violet et fumant une cigarette. S'il l'avait remarquée, supposait-il, ce n'était pas seulement parce qu'elle était sans doute la plus belle fille qu'il ait jamais vue – à tomber sur le cul, aurait dit Bucky Hannigan –, mais aussi parce qu'elle lisait un exemplaire de *L'Essor de Perséphone*, de Flora Standish.

« The Shadow Self, répondit Wheeler.

— C'est du Jung.

— Jung ? Qui est-ce ?

— Tu sais bien, le disciple de Freud.

— Freud, par contre, je connais. Il fait partie de mon héritage. »

Ce ne fut qu'à ce moment-là que Joan Quigley parut réellement prêter attention à lui.

« Tu es un genre d'*idiot savant**, c'est ça ?

— Je te demande pardon ?

— Oh là là », dit-elle en soupirant.

Elle le dévisagea une longue seconde, sans doute en se demandant si elle devait le laisser choir sur-le-champ ou s'il méritait d'avoir une place dans ses projets. Heureusement – ou malheureusement – pour Wheeler, la plus belle fille qu'il ait jamais vue opta pour la deuxième solution.

« Je suis une rescapée de la Miss Porter's School[1], je me croyais à l'abri de ce genre de chose. Allez, viens, dit-elle en lui prenant la main. Je t'emmène à la librairie coopérative. Quitte à traîner avec des anarchistes, autant que tu saches de quoi ils parlent. Et tu vas avoir besoin d'un guide. »

La famille de Joan Quigley était implantée à Boston depuis presque aussi longtemps que les Burden, et la grand-mère de Wheeler en parlait avec respect. « Ils ont un petit côté bohème », disait-elle sur un ton oscillant entre envie et admiration. Joan foulait aux pieds tous les codes vestimentaires de la bourgeoisie. Dans les cafés, on ne la voyait jamais autrement qu'en jean Levi's et col roulé, « histoire de réparer les dégâts de quatre années de pensionnat », selon son expression. Wheeler adorait sa façon de parler à la fois percutante et spirituelle, et il ne lui fallut pas longtemps pour s'apercevoir qu'il était fou d'elle.

« Laisse tomber, conseilla Hitzie. Tes burnes vont geler dès que tu les approcheras de son minou. »

Mais Joan vint le relancer, apparemment désireuse de le prendre sous son aile.

« Tu as de la chance, lui glissa-t-elle tard un soir au café, l'innocence a sur moi un effet aphrodisiaque.

— Aphrodisiaque ? Qu'est-ce que c'est ? »

Joan Quigley, qui n'était pourtant pas facile à impressionner, ne put qu'écarquiller les yeux.

Ce fut elle qui eut l'idée de réarranger les morceaux enregistrés par Buddy Holly.

« Et pourquoi pas ? argua-t-elle. Il est mort, et personne ne sait que ces chansons existent. Je suis sûre qu'il aurait fait pareil. »

1. Pensionnat de jeunes filles ultra-chic.

Un ami de son père possédait un studio d'enregistrement, auquel il leur laissa accès entre 2 et 3 heures du matin. Deux mois plus tard, The Shadow Self avait ajouté aux six chansons de Holly plusieurs parties de guitare, une ligne de batterie et des harmoniques, tout en conservant bien sûr la voix du mythe. La plupart des suggestions étaient venues de Wheeler.

« Tu vois loin, observa Joan Quigley. On dirait que tu as en tête une image précise de ce que tu veux produire. »

La version définitive des morceaux fut enregistrée en stéréo, avec plusieurs chansons du groupe.

« C'est génial, dit un soir Joan Quigley pendant qu'il la raccompagnait à son internat. Dommage que vous ne puissiez rien en faire, vu que tout ça est illégal. »

Mais des copies pirates circulèrent et remportèrent instantanément un énorme succès. Le groupe, bien que sans nom et sans visage, acquit une incroyable notoriété. Chaque fois que Shadow Self – « Laissez tomber le "The" », avait conseillé Joan – jouait un de ces morceaux dans un café, la salle basculait dans l'hystérie.

Wheeler était toujours en première année quand, au terme d'une séance d'enregistrement nocturne, Joan lui demanda de rester pour l'aider à fermer le studio à 3 heures du matin. Son intérêt pour lui avait paru s'accroître tout au long de la semaine précédente, car elle était impressionnée par la manière dont il avait appris à utiliser le matériel d'enregistrement.

« Tu as une capacité de concentration hallucinante, dit-elle en le voyant coupler une piste de guitare à celle des voix. C'est ton côté *savant*.

— Je crois que j'ai un peu tendance à oublier tout le reste quand je fais quelque chose, répondit en riant Wheeler.

— C'est peut-être ta qualité numéro un », dit-elle en se laissant aller contre son bras.

Ses cheveux fleuraient bon la brise marine de la Nouvelle-Angleterre, et Wheeler tenta de faire abstraction du picotement que ce contact lui faisait courir sur l'échine. Debout à côté du piano de la salle d'enregistrement principale, il chercha l'interrupteur.

« J'ai quelqu'un, tu sais.

— Je sais. Ton champion de football.

— C'est pour ça que personne ne doit savoir, sourit-elle en lui glissant un petit sachet au creux de la paume. Tu sais ce que c'est ? »

Il en avait déjà vu quelques-uns, mais jamais d'aussi près. La plus belle fille qu'il ait jamais connue venait de lui glisser son premier Trojan[1] au creux de la paume et, à en juger par son sourire, elle ne s'arrêterait pas là. Elle lui prit la main, souleva le bas de son sous-pull et la plaqua contre son ventre tiède.

« J'ai un autre cadeau pour toi », dit-elle en faisant descendre la main de Wheeler sous la ceinture de son jean. La princesse de glace posa sur lui un regard langoureux. « D'autres auraient conquis des empires pour avoir droit à ça, ajouta-t-elle en guidant sa main toujours plus bas. Et toi, tu n'as même pas eu besoin de demander. »

« J'avais peur que tu ne me repousses », avoua-t-elle une fois rassise sur le canapé du studio.

« Tu plaisantes ? » faillit-il dire en regardant la fille de ses rêves remettre son sous-pull.

« Parce que j'ai l'air coincé ?

— Parce que tu aurais pu ignorer ces choses-là.

1. Marque de préservatifs.

— Comme pour la drogue ? »

Wheeler refusait les drogues psychédéliques qui commençaient à circuler dans les cafés avec la bénédiction de certains professeurs de Harvard. « Il est déjà bien assez maboul comme ça », aurait dit Bucky Hannigan. Ou encore, selon une réplique de Joan Quigley à Hitzie restée fameuse : « Wheeler n'a pas besoin de drogue, il *est* la drogue. »

« C'était super », commenta bêtement Wheeler sur le seuil du studio, en éteignant la lumière.

Joan se blottit contre lui.

« Contente que ça t'ait plu, dit-elle en refermant la porte. Il faudra qu'on réessaie un jour. Mais tu devras le mériter. »

Les ennuis de Wheeler survinrent à peu près en même temps, et seul M. Walker, le vieil ami de son père, lui évita le pire. Tout commença par une dissertation de philosophie qu'il rédigea en première année. Intitulée « La grande interception : un pic de civilisation », elle développait le raisonnement selon lequel le célébrissime arrêt de volée réussi par Willie Mays sur une frappe de Vic Wertz pendant la finale du championnat 1954 avait constitué un apogée culturel en raison des conditions préalables qui l'avaient rendu possible. Ses idées étaient le pur fruit des leçons de Haze. Il fallait une nation en paix, aux frontières sûres ; un peuple ayant du temps pour ses loisirs et de l'argent en quantité suffisante pour organiser des activités théâtrales, sportives et autres ; des stades, des uniformes, des compétitions organisées ; et des gens dotés d'un sens esthétique leur permettant d'apprécier l'importance de ce genre d'exploit. Après avoir passé un certain temps à mettre au point son plan, il rédigea à toute allure un premier jet qu'il remit à son professeur assistant, un jeune homme à l'air grave nommé Fielding Shomsky.

Le lendemain, Shomsky le vit entrer dans les toilettes pour hommes de la bibliothèque Widener et l'y suivit. De la cabine voisine, il lui tint ce discours :

« Votre idée est sacrément bonne, Burden, mais on dirait que vous n'avez aucune fierté. Elle pourrait donner un article génial, et vous avez rédigé ce devoir comme un cochon. Peaufinez-moi tout ça, faites taper votre texte et revenez me voir d'ici la fin de la semaine. »

Le jeune assistant glissa les feuillets sous la cloison séparative et s'en fut.

Wheeler fit ce qu'on lui demandait. Il retravailla son texte, creusa sa réflexion et finit par rendre à Shomsky un manuscrit tapé à la machine, rebaptisé « Les conditions préalables d'un apogée culturel ». Quelques jours plus tard, Shomsky lui confia qu'il allait soumettre son devoir à la direction du département en vue de lui obtenir un prix. Wheeler n'y pensa plus jusqu'à la semaine suivante, quand il fut convoqué chez le doyen. À son entrée dans le bureau de celui-ci, il eut la surprise d'y trouver Fielding Shomsky et Broderick Walker, directeur du département de philosophie et spécialiste nationalement reconnu du philosophe viennois Egon Wickstein. Shomsky le fixait d'un œil mauvais.

« Nous avons un problème, monsieur Burden, commença le doyen, un homme d'allure aristocratique toujours vêtu de tweed, sur le bureau duquel s'alignait une longue rangée de pipes. Votre professeur assistant, M. Shomsky, ici présent, a découvert une ressemblance marquée entre votre dissertation de philosophie et un essai d'Egon Wickstein. »

Wheeler, estomaqué, regarda le doyen agiter deux textes dactylographiés, son devoir et un texte d'Egon Wickstein.

« Ils portent le même titre, organisé autour de l'expression "apogée culturel", et il y a d'autres similarités pour le moins troublantes. »

Shomsky le foudroyait toujours du regard. Broderick Walker arborait quant à lui une mine soucieuse.

« Connaissez-vous les règles fondamentales du plagiat, monsieur Burden ? »

Wheeler hocha la tête avec stupeur.

« Je n'ai plagié personne, monsieur, réussit-il à rétorquer.

— C'est une situation pour le moins inhabituelle. Si M. Shomsky y consent, nous allons laisser le jugement final à M. Walker, proposa le doyen en se tournant brièvement vers le jeune professeur assistant, qui hocha la tête à contrecœur. Très bien. »

Le doyen en avait fini ; il remit les pièces à conviction à son directeur de département et leva la séance.

Pendant son entretien avec Broderick Walker cet après-midi-là, Wheeler expliqua qu'il avait écrit seul ce texte et qu'il en avait rendu une première version un peu bâclée à l'assistant. M. Walker, dont les yeux doux étaient surmontés d'énormes sourcils noirs, répondit que M. Shomsky était fou de rage et réclamait vengeance. Ce n'était en effet qu'après qu'il eut soumis le devoir de Wheeler à ses confrères que l'un d'eux, plus expérimenté, lui avait fait remarquer qu'il ressemblait beaucoup à un obscur essai de jeunesse de Wickstein, un auteur que tout membre du département de philosophie était censé connaître sur le bout des doigts.

« Vous avez réussi à retrouver un texte dont M. Shomsky ignorait l'existence, Standish. Il se sent trahi et humilié.

— Je ne l'ai pas retrouvé, protesta Wheeler. Je n'ai jamais rien lu d'Egon Wickstein. Je...

— Vous êtes le dernier des Burden, l'interrompit Walker en l'observant avec nostalgie. Le dernier membre de votre éminente famille à porter ce nom – comme l'a porté votre père, ce grand ami à moi, et avant lui votre grand-père. C'est toujours une lourde responsabilité que d'être le dernier représentant d'une lignée. Mais Fielding, pour sa part, est le premier des Shomsky, et lui aussi se sent des responsabilités. Vous êtes capable de comprendre cela, j'en suis sûr. Pour lui, si je puis dire, rien ne coule de source.

— Je n'ai pas commis de plagiat.

— Votre père était mon meilleur ami. J'ignore si vous le savez. C'était vraiment un être exceptionnel. Je n'ai jamais été doué en sport. Mais votre père, ajouta-t-il avec mélancolie, on aurait dit une antilope. Il avait la grâce d'un danseur. Et, oh oui, l'intelligence d'un érudit. Je crois d'ailleurs que c'est lui qui m'a fait découvrir Egon Wickstein. L'été où nous sommes partis ensemble faire notre tour d'Europe. Votre père adorait jouer de la clarinette avec l'orchestre du paquebot, ce qui me laissait beaucoup de temps libre pour lire. Il m'a prêté ses livres. J'ai été tellement ébloui par les écrits de Wickstein que j'ai profité de notre passage en Angleterre pour aller l'entendre à l'université de Cambridge. Dix ans plus tard, après sa mort dans un camp de concentration, j'ai réussi à accéder à ses papiers et je suis retourné à Londres pour étudier son œuvre en profondeur. C'est ce qui m'a permis d'entrer ici, à Harvard. »

Il était communément admis que sa grande biographie de Wickstein avait assuré à Broderick Walker la position de premier plan qu'il avait fini par occuper dans la philosophie moderne.

« Et tout est parti de ceci, ajouta le professeur en soulevant le manuscrit de Wickstein. D'un sublime petit essai que j'ai lu pendant ma traversée de l'Atlantique avec votre père. Intitulé *Les Conditions préalables d'un apogée culturel*. »

Wheeler se tortilla sur sa chaise.

« Je ne comprends pas, répondit-il. Je n'ai jamais lu ce texte. Et encore moins copié. »

M. Walker débordait de bienveillance et semblait se soucier comme d'une guigne de savoir si Wheeler avait lu ou non l'essai de Wickstein. Il consacra le reste de la conversation à couvrir Dilly Burden de louanges.

Le sujet du plagiat ne fut plus jamais abordé par la suite, sauf par Fielding Shomsky, toujours aussi furieux.

« Vous êtes issu d'une famille illustre, dit-il un jour à Wheeler, sur un ton étonnamment menaçant. Vous avez commis un plagiat sans être inquiété. Vous n'avez pas votre place à Harvard. Vous n'avez aucun honneur. »

Wheeler soutint son regard.

« Je n'ai pas plagié ce texte, monsieur, riposta-t-il avec solennité. Je ne comprends pas ce qui s'est passé, mais j'ai écrit mon devoir tout seul. Vous avez lu mon brouillon. »

Shomsky ne voulut rien entendre. La seule réalité était pour lui celle qu'il voyait. Il n'existait aucune autre explication possible que la sienne.

« Votre famille ne mérite peut-être d'ailleurs pas tous les honneurs qu'on lui fait. Tenez, lisez ceci, ajouta-t-il, remonté comme un coucou, en fourrant dans les mains de Wheeler un vieux numéro de la *Cambridge Voice*. Ça vous mettra les points sur les i. »

Wheeler lut l'article et le garda. Publié en couverture de cette revue underground en 1954, il était très négatif et prétendait démonter le mythe. À en croire son auteur, Dilly Burden avait souffert d'un besoin d'héroïsme pathologique. Non seulement il avait été trompé et trahi par les siens, mais il ne s'était pas montré digne de la légende du Rouge-Gorge qui *ne chantait pas**. Il avait parlé, comme toutes les personnes torturées par la Gestapo. Quant au père de Dilly, Frank Burden, il était dépeint comme un banquier bostonien d'un antisémitisme forcené, ayant réalisé des investissements massifs en Allemagne nazie ; on l'accusait même d'avoir tué un homme, un Juif, quelque part en Europe, au tournant du siècle – un crime que ses relations familiales étaient parvenues à étouffer. En clair, il n'avait pas grand-chose à voir avec la figure héroïque née lors de sa prestation aux Jeux olympiques de 1896. L'article, dans lequel Joan Quigley lui conseilla de ne voir qu'un exemple caricatural de journalisme sensationnaliste, dressait un portrait extrêmement sévère des Burden de Boston.

Shomsky finit par se calmer au bout d'une semaine. Il fallut attendre le mois de mai, que Wheeler soit retenu comme lanceur remplaçant de l'équipe de base-ball des première année et que son bras revienne sous le feu des projecteurs, de façon assez originale. D'abord pendant un match où il entra en jeu et n'eut besoin de lancer qu'une seule fois pour mettre un terme à une manche tumultueuse, ce qui lui valut d'être surnommé « Un-Point-C'est-Tout » par ses coéquipiers. Ensuite quand un étudiant du Massachusetts Institute of Technólogy, qui travaillait sur un radar destiné à mesurer la vitesse de déplacement des petits objets, décida de tester son invention avec des lanceurs de base-ball. Il s'était rendu à un entraînement des Red Sox avant de venir à Harvard, où un certain nombre de joueurs, dont Wheeler, se prêtèrent de bonne grâce à ses expériences. La semaine suivante, le *Boston Globe* publia un article sur l'appareil en question. L'étudiant du MIT y était cité disant : « Tout n'est pas encore tout à fait au point. Par exemple, un remplaçant de l'équipe des première année de Harvard a été mesuré lançant aussi vite que les pros des Red Sox. »

Après avoir lu l'article, Wheeler téléphona à l'étudiant.

« Votre appareil ne s'est pas trompé, dit-il.
— Comment ça ?
— Je suis le remplaçant. Votre machine ne ment pas. »

L'étudiant revint avec son appareil et, pas de doute, le résultat fut le même. Un reporter du *Crimson*, le journal de Harvard, interviewa Wheeler.

« Si vous avez vraiment cette vitesse de bras, demanda le reporter en herbe après avoir fait remarquer à celui-ci qu'il ne jouait pas souvent dans l'équipe des première année, comment se fait-il que vous ne vous en serviez pas ?
— Les balles rapides m'ennuient un peu », répondit Wheeler, sans se donner la peine d'expliquer qu'il préférait laisser aux frappeurs adverses une chance de toucher ses lancers.

Le *Crimson*, facétieux, titra « Le surdoué du lancer fatigué des balles rapides ». Shomsky lut l'article. Ce qu'ignorait Wheeler, c'est que son ex-professeur assistant de philosophie était un incurable fanatique du base-ball, de ceux qui à 12 ans peuvent vous réciter par cœur les noms et les scores moyens de tous les batteurs gauchers de la Major League. Pour lui, cela changeait tout.

« Vous ne m'avez jamais dit que vous aviez lancé un match entier au lycée sans laisser un seul point au frappeur, Burden.
— Vous m'avez dit que je n'avais aucun honneur.
— Ça vous a fait quoi ? »

À l'évidence, Shomsky aurait volontiers troqué son honneur contre un match à zéro point.

Celui auquel il faisait référence s'était déroulé pendant la dernière année de Wheeler à St Gregory mais avait peu compté pour lui et n'avait pas ajouté grand-chose à sa réputation, ayant opposé son équipe aux externes du lycée de Charles River, dont la nullité était notoire. En outre, Shomsky lui posait cette question à un moment où la musique et les cafés accaparaient son esprit, sans compter qu'il avait souvent du mal à penser à autre chose qu'à sa main dans le pantalon de Joan Quigley.

« C'était super, répondit-il distraitement. Bien sûr.

— J'aurais donné n'importe quoi pour un match à zéro point. »

En vérité, Fielding Shomsky aurait donné n'importe quoi pour lancer ne serait-ce qu'une seule balle dans un match officiel. Ce dont Bucky Hannigan avait été privé par un accident avec un pétard, Shomsky en avait été privé par un accident de naissance.

Wheeler joua le match suivant au poste de lanceur titulaire. Au premier rang des gradins se tenait, reconnaissable entre tous, le premier des Shomsky.

La même semaine, Wheeler fut invité à intégrer le prestigieux Porcellian Club.

« Une bande de cons coincés », décréta Joan Quigley.

Mais comme cela comptait beaucoup pour sa grand-mère, il accepta.

En deuxième année, Wheeler put jouer de la guitare tous les jours. Shadow Self avait signé un engagement régulier avec un café de Brattle Street. Et tout le monde semblait connaître l'existence de leur disque pirate.

Il écrivit à sa mère que ses passions du moment étaient la musique, la philosophie, le base-ball et une dénommée Joan Quigley, dans le désordre. Il se débrouilla pour suivre tout de même les cours et fut sélectionné de justesse dans l'équipe première de Harvard.

De temps à autre, il retrouvait en secret Joan dans l'appartement de tel ou tel ami, car personne ne devait être au courant de leur liaison. Cette année-là, elle ingurgita tout Proust.

« Ce soir, le taquinait-elle, tu auras droit soit à tremper ton biscuit dans mon pot de miel, soit à entendre cinq pages de *Du côté de chez Swann*. Ou peut-être les deux. »

En général, il avait droit aux deux.

Pendant une de ces soirées à double détente, alors qu'ils étaient nus et en plein abandon, Joan Quigley se redressa tout à coup sur le lit.

« Il y a quelque chose qui m'échappe, lui dit-elle d'un ton péremptoire. Comment se fait-il qu'un type aussi doué que toi perde son temps à la fac ? »

13

UN TEXTE SIGNIFICATIF

Dès son arrivée à Vienne, Weezie avait été happée dans un tourbillon de vitalité. La ville vibrait d'énergie créatrice, et même si elle s'attendait à y trouver une certaine richesse artistique et musicale, elle n'en avait pas moins été submergée par l'abondance des biens culturels que la capitale autrichienne avait à offrir. Chaque après-midi, dans les salles de concert, les cafés, les parcs, les salons et les contre-allées, la musique était reine. Le soir, l'éventail des sorties possibles s'étendait aux ballets, aux opérettes dans des théâtres petits ou grands, en sus des concerts proprement dits. Du classique au populaire en passant par le comique et la valse, tout Vienne résonnait de musiques qui le plus souvent ne se voulaient pas sérieuses. Jamais Weezie n'avait connu une aussi joyeuse effervescence, qui ravala d'un seul coup Boston au rang de ville compassée et puritaine.

« Comment pourrait-on avoir envie de retourner dans son pays après un tel déluge de stimulations ? » confia-t-elle un jour à un de ses amis viennois.

Avant deux mois, elle envoya à la rédaction du *New York Times* un article enflammé sur la musique à Vienne en général, insistant sur le fait que les enfants de la ville étaient initiés dès leur plus jeune âge à pratiquer et à apprécier la musique, et sur cette habitude remarquable et singulière qu'avaient les familles viennoises d'en jouer ensemble à leur domicile, même si rares étaient celles qui avaient les moyens de s'offrir un piano. Les bals et les concerts étaient légion dans des parcs publics : on pouvait y entendre toutes sortes de ritournelles, de valses et de marches exécutées par des quatuors de violonistes souvent accompagnés par une guitare, une clarinette ou un accordéon. Même les orgues de Barbarie, s'aperçut-elle, jouaient à Vienne des airs d'opéra en plus des omniprésentes mélodies folkloriques qui semblaient ravir toutes les catégories sociales de la population.

Elle avait aussi commencé à prendre de copieuses notes en vue d'un deuxième article, dont le sujet était apparemment dans tous les esprits et sur toutes les lèvres chez les jeunes mélomanes qu'elle fréquentait : l'irruption sur la scène viennoise d'un personnage remarquable et charismatique, Gustav Mahler. Ce sujet, elle en prit peu à peu conscience, pouvait lui fournir la matière de ce que son ancienne institutrice Mlle Hewens avait appelé « un texte significatif », et pourquoi pas d'un livre consacré à ce créateur et à la direction dans laquelle il semblait vouloir entraîner la musique moderne – une direction qui, pour Weezie, était indéniablement significative.

Elle avait bien sûr entendu parler de Gustav Mahler avant son arrivée à Vienne. C'était même l'excitation qu'elle avait ressentie à la lecture d'un article sur sa *Deuxième Symphonie* présentée à Berlin deux ans plus tôt, en 1895, qui lui avait inspiré sa première diatribe sous pseudonyme publiée dans le *Times*. Mahler venait lui aussi d'arriver à Vienne – ou plutôt il y faisait son grand retour, fraîchement nommé directeur artistique de l'opéra après un passage par Hambourg et

Budapest, où il avait composé trois symphonies. Mais c'était surtout en tant que chef d'orchestre et metteur en scène qu'il avait acquis une immense popularité et une réputation d'artiste inspiré. Sa musique n'était pas vraiment reconnue, et il n'avait pas encore rencontré sa future épouse, une femme d'une beauté sublime qui lui survivrait pendant plus d'un demi-siècle et deviendrait la compagne de quelques-uns des plus grands artistes européens.

Mahler était davantage qu'un musicien dans cette ville qui avait déjà accueilli Mozart, Beethoven, Schubert et bien d'autres, mais qui nourrissait aussi une passion compulsive pour le futile et le pétillant. Il était enclin à parler de l'avenir, et cette inclination n'était pas toujours bien acceptée. Ce personnage animé par une passion flamboyante était né dans une famille nombreuse et pauvre, à mi-chemin entre Vienne et Prague. Son énergie, sa complexité et son génie avaient été nourris par un certain nombre d'influences, et son effrayante expérience de la mort n'était pas la moindre d'entre elles. Sur ses douze frères et sœurs, six n'avaient pas atteint l'âge adulte, et son cher frère cadet Otto s'était suicidé en 1895. Lui-même mourrait en 1911, à 51 ans seulement, d'une maladie du cœur, quelques années après que sa fille Maria eut été emportée par la scarlatine. Depuis son plus jeune âge, sa musique se caractérisait par une forte dimension émotionnelle. Pour avoir étudié de longues années au conservatoire de Vienne, il connaissait bien la musique légère qui avait rendu la ville célèbre, mais il s'était aussi imprégné de Mozart, de Brahms et de Beethoven. Ses chants, véritables pierres angulaires de ses symphonies, lui avaient valu une gloire précoce. Ses années à Budapest en tant que directeur de l'opéra lui avaient permis de réinterpréter

Mozart et d'introduire Wagner, ce qu'il fit avec une telle passion et un tel zèle que sa réputation fut établie avant qu'il ait atteint l'âge de 30 ans. Et désormais, à 37 ans, il accédait au pinacle en étant invité à diriger l'opéra de Vienne. Tous ceux qui le rencontraient pour la première fois étaient saisis par la force de son magnétisme. Les musiciens qui travaillaient pour lui étaient tout autant choqués par la brutalité de son exigence qu'envoûtés par son extraordinaire talent et par le charme irrésistible qui lui avait permis, selon la rumeur, d'accumuler les conquêtes parmi les cantatrices célèbres. Pour Weezie, rencontrer Mahler ne revenait pas seulement à atteindre le but secret qu'elle s'était fixé en choisissant Vienne plutôt que Paris ou Rome : c'était l'événement de sa vie.

Pressentant que le « texte significatif » de son séjour à Vienne porterait sur cet homme hors du commun, elle avait commencé à noter les anecdotes qui circulaient en abondance à son sujet dans le milieu musical et ailleurs. Elle révélait, notamment, que Mahler s'était converti au christianisme, au moment de son retour triomphal, pour tenter de se protéger de l'antisémitisme viennois grandissant. Et que sa nomination répondait aussi à des objectifs politiques. Une des anecdotes favorites de Weezie concernait Johannes Brahms : en 1891, vers la fin de son séjour à Budapest, Brahms était allé entendre le *Don Juan* de Mozart dirigé par Mahler, non sans avoir au préalable clamé haut et fort : « Personne, pour moi, n'est capable d'interpréter *Don Juan* ! C'est une musique que je ne puis apprécier qu'en lisant la partition ! » Ses réticences furent balayées pendant le concert. En coulisse, il empoigna Mahler par les épaules et le secoua chaleureusement. « C'est exactement de cette façon qu'il fallait le jouer ! Jamais je n'ai entendu de meilleur *Don Juan*. L'opéra impérial de Vienne lui-même ne pourrait pas rivaliser avec vous. »

Weezie désirait tout savoir de cet homme remarquable et le voir jouer aussi souvent que possible. Elle commença à se documenter sur son style et ses influences et interrogea toutes sortes de gens. Jusqu'au jour où, au Café Central, Ernst Felsch lui annonça sans préavis, presque entre deux portes :

« Au fait, mon père peut vous faire rencontrer Mahler chez lui, dans son atelier. »

Son cœur fit un bond.

« Ce serait merveilleux », dit-elle, se réjouissant à l'avance d'une rencontre dont elle ne savait pas encore qu'elle deviendrait une des principales sources d'inspiration et d'embarras de son bref séjour à Vienne.

Elle eut la surprise d'être accueillie par une femme de chambre au physique ordinaire qui ne paraissait pas avoir plus de 18 ans. Weezie s'était imaginé que le centre de ses attentions vivait entouré de sublimes créatures.

« Herr Mahler va vous recevoir dans son atelier », dit la domestique en la précédant.

La pièce était spacieuse et haute de plafond, avec d'immenses fenêtres sur jardin qui déversaient à l'intérieur un flot de lumière. Plusieurs caisses à différents stades de déballage étaient posées par terre à côté du piano.

« Fräulein Putnam », dit une voix dans son dos.

Elle se retourna et vit s'avancer Gustav Mahler, un homme de taille moyenne, vêtu d'un pantalon de costume sombre, d'une veste et d'un nœud papillon. Son front immense et légèrement dégarni mettait en valeur l'extraordinaire intensité de ses yeux tapis derrière une paire de lunettes à monture de métal. Il arriva et lui tendit la main avant qu'elle ait eu le temps de reprendre son souffle.

« Vous allez devoir me pardonner ce capharnaüm. C'est le triste lot des musiciens errants, dit-il en l'entraînant en douceur vers un fauteuil en bois à haut dossier. Mais vous devez sûrement avoir envie de vous asseoir.

— Merci de me recevoir, réussit-elle à articuler en prenant place presque malgré elle dans le fauteuil. Je sais que vous êtes quelqu'un de très occ…

— Ces visites, coupa-t-il en marchant à grands pas vers le piano, mettent du piment dans ma vie. Vous connaissez le piment, je suppose, Fräulein Putnam ? »

Il nous est permis de supposer que, étant donné sa réputation, le grand musicien avait d'ores et déjà détaillé sa visiteuse de pied en cap et décidé, face à son charme naturel et totalement inconscient, que passer un moment avec cette jeune personne venue l'interviewer lui serait sans doute agréable.

« Herr Felsch m'a dit que vous écriviez des critiques musicales pour un journal de Boston. »

Weezie ne savait rien de ce qu'avait dit Herr Felsch à Mahler, pas plus qu'elle ne savait ce qu'Ernst avait raconté à son père pour lui obtenir cette extraordinaire audience avec le maître.

« Pour un journal de New York, en fait, s'entendit-elle rectifier. Je suis de Boston, mais j'envoie mes articles au *New York Times*.

— Encore mieux, fit Mahler avec enthousiasme, en revenant vers elle. Même au fin fond de l'Europe, nous avons entendu parler du *New York Times*. C'est un journal éminemment respecté. »

Elle se sentit rougir.

« Je signe mes articles d'un pseudonyme masculin », lâcha-t-elle sans réfléchir, un aveu qu'elle regretta sur-le-champ.

Mahler la dévisagea avec curiosité et sourit.

« Ah. Et vous avez pu dire en tant qu'homme ce qui n'aurait jamais été toléré venant d'une femme. »

Cette preuve de hardiesse n'était apparemment pas pour lui déplaire, et pourtant Weezie se sentit obligée d'ajouter, avec une voix de fillette :

« Cela s'est fait un peu par hasard. J'ai écrit un article, et il a été publié.

— Vous vous intéressez à la musique moderne, à ce que j'ai cru comprendre.

— Tout est parti de là. Je leur ai écrit que le Philharmonique de New York semblait ignorer les compositeurs modernes. En fait, je leur ai suggéré de jouer une de vos symphonies. »

Le grand musicien l'observa longuement et hocha la tête.

« Une hérésie, dit-il, comme s'il avait aussitôt capté la substance du dilemme de Weezie. À New York et à Boston, j'en suis certain, les gens sont très conservateurs, très prudents. Il ne doit pas être facile d'épouser sans risque la musique d'un renégat européen dans mon genre. Surtout pour une jeune femme, conclut-il en la regardant avec insistance.

— Précisément, acquiesça-t-elle, surprise de la rapidité avec laquelle il paraissait l'avoir comprise.

— C'est un peu comme d'être juif, déclara Mahler en rassemblant les papiers étalés sur le piano. Il faut apprendre à mettre son pied dans la porte si l'on veut arriver quelque part. On ne peut pas réussir dans la vie en restant toujours poli et comme il faut. Approchez, laissez-moi vous montrer ce que je fais ces temps-ci. »

Elle se leva et le rejoignit, un peu hébétée.

« Vous avez entendu mes symphonies ?

— Jamais, répondit-elle trop vite. D'où mon article, en fait. Ni moi, ni personne d'autre en Amérique. Par contre, j'ai lu les partitions.

— Je suis impressionné.

— Mais je dois admettre que mes capacités de lecture sont restreintes. Je n'entends votre musique qu'imparfaitement en lisant les parties pour violoncelle et cordes.

— Et qu'est-ce qui vous intéresse le plus ?

— Dans votre musique, Herr Mahler ?

— Dans ma musique, oui. »

Elle l'observa un instant, cherchant à deviner s'il voulait l'humilier.

« Seriez-vous en train de me mettre à l'épreuve ? »

Il prit une mine soucieuse.

« Non, non, s'empressa-t-il de protester. Loin de là, Fräulein Putnam. Je suis sincèrement intéressé.

— Eh bien... les vents. Ce sont les vents, Herr Mahler, qui distinguent votre *Deuxième Symphonie*. C'est pourquoi je rêve de l'entendre jouer par un grand ensemble.

— Voilà qui est excellemment vu, dit-il avec un sourire ironique. Vous m'impressionnez. Et c'est ce que vous avez écrit dans votre article ?

— Oui, répondit-elle, penaude. J'ai peut-être été un peu présomptueuse.

— Le grand *New York Times* l'a pourtant publié.

— Oui, dit-elle, s'excusant presque. Et aussi quelques autres.

— Je suis flatté que vous ayez pris ma défense.

— Comment aurais-je pu ne pas le faire ? »

Peut-être était-elle trop fébrile pour s'apercevoir que Mahler prenait beaucoup de plaisir à leur conversation. D'un geste, il attira son attention sur les partitions manuscrites étalées sur le piano.

« Voici mes *Lieder eines fahrenden Gesellen* – qu'on pourrait traduire dans votre langue par "Chants d'un compagnon errant". Ils ont fait sensation.

— Nous n'avons pas non plus eu l'honneur de les entendre.

— Mon heure n'est pas encore venue en Amérique, je crois qu'il faut l'admettre. Mais avec votre aide elle pourrait bien sonner plus tôt que prévu.

— Je ne demanderais pas mieux », souffla-t-elle, avec une ferveur qui n'aurait pas pu échapper à Mahler.

Il la fixait avec une intensité qu'elle trouva à la fois attirante et dérangeante.

« Ce sont de loin mes œuvres les plus personnelles. Les symphonies sont un peu convenues, mais ces chants expriment... mes émotions les plus intimes. »

Il ferma les paupières et se toucha le front du bout des doigts. Ses yeux se rouvrirent, toujours rivés sur elle. Leur éclat hypnotique attirait irrépressiblement Weezie.

« Tenez, prenez-en un. »

Il lui tendit quelques feuilles, et leurs doigts se frôlèrent. Il avait pris une baguette de chef d'orchestre sur le piano et s'en servit comme d'une règle.

« Ces passages, ici, écrits pour des voix, ils ne sont pas dans le ton, pas assez harmoniques. »

La baguette effleura la main de Weezie. Elle en regardait l'extrémité courir sur les portées de notes écrites à l'encre. Tout commençait à se bousculer dans sa tête. Il s'était encore rapproché et elle sentait à présent le revers de Mahler toucher son épaule.

« Je dois constamment me retenir, constamment me rappeler ce qu'un public est prêt à tolérer. Constamment me... »

Elle le sentit bouger les mains, mais tout à coup cessa d'entendre sa voix et de discerner son visage. Elle se souviendrait plus tard d'avoir vu les murs tourner autour d'elle et de s'être sentie tomber. Puis ce fut le noir.

« Vous êtes tombée comme un sac de navets, Fräulein Putnam », lui expliqua Mahler après qu'elle fut revenue à elle, allongée sur une banquette à côté du piano.

Il eut l'élégance de rester auprès d'elle jusqu'à ce qu'elle ait tout à fait repris ses esprits. Avant que la femme de chambre la raccompagne à la porte, il la pria de revenir, « un jour où vous aurez le ventre plein », avait-il précisé avec un sourire enjôleur qui ne fit que remémorer à Weezie l'origine de son malaise. Mais elle ne revint pas. Elle alla le voir diriger son orchestre à l'opéra, puis elle écrivit l'essentiel de son article.

Elle était trop embarrassée pour revenir.

14

19 BERGGASSE

Le 19 Berggasse, où vécut Sigmund Freud pendant près d'un demi-siècle, était un immeuble sans prétention, sis dans un quartier résidentiel respectable. Quand il y emménagea à l'été 1891, Freud était un jeune neurologiste prometteur mais inconnu, aux idées hétérodoxes et à l'avenir incertain ; quand il quitta cette adresse et l'Autriche annexée par les nazis en juin 1938 pour aller « mourir en liberté » à Londres, c'était un vieillard célèbre dans le monde entier, « un explorateur aussi important que Copernic, Colomb ou Charles Darwin », selon l'expression de Haze.

Lorsqu'il gravit l'étroit escalier menant au domicile de Freud au matin de son troisième jour à Vienne, Wheeler connaissait déjà relativement bien les lieux et la future gloire qui y vivait. En frappant à la porte, nous le savons par son journal, il se sentit à la fois intimidé et soulagé. Intimidé parce que sa mère l'avait toujours abreuvé de récits sur le grand homme, dont elle avait été dans sa jeunesse une fervente disciple avant de devenir, avec *L'Essor de Perséphone*, une de ses plus fameuses adversaires. Et soulagé parce que cette initiative hardie promettait de déboucher sur une amélioration de sa situation. Récemment, en récrivant *Fin de siècle*, le livre de Haze, dont un chapitre entier était consacré à Freud, Wheeler avait dévoré toutes sortes de descriptions de l'homme et de son appartement et vu de nombreuses photographies. Aussi se sentait-il assez bien préparé à ce qu'il allait découvrir et à la subtile intrusion qu'il s'apprêtait à opérer dans l'histoire du grand homme.

Nous savons aussi, toujours par son journal, quelles étaient ses intentions lorsqu'il échafauda son plan : il s'agissait d'attirer l'attention du Dr Freud sur son triste sort pour l'amener à lui offrir le gîte et le couvert, du moins en attendant que son frisbee soit prêt ou qu'il ait trouvé un autre moyen de subsistance. Mais nous savons également que Wheeler était conscient de l'étroitesse de sa marge de manœuvre : entre attirer l'attention du grand homme et influer sur son avenir, il n'y avait qu'un pas, et même un tout petit pas, mais il était bien décidé à ne pas le franchir et avait confiance en sa capacité à éviter cet écueil.

La domestique qui lui ouvrit l'introduisit dans une salle d'attente exiguë, où il resta assis un certain temps avant que le saint des saints fasse son entrée et qu'il se retrouve face à l'un des hommes les plus illustres du XXe siècle. Freud était étonnamment petit, pas plus d'un mètre soixante-cinq, et tiré à quatre épingles. Il adopta sur-le-champ une attitude cordiale, peut-être même un peu curieuse, mais empreinte d'une indéniable réserve.

« Vous désirez ?

— Je m'appelle Harry Truman, dit Wheeler, la main tendue, en s'avançant vers le seuil du cabinet. J'espérais que vous pourriez m'accorder un peu de votre temps. »

Pris de court ou par simple courtoisie, Freud lui serra la main et l'invita à entrer quasiment sans hésiter. Il est vraisemblable, bien entendu, que le médecin ait immédiatement vu en cet inconnu un être avec qui il ferait bon converser, voire se lier d'amitié.

Il se peut aussi que ces bonnes dispositions aient été liées au fait qu'à cette époque, en 1897, Sigmund Freud était dans une période de transition et en mal d'inspiration. Deux ans le séparaient encore de sa monumentale *Interprétation des rêves* et plus d'une décennie de la gloire et de la reconnaissance qu'il acquerrait en 1909, quand, conséquence d'une invitation en apparence inattendue, le médecin viennois se rendrait en Amérique pour donner une série de conférences à l'université Clark, près de Boston, « son grand déclic », selon l'expression de Wheeler. Et il va de soi que ce futur grand homme, qui en 1897 exerçait à Vienne dans un quasi-anonymat, n'avait aucun moyen de savoir que l'arrivée de son étrange visiteur allait mettre en branle une succession d'événements qui déboucheraient sur cette invitation capitale.

Mais la narratrice met ici la charrue avant les bœufs. En 1897, le Dr Freud se trouvait à un moment charnière de sa vie professionnelle : il venait tout juste de formuler sa première hypothèse d'inspiration mythologique, dont le catalyseur avait été une représentation de la tragédie de Sophocle, *Œdipe roi*, à laquelle il avait assisté quelque temps plus tôt. Ainsi avait-il récemment écrit à un ami dans une lettre : « J'ai découvert dans la condition humaine une grande similitude avec le mythe grec d'Œdipe, qui a assassiné son père et épousé sa mère. » Ce glissement vers le « complexe d'Œdipe » était le signe d'une prise de distance avec sa théorie d'ensemble selon laquelle l'hystérie était liée à des abus sexuels subis pendant l'enfance. Il expliquait désormais celle-ci par une pulsion primitive universelle, qu'il s'attacherait à décrire et à défendre jusqu'à la fin de ses jours. En bref, il venait d'émettre l'hypothèse que tous les jeunes enfants rêvaient d'assassiner un de leurs parents et de coucher avec l'autre.

Depuis une décennie, Freud était sur la piste de l'inconscient, des rapports entre l'état mental et les troubles corporels d'une personne : il cherchait une preuve scientifique que les troubles physiques avaient souvent une cause psychique. Seul avec ses patients dans le secret de son cabinet, il commençait à prendre la mesure du pouvoir de ce qu'il appelait la « cure par la parole ». Des patients en grande souffrance réussissaient à se soulager en dévoilant librement leurs émotions.

À l'instar de Darwin, dont la science toute neuve considérait que les indices des mystères de l'évolution émergeaient de la surface de la terre sous forme de fossiles, Freud considérait certains mots et certains gestes de surface comme des indices des mystères de l'inconscient. Observateur attentif, il vouait depuis quelques années une attention quasi obsessionnelle aux tics et aux manies, qu'il regardait comme des signes d'activité de cet inconscient. Cette quête opiniâtre l'amena petit à petit à faire des découvertes dont il espérait qu'elles lui apporteraient la notoriété, la fortune et la gloire, mais elle l'avait également isolé. Sigmund Freud en était à un stade de sa vie qui, pour une personne aussi désireuse que Wheeler Burden d'attirer son attention, présentait un énorme avantage. En 1897, tout juste quadragénaire, Sigmund Freud était un homme seul et en manque profond de compagnie.

Nous ne pouvons que spéculer sur la réaction du Viennois face à son singulier visiteur. Sans doute fut-il d'emblée intrigué et observa-t-il le nouvel arrivant avec encore plus d'intérêt qu'à son habitude, à l'affût des moindres indices que fournissaient en général les premiers moments d'une conversation.

Il se peut qu'il ait ressenti un mélange indéfinissable de malaise et de curiosité. Ce parfait inconnu surgi de nulle part, sans recommandation ni rendez-vous, s'était avancé d'un pas assuré et lui avait tendu la main comme à une vieille connaissance. Peut-être Freud crut-il au début à une plaisanterie de mauvais goût, ourdie soit par des étudiants de l'université, soit par le maire, Karl Lueger, connu pour son antisémitisme farouche, mais ses soupçons furent vite balayés par l'évidente sincérité de son hôte.

L'intrus – Harry Truman, puisqu'il se présenta sous ce nom – était un peu plus âgé que lui, proche de la cinquantaine. Grand et élancé, il portait un costume froissé qui donnait l'impression d'avoir été taillé pour un autre et dans lequel il semblait avoir dormi. Son hâle suggérait un récent contact avec un climat plus ensoleillé que celui de Vienne. S'il maîtrisait l'allemand, l'anglais était à l'évidence sa langue maternelle, et il le parlait avec un accent de la côte Ouest des États-Unis émaillé de discrètes inflexions anglaises – même si les compétences de Freud en la matière, de son propre aveu, étaient assez limitées. L'allemand de Truman, quoique parfaitement compréhensible, avait un petit côté académique. Ses mains douces suggéraient un mode de vie bourgeois, ses longs doigts délicats auraient pu être ceux d'un musicien.

Il était assez clair que cet homme manquait de familiarité avec Vienne et les Viennois, et cette impression ne fit que se confirmer au cours de la conversation. Il faisait montre d'une ouverture d'esprit et d'une franchise peu communes sur la plupart des sujets, mais il avait marqué un temps d'hésitation en se présentant : l'hypothèse selon laquelle Harry Truman pouvait être un faux nom effleura très tôt Freud.

Ce qui était sûr, c'est qu'il avait quelque chose à cacher. Excessivement méfiant envers toute forme de tromperie, Freud avait appris à repérer la duplicité dans les yeux d'autrui, ces fenêtres de l'âme, et il sonda ceux de l'étranger avec une extrême vigilance.

Il sentit sur-le-champ que cet homme avait du respect pour lui et une connaissance non négligeable de ses théories.

« Vous vous intéressez donc à mes travaux, monsieur Truman ?

— Un peu. »

L'homme détourna le regard une fraction de seconde. Il cherchait à l'évidence à dissimuler quelque chose, mais donnait en même temps l'impression d'être presque trop franc, trop naïf. Freud se souvint qu'il avait devant lui un Américain et déduisit de son comportement que ce devait être son premier séjour en Europe. Mais dans ce cas, comment avait-il eu accès à ses recherches ? Mystère.

Sigmund Freud savait généralement distinguer la vérité du mensonge, du moins la vérité telle que la percevaient ses patients. Ils mentaient la plupart du temps pour refouler une pensée angoissante ou s'éviter un embarras. Y compris dans le champ du conscient, certaines réalités étaient trop douloureuses, trop déstabilisantes, voire trop choquantes pour être admissibles, même si les patients finissaient en général par s'apercevoir qu'ils étaient capables d'affronter la plupart des faits de leur existence. Il leur arrivait cependant de mentir dans un autre but.

Freud s'offrait régulièrement le plaisir de raconter une anecdote remontant à ses années d'études à propos d'un patient interné d'office dans un asile de fous parce qu'il se prenait pour Napoléon Bonaparte. Ce patient était connu de l'équipe soignante pour les violents tremblements qui agitaient sa paupière chaque fois qu'il mentait. Un jour, il fut soumis à un examen psychologique au cours duquel il fit montre d'un comportement irréprochable parce qu'il souhaitait plus que tout qu'on lui rende sa liberté. Il s'en tira à la perfection jusqu'au moment où, en guise de question finale, un des médecins lui demanda s'il était Napoléon. Il répondit d'un non catégorique, et sa paupière se mit à trembler.

« C'est donc un problème d'amnésie qui vous amène, monsieur Truman ? demanda Freud à son visiteur-surprise.

— Oui. Je n'ai aucune idée de la façon dont je suis arrivé à Vienne.

— Quels sont vos derniers souvenirs ?

— J'étais à San Francisco, répondit Wheeler, avec un désarroi sincère, en luttant pour se remémorer cet instant. Et je... j'ai été emporté. Et quand je suis revenu à moi, je marchais sur le Ring. »

Il disait la vérité. Ses réponses étaient claires, directes.

« San Francisco est très loin de Vienne, observa calmement le médecin, sans trace de jugement ni d'accusation. Vous êtes parti de là-bas il y a combien de temps ? »

Wheeler baissa les yeux de façon presque imperceptible, en tout cas pour un profane. Il se racla la gorge.

« Pas longtemps. Il y a un mois.

— Qu'attendez-vous de moi ? » demanda Freud, percevant sans doute un changement dans l'attitude de son interlocuteur.

Wheeler s'accorda un long moment de réflexion.

« Peut-être pourrions-nous conclure un marché. J'ai besoin de nourriture, de vêtements et d'un toit. »

Freud resta de marbre.

« Et moi ? De quoi ai-je besoin ?

— Les bons patients de sexe masculin sont durs à trouver, Herr Doktor. »

Freud répondit d'un petit sourire narquois à cette assertion étonnamment réaliste.

« Et qu'est-ce qui vous fait croire que vous seriez un bon patient pour moi ?

— Je suis face à un dilemme classique.

— Et quel est, je vous prie, ce dilemme censé être d'un si grand intérêt pour moi ?

— Eh bien, je... vous ne me croiriez pas », bredouilla Wheeler, découragé.

Toujours en attente d'un signe de vérité, le médecin resta muet et laissa ses yeux pénétrants faire leur œuvre. Il se leva lentement.

« Je suis un homme occupé, Herr Truman – si tel est bien votre nom. Je ne vois aucune raison de poursuivre cet entretien. Je n'apprécie guère d'être manipulé, surtout par une personne en pleine possession de ses facultés mentales. » Il se dirigea vers la porte et ajouta sans se retourner : « Vous saurez retrouver la sortie seul, je présume. »

Wheeler fut pris de panique en voyant s'éloigner sa dernière planche de salut.

« Attendez ! » s'écria-t-il avant que le médecin ait atteint le seuil.

Freud se retourna. La belle assurance de son visiteur s'était évaporée, remplacée par ce qui ressemblait à un profond désespoir. Il avait l'air affamé, hagard, perdu dans ce costume trop grand pour lui.

« J'ai besoin de votre aide, docteur Freud. »

Le médecin garda le silence et se contenta de dévisager ce visiteur pathétique. Sigmund Freud était fondamentalement bienveillant et s'abstint de souligner l'évidence : « Et en quoi votre besoin d'aide pourrait-il m'intéresser ? »

« Je ne m'appelle pas Truman », avoua Wheeler à brûle-pourpoint.

Il attendit en vain un changement sur les traits du médecin, et tout à coup les mots jaillirent à flots de ses lèvres, portés par un brutal retour de mémoire.

« Ce nom est celui d'un président des États-Unis du XXᵉ siècle. Le mien est Burden, Wheeler Burden. La dernière chose dont je me souviens, c'est que j'étais à San Francisco il y a encore quelques jours. » Il marqua un temps d'arrêt, et Freud sentit certainement qu'il était sur le point de faire une révélation. « Il y a quelques jours... mais en 1988, c'est-à-dire à la fin du siècle prochain. »

Freud, piqué au vif, s'écarta d'un pas du seuil.

« Je revenais d'une librairie, poursuivit Wheeler, où je m'étais rendu pour une séance de dédicaces. De mon livre... Oui, c'est ça, de mon livre, ajouta-t-il, se remettant peu à peu de la surprise causée par cette soudaine éruption de souvenirs. Et j'ai été agressé par un homme, devant chez moi. Armé d'un pistolet. Je connaissais cet homme, c'était quelqu'un que je n'avais pas revu depuis des années. Je n'ai pu que le dévisager et je me suis senti partir, terrifié au début. Mon esprit s'est mis à divaguer, toutes sortes d'images et de pensées me sont venues, et je voyais de plus en plus de scènes qui se passaient sur le Ring, jusqu'au moment où je me suis rendu compte que j'y étais vraiment. »

Il s'interrompit pour reprendre son souffle puis chercha soudain le regard du Viennois avec une expression d'incompréhension tellement sincère que même le plus habile des mystificateurs, Freud en était certain, n'aurait pas pu contrefaire.

« J'ai fait un bond en arrière de près d'un siècle, Herr Doktor. Je ne suis à Vienne que depuis deux jours. »

Le médecin resta un long moment immobile, dos au seuil, mesurant du regard la distance qui le séparait de son visiteur, captant tout ce que l'inconscient de celui-ci laissait remonter à la surface, sachant qu'il entendait enfin la vérité.

« Et ce n'est pas tout. » Wheeler cherchait désespérément à retenir l'attention de Freud. « Je crois que ma présence ici a un but.

— Oui ?

— Je suis ici pour vous dire quelque chose. »

Wheeler paraissait de plus en plus mal à l'aise mais ne recherchait plus l'approbation de son vis-à-vis.

« Eh bien, Herr Burden, dit Freud avec une visible compassion, en s'approchant d'un pas. Nous progressons. »

Wheeler s'éclaircit la gorge et regarda ailleurs. Puis ses yeux revinrent se poser sur l'homme étonnamment petit, tiré à quatre épingles, qui lui faisait face dans ce cabinet viennois fin de siècle.

« Je suis ici pour vous dire que... Il faudra me pardonner de ce que je vais vous annoncer, reprit-il brusquement, faisant fi de toute retenue et de toute prudence. Vous serez considéré comme un des plus grands esprits du XXe siècle, le plus grand pour certains. Vos théories vont devenir de vraies références culturelles et psychologiques. Vous seriez très content de... »

Wheeler s'interrompit pour observer Freud, qui semblait remarquablement calme et attentif.

« Mais sur certains plans, monsieur, vous êtes complètement à côté de la plaque.

— Et c'est pour cela que vous êtes venu me voir ?

— Je suis venu vous dire, monsieur, que vous avez tout faux. »

Freud resta un moment immobile, à scruter les traits de son visiteur, puis s'approcha.

« Il semblerait, monsieur Burden, que nous ayons bien des choses à nous dire. »

Ainsi commencèrent les relations entre mon fils et le grand médecin.

15

DERNIÈRE VALSE

Ce fut peu après les funérailles de sa grand-mère, pendant le match contre Yale, que Wheeler effectua son dernier lancer légendaire, LE lancer, comme il fut surnommé.

Il était chez elle la nuit de sa mort. Eleanor Burden avait eu 87 ans cet hiver-là, et son cœur était faible. Il venait la voir chaque fois qu'il le pouvait et lui faisait souvent le récit de ses aventures estudiantines, qu'elle écoutait avec délectation. Sans pouvoir s'expliquer pourquoi, Wheeler était maintenant tout à fait à son aise et presque comme chez lui au domicile de sa grand-mère, capable de passer des heures à lui parler ou à lire, assis à ses côtés. Il apportait quelquefois sa guitare et, un jour, il lui avait même amené Joan Quigley.

Le dernier soir, Mme Spurgeon, qui travaillait au service de la famille Burden depuis plus de cinquante ans, prépara un gigot d'agneau à la menthe et un strudel aux pommes pour le dessert. Wheeler et sa grand-mère dînèrent ensemble et passèrent ensuite au salon. Elle était d'humeur affectueuse et nostalgique.

« Ces quatre dernières années ont été un vrai bonheur pour moi, dit-elle d'une voix lasse à Wheeler, assis près d'elle dans le canapé. J'ai eu l'impression d'être très proche de toi et je t'ai vu grandir. Je sais que tu ne resteras sans doute pas à Harvard, ajouta-t-elle gravement, l'étonnant une fois de plus par la justesse de son intuition. St Gregory et Harvard t'ont fait du bien. T'ont aidé à arrondir les angles. Tu as admirablement rempli ton contrat, conclut-elle avec un sourire affectueux.

— Je suis peut-être un petit peu trop excentrique.

— Tu tiens cela de ta mère. C'est une bonne chose. Je ne te l'ai jamais dit, mais je l'admire beaucoup. Pas parce qu'elle était juive et communiste, ou pacifiste, ou Dieu sait quoi. C'est surtout sa force de vie qui m'a toujours paru admirable. Et elle a apporté à ton père quelque chose dont il avait grand besoin. Ils auraient pu mener ensemble une vie merveilleusement épanouissante, ajouta-t-elle d'un air rêveur, le regard embué. Ton père était un homme remarquable, talentueux et déterminé. Mais trop rigide, trop bostonien, je l'ai toujours su. Elle avait quelque chose qui lui faisait défaut. J'ai senti un changement miraculeux s'opérer en lui. Sous l'influence de ta mère, il est devenu moins intransigeant, plus en contact avec la réalité, mais aussi plus vulnérable, comme s'il commençait enfin à ressentir les choses. C'était presque un miracle, je t'assure. Dommage qu'il n'ait pas survécu à la guerre. Tu aurais apprécié sa compagnie. Et lui la tienne, dit-elle en souriant.

— J'aurais adoré le connaître. Le voir tel qu'il était vraiment.

— Sa mort a été une perte terrible pour ta mère et pour toi.

— Maman en a souffert, c'est certain. » Wheeler s'arrêta un instant pour réfléchir. « Tu sais qu'elle est différente.

— Ne la sous-estime surtout pas, dit Eleanor Burden, sentant qu'il cherchait presque à excuser sa mère. Elle vaut mieux que tous les Burden réunis. »

La bienveillante sincérité avec laquelle elle s'exprimait étonna Wheeler, qui avait toujours cru que sa mère était une épine dans le pied de la famille Burden.

« Et ton père, reprit-elle, oh, si tu avais vu comme il l'aimait ! Elle débordait de... d'ardeur. Oui, d'ardeur, répéta-t-elle avec un sourire malicieux qui resterait gravé dans la mémoire de Wheeler. Et il fallait bien cela pour décoincer ton père.

— Il savait presque tout faire. Comme ces esprits universels de la Renaissance.

— Oui, mais il lui manquait la force de vie. C'est ce qu'elle lui a donné. La force de vie. »

Elle ferma les yeux et inspira profondément, comme si elle cherchait à s'imprégner de l'essence même de ce salon où s'était déroulé l'essentiel de sa propre histoire : son enfance, les premières années de sa vie d'épouse, consacrées à élever ses deux filles, puis l'arrivée de son seul fils, et même le souvenir fugace de la mère de Wheeler, cette jeune Juive de la capitale anglaise ravagée par les bombes.

Cet effort de mémoire devint soudain douloureux.

« Comme j'ai aimé ! s'écria-t-elle, une main sur le cœur. On ne devrait jamais aimer autant. »

Puis elle parut remonter encore plus loin dans ses souvenirs, au-delà de la douleur, et Wheeler crut un instant qu'elle allait s'égarer complètement, mais elle rouvrit peu à peu les paupières.

« La valse », murmura-t-elle, rêveuse.

Wheeler était suspendu aux lèvres de sa grand-mère, la trouvait d'une beauté sublime. Elle revint brusquement à la réalité.

« J'aimerais bien valser, dit-elle en se levant du canapé, sa fatigue éclipsée par une solennité pleine de tendresse. J'ai envie de danser avec mon petit-fils préféré. »

Elle avait à nouveau 20 ans, et ses yeux pétillaient d'une énergie presque frivole. Elle s'approcha de la chaîne hi-fi, mit un disque et revint vers lui les mains tendues.

« Vous permettez ?
— Je ne sais pas danser ça, grand-mère.
— Absurde. Tout le monde sait valser. Tu l'as dans le sang, cela ne demande qu'à sortir. »

Elle l'entraîna et se mit à tourner lentement sur le tapis en murmurant : « Un, deux, trois... Un, deux, trois », puis laissa le rythme de ses petits pas prendre le relais. Quelques instants plus tard, ils valsaient.

« N'est-ce pas divin ? Dans ma jeunesse, les gens valsaient jusqu'à tomber. C'était tellement bon ! »

La musique résonnait plus fort qu'à l'accoutumée dans la demeure familiale, et Wheeler se laissa brièvement prendre au piège, oubliant qu'il dansait avec une vieille dame de 87 ans. Elle semblait chercher à l'attirer contre elle de ses bras agiles. C'était sensuel et délicieux. Elle avait les paupières closes et souriait, perdue dans quelque rêverie fabuleuse.

Wheeler avait perdu la notion du temps. Il vivait à nouveau un de ces moments où il se sentait porté par un courant universel, relié à toutes les choses du monde. C'était merveilleux.

Puis il pensa au cœur de sa grand-mère.

« On ferait mieux d'arrêter là. Ton... »

Il s'interrompit pour la contempler, ébloui par sa beauté. Sans comprendre d'où cela lui venait, il eut soudain envie de l'embrasser. Il resta immobile à la fixer jusqu'à ce qu'elle rouvre les yeux et s'aperçoive de sa fascination.

« J'espérais... » Elle laissa sa phrase en suspens, l'entraîna avec grâce jusqu'au canapé et prit sa main entre les siennes. « Merci, mon petit-fils chéri. Un bref instant, je me suis prise à espérer que j'allais partir là, tout de suite. Tu crois que c'est mal ?

— Tu as encore des années devant toi », répondit bravement Wheeler.

Elle lui pressa la main et, pour la première fois de sa vie, l'appela par son surnom.

« Mon cher Wheeler, il va falloir que tu te souviennes de ceci, pour plus tard. Un jour, tu auras besoin de le savoir. »

Et elle lui tint d'autres propos déconcertants, qu'il saurait néanmoins garder en mémoire et utiliser le moment venu. La soirée touchait à sa fin.

« Merci, dit-elle encore, d'avoir offert à ta grand-mère une soirée qu'elle gardera toujours avec elle. »

Il la dévisagea à nouveau et la trouva d'une absolue beauté. Ils se séparèrent, et chacun gagna sa chambre. Mme Spurgeon vint réveiller Wheeler à 1 h 30 du matin, en se tordant les doigts.

« Vous devez venir, monsieur Standish. »

Sa grand-mère avait rendu l'âme. Adossée à ses oreillers, sa lampe de chevet encore allumée, elle s'était écroulée dans une position bizarre, comme si elle avait voulu s'en aller. L'ouvrage qu'elle lisait était tombé à ses pieds, et elle tendait encore vers lui une main protectrice. Ce livre, que Wheeler remarqua à peine dans ce moment d'immense traumatisme, était un vieux volume relié de cuir, une espèce de carnet ou de journal de bord. Il serait ramassé par Mme Spurgeon et rangé dans une caisse d'objets divers, retiré de la circulation. Wheeler s'approcha de sa grand-mère, la remit en position sur le lit et lui ferma les yeux. Puis il s'assit à côté d'elle et pleura avec une férocité qui le surprit lui-même et dont il ne se serait pas cru capable. Il resta là à la veiller jusqu'à l'arrivée des employés des pompes funèbres, qui l'emmenèrent loin de la maison où elle avait passé son enfance, en pleine nuit.

Ses funérailles à l'église de La Trinité, l'un des moments les plus tristes de la vie de Wheeler, drainèrent une foule énorme. Il prit place sur un banc du premier rang avec ses deux tantes et ses quatre cousines. Arnauld Esterhazy, dit le vénérable Haze, faisait partie de l'assistance. L'éloge funèbre fut prononcé par le pasteur de La Trinité, vieil ami de la famille et excellent orateur. Wheeler était trop absorbé par son chagrin pour l'écouter en détail, mais il en retint tout de même les grandes lignes : l'enfance d'Eleanor Burden dans un monde de sommités intellectuelles, ses brillantes études, ses talents artistiques, le dévouement avec lequel elle avait élevé ses deux filles et ensuite, bien sûr, le grand Dilly Burden, enfin son rôle largement méconnu dans le milieu bostonien des bonnes œuvres.

« Eleanor Burden, déclama le pasteur, est de loin la plus grande force du bien que nous ayons connue. Elle a toujours été celle qui restait dans l'ombre pour laisser les autres profiter de la lumière. Elle ne souhaitait pas voir son visage exposé au grand jour. »

Ce que Wheeler retint du flot de condoléances et d'accolades qui s'ensuivit, ce fut le moment où un petit homme érudit – le président de l'université Clark de Bedford, Massachusetts, s'avéra-t-il – lui décrivit sa grand-mère comme un « personnage déterminant » et expliqua que c'était un don substantiel versé par sa famille qui avait permis la venue de Sigmund Freud à l'université en 1909. Et que les célèbres « conférences de Clark » du médecin viennois avaient introduit la psychanalyse en Amérique et lancé la révolution psychologique moderne. « Et ce qu'on sait peu, ajouta l'homme, c'est que l'idée venait entièrement d'Eleanor Burden. »

À un autre moment de la cérémonie, Wheeler se retourna vers son ancien mentor et découvrit que le vieil aristocrate viennois, d'ordinaire si digne et si réservé, avait comme lui le visage baigné de larmes et sanglotait violemment, accablé par un chagrin intolérable.

Le cerveau de Wheeler s'emballa aussitôt et, comme si les frêles mains de sa grand-mère se tendaient à nouveau vers lui, il se rappela ses derniers mots après leur valse quelques jours plus tôt, alors qu'ils venaient de se rasseoir dans le canapé.

« Il faut que tu saches, avait-elle dit, un peu essoufflée au début, que j'ai vécu une vie très différente des autres. Mais… »

Elle s'arrêta et baissa les yeux, comme distraite par une pensée trop complexe pour être mise en mots, et s'était contentée de lâcher :

« À cause de ce que je savais. »

Puis elle avait relevé la tête et fixé intensément son petit-fils, comme si elle cherchait à traverser le temps pour atteindre les plus lointains replis de l'histoire collective. Jamais il n'oublierait le feu qui brillait dans son regard. Son ardeur, aurait-elle dit. Elle lui avait repris la main, l'avait pressée. Wheeler était suspendu à ses yeux, où il lisait quelque chose d'indescriptible.

« Il faut que tu saches, il faut que tu te souviennes que j'ai été heureuse. »

16

LE FILS BURDEN

L'attitude de Wheeler vis-à-vis de Harvard changea après les funérailles, et il perdit une bonne part de son enthousiasme pour le base-ball. Il continua à se rendre à l'entraînement tous les après-midis, comme il le faisait depuis près de dix ans, mais le cœur n'y était plus. À la fin d'une séance, le coach Eddie Donovan, un ancien Red Sox de South Boston, prit en aparté cet étudiant de deuxième année prometteur, mais dont le talent restait à confirmer, et lui expliqua que, comme chacun savait, son équipe était au fond du trou et avait besoin d'une injection de sang neuf en vue du match contre Yale.

« J'aime bien ta manière de placer ta balle sur le marbre, mon gars. »

Le même Donovan, s'efforçant de faire bonne figure malgré son pessimisme, déclara ensuite avec flegme à un reporter du *Crimson* : « Burden jouera les premières manches, et on verra ce que ça donne. »

« Un-Point-C'est-Tout ne va faire qu'une bouchée des Yalies », plaisantèrent ses coéquipiers en lisant, à la une du *Crimson* : « Le fils de la légende titulaire contre Yale ». Après avoir évoqué la prestigieuse tradition de sa famille en matière de base-ball, l'article rappelait que le Burden Gate, c'est-à-dire le portail principal du stade de l'équipe A, avait été ainsi baptisé en l'honneur du grand-père de Wheeler – membre en 1896 de la toute première délégation olympique des États-Unis –, et que le grand Dilly avait effectué ici son plus fameux arrêt de volée sur le champ central face à un frappeur de Yale, l'année où il avait également été sacré en athlétisme. L'article rappelait également ce que tout le monde savait : même si ce lanceur de deuxième année avait joué un match de légende au lycée et était capable de viser juste, sa sélection en équipe A était surtout due à des raisons sentimentales. Non seulement Wheeler avait encore tout à prouver, mais c'était un allumé de première – le journaliste le suggérait à demi-mots –, qui consacrait plus de temps à traîner avec des musiciens folk dans les cafés qu'à jouer au base-ball. L'auteur reconnaissait que sa balle rapide pouvait faire des dégâts, quand il arrivait à la contrôler. Wheeler lui aurait volontiers répondu par une maxime de son copain Bucky Hannigan, apprise un certain nombre d'années plus tôt : « Le problème n'est pas de contrôler la balle. C'est de se contrôler soi-même. »

L'article du *Crimson* soulignait enfin que le capitaine de Yale était un autre ancien de St Gregory, Prentice Olcott, considéré comme un des meilleurs joueurs du pays à son poste. Une grande confiance régnait apparemment dans le camp de Yale du fait de la faiblesse de Harvard au lancer, qui réduisait l'entraîneur à aligner d'entrée un joueur aussi inexpérimenté à ce niveau que Burden. Tout le monde ou presque voyait l'équipe de New Haven l'emporter.

Wheeler confia à Joan Quigley qu'il avait un mal fou à se concentrer depuis la mort de sa grand-mère. Quoique n'ayant jamais mis les pieds au stade et méprisant tout ce qui pouvait ressembler à de la sensiblerie, Joan rétorqua :

« Jouer titulaire contre Yale est un honneur. Cela aurait beaucoup compté pour ta grand-mère. »

Issue d'une très ancienne famille bostonienne, elle savait bien que Wheeler était entré à St Gregory, puis à Harvard, à l'instigation de sa grand-mère paternelle, qui rêvait depuis toujours de le voir là. Sans doute consciente que Wheeler ne la considérait pas comme une autorité sur le plan sportif, Joan marqua un temps d'arrêt avant d'ajouter :

« À cause de ton père. »

Wheeler lui avoua qu'il regrettait que la fragilité de son cœur ait empêché sa grand-mère de venir le voir jouer à Harvard.

« Je crois que je vais lancer pour elle, finit-il par dire, mélancolique.

— Pour elle *et* pour ton père, si tu veux mon avis. »

L'après-midi du match, pendant qu'il préparait son sac de sport avant de partir au stade, on frappa à la porte de sa chambre d'étudiant. C'était Joan Quigley, plus belle que jamais dans son cachemire décolleté.

« Nerveux ? demanda-t-elle avec un sourire suggestif.

— C'est peu de le dire. Il y a pas mal de pression.

— Eh bien, j'ai un petit quelque chose pour te détendre, dit-elle en le contournant pour entrer dans la chambre. Ce sera l'affaire de quelques minutes. »

Quand ce fut fini, elle remit son pull en cachemire – elle ne portait rien dessous, Wheeler avait pu le constater – et il reprit ses préparatifs.

« Tu fais pareil à ton champion de foot avant les matches ?

— Tu plaisantes ! Il est bien trop concentré pour penser à ça. »

Wheeler se tenait immobile au centre de la pièce, à demi nu, auréolé d'un clair-obscur spectaculaire par la lumière qui filtrait des rideaux. Joan Quigley le contempla, admirative, et sourit.

« Seigneur, regarde-toi. On dirait le *David* de Michel-Ange en slip. »

Peu après, sur le terrain, Wheeler fut envahi par un flot d'adrénaline pure. Il commença d'instinct à travailler sa balle dès l'échauffement en l'imbibant de mollards hanniganesques entre la marque et la couture jusqu'à ce qu'elle soit glissante à souhait. Plusieurs personnes vinrent lui taper dans le dos pour lui souhaiter bonne chance. Il jetait de temps en temps des coups d'œil vers le banc de Yale sur lequel était assis l'arrogant Prentice Olcott, qui ne semblait pas l'avoir reconnu.

Il bombarda les deux premiers frappeurs de balles rapides en ligne droite qui atterrirent toutes « dans la boîte », comme aurait dit Bucky, exactement là où il voulait les mettre – tantôt hautes, tantôt basses, tantôt sur l'intérieur, tantôt sur l'extérieur. Son match était lancé.

Prentice Olcott fut le troisième à prendre la batte. Quand il s'avança sur le marbre, calme et posé, tout le monde comprit ce qui était en train de se jouer. Wheeler fixa son adversaire, mais les yeux d'Olcott, d'un bleu aryen, ne cillèrent pas ; il soutint son regard avec indifférence, en tapotant ses crampons avec le manche de sa batte, comme si leur vieille animosité était oubliée. Wheeler toucha sa casquette en guise de salut. Olcott parut ne pas s'en apercevoir.

Wheeler leva haut la jambe gauche et catapulta en direction du marbre une balle rapide qui aurait directement renvoyé à l'atelier l'appareil de mesure du MIT. Elle arriva en plein centre de la zone de frappe du capitaine de Yale, qui la mit hors jeu. Une prise. De nouveau Wheeler leva la jambe, et de nouveau Olcott frappa une fausse balle. Deux prises. Troisième lever de jambe de Wheeler, troisième fausse balle. Score inchangé. Cela risquait de durer tout l'après-midi.

Wheeler fit claquer plusieurs fois la balle au creux de son gant et fouilla dans sa mémoire. Non content de harceler les élèves plus petits que lui, ce jeune homme aux couleurs de Yale lui avait infligé son lot d'humiliations à St Gregory. Olcott était aussi à l'origine de son premier accrochage avec un antisémite. Une rage soudaine lui noua les tripes. « Connard », se surprit-il à murmurer. Presque sans réfléchir, il cracha un dernier jet de salive sur son majeur et l'étala consciencieusement entre les coutures. « Jusqu'à ce que la balle soit bien mûre », aurait dit Bucky. Il leva la jambe comme pour un tir rapide. Mais dès que son bras entama sa descente, la balle lui gicla des doigts comme un pépin de pastèque.

Jusqu'à mi-parcours, elle donna l'impression de filer droit vers Olcott, visant les poils qui poussaient entre ses yeux bleus d'Américain puritain et bigot. Celui-ci se pencha en arrière, sans se presser, en décalant son centre de gravité à l'extérieur du marbre. Mais tout à coup la balle descendit, adopta une trajectoire rentrante qui la ramena en plein centre de la zone de frappe, et alla se nicher dans le gant du receveur. Olcott, complètement en dehors du marbre, cherchait encore à reprendre son équilibre quand l'arbitre leva le bras. Trois prises, frappeur éliminé. Olcott se retourna pour adresser un regard mauvais à Wheeler Burden, comme s'il le voyait pour la première fois. Fin de la manche.

Wheeler quitta le monticule à grandes enjambées, en tapotant son gant du poing. Il repéra le visage de Fielding Shomsky dans les gradins. Celui-ci le fixait bouche bée, encore plus admiratif que le reste du public, et, au moment de se rasseoir sur le banc à côté d'Eddie Donovan, Wheeler se demanda si le professeur assistant de philosophie avait dépassé sa rancune.

« Je me sens bien, glissa-t-il à son entraîneur, l'ancien Red Sox. Je veux aller au bout. »

Les manches intermédiaires se déroulèrent peu ou prou sur le même mode. Wheeler contrôlait ses lancers. Il était à fond dans son match, pour reprendre une expression de Bucky Hannigan. Un de ses professeurs, un jeune Hongrois au nom imprononçable, aurait parlé d'un « état d'exécution optimal », que Wheeler décrivit ainsi dans ses notes : *La sensation d'avoir toutes les qualités pour relever le défi. Une concentration intense. L'absence totale d'attention à quoi que ce soit d'autre. Une action tellement gratifiante qu'on l'effectue pour le seul plaisir, en dehors de toute notion de temps*. Wheeler était dans cet état-là. Il se sentait porté par le courant.

La balle papillon avait l'avantage de permettre au lanceur de ménager son bras. Par crainte de rompre le charme, personne n'osa rien dire à Wheeler au terme d'une quatrième manche où l'adversaire ne marqua aucun coup sûr et ne fit pas une seule course vers la première base. Il revint s'asseoir près de son entraîneur, mais ses coéquipiers laissèrent un bon mètre de vide entre eux et lui sur le banc. Wheeler savait ce qu'il faisait. Il avait déjà vécu cela. Eux non. Après la cinquième manche, il se rassit avec un coup de poing rageur dans son gant. Donovan lui posa une main sur le genou et, sans le regarder :

« Du calme, mon gars. »

Pour la deuxième fois de sa vie, la rumeur de ses exploits se répandit comme une traînée de poudre à travers le campus. « Le fils Burden fait un match parfait sur les cinq premières manches », entendait-on de bouche en bouche. À Harvard, même les matches de base-ball les plus importants n'attiraient en général qu'un public clairsemé, mais ce jour-là, à mesure que la nouvelle se propageait, une foule inhabituelle s'amassa autour du terrain. Au milieu de la septième manche, Wheeler aperçut M. Walker en haut de la tribune, souriant fièrement au distingué personnage aux cheveux gris qui l'accompagnait : le président de Harvard. Il s'apprêtait à affronter une nouvelle fois son vieil ennemi Prentice Olcott, le dernier frappeur de la manche, sur les larges épaules duquel reposaient désormais tous les espoirs de son équipe. Le regard d'Olcott avait changé. Wheeler crut y voir briller une vieille flamme germanique, la brutalité profonde de ses années d'école. Il décida de garder sa balle papillon pour plus tard. Il effectua d'abord un tir rapide dans la zone de prise que le joueur de Yale détourna en fausse balle, puis un deuxième qui manqua la zone de quelques centimètres. Ensuite, Olcott perdit pied et ne toucha plus rien. Les vieilles blessures, les vieilles rancœurs, ne comptaient plus. Pas plus que l'antisémitisme bigot du capitaine de Yale. Wheeler ne laissa juste strictement aucune chance à Prentice Olcott de toucher sa balle suivante, qui fila droit vers le marbre. En cherchant son receveur pour lui faire signe, Wheeler surprit dans les yeux bleus du frappeur adverse quelque chose qu'il aurait été prêt à attendre toute sa vie. Olcott manqua la balle, mais Wheeler avait vu ce qu'il était venu voir : dans le regard de son vieil ennemi, il lisait la peur à l'état brut.

La huitième manche passa ; à l'entame de la neuvième et dernière, lorsque Wheeler se leva à nouveau du banc pour regagner le monticule, un silence palpable emplit l'air autour du terrain. Tout semblait s'être arrêté, y compris la circulation sur Massachusetts Avenue. On aurait dit qu'une civilisation entière avait les yeux rivés sur ce gamin efflanqué des basses terres de Feather River, Californie. Il inspira profondément.

« Burden », dit Donovan en lui touchant le genou.

Wheeler le regarda en clignant des yeux comme un lézard.

« Tu nous as montré ce que tu avais dans le ventre, aujourd'hui. »

Ce qui signifiait : même si ça devait s'arrêter là, tu as été fantastique, cent fois meilleur qu'on ne s'y attendait. Wheeler hocha la tête et repartit vers le monticule.

Le premier frappeur de Yale fut sorti en quatre lancers, le suivant fut devancé par un défenseur sur la première base. Au troisième frappeur, le vingt-septième à se présenter face à lui sur le marbre, Wheeler envoya une balle rapide classique qui lui permit de se voir accorder une prise dès son premier tir. « Le cheval commence à sentir l'odeur de l'écurie », aurait dit Bucky Hannigan. Il n'était plus qu'à deux lancers du match parfait : zéro coup sûr, zéro point, aucune erreur de sa part, aucun coureur sur les bases pour l'adversaire.

Ce fut son tir suivant, l'avant-dernier du match, qui marqua les esprits et resterait dans les annales comme LE lancer. Wheeler était gonflé à bloc. La balle était exactement comme il l'aimait. Jamais de sa vie il ne s'était senti à ce point porté par le courant, et le monde entier semblait présent avec lui sur ce petit monticule de terre de Cambridge, Massachusetts, où s'étaient tenus avant lui son grand-père et son père. Il s'inclina en arrière et lança sa balle à vitesse maximale, tout en poussant avec ses doigts sur les coutures pour supprimer quasiment tout effet. À l'approche du marbre, elle descendit d'une cinquantaine de centimètres et devint injouable. La batte du frappeur de Yale fouetta l'air trente centimètres trop haut.

« Deux prises ! » glapit l'arbitre.

Plus tard, Wheeler comprendrait qu'il ne pouvait pas faire mieux que ce moment où le monde s'était arrêté et qu'il n'avait pas besoin d'aller au-delà. Le lancer parfait, l'avant-dernier geste d'un match parfait.

Sa grand-mère était partie. À Feather River, Californie, sa mère devait être en train de lire du Jane Austen ou de pinailler avec son conseiller bancaire sur les recettes de ses ventes de pruneaux, bien loin de tout cela. Mais pour le monde réel, ce que fit Frank Standish Burden III avec une petite sphère en cuir de vache dans les quarante-cinq secondes suivantes fut d'une importance capitale.

C'était le match Harvard-Yale. Aucun joueur de Yale n'avait atteint ne serait-ce que la première base. Wheeler fit claquer la balle dans le gant paternel. Il regarda le frappeur adverse, il se retourna vers son entraîneur, il regarda le président et M. Broderick Walker, grand spécialiste du philosophe Egon Wickstein et meilleur ami de Dilly Burden au lycée puis à l'université, et il regarda le premier des Shomsky, pour qui le base-ball passait avant l'honneur. Il chercha même Joan Quigley, tout en sachant qu'elle ne venait pas aux matches. Le monde réel attendait que la balle ait quitté sa main pour respirer. Wheeler n'était plus qu'à un seul tir de la perfection athlético-cinétique et de la légende.

Wheeler respira pour eux tous, une longue inspiration suivie d'une expiration bruyante. Il resta un moment sans bouger, perdu dans le temps.

Il se pencha en avant et posa la balle sur le rectangle en caoutchouc du monticule. Il ôta sa casquette cramoisie frappée d'un H blanc et la plaça avec son gant à côté de la balle. Il ôta son maillot sur le devant duquel était blasonné le nom « Harvard » et le laissa tomber en douceur à côté de sa casquette, puis il fit de même avec son tricot de corps en coton à manches rouges. Il ôta ses crampons, défit sa ceinture et ôta son pantalon. Il ramassa son gant.

Le monde réel l'observait, incrédule. Wheeler demeura un moment immobile. Le *David* de Michel-Ange en slip, muni d'un gant de base-ball vieux de trente ans. Puis il quitta calmement le monticule et sortit du stade par le Burden Gate, tournant à jamais le dos au base-ball et à Harvard.

17

UNE RENCONTRE INATTENDUE

Wheeler était désormais confortablement installé à Vienne. Le Dr Freud avait tout arrangé en le recommandant à une charmante vieille dame, Frau Bauer, qui habitait non loin du 19 Berggasse et qui, ayant récemment perdu son mari et son fils, avait besoin de compagnie et disposait d'une chambre vacante et de vêtements d'homme à lui prêter. L'apparition mystérieuse de ce personnage dépourvu de papiers d'identité et de moyens de subsistance ne lui posa apparemment aucun problème. Quant à Freud lui-même, il avait consenti à revoir régulièrement Wheeler par la suite.

Installé depuis peu chez la veuve, Wheeler se dirigeait à pied vers le Café Central par un dimanche gris et pluvieux quand, levant la tête, il vit accourir vers lui Ernst Kleist, l'œil brillant d'excitation.

« Il faut que vous veniez voir cela, dit le peintre en lui attrapant le bras. La révolution est en marche. »

Haze avait suffisamment répété que Vienne connaissait à l'époque une situation politique explosive pour que Wheeler se sente préparé.

« C'est à cause des ordonnances linguistiques, poursuivit Kleist en l'entraînant sur le trottoir détrempé. Les Allemands de Bohême sont furieux. Ils refusent de se voir imposer le tchèque, et les Slaves, de leur côté, exigent que leur langue soit reconnue. Il y a déjà eu des troubles un peu partout en Autriche, c'est maintenant la capitale qui est touchée. Regardez-moi ça, ajouta-t-il, à la fois terrifié et exalté. C'est une vraie poudrière. Des rassemblements se sont formés aux quatre coins de la ville, et les cortèges sont en train de se rejoindre pour marcher ensemble sur le Parlement et réclamer la démission du ministre-président. Regardez, ils sont des milliers ! »

Ils pressèrent le pas en direction du Parlement, et Wheeler découvrit au fur et à mesure de leur approche une foule grandissante, d'où montaient des clameurs.

« Des travailleurs, expliqua Kleist. Ils sont pangermanistes. »

À quelques centaines de mètres d'eux, une foule de plusieurs milliers de manifestants venait de se mettre en branle vers le Parlement. Un mélange d'ouvriers et d'employés en col blanc des deux sexes, tous bien vêtus et entonnant le « Lied der Arbeit » – leur « Chant du travail ».

Kleist pointa le doigt sur l'autre extrémité du boulevard. « Et là, ce sont des étudiants. Pro-slaves, bien sûr. Ils ont entendu parler de la marche des travailleurs et lancé une contre-manifestation. »

Un deuxième groupe de travailleurs apparut sur leur droite et les étudiants vinrent à leur rencontre, cherchant visiblement la confrontation et chantant leur propre hymne, « Die Wacht am Rhein » – « La Garde au Rhin ». Wheeler entendait encore Haze s'exclamer :

« Où ailleurs qu'à Vienne voit-on chanter les émeutiers ? »

Ils étaient maintenant entourés de milliers de badauds, dont certains se joignaient au chœur des manifestants.

Les gens tournaient un peu en rond, pour la plupart sans savoir pourquoi ils étaient là ni ce qu'ils devaient faire. Tout le monde était mouillé et transi de froid.

Tandis que les deux formations se rapprochaient l'une de l'autre, un petit groupe d'étudiants, les plus bruyants et les plus belliqueux, se mit à courir vers les travailleurs. Il y eut un échange d'invectives puis un étudiant tendit le bras, rafla la casquette en laine d'un travailleur et la fit tomber. Un robuste ouvrier intervint et gifla le fautif sur l'oreille, ce qui lui valut un coup de canne d'un autre étudiant. Les deux groupes reculèrent, comme s'ils prenaient conscience de l'extrême volatilité de la situation, puis commencèrent à se jeter des insultes à la figure. « On se croirait à Berkeley », aurait remarqué Wheeler si son compagnon avait eu la moindre chance de saisir l'allusion.

« J'ai du mal à les entendre ! hurla-t-il à l'oreille de Kleist.

— La tension monte depuis des semaines. Regardez là-bas ! s'écria Kleist, montrant du doigt un cordon de soldats à cheval déployé autour du Parlement. Et c'est pareil à la Hofburg. Ils sont en train de verrouiller les accès. La police et l'armée bloquent tout. Personne ne peut plus entrer ni sortir ! »

Des policiers quadrillaient la multitude à pied ou à cheval, tentant de ramener les manifestants à l'ordre, les exhortant sans grand succès à se disperser et à rentrer chez eux.

« Ils sont là pour maintenir l'ordre ! cria Kleist dans le vacarme ambiant. Il ne se passera rien de grave ! »

Ce fut à ce moment-là que les cortèges entrèrent en contact, et les deux camps jusque-là distincts se fondirent soudain en une mêlée informe de coups de poing et de vitupérations. Les agents de la police montée tentèrent de se regrouper, utilisant leurs chevaux pour intimider et tenir en respect la masse tumultueuse, mais il y avait trop de manifestants et eux-mêmes étaient trop dispersés. Un policier à pied se mit à hurler contre un groupe qui menaçait d'en attaquer un autre et brandit son bâton pour frapper un de ses membres ; il fut aussitôt pris à partie par une bande d'étudiants, qui le désarmèrent et le jetèrent au sol, d'où il se releva d'un bond pour ne pas être piétiné. Il appela ses collègues à la rescousse et tout à coup, en plein midi, une voix forte tonna sous la pluie : « À mon commandement ! » Les cavaliers s'alignèrent devant le Parlement dans la plus grande discipline, tirèrent leur sabre et s'élancèrent au galop.

Les manifestants qui les virent charger reculèrent précipitamment et bousculèrent ceux qui arrivaient derrière, toujours aussi insouciants et chantant encore pour certains. Plus loin, dans les profondeurs du cortège, des gens sentirent venir l'escalade de la violence et commencèrent à se disperser sur les côtés.

« Partons d'ici ! » cria Wheeler.

Kleist, il le sentait, mourait d'envie de rester au cœur de l'action. Tous deux se frayèrent un chemin jusqu'à la partie du rassemblement la plus proche du Parlement et des soldats.

« Si la situation dégénère, c'est de ce côté-ci qu'il faudra être. »

Wheeler avait déjà participé à un nombre suffisant de manifestations houleuses pour savoir qu'il valait mieux ne pas rester sur la trajectoire d'un possible mouvement de foule. Ils bénéficiaient à présent d'une vue dégagée sur l'ensemble de la scène et assistèrent médusés à la charge des cavaliers, sabre au clair.

« Ils ne vont tout de même pas s'en servir ? lança Wheeler à son voisin.

— Ils cherchent juste à contenir la foule », répondit Kleist d'un air de tranquille assurance.

Mais le premier sabre s'abattit, et un jet de sang jaillit du cou d'un manifestant avant même que celui-ci ait touché le sol. Kleist tourna la tête vers Wheeler avec une expression de désespoir. Une autre lame fendit l'air, étincelante, puis encore une autre.

« Ils ont perdu la tête ! s'écria le peintre, affolé. C'est le chaos ! »

Les soldats en uniforme chamarré, le sabre pointé vers le ciel, jetèrent leurs montures au milieu de la multitude sans aucune retenue, prêts à commettre un carnage. Wheeler repensa à la fusillade de l'université d'État de Kent, quand des hommes de la garde nationale de l'Ohio avaient ouvert le feu sur une manifestation estudiantine, une tragédie que personne n'avait sciemment recherchée. « La jeunesse américaine ne voulait pas tirer sur la jeunesse américaine, écrivit à l'époque un commentateur. Quelques gamins de la garde nationale ont simplement paniqué. » Ce n'était pas le cas des hussards du 15e régiment de cavalerie de l'empereur : ils fondirent sur la foule désarmée comme ils auraient attaqué des lignes d'infanterie ennemies, bien décidés à se servir de leur sabre.

Une immense panique s'ensuivit. Les soldats se mirent à frapper de droite et de gauche. Le sang, partout, coulait à flots.

« C'est affreux ! » glapit Kleist.

Un spectacle hallucinant se déroulait sous leurs yeux. Des hommes s'écroulaient dans la boue en jurant, des femmes hurlaient, des petits garçons saignaient, dont les blessures étaient dues autant aux mouvements de foule qu'à la furie des sabres et des chevaux. Ainsi qu'on l'apprendrait plus tard, l'émeute dura l'après-midi entier et se propagea à toute la ville.

À force de voir les lames flamboyer dans la lumière incertaine du jour, Kleist finit par battre en retraite.

« Il ne faut pas rester ici ! » cria-t-il à Wheeler en détalant.

Il disparut dans la foule d'étudiants mais Wheeler resta, et même s'avança pour mieux voir. Il lui apparut évident que la ligne de cavaliers n'irait pas au-delà du point où il se tenait et qu'il risquait davantage d'attirer l'attention en fuyant qu'en ne bougeant pas. Il resta donc à observer, fasciné, les cavaliers qui s'enfonçaient au cœur de la foule. Les manifestants faisaient de leur mieux pour éviter leurs lames, se marchaient les uns sur les autres. Les soldats poursuivirent leur avance en distribuant de grands coups de sabre, sans tenir compte de l'âge, du sexe ni des intentions de leurs victimes. Beaucoup de gens tombaient, il y avait des blessés partout. Les civils n'ayant aucun moyen de se protéger ni de se défendre, les hussards progressaient sans risque. Des corps inertes gênaient le passage des fuyards et des chevaux. Les gens hurlaient et trébuchaient, le sang commençait à rougir le sol.

Plus tard, revenant sur sa retraite précipitée, Kleist s'étonnerait du calme de Wheeler :

« Il faut que vous soyez très brave, dirait-il. Ou très sot. »

Sauf que ce n'était ni l'un ni l'autre, Wheeler le savait. C'était plutôt l'impression d'être au-dessus de la mêlée. Venu d'un autre temps, il se sentait invulnérable : il ne pouvait pas avoir été transporté en cette époque et en ce lieu étrangers pour tomber ainsi au beau milieu d'une scène d'émeute aussi incohérente. Il resta donc sur place comme un observateur détaché.

Pendant que la multitude affolée continuait à se disperser, Wheeler remarqua un second observateur, un jeune homme qui paraissait avoir un peu moins de 30 ans et portait sur l'émeute finissante un regard calme et intense, comme s'il se considérait lui aussi comme un témoin extérieur. Tout à sa contemplation des mouvements de la foule, des chevaux en nage et des corps ensanglantés qui jonchaient le sol, il ne sentit pas qu'on l'étudiait.

Wheeler le reconnut presque sur-le-champ – comment aurait-il pu en être autrement ? – et s'approcha sans le quitter des yeux. Le jeune homme tourna enfin la tête.

« Vous désirez ? » lança-t-il, presque sur un ton de défi.

Wheeler le détailla de pied en cap avant de lâcher :

« Vous êtes de Boston, n'est-ce pas ? »

Le jeune homme, d'abord stupéfait, se remit vite de son étonnement.

« Eh bien, oui, en effet.

— Vous avez fait Harvard.

— Comment pouvez-vous le savoir ? demanda le jeune homme, s'imaginant sans doute qu'on le prenait pour quelqu'un d'autre.

— Je vous ai reconnu. »

Le jeune homme se retint de protester et répondit prudemment, en détachant chaque syllabe :

« Vous êtes de Boston, vous aussi ?

— J'y ai passé assez de temps pour savoir qui vous êtes, répondit Wheeler.

— Je regrette. Vous devez vous tromper de personne. »

Le jeune homme prit une mine incrédule, ce qui pouvait d'autant mieux se comprendre qu'il se croyait à l'abri de toute identification.

« Non, insista Wheeler, je n'ai aucun doute.

— Permettez-moi de me présenter, déclara son interlocuteur en lui tendant une main ferme. Je m'appelle Herbert Hoover. »

Wheeler se contenta de lui prendre la main et de la serrer en le regardant bien en face, sans lui donner son nom.

« Ravi de faire votre connaissance, monsieur Hoover. Ce n'est pas votre vrai nom, je me trompe ?

— Qu'est-ce que vous me chantez là ? s'étrangla le jeune homme, interloqué.

— Je vous connais. Vous êtes Dilly Burden. »

Deuxième partie

LA NATURE
DE NOTRE CONDITION

18

CÉLÈBRE POUR SA CÉLÉBRITÉ

La façon dont les membres de Shadow Self devinrent des icônes nationales et Wheeler une des « dix célébrités les plus reconnaissables d'Amérique » a été décrite par le menu dans deux grands articles de *Rolling Stone* – le plus mémorable étant le premier, paru à l'occasion du festival de Woodstock.

Après avoir tourné le dos à Harvard, Wheeler s'inscrivit presque aussitôt à la Berklee College of Music de Boston pour étudier sérieusement la guitare. À la même époque, Shadow Self quitta les cafés de Brattle Street, où le groupe jouissait d'une belle popularité, pour prendre ses quartiers dans un relais routier du Cap Cod et, en un sens, se mettre à son compte. Il jouait toujours les chansons de Buddy Holly mais s'était également mis à écrire ses propres morceaux et perfectionnait sans cesse ses harmonies à trois ou quatre voix. Sa réputation s'étendit progressivement, et des artistes célèbres, venus d'horizons musicaux très différents, vinrent l'écouter. Wheeler, désormais première guitare, commençait à se faire un nom dans le milieu de la folk et du rock.

Parmi les spectateurs occasionnels du groupe, il y avait un certain Joel Rosenman, jeune New-Yorkais diplômé en droit de Yale. Lui-même chanteur et guitariste, il caressait avec un riche associé le rêve de créer dans la petite ville de Woodstock, ancienne communauté d'artistes de l'État de New York, un festival annuel de rock capable de rivaliser avec ceux de Newport, dédiés au jazz et à la folk. Personne ne les prenait vraiment au sérieux, mais Wheeler et son groupe répondirent que, oui, ils étaient prêts à venir si le festival voyait le jour. Cela se passait en 1967. Rosenman revint les voir un an plus tard pour annoncer qu'il avait perdu ses droits sur le site de Woodstock en raison de la trop grande ampleur du projet, mais qu'il venait d'obtenir l'accord du fermier Max Yasgur de Bethel, dans le comté de Sullivan, pour que le festival ait lieu sur ses terres. Le projet de festival, déjà grandiose, prit des dimensions pharaoniques. Les deux hommes ambitionnaient d'engager la quasi-totalité des chanteurs et des groupes célèbres de l'époque et souhaitaient que Shadow Self fasse partie du lot.

La suite de l'histoire est connue de tous, mais disons simplement que Shadow Self se produisit devant quatre cent mille personnes, vendit son album à plus d'un million d'exemplaires et accéda à la notoriété du jour au lendemain. Wheeler arborait déjà sa moustache à la Wild Bill Hickok, selon Joan Quigley « pour ne pas faire trop Harvard ». Son image se mit à circuler dans les journaux et magazines : plus qu'aucun autre musicien, Wheeler Burden devint un symbole de son temps.

Dans l'euphorie consécutive à Woodstock, un imprésario de San Francisco voulut organiser quelques mois plus tard un festival dans le Golden Gate Park. La programmation devait inclure Jefferson Airplane ainsi qu'un certain nombre de groupes californiens célèbres, et on parlait même des Rolling Stones en tête d'affiche. Shadow Self faisait partie de la liste. Après que la municipalité eut retiré son autorisation, on se rabattit sur le lointain circuit automobile d'Altamont, à Livermore, Californie. Le projet se concrétisa moins de vingt-quatre heures avant l'ouverture du festival, prévue le 6 décembre 1969, et ce fut un désastre.

La situation commença à dégénérer avant même que la nouvelle se soit répandue que les Rolling Stones joueraient bel et bien à Altamont, qui plus est gratuitement, pour un « concert de remerciement ». Quelqu'un prit la décision calamiteuse de confier le service d'ordre à la section d'Oakland des Hell's Angels – en échange de cinq cents dollars de bière, dit-on –, une preuve de l'effarante naïveté des organisateurs. Trois cent mille personnes se rendirent au concert, et les motards décidèrent d'utiliser des queues de billard sciées pour contrôler la foule. « À partir du moment où une moto des Angels a été renversée, expliqua plus tard un journaliste à Wheeler, plus personne n'a été en sécurité à Altamont, même pas les musiciens comme vous. Quelqu'un s'est dit que le calme reviendrait peut-être si les groupes continuaient à jouer, et vous avez vu où ça a mené. » En fait, Wheeler ne se souvenait pas de grand-chose, ayant lui-même été sévèrement blessé par un membre de ce prétendu service d'ordre.

Le tumulte atteignit son apogée pendant le concert des Stones, après le passage sur scène de Shadow Self. Depuis le début, les musiciens avaient un mauvais pressentiment en ce qui concernait l'organisation et le public du festival. Ce qui avait éclos à Woodstock, le rêve charmant et spontané d'un état de liberté sans limites, finit de pourrir à Altamont dans une atmosphère de danger et d'insécurité.

« Je le sens mal, dit Hitzie après le dernier morceau de Shadow Self en voyant la foule, dont une bonne part était sous l'emprise de la drogue, gronder de colère. Il va y avoir de la casse. »

Wheeler et lui observaient la situation en coulisse quand un homme nu et hagard surgit du public pour envahir la scène. Un Hell's Angel massif se précipita sur lui, l'assomma avec sa queue de billard et continua de le rouer de coups au sol. Wheeler intervint, malgré les avertissements de Hitzie qui tentait de le retenir par le bras en hurlant : « Fais gaffe, mec ! » Trop tard. En voyant Wheeler s'interposer entre lui et l'homme à terre, le motard lui assena d'abord un puissant coup de queue de billard au sommet du crâne, qui le fit se plier en deux, avant de lui enfoncer le manche dans le ventre. Dans la confusion ambiante, personne ne se rendit vraiment compte de la gravité de l'état de l'homme nu et de Wheeler, qui avaient déjà perdu beaucoup de sang quand une ambulance put enfin approcher de la scène et les évacuer. Dans l'idée de maintenir la foule sous contrôle, le concert se poursuivit jusqu'à ce qu'un jeune Afro-Américain de 18 ans tente de monter sur scène armé d'un pistolet et se heurte à son tour au mur des Hell's Angels. L'un d'eux sortit un couteau à cran d'arrêt et poignarda l'adolescent à mort juste devant Mick Jagger. L'horreur de cet incident signa la fin d'une innocence idéalisée par Woodstock. Curieusement, le fait d'avoir frôlé la mort acheva de propulser Wheeler et sa moustache à la Wild Bill au rang de symbole national et assura son entrée dans le classement des célébrités de *People*.

« Cela n'a rien à voir avec ta musique, lui dit un jour Joan Quigley, qui entre-temps avait épousé son capitaine de football, devenu avocat à Pittsburgh, et retrouvait clandestinement Wheeler sur la route dès que possible. Qui commence à être très bonne, soit dit en passant. Tu es célèbre pour ta célébrité. » Voilà pour la partie publique.

Ce que personne ne savait, c'est que, peu après son départ de Harvard, un avocat de Boston était venu trouver Wheeler à l'école de musique pour lui révéler l'existence du fonds de placement familial. L'homme expliqua que sa grand-mère avait été extrêmement active dans le domaine financier et qu'elle était parvenue au fil des ans à faire fructifier son patrimoine de départ de façon extraordinaire.

« Dès le début du siècle, elle a investi dans le capital initial d'entreprises appelées à devenir parmi les plus prospères d'Amérique, avec une incroyable clairvoyance. »

D'où l'existence de l'ultra-confidentiel fonds Hyperion, sur lequel elle avait apparemment exercé un contrôle absolu, toujours dans l'ombre, en soutenant Harvard et un certain nombre de causes civiques. Son testament faisait de Wheeler et de ses deux tantes ses héritiers et les nouveaux directeurs du fonds.

« Monsieur Burden, conclut l'avocat, vous êtes un homme richissime. »

Wheeler n'hésita qu'une seconde.

« Qui est au courant ?

— Personne. C'est de cette façon que Mme Burden gérait sa fortune. Elle faisait partie des investisseurs les plus riches de Boston, mais personne n'en a jamais rien su. Pas même son mari, paraît-il. Notre cabinet a défendu son secret pendant plus de soixante ans. Il n'y a aucune raison que cela change.

— Nous allons garder tout cela secret. Top secret.

— Absolument.

— Parfait », dit Wheeler en reprenant sa guitare.

Ce n'est qu'au bout d'un certain temps qu'il découvrit un aspect particulièrement troublant de l'histoire du fonds Hyperion, en dehors du fait que sa grand-mère avait réalisé un grand nombre de placements mirifiques sur une période de plus de cinquante ans : à l'été 1929, soit quelques mois avant le grand krach du lundi 28 octobre 1929, alors que l'envolée des cours de la Bourse donnait lieu à une frénésie d'achats spéculatifs de la part d'investisseurs prêts à engager pour cela d'énormes lignes de crédit, Eleanor Burden avait liquidé la totalité de ses actifs boursiers.

19

UN LOURD FARDEAU

La découverte de son fils par Dilly Burden eut lieu en deux étapes. La première lorsqu'il constata avec stupeur que l'homme qui venait de l'aborder dans le chaos d'une émeute viennoise, pendant que la foule s'égaillait en tous sens pour échapper à la charge des hussards, le connaissait. Cela ne pouvait signifier qu'une chose : cet homme, comme lui, venait du futur.

« Vous devez être arrivé ici de la même manière que moi, cria Dilly, s'efforçant de couvrir le vacarme.
— En effet.
— Et vous m'avez connu à Harvard ?
— J'ai entendu parler de vous. Il aurait été difficile d'ignorer l'existence de Dilly Burden. Je m'appelle Harry Truman, au fait.
— Comme le sénateur du Missouri.
— Exact, mais nous n'avons aucun lien de parenté. Et je suis de San Francisco, même si j'ai passé pas mal de temps à Boston. »

Dilly secoua la tête.

« Et vous avez fait Harvard ?
— Absolument.
— Quelle promotion ? »

Avant que Wheeler ait pu répondre, Dilly tourna la tête et vit un hussard foncer droit sur eux, sabre levé.

Tous deux n'avaient pas été assez attentifs au reflux des émeutiers face à la charge des cavaliers.

« Gare à vous ! hurla-t-il, poussant Wheeler avec une telle force qu'ils faillirent tomber tous deux dans la mêlée. Filons d'ici ! »

C'est ainsi que Dilly et Wheeler durent provisoirement mettre de côté leur intérêt réciproque pour jouer des coudes à travers la foule jusqu'à une rue secondaire.

« Si on se trouvait un café sympathique, à l'écart de toute cette agitation ? suggéra Dilly.

— Excellente idée », acquiesça Wheeler en le suivant.

Ils marchèrent quelque temps jusqu'à ce que, alors que le vacarme de l'émeute s'estompait derrière eux, Wheeler s'aperçoive qu'ils étaient dans un quartier qu'il connaissait et guide son nouvel ami vers une gargote d'ouvriers où il avait déjà mangé.

« Avez-vous faim ? »

Dilly se contenta de fermer un instant les paupières, une façon de répondre que, oui, il avait une faim de loup.

« Donc, vous me connaissez ?

— Par les journaux. Et nos chemins se sont croisés il y a bien longtemps.

— Vous étiez peut-être un ami de mes parents ? tenta Dilly, en se fondant sur leur différence d'âge.

— Indirectement. Vous avez joué avec l'orchestre de Benny Goodman, je crois.

— Juste un été. Comment le savez-vous ?

— Par un de vos professeurs. Je l'ai rencontré par hasard dans le train de New York. Un gentleman autrichien d'une grande dignité, et qui semblait très fier de vous.

— Ça, par exemple ! C'était forcément Haze, Arnauld Esterhazy. Vous n'avez pas dû vous ennuyer avec lui. Nous avons été très proches.

— Vous comprenez maintenant pourquoi j'en sais aussi long sur vous, dit Wheeler, soulagé d'avoir trouvé une explication plausible.

— Quand j'étais à l'université, en droit, je me suis un peu essayé à la musique. Je jouais de la clarinette et je rêvais de jouer avec John Philip Sousa.

— Ne fallait-il pas être dans les marines pour avoir ce privilège ?

— Un obstacle mineur », fit Dilly, souriant pour la première fois.

Après le déjeuner, ils rejoignirent le Ring et marchèrent vers le canal du Danube.

« Qu'est-ce qui s'est passé ? demanda Dilly en montrant le boulevard d'un geste ample. Je veux dire, comment sommes-nous arrivés ici ? Vous y comprenez quelque chose, vous ?

— Strictement rien. Je comptais sur vous pour éclairer ma lanterne.

— Ça me dépasse. Je me suis réveillé à Vienne, point final. Au Prater, assis à une table. Sans la moindre idée de la façon dont j'avais atterri là.

— Et moi, je marchais le long du canal. J'ai repris connaissance en marchant, comme si j'émergeais d'un brouillard.

— Ahurissant. Je me sens un peu coupé de tout, ici. Peut-être à cause de mon état de faiblesse. Je suis encore convalescent, si j'ose dire.

— C'est sans doute un effet du voyage. Moi-même, j'ai mis un certain temps à m'adapter. »

Le regard de Dilly se figea. Il stoppa net et attrapa le bras de Wheeler.

« Vous permettez que nous entrions ici ? » demanda-t-il en l'entraînant dans une boutique.

Il ne reprit la parole qu'une fois à l'intérieur, posté derrière la vitrine.

« Il y a quelqu'un que je dois éviter, et il venait droit sur nous. Je me suis dit qu'il valait mieux que nous disparaissions un moment. »

À peine eut-il achevé sa phrase qu'un jeune homme traversa leur champ de vision à grandes enjambées de l'autre côté de la vitrine. Wheeler mit quelques secondes à reconnaître le client de l'hôtel Imperial auquel appartenaient ses vêtements.

« Qui est-ce ?

— Quelqu'un à qui j'ai eu affaire, répondit Dilly d'un ton sombre. Et qu'il vaut mieux ne pas croiser. »

Wheeler ne put s'empêcher d'examiner la tenue de Dilly et de se demander si celui-ci, confronté aux mêmes problèmes que lui à son arrivée à Vienne, avait pu détrousser la même victime.

« Vous ne l'avez tout de même pas... volé ?

— Seigneur non ! C'est juste que je ne tiens pas à ce qu'il me voie.

— Il est vrai qu'il n'a pas l'air très amical.

— Je préfère l'éviter. »

Après le passage du jeune homme, ils se remirent en marche et arrivèrent au pied d'un pont de pierre. Ils montèrent dessus et, penchés sur le parapet, contemplèrent le cours sinueux du canal qui longeait la vieille ville jusqu'à se jeter dans le Danube.

« J'ai l'impression que vous n'avez pas eu de compagnie depuis un bon moment, lâcha Wheeler.

— C'est vrai, répondit Dilly en soupirant. Je me suis dit que cela valait mieux, le temps que je me remette. J'ai eu besoin d'être seul après mon arrivée.

— Comment faites-vous pour subvenir à vos besoins ?

— Ce n'est pas brillant, hélas. J'ai trouvé un peu de travail comme traducteur à l'université. Dès le premier jour.

— Vous avez l'air... » Wheeler hésita, ne sachant trop s'il avait raison d'aborder le sujet, mais la retenue n'avait jamais été son fort. « Vous avez l'air de porter un lourd fardeau. »

Cette remarque désarçonna Dilly, qui se redressa de toute sa hauteur et se mit à regarder Wheeler comme s'il avait cherché à jauger cet adversaire inconnu, se demandant s'il fallait l'affronter ou le planter là.

« Que voulez-vous dire ?

— Juste que vous semblez porter un poids énorme. »

Dilly faillit exploser mais se retint.

« Je... je sors d'une expérience éprouvante. »

Wheeler balaya le décor du regard, comme si cette conversation ne l'intéressait que moyennement, avant de remarquer la mine ravagée de son nouveau compagnon.

« Ça secoue, ce voyage dans le temps », dit-il d'une voix pleine de compassion.

Dilly ferma les yeux et reprit appui sur le parapet. Il inspira une longue goulée d'air.

« Oui, finit-il par répondre. Aux dernières nouvelles, on était en 1944, et je... »

Il n'alla pas plus loin.

« Et vous étiez aux mains de la Gestapo ? »

Dilly lui décocha un coup d'œil suspicieux.

« Ça aussi, vous le savez ?

— Oui. Après la guerre, tout le monde l'a su.

— Seigneur, fit Dilly, trop fatigué pour s'en offusquer. Vous venez d'après la guerre ?

— Bien après.

— C'est à n'y rien comprendre. » Dilly s'accorda un long moment de réflexion. « Pour tenir, je m'obligeais à penser à Vienne. Ma mère m'a raconté toutes sortes d'histoires sur cette ville, comme le professeur que vous avez rencontré dans le train.

— M. Esterhazy. Haze, comme je crois que vous l'appeliez.

— Exact. Il était incollable sur Vienne. Et les efforts que j'ai faits pour visualiser cet endroit m'ont permis de faire abstraction de ce qui se passait autour de moi. J'étais terriblement affaibli, et ces images ont fini par prendre tellement de place dans ma tête que c'est ce qui a tout déclenché. Ce qui est sûr, c'est que je me suis réveillé au Prater, assis à une table de café, au son d'une valse. Comment cela s'est produit, je n'en ai aucune idée, mais je peux vous dire que c'est un lieu nettement plus agréable que celui d'où je venais.

— Ils vous torturaient, n'est-ce pas ? »

Même si Wheeler avait toujours évité de s'appesantir là-dessus, l'idée des tortures subies par son père au siège parisien de la Gestapo était profondément associée à la représentation qu'il s'était faite de sa mort.

« Ils sont très doués pour ça. »

Dilly réprima un frisson. Les mains à plat sur le parapet, il s'interrompit un moment, comme si une idée était en train de germer en lui. Il tourna lentement la tête et scruta Wheeler.

« Comment le savez-vous ?

— Beaucoup de gens l'ont su, répondit Wheeler avec un sourire rassurant. Dilly Burden aidait la Résistance française.

— Vous en savez terriblement long sur moi. »

Wheeler se détourna et resta muet un bon moment.

« Écoutez, lâcha-t-il à brûle-pourpoint, il y a quelque chose que je dois vous dire. »

Dilly attendit en silence. Wheeler finit par lui faire face et comprit en croisant son regard qu'il allait devoir aller jusqu'au bout.

« Je ne m'appelle pas Truman. Je m'appelle Burden, comme vous. Stan Burden. »

Ce fut au tour de Dilly de marquer une pause interminable, en le dévisageant.

« Comment est-ce possible ? souffla-t-il, nageant en pleine confusion, sous le coup de ce qui venait de lui être dit.

— Parce que je suis votre fils. Je suis Stan Burden, votre fils. »

Dilly écarquilla les yeux.

« Stan ? Mon fils ? fit-il en secouant la tête, à mi-chemin entre incrédulité et acceptation. Ça par exemple... Mon fils... Ça par exemple... »

Au bord des larmes, il laissa ses yeux errer sur l'homme qui lui faisait face et secoua la tête, comme pour se remettre les idées en place.

« Tu vas devoir m'excuser, dit-il. Mes sentiments me mettent à rude épreuve, ces derniers temps, et cela commence à faire beaucoup de chocs à encaisser. » Il affronta à nouveau le regard de Wheeler, qui lui aussi était ému. « Je me raccrochais à cet espoir, dit-il en essuyant ses larmes. Je pensais sans cesse à Vienne, à ta mère, et à toi... Sauf que la dernière fois que je t'ai vu, ajouta-t-il avec un sourire incrédule, c'était il y a quelques semaines. Et tu avais 3 ans. »

20

LE BEAU KARL

Sans surprise, Dilly se sentit tout de suite comme chez lui dans les cafés de Vienne, comme s'il y était né. Wheeler et lui s'étaient installés seuls à une table et parlaient tranquillement ensemble, revenant sur les détails de leur arrivée miraculeuse dans cette ville mythique, comparant leurs observations tout en faisant plus ample connaissance. Dilly, qui semblait s'être adapté remarquablement vite à la présence d'un fils de vingt ans son aîné, était à l'évidence stimulé par le décor du prestigieux Café Central.

« C'est épatant. » Souriant jusqu'aux oreilles, il embrassa du regard le dallage de marbre, les tables en partie occupées, les serveurs aux aguets, les présentoirs à journaux. « Absolument épatant. »

Il s'emplit les poumons, béat, pour mieux savourer l'arôme unique de la brioche et du café, tout en se remémorant, comme Wheeler avant lui, les minutieuses descriptions de leur mentor commun.

Ils étaient donc en train de converser quand la table de la Jeune Vienne vit arriver ses premiers occupants de la matinée qui, comme il fallait s'y attendre, convièrent les deux Américains à se joindre à eux.

« Je suis Herbert Hoover, lança Dilly à la cantonade, sans trace d'hésitation ni d'embarras.

— Nous sommes heureux de faire votre connaissance, Herr Hoover, répondit Kleist, avec cette bienveillance face aux nouveaux venus que Wheeler lui connaissait. Il y a quelques jours, nous ne connaissions aucun autre Américain que votre illustre Mark Twain. Et à présent, nous en connaissons trois. J'espère que vous nous ferez l'honneur de participer à nos discussions.

— Magnifique, dit Dilly. Nous ferons de notre mieux pour être à la hauteur. J'ai entendu dire que vos débats se caractérisaient par une certaine robustesse. »

Karl Claus, l'écrivain, éclata de rire.

« C'est bien la première fois, à ma connaissance, que le mot "robustesse" est utilisé pour nous définir.

— Dans ce cas, comment qualifierais-tu nos échanges ? interrogea Schoetler, le scientifique.

— De francs et honnêtes, dit von Tscharner, l'architecte. Nous nous contentons d'exprimer nos opinions de façon franche et honnête.

— Et le résultat, compléta Kleist, bouclant la boucle, est cette *robustesse*.

— Admettons, dit Claus. Maintenant que nous voici rangés dans une catégorie, il s'agira de nous en montrer dignes. Quelqu'un a-t-il un sujet particulièrement robuste à suggérer ?

— L'émeute des ordonnances linguistiques, s'empressa de répondre Dilly. Commençons par là. Mon ami et moi avons été pris au cœur de la mêlée, et il s'en est fallu de peu que nous ne finissions le crâne fracassé. Que faut-il en penser ?

— Diantre, fit Claus, acerbe. Voilà que vous nous demandez de prêter attention aux réalités politiques actuelles de notre petit Empire. Ignorez-vous que le principe fondamental du déni nous impose de rester ici, à l'intérieur de ce café, la tête dans le sable, sans rien remarquer de ce qui se passe dans la rue ?

— Monsieur Hoover est à la recherche d'une interprétation, Karl, intervint von Tscharner, le pragmatique. Pas de ta sinistre litanie selon laquelle nous dansons tous au bord du précipice. Vivre à Vienne par les temps qui courent est très intéressant, mais cela mérite une observation réfléchie plutôt que ce cynisme primaire.

— D'accord, dit Claus, sans paraître le moins du monde offensé. Je vais donc donner matière à réfléchir à nos invités. Nous vivons dans la capitale d'un Empire à l'agonie. Notre empereur est un vieillard fourbu, un anachronisme vivant. Notre Parlement est le théâtre d'une cacophonie et d'un chahut sans nom. Notre armée, malgré ses uniformes chamarrés, n'a pas remporté une seule bataille en ce siècle, encore moins une guerre. Nos frontières ne cessent de reculer. Nous avons créé un splendide boulevard bordé de tapageuses façades de marbre, mais nous n'arrivons ni à loger, ni à protéger les plus démunis. Nos dettes sont énormes et incontrôlables, et personne n'a le début d'une solution pour les réduire. Toutes les nationalités, je parle de nos chers compatriotes slaves, s'agitent dangereusement, exigeant d'être entendues et revendiquant l'indépendance. Et tout ce que nous voulons, nous autres Viennois, c'est continuer à boire notre café *mit Schlag*, à écouter des opérettes, à retrouver nos tendres amies et à valser jusqu'à l'abrutissement au son des accords de Strauss le jeune. Mais n'appelons pas cela "danser au bord du précipice", de grâce non, ce serait du cynisme. Obstinons-nous à voir la vie en rose.

— Il y a beaucoup de choses à améliorer, je te l'accorde, reconnut von Tscharner. Et c'est à notre groupe de le faire, à moins que cela t'ait également échappé, Karl. Nous sommes la Sécession.

— Ah, la Sécession ! Et c'est cela qui va calmer le chaos politique et redonner un cap au navire de cet État ?

— La Sécession est le mouvement auquel nous appartenons tous, expliqua Kleist en regardant Dilly et Wheeler. C'est un groupe d'artistes qui rejette l'ordre établi et réclame à cor et à cri une nouvelle voie. Très excitant. »

Dilly hocha la tête pour lui montrer qu'il comprenait. En vérité, il savait même exactement de quoi ils parlaient et prenait un grand plaisir à cette conversation. L'émergence de la Sécession viennoise et du courant moderniste à la fin du XIXe siècle avait été l'un des sujets favoris de Haze.

« Nous avons le pouvoir d'agir, reprit von Tscharner. De repenser la politique, les arts et la façon dont se construit la ville.

— Toi et ton beau Karl, dit Schoetler. Tu crois aux lendemains qui chantent.

— Il veut parler de Lueger, notre maire », précisa Kleist à l'intention de ses amis américains.

Dilly hocha à nouveau la tête.

« Le beau Karl est parfait, lâcha Claus avec une moue de mépris. Du moment qu'on n'est pas juif.

— Vous autres, les Juifs, il me semble que vous êtes tout à fait capables de vous débrouiller par vous-mêmes, rétorqua Schoetler. Si je ne m'abuse, vous contrôlez tout. Les Juifs dominent la vie publique de Vienne, les banques, la presse, le théâtre, la littérature, les événements mondains. Tout est aux mains des Juifs.

— Je vais devoir me ranger à l'avis de Herr Schoetler sur ce point, dit Kleist, toujours d'aussi bonne humeur. Il suffit de regarder. En matière d'art, à Vienne, les Juifs sont le vrai public. Sans eux, nous serions tous morts : ils emplissent les théâtres et les salles de concert, ils achètent les livres et les tableaux, ils se rendent aux expositions. Étant des nouveaux venus dans le domaine de l'esthétique, ils portent un regard plus souple sur les choses, moins marqué par le poids de la tradition. C'est ce qui explique qu'ils soient devenus partout les défenseurs et les mécènes de tout ce qui se fait de nouveau.

— C'est ce qui explique aussi l'antisémitisme, remarqua Schoetler.

— Tu dis que l'antisémitisme est justifié ? s'étonna Kleist.

— Pas justifié, répondit Schoetler d'un ton neutre. Mais pas nocif non plus. Le beau Karl sait très bien ce qu'il fait. Il utilise certaines angoisses et rancœurs du peuple pour élargir son électorat. C'est un dirigeant-né.

— Des rancœurs ? ricana Claus. Un antisémitisme virulent, tu veux dire.

— Cette cause-là est populaire, dit Schoetler. Lueger est un démagogue. Il sait bien qu'il n'y a qu'un seul thème capable de rassembler les classes populaires.

— Et c'est le dénigrement des Juifs ?

— C'est ce qui lui a permis de se faire élire à chaque fois, intervint von Tscharner. Et, l'un dans l'autre, l'unité est une bonne chose pour la ville, donc pour l'Empire. La méthode est peut-être douteuse, mais elle fonctionne. Elle a ses limites, certes, comme tout instrument utile, mais tout cela n'ira pas plus loin. Lueger est capable d'y mettre le holà quand il le voudra. Honnêtement, je ne crois pas que vous, les Juifs, perdiez de sitôt la propriété des banques ou le contrôle des industries.

— C'est donc notre faute s'il y a eu ces émeutes et si ces gens ont été tués ? Je rappelle que la conversation est partie de là.

— Non, dit Schoetler, les émeutes sont le fait des pangermanistes. De ces nobles Autrichiens qui rêvèrent Bismarck et ce crétin d'empereur Guillaume. Ils se considèrent comme des Allemands, ils adoreraient faire partie de l'Allemagne, et ils n'aiment pas les Tchèques.

— Et les Tchèques n'aiment pas les Hongrois, railla Claus.

— Ni les Juifs, ajouta von Tscharner.

— Personne n'aime les Juifs, observa Schoetler.

— Personne n'aime personne, dit Kleist.

— C'est bien ce que je disais, conclut Claus, triomphal. Tout part à vau-l'eau. Le navire est sur le point de sombrer. Nous dansons au bord du précipice.

— Bravo ! s'exclama Dilly, qui avait suivi tout l'échange d'un air ravi. Voilà ce que j'appelle une discussion robuste. »

21

UN DÉLIRE TRÈS COMPLEXE

De la fréquence et du contenu de leurs entretiens, tous décrits en détail dans le journal de Wheeler, et de ce que nous savons sur Sigmund Freud, nous pouvons d'ores et déjà tirer quelques conclusions. *Primo*, le médecin viennois dut éprouver une forme de fascination pour cet étrange visiteur et, *secundo*, il dut avoir la certitude absolue que son histoire de voyage dans le temps était le fruit d'un délire, aussi complexe, surprenant et original fût-il. Et *tertio*, ce délire avait de quoi mobiliser pleinement l'attention de Freud car il était, comme dans la plupart des cas qu'il suivait, drapé de mystère. Et c'est ce mystère, plus que tout, qui allait piquer la curiosité du médecin et le pousser à prolonger, bien au-delà de ce qu'il avait coutume de faire, sa conversation avec ce loquace visiteur venu d'Amérique. Bref, Sigmund Freud était ferré.

Clinicien avant tout, Freud eut, sans doute dès les premiers instants, la ferme conviction qu'un délire à aussi grande échelle que celui de Herr Burden trouvait sa source dans une forme d'hystérie. En fait, c'était assez simple : des émotions traumatisantes – vraisemblablement éprouvées pendant l'enfance – n'avaient pas pu s'exprimer de façon normale, et ces effets d'« étranglement » provoquaient l'apparition de symptômes anormaux, qui pouvaient se manifester aussi bien sous la forme d'une raideur des membres que de douleurs chroniques, de cauchemars dévastateurs ou même – comme dans le cas présent – d'une réalité imaginaire, d'un fantasme sophistiqué de voyage dans le temps. Finalement assez proche de l'identification à Napoléon ou à tel autre personnage historique illustre, qui poussait le patient à s'immerger totalement dans la vie et dans l'identité de son modèle, cette illusion finissait par devenir un fardeau permanent (d'où le nom que s'était inventé son visiteur[1]). « Très intéressant », dut se dire le médecin.

Et nous savons ceci de Wheeler Burden : il avait beau multiplier les efforts et savoir qu'il devait être prudent dans ses paroles comme dans ses actes avec les gens de ce monde passé, la retenue n'avait jamais été son fort. La première qualité requise pour accomplir cette délicate mission étant une maîtrise de soi absolue, il y avait apparemment erreur sur la personne. Au début, cependant, il est évident que Wheeler dut chercher – et peut-être même y parvint-il – à se contrôler.

Cet effort, Freud le sentit sans doute d'emblée. Son visiteur se donnait beaucoup de mal. Il était réellement persuadé de venir du siècle suivant et, comme chez tant d'autres patients délirants, ses mécanismes inconscients avaient construit une masse impressionnante de faits imaginaires, une réalité alternative sophistiquée. Le médecin voyait bien le dilemme auquel il était confronté. Herr Burden se sentait obligé de garder par-devers lui certaines informations pour éviter d'influer en quoi que ce soit sur les décisions de quiconque, craignant qu'elles ne modifient l'avenir dans lequel lui-même allait devoir naître. Et dans le

---

1. *Burden*, en anglais, signifie fardeau.

même temps, son exaltation rendait une telle rétention difficile, voire impossible. *Fascinant.*

Comprenant que la situation était délicate, Freud dut se montrer très respectueux, ne cherchant jamais à soutirer des informations à son visiteur, aussi tentant que cela puisse paraître. Il se fiait toujours à l'esprit inconscient de ses patients pour révéler en temps utile un moyen d'accéder aux causes originelles de leur état : les expériences douloureuses et anciennes ayant déclenché leurs symptômes. Ainsi, face à cet étranger qui avait prétendu dans un premier temps s'appeler Truman[1], autre nom éminemment symbolique, le médecin dut-il avoir très vite la certitude que la construction mentale d'un monde futur complexe, d'où découlait son illusion d'être un homme de l'avenir, lui permettait de fuir des souvenirs cachés, refoulés au plus profond de lui-même. Et si ces souvenirs refoulés pouvaient être ramenés, par la parole, jusqu'à la surface de son esprit conscient, le patient guérirait.

Voyant que cet homme ne demandait qu'à parler, Freud le dispensa de l'usage habituel du divan pour encourager ce qui pouvait passer pour une discussion intellectuelle classique, en position assise, entre deux hommes d'égale intelligence. Sans doute le médecin l'écouta-t-il avec patience, selon une règle qu'il s'était lui-même fixée, laissant son visiteur associer librement ses pensées dans l'idée que les faits inventés révéleraient un jour les origines fondamentales de sa maladie. Il était en quête de convergences, cherchant à s'approcher un peu plus à chaque séance des événements traumatiques enfouis dans la mémoire inconsciente du patient. Toutefois, Freud ne fut sans doute pas long à se rendre compte, dans le cas particulier de Herr Burden,

---

1. *Truman :* homme vrai, en anglais.

que les informations ne convergeaient pas : elles divergeaient, et dangereusement. Mais nous y reviendrons.

Vous devez imaginer combien la mère de Wheeler aurait aimé assister à ces entretiens. Elle s'était entichée des idées de Sigmund Freud pendant ses études de médecine à Londres, et la lecture de ses écrits l'avait très vite menée à comprendre qu'elle s'intéressait bien plus aux nouvelles perspectives qu'ils ouvraient qu'à la biologie et à l'anatomie. Elle comptait parmi ses plus fervents disciples lorsqu'elle apprit que le grand homme allait s'installer à Londres, et elle se débrouilla pour intégrer le groupe chargé d'organiser sa venue.

Freud dut vite sentir que Herr Burden était sur la corde raide, qu'il s'efforçait avec vaillance de taire certaines choses tout en étant compulsivement poussé à exprimer tout ce qui lui passait par la tête. Au bout du compte, se disait le médecin, tout serait révélé si leurs échanges se poursuivaient assez longtemps. Et Freud ne fut sans doute pas long à comprendre que lui-même était un acteur essentiel de la réalité inventée par son patient, un personnage illustre et déterminant, peut-être même du niveau de Copernic, de Newton ou de Charles Darwin. Et cela montrait clairement que l'arrivée de Herr Burden au 19 Berggasse ne devait rien au hasard. Leurs conversations étaient fluides et denses. Sans entrer dans le détail de ce qu'il pensait savoir de l'avenir de Freud, cet homme semblait avoir besoin de – ou être incapable de ne pas – fonder ses arguments précisément sur ces détails-là, ce qui, pour un scientifique aussi perspicace, constituait en soi un indice. Et ce fut à partir de ces arguments que le patient médecin des âmes parvint à reconstituer, du moins en partie, le monde dans lequel vivait son interlocuteur, vraisemblablement en prenant des notes entre leurs entretiens. Dans le même temps, le Dr Freud dut sentir que cet étranger lui inspirait une indéniable sympathie.

Fondamentalement, voyez-vous, Sigmund Freud n'avait aucune raison de ne pas jouer le jeu. À un moment ou à un autre du processus, ce géant de la pensée, fervent adepte de la science et de la démonstration empirique, dut s'interroger sur la probabilité de rencontrer un jour un patient dont les divagations inconscientes déboucheraient sur une version exacte, ou du moins réaliste, de l'avenir : des véhicules propulsés par ces moteurs à combustion interne dont on commençait à parler, des téléphones partout, des voix et des images retransmises par des moyens de communication sans fil, des guerres mondiales, des armes massivement destructrices : des évolutions gigantesques, mais toutes prévisibles si l'on poussait au bout de leur logique les technologies existantes. De même qu'un nombre infini de singes, en tapant au hasard sur un nombre infini de machines à écrire, pouvaient théoriquement produire *Hamlet*, un inconscient humain délirant devait être capable d'inventer un avenir réel. Au début, Freud dut écouter son visiteur avec un mélange d'intensité et de distance objective. Mais à la longue, même les scientifiques les plus objectifs courent le risque d'être séduits. Et en fin de compte, nous le savons par le journal de Wheeler, le Viennois suspendit les règles de la thérapie et entama la conversation.

« Ne sommes-nous pas tous des êtres subjectifs, Herr Doktor ? demanda Wheeler. N'êtes-vous pas influencé, comme nous tous, par votre subjectivité ?

— Ma subjectivité ?

— Vos relations avec votre père. »

Freud remua imperceptiblement sur son siège mais, hormis cela, encaissa le choc sans broncher, exercé qu'il était à ne pas réagir aux projections des patients, y compris les plus hostiles.

« Je vous écoute. »

Wheeler hésita : encore un de ces moments où il ne savait pas trop ce qu'il devait dire ou taire.

« N'avez-vous pas laissé les sentiments agressifs qu'il vous a inspirés petit garçon façonner votre vision générale des petits garçons ? »

Freud le gratifia d'un regard suspicieux.

« Vous avez lu mes écrits, on dirait.

— Je connais vos idées sur les pères et les fils, se contenta de répondre Herr Burden, visiblement soucieux de ne rien révéler que son interlocuteur ne sache déjà.

— Vous paraissez connaître mes travaux les plus récents.

— C'est une conclusion possible, dit Wheeler en se tortillant à son tour. Mais je suis obligé d'être prudent. »

Freud l'étudia un long moment, se demandant peut-être jusqu'où il devait encourager le délire de cet homme étrange.

« Vous pouvez être franc avec moi, Herr Burden. Je comprends que vous vous sentiez dans une position délicate. Mais vous n'avez aucune crainte à avoir pour ce qui est d'affecter mon analyse, je serai celui que je dois être et je penserai ce que je dois penser. Aucun dérapage de votre part n'y changera quoi que ce soit.

— Merci. » Wheeler s'accorda un instant de réflexion avant d'ajouter : « Vous exercez jusqu'ici dans un monde virginal.

— C'est-à-dire ?

— J'entends par là que vos patients ne sont absolument pas touchés ou contaminés par la psychologie.

— C'est-à-dire ? »

La réponse vint à flots :

« Ils n'ont jamais été questionnés sur leurs émotions les plus intimes. À l'école, on ne leur a jamais demandé d'exprimer leurs sentiments par écrit. Les parents ne lisent pas de livres sur l'éducation des enfants. Les femmes souffrant de syndrome prémenstruel ne bénéficient d'aucune reconnaissance. Personne ne leur répète depuis des années que ces troubles pourraient être psychosomatiques. D'ailleurs, personne à Vienne en 1897 ne connaît le sens de ce mot.

— Je vois.

— Vous avez vu beaucoup de gens atteints de symptômes que vous soupçonnez être de nature psychologique plutôt que liés à des causes physiques. Vous avez découvert que l'hypnose semblait les guérir.

— Vous avez entendu parler de mon travail auprès du Dr Charcot, à Paris ? »

Wheeler acquiesça.

« Je sais que l'utilisation de l'hypnose vous a permis de prouver l'existence des maladies hystériques et d'en éliminer les symptômes. Sauf que son efficacité n'était pas durable. Vous abandonnez donc l'hypnose, mais sa pratique a fait naître en vous une grande aspiration : découvrir la véritable source de l'hystérie, son *étiologie*, comme vous l'appelez.

— Continuez. Je suis impressionné.

— Vous vous apercevez que la grande majorité de vos patients, surtout des femmes, mentionne des abus commis par un père, un oncle, un frère, et vous en concluez qu'un traumatisme sexuel précoce, incompréhensible pour l'enfant, est la cause de l'hystérie. Vous annoncez cela dans une conférence qui fait grand bruit. L'idée est lancée. Votre "théorie de la séduction", comme elle sera appelée. Elle a scandalisé la plupart de vos confrères viennois, mais elle vous a permis de vous imposer, de vous faire un nom. Vous avez fait apparaître au grand jour l'extraordinaire importance du sexe. »

Tout juste Wheeler avait-il pris le temps de respirer. Freud le regardait fixement, ne sachant plus trop s'il devait continuer à relancer son interlocuteur.

« Et l'hypnose ? demanda-t-il prudemment. Que devient l'hypnose ?

— L'hypnose, reprit Wheeler, est la porte par laquelle vous êtes entré, mais cela ne vous a pas suffi. Aussi facile soit-il d'obtenir des résultats spectaculaires et de se faire une clientèle dans cette ville virginale où les hystériques sont légion, il vous en fallait davantage. Vous avez mis au point une nouvelle technique.

— À savoir ?

— La parole. Vous avez découvert qu'en faisant simplement parler le patient vous pouviez obtenir une disparition des symptômes à peu près aussi spectaculaire que par l'hypnose, et apparemment durable.

— Et cela nous dit ?

— Que la cause de l'hystérie est quelque chose dont le patient n'a jamais parlé jusque-là. Elle a été occultée pour une raison quelconque. Le fait d'en parler la libère et l'expose en pleine lumière, là où l'esprit peut y travailler.

— Le traumatisme originel.

— Précisément, opina Wheeler, enthousiaste.

— C'est miraculeux, vous ne trouvez pas ?

— Si. Dans cette ville, à cette époque, l'idée qu'on puisse guérir par un moyen aussi simple est étonnante, presque incroyable. Et vous parvenez pourtant à prouver son bien-fondé. C'est un grand succès. Tout découle du fait que les gens n'ont pas parlé jusque-là.

— Et c'est pour cela que vous parlez d'un monde virginal, Herr Burden ?

— Vous êtes en territoire vierge. C'est l'éden.

— Et les choses sont différentes, je suppose, dans le monde d'où vous venez ?

— C'est le moins qu'on puisse dire. Par où commencer ? Imaginez un monde… » Wheeler marqua un temps d'arrêt, cherchant ses mots. « Imaginez un monde où la conception, l'infection, le diagnostic et la culpabilité sont sous contrôle. Un monde où le sexe se pratique ouvertement en dehors du mariage, dès l'adolescence, où les femmes sont aussi nombreuses et occupent les mêmes postes que les hommes dans les universités, les écoles de droit et de médecine, où les enfants sont élevés sans châtiments corporels, en suivant toutes sortes de cours et d'activités, où les enseignants se préoccupent vraiment de ce que ressentent leurs élèves, où les adolescents reçoivent une éducation sexuelle et les couples mariés des conseils destinés à la résolution de leurs conflits et à l'amélioration de leurs rapports intimes. Un monde où une infinie variété de médicaments et de produits chimiques a été inventée pour contrebalancer les états psychologiques négatifs et produire de l'extase. » Wheeler reprit son souffle. « Et par-dessus tout, Herr Doktor, imaginez un monde où vos idées sont acceptées comme une religion et où vous-même êtes considéré comme le penseur le plus important du siècle, sanctifié, révéré, condamné, étudié et critiqué jusque dans les moindres détails de votre œuvre. »

Freud secouait la tête, incrédule.

« Imaginez un monde, enchaîna Wheeler, où vous seriez célèbre au point de devenir un adjectif.

— Où je serais… freudien, vous voulez dire ? sourit le médecin.

— Exactement, répondit Wheeler, sans se départir de son sérieux. Et quel homme seriez-vous, à l'heure où je vous parle, si vous saviez qu'un tel monde était à venir ? »

Freud s'accorda un temps de réflexion.

« Je n'aurais pas d'autre choix que d'être celui que je suis en ce moment, si ?

— Peut-être pas.

— Pourquoi *peut-être* ?

— Eh bien… » Wheeler inspira profondément. « Il semblerait que vous soyez désormais dans une position défensive, car vous savez l'élite médicale choquée à la fois par vos découvertes et par votre judéité. Vous les avez tous fait tomber de leur chaise en affirmant que les abus sexuels sont à la base de tout.

— Je m'attendais à ce que vous ajoutiez que je les ai accusés d'abuser de leurs propres enfants.

— C'est ce vers quoi vous a mené la cure par la parole. Vos patients parlent, parlent, et tout à coup leurs images et leurs souvenirs les ramènent à des traumatismes consécutifs à des agressions sexuelles, et c'est ce que vous avez osé avancer devant les plus vénérables représentants du corps médical. L'hystérie est causée par des abus sexuels subis à un âge précoce.

— J'ai cru à cette idée, et je l'ai effectivement présentée. Mais…

— C'est là qu'intervient votre nouvelle théorie.

— À savoir ?

— L'Œdipe. »

Le médecin, à cet instant, dut afficher une expression surprise, et même abasourdie, et Wheeler sentit sur-le-champ qu'il venait de commettre une grave erreur, qu'il était allé trop loin. Jusqu'ici, Freud l'avait suivi patiemment, prenant même un certain plaisir à sa tirade récapitulative sur l'évolution de ses travaux au cours de la dernière décennie. Cela, Wheeler y était autorisé : il pouvait se référer à n'importe quelle déclaration de

Freud déjà connue à ce jour, car celles-là étaient sur la place publique, débattues par tous les universitaires et tous les étudiants en médecine de Vienne ; il pouvait aussi évoquer n'importe laquelle de ses théories futures – l'interprétation des rêves, le principe de plaisir, le totem, le tabou – dans la mesure où le grand homme ne les avait pas encore conçues et qu'elles lui étaient à ce titre étrangères. Mais ce qu'il n'avait pas le droit de faire – ce qui revenait à toucher un nerf à vif –, c'était d'évoquer les idées que ruminait Freud à cette époque-là, comme il venait de le faire avec l'Œdipe, une théorie qui n'avait pas encore été dévoilée au grand jour. Wheeler avait débarqué dans son cabinet au moment précis où le grand médecin mettait au point sa découverte monumentale, celle dont ses détracteurs diraient qu'elle avait abandonné à leur triste sort les enfants victimes d'abus, et celle qui dans l'esprit de ses disciples allait le libérer et faire de lui le penseur le plus influent du siècle à venir.

« Comment se fait-il que vous soyez informé de mes réflexions sur Œdipe ? interrogea Freud, soudain grave, comme s'il sentait planer une menace. Je viens d'écrire une lettre à mon ami de Berlin à ce sujet. Ce matin même. C'est quelque chose de tout à fait personnel. »

Wheeler sentit monter une sueur froide en prenant conscience de sa bévue et du risque qu'il prenait. Les deux hommes se jaugèrent du regard.

« Je... J'ai vu le livre en entrant, répondit-il, jouant son va-tout.

— Oh, ça, fit Freud avec un geste vague en direction de la table sur laquelle Wheeler avait remarqué pour la première fois un recueil de pièces de Sophocle. Vous êtes très observateur, Herr Burden.

— La mythologie grecque m'intéresse au plus haut point. »

Freud dévisagea son visiteur, guettant un signe de manipulation.

« Les mythes sont les rêves des civilisations, dit-il enfin. Ils en disent long sur l'inconscient humain, non ?

— D'où Œdipe.

— Exactement. Exactement », répéta Freud, paraissant reprendre plaisir à la conversation.

S'il s'agissait pour nous de désigner le point de bascule de leur relation, nous dirions qu'il eut lieu à ce moment-là. Ce fut au tour du grand médecin de se sentir obligé de parler.

« L'idée m'est venue que nous sommes tous soumis au même dilemme qu'Œdipe. D'où il s'ensuit que les histoires que racontent mes patients hystériques sont métaphoriques et imaginaires, et qu'elles *ne sont pas* le fruit d'une agression sexuelle réellement commise par un parent. » Le médecin planta ses yeux noirs dans ceux de Wheeler. « Voilà qui devrait procurer un grand soulagement à quelques milliers d'adultes viennois. N'êtes-vous pas d'accord avec moi, Herr Burden ?

— Je suis d'accord, Herr Doktor. Mais peut-être ne devriez-vous pas les dédouaner aussi rapidement. Peut-être abandonnez-vous un peu trop vite la possibilité d'une "séduction" réelle. Peut-être êtes-vous un peu trop pressé de prendre vos distances avec la controverse.

— Vous pensez que je désire éviter la controverse ?

— Non, je sais que vous ne la craignez pas. Certains diront même que vous la provoquez.

— Que je recherche la controverse ? Que j'apprécie cette forme d'autoflagellation ?

— Loin de moi l'idée d'insinuer…

— Non, non, Herr Burden. Vous ne m'offensez pas du tout. J'entends ce discours depuis des années. Certains me considèrent comme un masochiste.

— Vous êtes à la recherche de la vérité, reprit Wheeler en soutenant le regard de Freud, qu'il sentait presque ému. Cela implique de marcher sur les pieds de beaucoup de gens, y compris parfois sur les vôtres. »

Cette remarque fit renaître le sourire du médecin.

« Maintenant, dit Wheeler, j'aimerais en savoir plus sur ce que vous inspire Œdipe.

— Je commence à croire, répondit Freud avec une lueur de plaisir dans le regard, qu'être amoureux de sa mère et jaloux de son père sont des événements universels de la petite enfance. Et si tel est le cas, on comprend mieux le pouvoir de fascination d'*Œdipe roi*, malgré toutes les objections qu'oppose la raison à la conception du destin véhiculée par la pièce.

— Très intéressant. »

Il y eut un silence. Freud scruta longuement son visiteur, avec une expression de réelle inquiétude.

« C'est donc sur ce point, Herr Burden, que vous considérez que je fais fausse route ?

— Non, dit Wheeler Burden. Nous allons y venir. »

22

DEVOIR ET MOTIVATION

L'automne 1939 touchait à sa fin quand Dilly Burden, frais émoulu de l'école de droit de Harvard, débarqua à Londres en tant que lieutenant de marine. La Grande-Bretagne et la France avaient déclaré la guerre à l'Allemagne en septembre, après l'invasion de la Pologne, mais les hostilités n'avaient pas encore éclaté outre-Rhin, et les Anglais attendaient. Dilly, nommé officier quelques mois après l'obtention de son diplôme, avait été chargé par le ministère de la Guerre des États-Unis d'étudier secrètement avec l'Amirauté britannique un dispositif de partage d'armements et de munitions qui deviendrait le programme prêt-bail. Dilly intéressait le ministère de la Guerre dans la mesure où les Américains parlant à la fois français et allemand ne couraient pas les rues. Il ne fut pas desservi par le fait que le président Roosevelt, lui aussi ancien élève de Harvard, l'ait décrit comme « un homme admiré de tous » dans une lettre de recommandation personnellement adressée à son vieil ami Winston Churchill, lequel venait d'être désigné Premier lord de l'Amirauté. Et l'Angleterre intéressait Dilly parce qu'il souhaitait approfondir sa connaissance des cathédrales médiévales, qui le fascinaient depuis toujours.

Un calme anxieux régnait dans la capitale britannique lorsqu'il s'installa dans l'appartement que l'Amirauté avait mis à sa disposition près de Piccadilly Circus. Ce fut seulement quelques mois plus tard, à la faveur d'un jour de congé, qu'il monta dans un train pour aller voir la cathédrale Saint-Michel de Coventry. Il fit le voyage en uniforme, de manière à bénéficier d'un billet gratuit.

Les cathédrales gothiques étaient l'une de ses spécialités ; il avait déjà visité la plupart d'entre elles en Grande-Bretagne et en Europe mais, pour une raison ou pour une autre, Coventry avait toujours été sa préférée.

« Ce qui te plaît surtout ici, ce sont les seins nus de la Lady », avait raillé son vieil ami Brod Walker alors qu'ils arpentaient la ville un été, du temps de leurs études.

Et en effet, au XIe siècle, Lady Godiva s'était promenée nue sur un cheval blanc dans les rues de Coventry pour protester contre les impôts écrasants que son mari réclamait aux paysans. Pourtant, même si la question des seins nus ne laissait pas Dilly indifférent, c'était un domaine dans lequel, en dépit de talents par ailleurs remarquables, son expérience concrète se limitait à bien peu de chose. Pour ce qui était des cathédrales médiévales, en revanche, c'était un spécialiste incontesté, et il avait exploré en long et en large celle de Coventry, cet été-là, et davantage encore pendant sa deuxième année de droit, effectuée à Oxford.

Dilly venait de descendre dans la crypte pour lire des inscriptions gravées lorsqu'il aperçut une jeune et jolie Anglaise à genoux, occupée à dessiner au fusain sur une immense feuille de papier kraft. À vrai dire, lui-même utiliserait plus tard l'adjectif « stupéfiante », sans doute emporté par son enthousiasme, pour la décrire telle qu'elle lui apparut sous les voûtes de cette chapelle souterraine baignée d'un clair-obscur gothique. Elle avait les cheveux noirs, le teint pâle et « une poitrine qui ne passait pas inaperçue », comme il le lui avouerait plus tard. Sa petite main maniait avec dextérité un bâtonnet de fusain. Elle était si absorbée dans son travail qu'il put l'observer à loisir avant qu'elle lève la tête et pose sur lui ses yeux d'un noir intense. Elle eut un léger sursaut et le détailla rapidement, en s'efforçant de résister au charme incontestable que lui conférait son uniforme.

« Tiens, un guerrier américain.

— Pas du tout, dit Dilly. Un touriste comme les autres. »

Elle se remit à crayonner. En général, Dilly Burden attirait les regards. Ce n'était pas quelque chose qu'il désirait ou recherchait, simplement un phénomène auquel il avait fini par s'habituer, et l'indifférence complète de cette jolie femme s'avéra perturbante, pour ne pas dire stimulante.

« En général, on ne voit personne ici », reprit-il, feignant de s'intéresser à une épitaphe en latin.

Elle n'eut aucune réaction, continua à frotter son fusain sur le papier.

« J'imagine qu'il fait trop froid, trop sombre, insista-t-il. La plupart des gens associent les cryptes à la mort. Ils préfèrent la légèreté de là-haut, les vitraux. »

Toujours pas de réponse.

« Beaucoup de visiteurs ne se rendent pas compte que la crypte est la partie la plus ancienne d'une cathédrale et qu'elle a souvent servi d'église pendant les travaux. »

Elle posa les deux paumes à plat sur le dallage de pierre et se décida enfin à le regarder.

« Et vous, répliqua-t-elle, vous ne vous rendez peut-être pas compte que je vous ignore. »

Elle retourna à son dessin.

« Ah. Seigneur, où avais-je la tête ? Je crois... » Il jeta un coup d'œil à sa montre. « Je crois qu'il vous reste une vingtaine de minutes avant l'heure du thé. »

Il avisa un vieux banc de chêne le long d'un mur. Il s'assit dessus, croisa les jambes.

« Je vais attendre.

— Ne vous donnez pas cette peine », dit-elle sans lever la tête.

Ils prirent le thé dans une cour ensoleillée, face à la cathédrale.

« Vous devez penser que je n'aime pas les Américains, dit-elle en savourant sa dernière bouchée de scone. En fait, si. Ce que je n'aime pas, ce sont les guerriers.

— Je ne suis pas vraiment un guerrier. Je viens d'obtenir mon diplôme de droit, et il fallait bien que je fasse quelque chose. »

Elle lui décocha un coup d'œil à mi-chemin entre le mépris et la pitié.

« Ce sont les pires, dit-elle. Au moins, les va-t-en-guerre ont le mérite de la sincérité.

— Je n'ai jamais tiré sur qui que ce soit. Ni sorti une épée.

— Et qu'est-ce que vous comptez faire ? demanda-t-elle en considérant les feuilles de thé dans sa tasse. Rester assis dans un cabinet de guerre et pousser des vies humaines en modèle réduit sur une carte des opérations ? »

Dilly marqua un silence. Malgré son goût pour les répliques bien senties, il n'avait plus envie de badiner et fixa la jeune femme jusqu'à ce qu'elle ait relevé la tête.

« Je m'appelle Dilly Burden, au fait.

— Dilly ? » Elle réfléchit, et son hostilité s'estompa un instant. « Ça ne fait pas très sérieux.

— C'est mon surnom depuis l'école primaire.

— Allez savoir pourquoi, je ne le trouve pas adapté à toute cette boucherie. À mon avis, quelque chose comme Taras ou Vultan aurait été plus adéquat. »

Cela n'avait donc été qu'une trêve fugace. Elle ouvrit son porte-monnaie.

« Un type nommé Vultan aurait sans doute insisté pour payer votre thé et votre scone, remarqua Dilly.

— Une fille nommée Betty ou Sue aurait sans doute accepté. »

Elle sortit une pièce de son porte-monnaie et la laissa tomber sur la table. Il jeta un coup d'œil à sa montre.

« Je suppose que si nous rentrions ensemble à Londres par le train de 16 h 40, vous finiriez peut-être par me dire comment vous vous appelez.

— Vous ne vous intéressez à moi que parce que vous n'avez jamais vu une Juive anglaise pacifiste reproduire au fusain une plaque de cuivre anglicane. »

Dilly la dévisagea longuement.

« J'ai repéré l'Anglaise au premier coup d'œil. Je suis assez doué pour cela, mais le côté Juive pacifiste m'a échappé.

— Eh bien, vous avez maintenant le tableau d'ensemble.

— Cela doit être dur.

— Quoi donc ? D'être une Juive pacifiste ? fit-elle, gardant son ton léger.

— Non. D'être pacifiste avec toute cette violence qui nous entoure. J'aimerais en savoir un peu plus là-dessus. »

Elle attendit de s'être éloignée de cinq ou six pas pour se retourner.

227

« N'y comptez pas », lui lança-t-elle.

Ce fut alors qu'elle remarqua sa mine profondément soucieuse.

La banlieue industrielle de Coventry défilait derrière les vitres du train de Londres.

« Pensez-vous qu'il aurait laissé toutes ces usines défigurer son pays ? » demanda-t-il.

Elle avait fait de son mieux pour le décourager. Elle se doutait depuis le début qu'il la suivrait tout l'après-midi, jusque dans le train, et reconnaîtrait même plus tard l'avoir espéré – tout en souhaitant paradoxalement qu'aucune personne de sa connaissance ne la verrait assise au côté d'un militaire, surtout d'un beau militaire américain. L'une des principales causes de la guerre, avait-elle affirmé un jour, était que les hommes quelconques devenaient agréables à voir en uniforme, et que les beaux hommes devenaient sublimes.

« Qui donc ? demanda-t-elle, feignant de continuer à s'intéresser aux mots croisés du *Times*.

— Lord Godiva.

— Bien vu », dit-elle avec un sourire involontaire, d'une voix dénuée de tout sarcasme.

Elle se tut un moment. Mais après tout, puisqu'elle souriait désormais, autant se montrer cordiale.

« Je m'appelle Flora Zimmerman. Je suis célibataire, bien sûr, et diplômée en médecine. Je suis aussi juive, et… » Elle nota un mot dans les cases de sa grille. « Et je suis pacifiste.

— Cela ne m'avait pas échappé, répondit Dilly, toujours avec cette gravité désarmante qui semblait le caractériser. Et j'aimerais vous entendre parler du pacifisme. »

Elle cessa d'écrire et leva la tête.

« Je croyais que vous disiez cela pour plaisanter. Mais vous êtes sérieux.

— Mortellement sérieux. Je ne connais pas de pacifistes, à part Bertrand Russell et George Bernard Shaw.

— Eh bien, nous sommes beaucoup plus nombreux que vous ne le pensez.

— Ce doit être difficile en ce moment.

— C'est vraiment déroutant, vous savez.

— Quoi donc ?

— Vous portez ce bel uniforme et vous vous dites sincèrement intéressé à entendre parler du pacifisme.

— Mais je le suis, très sincèrement. » Il jeta un coup d'œil à sa montre. « D'ailleurs, vous savez quoi ? Je ne porterai pas mon uniforme tout à l'heure au dîner.

— Vous y perdriez la moitié de votre charme. D'ailleurs, ajouta-t-elle en reprenant sa grille, je ne suis pas libre ce soir. »

Le restaurant était à deux pas du British Museum, avec seulement dix tables et un menu français.

« Je sais bien que la guerre est une atrocité, dit-il. Mais que faire face à ce qui se passe en ce moment même en Pologne ?

— Il y a de meilleurs moyens que la violence pour régler le problème. »

Elle s'aperçut que Dilly, encore plus fringant qu'en uniforme avec son blazer bleu et sa cravate cramoisie, avait toujours sa mine grave. Elle s'aperçut aussi qu'elle avait du mal à se concentrer.

« Ce que je veux dire, reprit-elle, c'est que si tout le monde avait compris d'emblée qu'on ne pouvait en aucun cas recourir à la violence, que c'était absolument interdit, comme l'inceste ou le fait de boire de la strychnine, nous aurions trouvé un meilleur moyen.

— Et croyez-vous que ce "meilleur moyen" aurait arrêté Herr Hitler ?

— Comment nous sommes-nous mis dans ce pétrin, à la base ? En considérant que la guerre était la solution. Et à présent, comment envisageons-nous de nous en sortir ? Par une autre guerre.

— Mais supposez, argumenta Dilly, toujours aussi calme, supposez que la guerre vienne à vous. Et qu'il n'y ait aucun moyen de l'éviter. Que se passerait-il ? »

Elle ne se souvenait pas d'avoir jamais rencontré un homme enclin à raisonner ainsi avec elle, surtout sur ce sujet. Les hommes avec qui il lui était arrivé de prendre le train ou de dîner, voire davantage, soit étaient déjà d'accord avec elle – il est vrai que ceux-là se comptaient sur les doigts d'une main –, soit, et c'était le cas le plus fréquent, ils étaient montés sur leurs grands chevaux. Dans un cas comme dans l'autre, elle se sentait capable de faire face. Mais cet homme-ci était d'un genre nouveau et menaçait de lui donner du fil à retordre.

« Je le suppose, répondit-elle. Je le suppose même tous les jours. Oh, je sais ce que vous pensez. Vous pensez que nous sommes des utopistes, des ingénus qui auraient besoin d'une bonne dose de réalité pour voir les choses en face, et c'est cette réalité qui est selon vous en train de fourbir ses armes en ce moment de l'autre côté du Rhin. Eh bien, sachez que tout cela nous crève le cœur autant qu'à n'importe qui à Londres. » Elle sirota une gorgée de vin. « Vous avez sûrement remarqué l'état de la ville. Les gens sont comme des fantômes, tétanisés d'appréhension. Nous avons aussi peur qu'eux tous.

— Le monde aurait dû vous écouter il y a dix ans. »

Flora Zimmerman sonda les profondeurs de ses yeux bleus.

« Merci », souffla-t-elle.

Elle attendait depuis longtemps qu'un homme lui parle de cette façon, et même depuis toujours. Quoi qu'il veuille d'elle, réalisa-t-elle alors en scrutant le fond de son verre de vin, il l'obtiendrait.

Il regarda l'heure, puis dit :

« Vous savez quoi ? Nous ne parlerons plus de la guerre sur le chemin du théâtre.

— Je suis déjà prise après le dîner », rétorqua-t-elle, mais il ne restait plus rien d'incisif dans sa voix.

La pièce était de Noel Coward, et ils prirent un whisky à l'entracte.

« Je préfère vous prévenir avant que vous le proposiez, lui dit-elle, hésitante. Au cas où vous le proposeriez. »

Il y eut un pesant silence, et elle se mit à fixer les glaçons de son verre vide.

« Si nous allions chez vous tout à l'heure... Pour moi, ce ne serait pas la première fois.

— Pour moi si, répondit Dilly. Et j'ai hâte d'y être. »

Je suis amoureux, fou amoureux, écrivit-il à son ami Brod Walker. Jamais il n'avait eu de coup de foudre aussi violent que pour cette Flora Zimmerman. *Elle est spirituelle, intelligente, et c'est ce que tu appellerais une beauté renversante. Il lui a suffi d'un regard pour m'envoyer dans les cordes.*

Son travail s'intensifia à l'Amirauté. Le calme irréel de l'hiver, durant lequel Hitler s'était contenté de remettre sa machine de guerre en ordre de bataille, céda la place à un printemps terriblement tendu, car l'étape suivante devenait de plus en plus évidente pour quiconque avait des oreilles et une vague compétence en termes de renseignement militaire.

Il la voyait aussi souvent que possible, c'est-à-dire deux ou trois soirs par semaine, avec de temps à autre une escapade d'une journée en train pour visiter telle ou telle cathédrale. Leurs relations, malgré un début précipité, se composaient pour une bonne part de conversations, en position assise ou couchée.

« Je n'arrive pas à croire que tu n'aies jamais levé une fille avant moi, lui dit-elle un jour. Tu as fait ça tellement bien... Et tu avais une allure folle dans ton uniforme de guerrier.

— Je crois que j'ai toujours été un petit peu trop convenable.

— Je fais mon maximum pour y remédier. »

Il avait beau la connaître de mieux en mieux et être de plus en plus amoureux d'elle, il mit longtemps à trouver le courage de lui parler de York. Il ne s'y résolut qu'à la fin du mois de mars.

« J'aimerais aller à York dans quinze jours, dit-il. Pour voir la cathédrale et les manuscrits. Nous pourrions passer la nuit sur place. »

Elle décela sur ses traits un changement d'expression dont elle n'identifia pas tout de suite l'origine. Elle ne l'aurait pas juré, mais il lui sembla qu'il rougissait. Dilly, à ce qu'elle avait compris, était une sorte d'idole du football américain. Jamais elle n'aurait cru qu'inviter une fille à l'hôtel pourrait l'intimider. Elle éclata de rire.

« Mais tu rougis, ma parole ! C'est ça ! Tu rougis. Mon vaillant militaire, héros de cent campagnes de football, de hockey et de ce truc, là, le base-ball.

— C'est juste que je n'ai pas l'habitude d'inviter des jeunes femmes à partir en week-end avec moi.

— Qu'as-tu donc fait de toutes ces années à Boston ?

— Je crois que j'étais affreusement... réservé sur ce plan.

— Tu sais quel mot aurait utilisé le Dr Freud ? » fit-elle en se retenant de rire.

Dilly se prépara à entendre quelque chose de peu flatteur. Sigmund Freud avait quitté Vienne en 1938 et passé la dernière année de sa vie à Londres. Flora, devenue sa disciple sur le tard, s'était jointe au groupe chargé de préparer sa venue et son hébergement londonien.

« *Inhibé*, dit-elle, articulant avec soin, sans attendre sa réaction. Tu es quelqu'un qui réprime ses instincts.

— Eh bien, je n'ai plus envie de réprimer quoi que ce soit, rétorqua Dilly, assis très droit. Cela veut-il dire que tu acceptes de venir avec moi à York ? »

Flora l'observa et, retrouvant tout à coup son sérieux :

« Dans l'état actuel de mes sentiments, je te suivrais à Bornéo ou dans l'Antarctique. Tu n'as qu'à demander.

— Va pour York, le 8 avril, dit-il, sans plus d'hésitation que s'il lisait le score d'un match de base-ball. Pour deux jours. »

Il ne la quitta des yeux ni pendant le trajet en train, ni pendant le dîner. Il ne la quitta pas non plus des yeux dans leur chambre d'hôtel, lorsqu'elle se déshabilla puis vint s'allonger nue à côté de lui.

« Il y a en toi une telle vitalité, s'émerveilla-t-il, une telle spontanéité... C'est ce qui m'a séduit au départ, et je ne pourrai plus m'en passer. On dirait que tu n'éprouves aucune culpabilité, aucune inhibition... »

Elle faisait l'amour comme elle faisait à peu près tout dans sa vie, à corps perdu et avec un engagement total.

« Pourquoi faudrait-il avoir des inhibitions ? J'ai voulu ce qui nous arrive, tu l'as voulu, et nous l'avons. Personnellement, je continue à le vouloir très, très fort.

Peut-être même trop », conclut-elle avec une touche de gravité inattendue.

Ils prirent un petit déjeuner tardif à l'extérieur, en vue des tours gothiques de la cathédrale. Dilly était rouge de plaisir.

« Tu ne te sens jamais… ? »

Il ne parvint pas à finir. Elle reposa sa tasse de café et entreprit d'étaler de la marmelade sur son toast.

« Coupable ? tenta-t-elle entre deux bouchées.

— C'est ça.

— Je me suis toujours efforcée de ne faire de mal à personne. Est-ce que nous faisons du mal à quelqu'un ?

— Je dois te prévenir. J'ai bien peur d'être une sorte d'aigle. Si je m'accouple, c'est pour la vie.

— Tu es vraiment sûr de ne jamais avoir emmené une fille à l'hôtel ? fit-elle, secouant la tête. Tu t'y prends terriblement bien. »

Ce fut alors qu'un serveur apporta le télégramme. Dilly le prit, le lut et la regarda avec gravité.

« Bon sang, dit-il. Il faut qu'on rentre à Londres. Hitler a envahi le Danemark. »

La proposition pour une mission en France tomba fin octobre, après un printemps et un été effroyables. Après le Danemark, les Allemands avaient poursuivi leur avance et déferlé sur la France en mai, acculant trois cent mille soldats britanniques à Dunkerque de la fin du mois de mai au 4 juin, date à laquelle s'acheva leur miraculeuse évacuation. Les bombardements commencèrent en août ; Dilly travaillait désormais jour et nuit à l'accord de défense qui permettrait de prêter des destroyers à la Royal Navy afin de mieux combattre les sous-marins allemands, en échange du droit pour les Américains d'installer pour quatre-vingt-dix-neuf ans des bases militaires à Terre-Neuve, aux Bermudes et aux Bahamas.

À l'automne 1940, la bataille d'Angleterre faisait rage au-dessus de Londres et des villes du Sud.

La proposition ultra-secrète faite à Dilly était simple. En se faisant passer pour un universitaire canadien francophone spécialiste des vitraux, il entrerait en France par Marseille et remonterait ensuite jusqu'à Chartres. De là, muni de papiers français, il circulerait pendant deux mois à travers le nord de la France. Il s'agissait d'une mission risquée, mais sans dimension militaire apparente. Dilly devrait se contenter d'observer, puis il regagnerait Londres. Il eut ses premiers doutes sur le nouveau tour qu'il était en train de donner à sa carrière avant même d'en parler à Flora.

Elle réagit au quart de tour, indignée et folle d'inquiétude.

« Je croyais que tu n'étais pas un guerrier, dit-elle en le suivant à l'intérieur de son appartement. Je croyais que tu n'étais qu'un juriste chargé de rédiger des accords.

— Ils ont besoin de moi, sans quoi ils ne me demanderaient pas de le faire.

— Suppose que tu te fasses prendre ?

— Je serais considéré comme un espion.

— Tu *serais* un espion ! Et les espions, les Allemands les torturent et les tuent.

— Je ne disposerai d'aucune information. C'est prévu de cette façon. Je ne saurai rien. Il s'agit juste de voir un peu mieux ce qui se passe en France...

— Tu sais ce qu'ils sont en train de faire, n'est-ce pas ? s'emporta-t-elle, en larmes. Ils te mettent à l'épreuve. Si tu reviens vivant, c'est que tu auras appris à te déplacer dans le nord de la France. Ils cherchent à te recruter, et, avec ta loyauté, ton sens du devoir et ta motivation, tu es le candidat idéal.

— Que veux-tu dire ?

— Qu'ils cherchent quelqu'un pour alimenter la machine de guerre.

— Flora, tu n'as pas besoin d'être aussi cynique.

— Ils cherchent un héros de guerre.

— Le besoin est réel. »

Flora lui jeta un regard désespéré.

« Je ne crois pas, mais pas du tout, à la guerre, et je suis obligée de faire le plus grand sacrifice de ma vie pour une chose à laquelle je ne crois pas. »

La réaction scandalisée de Flora ne fut pas le seul motif de sa décision. Il préférait sincèrement offrir aux Alliés une contribution théorique, en sa qualité de législateur et de négociateur international. C'était dans ce domaine-là, expliqua-t-il à ses parents, à Flora et à lui-même, qu'il avait les meilleures chances d'œuvrer à la construction d'un avenir meilleur. Il ne voulait pas aller plus loin sur le sentier de la guerre.

Il répondit non à l'Amirauté.

Ce fut le 14 novembre au soir que la Luftwaffe bombarda Coventry. Les analystes militaires avaient beau être aussi épuisés que le reste de la population par la terreur des premiers mois de la bataille d'Angleterre, ils n'en restaient pas moins capables de comprendre les plans de l'ennemi. Le haut commandement allemand avait opté pour un pilonnage sans discrimination afin de saper le moral des civils, en prenant pour cible les villes elles-mêmes, et plus seulement les sites industriels.

Le soir du 15, Dilly apprit que la cathédrale de Coventry avait été touchée. Deux jours plus tard, il réussit à se faire prêter une auto et se rendit avec Flora dans la partie détruite de la ville.

Ils s'arrêtèrent côte à côte sur le seuil de l'immense nef pour contempler l'énorme amas de pierres fumantes, taillées une par une à la main par des hommes du Moyen Âge. Les voûtes immenses du plafond avaient disparu. Seule la partie basse des murs latéraux de l'abside tenait encore debout. Les vitraux n'existaient plus. On aurait dit une halle envahie de gravats.

Dilly tremblait et pleurait à chaudes larmes lorsqu'il se tourna vers une Flora livide de stupeur. Il voulut parler, mais les mots refusèrent tout d'abord de se former dans sa gorge.

« Je dois y aller », parvint-il enfin à dire.

23

UNE SORTE D'AIGLE

Dilly avait dans les bureaux de l'Amirauté un ami du nom de Rory Stuart, rencontré à Oxford et en compagnie duquel Flora et lui avaient passé plusieurs soirées. Elle était sûre que le jeune capitaine Stuart aurait préféré que Dilly fasse preuve de plus de réserve avec elle au sujet du conflit, et qu'il devait se demander, dans les moments de doute, ce que les tendances pacifistes de la jeune femme risquaient de l'inciter à faire de ces informations. Par amitié pour Dilly, il la revoyait de temps en temps autour d'une pinte de bière.

« Vous savez bien que je ne vous demande pas où il est, Rory, lui glissa-t-elle un jour dans un pub noir de monde, penchée au-dessus de la table. Ni ce qu'il fait. Je voudrais juste savoir quand il est censé revenir.

— Flora, bon sang, vous poussez le bouchon trop loin. Pourquoi est-ce que vous ne vous contentez pas de faire votre devoir patriotique en l'attendant patiemment ?

— Parce que... Parce que, *primo*, je ne suis pas du genre à attendre. Et que, *secundo*, je suis amoureuse et très, très inquiète. »

Rory sourit, abandonnant son masque de défenseur de la sécurité nationale.

« Vous êtes vraiment quelqu'un, Flora. Si on arrivait à mobiliser des énergies comme la vôtre au service de l'effort de guerre, cette saleté serait réglée d'ici Pâques.

— Alors ? Vous allez me le dire ? »

Il tendit le bras et lui effleura la joue.

« Je vous tiendrai au courant, chère petite, répondit-il en la fixant de son regard las. Et ne vous en faites pas trop. Notre Yankee est capable de se débrouiller. »

Elle gardait un souvenir atroce de la façon dont ils s'étaient quittés. À l'approche de son départ, elle n'avait tout bonnement pas été capable de comprendre ce qu'il ressentait. Ils avaient passé leur dernière soirée ensemble à Soho. D'un geste mélancolique, il avait levé son verre de bordeaux.

« Tu vas t'en sortir, avait-il dit, cherchant en vain à lui remonter le moral.

— Évidemment que je vais m'en sortir. C'est plutôt pour toi qu'il faut s'inquiéter.

— Tout va bien se passer. Je suis assez fort sous pression. »

Elle faillit lui faire remarquer qu'il ne partait pas pour un match universitaire mais se retint. Quelque chose avait visiblement travaillé Dilly toute la soirée, et elle le sentait sur le point de dire quoi.

« Flora… » Il marqua un temps d'arrêt, mal à l'aise. « À mon retour, serais-tu d'accord pour m'épouser ? »

Sans doute fut-elle cueillie à froid. Comme elle regrettait à présent de ne pas avoir pris le temps de la réflexion ! Il avait juste besoin de quelque chose à emporter avec lui pour l'aider à traverser les épreuves et les nuits sans sommeil, quelque chose de bon qui puisse lui servir de refuge et accroître, ne fût-ce qu'imperceptiblement, ses chances de revenir indemne.

Mais prendre le temps de la réflexion n'avait jamais été son fort. Elle secoua la tête.

« Il n'est pas question que je t'épouse, Dilly. » Il parut sidéré.

« Pourquoi ?

— Pour tout un tas de raisons. On ne se connaît que depuis six mois. Je suis une pacifiste, et toi un guerrier…

— Je t'aime, Flora.

— Je suis juive. Je suis anglaise. Je suis radicale, sapristi, peut-être même communiste ! »

Ce n'était pas la conversation qu'il aurait aimé avoir avec elle à la veille de son départ.

« Qu'est devenu l'amour qui emportait tout sur son passage ? fit-il, démoralisé.

— Je suis sérieuse, Dilly, répondit-elle, sentant que la situation était en train de dégénérer. D'abord, il y a des choses que l'amour ne peut pas emporter, et elles sont nombreuses entre nous. C'est la première fois que tu couches avec une fille, et voilà déjà que…

— Je ne peux pas te laisser dire une chose pareille, Flo.

Nous avons tellement… »

Il s'interrompit, bouleversé.

Elle n'était pas décidée à reculer.

« Je vais te dire ce qu'il y a, Dilly. C'est encore ton fichu sens du devoir. Tu as couché avec la dame, donc il faut que tu l'épouses. Ce n'est pas ce que je veux.

— Tu n'y es pas du tout. Loin de là. »

Sauf qu'il n'y avait plus aucune conviction dans sa voix, plus rien de son aplomb habituel. Dilly avait commencé la soirée fatigué ; il l'avait finie fatigué et triste. Et ce n'était que maintenant, en janvier, deux mois après cette sinistre discussion, qu'elle se rendait compte qu'il n'avait pas éprouvé ce soir-là que de la fatigue, ni que de la tristesse, mais aussi un profond désespoir. Et qu'elle en était la cause, elle qui s'était toujours efforcée de ne faire de mal à personne.

Elle ne l'accompagna pas à l'aérodrome et ne pensa pas à lui en train de voler, la tête basse, vers les ténèbres de la Manche. Ce soir-là, elle sortit avec de vieilles amies, but trop et fit quelque chose de complètement stupide avec un officier américain de Boston, un fils d'ambassadeur qui lui tournait autour depuis longtemps. Elle se réveilla le lendemain matin écrasée de culpabilité, avec la migraine et une douleur épouvantable au cœur et à l'âme. Qui ne fit qu'empirer à mesure que la mission secrète de Dilly en France se prolongeait, interminable, sans aucune nouvelle d'aucune sorte, y compris lorsqu'elle appelait Rory Stuart pour quémander ne fût-ce qu'une miette d'information. Vingt-quatre heures après l'embarquement de Dilly Burden dans un avion pour la France, une fois tournée la page de sa terrible erreur d'une nuit, Flora avait compris au plus profond de son cœur de Juive anglaise pacifiste et peut-être même communiste qu'il était indiscutablement, profondément et totalement l'amour de sa vie.

Rory lui téléphona fin janvier.

« Il vient de rentrer, annonça-t-il sans plus de détail. Ils vont le garder quelques jours pour le débriefing, ce genre de choses, enfin vous voyez. Ils sont pénibles. Et désolé pour l'absence de nouvelles, ma vieille. Les aléas du métier, vous comprenez. »

Elle passa ce qui lui parut des heures à attendre sous une pluie glaciale devant le club des officiers d'un terrain d'aviation à la périphérie de Londres. Les pilotes qui allaient et venaient l'invitaient régulièrement à entrer. Elle les congédiait d'un sourire et restait là, les bras croisés. Finalement, elle accepta l'offre de l'un d'eux et se retrouva à l'intérieur, face à une tasse de café. Ce fut alors qu'un Écossais massif entra par une porte latérale et vint lui tapoter l'épaule.

« C'est celui-là, dit-il en indiquant le petit avion de transport qui venait de se mettre à l'arrêt sur la piste non loin de là. Suivez-moi, ma mignonne. »

Et elle le suivit, le cœur serré, jusqu'au pied de la passerelle pliante qui venait de tomber du fuselage. Tout à coup, elle se retrouva face à un homme vêtu d'un imperméable sec, aux traits tout juste visibles dans le faible éclairage de la piste. Elle savait qu'il ne s'attendait pas à la voir là. Il la contempla un moment, sans voix, avant d'ouvrir les bras. Elle se jeta à son cou.

« C'est oui, s'exclama-t-elle, sans lui laisser le temps de dire si son offre tenait toujours. C'est oui, oui, oui ! »

Sur la banquette arrière de l'auto qui les ramenait à Londres, il s'inquiéta de la voir trempée jusqu'aux os.

« Je t'aurais attendu trente heures, murmura-t-elle. Qu'il vente ou qu'il neige. »

Les traits de Dilly semblaient tirés dans la lueur mouvante des phares, mais il souriait.

« Pourquoi ce soudain revirement ?

— Pas soudain, non. J'ai changé d'avis trente secondes après ton départ, répondit-elle, prenant quelques libertés avec la chronologie. Mais je ne pouvais ni te téléphoner, ni t'écrire, ni t'envoyer un message en morse, rien. Je n'avais aucun moyen de te joindre. "Les aléas du métier", comme dit ton ami Rory. J'ai compris que je m'étais comportée comme la dernière des idiotes et que je t'avais fait, je le crains, beaucoup, beaucoup de mal. Et par ailleurs… » Elle posa une main sur son ventre, entre les pans de son imperméable ouvert. « Il vaudrait peut-être mieux pour lui que nous évitions de donner naissance à un petit bâtard. »

Une étincelle s'alluma progressivement dans les yeux de Dilly. Il commença par rester silencieux, se contentant de hocher la tête avec un sourire de plus en plus large.

« Qu'est-ce que c'est que ça ? finit-il par lâcher. Un type te met enceinte, et tu te sens obligée de l'épouser ? »

Elle s'éloigna sur la banquette pour pouvoir le regarder en face.

« Tu n'y es pas du tout. Loin de là, déclara-t-elle avec conviction, partagée entre son envie de saluer l'humour de Dilly et le sentiment que le moment était trop grave pour plaisanter. J'épouse ce type parce que j'en suis très, très, très amoureuse. Mais je dois te prévenir, ajouta-t-elle, pleurant de soulagement et de joie. Je suis une sorte d'aigle. »

24

QUELQU'UN DE BIEN

Wheeler savait sans l'ombre d'un doute qu'il n'y avait aucune limite à ce qu'il pouvait ou non révéler de son passé personnel. Pour Sigmund Freud, les faits inavouables ou insignifiants n'existaient pas, les coïncidences non plus. Aussi se risqua-t-il à dire :

« Il faut que je vous parle de mon père. »

Tous ceux qui connaissaient le Dr Freud en 1897, l'année qui suivit la mort de son père, savaient qu'ils n'avaient que peu de chances de mobiliser longtemps son attention sans lui parler du leur. Et Wheeler ne doutait pas que l'histoire du sien, un héros de guerre absent, lui permettrait de maintenir en éveil l'intérêt du médecin viennois. En l'occurrence, son manque de self-control pouvait tourner à son avantage : en général, il lui suffisait de touiller un peu ses souvenirs pour qu'ils remontent à flots vers sa conscience. Et ce fut le cas.

Freud dut être amusé de voir que son patient le considérait comme un héros, et même un héros de premier ordre. Il trouva sans doute flatteur que cet homme prédise à la psychanalyse une renommée mondiale. De même qu'il avait observé chez les jeunes patientes une tendance à transférer leurs émotions profondes et leurs désirs sexuels sur leur thérapeute, Herr Burden était en train de transférer sur lui son besoin de voir son père comme un héros planétaire.

Ce phénomène passionnait Freud. Tout comme l'épopée historique d'une rare complexité que le patient avait créée afin de donner à son père un poids héroïque suffisant, en faisant de lui un homme auquel avait littéralement été confiée la responsabilité de sauver le monde. Peut-être n'était-ce d'ailleurs pas tant le patient ou son père qui intéressait le médecin que ce récit épique en lui-même, qui proposait de l'avenir une vision passionnante et fantasmagorique.

Dans l'avenir tel que Wheeler se l'était construit, un vaste conflit devait éclater peu après l'aube du XXe siècle, une guerre mondiale. Cette guerre serait suivie d'une crise financière à l'échelle planétaire qui aurait pour effet, outre l'effondrement de l'empire des Habsbourg (presque un épiphénomène), deux conséquences de poids : une politique de surarmement des nations et la montée en puissance de l'Allemagne sous la botte d'un dictateur maléfique.

Une autre grande guerre mondiale était censée lui succéder, pendant laquelle l'Allemagne envahirait et occuperait la quasi-totalité de l'Europe centrale (dont l'Autriche et Vienne, mais, là encore, il s'agissait presque d'un épiphénomène). La première moitié des années 1940 serait consumée par le conflit titanesque qui opposerait le redoutable empire allemand à une alliance conduite par l'Amérique et la Grande-Bretagne, cette dernière ayant à sa tête un héros nommé Winston Churchill. Un dirigeant américain parlerait même, à un moment donné, de « croisade en Europe ».

Freud nota d'emblée la dimension démesurée que le patient cherchait à donner à l'affrontement, pour situer son père dans un environnement aussi épique que possible.

Dans une certaine mesure, ce type de fantasmagorie n'était pas étranger à Freud. Petit garçon, lui-même s'était fortement identifié à un héros, et non des moindres : le grand Hannibal de Carthage, valeureux ennemi des Romains. Et il s'était représenté son père en Hamilcar, le général sémite qui avait réussi à défendre la Sicile contre les attaques romaines pendant la première guerre punique. Il y avait là un modèle pertinent de filiation héroïque. Naturellement, Freud n'était qu'un enfant à l'époque de cette représentation, et non un homme de 47 ans.

Le père de Wheeler avait été un élève exceptionnel et un athlète universitaire de légende, un spécialiste hors pair de l'histoire médiévale et un musicien accompli, assez talentueux pour être invité à jouer dans l'orchestre d'un célèbre Américain, sorte d'équivalent de Johann Strauss pour Freud. Après avoir étudié le droit, il devint officier de marine et joua un rôle clé dans la grande guerre de son temps, au début de laquelle il tomba amoureux de la belle jeune fille juive qui allait devenir la mère de Wheeler. Il servit courageusement son pays comme espion, accédant à la gloire posthume grâce aux récits de son extrême bravoure aux mains d'un ennemi impitoyable. Et l'attitude de sa femme, qui lorsqu'elle apprit sa capture s'aventura avec son jeune fils dans une zone de guerre à peine libérée pour tenter de le retrouver, ne fit qu'alimenter la légende. Sa mort fut pleurée, son héroïsme célébré par trois nations.

Le souvenir de son père se réduisit pour Wheeler à des photographies et à des récits familiaux jusqu'au jour de 1952 où, alors âgé de 11 ans, il se rendit avec sa mère à Paris pour l'inauguration d'une plaque commémorative en son honneur. Tous deux vivaient alors en Californie, dans une ferme. Flora n'avait d'estime ni pour les actes d'héroïsme guerrier en général, ni pour ceux de son mari en particulier. Elle considérait que les premiers ne faisaient que perpétuer la folie de la guerre et que les seconds avaient inutilement privé le monde, et elle-même, d'un homme remarquable.

Freud dut remarquer que Wheeler parlait sans aucun ressentiment de son géniteur ; il semblait même lui vouer une grande affection et évoqua un certain nombre de souvenirs d'enfance dans lesquels ce père absent jouait un rôle. Et le médecin dut juger très significatif l'incident qui eut lieu quand son patient trouva, dans le grenier de la ferme, une malle emplie d'affaires paternelles.

Ce fut ce jour-là que Wheeler découvrit le vieux gant de base-ball de son père. Il avait 10 ans.

Sa mère lui interdisait l'accès au grenier. Elle le lui avait toujours décrit comme une grotte poussiéreuse et sans lumière, grouillante de veuves noires. Même si cette aura de mystère ne manquait pas d'attrait, le problème des veuves noires l'avait jusque-là dissuadé de passer outre.

Un après-midi, se croyant seul à la maison et apparemment d'humeur aventureuse, Wheeler monta l'escalier et se faufila dans le grenier grâce à la clé dénichée dans une vieille boîte à biscuits de l'arrière-cuisine.

Le comble, spacieux, n'était éclairé que par une minuscule fenêtre à chaque extrémité. Il était en effet très poussiéreux, et envahi de toiles d'araignée. Wheeler y retrouva le cheval à bascule qu'il avait abandonné à l'âge de 6 ans, le mannequin de couturière de sa mère, un certain nombre de sièges couverts de draps, une collection de tableaux encadrés de grandes dimensions et un vieil étui à guitare. Plusieurs cartons de livres entouraient une vieille malle-cabine, qui grinça avec force lorsque Wheeler l'ouvrit.

À l'intérieur, il découvrit un uniforme d'officier de marine propre et repassé, avec la casquette assortie. Sur la veste étaient posées une série de médailles, dont certaines visiblement étrangères, une photographie de Dilly vêtu de cet uniforme et une liasse de lettres maintenue par un ruban. L'étagère du dessous accueillait un maillot d'athlétisme cramoisi frappé d'un H blanc, une clarinette et un annuaire universitaire. Ce fut aussi là que Wheeler trouva le gant. Le type même du gant plat, à cinq doigts, en cuir patiné et luisant, qui symbolisait pour lui le passé du base-ball. Il l'enfila. D'abord, ses doigts lui transmirent une sensation de froid et de rigidité, mais, à force de les ouvrir, de les refermer et de donner de petits coups de poing de son autre main au creux du gant, celui-ci parut se réchauffer. Wheeler le souleva au-dessus de sa tête et fit mine de rattraper un projectile en hauteur, puis, toujours accroupi, plaça dedans une balle imaginaire et la lança en direction du vif rayon de lumière du jour qui se déversait par une des fenêtres.

Il n'entendit pas sa mère monter l'escalier.

« Qu'est-ce que tu fiches ici ? interrogea-t-elle d'un ton sévère.

— Euh, j'ai trouvé ce gant.

— Je t'avais dit de ne pas venir. »

Elle le dominait, immobile. Dans la pénombre du grenier, il ne savait pas trop si son regard était froid ou désemparé. Une impression pénible le saisit : il était désormais évident qu'il venait de découvrir quelque chose d'interdit.

« Je cherchais des veuves noires », bredouilla-t-il.

L'argument ne tenait pas la route. Il était venu ici à seule fin d'explorer, et il avait trouvé ce qu'il voulait. Il se prit à regretter amèrement d'être monté au grenier.

Sa mère considéra la malle-cabine béante et son contenu éparpillé.

« Quelle pagaille, dit-elle d'une voix cassante qui ne lui ressemblait pas, en fixant l'uniforme posé par terre à côté de Wheeler. Tu n'avais pas le droit... »

Sa voix se brisa, remplacée par un gémissement à peine audible. Lentement, elle s'accroupit à côté de son fils, et il sentit le contact de sa cuisse sous la robe à plis. Sans mot dire, elle tendit le bras et toucha l'une des médailles. Puis sa main se déplaça vers la veste d'uniforme bleu marine, et elle écarta les doigts avant de les faire courir sur le tissu, sous le revers. Elle se mit à secouer doucement la tête en poussant de légers soupirs.

Wheeler scrutait ses traits. Elle arborait une expression qu'il ne lui connaissait pas, celle d'une effroyable nostalgie.

« C'était quelqu'un de bien, souffla-t-elle, sans paraître s'adresser à lui. Vraiment quelqu'un de bien. »

Peut-être cela dura-t-il une seconde. Ou peut-être cela dura-t-il une heure. Wheeler osait à peine respirer. Il ne pouvait que regarder les doigts de sa mère caresser l'étoffe de la veste bleu marine, triturer la bordure du revers.

Lorsqu'elle se releva enfin, ce fut avec une grande lenteur, et les plis de sa robe frôlèrent une nouvelle fois Wheeler. Elle balaya du regard le contenu de la malle.

« Tu veux bien tout ranger ? Exactement comme tu l'as trouvé ? »

Wheeler s'empressa d'acquiescer, très soulagé de ne plus la sentir en colère.

Elle repartit vers l'escalier, en haut duquel elle fit halte et se retourna. Sa silhouette se découpait dans le contre-jour de la fenêtre, qui empêchait Wheeler de voir ses yeux.

« Si tu gardais ce truc de base-ball ? » suggéra-t-elle, d'une voix empreinte d'une sorte de douceur mystique.

Elle passa le reste de l'après-midi enfermée dans sa chambre. Ainsi Wheeler récupéra-t-il le gant qui allait devenir sa marque de fabrique et endossa-t-il par la même occasion, mais sans le savoir encore, le costume héroïque de Dilly Burden.

25

UNE SITUATION PEU BANALE

« Nous avons l'obligation de rester en retrait, affirma Dilly avec une vigoureuse conviction, persuadé comme souvent que toute personne dotée d'un minimum de bon sens ne pouvait qu'abonder dans le sien. C'est ce que la situation exige, et ce sera notre ligne de conduite. »

Dilly et Wheeler, le père et le fils, étaient en train de terminer leur petit déjeuner dans un café proche du musée impérial d'Histoire de l'art.

« C'est notre plus grand défi dans cette affaire, enchaîna-t-il. Nous ne devons intervenir en aucune façon. La moindre conversation pourrait avoir un effet désastreux sur... » Il prit le temps de peser ses mots. « Un seul faux pas pourrait tout réduire à néant. Une phrase de trop pourrait irrémédiablement compromettre l'avenir dans lequel nous sommes censés naître. »

Il beurra son pain et y adjoignit une petite quantité de confiture de fraise.

« C'est assez vertigineux, dit Wheeler, décidant manifestement de passer sous silence les conversations qu'il avait déjà eues avec un certain nombre de personnes, en particulier avec Sigmund Freud.

— Nous ne devons rien dire, insista Dilly après avoir savouré une nouvelle bouchée de sa tartine. À personne.

— Mais entre nous, observa Wheeler, jovial, ce n'est évidemment pas la même chose. Tu ne peux rien changer à mon histoire, et *vice versa*. »

Dilly prit le temps de réfléchir à cette dimension du problème.

« En effet, finit-il par admettre. Et c'est un soulagement.

— Un soulagement d'avoir quelqu'un à qui parler.

— Oui. Tu ne te rappelles toujours pas comment tu es arrivé ici ?

— Après un traumatisme, c'est la seule chose dont je suis sûr. En dehors de quelques images sinistres, c'est l'amnésie totale, je le crains. Je ne me souviens de rien.

— Moi, si, fit Dilly en réprimant un frisson. J'étais étendu sur un sol de ciment froid et j'attendais la fin, je priais pour que cela cesse. Je m'étais efforcé de reconstituer Vienne dans ma tête : une sorte d'exercice mental. Je suis venu ici pendant mes études, tu sais. Et tout à coup, je me suis senti partir. » Il frissonna encore. « C'est de cette façon que cela se passe, j'en suis certain. En quittant un monde, on part à la dérive. En l'occurrence, cette dérive m'a mené ici. Quant à toi…

— Je ne me souviens de rien. À part que j'ai atterri ici, que je me suis retrouvé un matin sur le Ring. Mais je ne sais pas du tout d'où je venais.

— Tu sortais tout juste du livre de Haze. Ta tête était pleine de Vienne. Ne cherche pas plus loin.

— Ma tête était pleine de Vienne, c'est sûr. Je donnais des conférences sur ce bouquin aux quatre coins du pays. Mais, pour ce qui est des dernières heures, je n'ai aucun souvenir… En dehors de cet homme, devant chez moi…

— Ça finira par te revenir.

— Et pour toi, quel a été l'élément déclencheur ? Tu devais avoir très envie d'être ici. »

Dilly regarda ailleurs, comme s'il avait quelque chose à cacher.

« J'ai pris un endroit au hasard, répondit-il un peu trop vite. Que je puisse reconstituer mentalement. C'est ce qu'il faut dans ces situations de torture ; j'avais étudié la question, tu sais. Pendant que je me préparais au grand saut. Avec des images aussi nettes que possible. Quand on est dans la position où j'étais, on se raccroche à n'importe quoi. Moi, je me suis raccroché à Vienne. »

Wheeler aurait pu insister : mais pourquoi Vienne ? Pourquoi 1897 ? Il s'en garda. Sans doute parce que les deux hommes étaient encore sous le choc de leurs retrouvailles dans cette splendide cité étrangère et que la priorité était pour eux d'apprendre à se connaître et d'assimiler l'énormité de leur situation.

« Je n'en reviens toujours pas, poursuivit Dilly. Quand j'ai quitté ta mère, c'était en 1944 et elle n'avait que 30 ans. Quand tu l'as quittée, c'était en 1988 et elle en avait 74. La dernière fois que je t'ai vu, il y a quelques semaines à peine, tu avais 3 ans. Et là, tu pourrais être mon père.

— Je reconnais que c'est dur à concevoir. Mais ça dépasse toutes mes espérances. »

Dilly, désarçonné et au bord des larmes, regarda fixement son fils.

« À part retrouver ta mère, finit-il par dire, il n'y a rien qui aurait pu me... »

Il se ressaisit, déposa quelques pièces à côté de sa tasse et se leva d'un bond.

« C'est vraiment épatant, ajouta-t-il. Bon, on ferait mieux d'y aller, la matinée s'annonce chargée. »

Ils avaient décidé de réaliser un de leurs rêves communs en consacrant la journée à visiter Vienne comme des touristes ordinaires. Dilly avait acheté pour l'occasion un guide Baedeker en anglais et s'était empressé d'écrire sur la page de garde : « *F. S. Burden Jr* ».

« Rappelle-toi, dit-il à Wheeler avec un nouveau frisson, que je ne suis pas au mieux de ma forme, grâce à nos amis de la Gestapo. Tu devras peut-être m'attendre de temps en temps. »

Mais ce fut le contraire qui se produisit. Et Dilly, qui assurément n'avait pas grand-chose d'ordinaire, ne se comporta en rien comme un touriste ordinaire : Wheeler s'aperçut non seulement que c'était lui qui devait faire des efforts pour le suivre, mais également que son père était un livre d'histoire vivant, mû par une énergie apparemment sans limites.

Après des raids éclairs sur trois musées, ils se retrouvèrent au pied de la cathédrale Saint-Étienne, la tête en l'air.

« Regarde-moi cette splendeur ! s'exclama Dilly en tendant le bras vers la silhouette acérée de la flèche gothique, qui surgissait d'un amas d'arcs-boutants aériens et d'arches ogivales. Même si cette cathédrale n'est peut-être pas le plus bel exemple de l'architecture gothique, elle compte parmi les joyaux de l'Europe médiévale. Comme une tour de Babel moderne, elle concentre en ses murs une formidable variété d'influences culturelles. Cette cathédrale a été saccagée et restaurée tellement de fois depuis le XIIe siècle qu'elle constitue une sorte de leçon d'histoire de l'architecture. Regarde, ajouta-t-il en montrant successivement diverses parties de l'édifice. Il y a ici du roman, du gothique, du Renaissance, du baroque, sans parler de ces exécrables restaurations du XIXe siècle. »

Dilly régla vingt kreutzers pour deux billets d'entrée au bureau du sacristain et monta en tête les cinq cents et quelques marches menant au sommet de la flèche, qu'il atteignit quasiment sans faire de pause.

« Sacrée grimpette », lâcha Wheeler en arrivant derrière lui, hors d'haleine.

De son côté, Dilly semblait être sorti indemne, et même plutôt euphorique, de cette ascension menée au pas de charge. Il se planta face à la balustrade de pierre, ferma les paupières et s'emplit les poumons de l'air matinal viennois.

« N'est-ce pas fabuleux ? dit-il en balayant le paysage du regard. Au XIVe siècle, les gens affluaient de partout pour pouvoir monter ici et admirer cette vue. »

Ils faisaient face à l'ouest, là où les contreforts préalpins du Wienerwald s'élevaient en pente douce vers les montagnes. Dilly montra la plaine visible au-delà du Ring.

« Voilà qui t'aidera à comprendre pourquoi cette ville a pu être aussi convoitée. Un morceau de plaine entre deux mondes – l'Europe de ce côté-ci, au-delà des Alpes, et... » Il se retourna pour tendre le bras dans la direction opposée. « L'Orient et toutes ses richesses là-bas, derrière les steppes hongroises. Dans les années 1930, les gens qui prenaient l'Orient-Express de Paris à Istanbul voyaient Vienne comme la dernière cité occidentale avant la plongée dans les Balkans. Ce site offre une superbe combinaison de montagne, de vallée fluviale et de plaine. D'où les luttes féroces dont il a fait l'objet. Les remparts étaient là-bas, et les guerriers turcs ont campé à ses pieds pendant le terrible siège de 1683. Cette année-là, les infidèles ont été repoussés pour la dernière fois, en abandonnant leur café derrière eux. C'est aussi ici, dans ce bassin, qu'ont eu lieu en 1809 la grande bataille d'Essling, à l'issue de laquelle

Napoléon a été repoussé sur l'autre rive du Danube, puis celle de Wagram, quand il est repassé à l'offensive après avoir été rejoint par l'armée d'Italie à Lobau, ce qui lui a permis de devenir le maître de Vienne. Des gens se sont battus pendant dix mille ans pour le contrôle de cette superbe place forte. Metternich a dit un jour que l'Asie commençait à l'est de ce palais. Des richesses colossales transitaient par ici à l'époque de la construction de cette cathédrale. »

De retour dans la vaste nef, Dilly entreprit d'en décrire les moindres détails à son fils.

« Une cathédrale gothique est comme un livre, vois-tu, dont les vitraux sont les pages. Les gens de l'époque ne savaient en général pas lire, c'est pourquoi ils représentaient des histoires au lieu de les écrire. Leur intention était qu'elles soient éternelles. Ces histoires apprenaient aux fidèles comment mener une bonne vie et gagner leur place au royaume de Dieu. Regarde là-haut, sur le mur nord, que le soleil n'éclaire jamais : ce sont des histoires tirées de l'Ancien Testament, avec des personnages bibliques appartenant à un monde antérieur au Messie. Et à l'inverse, sur le mur sud, là où le soleil brille, on trouve les histoires tirées du Nouveau Testament, avec le Christ, les saints. C'est très pensé et très géométrique. » Dilly s'interrompit un instant pour chercher le regard de Wheeler. « Voilà ce qui me passionne dans le Moyen Âge. Tout est tellement logique, tellement rationnel... J'aurais adoré vivre en ce temps-là.

— Tu ne trouves pas ça un peu étouffant ? Toutes ces règles, ce devait être un vrai carcan, non ?

— Non, tu ne comprends pas : c'est la vie intérieure qui comptait, expliqua Dilly en se touchant la tempe. La vie de l'esprit. Pure et simple. Le monde matériel était transitoire. Regarde autour de toi. Tu te rends compte du nombre d'heures de travail qu'il a fallu pour dessiner, sculpter et mettre en place chacune de ces pierres ? » Il toucha un mur, comme pour transmettre à ses doigts l'histoire dont il était chargé. « Des villages entiers ont consacré leur existence à ce chantier. Et les maçons qui ont travaillé ici, en bas, se doutaient bien qu'ils ne verraient jamais le résultat de leurs efforts. Tu t'imagines, toi, accepter sereinement cette idée ? Les travaux ont duré des centaines d'années. Pour nous, qui sommes toujours pressés, c'est inconcevable. »

Il s'interrompit, fronça les sourcils. Wheeler connaissait assez l'histoire de son père pour deviner ce qu'il allait ajouter.

« Ta mère et moi avons vu de nos yeux à quelle vitesse ces chefs-d'œuvre peuvent être détruits. Nous avons arpenté les décombres de la cathédrale de Coventry le lendemain du bombardement. Des poutres, des pierres, des éclats de verre partout. Des siècles de labeur anéantis en un clin d'œil par quelques bombes de cent kilos. Les hommes qui ont anéanti ce sanctuaire n'avaient aucune notion de ce qu'ils faisaient, ne se doutaient pas qu'ils venaient de démolir à tout jamais un trésor irremplaçable. Imagine… » Dilly ferma les yeux, secoua lentement la tête. « Imagine que les gens qui vivaient à Coventry au XIVe siècle aient su ce qu'il adviendrait de leurs efforts. Auraient-ils accepté de s'épuiser comme ils l'ont fait à hisser chaque poutre, placer chaque morceau de verre, sculpter chaque pierre ? » Il réprima un tressaillement involontaire. « C'est le spectacle le plus horrible que j'aie vu de ma vie.

— Je sais. Maman me l'a dit. »

Dilly se tut à nouveau et, puisant dans ses réserves, retrouva un peu d'enthousiasme.

« Les cathédrales sont des prouesses technologiques extraordinaires, dit-il en humant l'air odorant et confiné des siècles. Elles sont le pinacle de la civilisation.

— Plus que "la grande interception" ? » ne put s'empêcher de demander Wheeler.

Dilly, surpris, se tourna vers lui.

« Tu as le sens de l'humour de ta mère. » Il se replia ensuite dans un silence presque gênant avant de trouver le courage de poser la question qui le taraudait. « Comment va-t-elle ?

— Oh, elle s'en est très bien tirée. Tu aurais été fier d'elle. En fait, tes parents lui ont donné leur ranch de Feather River en 1946, et elle est devenue fermière. Une bonne fermière. Elle n'a jamais remis les pieds en Angleterre.

— Fermière, fit Dilly, secouant la tête. Quelle femme. »

Un flot de souvenirs défila sur ses traits, et il les savoura en souriant.

« Fermière… répéta-t-il. Comment est-ce qu'elle tenait les comptes ?

— Une vraie tigresse. Son style était unique. Adorable avec les ouvriers, mais elle avait la réputation d'être une redoutable négociatrice.

— Quand je l'ai connue, c'était une pacifiste pure et dure. Tu sais, ce n'est pas facile quand la guerre fait rage autour de toi… Et que ton mari accepte de se sacrifier pour son pays.

— J'ai l'impression que maman n'a jamais choisi la voie de la facilité.

— Y compris en choisissant un type comme moi.

— Tu plaisantes ? Elle a toujours dit que tu étais la meilleure chose qui lui soit jamais arrivée. Elle te décrivait comme quelqu'un de rigide mais de fantastiquement énergique, qui lui a permis de porter sur le monde un regard neuf.

— Elle a eu du mal avec mon sens du devoir, lâcha Dilly avec un sourire attendri. Je crois que je suis assez borné sur ce plan-là.

— D'après elle, c'est quelque chose que tu tenais de ton père.

— Mon père était un homme rigide, un pur banquier, droit dans ses bottes et sûr de son importance. Lui aussi a été un champion dans sa jeunesse, tu sais. Dans trois sports à St Greg, puis au football et au base-ball à Harvard. Il a même participé aux premiers Jeux olympiques de l'ère moderne.

— C'est donc vrai ?

— Oui. En 1896, quand les Jeux ont été relancés en Grèce, lui et quelques athlètes de Princeton et de Yale ont formé une équipe et financé le voyage avec leurs propres deniers. Mon père est allé voir une sculpture de discobole au musée des Beaux-Arts de Boston et s'est fait fabriquer son disque sur ce modèle. C'était un projet fou, mais il a remporté l'épreuve. Je crois qu'il l'a fait pour prouver la supériorité du sang anglo-saxon. Il a sans doute eu une certaine influence sur moi. » Dilly, songeur, fit une pause et changea de sujet. « Bref, ta mère me trouvait obnubilé par mon sens du devoir ?

— Elle avait l'habitude de dire que ton surmoi était hypertrophié. »

Dilly pouffa.

« Ta mère avait une façon merveilleuse de faire passer plusieurs siècles d'excellent héritage puritain de la Nouvelle-Angleterre pour une maladie mentale. » Il s'interrompit pour regarder un vitrail consacré à l'Ancien Testament, de l'autre côté de la nef. « Bon Dieu, ce que j'ai pu aimer cette femme... »

Ils s'offrirent un déjeuner dans l'opulent décor de l'hôtel Imperial.

« Si nous voulons vraiment connaître la ville, dit Dilly, nous devons absolument nous frotter à sa *grandeur**. C'est le mot qu'aurait utilisé un de mes professeurs favoris de St Gregory pour décrire cet hôtel.

— Tu ne ferais pas allusion à notre vénérable Haze, par hasard ? sourit Wheeler.

— Si. Le grand Arnauld Esterhazy. J'oubliais que tu étais passé entre ses mains, toi aussi.

— J'ai eu cette chance.

— C'était un vrai bonheur d'être son élève.

— Pour moi, malheureusement, cela n'a duré que deux ans.

— Son univers a dû te changer de ta ferme californienne.

— C'est peu de le dire.

— Et il était encore en forme ?

— Fidèle à lui-même, et peut-être encore plus impressionnant comme personnage.

— Il a été comme un père pour moi.

— Je sais. Il nous parlait souvent de toi. Il te vouait une sorte de culte, d'après certains.

— Est-ce qu'il appelait toujours Jung Wien le petit noyau d'élèves qui gravitait autour de lui ?

— Absolument.

— Et leurs dissertations des *feuilletons** ?

— Toujours. Jusqu'à la fin.

— Incroyable, soupira Dilly, nostalgique. Quelle influence il avait ! Et quel luxe pour nous d'avoir bénéficié de ses "Hazings" !

— C'est grâce à lui que nous connaissons tout ceci, approuva Wheeler avec un geste circulaire.

— À Haze, donc, proposa Dilly en levant son verre de vin blanc.

— À Haze. » Wheeler goûta le vin avec un sourire satisfait puis regarda son père. « Il est ici, tu sais.

— Haze ? Ici ?

— Bien sûr. Il est à Vienne, en ce moment même, et il doit avoir dans les 18 ans si mes calculs sont exacts. »

Dilly mit un moment à revenir de sa surprise : lui qui pensait toujours à tout n'avait pas pensé à cela.

« Tu as raison, finit-il par dire avec un sourire malicieux. Nous devrions peut-être lui rendre une petite visite. » Wheeler omit de révéler à son père qu'il l'avait déjà vu.

« Je me demande à quoi il ressemble, se contenta-t-il de dire. Sans doute à un petit freluquet. »

Dilly fronça les sourcils comme s'il venait de mordre dans un fruit pourri.

« Tu crois qu'on risquerait de modifier le cours de son histoire en allant lui jeter un petit coup d'œil de loin ? On n'aurait vraiment pas intérêt à ce qu'il devienne prof à Dover.

— On pourrait peut-être emprunter un peu d'argent à son père, dit Wheeler en regardant son verre de vin. Je commençais justement à me demander comment nous allions nous offrir toute cette *grandeur**.

— On n'a qu'à inventer l'avion et vendre le brevet, suggéra Dilly en approchant son verre de celui de son fils et néanmoins aîné.

— Trop tard. C'est déjà fait, je pense.

— L'automobile, alors.

— Pareil.

— Alors autre chose.

— Le frisbee, proposa brusquement Wheeler.

— Le quoi ?

— Bien sûr. Tu ne peux pas connaître, ajouta-t-il, sans se donner la peine d'expliquer à son père qu'un superbe prototype l'attendait déjà chez un ébéniste viennois.

— Pourquoi pas le stylo à bille ?

— Au stylo à bille, alors. »

Wheeler trinqua avec son père et le vit blêmir.

« Seigneur, lâcha Dilly, atterré, en cherchant des yeux une issue de secours. Le revoilà ! »

Wheeler jeta un coup d'œil par-dessus son épaule et, à son tour saisi d'horreur, vit l'austère jeune homme dont il avait dérobé les vêtements traverser la salle à manger. Il se retourna vers la table et mit le nez dans son assiette.

« Il vient vers nous, murmura Dilly. Il ne faut pas qu'il nous voie. » Puis il ajouta, avec un soulagement palpable : « Ça va. Il tourne. »

Il suivit l'homme du regard jusqu'à ce que celui-ci ait quitté la salle par une autre porte.

« Tu es tout pâle, dit Wheeler.

— Je ne voulais pas t'inquiéter, mais il n'est pas question pour moi de rencontrer ce jeune homme.

— Tu me l'as montré on ne peut plus clairement, dit Wheeler sans oser lever les yeux.

— Ma foi, dit Dilly, retrouvant sa contenance, je crois qu'on peut parler d'une situation peu banale. Ce jeune homme est Frank Burden, mon père. »

26

LA NATURE DE NOTRE CONDITION

Pour une raison ou pour une autre, Wheeler s'abstint de dire à Dilly que le jeune Américain au masque sévère, qu'ils étaient à présent deux à vouloir éviter, se trouvait être le même homme qu'il avait dévalisé dans les premières heures de son séjour à Vienne.

« Frank Burden ? répéta-t-il, mal à l'aise. De Boston ? Celui des Jeux olympiques de 1896 ? Tu en es certain ?

— Absolument certain. Je suis capable de reconnaître mon père, même plus jeune que moi. Mais comme j'avais besoin d'en avoir le cœur net, je l'ai suivi à l'intérieur de l'hôtel et je me suis renseigné à la réception. Où on m'a confirmé qu'il s'agissait effectivement de M. Burden, de Boston, de passage à Vienne "pour une durée indéterminée".

— Qu'est-ce qu'il fait ici ?

— Ça, je l'ignore. Je sais qu'il a passé un an en Allemagne après les Jeux olympiques, à l'université de Berlin, pour étudier le système bancaire international. Ce qui lui a permis de devenir un véritable expert de la finance. Mais ce qu'il fait à Vienne, je n'en sais trop rien. Il a été chargé par le département d'État d'étudier les taux de change en Autriche, je crois.

— En tout cas, il n'a pas l'air très sympathique.

— Sympathique ? Non, pas vraiment. » Dilly marqua un temps d'arrêt. « Il y a certaines choses qu'il faut que je te dise sur mon père. C'était un homme froid, sévère. Ma mère était vive et gaie, elle nous a transmis sa culture et son affection. Mon père, lui, se chargeait de la discipline. Je commence à m'embrouiller dans les temps verbaux. Je ne sais plus trop si je dois dire *est*, *était* ou *sera*.

— C'est la nature de notre condition », dit Wheeler en riant.

Dilly resta de marbre.

« Mon père était une espèce d'autocrate, un type qui voyait tout en noir et blanc. Ce que je peux te garantir, c'est qu'il a toujours l'absolue certitude que sa vision des choses est la seule valable.

— Cela se voit plus ou moins sur sa figure.

— En tout cas, ne te mets pas en travers de son chemin quand il veut quelque chose. Je le sais d'expérience.

— Ça fait un peu froid dans le dos. Et la rumeur, au fait ?

— Quelle rumeur ?

— Quand j'étais à Harvard, j'ai lu un article dans une revue confidentielle. La légende des Burden y était sérieusement écornée, et tu n'étais pas épargné. L'auteur affirmait que Frank Burden avait tué un homme en Europe, un Juif, mais que l'affaire avait été étouffée.

— J'en ai entendu parler une fois ou deux, c'est vrai. Mais sans y attacher beaucoup d'importance. Il y avait ça et... Il y a des choses dont je n'ai pas envie de parler, ajouta Dilly avec un frisson. Plus tard, peut-être.

— Je ne sais quasiment rien de lui. J'ai très bien connu grand-mère, par contre. Nous avons passé pas mal de temps ensemble pendant mes études à St Greg et à Harvard, mais il était déjà mort. J'ai toujours senti que maman ne l'aimait pas, mais je ne savais pas pourquoi.

— Il ne l'a jamais acceptée, lâcha Dilly, glacial.

— Il y a une chose que tu ne peux pas savoir. C'est lui qui a été le plus secoué par ta mort. Tout le monde, à Boston, disait qu'il ne s'en était jamais remis. Il était très fier de tes exploits et il avait de grands projets pour toi après la guerre. "L'espoir d'un monde nouveau", c'est de cette façon qu'il parlait de toi.

— J'ai beaucoup de mal à y croire, dit Dilly, frissonnant encore.

— C'est pourtant vrai. Maman m'a dit qu'après ta mort la vie l'avait quitté. Tu étais sa fierté et sa joie, la raison pour laquelle il s'était construit l'existence qu'il menait, mais je suppose qu'il ne l'exprimait pas très bien.

— Tu peux le dire, observa Dilly avec une pointe de cynisme inhabituelle.

— En fait, je ne l'ai pas connu du tout.

— Je peux te parler de lui », proposa Dilly, retrouvant peu à peu ses couleurs.

Les racines de Frank Burden remontaient à l'époque coloniale, pour ainsi dire au *Mayflower*, et c'était un homme instruit. Il avait suivi les enseignements de St Gregory, une excellente école épiscopalienne pour externes et internes des alentours de Boston, puis avait étudié à Harvard, la première et la meilleure université d'Amérique. Il avait étudié l'économie et la politique européennes sous l'égide des plus grands esprits universitaires. Il avait effectué un certain nombre de voyages sur le Vieux Continent, dont le plus récent en qualité de membre de l'équipe olympique américaine.

Il était resté en Europe après les Jeux le temps d'une année universitaire, étudiant l'économie internationale à la faculté de Berlin, et il venait d'arriver à Vienne, officiellement mandaté par un consortium de banquiers du nord-est des États-Unis, mais aussi dans le but d'accomplir ce qu'il considérait comme une mission personnelle. De son point de vue, la grandeur de son pays était minée par l'immigration – un point de vue qui, tout en n'étant peut-être pas unique parmi ses pairs américains, lui donnait le sentiment d'être un prophète en son temps. Jugeant son pays au bord du désastre, il avait consacré une partie non négligeable de son séjour en Europe à chercher des solutions.

À Berlin, il avait entendu parler de Vienne et de son maire charismatique, Karl Lueger. Entrevoyant une réponse possible de ce côté du continent, il avait décidé de se rendre dans la capitale des Habsbourg pour rencontrer l'homme, devenu pour lui un objet d'étude et d'admiration. Lueger, membre de longue date du Parlement et ancien libéral, avait fondé le Parti chrétien-social, à la tête duquel il avait été élu maire à une très vaste majorité. Son élection avait suscité une telle controverse que l'empereur, méprisant tout ce qu'il incarnait, avait mis un an à la ratifier. Désormais en pleine gloire, Lueger avait fermement assis son pouvoir à Vienne et dans une bonne partie de l'Empire, malgré les forces qui continuaient de se déchaîner contre lui.

Il était peu courant pour un jeune homme de Boston, et qui plus est un jeune homme ayant lui-même l'étoffe d'un héros, d'avoir dans son panthéon personnel un dirigeant politique aussi peu connu et aussi éloigné du premier cercle des puissances européennes. Le jeune Frank Burden avait été en partie séduit par l'allure de Lueger – *der schöne Karl*, « le beau Karl », comme on l'appelait familièrement – et par son flair politique, mais ces qualités, vues à huit mille kilomètres de distance, ne pesaient pas lourd. Ce qu'appréciait surtout Frank Burden chez Lueger, c'était l'usage fort simple qu'il avait fait d'un thème unique pour conquérir le pouvoir politique. En 1897, à la fin d'un siècle marqué par l'érosion du pouvoir aristocratique et par la montée en puissance d'une bourgeoisie industrielle, Karl Lueger était la première personnalité majeure de la scène politique européenne à avoir fondé son ascension sur l'antisémitisme.

Les ennemis, philosophiquement, étaient le libéralisme et le réformisme, dont les États-Unis avaient eu leur lot, quoique bien moins – car ils en avaient moins besoin – que l'Angleterre et la France. Toutes sortes de réformes sociales avaient été mises en place pour protéger les classes laborieuses contre l'exploitation par les détenteurs du pouvoir financier et social. Frank Burden ne trouvait rien à redire à la majorité de ces réformes. Les lois sur le travail des enfants, la mise en place de réglementations sanitaires uniformisées et les considérations visant à établir un salaire minimum étaient justifiées et efficaces. Même l'extension du droit de vote avait un indéniable intérêt pratique. Somme toute, l'essor d'une classe moyenne puissante et prospère était une bonne chose pour le capitalisme.

Ce que Frank Burden ne pouvait ni comprendre ni accepter, c'était la façon dont beaucoup de ses anciens camarades de St Gregory et de Harvard, en particulier ceux qui se préparaient à devenir enseignants ou pasteurs, s'étaient résignés, ou presque, à abandonner leur position dominante. En se prononçant pour des réformes profondes et en soutenant les classes laborieuses, ils semblaient utiliser le pouvoir social et économique qu'ils avaient reçu en héritage pour saper les fondations de leur propre caste. Frank les considérait moins comme des traîtres que comme des imbéciles. Il fallait absolument laisser le contrôle financier et politique entre les mains de ceux qui étaient le mieux armés pour s'en servir de façon judicieuse, à savoir les vrais Américains, ceux qui pensaient comme lui. Et si Frank Burden avait appris quelque chose aux Jeux olympiques d'Athènes en 1896, c'était la supériorité des jeunes Américains anglo-saxons. Non seulement ils étaient plus vigoureux et plus athlétiques que les autres, mais leurs qualités mentales étaient supérieures. Cela se devait à leur héritage nord-européen. Aux premiers jours de la colonisation de l'Amérique, seuls des hommes hardis et forts avaient osé se lancer dans la longue traversée de l'Atlantique qui permettait d'atteindre le Nouveau Monde. Un voyage aux antipodes de celui des pauvres Européens de l'Est qui s'entassaient à présent, tremblants d'effroi, dans les entreponts des navires à destination d'Ellis Island.

Ce fut en voyant les attitudes et les performances pour ainsi dire pathétiques des athlètes représentant ces pays d'Europe de l'Est que Frank Burden commença à prendre conscience de sa supériorité. Et ce fut aussi à Athènes qu'il commença à prendre conscience de la menace juive. Plus les valeurs naturelles de l'Amérique se diluaient dans le libéralisme et le réformisme en haut de l'échelle, et en bas dans un gigantesque afflux d'immigrants sans qualification, plus les Juifs risquaient de gagner en influence.

Les Juifs, raisonnait-il, disposaient d'un avantage malsain dans le système capitaliste. Ils étaient unis, bien coordonnés, habiles à faire fructifier les profits. Ils n'étaient pas tenus par certains des principes qui limitaient l'action des chrétiens et faisaient montre de talents nettement supérieurs à ceux des autres minorités issues de l'immigration européenne. Par exemple, il y avait à Boston largement assez d'Irlandais pour constituer une force économique et politique sérieuse, mais leur inaptitude naturelle pour les affaires éliminait toute menace de ce côté-là. On pouvait en dire autant des immigrants originaires de Pologne et des pays slaves. En fait, les immigrants quels qu'ils soient étaient peu nombreux dans les hautes sphères financières de Boston et de New York, mais Frank Burden s'intéressait aux tendances à l'œuvre en Europe et ce qu'il voyait ne lui plaisait pas. Les Juifs, forts de leur expertise financière, prospéraient tellement qu'ils risquaient de prendre le contrôle des banques. Ce fut précisément ce qui arriva.

À Vienne, au tournant du XXe siècle, quatre-vingts pour cent de l'argent et quatre-vingts pour cent des banques étaient contrôlés par des Juifs. La libéralisation politique et sociale leur avait permis de prospérer sans entrave. Vienne, du fait de l'extrême diversité culturelle de l'Empire, était un creuset culturel, et en ce sens ressemblait beaucoup au nord-est des États-Unis. Or les Juifs étaient parfaitement à leur aise dans les creusets culturels.

Frank Burden voyait dans la stratégie formidablement efficace de Karl Lueger l'avenir de la politique. Ses ingrédients clés étaient les suivants : un appel aux masses, un usage massif de la propagande et des slogans, et – peut-être surtout – un fort accent mis sur la personnalité. Pour la première fois dans l'histoire politique moderne, les partisans du maire étaient ouvertement encouragés à agir en fonction de leurs préjugés. Lueger était un génie pour ce qui était d'exploiter les mécontentements, les faiblesses et les désirs de ses concitoyens. Tout se passait comme s'il s'était débarrassé de ses illusions, couche par couche, jusqu'à atteindre une sorte de noyau central. Lueger semblait avoir découvert ce qui importait vraiment.

Pour Frank Burden, Karl Lueger était un dirigeant en avance sur son temps. Un jeune homme avisé avait donc beaucoup à apprendre de lui et, sur la foi de ce constat, Frank Burden s'estimait lui-même, par association, en avance sur son temps.

À Vienne, depuis tout juste quelques jours, il commençait à se sentir à l'aise. Il avait déjà participé à plusieurs réunions politiques et rencontré le maire Lueger en personne. Il avait aussi accumulé toute la littérature politique possible. Et il était en passe de se remettre du très troublant incident survenu à son arrivée. À peine venait-il de prendre possession de sa chambre à l'hôtel Imperial qu'un vulgaire voleur s'y était effrontément introduit pour l'alléger d'un costume et d'une partie de son argent.

Il avait surpris l'homme en flagrant délit, mais sa stupeur avait été telle qu'il l'avait laissé s'échapper sans réagir. Frank Burden s'était toujours cru capable de se défendre en toutes circonstances, et le souvenir de la façon dont il avait laissé cet inconnu prendre la fuite lui causait un grand embarras. Car il s'agissait là d'une des toutes premières défaites de son existence, infligée par un homme qui à coup sûr était encore à Vienne et l'humiliait quotidiennement en portant ses habits. Cette affaire le rongeait tellement qu'elle avait fait naître en lui un grand malaise, et qu'il en avait fait une sorte d'obsession. Il aurait déjà été assez grave d'être battu par un pair à la loyale, mais à cela s'ajoutait l'humiliation d'avoir été pris en traître.

D'autant que Frank Burden soupçonnait fortement cet homme d'être juif.

27
UNE AFFAIRE PRIVÉE
ENTRE DEUX GENTLEMEN

« Ta mère ne voulait pas que je reparte en France, raconta Dilly, le visage fermé. Je lui avais promis de dire non. »

Ayant bouclé leur tour de la vieille ville peu avant 17 heures, ils arrivèrent au Café Gerstner à temps pour la *Jause*, un rituel viennois de l'après-midi que Haze avait maintes fois décrit à ses élèves. Tous ceux qui avaient eu la chance d'assister à ses cours auraient su quoi commander : un café à la crème fouettée et une pâtisserie.

« Elle s'est opposée à mon retour là-bas de toutes les facettes de son être, et cette femme-là en avait de nombreuses. C'était, comme tu le sais, une pacifiste engagée. Elle regardait d'un très mauvais œil toutes les activités liées à la guerre, qu'elle jugeait horriblement dangereuse – ce en quoi elle avait raison –, et elle ne voyait aucun mérite à défendre sa nation, encore moins en espionnant. Des hommes qui jouent à des jeux d'hommes, voilà ce qu'elle en disait. Mais surtout, elle m'accusait d'en faire trop. »

Dilly transvasa l'essentiel de sa crème fouettée dans une soucoupe et se mit à siroter son café à petites gorgées.

« Oh, cela ne veut pas dire qu'elle me traitait de matamore, mais elle me reprochait de vouloir à tout prix faire mon devoir patriotique de la façon la plus impressionnante possible. Selon elle, j'étais incapable d'attendre la fin de la guerre assis dans un bureau de l'Amirauté. Et, en un sens, je suppose qu'elle avait raison. J'avais déjà fait deux séjours en France occupée. Tu étais en route au moment du premier. » Il s'éclaircit la gorge. « Nous n'étions pas encore mariés. La deuxième fois, on m'a parachuté dans le Nord. J'avais eu droit à quelques semaines d'entraînement en Écosse, offertes par les Britanniques. J'y ai appris à sauter en parachute et à me débrouiller seul, à passer inaperçu, à manier un pistolet et à considérer mes mains comme des armes létales – un coup sec sur la pomme d'Adam, tu vois le genre. Mais tout cela ne pesait pas bien lourd. La seule chose qui comptait, c'était de ne pas se faire prendre. Une fois qu'on était pris, il n'y avait plus que la capsule de cyanure, et on nous avait habitués à en avoir une en permanence sous la main. C'était le côté obscur, celui dont je n'ai jamais parlé à ta mère. Bien sûr, je n'envisageais pas une seconde d'être pris. Je connaissais le terrain. C'est à cette époque-là qu'on m'a donné comme nom de code "Rouge-Gorge". Mes deux premières missions se sont déroulées sans incident, *grosso modo*, même si je l'ai échappé belle à deux ou trois reprises. J'avais des faux papiers plus vrais que nature et je me débrouillais bien en français. Sur place, un réseau de la Résistance m'aidait à obtenir tout ce dont j'avais besoin et mon travail consistait, pour l'essentiel, à collecter des renseignements. La routine, pour ainsi dire. Mais la dernière a été très différente. Comme si cette mission-là avait été vouée à l'échec depuis le début. »

Lorsque Dilly refit surface pour la deuxième fois, en septembre 1943, il trouva une Flora qui n'avait pas passé une journée, depuis son départ, sans être rongée par l'inquiétude. Elle aurait voulu regarder avec indulgence ses incursions derrière les lignes ennemies, mais, comme elle ne croyait pas en leur utilité et que ces missions étaient à l'évidence dangereuses, ses bonnes résolutions ne furent pas longues à partir en fumée.

« Pense à Stan, lui dit-elle dès son retour. En plus d'être né en dehors des liens du mariage, évitons-lui de devenir orphelin de père. »

Leur ami Rory Stuart, promu dans l'entourage immédiat des amiraux, avait été témoin de l'état de tension dans lequel avait vécu Flora tout au long de la dernière absence de Dilly et constata la persistance de cette tension après son retour.

« Tu devrais quitter Londres pendant quelque temps, suggéra-t-il à son ami. Tu pourrais rentrer passer Noël en Amérique et y rester un mois ou deux, la guerre ne risque pas de s'arrêter en ton absence. On fera ce qu'on peut pour s'en sortir sans toi. »

Dilly objecta que c'était impossible, qu'il ne pouvait pas quitter le navire avant la fin des combats.

« Je dois rester et jouer mon rôle, affirma-t-il.

— Écoute, vieux, je te sens vraiment à plat depuis ta dernière virée. Rentre à Boston et repose-toi un peu. »

Rory parvint même à rallier quelques amiraux à son point de vue. Un Dilly Burden à bout de forces ne pouvait leur être d'aucune utilité.

Flora applaudit si fort à cette idée qu'il finit par accepter de s'embarquer sur le *Queen Mary*, qui repartait à New York chercher des troupes fraîches. Et malgré le climat hivernal et une mer un peu « inégale », selon l'expression de Dilly, cette traversée fut un des meilleurs moments de leur vie de couple. Rien d'autre à faire que lire, parler et jouer avec Stan.

Le séjour de deux semaines à Beacon Hill, pour Noël, leur apporta beaucoup de joie mais se termina mal. Flora, consciente d'être la Juive anglaise qui avait fait main basse sur le fils chéri, déploya des trésors de charme, n'évoquant jamais ni la politique ni ses idées libérales, acceptant de suivre la mère de Dilly dans des musées, des magasins, des déjeuners chez de vieux amis de la famille. Ainsi que dans toutes sortes de lieux dont elle avait entendu parler par Dilly. Celui-ci n'étant pas rentré au pays depuis plus de trois ans, ce fut pour lui une période riche en visites et en souvenirs retrouvés. Il passa aussi de longs moments au salon avec sa mère, qui souffrait beaucoup d'être privée de lui depuis le début de la guerre. Ils pouvaient rester des heures à discuter ensemble, à se faire la lecture à haute voix et parfois juste à se regarder.

De caractères diamétralement opposés, Dilly et son père avaient toujours gardé entre eux une certaine distance. Dilly s'était comporté de manière à susciter la fierté et la satisfaction de Frank, notamment en se distinguant autant que lui à St Gregory et à Harvard. Mais aucun lien étroit ne les unissait. Dilly sentait bien que Frank avait d'emblée désapprouvé Flora, même si celui-ci ne semblait pas l'avoir accueillie avec plus de froideur que s'il avait amené n'importe quelle autre jeune femme à la maison.

« Ton père ne montre pas beaucoup ses émotions, disait sa mère. Mais il est content de te voir. »

Quand l'orage éclata, ce fut une affaire privée, entre deux gentlemen. Ni l'un ni l'autre n'en parla. L'incident eut lieu à huis clos dans le bureau paternel, derrière une lourde porte en chêne, et personne n'entendit rien. Mais il y eut le visage de Dilly lorsqu'il quitta la pièce. Ses lèvres serrées, son front plissé. Il partit faire une longue marche solitaire. Son père, lui, ne réapparut qu'à l'heure du dîner. Rien ne fut dit, ni à la mère de Dilly ni à sa femme.

Ce soir-là, après le repas, Dilly annonça qu'ils repartiraient quelques jours plus tôt que prévu pour profiter d'un avion censé décoller de Washington. Son père ne les accompagna pas à la gare et sa mère resta seule sur le quai, les yeux noyés de larmes, comme si elle savait qu'elle ne reverrait pas son fils vivant. Dilly la serra longuement dans ses bras.

« Ne t'inquiète pas, maman, lui dit-il. Le débarquement approche. Ensuite, il n'y aura plus qu'à faire le ménage. »

Elle eut de la peine à former ses mots.

« Standish, une mère n'a pas énormément de droits dans ce genre de moment, mais... »

Elle le repoussa à bout de bras pour le regarder bien en face.

« Je voudrais que tu emportes quelque chose avec toi. »

Son regard, derrière les larmes, brûlait d'intensité. Un masque de tragédie classique s'était posé sur ses traits.

« Mon cœur. Emporte-le, et garde-le avec toi. »

Après l'avoir étreint une dernière fois, elle le regarda rejoindre sa femme et son fils à bord du train et répéta après lui :

« Pour toujours. Toujours, toujours. »

Pendant le voyage de retour, Dilly resta pensif et grave, et, quelle qu'en fût la cause, Flora comprit que ses trois cents ans d'héritage puritain de la Nouvelle-Angleterre allaient la maintenir enfouie au plus profond de son être, derrière une porte dont même un pied-debiche ne pourrait venir à bout. Elle se trouva réduite à espérer envers et contre tout qu'il n'avait pas décidé de repartir en France.

L'hiver 1943-1944 touchait à sa fin quand Dilly fit son retour à l'Amirauté. Tout le monde trouva qu'il avait l'air reposé et en forme mais qu'il semblait néanmoins d'humeur sombre, comme habité par une résolution presque inquiétante. La plus secrète de toutes ses missions de guerre était sur le point de commencer. Flora savait – comme tout le monde en Angleterre – que le grand sujet du moment était la prochaine offensive en France, mais c'était tout.

Ce fut peu après Pâques que Dilly lui fit la surprise.

« Que dirais-tu d'aller prendre le thé avec le roi ? »

Ils étaient allongés sur leur lit, un dimanche matin, profitant de la délicieuse parenthèse qui précédait le réveil de Stan.

« Dans cette tenue ? Il en tomberait à la renverse », rétorqua-t-elle, mutine.

Elle portait la veste de pyjama de son mari, déboutonnée.

« Dans ce cas, tu ferais mieux de trouver quelque chose à te mettre. »

Elle s'assit sur le lit et le regarda.

« Tu es sérieux.

— Non, dit-il en riant. C'est encore pire. Le Premier ministre.

— Seigneur… Quand ?

— Cet après-midi. »

Dans la voiture de l'Amirauté qui les conduisait au 10 Downing Street, Flora tenta de masquer sa nervosité en parlant de toutes les fois où elle s'était imaginée prenant le thé avec le Premier ministre.

« Je voyais toujours une pièce pleine de gens venus m'accueillir. Au nom du ciel, Dilly... Il y aura *qui*, là-bas ?

— Ne te fais aucun souci. Il connaît tes opinions. »

Il se pencha pour l'embrasser, encore hanté par l'image d'elle en veste de pyjama. Avec son uniforme bleu et la détermination qui se lisait sur ses traits, Flora le trouva plus beau que jamais.

« Tu ne lui as quand même pas dit que j'étais une pacifiste enragée, j'espère ?

— Il le sait déjà. Une de ses sœurs l'est aussi. Ne t'inquiète pas. »

Ce ne fut qu'après leur arrivée dans le salon du Premier ministre qu'elle se rendit compte qu'ils ne seraient que trois pour le thé – Winston Churchill et eux deux – et qu'elle avait toutes les raisons du monde de s'inquiéter.

« Ma chère enfant, commença Churchill, et Flora fut surprise de voir à quel point cet homme-bouledogue ressemblait à une parodie de lui-même. Standish m'a parlé de la promesse qu'il vous a faite de ne pas retourner en France... »

Il étira le mot « France » avec son élégance coutumière.

Flora resta assise tout au bord de la banquette, les genoux serrés et les jambes en équerre, sa tasse de thé en équilibre sur une soucoupe à trente centimètres de sa bouche : elle était pétrifiée de terreur.

Tout à coup, Dilly lui parut ressembler plus que jamais à un héros guerrier. Il se tenait debout près de la banquette où elle avait pris place, affreusement beau et affreusement décidé. Ce fut alors, en l'observant du coin de l'œil, qu'elle se rendit compte que le Premier ministre n'invitait pas les gens à prendre le thé sans une raison très, très importante. Et le plus important pour elle, en l'espèce, c'était la vie de son aigle.

« Standish m'a dit que vous vous préoccupiez profondément de l'avenir de notre pays et de son rôle de père du petit bonhomme. » Après une inspiration sifflante, M. Churchill renifla comme un bouledogue. « Vos amis de l'Amirauté me disent que vous croyez profondément en la paix, que vous êtes même une pacifiste dans la meilleure tradition britannique. Ils ont pour vous la plus haute admiration. »

Il prononça ce dernier mot comme lui seul en était capable, avec un raffinement qu'il fallait plusieurs générations pour acquérir. Elle sentit dans sa voix un accent de sincérité venu du fond des siècles. Ce fut alors qu'elle se rendit compte que, même si elle défendait la paix sur un plan général, la dimension particulière de la situation comptait en réalité plus que tout. Les guerres étaient folles, inutiles et absurdes, mais elles étaient surtout atroces et honteuses parce qu'elles tuaient des individus. La mort d'un million d'hommes est une statistique, disait le dicton ; la mort d'un seul est une tragédie.

« La plus haute admiration, répéta le Premier ministre, d'une voix tellement sonore qu'on aurait pu croire qu'il se parodiait lui-même. Cela étant, la patrie exige parfois de grands sacrifices. »

La tête de Flora se mit à tourner. Elle crut qu'elle allait défaillir, mais parvint à résister et à soutenir le regard de M. Churchill.

« Nous allons demander à Standish de repartir en France pour une mission si importante et si secrète que la présente conversation ne devra pas sortir de cette pièce. Nous allons lui demander de repartir en France... »

Il renifla de nouveau et se tourna vers Dilly, qui couvait Flora du regard, espérant qu'elle comprendrait, et elle perçut dans la voix du Premier ministre quelque chose d'incommensurablement triste et las – l'écrasant fardeau de la responsabilité et de la guerre, se dirait-elle plus tard.

« Et nous allons lui demander d'y rester jusqu'à ce que le succès du débarquement soit assuré. »

Un million d'images se mirent à tourner sous le crâne de Flora tandis qu'elle luttait pour rester consciente et droite, mais son esprit, telle une roulette géante, finit par s'arrêter sur l'une d'elles : l'expression inscrite sur les traits de la mère de Dilly quand il s'était échappé de ses bras sur le quai de la gare de Boston. Comme elle lui avait fait penser à Cassandre, cette femme qui connaissait si bien son fils, capable de voir l'avenir mais impuissante à le modifier…

« Monsieur le Premier ministre, s'entendit-elle répondre. Pourrait-on avoir quelque chose de plus fort que du thé ? »

Quatre mois plus tard, quelques jours après la libération de Paris, en août 1944, elle s'assit dans le bureau de Rory Stuart. La nouvelle de la capture de Dilly était tombée une semaine environ avant le débarquement, tout début juin. Il était introuvable depuis, emprisonné quelque part à Paris, sans doute au siège de la Gestapo, ou pire, cent fois pire. Ne rien savoir la tuait.

« Je veux y aller, répéta-t-elle pour la cinquième fois, après avoir entendu les objections de Rory.

— Vous n'êtes pas Wonder Woman, Flora, vous ne pouvez pas traverser la Manche avec les troupes, protesta-t-il, remarquant ses mâchoires serrées. Dites-moi comment vous feriez.

— Prenez-moi comme assistante et je vous suivrai.

— Vous ne pouvez pas être mon assistante. Vous ne faites pas partie de la Royal Navy. Vous êtes une femme et une fichue pacifiste, nom d'une pipe !

— Trouvez-moi un poste d'infirmière. »

Aucune réaction de la part de Rory.

« Je pourrais conduire une ambulance. »

Toujours rien.

« Ernest Hemingway est là-bas. Obtenez-moi une carte de presse. »

Le regard de Rory s'éclaira enfin, et il décrocha son téléphone. Quelques heures plus tard, elle serait nommée assistante du photographe officiel de l'Amirauté, chargé de couvrir l'avancée des troupes.

« Qui s'occupera du jeune Standish ?

— Je l'emmène avec moi », répondit-elle.

Rory ne put que secouer la tête, incrédule.

Le reste appartient à la légende. La femme de Rouge-Gorge franchit la Manche sur un navire de ravitaillement puis entra dans Paris avec un convoi de l'armée britannique, accompagnée par son fils de 3 ans. Pendant qu'elle traversait la France ravagée par la guerre, comme l'héroïne de *Quatre-vingt-treize*, elle croisa à maintes reprises des citoyens français qui avaient entendu parler de son mari et lui souhaitaient bonne chance. Elle prit une chambre dans un petit hôtel du Ve arrondissement et questionna toutes les personnes susceptibles de la renseigner sinon sur le sort de Rouge-Gorge, du moins sur la Résistance et sur les pratiques qui avaient cours au sinistre siège de la Gestapo, rue des Saussaies. Elle était sur le point de suivre les troupes au-delà du Rhin et jusque dans les camps de concentration lorsqu'une piste se fit jour. Il s'avéra qu'un certain nombre de résistants capturés, d'abord détenus à la prison de Fresnes, au sud de Paris, avaient été transférés au siège de la Gestapo pour y être soumis à des interrogatoires assortis des tortures les plus brutales qui se puissent imaginer, en général proportionnelles à l'importance du prisonnier pour les nazis. Ce qui restait dudit prisonnier après qu'on lui eut extorqué tout ce qu'il savait était soit exécuté sur-le-champ, soit envoyé dans un wagon à bestiaux à destination de Buchenwald ou Dachau, pour un voyage le plus souvent sans retour.

Flora écouta un certain nombre d'anciens détenus lui décrire leurs journées vautrés sur une paillasse à même le sol froid de Fresnes, guettant le bruit du chariot à café qui signifiait en général que l'un d'eux allait se voir offrir une dernière tasse d'ignoble ersatz avant son grand départ. Mais personne n'avait de nouvelles de Dilly. Ils avaient tous entendu parler de Rouge-Gorge, bien sûr, mais sans avoir d'informations précises. Un ancien prisonnier remit toutefois à Flora une lettre manuscrite, glissée dans une enveloppe qu'elle n'ouvrit que plus tard. Le texte, rédigé en français d'une écriture rappelant celle d'un écolier, était intitulé « Le dernier rasage ». Voici ce qu'il disait :

Un gardien allemand m'a ordonné de prendre mon rasoir et de le suivre. Il m'a emmené dans la cour nord, entre le portail d'entrée de la prison et l'accès à l'aile principale. Un homme était allongé sur un banc, immobile. « Rase-le », m'a dit le gardien en le montrant. Je l'ai regardé de plus près et j'ai reconnu Rouge-Gorge. Il était inconscient, et il avait les yeux enfoncés dans leurs orbites, les lèvres enflées. Il respirait à peine. Il avait été torturé, c'est évident. L'Allemand m'a ordonné de commencer. Je me suis dit que c'était ridicule. On me demandait de raser un homme entre la vie et la mort. J'ai pu m'approcher de Rouge-Gorge, vraiment tout près, et j'ai touché ses vêtements, sa main froide comme de la glace, sans qu'il réagisse. Mais tout à coup, ses yeux se sont ouverts et il m'a fixé. Il a soufflé un mot que je n'ai pas compris, un mot italien, quelque chose comme Ringstrazza. *Il a bu quelques gorgées d'eau, puis il est retombé dans l'inconscience. Je l'ai quitté à ce moment-là, et je ne l'ai jamais revu.*

Enfin, la deuxième semaine, en manque de sommeil et folle d'appréhension, Flora fut menée par un dirigeant de la Résistance dans une prison parisienne pour rencontrer un Alsacien capturé à la libération de Paris alors qu'il essayait de fuir la ville déguisé en prêtre. L'homme avait été gardien au siège de la Gestapo. Le résistant entra avec Flora dans la cellule exiguë.

« Cet homme vous dira la vérité. »

L'Alsacien, qui semblait déjà avoir été sérieusement malmené, déclara avoir vu des collègues emporter le corps de Rouge-Gorge pour l'incinérer.

« Êtes-vous sûr qu'il s'agissait de Rouge-Gorge ? interrogea le résistant.

— Tout le monde le connaissait, répondit l'Alsacien. Il n'y a aucun doute là-dessus. Il avait le visage couvert de bleus et une fracture au tibia. Et aussi un bras cassé, je crois. Juste au-dessus du poignet. »

Flora pressa un instant les paupières. Le jeune homme, qui avait évité jusque-là son regard, leva enfin la tête vers elle et, peut-être, comprit à cet instant qui elle était. Elle vit passer dans ses prunelles ce qui, pour lui, se rapprochait le plus de la tristesse et de la compassion.

« *Il ne chantait pas, madame**, ajouta-t-il, comme pour la consoler. Malgré tout ça, Rouge-Gorge n'a pas chanté. »

Une fois accomplie leur tragique mission, Flora Zimmerman Burden et son fils prirent un ferry militaire à Cherbourg et furent bientôt de retour à Londres, où ils attendirent la fin des hostilités. Plus tard, en 1946, tandis que l'Angleterre et le reste de l'Europe se remettaient doucement du choc et entamaient un lent processus de reconstruction, Flora Burden, anéantie sur le plan affectif, quitta sa patrie pour toujours et, après un passage par Boston, alla s'établir dans une petite ferme de la vallée de Sacramento, en Californie, sur des terres données par les parents de Dilly, pour élever son fils loin des affreux souvenirs liés au sens du devoir ou à la guerre : elle était désormais une aigle solitaire.

28

TERRIBLEMENT MODERNE

Wheeler avait pris l'habitude de marcher le long du canal du Danube chaque matin avant son premier passage au Café Central, pour avoir les idées claires avant de se mettre à l'écriture de son journal. Peu de temps après s'être installé à sa table habituelle, il leva la tête et vit Emily James, d'Amherst, Massachusetts, entrer dans la salle avec un groupe d'amis. Il put l'observer un moment avant qu'elle s'aperçoive de sa présence. Ses amis, apparemment tous âgés d'une vingtaine d'années, étaient assez élégants, quoique dans un style un peu moins bohème que Kleist et le groupe auquel lui-même commençait à être lié. Elle s'approcha de sa table. Wheeler se leva.

« Bonjour, mademoiselle James.

— C'est la deuxième fois que je vous vois ce matin, monsieur Truman, répondit-elle en rosissant légèrement. Tout à l'heure, c'était au bord du canal.

— Vous m'espionniez.

— Je vous ai vu de la fenêtre de ma pension. Vous étiez trop loin pour que je vous salue.

— J'ai décidé de faire cette promenade tous les matins. Elle m'aide à revenir sur les événements de la veille.

— Il faudra que nous la fassions quelquefois ensemble. Je suis persuadée qu'un peu d'exercice matinal est excellent pour la constitution de tout un chacun, mais aussi pour bien préparer la journée. Malheureusement, ajouta-t-elle en montrant du doigt la table autour de laquelle venait de s'installer la bande, mes amis n'ont pas une très bonne influence sur moi. Ils préfèrent se réunir dans un café vieillot et guindé.

— Voulez-vous vous joindre à moi ? proposa Wheeler, indiquant une chaise vide.

— C'est bien aimable à vous, mais ils m'attendent. Et je ne voudrais surtout pas vous déranger dans votre travail. »

Wheeler baissa les yeux sur son carnet ouvert sur la table.

« C'est une manie, j'en ai peur. Je prends régulièrement des notes depuis le début de mon séjour à Vienne.

— Que notez-vous ?

— Oh, des petites choses. Des pensées et des réflexions, surtout. »

Il s'abstint de préciser que son travail autour du livre de Haze lui avait donné l'habitude de l'observation quotidienne.

« Vous pourriez avoir une bonne influence sur ce plan-là aussi, je pense. Je suis venue à Vienne pour écrire un texte significatif, et je regrette de ne pas m'y consacrer davantage. Il y a tellement de distractions, soupira-t-elle avec un geste en direction de son groupe.

— J'ai prévu une sortie au Prater ce matin. Je n'y suis encore jamais allé. Voulez-vous m'accompagner ? »

Wheeler n'avait rien prévu pour la matinée, mais l'émoi qu'il percevait chez la jeune femme était irrésistible. Elle parut un instant déconcertée puis répondit en hâte :

« Oh, je regrette. J'ai rendez-vous à l'université. »

Wheeler la regarda repartir vers sa table et sentit qu'il venait d'enfreindre une règle implicite en lui lançant cette invitation un peu hardie – une infraction qui, espérait-il, ne s'avérerait pas irrévocable. En un sens, il était soulagé que son offre ait été rejetée. L'exhortation de Dilly à éviter tout contact avec autrui continuait de résonner sous son crâne. Comment pourrait-il se justifier devant lui d'avoir sciemment proposé un rendez-vous de ce genre ?

Il se força à ne plus regarder dans la direction de sa table pendant qu'il écrivait, mais sentit néanmoins, au bout d'un certain temps, que le groupe se levait.

« Monsieur Truman. »

Elle se tenait à moins de deux pas de lui. Il ne l'avait pas entendue approcher.

« J'ai réfléchi à votre offre et je peux m'organiser autrement pour l'université. Si elle tient toujours, il me semble que le temps est idéal pour une excursion au Prater. »

Il passa la prendre devant sa pension de l'Ebendorferstrasse. Il l'attendait dans un fiacre.

« Je dois être honnête avec vous, monsieur Truman, lui dit-elle une fois qu'ils furent en route. Je n'avais aucun rendez-vous à l'université ce matin. C'est juste qu'il me semblait terriblement moderne d'accepter une telle invitation sans être accompagnée. Jamais ma très convenable tante n'approuverait mon attitude.

— J'espère ne pas avoir été inconvenant en vous invitant. »

Elle fut incapable de réprimer un sourire.

« Je suis très contente que vous l'ayez fait.

— Et moi, je suis ravi que vous ayez changé d'avis.

— Je m'efforce de devenir un peu plus entreprenante. On apprend aux jeunes filles de chez nous à être toujours d'une extrême prudence, en tout cas sur la côte Est. Or je ne pense pas qu'il soit bon, et cela vaut pour les hommes comme pour les femmes, d'avoir une conception de soi-même trop étroite.

— Voilà une idée très moderne, à mon avis.

— Sûrement pas à San Francisco. À San Francisco, les femmes doivent fumer le cigare et se promener à bicyclette.

— Avec un six-coups à la ceinture, s'esclaffa Wheeler.

— Vous plaisantez, mais je suis sérieuse. Je pense qu'il serait beaucoup plus sain pour tout le monde que les femmes soient moins timorées et plus enclines à s'exprimer.

— Entre nous, dit Wheeler, je crois que les femmes devraient voter. »

Elle lui décocha du coin de l'œil un regard suspicieux.

« Plaisanteriez-vous encore, monsieur Truman ? »

Elle vit à son expression que ce n'était pas le cas.

« Cette idée-là, reprit-elle, est très moderne. Tout en n'étant pas si radicale que cela. Je crois que les femmes pourraient faire d'excellents choix sur certains sujets politiques, et peut-être aurions-nous aujourd'hui moins de problèmes de gouvernement si des décisions plus sensées avaient été prises en amont. Certaines femmes ont la possibilité d'exprimer leur opinion par l'intermédiaire du vote de leur mari. Mais qu'en est-il de toutes celles qui n'ont pas l'intention de se marier ?

— En faites-vous partie, mademoiselle James ?

— Seigneur, non. Je dois vous paraître bien peu conventionnelle, mais ce n'est pas vraiment le cas. Pour être franche, je suis même d'une prudence pathétique. Simplement, ce séjour à Vienne exerce un certain effet sur ma réserve naturelle. Un effet... » Elle hésita, cherchant le mot juste. « Libérateur. » Et elle s'empressa d'ajouter, un peu gênée : « J'espère que vous ne me trouvez pas trop audacieuse. Si ? »

Wheeler rit de plus belle.

« Je viens du Far West, rappelez-vous. Je vous trouve très convenable. Et *libérateur* est un mot parfait. »

Pendant que leur voiture longeait le canal du Danube sur le Franz-Josef-Kai, elle lança à brûle-pourpoint :

« Voici l'hôtel Metropole. Nous pourrions y aller un de ces jours pour rendre visite aux Clemens. N'aimeriez-vous pas rencontrer Mark Twain[1] ? »

Le gigantesque et très chic hôtel Metropole, dont Mark Twain était un habitué, était en vue. Wheeler profita de l'occasion pour observer l'édifice. L'hôtel Metropole était le domicile attitré du grand écrivain pendant ses séjours à Vienne, mais il acquerrait par la suite une sinistre notoriété. En 1938, après l'Anschluss, l'annexion de l'Autriche par les nazis, il serait reconverti en quartier général de la Gestapo et deviendrait le bâtiment le plus honni de la ville. En 1945, pendant un raid allié, il serait bombardé, puis rasé.

« Vous connaissez les Clemens ? demanda Wheeler.

— Ils habitent à New Haven, ce n'est pas loin d'Amherst. Ils sont ici pour que leur fille Clara, qui a mon âge, puisse étudier le piano avec Teodor Leszetycki. M. Clemens est très célèbre, vous savez. Un jour, j'ai prononcé un discours à Hartford devant les Filles de la Révolution américaine, et il était présent.

— Impressionnant. Vous avez amusé le grand amuseur.

---

1. De son vrai nom Samuel Langhorne Clemens.

— Pour être franche, pas vraiment. Et j'ai eu plusieurs fois l'occasion de jouer du violoncelle avec Clara. Nous nous connaissons donc, mais je ne l'ai pas encore revue à Vienne et je me disais qu'il était temps que je lui fasse signe. »

Wheeler regarda l'hôtel s'éloigner en silence, souriant à l'idée de faire une visite mondaine impromptue à Mark Twain.

Ils franchirent le canal et atteignirent l'entrée du célèbre parc.

Le Prater, un des hauts lieux de Vienne, était un immense parc de près de mille trois cents hectares situé à l'est de la vieille ville, dans l'arrondissement de Leopoldstadt. Domaine de chasse privé de la famille impériale à l'époque de Mozart, il avait été rendu public sur décision de l'empereur Joseph II. Sa multitude de restaurants avec ou sans terrasse, de cafés et de lieux de rassemblement était tout au long de l'année le théâtre de toutes sortes de fêtes et de célébrations.

Après avoir déjeuné dans un café, ils se dirigèrent vers la grande roue.

« C'est l'attraction du moment, dit Wheeler. Il faut absolument y monter.

— Ou du moins la regarder. Elle est inspirée d'un modèle américain, vous savez. Construite par une société d'ingénieurs anglaise, mais d'après les plans de la grande roue de Ferris, qui remonte à l'Exposition universelle de Chicago, il y a cinq ans. Une authentique prouesse.

— Vous semblez en savoir long là-dessus.

— J'aurais aimé étudier l'ingénierie à l'université. Mais les bonnes dames de Boston ne l'auraient pas approuvé. Sans compter un autre petit problème, ajouta-t-elle en se tordant le cou pour étudier l'impressionnante structure, haute de soixante mètres.

— Peut-on savoir lequel ?

— Le vertige. On peut difficilement exercer les fonctions d'ingénieur avec un tel handicap, c'est pourquoi je me suis rabattue sur la littérature et la musique. »

Ils firent la queue un certain temps, et Wheeler acheta deux billets. Elle regardait le sommet de la roue.

« Eh bien, mademoiselle James, dit-il en l'entraînant vers le petit escalier menant à la plate-forme. Vous êtes à Vienne pour devenir plus entreprenante. »

Tandis qu'ils se dirigeaient vers la porte ouverte d'une cabine en attente, elle regarda à nouveau en l'air et s'arrêta net.

« Peut-être pas entreprenante à ce point, dit-elle faiblement. J'ai une drôle de sensation à l'estomac.

— C'est bien normal. Si Dieu avait voulu que les femmes volent, il leur aurait donné des ailes.

— Vous plaisantez encore, dit-elle en lui touchant délicatement le bras comme si elle avait besoin de soutien. Vous êtes bien plus expérimenté que moi. »

Wheeler l'étudia et constata qu'elle était livide.

« Je crois que je vais m'évanouir, souffla-t-elle d'une voix presque réduite à un soupir.

— Il n'y a aucun danger, dit-il de son ton le plus rassurant. La pointe de la technologie du Midwest. Plusieurs milliers de montées et de descentes sans la moindre anicroche. »

Elle resta néanmoins clouée sur place, attendant de se sentir prête pour reprendre sa marche.

« Je ne pense pas que ce soit pour tout le monde, dit-elle.

— Nous ne sommes pas obligés, vous savez. »

Il fit mine de rebrousser chemin mais sentit qu'elle le retenait par le bras.

« Non. Je veux le faire. Je veux que vous m'emmeniez. »

Cela sonnait comme un ordre. Wheeler l'entraîna vers la porte de la cabine.

« D'accord. Évitez juste de regarder en bas.

— Non, dit Emily toujours aussi énergiquement. J'en ai assez d'être dominée par une peur idiote. Je regarderai en bas, et vous allez me guider.

— Très bien. »

Elle régla sa foulée sur celle de Wheeler. Le seul vestige de sa terreur était la façon dont sa main lui serrait le bras, comme un étau, après l'avoir effleuré de la façon la plus douce qu'on puisse imaginer.

« Je ne souhaite pas rester craintive. C'est une conséquence stupide de mon éducation.

— Dans ce cas, allez-y à petits pas, la rassura Wheeler. À petits pas. »

En montant dans la cabine, il repensa à la célèbre scène du film *Le Troisième Homme*, de 1949, où Joseph Cotten et Orson Welles se rencontrent à bord de cette même grande roue, un film que Mlle James aurait peut-être l'occasion de voir au crépuscule de sa vie. Lorsque la structure géante se mit en mouvement, il y eut une minuscule secousse.

« Qu'est-ce que c'était ? fit-elle en lui prenant à nouveau le bras.

— Nous venons de démarrer. C'est tout à fait normal. Je vous préviendrai s'il se passe quoi que ce soit de fâcheux. »

Après un tour et demi, leur cabine s'immobilisa près du sommet de la roue, en tanguant légèrement.

« Que se passe-t-il ? »

Les yeux de la jeune femme étaient agrandis par une émotion proche de la terreur, et ses doigts n'avaient pas desserré leur étreinte sur le bras de Wheeler.

« Ils font monter d'autres gens en bas de la roue, expliqua-t-il en lui tapotant le dos de la main. Là encore, nous sommes dans la limite de la normale. »

Toute la Vienne impériale s'étalait à leurs pieds.

« C'est donc prévu de cette façon ?

— C'est prévu de cette façon. »

Pendant un moment, il se concentra sur la délicieuse tiédeur de sa paume. Elle semblait être en train de se calmer.

« Mon cœur a cessé de faire des bonds.

— N'oubliez pas de respirer, dit-il, toujours aussi serein. Et surtout n'oubliez pas de regarder. »

Du sommet de la grande roue, on jouissait d'une vue à couper le souffle sur la vieille ville, un peu plus au sud. Ils s'étaient tenus jusque-là à bonne distance des fenêtres. Wheeler fit un pas en avant et la sentit se crisper. Elle le regarda avec un sourire presque pathétique.

« Il n'y a aucune raison d'avoir peur de s'approcher d'une fenêtre, je suppose ?

— Aucune. Et rappelez-vous : à petits pas. »

Ensemble, comme s'ils esquissaient les premiers pas d'une danse, ils s'avancèrent vers la vitre jusqu'à avoir le front quasiment collé dessus.

« Vous êtes très courageuse, dit Wheeler.

— Vous m'avez bien initiée. Aucun danger, dit-elle plus pour elle-même que pour lui, en desserrant quelque peu les doigts. Je n'ai jamais rien fait de tel, mais il n'y a aucun danger.

— Avouez qu'il aurait été dommage de laisser des larmes brouiller la splendeur de ce panorama, déclara Wheeler en indiquant d'un geste circulaire le ciel exceptionnellement limpide.

— On voit jusqu'aux Alpes. »

Sa main, enfin détendue, répandait dans le bras de Wheeler une incroyable onde de douceur, et il ressentit un agréable picotement à la base de la nuque.

Pendant quelques secondes, il fut envahi par le souvenir d'une évocation de cette même scène lue dans le « petit livre » de Haze.

« La ville de la musique », murmura-t-il avec une sorte de vénération, comme s'il cherchait à invoquer l'esprit de son mentor.

Elle se tourna vers lui, surprise par son changement de ton.

« C'est cela, non ? La ville de la musique, répéta-t-elle presque aussi respectueusement que lui, en se remettant à contempler la vue. Vous avez un tel sens de la formule, monsieur Truman… Je dois avouer que cela m'enchante.

— Ces mots qui vous plaisent, je les ai empruntés pour la plupart.

— Ma foi, empruntés ou non, ils m'enchantent. »

Il y eut de nouveau une infime embardée, et ils entamèrent leur descente.

« Qu'était-ce ? demanda-t-elle en lui pressant le bras.

— Dans la limite de la normale. Nous redescendons. »

Il l'observa à la dérobée, s'arrêtant longuement sur son sublime profil pendant qu'elle regardait plus ou moins dans le vague à travers la vitre épaisse. Il se sentit soudain coupable d'aller trop loin et d'éprouver une telle excitation.

« Il y a quelque chose que je voudrais vous dire. » Elle prononça ces mots avec lenteur, comme si elle cherchait à lui accorder un répit. Elle commençait à s'enhardir, mais sa main tiède reposait toujours sur l'avant-bras de Wheeler. « J'ai une double identité. »

Il faillit l'enjoindre de se taire, mais elle ne lui en laissa pas le temps.

« Vous allez peut-être être choqué par ce secret, cette duplicité. »

Wheeler retint son souffle.

« J'ai été envoyée à Vienne par un grand journal américain pour écrire des articles sur la musique.

— Je vous en prie, dites-m'en plus. »

Et elle lui raconta d'une traite comment un pseudonyme inventé dans un salon de l'université Smith avait fini par devenir un critique musical reconnu et controversé au *New York Times*.

« Ses idées modernes ont causé quelques remous », conclut-elle.

Wheeler esquissa un sourire mais ne bougea pas. Il étudia à nouveau son joli profil et remarqua qu'une ride venait d'apparaître entre ses sourcils, ce qui ne fit que renforcer son affection pour cette jeune personne si indépendante.

« Vous avez donc acquis une certaine notoriété et vous êtes ici pour écrire ? Sous un nom d'emprunt ?

— Oui. J'ai déjà envoyé deux articles par la poste, et je travaille sur un troisième. Mais il y a des… distractions, fit-elle en montrant la ville à travers la vitre.

— Ces articles que vous avez signés d'un nom d'homme ont-ils beaucoup fait parler d'eux ?

— Je le crains. »

Wheeler secoua la tête et garda un moment le silence, surpris par le poids inexplicable qui accompagnait cette nouvelle.

« Vous êtes choqué qu'une jeune femme se fasse passer pour un homme ?

— Non, répondit-il, cherchant à se ressaisir. Je suis impressionné.

— Vous n'êtes pas choqué qu'une jeune femme convenable puisse faire une chose pareille ?

— Non. Pas le moins du monde. Je me demande juste, tout à coup, si je ne suis pas en train de compromettre ce noble projet. En vous distrayant.

— Ah, mais pas du tout ! s'exclama-t-elle, soulagée. Vous êtes en quelque sorte ma muse, si tant est qu'un homme puisse tenir ce rôle. »

Et elle reposa sa main sur l'avant-bras de Wheeler, ce qui le fit sourire malgré lui.

« Si une femme peut écrire comme un homme, je suis sûr qu'un homme peut être la muse d'une femme. Ce n'est que justice, me semble-t-il. »

Elle lui fit face, et il lut dans ses prunelles qu'elle redoutait plus que tout de le rebuter.

« Alors, c'est vrai ? Vous n'êtes pas choqué ?

— Pas du tout, confirma-t-il sur un ton qui se voulait léger. D'ailleurs, j'ai beaucoup de tendresse pour les noms de plume. »

Il vit le soulagement envahir à nouveau son regard. La cabine poursuivit sa redescente vers le sol et elle garda la main sur son bras, lui transmettant sa chaleur.

« Vous ne trouvez pas cela trop progressiste ? »

Le sourire de Wheeler s'élargit.

« En aucun cas. À vrai dire, je trouve cela remarquable. Courageux, même.

— Oh... dit-elle, libérée d'une formidable tension. Vous m'en voyez ravie. Ce qu'il faudrait, maintenant, c'est que j'aie le courage de m'y remettre. Je suis en train d'épuiser mon petit pécule. »

Wheeler inspira profondément en tâchant de masquer l'inquiétude que lui inspiraient les avertissements de Dilly. Elle sembla ne se rendre compte de rien. Quand ils quittèrent la grande roue, sa main était toujours sur le bras de Wheeler, plus légère que jamais.

« Merci de m'avoir aidée à vaincre mon vertige.

— Je vous soupçonne d'être de ces gens qui ont tendance à tout vouloir faire en même temps, remarqua Wheeler en souriant.

— Vous êtes très observateur. C'est mon grand défaut. Je suis trop impulsive. Je veux tout, tout de suite. Il ne faudra pas que j'oublie que... vous m'avez appris l'art des petits pas.

— Mon plus bel exploit depuis mon arrivée à Vienne, je crois. Et un immense plaisir.

— Dans ce cas, êtes-vous toujours d'accord pour que je me promène avec vous le matin au bord du canal ? »

Il considéra son visage radieux, à nouveau empreint d'une légère roseur.

« Nous commencerons dès demain », répondit-il, conscient d'être en train de perdre pied.

29

LE POIDS ÉNORME DE L'HISTOIRE

Jusque-là, tout comme elle s'était abstenue de révéler son pseudonyme à son nouvel ami M. Truman, Weezie avait préféré ne pas aborder devant lui le sujet de sa lamentable rencontre avec Gustav Mahler : cela lui semblait sans doute un sujet trop intime, et elle voulait également éviter de paraître prétentieuse, voire scandaleuse. Elle s'était fait une telle joie à l'idée de faire la connaissance de Herr Mahler qu'elle ne pouvait que profondément regretter la lumière négative que son humiliante fragilité avait jetée sur cet épisode, devenu pour elle une source d'embarras trop complexe pour être avouée à qui que ce fût. Mais pendant sa première promenade matinale au bord du Danube avec cet homme étrange venu de San Francisco, elle sentit que, maintenant qu'était évacuée la question de sa notoriété journalistique, elle aurait intérêt à lui révéler tout le reste.

Elle avait attendu leurs retrouvailles avec plus d'impatience qu'elle ne voulait l'admettre, une impatience qui lui apparut clairement quand, une fois levée et habillée, elle se rendit compte qu'elle redoutait qu'il ne lui fasse faux bond, qu'il ne l'ait menée en bateau pour Dieu sait quelle raison et n'ait en réalité aucune intention de venir la chercher. Pourquoi ses sentiments avaient-ils évolué aussi vite ? Peut-être, justement, parce qu'il semblait extraordinairement sensible et attentif à ce qu'elle éprouvait. Il disait avoir rencontré l'amour de sa vie bien des années plus tôt, peut-être même avait-il épousé cette femme, mais elle était morte. Cela pouvait être l'explication.

Elle ressentit un tel soulagement lorsqu'il se présenta à la pension qu'elle fut assez longue à s'apercevoir qu'il faisait montre ce matin-là d'une certaine réserve. Au fil de leur marche, tout en lui en révélant toujours davantage sur elle-même et sur l'incident avec Mahler, elle en vint à attribuer cette subtile distance au fait que, étant de loin plus âgé qu'elle et n'appartenant pas à son cercle d'amis, il portait sur elle un regard extérieur, et la jugeait peut-être immature et écervelée. L'un de ses objectifs de la matinée consistait donc à lui faire sentir qu'elle préférait nettement sa compagnie à celle de n'importe lequel des jeunes Viennois qu'elle fréquentait, et qu'elle appréciait beaucoup sa douceur hors du commun. Naturellement, il y a une nette différence entre ce que l'on prévoit de dire et ce qui sort de notre bouche le moment venu. Au cours de leur déambulation le long du canal, elle posa une main sur son avant-bras comme elle l'avait fait la veille sur la grande roue, lorsqu'elle avait eu besoin d'être rassurée.

« D'ici la fin de votre séjour à Vienne, monsieur Truman, je souhaiterais passer l'essentiel de mon temps... »

Elle hésita. Ce n'était pas exactement ce qu'elle aurait voulu dire, mais cela y ressemblait tout de même un peu.

« Je souhaiterais passer du temps en votre compagnie. »

Elle prit conscience à cet instant de l'état de vulnérabilité dans lequel elle s'était mise et réalisa que, pour la deuxième fois depuis son arrivée à Vienne, elle allait peut-être se couvrir de ridicule devant un homme dans la force de l'âge. À ce moment, presque horrifiée, elle le vit baisser la tête et regarder ses pieds. Et elle sentit, à la façon dont il se tenait, qu'il s'apprêtait à lui infliger – avec tout le tact et la considération dont il était capable, à la fois par compassion et par égard pour sa candeur – ce qui s'annonçait comme le camouflet le plus cinglant de sa jeune existence.

Wheeler avait passé la soirée à ressasser sa conversation avec Dilly sur la nécessité de réduire les contacts au strict minimum et le dilemme que cela lui posait. Les reproches de Dilly concernant la manière, même *a priori* insignifiante, dont il était intervenu dans le séjour viennois de Frank Burden lui pesaient lourdement. Lui qui s'était déjà mis en faute en parlant à cœur ouvert avec Sigmund Freud, pouvait-il maintenant s'engager dans ce qui commençait fort à ressembler à une relation de type sentimental ? Il allait tout bonnement devoir changer son fusil d'épaule et éviter cette Emily James, d'Amherst. Il lui fallait renoncer à la compagnie de cette jeune personne, à son irrésistible et fascinant esprit d'indépendance, et à son énergie communicative qui fonctionnait comme un antidote contre l'isolement dont il souffrait dans ce pays inconnu. Oui, il allait devoir l'éviter, et le moyen le plus efficace était de l'emmener marcher le long du canal le lendemain matin, de se montrer cordial mais distant, et surtout de ne prendre aucune disposition pour la revoir par la suite, en invoquant des prétextes susceptibles de limiter son désagrément. Il avait besoin de lui faire clairement sentir qu'il était un homme mûr, ayant des goûts d'homme mûr en matière d'art et de compagnie.

Sans la blesser – car il refusait d'interférer en quoi que ce soit dans le champ de ses émotions –, il s'arrangerait en douceur pour ne plus la revoir.

Il passa donc la chercher à la pension. Fräulein Tatlock, excessivement cordiale, le fit asseoir au salon pendant qu'elle montait à l'étage prévenir Mlle James. Celle-ci le rejoignit dans la pièce avec une joie non dissimulée, presque comme si elle s'était attendue à ce qu'il ne vienne pas.

Dehors, il faisait un temps magnifique malgré la fraîcheur de l'air. Elle posa délicatement une main sur son bras, comme la veille sur la grande roue, ce qu'il décida d'interpréter comme un geste de pure convention, poli mais innocent. Ils longèrent la Kartnerstrasse, en passant devant la cathédrale Saint-Étienne, pour rejoindre le canal. Wheeler avait été profondément impressionné la veille par l'histoire de la publication sous un pseudonyme masculin de ses critiques musicales dans le *New York Times*. Et voici qu'elle se mettait à lui parler, avec un calme étonnant, de sa rencontre avec Gustav Mahler, le directeur de l'opéra de Vienne, et de l'embarras que lui avait causé son évanouissement.

Durant cette ultime promenade avec elle, comme ils venaient d'atteindre l'angle de la Rotenturmstrasse, peu après la cathédrale, il fut soudain saisi d'une formidable appréhension. Et s'ils se retrouvaient nez à nez avec Dilly, Sigmund Freud ou, pire encore, Frank Burden ?

« Je préfère de loin voir Vienne, déclara-t-elle, créant une diversion bienvenue, à travers le regard neuf de quelqu'un comme vous plutôt qu'en compagnie d'un de ces jeunes Viennois revenus de tout. »

Lorsqu'ils atteignirent le canal, elle était en train de lui expliquer à quel point elle appréciait son séjour en

Europe et la supervision aussi aimable que relâchée de Fräulein Tatlock.

« Je ne resterai pas éternellement à Vienne, enchaîna-t-elle avec détermination, et je finirai à coup sûr par retrouver une vie conventionnelle une fois rentrée chez moi. Mais en attendant... »

Elle balaya du regard la Praterstrasse sur l'autre rive du canal, et le Danube au-delà, avant de conclure, dans un soupir sonore :

« ... je m'amuse comme une folle. »

Elle fit halte et inspira un grand coup, comme pour s'armer de courage. Et au moment précis où Wheeler se disait qu'elle était plus ravissante que jamais avec ses joues rosies par la marche matinale et ses yeux si limpides, si débordants de vie et d'avenir, elle lui ouvrit son cœur.

Il ne se rappelait pas avoir jamais entendu un être humain lui tenir une déclaration aussi touchante, avec une absence aussi radicale d'arrière-pensée. Il détourna un long moment le regard dans l'espoir de retrouver sa résolution de la veille au soir, sachant pleinement ce que les circonstances et les admonitions de Dilly l'obligeaient à faire. À son tour, il s'emplit les poumons et dit :

« Mademoiselle James, je crois que c'est la plus jolie offre qu'on m'ait jamais faite. Cependant, il faut que je vous dise... »

Il s'interrompit, sentant le poids énorme de l'histoire sur sa tête, voyant l'inquiétude gagner en un éclair les traits de la jeune femme. *Oh, et puis après tout !*

« J'aimerais moi aussi... Je serais ravi de passer l'essentiel de mon temps en votre compagnie. »

30

L'ILLUSION DU VOL

En 1897, pendant le séjour de Wheeler Burden, Vienne trônait au centre de l'empire hétéroclite des Habsbourg, qui avait dominé la moitié de l'Europe et contrôlait encore un bon nombre de cités satellites de premier plan, comme Prague, Cracovie, Sarajevo et Budapest. Vingt ans plus tard, à la fin de la Première Guerre mondiale, l'Empire serait dissous, la famille régnante envoyée en exil, et la fière capitale impériale réduite à un rôle quasi insignifiant, n'ayant plus grand-chose d'autre à gouverner qu'elle-même. Pendant le séjour de Wheeler, Vienne était une ville dans la tourmente, même si peu de gens, évoluant dans l'ambiance confinée de l'époque, avaient envie de le remarquer ou de le reconnaître – les autres étant trop occupés à écouter de la musique d'opérette, à déguster de la *Sachertorte mit Schlag* et à valser jusqu'à l'épuisement. Les pro-Allemands voulaient une alliance avec l'Allemagne ; les Slaves et les Hongrois voulaient l'indépendance, avec un État séparé et leur propre langue officielle ; les classes laborieuses voulaient une amélioration des services publics et des conditions de logement ; les artistes voulaient être libérés de l'ordre établi ; les fils en général voulaient échapper à l'oppressante autorité de leurs pères. L'apparente gaîté de la ville cachait en réalité une agitation si profonde que, pour un critique pessimiste habitué du Café Central, et plus encore pour un historien de la fin du siècle suivant bénéficiant d'un recul suffisant pour aller au-delà de ce bonheur de façade, la culture viennoise dans son ensemble faisait l'effet d'une masse tourbillonnante en route vers l'apocalypse. Et s'il y avait un événement susceptible d'avoir accéléré, voire provoqué cette désagrégation, c'était bien le drame de Mayerling, survenu neuf ans plus tôt.

Au moment du séjour de Wheeler, la mort tragique et mystérieuse de l'archiduc Rodolphe, prince héritier de l'Empire, était encore dans tous les esprits. La famille royale avait réussi à étouffer la vérité, du moins, dirait-on plus tard, si tant est que la famille royale ait été capable de réussir quoi que ce soit. Quelques semaines après le drame, la presse allemande, qui échappait au contrôle de la censure impériale, commença à revenir sur les faits, avérés ou imaginaires. Neuf ans après cette nuit fatidique au pavillon de chasse impérial, la conscience nationale avait accepté et endurait une version de l'histoire où réalité et fiction s'entremêlaient toujours. Le suicide de l'héritier du trône ressemblait à une métonymie, à un symbole de ce qui menaçait en profondeur le cœur de Vienne et de l'Empire lui-même : l'intrigue, l'énigme, et la ruine.

Haze ne manquait pas une occasion de relater cette histoire avec force détails. La tragédie de Mayerling, après tout, était un élément central de l'évangile selon Haze. Le prince héritier souffrait de neurasthénie pour plusieurs raisons : il avait contracté une maladie vénérienne douloureuse et incurable, celle-là même qui avait poussé le cousin de sa mère, Louis II de Bavière, à la folie puis au suicide quelques années plus tôt. Il haïssait l'idée que l'Allemagne, et peut-être un jour l'Europe entière, puisse être gouvernée par la brute épaisse qu'était pour lui son cousin Guillaume II ; il redoutait – à juste titre – que l'Autriche ne perde les Balkans au profit de la Russie ; et il était malheureux en ménage. Mais plus encore que tout cela, le facteur clé fut l'attitude de son père, qui n'avait de cesse de contrarier ses initiatives et l'excluait systématiquement, cruellement, de toutes les décisions de l'État.

Qu'une ville et qu'un empire si étroitement associés à l'optimisme et à la fête puissent accepter que l'héritier des Habsbourg se soit donné la mort dans une crise de désespoir fut difficile ; mais admettre que ce même prince soit également un meurtrier était quasiment impossible.

Dans son refus de laisser éclater la vérité sur Mayerling, dirait-on plus tard, l'empereur manifesta une nouvelle fois la dureté de cœur qui avait fait de lui un père calamiteux. Ce fils qui l'avait tant gêné de son vivant continuait à lui faire honte une fois mort. François-Joseph s'était montré incapable de partager son autorité avec lui et d'approuver l'étincelle d'indépendance qui animait ce jeune homme, pourtant son successeur désigné.

La mère du prince héritier, la belle et distante impératrice Élisabeth, mère consciencieuse et aimante, mais prise dans le carcan d'une société militaire froidement patriarcale, impuissante à intercéder pour un fils frustré auprès d'un père inflexible, ne put que se contenter d'espérer que les choses s'arrangeraient. Après cette nuit de cauchemar, elle ne reparut plus jamais en public autrement qu'en robe de deuil. Son beau Rodolphe lui avait laissé un mot d'adieu disant qu'il n'avait pas été digne d'elle.

« À l'aube de la psychologie moderne, qui est née à Vienne et a fait des parents les responsables de toutes les angoisses, martelait Haze, François-Joseph et Élisabeth sont apparus par voie de conséquence comme le prototype de la famille destructrice. Mayerling, concluait-il après avoir fermé son cahier, presque en murmurant, a anéanti les espoirs et scellé la fin d'une ère de libéralisme optimiste à Vienne. »

L'implication personnelle de Wheeler dans cette tragédie survint d'étrange manière. En ressortant un matin d'un de ses entretiens avec Freud, il décida de retourner au musée impérial d'Histoire de l'art voir l'« album du prince héritier » qui l'avait tant impressionné quand Emily James le lui avait montré. Ce matin-là, par coïncidence, il était aussi allé récupérer son frisbee rectifié à l'atelier de l'ébéniste.

« Un objet d'une indéniable élégance, avait commenté l'artisan avec un large sourire, même si sa fonction m'échappe.

— De la belle ouvrage, avait renchéri Wheeler en lançant le disque en l'air, puis en le rattrapant. Très léger, comme nous le souhaitions, et aussi bien fini qu'un beau violon. »

Il avait remercié et réglé l'ébéniste en promettant de lui rendre compte de ses premiers vols d'essai au Prater. Et il avait ajouté, juste avant de quitter l'échoppe :

« Il fera des merveilles. Je vous inviterai à venir voir ça. »

Il entra dans le musée, gravit le monumental escalier de marbre qui menait à l'étage supérieur et se heurta à un panneau annonçant que celui-ci était fermé. Wheeler, qui n'avait jamais été homme à se laisser dissuader par ce genre d'interdiction, regarda autour de lui pour s'assurer qu'aucun gardien n'était en vue, contourna prestement le panneau et se retrouva seul au milieu d'une collection d'aquarelles et de dessins. Du coin de l'œil, il vit soudain bouger une ombre et se retourna. Une dame en noir, apparue à l'angle de la salle, la tête couverte d'un fin voile noir, s'immobilisa non loin de lui avec une grâce discrète. Wheeler la trouva d'une beauté saisissante avec sa peau ivoire, ses sourcils de jais, ses yeux profonds et tristes. Malgré sa proximité, elle ne paraissait pas le voir.

« Salut », finit-il par dire, cédant à une extraversion nerveuse qui ne convenait ni au décor, ni au siècle.

Loin de s'en formaliser, la dame en noir tourna la tête vers lui avec un calme éthéré. Ses yeux exprimèrent d'abord une triste indifférence, puis semblèrent capter sur les traits of Wheeler quelque chose qui lui fit esquisser un sourire.

« Bonjour à vous, répondit-elle.

— Ces aquarelles sont exquises, enchaîna Wheeler, éprouvant le besoin de justifier son intrusion dans cette aile fermée au public et espérant se faire passer pour un visiteur de marque plutôt que d'être reconnu comme le vulgaire intrus qu'il était. Je suis venu de San Francisco, dans l'Ouest américain, pour les admirer.

— J'espère qu'elles vous satisfont. »

Le ton était doux et se voulait rassurant. Elle n'était ni impressionnée, ni offensée par ce qu'il venait de laisser entendre. Sur ce, un homme en uniforme chamarré déboucha à son tour au coin de la salle et, voyant Wheeler, marqua un temps d'arrêt. Le brusque mouvement qu'il fit ensuite dans sa direction fut stoppé net par un signe presque imperceptible de la dame en noir. L'officier toisa Wheeler avec dédain et se retira au fond de la salle.

« Elles ont été faites avec amour », ajouta-t-elle.

Wheeler comprit alors pourquoi l'aile était fermée et à quel point il avait été présomptueux.

« Je vous prie d'excuser mon intrusion, madame, dit-il en faisant mine de se retirer.

— Non, non, dit-elle, levant la main. Votre compagnie m'est agréable. Ces œuvres sont là pour être vues. Et nous ne voudrions surtout pas décourager une personne venue d'aussi loin que San Francisco.

— C'était un très bel homme », dit Wheeler en regardant l'aquarelle, désireux de montrer qu'il était conscient de la chance extraordinaire que lui offrait le destin.

Là encore, les yeux tristes le dévisagèrent longuement, peut-être avec une trace fugace de contentement.

« Vous partagez certains de ses traits », dit-elle.

Ses mots vibraient d'un timbre immémorial, comme s'ils provenaient d'une région de l'âme située bien au-delà de la joie et de la tristesse, où la distinction entre noblesse royale et paysannerie n'existait plus. Elle posa le regard sur le disque de bois qu'il tenait à la main, et il s'en aperçut.

« C'est une soucoupe, risqua-t-il, soulevant le frisbee pour prouver son innocuité. Inspirée d'une assiette à gâteau.

— Et qui sert ? s'enquit la dame, apparemment amusée.

— À se divertir. On la lance. »

Wheeler fit décoller le disque au-dessus de sa main puis le rattrapa. La dame le regarda faire et sourit.

« J'ai apporté l'idée avec moi, mais le disque a été fabriqué ici, à Vienne. »

Elle acquiesça.

« On le lance dans de grands espaces, jusqu'à trente mètres, et il s'élève dans l'air et il plane, plus léger que le vent. Les gens de mon pays l'apprécient parce qu'il leur donne, en toutes circonstances, l'illusion du vol. »

La dame en noir semblait charmée. L'idée effleura Wheeler que c'était peut-être la première fois depuis des années qu'elle ressentait quelque chose se rapprochant, ne serait-ce qu'un tout petit peu, du plaisir.

« Si nous étions en plein air, ajouta-t-il, je vous en ferais la démonstration. »

Le regard de Wheeler balaya la salle et s'arrêta sur l'officier qui, toujours aussi renfrogné, faisait semblant d'examiner les dessins exposés devant lui. Cet homme aurait fait un partenaire de frisbee exécrable.

À cet instant, Wheeler vit ce qu'aucun mortel n'avait vu depuis près d'une décennie, ni ne verrait probablement plus : un des plus jolis visages du XIXe siècle, illuminé par un large et chaleureux sourire.

« Vos manières sont fascinantes », dit-elle.

Si ce commentaire et le regard qui l'accompagna avaient été lancés autour d'un verre de vin pris à deux dans la pénombre d'un café, son destinataire y aurait vu de riches connotations.

« C'est bien le moins face à une présence aussi extraordinaire, répondit Wheeler en s'inclinant légèrement et en soulevant à deux mains son frisbee. J'aimerais vous offrir ceci. »

Deux mains pâles émergèrent du suaire de soie noire qui les enveloppait, et ce ne fut qu'alors qu'il s'aperçut de leur beauté. Elles prirent le disque avec délicatesse, le soupesèrent.

« Il faut se l'imaginer en vol plané, ajouta-t-il.

— Je n'y manquerai pas, dit-elle en un souffle. Je me le représenterai en vol plané.

— Bonne journée, dit Wheeler avec une profonde révérence en se tournant vers le grand escalier qui descendait vers le Ring. Et merci d'avoir bien voulu partager avec moi ce bref moment d'hommage à votre fils. »

31

UN SPECTACLE HYPNOTIQUE

Son ami Kleist s'investit beaucoup pour que la première soirée de Wheeler à l'opéra se passe au mieux. Il s'arrangea pour emprunter un habit de soirée à un jeune étudiant en médecine ayant les mêmes mensurations que son ami américain, lui expliqua comment louer à peu de frais le plus élégant des fiacres et enfin lui apprit à se comporter comme un gentleman viennois.

« L'art, à Vienne, est le terrain d'entente des classes sociales. Il s'agira donc pour vous de faire croire aux gens de toutes les conditions que vous êtes un des leurs. Harry von Truman, dit-il avec emphase. Ou Truman le scribe. »

Wheeler se présenta à la pension Tatlock à 18 heures précises. Fräulein Tatlock l'accueillit avec son entrain coutumier.

« Seigneur, s'exclama-t-elle, vous ressemblez ce soir à un de nos jeunes gentilshommes, Herr Truman !

— Je viens chercher ma nouvelle amie pour l'emmener à l'opéra », fit Wheeler en s'inclinant.

Tous deux se retournèrent pour la regarder descendre l'escalier. Elle portait une robe du soir décolletée en dentelle couleur corail et un châle blanc. Radieuse, elle semblait flotter au-dessus des marches.

« N'est-elle pas ravissante, Herr Truman ? demanda Fräulein Tatlock dans son anglais haché. Ne trouvez-vous pas qu'elle illumine cette pièce ? »

Pendant un moment, Wheeler fut incapable de dire un mot. Elle était sidérante de beauté avec ses cheveux maintenus par une barrette incrustée de pierreries, ses lèvres carmines et ses joues plus roses, ses prunelles d'un bleu plus profond que d'habitude.

« Je meurs d'impatience de vous montrer l'opéra, lui confia-t-elle une fois qu'ils furent dans le fiacre. C'est l'un des plus beaux spectacles que puisse offrir le monde moderne. Mes amis viennois ont grandi ici. Ils ne se rendent pas compte de la splendeur de cette ville. Et... vous êtes vous-même très en beauté, lui glissa-t-elle à l'oreille. Tous ces jeunes gens qui m'observent depuis des mois vont être fous de jalousie et voudront connaître sur-le-champ l'identité de mon cavalier.

— À mon avis, leurs yeux seront plutôt fixés sur vous. »

Le boulevard de l'opéra grouillait de gens, qui tous se dirigeaient vers l'escalier extérieur menant à la somptueuse façade Renaissance du Hofoper, l'opéra impérial, un des joyaux du Ring. Ils se joignirent à cette foule élégante et passèrent sous une arche. L'immense hall était une débauche de voûtes entrecroisées, de dorures, de bas-reliefs et de fresques multicolores. Le seuil était ponctué de colonnes sculptées, le sol dallé de marbre, et, en hauteur, d'immenses statues grecques se dressaient entre les balustrades. Des scènes inspirées d'opéras et des bustes de compositeurs illustres décoraient le foyer.

Ils pénétrèrent dans une salle aux allures de caverne, elle aussi surchargée de dorures et de peintures et accueillant au bas mot deux mille sièges, distribués entre le parterre, les balcons et les loges. Wheeler s'était produit à Carnegie Hall et au Symphony Hall de Boston avec Shadow Self ; il avait donc vu son lot de salles prestigieuses mais n'en fut pas moins impressionné.

« C'est stupéfiant, chuchota-t-il pendant qu'ils se dirigeaient vers leurs places.

— Cette salle est un pur chef-d'œuvre, répondit-elle, vibrant d'une excitation qu'il ne lui connaissait pas. Figurez-vous qu'il y a même deux rideaux. Celui-ci est pour les tragédies, il représente Orphée descendant aux Enfers. Ils le remplacent par un autre pour les comédies.

— C'est le rêve de tout musicien.

— Qui me fait rêver depuis des mois, dit-elle en se tournant vers lui, visiblement ravie d'avoir quelqu'un avec qui partager ce spectacle. Les gens de Vienne tiennent tout cela pour acquis. Cette salle, pour eux, fait partie des choses normales de la vie. Il faut venir d'un autre pays pour l'apprécier à sa juste valeur. Je suis si heureuse que vous puissiez la découvrir... »

L'opéra au programme ce soir-là, *Tristan et Iseult* de Wagner, était, aux yeux de Wheeler, parfaitement adapté au lieu : long, sérieux, d'une grande beauté mélodique, avec une mise en scène flamboyante et de sublimes décors en couleurs qui, à chaque lever de rideau, laissaient la salle pantoise. Quant à Mahler, il fit une entrée remarquée. Il débarqua sur la scène et bondit devant son pupitre avec une incroyable énergie.

« Je comprends qu'il fascine, chuchota Wheeler, lui-même auteur en son temps d'entrées en scène spectaculaires. S'il est capable de dégager un tel magnétisme dans une salle de cette taille, j'ose à peine imaginer l'effet qu'il doit faire en tête à tête dans une petite pièce.

— *Ravageur* me paraît être le mot juste », répondit-elle en souriant.

Au premier entracte, elle prit Wheeler par le bras et l'entraîna vers une sortie.

« J'aime presque autant ces moments-là que la musique. C'est l'occasion de se mélanger aux Viennois, sauf à ceux de là-haut, dit-elle en levant la tête vers les balcons en surplomb du premier étage. Ces loges sont la propriété des puissants, des familles les plus titrées et les plus riches de l'Empire. Eux n'ont pas besoin de se déplacer pour prendre un rafraîchissement. On le leur apporte. »

Ils pénétrèrent dans le foyer.

« Mais ils manquent la moitié du spectacle, ajouta-t-elle. Celui qui a lieu ici. »

La foule commençait à affluer. Des militaires en grand uniforme et d'élégants messieurs à moustache devisaient par petits groupes, accompagnés de dames vêtues de robes somptueuses, ornées de lourdes dentelles. Ils traversèrent la pièce bruissante de conversations pour se diriger vers le bar à champagne, où Wheeler retrouva son ami Kleist.

« Permettez-moi de vous présenter Mlle Emily James. »

Kleist, qui avait une réputation de coureur de jupons, prit la main de la jeune femme et la baisa avec affectation.

« Votre goût en matière de beau sexe m'impressionne, glissa-t-il à Wheeler, assez fort pour être entendu d'elle.

— Kleist est peintre, dit Wheeler, c'est un ami de Klimt. Un pilier du Café Central.

— Où, pendant que nous parlons, remarqua-t-elle avec une pointe d'ironie, tous les problèmes du monde sont en passe d'être résolus.

— Sinon résolus, riposta Kleist en portant à ses lèvres une coupe de champagne, du moins retournés en tous sens. Vous venez vous aussi d'Amérique, Fräulein James ?

— Du Massachusetts.

— Et vous vivez à Vienne ?

— Je suis ici pour étudier la musique.

— Ah, fit Kleist. Vous êtes musicienne ?

— Critique musicale. Mes talents d'interprète ne sont pas dignes de ce qui se pratique ici. On m'a envoyée ici pour que je produise un texte significatif.

— Vous devriez rencontrer Schoenberg, dans ce cas. Il fait partie de la clique du Café Central. Il pourrait vous présenter à Herr Mahler et à quelques-unes de nos autres sommités.

— J'ai déjà eu l'honneur de rencontrer Herr Mahler, dit-elle. Je lui ai été présentée par Herr Felsch, et je suis allée l'interroger à son atelier…

— Herr Mahler vous a reçue dans son atelier ? fit Kleist, éberlué.

— En tête-à-tête. Et je me suis évanouie, j'en ai bien peur.

— La plupart d'entre nous se feraient tuer pour pouvoir parler musique avec Herr Mahler. Et vous vous êtes pâmée dans ses bras ? demanda Kleist, visiblement avide de détails.

— Rien de bien romantique. Je me suis effondrée comme une pierre sur le parquet, à côté du piano. Il a fait venir sa femme de chambre pour me ranimer. C'était tellement embarrassant que je n'ai pas osé retourner le voir pour finir l'entretien. »

La sonnerie invita les spectateurs à regagner leur place. Elle partit en tête, mais Kleist resta en retrait.

« Cette demoiselle a un charme fou, dit-il à Wheeler lorsqu'elle fut à bonne distance. On sent chez elle une combinaison tout à fait inhabituelle de savoir-vivre et de… » Il prit le temps de choisir ses mots, ne voulant pas passer pour un goujat. « D'ouverture. Je la trouve désarmante. C'est cela, absolument désarmante. »

De retour dans la salle, elle se tourna vers Wheeler.
« Votre allemand est excellent, monsieur Truman.
— Pas autant que le vôtre, mademoiselle James. »

C'était vrai. Il avait pris un grand plaisir à entendre l'harmonieuse douceur avec laquelle elle parvenait à faire chanter une langue d'où lui-même semblait ne pouvoir extraire que des aspérités. Au moment où le noir tombait sur la salle, il se pencha vers son cou nu.

« Vous avez ébloui Kleist, lui glissa-t-il à l'oreille. Ce n'est pas si facile.
— Les jeunes gens de Vienne, riposta-t-elle, sont d'incorrigibles séducteurs. »

S'il y a une chose que l'on peut dire de Wagner, indépendamment du siècle ou du continent, c'est qu'il ne croyait pas à la concision. Ils sortirent tard de l'opéra, et la torpeur qui s'était abattue sur le public après le dernier entracte poursuivait Wheeler.

« Si nous allions au Demel ? Nous sommes habillés pour, suggéra-t-elle en s'asseyant près de lui à l'intérieur du fiacre qu'ils avaient déniché dans la cohue de voitures stationnées devant l'opéra. Une discussion s'impose. »

L'attelage s'ébranla.

« J'avoue être un peu perplexe, ajouta-t-elle. Venons-nous d'écouter Herr Wagner, ou Herr Mahler ?
— La fusion étincelante de deux génies, répondit Wheeler en citant Haze, qui avait lui-même tiré l'expression de son "petit livre".
— Une fois encore, vous trouvez la formule idéale. C'est indiscutablement le talent de Wagner qui rend le spectacle si émouvant. Pourtant, sa musique est très…

C'est une musique prévisible, en un sens, presque convenue, une sorte de tribut au passé. Tandis qu'on a l'impression que Herr Mahler met toute son énergie à la débarrasser de ses chaînes pour l'emmener vers des horizons neufs, la libérer. » Elle s'interrompit un instant, rêveuse. « J'aimerais tellement pouvoir entendre une des symphonies de Herr Mahler...

— Elles sont extraordinaires. »

Wheeler avait répondu trop vite, étourdiment. Comment expliquer à cette jolie demoiselle du XIXe siècle qu'il avait hérité de sa grand-mère la collection complète des neuf symphonies de Mahler, enregistrées en stéréophonie sous la direction de l'illustre Bruno Walter, et que ces disques, pendant ses études de musique au début des années 1960, avaient été ses compagnons de tous les instants ?

« Vous les avez entendues ? interrogea-t-elle, surprise, en tournant vivement la tête vers lui.

— Eh bien, euh, à San Francisco.

— J'ignorais que sa musique avait été jouée en Amérique.

— Quelqu'un est revenu de Hongrie avec sa *Deuxième*. Elle a été jouée à titre d'essai, et j'ai eu la chance d'y assister.

— Seigneur, s'exclama-t-elle, joignant les mains. Si vous saviez ce que je vous envie ! Comment était-ce ?

— Extraordinaire, comme je le disais. Vraiment magnifique. Mais c'en était trop pour les traditionnalistes, et le projet a tourné court.

— Je donnerais n'importe quoi pour entendre ne serait-ce qu'une des trois. Je prie pour cela depuis mon arrivée ici.

— Vous les entendrez, répondit Wheeler au moment où leur fiacre s'immobilisait devant le Demel. Et ce que vous entendrez vous plaira. »

À l'intérieur de la célèbre confiserie, l'ambiance était chaleureuse. Une bonne partie de la clientèle sortait de l'opéra sans doute encore plus élégamment vêtue qu'à l'ordinaire.

« Ce soir, dit Wheeler lorsqu'ils furent assis à une table au centre de la salle, nous méritons bien le fournisseur de l'empereur. Il paraît qu'il faut absolument goûter la *Torte* au chocolat et à la framboise, *mit Schlag*. »

Elle l'écouta passer commande en souriant.

Après s'être régalée d'une première bouchée d'onctueuse crème fouettée, elle ferma les paupières comme si elle cherchait à prolonger un rêve.

« Ce n'est sans doute pas excellent pour la santé, dit-elle, l'œil brillant. Mais n'est-ce pas absolument divin ?

— Vous avez pris cette ville à bras-le-corps, observa-t-il, amusé. Avec passion. »

Elle chercha sur ses traits un signe de réprobation.

« L'attrait qu'elle exerce sur moi est tellement puissant... Peut-être vais-je trop loin.

— Pas du tout. C'est très bien. C'est même admirable. Simplement, beaucoup de gens sont plus réservés. » Wheeler voulait parler, bien sûr, des gens de ce siècle.

« Cela permet d'éviter le chaos, dit-elle en reprenant une cuillerée de *Torte* et de crème.

— Intéressant, commenta Wheeler.

— Je tiens cette observation d'un de mes professeurs de faculté. Il disait que la principale fonction de la musique était d'organiser le réel en harmonies qui nous font oublier que nous sommes entourés de hasard. D'après lui, on peut en dire autant des grands livres.

— Voilà une idée passionnante. Vous allez devoir l'inclure dans votre texte significatif.

— Oh, non, dit-elle avec un soupir. J'ai bien peur que mon *alter ego* ait rendu l'âme. Ce matin même, j'ai envoyé sa lettre de démission au rédacteur en chef du *New York Times*. En expliquant que la muse l'avait abandonné. C'en est fini des articles inspirés de leur correspondant viennois.

— Vous m'en voyez navré, répondit Wheeler, tentant de masquer sa surprise. J'avais justement l'impression d'être en train d'écouter discourir ce mystérieux collègue.

— Eh bien, dit-elle, tout cela est derrière. Terminé. L'inspiration a déserté l'auteur. Il est bien trop distrait par tout ceci... » Elle indiqua la salle d'un geste de sa cuiller, désormais vide. « Son temps est révolu. Mais je peux tout de même vous dire une chose. Si jamais il se remettait à écrire, ce serait en s'inspirant de mes conversations avec vous, que je note en détail et presque mot à mot chaque fois que je rentre chez moi.

— Elles comptent beaucoup pour moi aussi. »

Elle détourna un moment le regard, silencieuse.

« Vous savez, finit-elle par reprendre, j'ai eu du temps pour réfléchir depuis mon arrivée à Vienne. À vrai dire, je me suis retrouvée ici un peu par hasard, incitée par une ancienne institutrice à venir étudier les nouvelles tendances musicales. Mais c'est surtout sur moi-même que j'ai beaucoup appris. En Amérique, même à l'université, j'ai toujours eu peur d'aller trop loin – peur de la réaction des bonnes dames de la paroisse, peur de ce que diraient les organisateurs de bals de débutantes si je portais mon chapeau de guingois ou si je parlais un peu trop fougueusement du droit de vote à l'un de leurs fils. Ici personne ne me connaît, et on dirait qu'il y a moins de règles, voire pas de règle du tout, pour les étrangers. » Une ombre de gravité passa sur ses traits. « J'ai quelque-fois l'impression que nous sommes loin de tout savoir de nous-mêmes. Je parle ici des profondeurs, de ce qu'il y a sous la surface. Depuis des années, je suis tenaillée par le désir d'exhumer quelque chose d'enfoui. Le sujet n'intéresse personne dans ma famille, mais je sais qu'une part de moi – une part profonde – n'aurait jamais pu se révéler là où j'ai grandi. C'est un peu comme si la vie m'entraînait dans deux directions contraires. Je sais à peu près à quoi elles ressemblent : il y a le côté de ma mère, celui de la joie et de la lumière, et le côté grave et sévère de ma tante, fait d'obscurité, de répression, de jugement. J'ai parfois le sentiment d'être double. Ces forces sont trop puissantes pour que je puisse les définir, et les directions dont je parle, qui font l'une comme l'autre partie de moi, me donnent parfois l'impression d'être une maison divisée en deux.

— Je comprends, répondit Wheeler sans la quitter des yeux.

— Je ne sais pas pourquoi, mais ici, dans ce tourbillon de gaîté, de vie intense et de musique, on dirait que ma division intérieure s'est rapprochée de la surface. Comme si j'étais sur le point de découvrir la raison de cet écartèlement. »

Wheeler l'observait toujours, osant à peine bouger.

« C'est drôle, reprit-elle avec un regard concupiscent sur le dessert posé devant elle. Fräulein Tatlock est mon chaperon, mais elle ne cherche jamais à savoir ni où je vais, ni ce que je fais. Elle écrit à mon ancienne institutrice qu'elle veille sur moi, et mon ancienne institutrice, j'en suis sûre, transmet la nouvelle aux bonnes dames de la paroisse. C'est une situation tout à fait… »

Elle avala une grosse bouchée de tarte à la crème. « Indécente. »

Wheeler était subjugué. L'ouverture de cette jeune femme, accentuée par l'appétit presque goulu avec lequel elle s'attaquait à sa tarte, l'attirait comme un chant de sirène.

« Je viens de vous faire un discours interminable, dit-elle.

— Mais très juste, à mon sens.

— C'est difficile à expliquer pour moi, monsieur Truman. Je vous ai dit à quel point j'ai été affectée par ma découverte de ce pays étranger, "en équilibre entre la culture de l'Europe centrale et les richesses de l'Orient", comme dit mon guide de voyage. Mais vous, vous n'en faites pas partie. Vous venez d'Amérique. Du Far West. Et pourtant vous ne faites qu'accentuer chez moi l'effet de Vienne. C'est quelque chose qui m'a troublée au début, mais que j'en suis venue à beaucoup apprécier. Entre votre présence et cette ville, j'ai l'impression d'être une fleur en train d'éclore. »

Soudain, ce fut au tour de Wheeler d'être troublé.

« J'adore votre compagnie, reprit-elle, et l'influence que vous exercez sur ma pensée. Vous réussissez à me guider sans être jamais paternel, ni directif.

— Moi aussi, je me sens bien avec vous. » Elle s'arma de courage avant d'ajouter : « Je me suis couverte de ridicule à la grande roue, mais ma peur était bien réelle. Et vous m'avez permis de la dépasser.

— Il aurait été dommage de manquer une vue pareille, répondit-il en souriant.

— Mon franc-parler a tendance à me jouer de mauvais tours, même en Amérique. »

Sans doute Wheeler s'était-il jusque-là senti plus ou moins maître de la situation, peut-être un petit peu trop près du bord, mais encore dans les limites de son interprétation personnelle des consignes de prudence de Dilly. Bien qu'en terrain glissant avec l'ensorcelante Emily James d'Amherst, Massachusetts, il gardait le sentiment de n'influer sur le cours des choses que de façon infime, sans prendre de risque majeur. Ce fut alors qu'elle affronta à nouveau son regard.

« Monsieur Truman, dit-elle avec l'élocution parfaite qui la caractérisait également dans sa langue maternelle, j'aimerais beaucoup que notre forte attirance mutuelle devienne physique. »

32

DÉSARÇONNÉ

Wheeler devait cesser de penser à elle et calmer l'emballement de son cœur, il le savait. Leur soirée à l'opéra avait été l'une des meilleures et des plus bouleversantes de sa vie. Il y avait dans *Tristan et Iseult* quelque chose qui allait même au-delà des descriptions de son ancien professeur. La sublime direction d'orchestre de Mahler avait chargé l'air de quelque chose qu'il n'avait pu jusque-là qu'imaginer. Et partager de tels moments avec elle, contempler son visage extatique, voir l'échancrure de sa robe souligner son adorable cou, sa peau d'albâtre et le galbe de sa poitrine, la sentir tourner la tête vers lui dans les moments les plus poignants de cette histoire d'amour tragique, tout cela aussi était au-delà du descriptible. Elle n'était manifestement pas consciente de tout ce qui se dégageait de sa personnalité, ni de sa beauté à couper le souffle dans la pénombre de l'opéra, ni de l'impression qu'elle donnait d'évoluer avec une infinie aisance au milieu de toute cette splendeur viennoise, à sa place parmi les plus belles femmes de la ville, comme l'avait vigoureusement souligné Kleist. Était-ce là ce qui l'avait séduit ? Pourquoi une part de lui-même réclamait-elle à cor et à cri de la revoir pour pouvoir accéder à la complétude ?

Il y avait aussi ce qu'elle lui avait dit en fin de soirée au Demel, et qui l'avait complètement désarçonné. Un tel franc-parler était des plus inhabituels chez une jeune femme de ce siècle, se disait-il, surtout originaire de la Nouvelle-Angleterre. Et toutes les émotions de ces derniers jours, la prodigieuse richesse sonore de la soirée, la *grandeur** du décor, la saveur de la *Torte* au chocolat et à la framboise *mit Schlag*, tout cela combiné à la révélation initiale de son travail de critique sous un pseudonyme, et à l'annonce qu'elle renonçait finalement à ce projet.

Il avait fait machine arrière toute, comme le stipule son journal. Il prenait désormais la mesure du désastre potentiel qui couvait dans ce qu'il considérait jusque-là comme une innocente soirée en ville. Il l'avait ramenée chez elle sans discuter de sa demande, sans s'autoriser la moindre proximité malgré la tentation que constituaient cette robe et la façon qu'elle avait eue de se laisser aller contre lui dans le fiacre. Il ne s'était pas non plus autorisé à penser aux sentiments de la jeune femme, qui en lui faisant cette demande avait pourtant pris un risque extrême. Il avait gardé ses distances, une réaction tout à fait inédite pour l'impulsif Wheeler Burden.

J'éviterai de la revoir, nota-t-il dans son journal. *C'est aussi simple que cela.* Il était grand temps qu'il cesse de jouer avec le feu. Il avait perdu le contrôle de la situation en fonçant tête baissée, sans écouter les mises en garde de Dilly. Jamais il n'aurait dû laisser éclore les sentiments qui faisaient à présent rage en lui. Il s'était cru capable de continuer à profiter simplement de la compagnie de cette demoiselle et du spectacle de son joli minois, de s'aventurer sans encombre sur un terrain aussi instable, persuadé qu'il était de pouvoir faire face aux conséquences. Mais il était allé trop loin. Il était encore temps de se retirer avant que les dommages deviennent irréversibles. *Autant essayer de remettre le dentifrice dans le tube*, écrivit-il dans son journal. Il se vit exposant la proposition d'Emily James à Freud et imagina la réaction de celui-ci.

« Et pourquoi, selon vous, a-t-elle pris cette initiative ? demanderait le médecin d'un ton neutre.

— Elle est très attirée par moi, répondrait Wheeler. Je suis plus âgé que les hommes qu'elle connaît, et très différent.

— Assez âgé pour être son père.

— Vous connaissez mes sentiments. Elle n'est pas aveugle. Je suis sûr qu'ils ne lui ont pas échappé. Et la soirée très romantique que nous avons passée à l'opéra, puis au Demel, a exacerbé les siens. Elle est jeune et inexpérimentée. Je suis sans doute le seul à blâmer. J'ai accepté de continuer à la voir tout en sachant que la situation...

— Et son désir de relation physique vous met mal à l'aise ? »

Wheeler savait bien que, dans l'esprit de Freud, personne au sein des sociétés civilisées n'échappait au refoulement.

« N'est-il pas très rare pour une Américaine de 22 ans de tenir ce genre de propos à un homme ? interrogerait le médecin.

— En effet, répondrait-il, de plus en plus agacé par la froideur clinique du Viennois. Je ne pense pas qu'un homme dans ma situation ait le droit de se laisser entraîner dans une aventure de ce genre. J'ai commis une grossière erreur.

— Je vois, dirait Freud, toujours aussi distant. À quoi pensez-vous ?

— À quoi je pense ? Je pense que je suis face à un dilemme de chair et de sang ! »

Fräulein Tatlock ouvrit à Wheeler et le guida vers le salon sans paraître remarquer son air penaud.

« Mon amie est-elle ici ? demanda-t-il.

— Oui, lança Weezie de l'intérieur du salon, votre amie y est. Merci pour cette excellente soirée. »

Elle l'invita à prendre place sur la banquette dont elle venait de se lever. Wheeler sentit qu'elle était sur ses gardes.

« Nous avons passé un excellent moment, dit-il en s'asseyant. Je suis ici pour m'excuser de mon manque de courtoisie d'hier soir.

— Vous avez été parfait, répondit-elle d'une voix dénuée d'enthousiasme. J'ai trouvé l'opéra très beau, les pâtisseries délicieuses et la conversation, comme toujours, digne d'être notée à mon retour.

— Je veux parler de la fin. Je n'ai pas été très à l'écoute de vos sentiments. »

Elle baissa les yeux.

« Je ne vois pas ce que vous voulez dire. C'était une superbe soirée. »

Wheeler la fixa jusqu'à ce qu'elle relève la tête. Elle affronta un instant son regard mais se détourna à nouveau.

« Je suis ici pour m'excuser. J'aurais dû être plus à l'écoute. »

Il y eut un long silence, au terme duquel elle sembla prendre une décision. Toujours tête basse, elle reprit la parole.

« J'ai terriblement honte. Je ne sais pas pourquoi j'ai dit ce que j'ai dit. Vous vous êtes toujours comporté avec moi en ami et en gentleman, et j'ai tout gâché en cédant à je ne sais quelle obscure impulsion. »

Wheeler voulut répondre. Elle ne lui en laissa pas le temps.

« Non, laissez-moi continuer. J'ai cru que vous ne reviendriez pas, ce qui m'aurait évité de vous dire tout cela, mais tant pis. Il y a quelque chose en vous, monsieur Truman, qui me désarme depuis le début. Vous êtes la personne la plus attentionnée et la plus bienveillante que j'aie jamais rencontrée. Vous semblez avoir le don de faire remonter mes émotions à la surface, ce qui m'attire et me perturbe à la fois. Ce n'est pas bon pour moi, et la façon dont j'ai réagi n'est pas bonne pour vous. Je regrette de m'être conduite ainsi. »

Son ton impérieux dissuada Wheeler de la prendre dans ses bras.

« Et moi, je suis venu vous dire que je suis très flatté par votre proposition. C'est peut-être la chose la plus agréable qu'on m'ait jamais dite.

— S'il vous plaît, murmura-t-elle. J'ai honte.

— Non, écoutez-moi. Il fallait absolument que je vous réponde. »

Il voyait bien que cette conversation, dans la clarté du salon de Fräulein Tatlock, sans l'aide du vin ni du Demel, la mettait très mal à l'aise.

« Je... je n'aurais pas dû vous dire certaines choses.

— C'est justement de ces choses que je suis venu vous parler.

— Oh, je sais. Je me suis conduite de façon scandaleuse.

— Bien au contraire. »

D'un geste, elle le réduisit au silence.

« Inutile de minimiser votre réaction, monsieur Truman. Je la comprends.

— Ce que vous ne comprenez peut-être pas, ce que je suis venu vous dire... »

Elle se couvrit les oreilles pour ne pas l'entendre prononcer sa sentence de rejet. Un moment, Wheeler oscilla dangereusement entre deux puissants désirs :

respecter l'admonestation de Dilly ou répondre à l'inexplicable appel de sirène que lui lançait cette femme de tout son être. Tétanisé sur son siège, il scruta son beau visage déchiré d'inquiétude.

« Mademoiselle James, dit-il tout à coup, je suis venu vous dire que moi aussi, j'aimerais beaucoup que notre forte attirance mutuelle devienne physique. »

Rien ne fut ajouté sur le sujet. Le lendemain matin, ils se retrouvèrent comme d'habitude pour marcher au bord du canal du Danube. Une main posée sur l'avant-bras de Wheeler, elle lui parla de ses goûts musicaux et de sa vision des tendances modernes. Ils s'arrangèrent pour dîner ensemble ce soir-là et, ensuite, Wheeler leur trouva un fiacre dans lequel ils décidèrent de faire le tour du Ring avant d'aller ensemble chez lui. Il faisait bon à l'intérieur de l'habitacle, discrètement empreint du parfum de la jeune femme. Malgré le pacte qu'ils avaient conclu, et qui n'avait plus été mentionné, tous deux étaient d'humeur joyeuse et détendue.

« Je me sens divinement bien, près de vous, dit Wheeler, sentant la chaleur du bras de la jeune femme contre le sien pendant que le fiacre s'approchait de la pension de Fräulein Tatlock. J'ai l'impression que nous pourrions passer notre vie entière à discuter comme nous sommes en train de le faire. » Elle chercha son regard.

« Moi aussi. Je me sens dans un état de confiance suprême. » Elle se laissa aller contre lui. « Je suppose que c'est ainsi que cela commence.

— Est-ce une impression agréable ?

— Très, répondit-elle en fermant les paupières. Très agréable. »

Wheeler lui passa un bras autour des épaules.

« N'ouvrez pas les yeux.

— J'ai envie de les ouvrir, souffla-t-elle en tendant ses lèvres vers lui, le corps secoué d'un grand frisson. Je veux tout voir.

— À petits pas, rappelez-vous.

— À petits pas », répéta-t-elle, et elle parut se dissoudre en lui, et leur baiser devint intense, leurs corps se pressèrent l'un contre l'autre, d'abord doucement, puis avec cette ardeur qui avait été pour elle un si grand mystère.

Avec un soupir, elle mit une main sur la nuque de Wheeler pour l'attirer vers elle, et il se laissa faire. Il y eut un moment d'explosion sauvage et libératrice, puis elle laissa échapper un gémissement sourd, presque désespéré. Wheeler allait demander au cocher de redémarrer quand, tout à coup, elle échappa à son étreinte et le repoussa avec une vigueur qui le prit complètement au dépourvu, dans un râle étranglé. Elle glissa à l'autre bout de la banquette et ouvrit en grand la portière. Avant que Wheeler ait pu réagir, elle sauta à bas du fiacre. Il se leva et vit par la fenêtre l'ourlet de sa robe blanche disparaître à l'intérieur de la pension Tatlock, hors d'atteinte.

« S'il vous plaît ! » lui lança-t-il de loin – un appel qui, avec le recul, lui apparaîtrait bien dérisoire.

Pendant que le fiacre faisait demi-tour sur l'Ebendorferstrasse pour le ramener vers sa chambre chez Frau Bauer, Wheeler s'affala sur la banquette, abasourdi par le tour paradoxal que prenait cette relation interdite.

33

UN SENTIMENT DE DÉSESPOIR

Wheeler passa la prendre à la pension Tatlock un peu plus tard que d'habitude, après 9 heures. Non pas parce qu'il souhaitait la faire attendre ; ce matin-là, il s'était même inquiété de la façon dont elle pourrait interpréter un manque de ponctualité de sa part. Mais il avait eu besoin de plus de temps que prévu pour réfléchir. Il s'était levé de bonne heure pour faire une longue marche solitaire sur le Ring.

Il avait tourné et retourné en tous sens la mise en garde de Dilly et les conséquences que pourrait entraîner son refus de s'y conformer. Dilly était un homme de principes, Wheeler un adepte de la spontanéité. Dilly définissait son cap et s'y tenait. Wheeler, lui, avait tendance à s'adapter. Dilly était un chêne, Wheeler un roseau. Certes, son intention n'avait jamais été de se mettre dans une telle situation, mais celle-ci était le résultat de ses actes et de ceux de la jeune femme, et il éprouvait le besoin impérieux de la revoir, de l'aider à surmonter ses probables tourments. Emily James occupait toutes ses pensées lorsque Fräulein Tatlock l'accueillit en se tordant les mains.

« Une urgence, annonça-t-elle d'un ton plaintif. Elle a fait ses bagages dans la nuit. Elle a décidé de rentrer.

Je ne l'ai su que ce matin, et il m'a été impossible de la retenir. »

Le cœur de Wheeler se serra.

« Vous a-t-elle expliqué pourquoi ?

— Elle n'a rien dit, mais j'ai senti à sa mine qu'elle n'avait presque pas dormi. » Une fois dans le salon, Fräulein Tatlock marcha vers le manteau de la cheminée et y prit une enveloppe. « Elle a laissé cette lettre pour vous. »

Elle lui tendit l'enveloppe d'une main tremblante. Wheeler ne l'ouvrit pas : il n'avait aucun mal à en deviner le contenu.

« Depuis combien de temps est-elle partie ?

— Elle a pris une voiture pour la gare il y a une heure, Herr Truman. Elle m'a chargée de veiller à l'expédition de sa malle. »

Wheeler ressortit en trombe et courut jusqu'au coin de la rue, où il héla un fiacre. Il ordonna à l'homme de faire vite. Il descendit d'un bond devant la Nordbahnhof et se précipita à l'entrée des quais, où il s'enquit du train pour Paris.

« Le voilà qui s'en va, répondit un employé en montrant la voie sur laquelle, à quatre ou cinq cents mètres de là, s'éloignait un wagon de queue. Il y en a un autre à 11 heures. »

Wheeler regarda le train disparaître dans l'enchevêtrement de rails, submergé de désespoir.

Ce trajet pour Paris laissait à Weezie tout le temps de la réflexion. En regardant la campagne du bassin du Danube par la vitre de son compartiment privé, elle tenta de démêler les ressorts complexes de son angoisse.

La honte était de nouveau là, l'enveloppant comme une nuit noire. Elle l'avait d'abord éprouvée en sentant le regard du cocher planté dans son dos juste après qu'elle se fut échappée du fiacre pour courir vers la porte de la pension. Combien de fois avait-elle vu des scènes similaires de femmes déchues s'éclipsant par la petite porte ? Elle l'avait éprouvée une deuxième fois en croisant le regard acéré de Fräulein Tatlock, qui devait avoir vu le feu de la passion rougir ses joues. Et cette honte était revenue à la charge pendant qu'elle sanglotait sur son lit, le visage enfoui dans la courtepointe pour éviter d'alerter les chambres voisines.

Elle s'efforça de comprendre ce qui l'avait menée à se mettre dans un tel embarras, mais les souvenirs douloureux ne lui revenaient que par bribes et drapés de brume, comme après un choc à la tête.

Son départ de Vienne, même précipité, était la seule solution. Depuis toujours on la jugeait impulsive, encline à agir selon son caprice du moment. Une critique dont elle n'avait jamais fait grand cas et qu'elle ne trouvait pas très juste. Cette fois, elle ne cédait certainement pas à une impulsion. Le temps qui lui était imparti à Vienne était de toute façon écoulé, raisonna-t-elle. Elle quittait l'Autriche munie de notes abondantes pour ses futurs écrits sur la musique nouvelle, et elle ne pouvait pas se permettre de rester. Mieux valait rentrer à Boston pour lécher ses plaies et retrouver une certaine maîtrise. Oui, c'était cela, redevenir maîtresse d'elle-même. Et se résoudre à la perte d'un grand amour qui commençait déjà à la ronger. Elle ne parvenait toutefois pas à se défaire du pénible sentiment que, d'une certaine façon, elle venait de perdre la grâce.

Elle avait cédé au feu d'une passion illicite, elle qui en son for intérieur s'était toujours vue comme une âme élevée, supérieure. Qui voudrait encore l'épouser ?

Quel gentleman traverserait le monde pour demander sa main, comme la rumeur en avait couru à Boston ? Les rêves romantiques de cette sorte lui étaient-ils désormais interdits à jamais, envolés en même temps que son innocence et sa pureté ?

Elle avait rejoint les rangs des filles faciles, omniprésentes à Vienne. Elle avait quitté le monde de la lumière pour basculer dans les ténèbres, dépouillée de son intégrité et de son essence par des envies irrépressibles. Une fois de plus, elle se sentait accablée par le jugement de sa tante Prudence.

Comment avait-elle pu succomber ? Et pourquoi, dans les fiévreuses hallucinations de ces dernières heures, ponctuées d'images du passé et de rêves tourmentés, l'incident chez Herr Mahler lui revenait-il sans cesse ? Comment se faisait-il que ce grand moment d'embarras soit associé dans son esprit, symboliquement en tout cas, à ce qui s'était passé la veille au soir avec M. Truman ? Et qui était cet homme qui l'avait poussée à faire montre d'autant de témérité, d'impudeur ? Et qui l'avait subtilement amenée, sans jamais rien lui demander, à rallier les forces obscures et maléfiques que sa tante Prudence avait toujours si crûment décrites dans leurs lectures du soir ?

« Assez ! » lâcha-t-elle à haute voix pour endiguer ce flot de remords.

Elle ne pouvait pas s'empêcher de penser à M. Truman. À l'attirance qu'elle avait ressentie pour lui dès le premier jour, dans le parc, lorsqu'elle s'était présentée sous le nom d'Emily James. Tel l'hypnotiseur Svengali, il l'avait attirée dans ses filets en sachant se rendre irrésistible par sa façon si particulière de bousculer les convenances. Oui, c'était cela, sans aucun doute. Avec sa nonchalance et son absence apparente de prétention, il ne ressemblait en rien aux jeunes gens collet-monté qu'elle était habituée à fréquenter à Boston. Quel pouvoir redoutable !

On aurait dit un être venu d'ailleurs, presque d'une autre planète, au système de valeurs radicalement différent. Il l'avait entraînée sans effort sur la voie de l'embrasement physique, en lui donnant du début à la fin l'illusion qu'elle était la seule responsable et sans faire le moindre cas du strict code de moralité auquel étaient soumis les gens de son milieu. Peut-être était-ce un nouveau Méphistophélès. Faust, après tout, avait vécu un temps à Vienne. C'était cela. Il ne croyait ni au devoir, ni à l'honneur, ni à la vertu, les forces qui guidaient tante Prudence dans sa vie austère et pieuse. Mais, en rejetant cette vision rigoriste du monde, n'avait-elle pas foulé aux pieds tout ce qu'il y avait de bon dans les conventions sociales et dans la réglementation des mœurs ?

Sans l'ombre d'un doute, Weezie avait péché. Elle s'était vautrée dans le dévergondage, et à présent, roulant vers Paris dans la solitude d'un compartiment de train, elle ressentait les terribles effets de ce péché. Elle était désespérée, anéantie. Tout au long de cette dernière semaine à Vienne avec M. Truman, elle s'était sentie pleine de vie, ouverte à toutes sortes d'expériences, comme si elle était sur le point d'éclore, d'entrevoir les profondeurs de son âme et de comprendre enfin les forces conflictuelles qui la déchiraient. Elle avait eu l'impression d'être à l'extrême bord de la plus excitante des révélations. Mais l'énergie qui l'avait menée à la découverte de soi avait aussi fait jaillir en elle un désir d'une grande violence, qu'elle payait maintenant au prix fort. Sa tête se mit à tourner, et elle sombra dans un sommeil agité.

Elle se réveilla, le front contre la vitre de son compartiment. Elle se leva, ouvrit la porte.

« Quel est le prochain arrêt ? » demanda-t-elle à un contrôleur qui passait.

L'homme sortit une montre en or, accrochée à une chaînette.

— Nous devrions être à Nuremberg… d'ici quarante-cinq minutes, Fräulein.

— Merci. »

Et elle regagna sa place à la fenêtre, derrière laquelle s'enfuyait toujours la campagne allemande.

Dans le fiacre qui le ramenait chez Frau Bauer, il décacheta l'enveloppe. La lettre avait été écrite sur du papier bleu ciel, d'une main ferme et élégante.

Cher Monsieur Truman,

J'ai terriblement honte de ce qui s'est passé hier soir. Je vous considérais comme un ami intime, or ni vous ni moi n'avons été assez vigilants. Je ne vous en veux pas, mais je m'en veux à moi-même. Avide de me découvrir dans cette ville étrangère, je me suis aventurée beaucoup trop loin du chemin des convenances, et l'heure est venue d'en assumer les conséquences. Je n'ai pas d'autre issue que de rentrer en Amérique pour tenter de surmonter cette épreuve à ma manière, comme je sais que vous le ferez à la vôtre. Je n'ai pas été franche avec vous, et je ne trouvais pas le moyen de réparer cette faute. J'ignore pourquoi j'ai persisté dans le mensonge, alors que vous-même avez toujours été si ouvert et si sincère avec moi. Je ne m'appelle pas Emily James. Ce nom est un amalgame inspiré de mes deux grands héros littéraires. Et je ne suis pas d'Amherst, Massachusetts. Je suis de Boston.

S'il vous plaît, n'essayez ni de me suivre ni de me contacter, cela ne ferait qu'aggraver une situation déjà déplorable. Je vous prie d'excuser tout le mal que mes actes ont pu vous causer.
Avec mes sincères regrets,

Eleanor Louise Putnam, dite Weezie

Wheeler s'arrêta sur ce nom qu'il ne connaissait que trop. Lentement, distraitement, il replia la feuille et la glissa à l'intérieur de l'enveloppe, puis l'en ressortit. Il resta longtemps assis sans bouger, le regard vague, livide. Sa main tremblait lorsqu'il relut la lettre manuscrite de sa jeune grand-mère.

Troisième partie

LE DERNIER DES BURDEN

34

AUCUN SECRET

Il nous est permis de supposer que le Dr Freud continua de se passionner pour le cas de Herr Burden, de façon presque addictive, et qu'il s'accrocha à son hypothèse de départ selon laquelle, comme tous ses patients hystériques, celui-ci avait inventé de toutes pièces son histoire de voyage dans le temps. Aussi attachant fût-il, l'homme qui se faisait appeler Wheeler Burden avait le cerveau dérangé et nageait en plein délire. Par conséquent, ses intenses relations avec cette jeune Américaine à la fois touchante d'innocence et sexuellement très affirmée – qu'il présentait maintenant, par un curieux revirement, comme sa propre grand-mère – devaient remplir une fonction utile dans son fantasme.

Nous savons certaines choses à propos de Freud en cette année charnière. Nous savons par exemple que ce penseur scientifique aussi rigoureux qu'infatigable, coupé de ses confrères de l'université, déprimé par l'isolement où l'avait conduit son indéfectible logique, était à l'époque en manque de conversation et de compagnie.

Ainsi en vint-il à apprécier plus qu'il n'aurait voulu l'admettre ses entretiens avec ce visiteur américain extraverti, auquel il réservait très régulièrement du temps. Il incita Herr Burden à lui raconter son histoire et l'écouta avec un vif intérêt. Dès qu'il apprit l'existence de son journal, il devina qu'il y avait là une possible source d'indices précieux et l'encouragea à lui en lire des passages à chaque séance.

La réaction de Wheeler fut immédiate.

« C'est impossible.

— Et pourquoi donc ?

— Parce que je m'y exprime sans détour et sans fard.

— Et vous croyez toujours que votre honnêteté pourrait me porter préjudice ? Que vous risquez de changer le cours des choses ? Que l'histoire n'est pas capable d'y faire face ? »

Il n'y avait ni sarcasme, ni dérision dans sa voix.

« Je sais des choses que vous feriez mieux de ne pas savoir.

— Je suis mon propre maître, cher ami. Je m'estime apte à décider par moi-même de ce que je dois ou ne dois pas savoir. Vous n'avez aucune chance de me transformer en pierre. »

Ainsi Wheeler, débatteur impénitent et désireux de maintenir en éveil l'intérêt du médecin, qui était par ailleurs son principal soutien matériel et financier dans cette ville étrangère, commença-t-il à lui révéler le contenu de son journal, par bribes au début, dans une version contractée et expurgée, avant d'en venir progressivement à lui en faire partager chaque jour le texte complet, intégral, au mot près.

Force est de constater à la lecture de ce journal que, en fin de compte, Wheeler ne dissimula rien et décida de tout raconter au Dr Freud. Sans doute changea-t-il d'avis après s'être tenu le raisonnement qu'il ne risquait rien dans la mesure où le médecin le voyait comme un patient hystérique – hors du commun, mais hystérique tout de même. *Le Dr Freud croit que je délire*, écrirait-il le lendemain de ce changement de cap. *Par conséquent, mes vérités lui apparaîtront toujours comme le fruit d'une réalité dissociée. Les dés sont jetés. Il saura tout de mon étrange présence à Vienne. Je n'aurai aucun secret pour lui.*

Le marché fut conclu. Freud écoutait, attentif à chaque mot, soupesant chaque détail et chaque allusion, accordant à son visiteur – « mon visiteur américain », comme il l'appelait – une intensité de concentration dont ne bénéficiait personne d'autre, ni dans sa famille ni dans sa vie professionnelle. Pendant que Wheeler lisait, il maintenait braqués sur lui ses yeux gris acier en fumant son cigare, toujours à l'affût du chemin pavé d'or qui les mènerait à l'événement traumatique initial, à l'origine du complexe d'où procédait cet état d'hystérie. Ayant le journal de Wheeler à notre disposition, nous savons ce que savait Freud et nous pouvons en déduire l'interprétation qu'il en fit. Pour venir à bout de l'amnésie de son patient, il avait besoin de recueillir un maximum d'informations, et le fait que Wheeler tienne un journal et soit disposé à le lui lire était, pour faire court, une mine d'or.

Nous savons que le médecin viennois avait tendance à s'attacher fortement aux grands hommes de son entourage, auxquels il vouait selon certains une espèce d'adoration filiale. Il y avait eu d'abord, pendant ses années d'études, Ernst Brücke, l'un des physiologistes les plus brillants et les plus illustres d'Europe, qui lui avait notamment appris que le moindre détail devait toujours être confirmé par l'expérience empirique, une démarche qu'il continuerait d'appliquer avec la plus grande rigueur tout au long de sa carrière. Puis, en 1885, il s'était rendu à Paris pour étudier les méthodes de Jean Martin Charcot, le grand neurologue de l'époque, qui l'avait initié à l'hypnose. Ensuite, de retour à Vienne, Freud avait travaillé avec Josef Breuer, de vingt ans son aîné, qui l'avait amené à envisager que la cause première de l'hystérie était sexuelle et qui, avec Bertha Pappenheim, surnommée « Anna O. », lui avait offert un cas clinique décisif et la possibilité de développer la « cure par la parole ». Et il s'était récemment lié d'affection avec Wilhelm Fleiss, un oto-rhino-laryngologiste berlinois auquel il vouait un improbable respect. Improbable car Fleiss menait des recherches médiocres, entièrement articulées autour de l'idée que l'hystérie trouvait son origine dans le nez.

En dépit de ces amitiés profondes, le jeune Freud avait adopté un style que personne n'aurait songé à qualifier de collégial, s'isolant peu à peu à force d'indépendance et de sujets d'étude controversés. En 1896, à 40 ans, il avait prononcé à la Société viennoise de psychiatrie et de neurologie un discours capital, qui l'avait exposé à de violentes attaques. Dans son journal, à partir de ce qu'il savait de la vie de Freud, Wheeler raconte lui avoir fait la réflexion suivante : *« Toute votre vie, vous avez montré une remarquable aptitude à choisir une direction et à vous y tenir. Vous vous emparez d'un sujet et vous ne le lâchez plus, comme un bouledogue. Vous êtes constamment à la recherche de vérités universelles dissimulées sous la surface, inaccessibles à la plupart des gens. »*

Dans son discours de 1896, écrit ensuite Wheeler, *le Dr Freud a annoncé à la Société, ainsi qu'à tous ceux qui dans le monde étaient prêts à l'entendre, que la cause de l'hystérie était un abus sexuel vécu dans l'enfance, dont l'auteur était probablement le père. Cette conclusion brillante, fondée sur l'observation clinique de ses patients, ne lui valut que dérision et isolement. L'élite traditionnelle de l'époque, mascu-*

line jusqu'au bout des ongles, n'était tout bonnement pas prête à entendre que les parents de patients hystériques, en majorité des femmes, puissent avoir agressé leurs enfants, et encore moins que ces agressions soient de nature sexuelle. Cette dérision, cet isolement, n'ont en rien ébranlé la résolution de Freud ; en vérité, ils l'ont même renforcée.

Sans doute le médecin écouta-t-il avec une attention toute particulière ce passage du journal de Wheeler, avant de répondre :

« À vous entendre, on dirait que mes idées sont façonnées par la controverse.

— N'est-il pas vrai, demanda Wheeler, que votre fameuse détermination a été ébranlée, pour ce qui est de votre théorie de la séduction, par les troublantes conclusions auxquelles vous êtes arrivé sur votre propre père ? »

C'était vrai. Après son autoanalyse, Freud s'était diagnostiqué lui-même comme hystérique et, dans la mesure où son frère l'était aussi, leur père devait en être la cause. Au début de 1897, peu après la mort de celui-ci, il croyait encore que Jacob Freud avait abusé de ses enfants. Jacob Freud avait été un honnête homme, mais assez mal loti, incapable de garder un emploi et de se défendre. Voir en lui un agresseur d'enfants exigeait un effort d'imagination trop important pour son fils. Sigmund Freud s'était donc laissé entraîner vers une autre conclusion. À l'automne de la même année, c'est-à-dire au moment où Wheeler Burden faisait son entrée au 19 Berggasse, il était au bord d'une extraordinaire découverte.

À la description circonstanciée de son quotidien à Vienne, Wheeler adjoignait toujours quelques phrases de réflexions personnelles ou de commentaires sur ses séances au 19 Berggasse, des *feuilletons** que Freud appréciait particulièrement. On s'imagine sans peine la scène qui se déroula après que Wheeler lui eut lu les lignes suivantes de son journal : *J'imagine le Dr Freud en héros de la Grèce antique, tels Ulysse cherchant à regagner son île, Jason à la poursuite de la Toison d'or ou Persée sur les traces de la Méduse, d'une confiance inébranlable, sûr de son objectif, implacable dans sa poursuite de la vérité universelle.*

« Comment pouvez-vous savoir que je suis sur la bonne voie ? interrogea Freud. Peut-être ne suis-je qu'un don Quichotte, en train de me battre contre des moulins à vent.

— Peut-être. C'est votre ténacité qui vous distingue. Je sais que vous ne vous laisserez fléchir par rien.

— Et vous croyez cependant que les abus sexuels sont réels ?

— Les enfants maltraités abondent à Vienne, répondit Wheeler. C'est un fait notoire. Ils sont élevés au mieux dans l'austérité religieuse et la sévérité, au pire dans la violence physique. Vous le savez très bien, et vous êtes décidé à ne pas en tenir compte. » Wheeler se mit à gesticuler, de plus en plus exalté. « Quand vous avez affirmé devant vos confrères médecins que l'hystérie trouvait son origine dans des événements réels, vous aviez de quoi le justifier. Votre nouvelle théorie de l'Œdipe fait l'impasse sur toutes ces preuves d'abus réels et rejette la culpabilité sur l'enfant.

— Mais tout de même, il n'est pas possible que tous les hystériques aient été vraiment victimes d'agressions sexuelles dans leur enfance. Cela ferait de la moitié des hommes de Vienne des monstres incestueux. »

Un moment, Freud cessa de traiter Wheeler en patient et le considéra, malgré ses tendances délirantes, comme un collègue d'une grande clairvoyance.

« Pourtant, dans certains cas, les agressions ont bel et bien eu lieu. Vous devez les prendre en considération.

— Dans certains cas, oui, admit Freud, troublé. Mais ce n'est pas quelque chose d'universel, comme je l'ai cru un temps.

— Et pour vous, rien d'autre ne compte que l'universel, l'absolu ? Que faites-vous de tout le reste ? »

Freud réfléchit pendant de longues et pénibles secondes en tapotant le bout de son cigare dans le cendrier.

« Si ce n'est pas universel, à quoi cela peut-il servir ? »

Aha, écrit Wheeler dans son journal, *ce qui n'est pas universel ne sert à rien. C'est le fond du problème : une pensée du tout ou rien, du tout noir ou tout blanc.*

« C'est une question de degré, Herr Doktor, répondit-il. Après votre étude du cas Anna O., vous avez déclaré que la névrose de Bertha Pappenheim venait de ce qu'elle avait été victime dans son enfance d'abus sexuels réels, et vous avez étendu cette explication à tous les patients hystériques. C'est précisément ce qui vous a valu autant d'attention et de mépris au moment de votre discours de 1896 – soit dit en passant, il n'y a pas de mauvaise publicité. Durant près de deux ans, vous avez creusé avec opiniâtreté l'idée que l'abus sexuel, ou la "séduction", comme vous l'appeliez, était la cause première de toute hystérie : une brillante démonstration de science déductive.

— Je vous sens d'humeur facétieuse, Herr Burden.

— Non, pas du tout. Vous avez examiné les preuves sous tous les angles, comme personne d'autre n'était prêt le faire. Brillant. Puis vous êtes passé à l'étape logique suivante en vous analysant vous-même, ce dont vous avez conclu que vous présentiez des symptômes d'hystérie et que votre père devait donc avoir abusé de ses enfants. Voilà où vous a mené la science. La logique. Mais ensuite, tout à coup, l'absurdité de cette logique vous a frappé. En l'absence de vérifications scrupuleuses, vous êtes-vous dit, la science pure peut aboutir à des conclusions grotesques, voire nocives. L'histoire d'Œdipe a soudain retenu toute votre attention, et l'abus, de cause réelle, s'est transformé en cause symbolique. Les enfants ont un désir secret de sexe et de violence, avez-vous décidé. Brillant, là aussi, mais on retrouve cette recherche de la critique et de la controverse.

— Il ne s'agit pas d'un message facile à entendre pour le Viennois moyen.

— Et vous voilà donc en train de chambouler tout votre système de déductions : l'idée d'un abus sexuel réel a cédé la place à celle d'un acte symbolique ou métaphorique, d'une agression n'ayant existé que dans l'esprit du patient. Cela risque d'être encore plus dur à accepter pour la bonne bourgeoisie.

— C'est *forcément* symbolique, protesta Freud. Les abus décrits ne peuvent pas être réels. J'en ai désormais la certitude. Il s'agit forcément d'une pulsion sexuelle inhérente à l'enfant, que j'ai mise en évidence grâce au mythe d'Œdipe, et non d'un acte réellement commis par un père contre sa progéniture.

— Votre théorie de l'Œdipe dit que tout enfant veut avoir des relations sexuelles et commettre un meurtre. Elle rejette la responsabilité sur l'enfant.

— C'est une métaphore, dit Freud, de plus en plus sur la défensive. Et elle est le reflet de la vérité. La culpabilité ressentie par l'enfant, qui ne supporte pas de partager l'attention parentale avec qui que ce soit d'autre, et sa peur d'être puni pour cela sont des forces puissantes, qui le poursuivent jusque dans sa vie adulte. »

Wheeler vrilla sur lui un regard de feu, mais tenta de dominer son exaspération.

« C'est là qu'est votre point faible, dit-il sans cesser de dévisager le médecin. Tout le génie de votre prochaine avancée réside dans le fait de voir chez quelques patients la condition humaine dans son ensemble, de délaisser le terrain du local pour mettre en évidence l'universel. Sauf que votre théorie de l'Œdipe est trop extrême. Trop étroite.

— Mes conclusions sont déjà rejetées, raillées par l'élite médicale de cette ville.

— Mais vous avez attiré l'attention.

— Et vous pensez que c'est ce que je recherche ?

— C'est un point de départ. Vous avez besoin de notoriété pour aller là où vous voulez aller.

— Et vous pensez que je vais maintenant concentrer tous mes efforts sur le mythe d'Œdipe dans le but d'acquérir cette notoriété.

— Votre train est lancé sur cette voie, répondit calmement Wheeler. Je doute que vous ayez le choix. »

35

ROUGE-GORGE NE CHANTAIT PAS

Wheeler ne confia rien à Dilly de sa profonde affliction : un double coup du sort, qui dans le même temps lui faisait perdre une femme à laquelle il s'était viscéralement attaché et découvrir qu'Emily James n'était autre que sa grand-mère. Sa grand-mère ! Il décida de tout garder pour lui et souffrit en silence, en essayant de se convaincre après le choc initial qu'il ne s'était rien passé de grave et qu'Eleanor Putnam était repartie à Boston comme elle l'aurait fait de toute façon. Il avait seulement accéléré ce départ et peut-être servi de catalyseur à un événement inévitable. « Ça finira par passer », avait-il appris à se dire dans ses moments de chagrin. Mais comment, comment ? Comment avait-il pu être aussi aveugle, ne voir aucun indice ? Il savait pourtant depuis longtemps que sa grand-mère était l'instigatrice de la venue d'Arnauld Esterhazy à St Gregory. Elle l'avait forcément rencontré ici, c'était l'évidence même. Il aurait dû tenter de la localiser dès son arrivée à Vienne. Et comment expliquer qu'il ne l'ait pas reconnue ? Changeait-on à ce point en soixante ans ? En tout cas, la catastrophe venait d'être évitée de justesse : elle était désormais loin de Vienne, sur le chemin du retour, et il n'y avait aucun dommage. Hormis cette douleur atroce qui lui broyait le cœur.

Il savait Dilly préoccupé par quelque chose et s'imaginait qu'il ne remarquerait pas son abattement. Pourtant, celui-ci n'y alla pas par quatre chemins.

« Quelle tête tu fais, dit-il dès qu'ils se retrouvèrent.

— Un sentiment de perte. Qui me rattrape de temps à autre.

— Il n'est pas simple d'accepter l'idée que nous ne retrouverons sans doute jamais notre vie d'avant, commenta Dilly après un moment de réflexion.

— C'est ça. Tu es le seul à pouvoir me comprendre. »

Mais son père avait l'esprit ailleurs.

« Il y a certaines questions qui me turlupinent », dit-il.

Il souhaitait sûrement profiter de la connaissance qu'avait Wheeler de son propre avenir. Mais il lui cachait quelque chose.

« Vas-y, pose-les. »

Dans l'esprit de Wheeler, décrire les événements survenus entre 1944 et 1988 à Dilly, qui avait sa vie derrière lui, n'était pas du tout la même chose que de raconter l'avenir à Sigmund Freud, qui avait encore à vivre la moitié de la sienne.

« Ma rencontre avec la Gestapo a été, j'imagine... » Dilly hésita, cherchant le mot juste. « Décisive.

— Fatale, précisa tristement Wheeler, oubliant que son père ne pouvait pas être informé de sa propre fin. Tu es mort juste avant le débarquement. »

Dilly ne parut pas surpris, mais Wheeler lut de la déception dans son regard.

« Je m'en doutais, dit-il. Ça ne se présentait pas trop bien. N'importe qui s'en serait rendu compte. Malgré tout... on garde toujours une petite lueur d'espoir.

— Ils voulaient te soutirer un maximum d'informations. Et ces gens-là disposaient de moyens puissants. J'imagine qu'ils ont sorti le grand jeu pour te faire craquer, mais tu n'as rien lâché, et c'est ce qui a fait de Rouge-Gorge un héros pour les Français et pour plusieurs générations d'élèves de St Gregory. À 11 ans, je suis retourné à Paris avec maman pour assister à l'inauguration d'une plaque commémorative, rue des Américains. Il y avait ton nom dessus, avec la phrase *"Rouge-Gorge ne chantait pas*"*, qui est apparemment devenue une sorte de code ou de cri de ralliement dans les derniers mois de la Résistance. »

Dilly, mal à l'aise, s'agita sur sa chaise avant de dire :

« Et ces mois-là, tu sais sur quoi ils ont débouché.

— La guerre avec l'Allemagne a pris fin en mai 1945, après le débarquement de juin 1944.

— Nous sommes en train de parler de mon présent, ne l'oublie pas.

— Tu as raison. Je l'oubliais. Les Alliés ont attaqué les Allemands par l'ouest, avec le général Patton à leur tête, pendant que les Russes arrivaient par l'est. Hitler s'est fait sauter la cervelle dans son bunker avec sa compagne Eva Braun et ça s'est arrêté là, si ce n'est qu'il a fallu longtemps pour réparer les dégâts. Berlin et une bonne partie de l'Allemagne étaient en ruine. On a vu resurgir de ses cendres une Allemagne démocratique qui a fini par s'imposer, assez paradoxalement, comme une des plus grandes puissances industrielles des temps modernes.

— Et le débarquement ? Comment est-ce qu'il s'est passé ?

— Les choses n'ont pas été faciles, mais ça a marché. Il a eu lieu début juin et Paris a été libéré en août, après des combats sans merci. Il y a eu énormément de morts. »

Dilly semblait en quête d'informations plus spécifiques. Sa question suivante parut lui coûter :

« Et les Allemands ? Est-ce qu'ils étaient au courant ? Je veux dire, est-ce qu'ils avaient l'air de s'y attendre ? Est-ce qu'ils savaient où et quand le débarquement aurait lieu ? »

Wheeler s'accorda quelques secondes de réflexion.

« Je ne suis pas un spécialiste de l'histoire militaire. Et tout ça remonte à si longtemps... Ils ont sans doute senti venir le coup. Il n'y avait pas des milliers de kilomètres de côte, et les Alliés n'allaient pas attendre éternellement avant de lancer leur offensive. Mais je crois que, dans une large mesure, les Allemands ont quand même été surpris. »

Dilly regarda dans le vague, luttant visiblement pour exhumer des souvenirs douloureux.

« Je connaissais la date et le lieu, dit-il d'un ton grave. Quand j'ai rencontré Winston Churchill, juste avant mon dernier départ pour la France occupée, le haut commandement de l'Amirauté m'a dévoilé l'ensemble de son plan, l'opération Overlord, comme ils l'appelaient. Une offensive gigantesque. J'ai été un des rares à en être informé dans le détail. Ma mission consistait à coordonner la Résistance dans le Nord pour mettre hors d'usage des axes de communication stratégiques, détruire des voies ferrées, freiner les déplacements de troupes et ainsi de suite. J'étais déjà intervenu sur place, derrière les lignes ennemies. Churchill savait que j'exploiterais au mieux ces informations et que...

— Et que tu ne parlerais pas. »

Dilly opina tristement.

« Si j'étais pris. Exactement. J'avais ma capsule de cyanure. Mais je n'ai jamais pensé que je me ferais prendre. J'avais déjà été envoyé en France, tu comprends, et tout s'était très bien passé. Je n'avais aucun doute sur ma capacité à passer inaperçu, à me fondre dans la population. Je parlais couramment la langue et je ressemblais à un Français, à ce qu'il paraît. Tout avait marché comme sur des roulettes les deux autres fois. Ta mère a eu une sorte de prémonition, je dirais. Elle ne voulait pas que j'y retourne, et je lui avais promis de ne pas le faire. Mais là, il s'agissait vraiment d'une mission capitale, et le Premier ministre en personne m'avait choisi pour l'accomplir. Il m'a montré la gigantesque armée d'invasion qui était en train de se rassembler en Angleterre et m'a exposé le plan d'attaque en détail. Des milliers de gens allaient donner leur vie. C'était important à ce point-là. Encore plus important, m'a-t-il semblé, que la promesse faite à ta mère. M. Churchill l'a reçue en personne pour lui expliquer la situation, tu sais.

— Je sais. Elle me l'a raconté.

— Tu trouves que j'ai été trop téméraire ? Que mon sens du devoir était excessif ?

— C'était une période unique. Tout le monde l'a compris.

— Est-ce qu'elle m'a pardonné ? »

Wheeler sourit.

« Je crois que tu lui as juste manqué. Énormément. Pour elle, tu étais autant esclave de ton sens du devoir qu'elle de ses convictions. »

Cette réponse provoqua l'apparition d'un sourire fugace sur les lèvres de Dilly.

« J'espère que c'est vrai. Trahir sa confiance m'a mis au supplice. C'était une pacifiste engagée. Mais cette mission passait avant tout. Les enjeux étaient colossaux, et l'Amirauté avait besoin de quelqu'un pour coordonner les préparatifs de l'intérieur. Je connaissais le terrain… » Il secoua la tête. « Et je me suis fait prendre. J'étais en France depuis quelques jours à peine quand ils m'ont capturé près de Lille. Sans coup férir. Ils semblaient savoir exactement qui j'étais.

Comme si... J'avais ma capsule, je l'ai croquée et je l'ai avalée, mais ça n'a pas suffi. Elle m'a juste rendu malade comme un chien, et ce n'était pas l'idéal pour endurer ce qu'ils me réservaient. »

Il prit le temps de respirer avant de poursuivre.

« Ils ont commencé à s'occuper de moi. Et ces gens-là savent y faire, crois-moi. Je te passe les détails, mais ce n'était vraiment pas beau à voir. J'ai utilisé toutes les recettes que je connaissais pour tenir le coup et leur résister. Je pensais beaucoup à ta mère, dit-il avec un sourire attendri. Je fermais les yeux et je revoyais son beau visage, cette façon qu'elle avait de me taquiner sur mon conformisme. Ensuite, quand la douleur est devenue insupportable, il a fallu que je trouve quelque chose d'encore plus fort, et c'est là que l'idée m'est venue de reconstituer Vienne. Une sorte de roman en trois dimensions que j'ai écrit dans ma tête, où il y avait tout ça. » D'un geste circulaire, il indiqua le décor qui les entourait. « La musique, les cafés, ton grand-père et... toi. Pourtant je n'aurais jamais cru te rencontrer ici : ç'a été la cerise sur le gâteau. J'ai recréé mentalement cette ville en lui donnant un maximum de texture et de vie. Les couleurs, les mots, les formes, je me suis acharné sur chaque détail. J'étais persuadé que si j'arrivais à construire une image assez précise de Vienne, je finirais par m'y retrouver. J'ai donc travaillé, travaillé sans relâche, en tentant de repousser chaque jour un peu plus loin cet affreux bâtiment de la Gestapo. Et la douleur. »

Il fit une nouvelle pause.

« La douleur... Et la nausée, la privation de sommeil, la répétition de la douleur. Pour eux, c'était une science. Je n'avais jamais compris que quelqu'un puisse craquer. Je me croyais capable de supporter tout ça, tu comprends : je pensais qu'il suffisait d'être persévérant et stoïque, de croire à la supériorité de l'esprit sur la matière, ce genre de choses. » Il s'interrompit pour chercher le regard de Wheeler, les yeux embués de larmes. « Jusque-là, je ne m'étais jamais retrouvé – non, jamais – face à un défi que je ne pouvais pas relever. »

Il fixait Wheeler avec une sorte de fièvre dans le regard : il lui importait énormément d'être compris par son fils.

« Je crois que moi aussi j'étais un défi pour eux. Tant de choses avaient été dites sur Rouge-Gorge ! Les nazis, avec leur culte absurde de la volonté aryenne, ont eu envie de voir jusqu'où ils pouvaient aller. Ils ont mis leurs meilleurs hommes sur moi, persuadés qu'ils réussiraient à faire chanter Rouge-Gorge, sachant je ne sais comment que je détenais des renseignements susceptibles de faire basculer la guerre. Non seulement les noms de plusieurs résistants clés, mais aussi l'information la plus précieuse de toutes : je connaissais le lieu et la date du futur débarquement allié. J'aurais dû emporter ce secret dans ma tombe. »

Il s'interrompit encore. Wheeler s'aperçut qu'il avait l'air physiquement malade.

« Ils ont tout fait pour me briser. Et moi, je me suis retranché dans mon imaginaire pour leur résister. Une bataille de volontés, en un sens. Sauf que le match n'était pas équilibré. Je ne jouais pas contre Dover ni contre Yale ; j'avais affaire à des professionnels. J'étais un amateur au Yankee Stadium. Ils ont cherché le meilleur moyen de me déstabiliser et en fin de compte – après des heures et des heures – ils l'ont trouvé : la noyade ! » Son regard se fit perçant. « J'ai une peur panique, incontrôlable, de la noyade. Et le tour a été joué ! »

Dilly dut faire une nouvelle pause. Il baissa la tête et la secoua lentement, hanté par le souvenir de son combat harassant et de toutes les souffrances qui en avaient découlé.

« Je suis parti. Ma stratégie viennoise a fonctionné. J'avais créé en mon for intérieur un lieu tellement crédible que je suis parvenu à leur fausser compagnie en m'y réfugiant. Et me voilà à Vienne, avec toi. Mais juste avant... il y a eu ce moment où la douleur était à son paroxysme et où la terreur m'envahissait. Et j'étais fatigué, tellement fatigué... »

Il garda le silence de longues secondes.

« À un certain degré d'épuisement, on n'a plus envie que d'une chose : que ça s'arrête. Qu'ils arrêtent de vous maintenir la tête sous l'eau. Et on sait qu'il n'y a qu'une seule façon de l'obtenir. »

Lorsqu'il releva la tête, ses yeux étaient noyés de larmes.

« J'ai toujours tout réussi dans ma vie, poursuivit-il. Je n'ai jamais échoué. Jamais déçu personne. »

Un désespoir inouï obscurcissait à présent son regard, et il marqua une pause interminable, la plus terrible de toutes, cherchant ses mots.

« J'ai parlé, Stan. »

Il pressa les paupières et se remit à secouer la tête, luttant pour contenir des sentiments qui l'accablaient depuis trop longtemps. Alors, pour la première fois depuis des lustres, Dilly Burden pleura.

« Le légendaire Rouge-Gorge *chantait*, balbutia-t-il entre deux sanglots. J'ai chanté. J'ai vidé mon sac, Stan, je leur ai dit tout ce que je savais. »

Wheeler ne put que dévisager son père, abasourdi. Jamais cette éventualité ne l'avait effleuré, ni lui ni les centaines d'autres élèves passés par St Gregory.

« Ce n'est pas possible, souffla-t-il.

— Hélas si. Et après, ils m'ont laissé sur le carreau. Seul avec ma honte, pendant des heures et des heures, à attendre la mort, car je ne voulais rien de plus. C'est là que c'est arrivé. Là que mon plan s'est vraiment déclenché. »

Il n'alla pas plus loin.

« Ton plan ?

— Mon évasion à Vienne », répondit Dilly après un nouveau silence.

Wheeler sentit qu'il ne lui disait pas tout et le regarda avec insistance.

« Pourquoi Vienne ? Pourquoi ici ?

— Tu ne peux pas savoir à quel point je suis soulagé d'apprendre que le débarquement a réussi. J'avais tellement peur d'être le principal responsable de son échec... Imagine-toi en possession de renseignements aussi capitaux.

— Tu penses qu'ils t'ont cru ?

— Ils savaient que c'était la vérité. Ils prenaient régulièrement le temps de recouper mes informations. Ils ont très vite compris qu'ils venaient de mettre la main sur le grand plan allié. D'où leur idée de faire courir cette rumeur comme quoi je n'avais pas parlé. Ils ne voulaient surtout pas qu'on sache qu'ils savaient. Je suis prêt à parier qu'aucun des résistants dont j'ai donné le nom n'a été inquiété. Ils tenaient absolument à ce que personne ne se doute qu'ils savaient tout. Grâce à moi.

— Comme je te l'ai dit, je ne suis pas historien, mais à ma connaissance les Allemands ont été surpris, comme s'ils s'attendaient à voir les Alliés débarquer ailleurs, déclara Wheeler sur un ton qui se voulait rassurant. Ce que tu leur as dit n'a pas changé grand-chose.

— Tu essaies de me consoler, et je t'en remercie. Mais j'ai commis la pire des trahisons. Je suis seulement soulagé que cela n'ait pas tout gâché. Je leur ai fourni des informations effroyablement précises. Et je savais au moment où je les fournissais qu'elles allaient coûter des milliers de vies et provoquer l'échec de l'offensive alliée, mais j'étais à bout. La peur qu'on me remette la tête sous l'eau, tu comprends ? Ils avaient gagné la partie et ils l'ont vite compris. Et l'avantage qu'aurait pu apporter aux Alliés la feinte de Normandie serait réduit à néant. Je savais tout cela mais je n'en pouvais plus. » Dilly avait les traits de plus en plus tirés. « Il arrive un moment où tu es tellement épuisé que tu n'es plus capable de supporter quoi que ce soit. Tu ne demandes qu'à mourir en paix. » Il leva la tête, toujours aux prises avec ses souvenirs. « Tu ne peux pas savoir ce que c'est. »

Il ferma les yeux. L'attention de Wheeler était restée fixée sur quelque chose que venait de dire son père, et qui fit resurgir en lui le souvenir d'un article de la *Cambridge Voice* qu'on lui avait mis sous le nez à Harvard.

« La feinte de Normandie ? C'est quoi, la feinte de Normandie ?

— Tu sais bien : il fallait que l'attaque sur les plages normandes passe pour le cœur de l'opération, afin de pousser Hitler à déplacer le gros de ses forces dans cette région-là. Ensuite seulement, Patton devait lancer sa grande offensive : le débarquement d'un million d'hommes à Calais. »

L'une après l'autre, les phrases de l'article se remirent en place dans l'esprit de Wheeler.

« Une offensive plus importante était prévue ailleurs, quelques jours plus tard. C'est ça ?

— Bien sûr que c'est ça. À Calais, tu sais bien, là où elle a eu lieu, répondit Dilly avec un coup d'œil disant clairement : "C'est vrai que l'histoire n'est pas ton fort, fiston." En attendant l'attaque, l'armée de Patton attendait sur les plages de Douvres, un point de départ logique puisque c'est là que la Manche est la plus étroite. Et les Boches ont découvert le pot aux roses par ma faute. »

Wheeler secoua la tête, réalisant soudain la portée de ce qu'il venait d'entendre.

« Je ne sais pas comment te dire ça, Dilly Burden, mais tu t'es fait rouler. »

Dilly l'observa sans comprendre, un peu vexé.

« Tu vas devoir t'expliquer. »

À en juger par la façon dont son père changea d'expression dans les secondes qui suivirent, Wheeler sentit toutefois qu'il commençait déjà à entrevoir la vérité par lui-même.

« Il n'y a pas eu de feinte de Normandie, dit-il. C'était une ruse. L'ensemble de l'offensive a eu lieu sur les plages de Normandie. Utah Beach, Omaha Beach, comme on les a appelées. Toutes les forces alliées ont débarqué là-bas et se sont ensuite battues pour libérer la France puis envahir l'Allemagne. Il n'y a jamais eu d'offensive à Calais.

— Non, protesta Dilly, tentant contre vents et marées de s'accrocher à ses convictions. Ta mémoire te joue des tours, Stan. C'est l'armée de Patton qui a attaqué. Elle était massée au sud-est de l'Angleterre, en face de Calais. Un million d'hommes...

— Il n'y avait aucune armée là-bas, l'interrompit Wheeler. C'était un leurre ultra-sophistiqué. Des chars, du matériel et des camions gonflables, en caoutchouc, sous des filets de camouflage, pour créer l'illusion d'une armée en attente. On écrit même des romans d'espionnage sur le sujet, aujourd'hui – je parle des années 1980. Les Alliés voulaient faire croire à Hitler qu'une deuxième vague d'invasion arriverait après la Normandie, pour qu'il maintienne ses divisions de Panzer à Calais jusqu'à ce que leurs forces soient déployées sur le sol français.

— Non.

— C'est la vérité, fit Wheeler en haussant les épaules. Tout s'est passé en Normandie.

— Ce n'est pas possible.

— C'est pourtant le cas.

— Je ne peux pas y croire. On m'a donné toutes les informations. Tous les détails. Churchill lui-même, et aussi les gens de l'Amirauté.

— Cela faisait partie de ce qu'on a appelé le "rempart de mensonges".

— Je n'y crois pas. »

Mais la voix de Dilly avait perdu l'essentiel de sa conviction. D'énormes changements étaient en train de s'opérer sous son crâne.

« Rien de plus normal, dit Wheeler. Il fallait que tu croies que c'était vrai pour que les nazis aient une chance de le croire. Bon, je crois que le moment est venu de tout te dire. »

Il approcha sa chaise et planta les coudes sur la table avant d'ajouter :

« Le monde entier – en tout cas une bonne partie du monde de l'après-guerre – croit que tu es mort en héros, sans rien lâcher sur la date et le lieu du débarquement. Cela étant, un article a été publié dans une revue confidentielle du temps où j'étais à Harvard. L'auteur prétendait tenir ses informations d'un ancien aide de camp de Churchill. Voici ce qu'il disait. »

Wheeler expliqua à son père que, selon l'article en question, les Britanniques avaient cherché à convaincre l'état-major nazi qu'une énorme force d'invasion commandée par le général George Patton s'apprêtait à lancer une deuxième vague d'assaut sur la France.

C'était dans ce but qu'ils avaient mis au point leur fameux « rempart de mensonges », qui consistait à donner toutes sortes de faux renseignements aux services secrets allemands. L'un des leurres les plus efficaces, toujours selon l'article, avait consisté à faire tomber entre les mains de la Gestapo une source incontestable, quelqu'un qui ferait sous la torture des aveux d'une absolue crédibilité pour deux raisons. *Primo* en raison de sa réputation bien établie sous le nom de code Rouge-Gorge, et *secundo* parce que lui-même croirait dur comme fer à la véracité et à l'importance vitale des renseignements en sa possession.

« Il n'y a pas de menteur plus convaincant, conclut Wheeler, que celui qui est certain de dire la vérité. »

Il s'interrompit pour laisser à sa phrase le temps de faire son effet, et en profita pour tirer lui-même les conséquences de ce qu'il venait d'apprendre sur l'histoire de Dilly Burden.

« Tu as sauvé des milliers de vies. Grâce à toi, les divisions de Panzer ne sont jamais arrivées. Grâce à toi... » Il hésita, surpris lui-même par ce dont il venait de prendre conscience. « Grâce à toi, le succès des Alliés a été total : le débarquement a réussi et ils ont remporté la victoire finale. »

Dilly resta figé dans un silence de plomb, oscillant entre incrédulité et tentation d'accepter que ses aveux à la Gestapo avaient, paradoxalement, *sauvé* – plutôt que détruit – des milliers de vies.

« Tu dis qu'on m'a abreuvé de faux renseignements, puis qu'on m'a sciemment livré à la Gestapo pour que je parle sous la torture.

— C'est forcément ça. Ta capsule ne contenait pas de cyanure. Tu as été sacrifié. Les Britanniques travaillaient à ce plan depuis trois ans. Tu as été une carte maîtresse. La légende de Rouge-Gorge leur a permis le grand coup de bluff final.

— Et tout ça à cause de ma foutue propension à l'héroïsme.

— Je ne te l'ai pas dit, mais maman a eu un deuxième entretien avec Churchill. Après le débarquement, et même après ce voyage qu'elle a fait en France pour apprendre ce qui t'était arrivé. Elle était sur le point de quitter définitivement le pays pour refaire sa vie en Californie. Il l'a fait venir pour lui dire à quel point il regrettait la façon dont les choses avaient tourné. Il a dit qu'il ne pouvait pas entrer dans les détails, mais que ta mission en France s'était terminée par le sacrifice individuel le plus décisif de cette bataille de titans. Il lui a remis une médaille, une très haute décoration. Winston Churchill n'était pas homme à montrer ses émotions, tu le sais sans doute, mais maman m'a raconté qu'il avait les larmes aux yeux quand il lui a dit qu'il te considérait comme son fils, son Isaac. Sur le coup, elle n'en a pas retiré une grande consolation. Une seule chose aurait pu la consoler : que tu reviennes vivant.

— M. Churchill savait...

— C'était une stratégie que même les nazis ne croyaient pas possible. Un peuple civilisé ne pouvait pas trahir sciemment un de ses plus grands héros.

— Et elle a réussi ? »

Wheeler hocha lentement la tête.

« Les Panzer, ces fameux chars censés rejeter les envahisseurs à la mer, n'ont jamais été envoyés en Normandie, ou en tout cas pas avant plusieurs semaines. Personne ne sait pourquoi, mais Hitler a ordonné qu'ils restent stationnés à Calais. C'est ce qui a permis le succès du débarquement allié. »

Dilly, épuisé, exhala un soupir.

« Ils attendaient l'armée imaginaire du général Patton.

— Et le monde n'en a rien su. Le stratagème n'a pas été dévoilé et personne n'a jamais su que tu avais parlé. Tu es devenu le summum du stoïcisme, l'homme qui avait tenu tête à la Gestapo. C'est dans ce mythe-là que j'ai grandi. C'est ce père-là que j'ai eu. » Wheeler marqua un temps d'arrêt. « Je porte en moi l'image de cet homme capable de tout endurer sans jamais céder. Et j'étais persuadé d'être son héritier. » Il lâcha un petit rire. « Pour le moment, je suis incapable de deviner ce que je serais devenu sans cette image, sans la conviction que ce sang-là coulait dans mes veines. Qu'est-ce qui se serait passé si j'avais su ? Si j'avais su que mon père, cet homme à la volonté de fer... »

Dilly le fit taire d'un geste.

« Puisque nous en sommes à parler franchement, Stan, il y a autre chose que tu dois savoir. »

Wheeler sentit que son père était sur le point de se soulager d'un deuxième fardeau.

« Cela commence à faire beaucoup de choses à assimiler, ajouta Dilly d'un air navré. Pour moi comme pour toi. »

Wheeler se contenta d'acquiescer.

« Il y a encore un détail. Concernant les circonstances de ta venue au monde. Tu sais à quel point j'aime ta mère : je suis fou d'elle. Et je t'ai aimé avant même que tu naisses, je t'ai toujours considéré comme mon fils et mon héritier, sans aucune restriction. Pourtant... » Dilly prit le temps de respirer. « La première fois que j'ai été envoyé en France occupée, pour une mission que ta mère trouvait absurdement téméraire dans le cadre de cette guerre qu'elle désapprouvait, elle a manifesté son exaspération en commettant une petite folie. Le soir de mon départ – elle me l'a avoué très simplement, très franchement –, elle s'est saoulée à mort et a cédé aux avances d'un fils d'ambassadeur très porté sur la chose, qui lui tournait autour depuis un certain temps. Ta mère était ravissante, rappelle-toi, d'une beauté renversante. Une prise de choix, en somme. Leur aventure n'a duré qu'une nuit, et elle m'a assuré qu'elle n'avait jamais revu cet homme. Il a été tué à la guerre. Un simple faux pas, le résultat d'un moment de faiblesse, dont je ne peux pas lui tenir rigueur. Entre ce qu'elle m'en a dit et la chronologie des faits, que j'ai eu tout le temps de ressasser pendant ma récente incarcération... » Dilly, gêné, regarda ses mains. « Bref, tout cela suggère fortement – confirme, en fait – que le sperme responsable de l'ultime contribution n'était pas le mien. »

Wheeler le fixa, éberlué.

« Tu penses que tu n'es pas mon père ?
— J'en suis certain.
— Je ne peux pas y croire.
— Mais tu restes évidemment mon fils. J'ai fait promettre à ta mère de ne jamais, au grand jamais, parler de ce doute à qui que ce soit, et à ce que je vois elle a tenu parole. Tu es mon fils, mon fils unique et adoré, affirma-t-il, guettant un signe de compréhension chez Wheeler. Sauf sur le plan biologique. »

Wheeler n'en revenait toujours pas.

« Cela veut donc dire... »

Il se retint d'extrême justesse d'exprimer les pensées qui se bousculaient dans sa tête à propos de Weezie, ce qui laissa le temps à Dilly d'interpréter son hésitation d'une tout autre façon.

« Je suis désolé, fiston. Mais il fallait que je t'en parle.

— Ce n'est pas grave, répondit Wheeler d'un ton calme, malgré la tempête sous son crâne. Simplement, ça fait un choc.

— Bon, soupira Dilly, harassé, cela suffit peut-être pour aujourd'hui, tu ne trouves pas ?

— Et comment », acquiesça Wheeler, son esprit toujours en ébullition.

36

LES CONDITIONS PRÉALABLES
D'UN APOGÉE CULTUREL

On note des différences considérables, dans le journal de Wheeler, entre les passages écrits avant le début de ses échanges avec Sigmund Freud et les suivants. Ces derniers sont beaucoup plus subtils. Les observations se font de plus en plus concises, peut-être plus pertinentes, plus audacieuses et en tout cas plus introspectives après sa rencontre avec l'esprit le plus brillant du xxe siècle. D'une manière ou d'une autre, le fait de savoir que le grand médecin viennois en écoutait désormais chaque mot accéléra le rythme et augmenta l'intensité des phrases de Wheeler Burden.

Le lendemain de sa longue discussion avec Dilly, après une nuit de réflexion très agitée, Wheeler se leva tôt et fut, comme souvent, le premier à occuper la table de la Jeune Vienne au Café Central, bien décidé à profiter de ce moment de solitude pour rassembler ses pensées dans son journal. Malgré un mal de crâne considérable, il était presque content d'avoir été mis sur la touche par le départ soudain de Weezie et de ne plus être au centre de son histoire. La découverte de l'identité d'Emily James et ses conséquences, leur douloureuse rupture, la révélation de la trahison commise par Dilly, l'histoire de sa propre conception, tout cela avait fini par s'agglomérer dans sa tête en une masse informe. Il avait donc besoin de se poser, de souffler un bon coup et de mettre ses idées noir sur blanc.

« Pour vous, la parole est une découverte », lui avait dit un jour son mentor de St Gregory – et l'écriture ne venait pas loin derrière. Comme il le reconnaît dans son journal, Wheeler ne savait jamais ce qui allait jaillir de son stylo avant qu'il ait touché le papier. Et, ce matin-là, il avait beaucoup à découvrir. Il commença par des conjectures autour de son père. S'il avait su d'emblée ce qu'il venait d'apprendre sur ses origines, sa vie en aurait sans doute été significativement affectée. Il s'était toujours senti différent des autres avec le sang héroïque, voire mythique, qui coulait dans ses veines. Son père avait été un personnage hors norme, toujours à la hauteur de la situation, capable de résister, au prix de sa vie, aux pires tortures de la Gestapo. Wheeler avait grandi dans la certitude que lui-même, le dernier des Burden, aurait fait de même. Or il s'avérait que son père n'était pas son père et que le grand Dilly Burden avait été manipulé puis livré à l'ennemi par les siens, victime de son sens étroit du devoir. Ce non-père avait, comme n'importe qui, plié devant l'ignoble brutalité nazie en communiquant à ses tortionnaires ce qui était peut-être le faux renseignement le plus important de la guerre. Pour Wheeler, c'était à la fois un choc et un soulagement. Pourquoi sa mère ne lui avait-elle jamais parlé de ce fils d'ambassadeur tué à la guerre ? Était-ce pour honorer une promesse faite à son défunt mari ? Et sa grand-mère ? Avait-elle su qu'il n'était pas le fils de son père ?

Et *quid* d'Eleanor Putnam, à présent ? Wheeler ne pouvait qu'être soulagé d'apprendre qu'il n'était pas un Burden, que Weezie n'était pas sa grand-mère, du moins pas techniquement, et que leur liaison avortée ne relevait donc pas de l'inceste. Elle était en route vers Boston, à l'abri, et il n'aurait plus besoin de se demander à tout bout de champ en quoi il risquait d'affecter son avenir. Le fait de la savoir loin et hors de danger lui procurait un formidable apaisement intellectuel, mais ne diminuait en rien la souffrance qui lui rongeait le cœur.

Rationnellement, Wheeler s'était résigné au départ de Weezie. Il finirait, espérait-il, par surmonter le désir et le sentiment de perte qui le mettaient au supplice, comme elle finirait par se remettre de son propre chagrin. Il espérait aussi que, une fois à Boston, elle reprendrait le cours normal de sa vie et séduirait Frank Burden, même si cette perspective n'avait rien de réjouissant. Après tout, il ne savait même pas si elle était censée avoir quitté Vienne en 1897 ou en 1898. Peut-être n'avait-il été que le catalyseur involontaire de son retour à Boston, où l'attendait son destin. Rien n'indiquait qu'il ait pu influencer en quoi que ce soit le cours de sa vie future. Mais sur un autre plan, complètement irrationnel, le départ de Weezie et la révélation des secrets de Dilly l'avaient plongé dans un désespoir total, irréparable. Ce matin-là, seul à sa table du Café Central, Wheeler repensa à une remarque faite par son père lors d'une de leurs conversations initiales. « Nous savons comment tout cela a fini, avait-il dit en parlant des inévitables problèmes posés par leur remontée dans le temps. C'est assez perturbant, mais nous allons devoir nous conformer aux causes et aux effets qui ont d'ores et déjà déterminé nos passés respectifs. »

Depuis leur rencontre, Dilly et lui avaient plusieurs fois discuté des effets que leur présence à Vienne risquait d'avoir sur l'avenir. Dilly avait mentionné la théorie d'Einstein selon laquelle chaque instant vécu dans le passé par un voyageur temporel donnait naissance à un univers parallèle, d'où l'existence d'une infinité d'avenirs possibles. Il se pouvait aussi que rien ne change, que le futur se déroule exactement comme il était censé le faire, indépendamment de leurs actes. Mais dans un cas comme dans l'autre, avait conclu Dilly, leur devoir consistait à rester en retrait et à réduire leur incidence au strict minimum.

« Vous êtes à votre poste de bonne heure, ce matin. »

Brusquement tiré de sa méditation, Wheeler leva les yeux sur le visage juvénile et souriant d'Egon Wickstein.

« Rien de tel pour l'inspiration, répondit-il. En général, je commence par une marche matinale.

— En compagnie d'une demoiselle, à ce qu'il me semble.

— Plus maintenant, dit Wheeler, faisant de son mieux pour dissimuler sa déception. Elle est repartie.

— D'où cet air si malheureux.

— Nous nous remettons tous de ces affaires de cœur, non ?

— Ah, vous prenez les choses avec philosophie. C'est bien. J'aime bien les philosophes. »

Wheeler se retint d'éclater de rire. Egon Wickstein, du haut de ses 19 ans, n'avait aucun moyen de comprendre en quoi sa remarque pouvait paraître amusante à un visiteur de la fin du XXe siècle.

« Et vous ? s'enquit-il. Qu'est-ce qui vous amène de si bon matin ?

— Je suis comme vous, je cherche l'inspiration. » Le jeune philosophe montra à Wheeler une liasse de feuilles volantes. « Une commande de la *Neue Freie Presse*. Le rédacteur en chef est apparemment impressionné par mes travaux et se dit prêt à lire mon *feuil-*

leton* si je le lui soumets dès cet après-midi. Je suis empli d'espoir, mais vide d'idées.

— Qu'avez-vous jusqu'ici ?

— Des pensées chaotiques. Ma thèse est que le XIIe siècle a été le pinacle de la civilisation.

— Intéressant. Dites-m'en plus. »

Et le jeune homme tendit son texte à Wheeler, qui le parcourut rapidement.

« C'est bien, dit-il. Il ne manque plus qu'un peu de colle d'amidon pour relier tout ça. »

Encore une citation de Haze, au mot près. Wheeler fit signe à l'étudiant de s'asseoir à côté de lui et se replongea dans la rédaction de son journal.

« Que pensez-vous de ceci ? lui demanda Wickstein après avoir passé un certain temps à raturer et annoter.

— Beaucoup mieux. À part que je placerais ce passage… ici. » Wheeler montra une page, puis une autre. « Quant à ceci, je le mettrais après la liste. »

Il se surprenait à parler comme Haze : sergent instructeur du *feuilleton**, il donnait ses ordres à ses recrues. Une idée lui vint.

« Parlant de votre liste… avez-vous pensé à ces raisons-ci ? »

Il griffonna trois brèves remarques en marge d'un feuillet. Wickstein les lut et sourit.

« C'est magnifique, dit-il. Vous permettez que je m'en serve ?

— Bien sûr. Pourquoi pas ?

— Si ce *feuilleton** est publié, les gens m'en attribueront tout le mérite, alors que ces idées sont les vôtres. »

Wheeler rendit son sourire à l'étudiant.

« Vous n'aurez qu'à dire que vous êtes monté sur les épaules de géants. »

Wickstein reconnut la citation.

« Sir Isaac Newton, dit-il.

— Précisément. »

Et Wheeler regarda son voisin de table rédiger à toute vitesse la version finale de son *feuilleton**. Ayant fini, Wickstein souleva le premier feuillet pour le relire.

« Écoutez ceci, dit-il, citant une annotation de Wheeler. "Les conditions préalables d'un apogée culturel." N'est-ce pas un peu prétentieux ? »

Wheeler, trop marqué par la perte d'Emily James pour prêter attention à ce qui se jouait là, sourit d'un air absent. Pourquoi son départ l'avait-il aussi profondément peiné ? Comment se faisait-il qu'elle lui ait à ce point brisé le cœur ? Elle avait réussi à le transformer par sa seule présence, lui l'orateur compulsif. Avec elle, il avait été libéré du besoin de parler et s'était contenté d'observer, de la regarder s'épanouir. Avec elle, il avait éprouvé, peut-être pour la première fois de sa vie, un sentiment total d'appartenance et d'acceptation. Avec elle, il avait découvert un amour absolu, passionné et serein. Comment était-ce possible ? Comment cela avait-il pu fonctionner ?

« Ça ira très bien », se contenta-t-il de répondre d'un air absent à l'étudiant en philosophie qui, déjà, s'éloignait.

Après que Wickstein se fut éclipsé en hâte pour mettre ses corrections au propre et apporter son essai au siège de la *Neue Freie Presse*, Wheeler se remit à coucher ses réflexions sur le papier. Jusqu'au moment où, au beau milieu d'une pensée, il leva la tête vers la porte sur rue. L'apparition en robe blanche à haut col qui venait d'entrer dans son champ de vision glissa vers lui entre les tables clairsemées. Elle arborait un sourire radieux, botticellien, et, au fil de son approche, devint réalité.

« Oh, j'espérais tellement vous trouver ici ! s'exclama-t-elle, à la fois soulagée et affolée. J'avais si peur que vous ne soyez reparti ! »

Wheeler avait devant lui le beau visage frémissant d'expectative de Weezie Putnam.

37

L'ENFANT DE LAMBACH

« Je ne suis pas allée plus loin que Nuremberg. » Le feu aux joues, elle sonda le regard stupéfait de Wheeler. « Voilà pour ma prétendue détermination. Si nous sortions marcher un peu ? »

Sa main retrouva naturellement sa place sur l'avant-bras de Wheeler pendant qu'ils se promenaient sur le Ring, du Burgring au Franzensring.

« Je suis morte de honte, répéta-t-elle pour la troisième fois. J'étais tiraillée entre deux sentiments, l'un me disant que j'avais eu une conduite inqualifiable et qu'il ne me restait plus qu'à prendre la fuite, l'autre que je commençais tout juste à m'ouvrir comme une fleur. J'ai décidé d'écouter le second. » Elle s'interrompit, mais Wheeler garda le silence. « Plus je m'interrogeais, plus je me sentais misérable, terriblement malheureuse, et plus votre place devenait centrale dans mes pensées. Si je suis revenue... »

Elle l'obligea à faire halte et le regarda. Les mots, alors, lui vinrent d'une traite.

« Jamais je n'ai rencontré quelqu'un d'aussi attentionné ni d'aussi sensible que vous, ni d'aussi perspicace, et jamais personne n'a eu pour moi de sentiments aussi profonds ni aussi tendres. Je reviens vers vous prête à ravaler mes larmes et ma honte une fois pour toutes. Je reviens vers quelque chose qu'il m'est impossible de décrire, qui me trouble et qui me ronge et qui m'obsède. J'ai donc repris un train en sens inverse à Nuremberg, un train d'une lenteur désespérante, devrais-je ajouter. Après ce que j'ai fait, je ne serais pas surprise que vous ne vouliez plus entendre parler de moi. »

Elle se tut, à bout de souffle.

« Je ne pourrais pas...

— Oh, reprit-elle, vous n'avez pas besoin de parler. »

Il observa son visage innocent et comprit qu'en effet elle n'attendait de lui aucune réponse.

« Il me semble... »

Elle l'interrompit de nouveau, cette fois d'un infime mouvement de main.

« Laissez-moi terminer. J'ai eu trop de temps pour réfléchir, il faut que je parle. » Ils se remirent en marche. « Je refuse de devenir une vieille fille aussi sèche et aussi racornie que ma tante Prudence. Je veux croquer la vie à belles dents. Si ce que j'ai fait jusqu'ici est immoral, je souhaite m'engager pleinement dans la voie de l'immoralité. Vous êtes devenu mon opium. Une drogue vers laquelle je reviens de toute la force de mon être, tel le papillon attiré par la flamme.

— Et Fräulein Tatlock ? demanda Wheeler avec un sourire de soulagement.

— Fräulein Tatlock était folle de joie. Allez savoir pourquoi, elle avait omis de porter ma malle à la gare. »

Ils firent une nouvelle halte et il la contempla un moment, émerveillé, avant de dire :

« Votre départ m'a anéanti... » Il se força à retrouver un ton léger, malgré ses yeux qui en disaient plus long que n'importe quel discours. « Vous m'obsédez tellement que j'en viendrais presque à parler comme vous !

— Vous n'êtes donc pas scandalisé de me revoir ?

— Je suis comme Fräulein Tatlock. Je suis fou de joie. »

Ils reprirent leur promenade.

« Je pourrais marcher avec vous toute la journée, dit-il.

— Ce serait une façon bien agréable d'occuper la mienne, répondit-elle avec un adorable sourire.

— Malheureusement, j'ai rendez-vous à l'université.

— Vous avez beaucoup de rendez-vous à Vienne, monsieur Truman, taquina-t-elle en lui tirant légèrement sur l'avant-bras. Vous êtes un homme auréolé de mystère.

— Oh, loin de là. Il se trouve juste que j'ai fait quelques rencontres – toutes masculines, je peux vous l'assurer.

— J'avoue bien volontiers que je suis jalouse du temps dont elles me privent, dit-elle en lui imposant une nouvelle halte. À présent que je suis de retour à Vienne, j'ai très envie d'être seule avec vous. »

Lorsqu'il retrouva comme convenu Dilly dans son petit bureau de l'université, Wheeler pensait si fort à Weezie Putnam qu'il eut toutes les peines du monde à se concentrer sur ce qu'il voulait lui dire.

« Regarde », dit Dilly, indiquant les piles de papier qui encombraient sa table.

Wheeler jaugea du regard l'impressionnante quantité de textes à traduire.

« Voilà qui devrait nous permettre d'échapper à la famine pendant un bon moment, dit-il.

— Je suis content que tu sois venu, Stan. Il y a largement assez de travail pour deux. Choisis une liasse. »

Wheeler en souleva une.

« Euh, non, dit Dilly en tendant la main pour la lui reprendre, pas celle-là.

— Qu'est-ce que c'est ? interrogea Wheeler en survolant la première page.

— Oh, rien. Juste quelques notes griffonnées à la va-vite. »

Wheeler garda la liasse et finit de lire la feuille qu'il avait sous les yeux. Apparemment, il s'agissait en effet de notes écrites de la main de Dilly.

« Ce n'est rien. Allez, rends-moi ça.

— Minute. Qu'est-ce que c'est que ça ?

— Juste une petite recherche que j'ai faite aux archives publiques.

— C'est *lui* que tu essaies de trouver ? »

Dilly rosit juste assez pour confirmer les soupçons de Wheeler, qui se mit à lire les notes à haute voix.

« Prénom du père : Alois. Retraité de la fonction publique. Linz, puis Lambach. C'est le nom de la ville, n'est-ce pas ? »

Dilly resta muet.

« Seigneur, lâcha Wheeler en un souffle. Je n'y crois pas. Tu es à la recherche d'Adolf Hitler. Et qu'est-ce que tu comptes faire si tu le trouves ? »

Si lui-même se sentait coupable de flirter avec la mère de son père, Dilly, de son côté, fomentait une intrusion aux conséquences infiniment plus graves.

« Moi qui croyais que tu voulais avancer sur la pointe des pieds pour ne rien changer au cours de l'histoire !

— J'aimerais juste aller le voir.

— Mais au nom du ciel, c'est un petit garçon de 10 ans !

— Huit, en fait. Je voudrais juste le voir. »

Son ton n'était pas du tout convaincant. Wheeler eut une soudaine révélation.

« C'est pour ça que tu es venu ici, n'est-ce pas ?

— Je ferais mieux de te raconter la fin de l'histoire, répondit Dilly, plus soulagé qu'autre chose. Je ne suis pas très objectif sur ce sujet. » Il fit une pause. « La torture... » Encore une pause. « C'est ce qu'il y a de plus terrible, ça m'a détruit à petit feu. J'aurais dû mourir, mais la pilule magique n'avait rien de magique. Ils se sont acharnés, encore et encore, et j'ai tenu le coup, mais ils ont fini par réussir à m'amener au point de rupture, et j'ai craqué. Je leur ai donné les noms de mes contacts de la Résistance, j'ai dit tout ce que je savais de la future offensive alliée. J'ai tout balancé. Après, ils m'ont laissé croupir seul dans ma cellule pendant des jours, enfin je crois. J'étais une épave. Je pouvais à peine bouger, mais au moins on ne venait plus me chercher pour me traîner dans cette pièce de cauchemar. Ils ont pris le temps de recouper mes informations, j'imagine, et à partir du moment où elles ont été confirmées, ils m'ont laissé crever dans mon coin parce qu'ils n'avaient plus besoin de moi. En me laissant en vie au cas où il y aurait encore un petit quelque chose à me faire cracher, sans doute. Ce qui est sûr, c'est qu'ils n'ont rien fait pour soulager ma culpabilité. »

Wheeler le sentait tendu à l'extrême, comme un homme possédé.

« C'est à ce moment-là que ma haine pour Hitler a pris le dessus sur tout le reste : elle est devenue mon seul point de mire. Il n'y avait pas à se forcer pour voir en lui le responsable de toute cette horreur, et j'ai donc commencé à penser à lui enfant, à penser à ce qui arriverait si je pouvais retourner dans le passé pour lui mettre la main dessus. J'y ai pensé et repensé sans cesse, j'ai reconstitué dans ses moindres détails cette ville que je connaissais grâce à un voyage d'étudiant et aux récits de ma mère. Et, petit à petit, j'ai senti que je quittais le froid de ma cellule et je me suis retrouvé ici, transporté par ma haine, renvoyé dans le passé pour tuer cet enfant. J'ai pris mes renseignements, je suis allé à Linz parce que je me souvenais qu'il était originaire de là-bas, et j'y ai trouvé ce que tu viens de lire. La famille a déménagé à Lambach et le père, Alois, est un ancien fonctionnaire à la retraite. Allons-y, et on les trouvera.

— Tout ça à cause des tortures ?

— Oui, et aussi de ce que j'ai découvert sur mon père. »

38

PREMIÈRE VALSE

« Vous voyez tant de choses sous la surface, dit Weezie pendant leur promenade sur le Franz-Josef-Kai. C'est comme si vous veniez d'un autre monde. Comme si vous n'aviez aucun... »

Elle s'interrompit, cherchant le mot juste.

« Aucune inhibition ? suggéra-t-il.

— C'est un phénomène pour lequel nous n'avons même pas de mot. Vous semblez capable de décrire des idées qui ne nous ont jamais traversé l'esprit, ni à mes amis ni à moi. D'où tenez-vous cela ? Seriez-vous sorcier ?

— Non, dit Wheeler en riant. Juste san-franciscain.

— Et les San-Franciscains, dit-elle en cherchant son regard, doivent trouver que les Bostoniens sont des gens terriblement ennuyeux.

— Ai-je l'air de m'ennuyer ? » demanda-t-il en s'arrêtant un instant.

Le sourire botticellien réapparut.

« Non, je ne crois pas. Mais je crains de prendre trop de plaisir à nos conversations. En fait, cela va au-delà du plaisir : elles font désormais partie de mes nécessités quotidiennes, au même titre que la nourriture et le sommeil. Comme si mon âme était une cave profonde où vous auriez réussi, par des moyens naturels ou surnaturels, à percer une fenêtre. »

Elle s'exprimait toujours avec cette fraîcheur innocente qui fascinait tellement Wheeler que leurs promenades matinales le long du canal étaient devenues, pour lui aussi, une nécessité quotidienne.

« Je n'ai aucune envie de rentrer à Boston pour devenir une vieille limace ennuyeuse, ajouta-t-elle avec le plus grand sérieux. Mais je ne peux pas non plus me transformer en bohémienne.

— Même pas en limace bohémienne ? »

Elle tourna la tête vers lui en pouffant.

« C'est quelque chose qui existe ?

— Non, même pas à San Francisco. Je viens de l'inventer.

— Vous recommencez, dit-elle en lui secouant légèrement le bras. Vous n'avez pas votre pareil pour me faire perdre mon sérieux. Vous voyez toujours le côté léger de ce que je vous dis. Les membres du conseil de l'église de mon père pensent que je suis progressiste, et mes amies lèvent les yeux au ciel en me traitant de dévoyée quand je leur tiens ce genre de langage. Ce n'est pas qu'elles soient écervelées, mais on dirait qu'elles n'accordent pas beaucoup d'attention à ce qu'elles qualifient de choses on ne peut plus normales.

— Vous êtes d'un caractère plus introspectif, c'est tout.

— *Introspectif*. Voilà un mot intéressant, dit-elle en inclinant la tête. Qui regarde vers l'intérieur. En effet, j'ai une certaine tendance à l'introspection. C'est aussi ce que dit de moi un grand ami de ma mère, le Dr James.

— Voulez-vous parler de William James ? s'enquit Wheeler, puisant secrètement dans ce qu'il savait d'elle.

— Vous le connaissez ?

— Qui, à San Francisco, n'a pas entendu parler de William James et de son frère Henry ?

— Tous deux ont été très proches de ma mère, et le Dr James s'est beaucoup investi dans mon éducation après sa mort. C'est quelqu'un qui m'est cher.

— Et il qualifie votre tempérament d'introspectif ?

— Oui. Ce n'est pas trop grave, j'espère ?

— Au contraire. C'est très bien. Très moderne. L'introspection est à la mode ces temps-ci en Europe, elle fait même fureur dans le petit milieu des cafés – et aussi à l'université, avec des gens comme le Dr Freud. » Wheeler sourit. « C'est très bien, à condition de ne pas en abuser. Et j'ai la réputation d'abuser des bonnes choses.

— Moi aussi, hélas. Ma tante Prudence vous dirait que l'introspection est une forme d'apitoiement sur soi-même, que c'est... Que ce n'est pas chrétien, lâcha-t-elle, prenant presque malgré elle une mine sévère et pointant sur Wheeler un doigt accusateur.

— Sans vouloir lui jeter la pierre, l'attitude de votre tante Prudence ne me paraît pas très chrétienne.

— Oh, ses intentions sont bonnes. Elle est juste un peu rigide, je crois qu'on peut le dire.

— Que penserait-elle de tout ceci ? demanda Wheeler avec un geste en direction de la vieille ville, qui commençait à renaître à la vie un peu partout.

— Seigneur ! Jamais elle n'approuverait Vienne. Elle dirait que c'est une ville frivole et dévergondée, ou quelque chose de ce genre. Elle n'a jamais quitté Boston. »

Au bout du Franz-Josef-Kai, à l'endroit où ils avaient coutume de rebrousser chemin vers la pension de Fräulein Tatlock, Wheeler eut soudain envie de prolonger leur rendez-vous matinal. Il entraîna Weezie vers une terrasse de café.

« Pourrions-nous nous asseoir un moment ? »

Il faisait un temps superbe, et le nombre de passants commençait à augmenter.

« Vous êtes-vous déjà demandé, dit-elle pendant que le serveur leur apportait du café et du lait sur un plateau, pourquoi on voit tant de gens flâner dans cette ville ? Ne sont-ils jamais attendus quelque part ? N'ont-ils aucune obligation, aucune occupation ?

— Ne pensez-vous pas que c'est un mode de vie auquel vous pourriez vous adapter ? »

Elle réfléchit un instant, un doigt sur la joue.

« J'aurais tout de même besoin de faire quelque chose. Jouer du violoncelle, ou écrire, ou...

— Ou travailler dans une banque ? »

Elle fit une moue.

« Je ne pourrais probablement pas rester enfermée pendant des heures et des heures... Vous savez, ajouta-t-elle après l'avoir dévisagé un moment, j'ai quelque chose à vous demander.

— Allez-y.

— Vous êtes toujours d'une franchise déconcertante, mais... je voudrais savoir s'il y a des choses dont vous ne me parleriez pas.

— Quel genre de choses ?

— Des sujets inabordables. Seriez-vous capable de ne rien me cacher ?

— Essayons, proposa-t-il.

— Je n'ai pas besoin de preuves, dit-elle, gênée. C'était une question théorique, et...

— Essayons. Dites-moi par exemple ce que vous avez ressenti l'autre soir dans le fiacre, quand vous vous êtes enfuie.

— Oh, jamais je ne pourrais... »

Elle se tut, baissa la tête. Wheeler se contenta d'attendre que le silence lui devienne intolérable.

« J'ai ressenti une vague de... J'ai été envahie par quelque chose d'animal. Il fallait que ça cesse. »

Il haussa les épaules.

« Vous voyez ? C'était inabordable, et vous venez de le dire. Quelqu'un en est-il mort ?

— J'ai eu l'impression que mes plus bas instincts étaient en train de prendre le dessus et que je courais à la catastrophe, déclara-t-elle avec un sourire résigné. Voilà, c'est dit.

— Et où ces instincts vous auraient-ils menée ? interrogea Wheeler, bien décidé à ne pas lâcher prise.

— Ils m'auraient menée au dérèglement et... »

Elle se tut, ferma les yeux.

« Et ?

— Et à l'abandon.

— Et est-ce si grave ? »

Son visage semblait apaisé. Elle rouvrit soudain les yeux et le regarda en inclinant la tête.

« Non, répondit-elle enfin, ce n'est pas grave. Il se pourrait même que ce soit une libération bienvenue. »

Sur le chemin du retour, la main de Weezie trouva à nouveau son bras.

« Je redoute souvent de tomber sur Frank Burden », dit-elle.

D'après ce que nous dit le journal, c'était la première fois qu'elle citait ce nom, et Wheeler eut sans doute bien du mal à ne pas s'arrêter net.

« Qui est-ce ? demanda-t-il avec une feinte nonchalance.

— Frank ? Oh, un jeune homme de Boston. Un ancien champion de football à Harvard, et il a participé aux Jeux olympiques en Grèce l'année dernière. Il voudrait m'épouser. Je lui ai répondu que j'avais besoin de temps pour trouver ma voie. Mais il n'en démord pas, il revient toujours à la charge. Je crois que c'est surtout ma famille qui l'impressionne. » Elle pouffa. « Frank est banquier. Pas du tout le genre à se demander quelle est sa voie. Il n'est pas d'un tempérament introspectif, comme vous diriez. Plutôt très possessif. Il n'apprécierait pas du tout de me voir au bras d'un aussi bel homme que vous, ajouta-t-elle en passant de nouveau sa main sous le coude de Wheeler. Il est à Vienne pour perfectionner sa connaissance du système monétaire international... Pour cela, et aussi pour me demander à nouveau ma main, je le crains, même si j'ai réussi à l'éviter jusqu'ici.

— Et vous, avez-vous envie de devenir sa femme ?

— Plus tard, j'imagine, ce serait une bonne chose pour moi d'épouser quelqu'un d'aussi respecté et d'aussi convenable que Frank. C'est un bel homme, très bien élevé. Il appartient à une très vieille famille de Boston, dont il est le dernier héritier mâle, et je le trouve correct et cultivé. Il a tout pour engendrer une excellente lignée.

— Dans ce cas, pourquoi n'avez-vous pas sauté sur son offre ?

— Pour le moment, j'ai besoin de comprendre certaines choses sur moi-même. Frank a des idées très arrêtées sur la vie – et notamment sur le rôle que doivent y jouer les femmes. Avant de me résoudre à le suivre dans cette voie, j'aimerais connaître un peu mieux le monde.

— Ne craignez-vous pas de n'avoir plus aucune envie de vous installer dans un mode de vie conventionnel si vous connaissez mieux le monde ?

— Vous voulez dire que si je découvre la bohémienne qui est en moi, je risque de choisir définitivement l'errance ?

— Quelque chose comme ça, oui. »

Pensive, elle fit cinq ou six pas en silence avant de lâcher :

« Je ne crois pas que la bohémienne soit primordiale chez moi, pas plus que la folle ou la mauvaise fille. Mais je voudrais au moins lui laisser une chance de sortir de sa tanière et pouvoir la regarder avant qu'elle se retire à jamais. »

Ils poursuivirent leur marche, et elle revint sur sa visite au domicile de Gustav Mahler.

« C'était terriblement embarrassant. Je ne comprends rien à ce qui s'est passé. Il était debout à côté de moi, en train de pointer sa baguette sur la partition que j'avais sous les yeux, et d'un seul coup j'ai senti que tout se mettait à tourner dans ma tête.

— Est-ce qu'il vous a… ?

— Fait des avances ? anticipa Weezie. Grands dieux, non ! J'ai juste été prise de vertige, et je ne me souviens que de m'être réveillée étendue sur le divan, avec les visages inquiets de Herr Mahler et de sa femme de chambre au-dessus de moi. Je me suis sentie totalement idiote, comme une petite fille.

— Qu'a fait Mahler ?

— Oh, il a été parfait. Il devait être très gêné pour moi, et il a fait preuve d'une grande sollicitude. Mais j'étais tellement humiliée que je n'ai pas voulu retourner le voir. »

Ils arrivaient devant la pension Tatlock, et elle lui pressa le bras.

« Attendez-moi ici, j'attends des nouvelles de Herr Felsch qui devraient vous intéresser. »

Elle gravit le perron en courant et réapparut quelques secondes plus tard, une enveloppe décachetée à la main.

« C'est merveilleux ! s'écria-t-elle, très excitée. M. Clemens est ce soir l'invité de la Concordia, le fameux club des journalistes de Vienne, et nous avons deux places pour assister à son discours. Nous n'aurons accès qu'aux galeries, car il s'agit de ce qu'ils appellent une *Festkneipe*, une soirée entre messieurs. Tout Vienne y sera. »

L'événement comptait en effet parmi les plus prestigieux de Vienne. Il se déroulait au siège de l'Association des marchands, dans l'une des plus grandes salles de bal de la ville.

« C'est somptueux », fit Wheeler à leur entrée dans les lieux, en les balayant du regard.

Des banderoles rouges, blanches et bleues ornaient la salle, et un immense portrait de Mark Twain était accroché au mur du fond, flanqué d'un drapeau des États-Unis non moins gigantesque. L'estrade des orateurs était agrémentée d'une abondance de plantes et de fleurs.

Ils retrouvèrent dans les galeries la famille de l'écrivain : son épouse Olivia et ses deux filles, Clara et Jean, auxquelles Weezie présenta un Wheeler presque intimidé. Clara Clemens semblait ravie de revoir Weezie.

« Je n'avais pas réalisé que tu étais à Vienne, dit-elle. Père sera très content de l'apprendre. Tu lui as fait très forte impression l'année dernière avec ton discours devant les Filles de la Révolution américaine. On ne pouvait plus l'empêcher de parler de toi. »

Tout le monde s'assit, et les festivités commencèrent. Weezie se pencha vers Wheeler et entreprit de lui désigner les Viennois influents qu'elle reconnaissait : des musiciens, des comédiens, des chanteurs, des dignitaires – dont un ministre américain, M. Tower.

« Voici Herr Mahler, dit-elle, montrant un homme sur la gauche de l'orateur. Et là, c'est mon ami Arnauld Esterhazy. »

Son geste fit lever la tête au jeune homme, qui les salua de la main.

Le discours de Mark Twain ne dura que dix minutes. Avec son frac noir, sa cravate blanche, sa crinière et son épaisse moustache, l'invité d'honneur ne manquait pas d'allure. Il lut, dans ce qui ressemblait à un allemand élégant pour des Américains, une déclaration écrite tirée de sa poche de veste. Quand il se tut, la salle applaudit à tout rompre.

« On dit à Vienne que Mark Twain est le plus célèbre de tous les écrivains américains, glissa Weezie à Wheeler. Il n'a pas droit à de telles ovations à Hartford. »

S'ensuivirent plusieurs pièces musicales, elles aussi ponctuées d'applaudissements nourris, après quoi l'assistance commença à faire cercle autour de l'illustre écrivain pour le féliciter.

Clara les rejoignit.

« Viens, dit-elle à Weezie. Père sera content de te revoir. »

Ils se frayèrent un chemin dans la multitude et attendirent leur tour. Clara finit par pousser Weezie en avant.

« Père, lança-t-elle, tu te souviens sûrement de Mlle Putnam, de l'université Smith. »

Mark Twain leva une main et, avec un large sourire, fit signe à la foule de s'écarter pour laisser passer sa fille et les personnes qui l'accompagnaient.

« Mademoiselle Putnam, dit-il. En effet, je ne vous ai pas oubliée. Vous avez été éloquente et persuasive.

— Père a été très frappé par ton discours, affirma Clara pendant que l'écrivain prenait la main de Weezie.

Il t'a trouvée remarquable, allant jusqu'à dire que tu étais l'illustration parfaite de la raison pour laquelle les femmes méritaient d'obtenir le droit de vote. À mon avis, il a le béguin pour toi. »

Mark Twain baissa les yeux, un peu décontenancé, et Wheeler crut voir rougir le célèbre conteur.

« Nos enfants trahissent nos secrets les mieux enfouis, lâcha-t-il, préférant prendre à la légère la remarque de sa fille.

— Vous me faites trop d'honneur, monsieur Clemens, déclara Weezie sans trace d'embarras, avant de se tourner vers Wheeler. Permettez-moi de vous présenter mon ami M. Truman, de San Francisco. »

Mark Twain prit la main tendue de Wheeler et la serra avec force. Les deux hommes se mesurèrent du regard d'une façon qui suggérait une certaine habitude de la célébrité.

« Enchanté de faire votre connaissance, dit Mark Twain, reprenant contenance. J'ai beaucoup d'affection pour San Francisco. J'y ai retrouvé une authenticité à laquelle j'étais habitué, à l'inverse de certains environnements beaucoup plus élégants et majestueux, mais qui manquent cruellement de naturel. Et comment vous êtes-vous adapté à cette ville si majestueuse ?

— J'ai eu un choc, je dois l'admettre, répondit Wheeler. J'imagine que j'éprouve un peu la même chose que votre Hank Morgan. »

Cette référence à l'œuvre de Twain lui valut un sourire immédiat de l'intéressé.

« Comme nous tous, non ? Ne pas se sentir à sa place dans une terre étrangère, c'est un sentiment que je connais bien. Simplement, il ne faut pas oublier que nous avons certaines choses à apporter à ces gens, monsieur Truman. Mais peut-être avez-vous l'impression qu'ils ne sont pas tout à fait prêts pour ce que vous avez à leur offrir, ajouta l'écrivain en riant.

— Je me surprends parfois à avoir peur de trop partager. J'ai l'impression que vous connaissez ce sentiment.

— Je le connais depuis longtemps, et c'est un rôle qui me convient.

— En tout cas, c'est un honneur pour moi de vous connaître, monsieur.

— Et c'en est un pour nous deux de connaître cette remarquable personne que vous accompagnez. » Twain tourna la tête vers Weezie, et Wheeler eut la certitude de le voir à nouveau rougir. « J'espère que nous ferez bientôt l'honneur d'une visite, mademoiselle Putnam. Peut-être Clara et vous pourriez-vous jouer de la musique ensemble. »

Sur le chemin du retour, dans le fiacre, Weezie flottait sur un petit nuage.

« C'était étrange de voir toute cette agitation autour de M. Clemens. À l'université Smith, nous ne l'avons jamais pris très au sérieux en tant qu'écrivain. Il écrit des histoires de petits garçons. »

Wheeler n'était pas en position d'objecter que, de son vivant, Eleanor Putnam verrait Mark Twain élevé, à l'université Smith comme ailleurs, au rang d'écrivain majeur, et que l'une de ses « histoires de petits garçons » serait un jour considérée comme l'archétype du grand roman américain.

« En tout cas, lui semble vous prendre très au sérieux. Je pense que sa fille a raison. On dirait qu'il a le béguin pour vous.

— Oh, c'était une boutade. Une hyperbole.

— Il a rougi.

— Allons donc. J'en doute sérieusement.

— William James vous trouve un caractère introspectif, Mark Twain rougit en votre présence. Je ne suis pas certain que vous soyez consciente de l'effet que vous produisez.

— Je crois que c'est vous, maintenant, qui faites dans l'hyperbole.

— On dirait que deux natures distinctes cohabitent en vous, toutes deux de façon très affirmée, insista Wheeler. L'une est rationnelle, douée pour la lecture, les nombres, l'analyse. L'autre est sensuelle, attirée par la musique et la peinture. Ce côté-là est très séduisant. Bien plus que vous ne l'imaginez, me semble-t-il. »

Elle faillit protester mais se ravisa.

« Vous savez, finit-elle par admettre, c'est exactement ce que je ressens. On m'a toujours expliqué que je devais me tenir droite à table, soigner mon écriture et apprendre la Bible par cœur. Je sens depuis toujours qu'il y a autre chose en moi, mais je n'avais jamais réussi à mettre le doigt dessus. Et c'est ce que vous venez de faire.

— Les Chinois parleraient de votre nature duelle, de vos côtés masculin et féminin. Connaissez-vous les symboles du yin et du yang ? »

Avec le pouce et l'index de chaque main, il forma deux C tournés l'un vers l'autre et les rapprocha jusqu'à ce qu'ils créent un cercle – encore une réminiscence des enseignements tirés par Haze de son précieux « petit livre ».

« Ils sont égaux et symétriques : l'ombre et la lumière, le rationnel et le spirituel. Ils renvoient à la dualité qui est l'essence même de la vie. Ces symboles viennent du taoïsme, une religion très ancienne. Chaque fois que le monde vous paraîtra trop unilatéral, pensez à l'autre moitié du yin-yang. »

Elle tendit le bras et lui prit la main.

« J'adore vous entendre parler de ces sujets. Cela me donne envie de me précipiter chez moi pour tout noter.

— Il faudrait que vous me plantiez là, et je n'en ai aucune envie.

— Je vous dois mille mercis, dit-elle en riant. Vous m'avez ouvert tant de portes, ces derniers jours ! Comme si vous me connaissiez depuis très, très longtemps. »

Une ombre de sérieux passa sur les traits de Wheeler.

« Nous devons absolument prolonger l'euphorie de notre rencontre avec le plus célèbre des Américains, décréta-t-il, retrouvant le sourire. Il n'est pas trop tard pour aller valser. »

Un vestige de réserve bostonienne lui fit froncer les sourcils, mais elle se reprit aussitôt.

« Vous savez, j'entends encore cette petite voix en moi qui me dit : "Ne fais pas ça." » Elle se laissa aller contre lui. « Oui, je ne demande pas mieux que d'aller valser, de me perdre dans la furieuse magie d'un rythme ternaire. »

Wheeler entendait encore son vieux maître psalmodier : « Le rythme furieusement cathartique de la valse a balayé les prudentes mesures du menuet, de même que votre rock'n'roll a détruit le fox-trot. Il a plongé dans l'ivresse une classe moyenne qui se morfondait, et cette intoxication vertigineuse a englouti le quadrille pour devenir l'obsession de toute une ville. » Haze adorait citer ensuite un voyageur allemand du XIXe siècle, qui avait vu la valse comme une fuite dans le diabolique : « Africaine et ardente, débridée, impétueuse, inharmonieuse, passionnée, elle exorcise les pires démons de nos corps en jetant tous nos sens dans une transe délicieuse. Un pouvoir redoutable a été accordé à la valse. Elle stimule en droite ligne nos émotions, sans emprunter le canal de la pensée. Cette bacchanale est la débauche à l'état pur, libérée de toutes les inhibitions de Dieu. »

Wheeler récita à Weezie la tirade de Haze dans la voiture qui les emmenait au Sperl, dans le quartier de Leopoldstadt.

« Oh, ce n'est qu'une danse », dit-elle quand il eut fini.

À leur entrée dans la grande salle de bal, ils furent conduits à leur table par un serveur, qui leur apporta peu après du vin blanc dans une carafe.

« Je crois qu'il est temps de nous lancer, dit Wheeler en donnant le bras à sa cavalière, qu'il entraîna à travers une foule souriante jusqu'à la piste de danse.

— En général, remarqua Weezie, les Viennois sont d'une excessive politesse. Ici, j'ai l'impression qu'ils se bousculent et jouent des coudes sans un mot d'excuse.

— C'est le lot des bacchanales », observa Wheeler en prenant position sur la piste.

Le chef d'orchestre, successeur des deux Strauss, leva sa baguette et sourit aux danseurs en attente. La baguette descendit, la musique s'éleva.

« Si vous voulez bien, proposa galamment Wheeler en passant un bras autour de la taille de Weezie.

— Je ne sais pas valser.

— Absurde. Tout le monde sait valser. Vous l'avez dans le sang, cela ne demande qu'à sortir. »

Cette réplique, lui-même l'avait entendue dans un lointain passé. Il souleva la main droite de Weezie, plaça sa main libre sur la hanche de la jeune femme, l'attira vers lui, sentit un instant la chaleur de son buste, puis se lança dans une succession de petits pas sur le parquet.

« Un, deux, trois... un, deux, trois », l'entendit-il murmurer à plusieurs reprises.

Elle se laissa peu à peu emporter par le rythme de la valse, et ils se risquèrent ensemble à leurs premiers mouvements, d'abord empruntés, hésitants, puis entraînés par leurs voisins dans un tourbillon de joie et de sourires.

« J'adore ça, dit Weezie, extatique, au bout de trois ou quatre danses. C'est, je pense, le contraire de l'inhibition.

— Combien est-on censé en danser d'affilée ?

— Aucune idée, répondit-elle en l'entraînant hors de la piste. Mais j'ai besoin d'un rafraîchissement avant de recommencer. »

Ils regagnèrent leur table.

« Je crois que les Viennoises changent de cavalier, dit-elle en s'asseyant sur la chaise qu'il lui présentait, mais il n'est pas question que je vous partage avec qui que ce soit.

— Vous voyez. Vous commencez déjà à perdre vos inhibitions. Méfiez-vous.

— Je voudrais les perdre toutes. Oui, toutes ! » Elle redevint brusquement sérieuse, plus belle que jamais avec le feu qui lui rosissait les joues. « Pensez-vous que ce soit mal ?

— Je pense que c'est tout à fait naturel.

— Vous savez quoi ? J'ai l'impression d'être trois personnes à la fois, en guerre les unes contre les autres. Je suis ma tante Prudence, installée dans ses jugements sévères, mais je suis aussi une enfant impulsive, égoïste, constamment tentée d'outrepasser les limites.

— Et la troisième ?

— Je suis aussi ma mère, une adulte sage, sensée, toujours en quête de raison et d'équité. »

Wheeler, déconcerté, la laissa reprendre son souffle sans rien dire. Elle rejeta la tête en arrière et ajouta :

« Et j'ai l'impression que vous avez été envoyé pour être mon protecteur. Vous êtes là pour me protéger de la guerre que se livrent ces trois personnages et m'amener à... »

Elle ne connaissait pas le mot.

« À la complétude ? » suggéra Wheeler.

Il joignit à nouveau ses mains en C, et elle le regarda avec surprise.

« À la complétude », dit-elle.

Ils dansèrent pendant des heures, sans jamais songer à partir, transportés par la joie ambiante.

« Avez-vous remarqué toutes ces jeunes femmes ? demanda Weezie à l'occasion d'une pause.

— Je ne vous ai pas quittée des yeux.

— Non, je parle de leur sans-gêne. Elles se promènent dans la foule sans chaperon et ne se gênent pas pour bousculer tous ceux qui sont en travers de leur chemin. Elles sont vraiment très libérées, je trouve.

— Vous allez voir qu'elles revendiqueront bientôt le droit de voter. »

La musique reprit ; de nombreux couples se remirent à virevolter, sous le regard ébahi de Wheeler.

« Voilà ce que mon vénérable maître appelait l'"apocalypse joyeuse", dit-il.

— C'est magnifique », acquiesça-t-elle avec un large sourire.

Ils dansèrent à nouveau, au cœur du tourbillon, jusqu'à ce que l'orchestre ait joué ses derniers accords et que les danseurs commencent à refluer vers la sortie de l'immense salle de bal.

« Moi aussi, confia Weezie à Wheeler, je me sens déchaînée, libérée. »

Son beau visage rayonnait littéralement, et il sentit monter en lui une puissante vague de désir.

Dehors, dans la fraîcheur nocturne, ils trouvèrent un fiacre dans la longue file de voitures en attente.

« C'était merveilleux, dit Weezie après avoir pris place à l'intérieur, les joues rouges d'excitation. Je crois que je n'avais jamais passé une soirée aussi excitante. »

« J'ai demandé au cocher de faire un détour, dit Wheeler pendant qu'ils s'éloignaient de l'effervescence du Sperl. J'espère que vous n'y verrez pas d'inconvénient. »

Il l'observa à la lueur changeante des becs de gaz. Il entendait le claquement étouffé des sabots du cheval sur les pavés et sentait les douces oscillations de la voiture. Elle soutint son regard avec une intensité qui allait bien au-delà de la gratitude ou du respect, et, appuyant son bras contre le sien, lui transmit une chaleur qui emplit l'intérieur du fiacre.

« Vous savez, dit-elle, je vous voyais vraiment comme un sorcier quand je me suis enfuie. J'ai cru que vous cherchiez à m'attirer dans un monde obscur.

— Et maintenant, que pensez-vous de moi ?

— Toujours la même chose, répondit-elle avec un sourire lascif. Mais je crois que ma place est ici, avec vous. Que vous avez été envoyé pour être mon guide. »

Il prit une main de Weezie entre les siennes, et la regarda.

« Jamais je ne vous guiderai là où vous ne souhaitez pas aller. » Il hésita, sans cesser de la fixer. « J'ai quelque chose à vous dire, et je vais devoir parler très franchement.

— Vous êtes la personne la plus franche que j'aie jamais rencontrée.

— Eh bien, pour rester dans cet esprit de franchise, je dois vous dire que votre départ m'a anéanti. Je vous avais poussée à la fuite en allant trop loin, et le résultat, j'ai eu tout loisir de le constater, a été dévastateur. »

Elle ouvrit la bouche pour avancer une explication, mais il ne lui laissa pas le temps de parler.

« Notre rencontre dans cette ville glorieuse, cette ville de la musique, est la plus belle chose qui me soit arrivée. »

Elle fit entendre un petit soupir.

« Et je dois vous dire, reprit Wheeler, que votre présence m'a apporté une paix et un réconfort que j'attendais depuis toujours. Je pensais être votre guide, et c'est vous qui m'avez guidé. Je ne voudrais aller ni trop loin, ni trop vite, mais c'est moi qui suis ensorcelé, et je souhaite... »

Ce fut au tour de Weezie de l'interrompre.

« Nous le souhaitons tous les deux », souffla-t-elle en se penchant légèrement vers lui.

Sans la quitter des yeux, Wheeler se pencha à son tour, comme pour étudier de plus près le rayonnement que leur soirée d'ivresse musicale avait fait naître entre eux, et leurs lèvres se joignirent. Il perdit toute notion de l'espace et du temps en sentant la douce ferveur de son accueil, attiré par une force puissante et mystérieuse qui commençait à émaner d'elle, semblable à celle qui montait en lui.

« Cette fois, murmura-t-il, nous irons très lentement. Lentement mais sûrement.

— Rappelez-vous, à petits pas », dit-elle, abandonnée.

Ils se laissèrent entraîner par les accents d'une musique imaginaire, et soudain, presque sans s'en rendre compte, il fut avec elle, dont la vitalité et l'ardeur le poussaient à aller plus avant, et ils furent soulevés par la vague de leur passion mutuelle, jusqu'au déferlement, pour s'effondrer ensuite, ensemble, dans les bras l'un de l'autre.

« Lentement », répéta Wheeler.

Cette fois, personne ne prit la fuite.

39

COMING TOGETHER

Wheeler était retourné chez l'ébéniste de la vieille ville, cette fois pour remplacer le frisbee offert à la dame en noir.

« Allons faire un tour dans les bois, proposa-t-il à Dilly en brandissant le disque. Voici notre futur gagne-pain. J'aimerais te montrer comment ça marche. »

Ils quittèrent la ville en train et trouvèrent une clairière dans le Wienerwald, où Wheeler entreprit d'initier son père à l'art délicat du frisbee. À son premier lancer, celui-ci regarda le disque tanguer en l'air puis s'abattre au sol quelques mètres plus loin : il avait mal exécuté son geste, chose rarissime chez Dilly Burden.

« Essaie plutôt de le faire partir à plat, conseilla Wheeler en se rapprochant. Et donne un coup de poignet. Mets un maximum d'effet. »

Dilly fit une nouvelle tentative et, cette fois, le frisbee retomba non loin du bras tendu de son partenaire.

« Ça va venir, annonça-t-il avec conviction, toujours prêt à relever un défi sportif.

— Bien sûr, dit Wheeler en lui renvoyant le disque d'une main experte. Tout est dans le poignet. »

Les deux hommes ne tardèrent pas à prendre position à quinze mètres l'un de l'autre, s'envoyant et se renvoyant le frisbee.

« Ce jeu peut sûrement apporter de grandes satisfactions, commenta Dilly, toujours trop concentré pour sourire. Quand c'est toi, le disque semble flotter en l'air. Quand c'est moi, il retombe comme une assiette en étain.

— Si tu savais le nombre d'heures que j'ai passées à m'entraîner… »

Wheeler avait apporté du pain, du fromage et du vin, ainsi qu'une couverture. Ils s'assirent dans les bois et discutèrent pendant des heures, détendus et loin des soucis liés à des mondes qui, à ce moment-là, leur paraissaient à des années-lumière.

« Raconte-moi donc ce que tu as fait après Harvard, demanda Dilly.

— Je suis resté à Boston pour étudier la musique. Dans une école qui n'existait pas de ton temps. J'ai appris la guitare et j'ai commencé à jouer le soir avec un groupe. Il s'appelait Shadow Self et il a fini par avoir un certain succès.

— Tu t'es marié ? »

Dilly coupa une tranche d'onctueux fromage jaune et l'étala sur un morceau de pain.

« Jamais. J'ai connu un certain nombre de femmes à l'époque. Nous étions souvent sur les routes et cela n'incitait pas à la monogamie. Les choses avaient pas mal changé sur le plan sexuel, et beaucoup de gens avaient des partenaires multiples. C'était censé vous rendre plus ouvert, plus évolué. Mais il y en a une qui a vraiment compté. On se retrouvait de loin en loin. Une ancienne élève de Radcliffe, Joan Quigley, issue d'une vieille famille de Boston et plutôt du genre à prendre les études au sérieux, même si c'est elle qui m'a encouragé à persévérer dans la voie de la musique et à laisser tomber Harvard. » Wheeler regarda dans le lointain, assailli par ses souvenirs. « C'est aussi elle qui m'a déniaisé, en première année de fac, quand je n'étais qu'un blanc-bec à peine sorti des jupes de sa mère. Pendant des années, elle est venue me rejoindre de temps à autre sur mes tournées, dans les villes où je donnais des concerts avec mon groupe. Elle avait épousé un juriste de Pittsburgh très comme il faut, quelqu'un d'éminent, qui a fini par être nommé juge fédéral. Je ne sais pas comment elle s'y prenait, mais il était assez facile de me localiser dans cette période-là. Notre groupe était célèbre, un peu comme Glenn Miller, disons, ou même Benny Goodman. »

Le visage de Dilly s'éclaira.

« Tu as connu Benny ?

— Tout le monde connaît Benny Goodman.

— J'ai joué avec lui un été.

— Ça aussi, tout le monde le sait. Cela fait partie de la légende de Dilly Burden.

— Oh. Excuse-moi. J'aurais pu m'abstenir.

— Je ne dis pas que nous étions aussi bons que Miller ou Goodman. C'est juste pour te donner une idée du contexte. » L'idée de comparer un orchestre de jazz à un groupe d'acid rock pur et dur des années 1960 fit rire Wheeler. « Nous étions dans le vent. Et le public se déplaçait en masse. Facilement cinquante ou cent mille spectateurs par concert. »

« Sapristi ! lâcha Dilly, impressionné.

— Tu peux le dire. L'amplification du son avait échappé à tout contrôle. Les groupes hurlaient et faisaient énormément de bruit. Je ne pense pas que tu aurais aimé cette musique. Ni notre allure. Il aurait fallu que tu le voies pour le croire, mais nous avions les cheveux jusqu'aux épaules, nous jouions à plein volume de nos instruments électrifiés, avec des éclairages puissants qui clignotaient une bonne partie du temps – des stroboscopes, comme on les appelait – et nous étions déguisés en cow-boys. Pas grand-chose à voir avec l'époque où tu as joué avec Benny Goodman.

— Et le public aimait ça ?

— C'étaient surtout des gamins, 16, 18 ans, dans ces eaux-là. Un peu comme avec Frank Sinatra.

— Et cette femme, qu'est-elle devenue ?

— En 1973, elle m'a écrit une lettre. Que j'ai reçue à Fairbanks, en Alaska. Disant qu'elle avait quelque chose d'important à m'annoncer et qu'elle n'avait pas le moral. J'ai sauté dans un avion pour Pittsburgh l'après-midi même. Elle était plus contente de me voir que d'habitude. » Le regard de Wheeler s'échappa à nouveau vers les profondeurs du bois. « J'étais plus ou moins l'amour de sa vie, je crois qu'on peut le dire. Elle appréciait mon anticonformisme, totalement à l'opposé de la vie qu'elle menait. Un destin auquel elle n'avait pas pu échapper, selon elle. Bref, ce jour-là, elle m'a expliqué qu'elle était gravement malade.

— Et elle est… morte ?

— Un an plus tard. D'une maladie du sang congénitale qui a fini par la rattraper. Et c'est sa mort qui a tout fait basculer. Il y a eu ce concert à Berkeley, au stade de football, avec des dizaines de milliers de spectateurs. J'avais écrit une chanson pour elle et je l'ai chantée seul sur scène. Avec ta vieille guitare Martin, qui était devenue ma marque de fabrique. Personne n'avait jamais entendu cette chanson avant et je ne l'ai jamais rechantée par la suite. Elle s'appelait "Coming Together" et est aujourd'hui considérée par certains comme la chanson phare des années 1970. Je l'ai chantée ce soir-là, seul devant quarante mille personnes, puis je suis sorti de scène et je n'y ai jamais remis les pieds. Je suis devenu une sorte de reclus célèbre, on peut le dire comme ça, ce qui a engendré une certaine mythification. Je l'ai fait pour Joan

Quigley. » Wheeler marqua un long silence, le regard toujours perdu dans le vague. « Je ne me suis jamais vraiment remis de sa mort.

— Et ta mère ?

— Pendant l'année d'agonie de Joan, elle a quitté plusieurs fois son ranch pour venir me rejoindre à l'hôtel, jusqu'au jour où elle s'est sentie trop faible pour voyager. Elle adorait ça. »

Wheeler tourna enfin la tête vers Dilly. Les mains nouées autour des jambes, celui-ci semblait perdu dans ses pensées.

« Je crois t'avoir déjà dit qu'elle ne s'est jamais remariée et qu'elle n'a jamais eu d'autre compagnie masculine à proprement parler. La femme d'un seul homme, en un sens. »

Dilly, qui avait fermé les yeux, laissa échapper un soupir.

« Une femme unique, Stan. Comme tu dois t'en douter, j'étais plutôt naïf sur le plan physique quand je l'ai rencontrée. Aucune révolution sexuelle n'était en marche en ce temps-là. Elle m'a retourné comme une crêpe. Ça va te paraître idiot, mais je n'avais pas la moindre idée de ce que pouvait être l'amour avant de la connaître. J'étais une pelote de nœuds, et elle les a tous défaits, un par un. Ta mère n'avait aucun tabou.

— Beaucoup de gens disent la même chose de moi, observa Wheeler en riant.

— À Boston, où j'ai grandi, la réserve était de mise. Les gens se gardaient d'exprimer quoi que ce soit. Je n'y faisais pas attention parce que je ne connaissais rien d'autre. On gardait à peu près tout pour soi. Pas Flora. Elle s'est abattue sur moi comme une tornade. Pour reprendre son expression, elle a détendu mon ressort. C'était une grande admiratrice de Sigmund Freud. Tu sais qu'il a passé la dernière année de sa vie à Londres. Les nazis voulaient le voir quitter Vienne, et ta mère a fait partie du groupe qui a préparé sa venue et lui a trouvé un logement. Elle me disait qu'il aurait adoré m'avoir pour patient, que j'étais un cas d'école en termes de désirs sexuels refoulés.

— Et de surmoi hypertrophié, précisa Wheeler.

— Elle disait ça de moi ? fit Dilly, souriant comme s'il venait d'entendre un compliment.

— Elle me l'a dit une fois.

— Bon, je ne voudrais surtout pas t'embarrasser, mais... Je veux dire, ce n'est pas le genre de chose dont un père est censé parler à son fils, mais ta mère a beaucoup fait pour me désinhiber. C'est presque devenu un projet de vie pour elle, je crois. » Dilly avait toujours les yeux clos. Un sourire suggestif de pensées délicieuses se forma sur ses lèvres. « Et elle était très bien partie pour réussir quand j'ai accepté cette dernière mission en France... » Sa voix s'étrangla. Il fit un effort pour se ressaisir. « Elle était très fière de toi. Elle disait que tu serais le premier Burden libéré. Elle disait que tu ne te laisserais jamais embarquer dans de stupides rêves héroïques d'écolier, que tu combinerais de façon harmonieuse les vertus familiales. »

Dilly rouvrit soudain les yeux et dévisagea longuement Wheeler, prenant peut-être conscience pour la première fois que le fils en bas âge qu'il avait laissé à Londres quelques mois auparavant était aujourd'hui cet homme mûr, plus vieux que son propre père, qui lui faisait face.

« Cela a-t-il été le cas ? demanda-t-il, intrigué.

— Eh bien, disons que je ne pense pas qu'il soit jamais venu à l'idée de qui que ce soit de me considérer comme quelqu'un d'inhibé. À vrai dire, les gens de Boston, de St Gregory et de Harvard ont plutôt essayé d'exercer sur moi une influence inverse à celle que Flora a eue sur toi. Ils ont tout fait pour retendre mon ressort, si j'ose dire. Je leur ai même offert la victoire contre Dover, ce qui m'a valu d'être porté en triomphe.

— C'est vrai ?

— Ouaip. Et ils m'ont tous dit que cela leur rappelait tes exploits. J'étais pourtant bien parti pour être viré, mais Haze a mis les bouchées doubles pour faire de moi un élève conventionnel, et j'ai sauvé ce match-là. Grâce à une technique de lancer que j'avais apprise à Feather River et qui s'appelle la balle papillon. » Il leva la main droite et fit semblant de cracher. « Tu mouilles copieusement l'intérieur de ton majeur et tu en tartines la balle à un endroit précis de la couture, comme ceci. » Wheeler écarta deux doigts et coinça entre eux une balle imaginaire sous les yeux ravis de son père. « Une fois bien visqueuse, la balle te gicle des doigts comme un pépin de pastèque. Et si tu la lances assez fort, elle part en zigzags. Ça a marché contre Dover, et ça a marché contre Yale.

— Tu t'es aussi illustré contre Yale ? interrogea Dilly, de plus en plus intrigué.

— Je suis passé à un lancer du match parfait. En deuxième année. Je leur ai envoyé des balles papillons qui partaient dans tous les sens, et les frappeurs de Yale ont été incapables d'en toucher une. J'avais déjà logé deux balles dans la zone de prise contre leur dernier frappeur. » Wheeler s'interrompit un instant, revivant la scène. « C'était un ancien de St Gregory, une espèce de crétin fanatique nommé Prentice Olcott, le type même à mes yeux du Bostonien coincé...

— Prentice Olcott ? coupa Dilly. Sérieusement ?

— Sérieusement. Mais tu ne peux pas l'avoir connu.

— Son père a été lycéen à St Gregory en même temps que moi. Un envieux maladif, qui a toujours essayé de prendre ma place de capitaine et de président de l'association des élèves. Ta mère me trouvait inhibé, mais je peux te dire qu'elle aurait eu du pain sur la planche avec Prentice Olcott. C'était... »

Il se retint, un large sourire aux lèvres.

« Le fils était un connard fini », lâcha sans hésiter Wheeler.

Dilly ravala un début de fou rire.

« Le père aussi. C'était vraiment un... » Son rire revint à la charge. « Je n'ai jamais prononcé ce mot. Ça ne se disait pas de mon temps.

— Du mien non plus, s'esclaffa Wheeler.
— Mais ça ne t'empêche pas de l'utiliser.
— En général, non. Et tu en as le droit aussi, tu sais.
— Je ne sais pas.
— Essaie. »

Wheeler attendit.

Son père riait tellement qu'il en avait maintenant les larmes aux yeux, mais le mot continuait à l'évidence de lui poser problème.

« Prentice Olcott était un raciste, un fanatique et un... un connard fini, un monument de connerie, réussit-il à dire, plié en deux.

— C'était sûrement génétique ! éclata Wheeler, partant à la renverse.

— Tel père, tel fils, bégaya Dilly, toujours secoué de spasmes. Connard de père. Connard de fils. » Il se redressa, sécha ses larmes. « Ouah... Cela faisait longtemps que je n'avais pas pensé à Prentice Olcott. » Il observa Wheeler toujours étendu dans l'herbe, les yeux levés vers le ciel autrichien. « Tu ne le sais peut-être pas, mais quand j'ai réussi cet arrêt de volée contre Yale dont tu me dis qu'il est resté dans les annales, l'enjeu allait bien au-delà du simple exploit sportif pour moi. » Il prit le temps de rassembler ses pensées avant de poursuivre. « Pendant notre année de terminale à St Greg, il y avait un petit troisième qui s'appelait Silver, Maury Silver. Un jour, j'ai surpris Prentice en train de lui frotter le nez dans la neige et je suis intervenu. Le petit Silver, toujours à terre, m'a remercié du regard. Jamais je n'oublierai ses yeux marron, très enfoncés dans leurs orbites. Le gosse était totalement humilié. En s'en allant, Prentice m'a lancé par-dessus son épaule : "Je ne savais pas que tu étais un amoureux des Juifs." Maury Silver ne devait pas peser plus de quarante kilos tout mouillé, mais il adorait les Red Sox et savait à peu près tout ce qu'il était possible de savoir sur eux. Au printemps de la même année, il a été renversé par une voiture. Ses parents l'ont fait enterrer avec sa casquette des Sox. Le match contre Yale de ma dernière année de fac a lui aussi eu lieu au printemps. Nous menions 3 à 2 quand j'ai vu ce frappeur arriver sur le marbre. J'ai repensé à Maury Silver et à ce qu'il avait dû éprouver en se faisant frotter le nez dans la neige par un des plus grands champions de terminale. J'ai aussi repensé à ces mots ignobles, "amoureux des Juifs", et je me souviens d'avoir pensé que j'allais intercepter cette balle même si ce frappeur l'envoyait jusqu'à New Haven. Tu sais qui c'était ?

— Bon Dieu… lâcha Wheeler en se relevant.
— Exact. Prentice Olcott. »

Après avoir replié leur couverture de pique-nique, ils regagnèrent la clairière pour une nouvelle séance de frisbee, de plus en plus éloignés l'un de l'autre.

« Au fait, cria Dilly, j'ai oublié de te demander comment ça s'était passé.

— Quoi donc ?
— Pendant ce match.
— Lequel ? demanda Wheeler, propulsant le disque dans un long vol plané.

— Ton match parfait contre Yale.

— J'ai quitté le stade, répondit Wheeler d'un ton neutre.

— Tu as quitté le stade ? » Dilly s'arrêta net, interdit, et laissa le frisbee retomber en douceur à côté de lui. « Tu n'étais plus qu'à un lancer du match parfait contre Yale, et tu as quitté le stade ?

— Avant le dernier lancer, j'ai posé la balle et mon gant – le tien, en fait. Je me suis déshabillé, j'ai laissé mon maillot de Harvard et le reste de mon uniforme sur le monticule, j'ai récupéré ton gant et j'ai quitté le stade. »

Dilly observa son fils avant de ramasser le frisbee, d'abord incrédule, puis, à mesure que lui revenaient en tête les souvenirs de sa brève vie de bonheur avec Flora, avec un mélange de compréhension et de respect.

« Tu es bien le fils de ta mère », dit-il simplement.

Dilly libéra le frisbee d'un rapide mouvement du poignet qui lui fit prendre un envol parfait. Tandis que le disque arrivait en planant au-dessus de la tête de Wheeler, prêt à redescendre à l'endroit exact où il se trouvait, le fils regarda le père et découvrit sur ses lèvres un sourire d'absolue satisfaction.

« C'est ça ! » lui cria-t-il de l'autre bout de leur terrain d'entraînement improvisé du Wienerwald.

Tout au long de leur trajet de retour vers la vieille ville, Dilly garda le frisbee en bois massif sur les genoux, le soulevant de temps à autre pour caresser sa surface lisse, reconstituant mentalement la beauté de ses trajectoires, silencieux mais souriant.

« Tu sais, finit par dire Wheeler, interrompant sa rêverie, certains de tes mots sont passés à la postérité. Le discours que tu as fait à la cérémonie de remise des diplômes est gravé sur une plaque dans le grand hall de l'école, et tous les élèves de St Greg l'apprennent par cœur. »

Wheeler en récita un passage, celui qui disait « trop brave pour mentir et trop généreux pour tricher », avant de conclure sur un ton théâtral :

« "Parce que je suis un enfant de St Gregory !"

— Seigneur, lâcha Dilly. Ce blabla sirupeux !

— Le proviseur, M. Wiggins, nous le récitait chaque printemps, à l'ouverture de la saison de base-ball.

— Charlie Wiggins ? »

Wheeler acquiesça.

« Tu ne m'avais pas dit que Charlie était devenu proviseur. Nous avons joué ensemble dans l'équipe de Harvard.

— Ça, personne ne pouvait l'ignorer. Il ne manquait jamais de nous rappeler combien tu avais le triomphe modeste, "toujours soucieux d'autrui", disait-il souvent, avec des trémolos dans la voix, avant de commencer à nous lire ton discours. En général, quand il avait fini, il n'y avait plus un œil sec dans la salle d'étude, surtout chez les anciens.

— Ces mots n'étaient pas de moi, déclara sèchement Dilly.

— Pas de toi ? répéta Wheeler, éberlué.

— Je m'en étais expliqué à l'époque, mais il faut croire que cela s'est perdu au fil du temps. Je les avais dénichés dans un vieux carnet de la bibliothèque de ma mère, à laquelle je n'étais pas censé toucher. J'ai fait ça en cachette. Le texte qui a attiré mon attention était écrit à la main et intitulé « Un gentleman ». Je l'ai adapté en rajoutant la tirade sur « un enfant de St Gregory » qui m'a permis de faire si forte impression à la cérémonie des diplômes. C'est drôle… Maman n'a jamais fait le moindre commentaire là-dessus.

— Pas de toi ? fit Wheeler, secouant la tête. Une chose est sûre, il vaudra mieux éviter de le dire aux deux générations d'élèves de St Greg qui ont dû l'apprendre par cœur.

— Ce n'est pas toujours facile d'être une légende, tu sais. Il faut sans cesse être à la hauteur, et les gens ont une telle tendance à embellir... »

Dilly considéra le disque en bois, le fit sauter deux ou trois fois sur ses genoux puis se replia dans le silence.

Ce soir-là, dans sa chambre chez Frau Bauer, Wheeler ouvrit son journal et décida de mettre sa mémoire à l'épreuve en couchant noir sur blanc le fameux discours paternel, mémorisé bien des années plus tôt, à ceci près qu'il remplaça tous les « un enfant de St Gregory » par « un gentleman ». Ce fut l'occasion pour lui de constater qu'il se le rappelait entièrement, au mot près.

40

L'ENDROIT IDÉAL
POUR UN RENDEZ-VOUS GALANT

Ayant appris que Wheeler cherchait un lieu à l'abri des regards, Kleist s'était empressé de lui faire visiter l'atelier d'un de ses amis, près de la Stephansplatz.

« L'endroit idéal pour un rendez-vous galant, avait dit le peintre avec un clin d'œil, en glissant la clé dans la main de Wheeler. Einhorn sera absent quatre mois, il est à Paris et serait offensé que vous n'en profitiez pas. D'avance, recevez nos excuses. C'est un peu la pagaille. Notre groupe, la Sécession, utilise cet endroit comme entrepôt. »

Wheeler ouvrit la porte de l'atelier et s'effaça pour laisser passer Weezie.

« Un peu d'intimité bien méritée, dit-il. C'est idéal, à part cette vague odeur de térébenthine et d'huile de lin. »

Elle entra et promena un regard circulaire sur la pièce, éclairée par une immense verrière en hauteur et encombrée de chevalets et de piles de toiles, tous recouverts de draps. La banquette en velours du peintre occupait un angle de l'atelier.

« Oui, idéal, acquiesça-t-elle en s'emplissant les poumons. Et cette odeur, c'est celle de la créativité. »

Elle se retourna vers Wheeler en souriant, et il crut la voir rosir.

« Tu es gênée ? »

S'armant de courage, elle répondit :

« Je pourrais rester ici toute ma vie. Cet endroit donne envie de lâcher prise, de se libérer des contraintes.

— Et de faire taire nos voix intérieures réprobatrices.

— Comme celle de ma tante Prudence, peut-être ?

— Précisément », acquiesça Wheeler en lui donnant le bras.

Il la conduisit vers la banquette et s'assit à côté d'elle. Les joues en feu, elle se laissa aller contre lui, preuve de son émancipation des convenances bostoniennes, dont il avait été le catalyseur.

« J'ai pensé que tu préférerais ceci à une succession sans fin de trajets en fiacre, dit-il.

— C'était très romantique. Une ouverture délicieusement osée. Mais tu as raison de penser que les mouvements suivants méritent un cadre plus stable, comme une banquette de velours usée dans le décor rustique d'un atelier de peintre. Où jamais une jeune fille convenable de Boston n'accepterait de retrouver un homme. »

Son espièglerie fit rire Wheeler. Il la regarda et se sentit plus riche et plus épanoui qu'il ne l'avait jamais été. Il accédait enfin à une plénitude qu'il n'osait plus espérer.

« C'est plus conforme à l'ordre des choses, dit-il en l'encourageant à rester blottie dans ses bras. Ce genre d'endroit permet de se poser et de se mettre à l'aise.

— Oh, je suis très à l'aise. Et même tellement que je n'en reviens pas. J'ai juste du mal à savoir si c'est une force ou une faiblesse.

— Je voterais pour la force.

— J'ai renié tous mes principes, totalement cédé à la luxure et au désir, murmura-t-elle, fermant les yeux. Et pourtant je n'éprouve aucune crainte. J'ai l'impression d'être comme ces femmes des tableaux. C'est assez inexplicable, mais pour la première fois de ma vie j'ai l'impression que les parties de moi qui se faisaient la guerre sont apaisées.

— Ton côté puritain a été vaincu par ton côté sybarite, on dirait.

— Tu en parles avec légèreté, observa Weezie en esquissant un sourire. Et je crois que tu as raison. Oui, vaincu à plate couture. Et je t'en suis profondément reconnaissante. J'ai découvert l'extase, c'est certain, mais j'éprouve aussi un formidable sentiment d'indépendance.

— Ce qui me met en extase, c'est de te voir gagner en force.

— J'espère du fond du cœur que cela te fait plaisir, dit-elle en levant sur lui un regard tendrement interrogateur. Ton ardeur est-elle... assouvie ? »

À nouveau, elle le fit rire.

« Quelle tournure délicieuse ! D'où la tiens-tu ?

— De mon passé. Alors ? L'est-elle ?

— On ne peut plus assouvie, répondit Wheeler, soutenant son regard. Et bien davantage.

— Il me semble que c'est une bonne chose pour l'âme que les besoins du corps soient assouvis. » Elle prononça ce dernier mot avec un sourire béat, comme si elle venait de mettre en place la dernière pièce d'un puzzle complexe, puis retrouva soudain son sérieux. « Je n'avais aucune idée de ce que tout cela pouvait signifier. Tu diras sans doute que j'étais pathétiquement naïve, ou innocente, ou pire. Je me demande comment j'ai pu m'adapter aussi vite au rôle de sybarite. Il doit y avoir un terme pour exprimer le besoin d'expérimenter les choses avant de les décrire.

— Ne serais-tu pas en train d'abuser un peu de ton esprit d'analyse ?

— Je sens que je dois analyser ce phénomène pour pouvoir le décrire.

— Et te convaincre que tu n'as pas perdu la grâce.

— Oh, je sais bien que je l'ai perdue. Mais je l'ai voulu. C'est ce que je voulais, affirma-t-elle avec plus de nostalgie que de culpabilité. C'est comme si ma colonne vertébrale avait disparu. Je suis réduite à un sac de plumes. J'adore cette sensation, et je ne souhaite pas qu'elle cesse. »

Elle leva sur lui un regard brûlant de désir. Wheeler lui effleura la joue en souriant et demanda :

« Ne crois-tu pas que tout le monde y aspire ?

— Je vais te faire une révélation choquante. » Dans le bref silence qui s'ensuivit, elle sembla se demander si ce qu'elle s'apprêtait à dire n'était pas trop terrible pour être divulgué. « Si je suis revenue… Je me suis dit que, quitte à être condamnée par mes désirs à rôtir en enfer… mieux valait revenir vers toi, et le faire bien. Et je suis maintenant incapable de penser à autre chose qu'à l'ivresse que me procure le ravissement complet des sens. Je doute fort de pouvoir m'ôter un jour cela de l'esprit, ou même de retrouver du plaisir à manger. Je n'ai plus aucun appétit pour les autres nourritures terrestres.

— Est-ce une mauvaise chose ?

— Je me demande souvent ce qui se passerait si chacun de nous décidait de suivre ses inclinations, de faire ce qu'il trouve bien plutôt que ce qu'on lui demande de faire. Que deviendrait la civilisation ? Les continents auraientils pu être découverts ? Les actes héroïques resteraient-il possibles ?

— Crois-tu que ceux qui ont découvert les continents et accompli des actes héroïques n'aient jamais éprouvé ce que tu décris ?

— C'est justement ce que je cherche à comprendre, dit-elle avec un frisson involontaire. J'ai du mal à voir comment tout cela s'articule.

— Il y a un temps pour tout.

— Un temps pour savourer. Et un temps pour se retenir de savourer. » Apparemment soulagée, elle s'accorda un instant de réflexion. « Et tu dis qu'il existe une permission biblique sur ce point ?

— Oui.

— Cela me semble un peu tiré par les cheveux.

— Moi, en tout cas, j'y vois une permission.

— Je ne crois pas que ce soit ce que ma tante Prudence avait en tête quand elle me lisait *L'Ecclésiaste*. » Weezie se leva et marcha jusqu'à un grand chevalet recouvert d'un drap. « Tu sais, voilà quelque chose que j'avais très envie de faire. »

Elle retira le drap, et la toile apparut. Tous deux poussèrent un petit cri de surprise. Le tableau, d'imposantes dimensions, représentait une femme entièrement nue, entourée d'or et de couleurs chatoyantes, une femme dont l'expression trahissait un état que Wheeler qualifierait plus tard d'« extase rêveuse ». Weezie s'approcha ensuite d'un entassement de toiles et, là encore, écarta le drap qui les protégeait. Un homme et une femme, cette fois, habillés mais échangeant un regard d'une somptueuse intensité. Weezie mit la toile de côté et découvrit derrière une autre explosion de couleurs. Puis une autre. Et encore une autre. En quelques minutes, les deux amants se retrouvèrent entourés de tableaux colorés qui dégageaient tous, à un degré ou un autre, une sensualité irrésistible.

« Ce sont les artistes de la Sécession, expliqua Wheeler.

— Jamais je n'avais été en présence d'une aussi incroyable vitalité.

— Et regarde-moi cette merveille », dit Wheeler en dévoilant un dernier tableau.

Sans voix, tous deux restèrent un long moment à admirer les yeux verts d'une déesse en tenue de guerrière, sa chevelure brune qui ruisselait d'un casque d'or jusqu'à l'imposant médaillon d'or qui flamboyait sur sa poitrine, sa main serrée sur une lance en or.

« C'est Athéna, dit Wheeler, recouvrant l'usage de la parole. La fille préférée de Zeus, sortie de sa tête, la plus magnifique des divinités, belle et puissante protectrice d'une sagesse ancestrale et de la cité d'Athènes dans son ensemble. On la reconnaît à la redoutable Méduse frappée sur son plastron. » Il toucha du bout des doigts la cuirasse peinte. « La quintessence du pouvoir féminin, la beauté et l'horreur. » Il tourna la tête vers Weezie. « Tu as en toi la force d'Athéna. Je le vois et je le sens.

— Oh, j'aimerais bien, souffla-t-elle.

— Tu l'as. C'est quelque chose que tu dois savoir avec une absolue certitude et ne jamais oublier. »

Ils firent l'amour longtemps, passionnément, sur la vieille banquette en velours du peintre, entourés par la splendeur des tableaux, et ensuite, sous un édredon trouvé dans un placard, ils restèrent nus dans les bras l'un de l'autre.

Avant de quitter l'atelier, ils passèrent une dernière fois les toiles en revue.

« Je crois que nous ne devrions pas les recouvrir, suggéra Weezie. Qu'en penses-tu ?

— Tu as raison. »

Et tandis qu'ils s'extasiaient à nouveau, immobiles, devant le portrait d'Athéna, il ajouta :

« Elle est en toi. Sans aucun doute possible. Ne l'oublie jamais. »

Weezie fixa sur lui un regard où il vit s'installer peu à peu une conviction aussi forte que la sienne.

« C'est quelque chose que je vais devoir garder en mémoire, n'est-ce pas ?

— Oui. Elle sera en toi chaque fois que tu auras besoin d'elle. Elle a toujours été là, je pense. C'est juste que tu n'en avais pas conscience. »

Et juste avant de partir, rhabillés et redevenus présentables, Weezie tira sur le bras de Wheeler pour l'inviter à contempler une dernière fois les tableaux. Et s'exclama, toujours aussi admirative :

« L'endroit idéal pour un rendez-vous galant ! »

41

LE BON ENDROIT AU BON MOMENT

« Elle est ici, annonça Dilly, fébrile, dès que Wheeler l'eut rejoint à la table du café du Prater où ils s'étaient donné rendez-vous.

— Qui ça ?

— Ma mère, Eleanor Putnam. Elle est ici, à Vienne. »

Wheeler, pris de court, fit certainement de son mieux pour minimiser sa réaction.

« Et peut-on savoir ce qui te permet de l'affirmer ?

— Ça m'est revenu hier soir. La raison de la présence à Vienne de mon père en 1897. Il voulait étudier la finance internationale, dont il a fait son métier, mais aussi poursuivre ma mère de ses assiduités et la convaincre de l'épouser. Je ne sais pas pourquoi, mais cette partie de leur histoire m'était complètement sortie de la tête jusqu'à hier soir.

— Tu l'as vue ?

— Non, mais je sais qu'elle est dans les parages. Nous allons devoir redoubler d'attention. Aussi tentant qu'il puisse être de vouloir l'approcher, c'est quelque chose qui nous est interdit. Rigoureusement interdit. » Dilly s'interrompit un instant, la mine inquiète. « Je peux te dire que c'est une jeune femme ravissante. Et aussi très puissante, ajouta-t-il avec brusquerie.

Tu ne le devinerais jamais à son attitude car elle s'est toujours efforcée de ne pas attirer l'attention, chose qu'elle fuyait par-dessus tout. Comme tu le sais, les Bostoniens ne sont pas du genre à faire étalage de leur richesse ou de leur pouvoir. Mais c'est elle qui présidait le conseil d'administration du fonds d'investissement familial, dont personne ne soupçonnait l'importance. Elle en a même été, je l'ai découvert sur le tard, la principale architecte. »

Wheeler écouta avec intérêt Dilly poursuivre sur sa lancée. Des images de ses soirées avec sa grand-mère au 6 Acorn Street défilèrent dans sa tête, la chaleur de l'accueil qu'elle lui réservait chaque fois, l'intérêt et l'affection sans limites qui faisaient pétiller son regard, sa beauté et son élégance même à près de 90 ans. Et la magie de son ultime soirée en ce monde, leur valse : elle, légère et gracieuse dans ses bras tandis qu'ils tourbillonnaient avec aisance à travers le salon, hors du temps, et cette phrase qu'elle lui avait adressée avec une tendre assurance : « Tout le monde sait valser. » Et pour finir les appels affolés de Mme Spurgeon, l'horreur de découvrir sa grand-mère effondrée sur le parquet de sa chambre et le monstrueux sentiment de perte qui s'était ensuivi, d'une puissance destructrice incompréhensible.

« Mon père était du genre fanfaron, continua Dilly. Toujours en train de vanter les mérites de la dynastie des Burden, mais c'est le fonds Hyperion de maman qui tirait discrètement les ficelles dans les principaux domaines de la vie culturelle de Boston, grâce à de très gros dons anonymes au musée des Beaux-Arts, à l'église épiscopale et à l'orchestre symphonique, y compris au Boston Pops. L'université de Harvard et la St Gregory School ont aussi bénéficié de contributions secrètes majeures, tout comme la maison d'édition Athenaeum Press.

— Attends un peu... Le fonds Hyperion a financé Athenaeum Press ? »

La consternation inscrite sur les traits de Wheeler ne pouvait pas échapper à son père.

« Tu as entendu parler de cette maison ? »

Wheeler prit le temps de rassembler ses esprits avant de répondre :

« C'est Athenaeum Press qui a publié le livre de maman, *L'Essor de Perséphone*. Et aussi *Fin de siècle*, celui que j'ai tiré des notes de Haze.

— La main de ma mère. À l'école de droit de Harvard, dans le cadre d'une étude sur les subventions et donations, je me suis aperçu que le fonds Hyperion était omniprésent et j'ai décidé de creuser la question. Il semblerait que ce fonds, à partir du début du siècle, ait procédé à des placements extraordinairement avisés dans un certain nombre de domaines stratégiques. En fouillant dans les archives, j'ai découvert qu'il était né en 1900 d'un petit héritage avant de se transformer dans les trente années suivantes en un acteur clé du monde des investissements. Je suis allé interroger le directeur du fonds, un certain T. Williams Honeycutt, que je connaissais depuis des années. Je l'ai trouvé d'une réserve exaspérante, se contentant de répondre à mes questions de la façon la plus laconique qui soit. C'était le stéréotype du banquier bostonien, tellement conservateur que je n'arrivais absolument pas à me le représenter en patron d'une institution financière qui avait pris des décisions aussi audacieuses, dont une proprement ahurissante : figure-toi que, à l'été 1929, le fonds a retiré cent pour cent de ses avoirs placés en Bourse pour prendre des participations ailleurs, ce qui lui a permis d'être complètement épargné par le grand krach d'octobre. Quand j'ai questionné Honeycutt sur cette initiative, il s'est montré encore plus réticent. Après 1929, le fonds est revenu vers la Bourse, investissant massivement sur les marchés, multipliant les choix judicieux et se développant de façon exponentielle, année après année. Je suis retourné voir Honeycutt, qui s'est à nouveau contenté de réponses évasives. J'étais de plus en plus agacé, de plus en plus déterminé à ne pas le lâcher. Plus Honeycutt se dérobait, plus je jouais les journalistes d'investigation. Tu sais que j'ai tendance à être un peu obsessionnel, conclut Dilly, interrompant le flot de sa tirade.

— Tu avais mis le doigt sur quelque chose.

— J'avais remarqué des phénomènes récurrents : des dons importants à des institutions qui, juste après, connaissaient de gros changements. En 1908, par exemple, une aide massive au Philharmonique de New York, dont les dirigeants ont expliqué dans une déclaration qu'elle leur avait permis d'engager un nouveau chef d'orchestre – rien de moins que Gustav Mahler. La même année, une donation à l'université Clark, près de Boston, qui a rendu possible l'organisation en 1909 d'une série de conférences cruciales sur la psychanalyse. Et plus tard un certain nombre d'aides financières personnelles à des artistes originaires d'Europe, tous juifs et contraints de fuir l'oppression nazie. Quand j'ai interrogé Honeycutt sur cette récurrence, il m'a juste dit qu'elle était la conséquence d'une série de décisions opportunes et mûrement réfléchies. J'ai continué à le poursuivre, sans répit, pour essayer de découvrir comment le fonds avait pu faire preuve d'une prescience aussi extraordinaire et distribuer des subventions décisives dans autant de domaines stratégiques. En fin de compte, ma mère est venue me trouver. Elle m'a annoncé qu'elle répondrait à mes questions si je cessais de harceler Will Honeycutt. "Le pauvre homme, m'a-t-elle dit, tu vas le rendre fou. Il n'est que l'administrateur de ce fonds, ce n'est pas lui qui prend les décisions. J'ai ce que tu cherches à savoir, mais il faudra que cela reste entre nous." Et elle a enchaîné en m'expliquant que toutes les décisions du fonds étaient prises par elle, qu'elle en avait la présidence et le contrôlait entièrement. Honeycutt n'était qu'un fondé de pouvoir dévoué et loyal. Pendant qu'elle me parlait, assise face à moi sur le divan, je l'ai découverte sous un jour complètement nouveau. Très posée, maîtresse d'elle-même et, je dois le dire, d'une beauté exceptionnelle, l'incarnation du pouvoir féminin, une déesse grecque. Quand je lui ai demandé comment il se faisait que des investissements fortuits aient pu faire du fonds le partenaire financier de dix des plus importantes entreprises d'Amérique si peu de temps après leur création – pour certaines, avant même leur introduction en Bourse –, elle s'est contentée de me répondre avec un sourire bienveillant qu'elle avait bien étudié les dossiers et suivi son instinct. "Je visitais les entreprises, m'a-t-elle dit. J'ai eu du flair concernant les domaines d'avenir, comme l'automobile, l'électricité et les produits à base de savon, et j'ai misé sur les bons chevaux. Je suis allée en train à Detroit en 1902, un an avant qu'il fonde sa société, pour rencontrer Henry Ford, et je lui ai aussitôt signé un chèque. Je lui ai dit que je croyais en sa vision. J'avais réalisé nos premiers placements dans la production automobile quelques années plus tôt, d'abord en soutenant David Dunbar Buick, qui avait construit une voiture à moteur avant Ford, puis en investissant dans la société Champion, qui fabriquait des bougies d'allumage. Ces deux entreprises ont plus tard donné naissance à General Motors, une compagnie dont nous restons aujourd'hui encore l'un des principaux actionnaires. C'était tout simplement la bonne chose à faire au bon moment", a-t-elle conclu d'un air détaché, comme si c'était la chose la plus logique du monde. Je lui ai demandé ce qui l'avait poussée à effectuer ces placements-là, et elle m'a répété qu'elle n'avait fait que suivre son intuition, qui lui disait que l'automobile allait prendre une place prépondérante. C'est là que je lui ai posé LA question : comment avait-elle fait pour deviner qu'il fallait se désengager de la Bourse juste avant le krach de 1929 ? Tu sais ce qu'elle m'a répondu ?

— Intuition.

— Elle m'a regardé avec l'expression la plus sérieuse du monde et elle a dit : "J'ai eu un pressentiment." Un simple pressentiment, voilà son explication.

— Je suppose qu'elle avait le sens des affaires, éluda Wheeler, qui commençait à prendre la mesure de ce qu'il était en train d'entendre.

— General Motors, fit Dilly en secouant la tête. S'il y avait un seul investissement à faire au début du siècle, c'était bien celui-là. Et elle a mis un pied dans la place dès le début.

— Et chez Ford. Et aussi chez General Electric ?

— Exact. Elle a misé sur Eli Lilly, Procter, puis Gamble et General Electric dès 1898, à une époque où très peu de gens connaissaient ces entreprises. Et en 1919, juste après l'Armistice, elle est allée trouver William Boeing pour lui dire qu'elle était prête à soutenir n'importe lequel de ses nouveaux projets d'avion s'il en avait besoin. Il en était réduit à fabriquer parallèlement des buffets, des comptoirs et des meubles pour ne pas fermer boutique. »

Dilly récita ensuite toute une litanie de noms et d'années.

« Ce qui m'a semblé vraiment étonnant, c'est que ces mises de fonds survenaient toujours à peine un an après la création de l'entreprise. Ma mère était une femme beaucoup plus perspicace qu'il n'y paraissait. Je n'ai pas besoin de te dire que les retours sur investissement ont été faramineux.

— J'y ajouterais International Business Machines et Hewlett Packard dans les années 1950. Mais ces sociétés-là, tu ne peux pas les connaître.

— Elles avaient sûrement du potentiel si elle a investi dedans. Son flair était stupéfiant, pas de doute. J'en déduis qu'elle a poursuivi ses activités après la guerre ?

— Jusqu'aux années 1960.

— Cela te donne une idée du personnage. Au début du siècle, les gens ne juraient que par les chemins de fer, et le fonds Hyperion n'a pas acheté une seule action de compagnie ferroviaire. Et plus je regardais, plus l'importance du rôle de ma mère me sautait aux yeux. En 1920, par exemple, elle s'est arrangée pour que le fonds verse à St Gregory une dotation destinée à payer le salaire d'un professeur supplémentaire. Sais-tu comment Haze parlait de son statut d'enseignant ? »

Wheeler dut faire un effort de mémoire.

« Oui. Il se désignait lui-même comme "titulaire d'un poste subventionné". C'est même comme ça que le proviseur parlait de lui en public. Je n'étais au courant de rien et je trouvais ça bizarre.

— Il a conservé ce statut pendant plus de quarante ans, et ce grâce à une dotation anonyme et permanente. Versée par qui ?

— Et tu dis que ta mère a tout organisé.

— Après la Première Guerre mondiale, Arnauld Esterhazy est revenu d'Europe à l'état de loque. Traumatisé par les bombardements, ou quelque chose de ce genre. Certains disaient qu'il avait été gazé. Maman s'est arrangée pour que l'école lui fournisse un logement et un emploi de professeur à temps partiel similaire à celui qu'il avait quitté pour partir à la guerre, et ce jusqu'à ce qu'il soit rétabli. Au début, il s'est contenté de donner quelques cours de géographie par-ci par-là aux petites classes. Il était dans un état psychologique lamentable, à ce qu'il paraît, et il a mis une bonne dizaine d'années à s'épanouir. Il n'est vraiment devenu le vénérable Haze que nous avons connu qu'à l'époque de mon arrivée au collège, au début des années 1930.

— Encore un investissement fructueux, pourrait-on dire.

— Je crois. En tout cas, il a été très important pour moi.

— Pour moi aussi, renchérit Wheeler, levant la tête et remarquant que son père était aussi ému que lui.

— Il y a encore une chose que je dois te dire à propos d'Arnauld Esterhazy, poursuivit Dilly avec gravité. En 1943, ta mère et moi avons pris un moment de répit pendant la guerre pour t'emmener passer Noël à Boston. J'ai profité de ce séjour pour vous présenter tous les deux à Arnauld. Il nous a reçus dans ses « quartiers » de St Greg. Il était ravi de faire la connaissance de ta mère et il est tombé sous ton charme. Tu vivais dans ton monde d'enfant de 3 ans, c'est normal, et pendant que nous étions assis à discuter, tu as regardé Arnauld et pour je ne sais quelle raison, sans doute à cause de ses cheveux prématurément blanchis, tu t'es écrié : « Grand-père ! » et tu as sauté sur ses genoux. Arnauld était tout chamboulé. Il t'a serré dans ses bras et s'est mis à pleurer. Comme tu le sais, il se laissait assez facilement déborder par ses émotions, mais en général cela passait vite. Pas cette fois, et il a continué à sangloter en te serrant contre lui. J'ai fini par me lever et je me suis approché, j'ai posé une main sur son épaule et j'ai senti ses soubresauts. À l'époque, je ne savais pas tout, mais cette scène m'a profondément touché, et ta mère aussi. »

Dilly s'éclaircit la gorge.

« Plus tard, pendant notre séjour sur Acorn Street, j'ai eu une conversation terrible et fatidique avec mon père, qui m'a complètement retourné, et j'ai annoncé à ta mère que nous allions devoir avancer notre départ. Maman est venue me trouver. Elle était attristée, bien sûr, mais elle semblait savoir précisément pourquoi j'étais bouleversé. Elle s'est adressée à moi d'un ton grave, presque froid. "Il y a quelque chose que tu dois savoir avant de rentrer en Angleterre, m'a-t-elle dit. Il faut que tu ailles voir Arnauld Esterhazy, et il faut que tu y ailles seul." Je l'ai donc appelé, et nous nous sommes fixé rendez-vous à la patinoire de St Greg. Haze s'était pris de passion pour le patinage. Ayant beaucoup joué au hockey à l'école, je lui avais appris à patiner sur la Charles River en hiver, le dimanche, et il adorait ces sorties avec moi. Nous patinions tout en parlant, et je dois dire qu'il a vite progressé. Il a continué après mon départ de St Gregory. Pendant ma dernière année à Harvard, alors que j'étais capitaine de l'équipe de hockey, j'ai organisé une virée en patins de la fac à St Greg un dimanche, avec mes coéquipiers et tous les anciens élèves de Haze passés à Harvard. Ensemble – nous devions être près de cinquante –, nous avons patiné pendant une bonne heure sur la Charles, un spectacle impressionnant, et nous sommes arrivés devant St Greg à midi pile, l'heure à laquelle j'avais l'habitude de retrouver Haze. Il a dû avoir un sacré choc. Au moment où il sortait de la patinoire pour rejoindre la rivière, il a vu surgir cinquante étudiants de fac, dont il connaissait la plupart de nom. Nous avons fait cercle autour de lui et lui avons offert un tonitruant : "Pour Haze, hip hip hip ! Pour Haze, hip hip hip, hourra !" Il en avait les larmes aux yeux, évidemment, tout comme nous, et même les hockeyeurs qui ne le connaissaient pas.

Dilly reprit son souffle.

« Enfin bref, autour du nouvel an 1944, c'est-à-dire il y a quelques mois pour moi, plus de quarante ans pour toi, Haze m'a donné rendez-vous à la patinoire. Nous avons chaussé nos patins et commencé à évoluer sur la glace de la Charles River, avec l'air vif de la Nouvelle-Angleterre qui nous fouettait le visage. "J'adore patiner, m'a-t-il dit. Je pourrais continuer comme ceci éternellement." Et il a ajouté en me faisant face : "Dilly, mon garçon, ta mère et moi sommes d'avis qu'il y a quelque chose que tu dois savoir avant de repartir à la guerre." Et voici l'histoire qu'il m'a racontée. »

Dilly prit une profonde inspiration, puis répéta à son fils ce que lui avait dit Haze.

Plus tard dans la soirée, seul dans sa chambre chez Frau Bauer, Wheeler rédigea un compte rendu détaillé de cette remarquable conversation avec son père. À la fin, sur une page à part de son journal, il ajouta sous une forme résumée la liste des investissements prémonitoires du fonds Hyperion, avec les noms et les dates.

42

JUSTE CETTE FOIS

Arnauld Esterhazy, troisième fils d'une illustre famille aristocratique de l'Autriche-Hongrie, vécut une enfance puis une adolescence hors du commun dans la Vienne fin de siècle, environné d'art, de musique et d'idées. Il en vint rapidement à passer le plus clair de son temps dans les cafés de la ville, ralliant la mouvance intellectuelle qui, notamment grâce à sa branche connue sous le nom de Jeune Vienne, avait accru la réputation de la capitale impériale. En 1897, à 18 ans, il tomba sous le charme d'une demoiselle venue d'Amérique, Weezie Putnam, qui allait jouer un rôle déterminant dans la suite de son existence. Lorsque celle-ci eut quitté Vienne pour regagner Boston, où elle se maria un peu plus tard, tous deux restèrent liés par correspondance. Puis, après qu'Arnauld eut obtenu son diplôme en philosophie et enseigné un certain temps à l'université en tant que maître-assistant, elle l'encouragea à venir s'installer à Boston et à prendre un poste de professeur d'allemand et d'histoire européenne à la St Gregory School, où son mari avait fait ses études secondaires.

Arnauld y enseigna plusieurs années et prit goût au mode de vie des enseignants américains. En 1914, tandis que les tensions en Bosnie-Herzégovine suggéraient de plus en plus clairement la possibilité d'un conflit, il bascula dans l'inquiétude et le déchirement. Si l'Autriche entrait en guerre au côté de l'Allemagne, son sens de l'honneur l'obligerait à retraverser l'océan pour s'engager dans l'armée de son pays, chose qu'il n'avait strictement aucune envie de faire.

Son admiration pour Mlle Putnam, devenue entre-temps Mme Eleanor Burden, demeurait intacte, et il prenait un grand plaisir, lors des dîners qu'elle donnait à Beacon Hill, à la retrouver en compagnie de son époux Frank Burden, un ancien élève de St Gregory devenu champion olympique aux premiers Jeux de l'ère moderne, de leurs deux filles et de la fine fleur de l'élite bostonienne qui fréquentait leur table. Il adorait le raffinement et la sérénité de la maison d'Eleanor, le charme de sa conversation et le spectacle de sa beauté dans ce cadre d'une solennelle élégance. Cette passion née à Vienne des années plus tôt ne l'avait jamais quitté et continua de croître dans le secret de son cœur. Arnauld avait la certitude qu'elle durerait aussi longtemps que lui, sans être jamais exprimée ni donner lieu à une action consciente. Il s'attendait à mourir célibataire et à ce qu'Eleanor Burden reste jusqu'au bout sa source d'inspiration, sa Béatrice, l'amour de sa vie.

Après avoir fait le choix fatidique de rejoindre son pays d'origine, il lui rendit visite au 6 Acorn Street la veille de son départ pour l'Allemagne. Eleanor et lui dînèrent seuls. Il ne parvenait pas à empêcher ses mains de trembler tant l'accablait le poids de son départ. Il avait la prémonition que la décision d'entrer en guerre de l'Autriche était une pure folie. Les grandes puissances n'en feraient qu'une bouchée, et le pauvre Empire austro-hongrois serait réduit à néant. Mais son sens du devoir l'obligeait malgré tout à s'engager.

Il but quelques verres de vin et, le temps d'un soir, fit de son mieux pour se concentrer sur le beau visage d'Eleanor et oublier la tourmente qui allait le happer.

« J'embarque à Hoboken, annonça-t-il, comme si c'était un privilège.

— Tôt ou tard, dit Eleanor avec un sourire entendu, tous les chemins mènent à Hoboken. »

Ce moment de légèreté ne dura pas.

« Je crains de ne jamais vous revoir, lui avoua-t-il dans le salon, après le repas. Cela me brise le cœur. »

Elle se tourna vers lui.

« Mon cher Arnauld, vous êtes bien trop fataliste, dit-elle en faisant de son mieux pour garder un ton badin et dissiper le pessimisme de son invité. Dès que cette détestable affaire sera réglée, vous nous reviendrez et vous reprendrez vos cours.

— Le croyez-vous vraiment ?

— Ce qui doit arriver arrivera, dit-elle. Mais quelle que soit l'issue, il y a une chose que vous devez savoir dès à présent. »

Elle chercha son regard avant de poursuivre mais aucun mot ne sortit de sa bouche, ni de celle d'Arnauld.

Elle quitta son fauteuil et s'approcha, la main tendue, toucha du bout des doigts sa joue mouillée de larmes. Elle s'assit à côté de lui et se pencha comme pour déposer un baiser sur sa joue, mais leurs lèvres se rencontrèrent. Arnauld, toujours timide, fit mine de se dégager, mais Eleanor, toujours hardie, chuchota : « Non, Arnauld. Juste cette fois », en l'attirant à nouveau contre elle, et leurs lèvres restèrent unies. Délicatement, elle lui prit une main, la pressa contre son sein et répéta : « Juste cette fois, Arnauld. Juste cette fois. »

Elle l'entraîna dans la chambre d'amis du premier étage, où il avait déjà dormi à de nombreuses reprises, le déshabilla avec lenteur puis l'aida à la déshabiller. Chaque fois qu'il manifesta un peu de crainte ou d'hésitation, elle guida ses mains jusqu'à ce qu'elles soient aussi habiles que celles d'un amant expérimenté, l'incitant à ne pas se précipiter, lui montrant comment savourer chaque instant, chaque sensation. « Doucement, doucement, murmurait-elle. Lentement, lentement. » À la lueur vacillante des chandelles, leurs corps devinrent des images qui resteraient gravées à jamais dans l'esprit d'Arnauld, il le savait. Malgré son envie de parler, de lui expliquer qu'il n'en revenait pas de voir se réaliser tous ses rêves d'amour, de beauté et de désir, il resta coi, se contentant d'attendre ses instructions. Et lorsqu'elle jugea le moment venu, Eleanor l'aida à entrer en elle. Il éprouva alors pendant un moment un sentiment de complétude et de corrélation qu'il n'aurait jamais cru possible, et, incapable de se retenir plus longtemps, il explosa.

« Nous pouvons passer la nuit ici, dit-elle quand ce fut terminé. La voie est libre. »

Ainsi, pour la première et la dernière fois de sa vie, Arnauld Esterhazy s'endormit-il dans les bras de son grand amour, à des milliers de kilomètres des événements qui détruiraient bientôt son équilibre. Lorsqu'il rouvrit les yeux, il était seul dans cette chambre du premier étage de la maison des Burden, au 6 Acorn Street, Beacon Hill, Boston, où il s'était déjà réveillé assez de fois pour qu'elle lui paraisse familière, si familière qu'il se demanda s'il ne venait pas tout bonnement de faire un merveilleux rêve interdit. Ce fut ce matin-là qu'il partit pour Hoboken, New Jersey, d'où il s'embarqua sur un transatlantique à destination de Brême, en Allemagne.

Frank Standish Burden Junior naquit exactement neuf mois plus tard, pendant qu'Arnauld subissait de plein fouet le supplice de la guerre, et ainsi commença la vie de Dilly Burden.

43

SANS PRENDRE DE GANTS

Sigmund Freud déclarerait un jour qu'il avait à la fois besoin d'un ami proche et d'un ennemi intime, et qu'une seule et même personne pouvait à certains moments réunir ces deux figures.

« J'ai toujours su comment me procurer l'un et l'autre », reconnaîtrait le grand médecin au soir de sa vie.

Ces intenses amitiés dans lesquelles il s'engageait toujours avec ferveur, comme celle qui le lia à Josef Breuer, avec lequel il étudia le fameux cas Anna O., et plus tard à Wilhelm Fleiss, l'ami berlinois auquel il écrivait régulièrement à l'époque où il voyait Wheeler, devaient toutes finir dans l'amertume et la rancœur. L'exemple le plus illustre reste bien sûr celui de la relation qu'il entretint avec Carl Jung. Freud engagea une intense collaboration de type père-fils en 1906, jusqu'à l'emmener en Amérique où ils donnèrent une série de conférences à l'université Clark en 1909. Quand ces deux hommes dotés d'un fort tempérament entrèrent en désaccord sur la nature de la libido, leur conflit prit vite une tournure si personnelle qu'ils rompirent en 1912 et ne reprirent jamais contact.

Wheeler commença à percevoir un subtil changement dans l'attitude du médecin viennois à son égard lorsqu'ils furent bien installés dans l'agréable routine de leurs séances. La lecture de son journal nous permet d'observer qu'il apporta un soin de plus en plus grand aux passages concernant Freud, et aussi de découvrir que ce dernier finit à son tour par lire à son visiteur américain des extraits de ses écrits et de ses lettres à Fleiss. C'est à partir du moment où leur relation devint plus intense, et qu'ils échangèrent des informations plus intimes, qu'une certaine tension se fit jour.

L'attitude de Freud était changeante. Tantôt il affectait la distance objective d'un pur thérapeute, tantôt il traitait davantage Wheeler comme un confrère et ami. Chaque fois que la conversation portait sur l'histoire des idées ou la vie de l'esprit, il s'adressait à lui sur le ton de la confidence ; dès qu'ils se rapprochaient un tant soit peu de la question du voyage dans le temps, Freud retrouvait sa froideur coutumière. Selon Wheeler, le changement se produisit d'un seul coup, au moment où il insista devant son hôte sur l'importance de ses placements financiers.

« Il y aurait de quoi gagner beaucoup d'argent avec ça, dit-il, à mi-chemin entre sérieux et plaisanterie.

— Et pourquoi donc ? s'enquit Freud sans lui rendre son sourire.

— Parce que c'est vraiment l'avenir », affirma Wheeler en tapotant la page avec insistance.

Le Viennois ne broncha pas. Amitié ou non, Wheeler sentit l'importance du moment et nota dans son journal : *Puisqu'il refuse de croire à mon histoire, ce n'est pas la peine de continuer à prendre des gants.*

« Vous êtes en passe d'accomplir une prouesse sans précédent », annonça Wheeler au début de la séance suivante. La théorie scientifique de l'inconscient que vous proposez est une vision inspirée. Vous allez définitivement prouver que l'enfance détermine le cours de l'âge adulte. Ce n'est pas une mince affaire ! s'exclama-t-il, emporté par son enthousiasme. Vous êtes capable de voir au-delà des faits. Vous affrontez la controverse. Vous ne pouvez pas vous en empêcher. »

Déconcerté par ce changement de ton inattendu, Freud accueillit avec sympathie la tirade de son visiteur.

« Vous semblez décrire un combat héroïque.

— Il est héroïque. Comment Heinrich Schliemann a-t-il découvert Troie, à votre avis ? »

Freud, flatté, hocha la tête de plaisir.

« Schliemann a creusé son sillon malgré les critiques incessantes, poursuivit Wheeler. Malgré les gens qui le traitaient de dilettante et d'élucubrateur. Il s'est accroché à sa vision sans jamais en dévier. Troie n'était pas une fiction. La ville existait bel et bien, et il était déterminé à la localiser.

— Ce n'est pas moi qui ai inventé le rôle central de la sexualité, vous savez. Charcot avait semé la graine.

— Je sais. »

Wheeler vit une lueur d'approbation passer dans le regard du médecin.

« On ne peut donc pas me reprocher cette fixation sur le sexuel.

— Non. Mais vous êtes celui qui l'agite sous le nez des bourgeois bien-pensants de Vienne.

— Je suis le messager qu'on cherche à abattre.

— Les hystériques que vous traitez souffrent d'un éventail extraordinaire de symptômes – douleurs corporelles incapacitantes, paralysie des membres, états dépressifs pouvant aller jusqu'à des hallucinations ponctuelles. Et vous savez que leur cause n'est pas physique. C'est bien cela ? »

Freud acquiesça.

« Vous considérez donc que ces phénomènes sont dus à des expériences précoces traumatisantes et à des conflits sexuels.

— C'est assez bien résumé.

— Des événements traumatisants survenus dans l'enfance sont selon vous à l'origine de ces étranges symptômes de l'âge adulte.

— C'est ce que je dis, oui. »

Wheeler prit le temps de peser ses mots.

« Vous entraînez le débat dans une voie sans retour. Vous affirmez que Troie existe. Dorénavant, tous les arguments avancés contre cette vérité seront de type défensif. C'est un pas essentiel.

— Vous n'êtes donc pas en désaccord avec moi ? »

Freud parut intrigué – signe qu'il restait tenté, presque malgré lui, de prendre au sérieux ce singulier interlocuteur. Herr Burden semblait faire montre d'une lucidité extraordinaire, comme si, tel un devin antique, il avait le pouvoir de lire l'avenir. Sigmund Freud avait beau avoir l'absolue certitude que l'histoire complexe de son patient était une gigantesque invention, cela ne l'empêchait pas d'être fasciné par la vision de l'avenir qu'elle suggérait, un peu comme le personnel d'un service d'aliénés pouvait apprendre l'histoire de France grâce à un homme qui se prenait pour Napoléon. *Très troublant*, dut penser Freud.

« Bien au contraire, répondit Wheeler. Vous êtes dans le vrai. Et si vous vous accrochez à votre idée, vous atteindrez votre but.

— Et quel est donc ce but que vous me prêtez avec autant d'assurance ? s'agaça le médecin.

— Accéder à la gloire grâce à une idée révolutionnaire. »

Freud, surpris, observa longuement Wheeler.

« Dans ce cas, finit-il par lâcher, où est le problème ? »

Son attitude trahissait un mélange de réserve et d'expectative : il était tout ouïe. Wheeler repensa aux admonestations de Dilly et sentit qu'il s'aventurait en terrain dangereux.

« Le problème est que... » Il hésita. Peut-être se rendait-il compte qu'il allait trop loin. « Le problème est que tout ça est beaucoup trop logique, bon sang ! Vous vous croyez obligé d'abandonner une théorie pour adopter l'autre.

— Elles ne peuvent pas coexister, riposta Freud, sur la défensive. Les enfants ne peuvent pas avoir à la fois été agressés *et* imaginer qu'ils l'ont été. »

Wheeler haussa les épaules. Il connaissait bien le problème. Comme lui, Freud était attiré par les extrêmes. Pour s'intéresser à une idée, il devait se persuader que c'était la seule possible. Il avait besoin des extrêmes, à la fois pour attirer l'attention et – surtout – pour nourrir son propre intérêt.

« Eh bien, à vous de tirer cela au clair. Je dis simplement que, dans votre zèle à avancer vers la découverte la plus importante de votre vie, vous l'énoncez de façon trop extrême. Dans votre hâte de découvrir Troie, vous ignorez les traces de nombreuses autres civilisations. »

Freud le foudroya du regard, brusquement ramené à la réalité : en faisant appel à ses conseils et à sa sagesse, il était en train de prendre au sérieux un fou.

La narratrice doit ici faire intrusion pour souligner un point qui, à ce stade, peut paraître évident. Au fil de leurs derniers entretiens, depuis que Wheeler avait commencé à lire son journal à Freud, les deux hommes s'étaient laissé emporter par l'intensité de leur conversation en s'impliquant toujours davantage, bien au-delà de ce qu'ils auraient souhaité. Wheeler était indéniablement allé trop loin en livrant au médecin des informations sur l'avenir qu'il aurait dû taire, et Sigmund Freud, pour sa part, avait plus d'une fois subi le joug de la réalité alternative décrite par son patient, à laquelle il était pourtant bien décidé à ne pas croire.

Wheeler, l'homme du XXe siècle, avait des arguments à faire valoir. Sa mère, depuis le lointain perchoir d'une ferme californienne au milieu des années 1950, avait combattu les idées de Freud et leur influence, un combat dans lequel elle avait entraîné son fils et qu'elle retraçait librement dans *L'Essor de Perséphone*, souvent considéré comme un brûlot antifreudien autant que comme un traité féministe. Haze, dans ses nombreux écrits, s'était beaucoup étendu sur sa propre vision des travaux de Freud, une réflexion que Wheeler avait reprise à son compte pendant la longue période qu'il avait consacrée à la préparation de *Fin de siècle*. Il lui fut impossible de garder pour lui ce qu'il savait.

« Tout est en place pour vous, dit-il à Freud. Vous avez compris que la mémoire du désir de la mère et de la jalousie du père était universelle, et que le caractère œdipien de la relation de l'enfant à ses parents était, comme vous dites, "un événement général de la petite enfance". »

Freud se contenta de hocher prudemment la tête, ne sachant trop ni où allait son patient ni qui menait la discussion.

« C'est un bon résumé de ma démarche, mais... où voulez-vous en venir ?

— Ne serait-il pas envisageable que votre ancienne vision, votre théorie de la séduction, reste valide ?

— Cela ne tient pas debout, répliqua Freud avec un léger mouvement de recul.

— Mais supposez qu'un enfant soit battu et humilié de façon régulière. N'aura-t-il pas tendance à développer une perversion en grandissant ?

— Ma nouvelle théorie en rend compte », dit Freud, dédaigneux.

Wheeler était trop exalté pour prêter attention à son changement d'attitude.

« L'enfant de Lambach est un cas d'école, poursuivit-il. Les agressions dont il est victime en permanence sont très réelles, de même que la menace qu'il représente pour l'avenir.

— Ah, encore cet enfant de Lambach, lâcha Freud avec une pointe de raillerie. Celui dont votre père et vous êtes certain qu'il incarne le mal absolu. »

Wheeler ne se laissa pas démonter.

« Celui que j'aimerais vous faire rencontrer, oui.

— Je doute que ce soit nécessaire.

— Ce garçon deviendra un monstre à l'âge adulte, tout cela à cause des agressions humiliantes auxquelles il n'aura pas pu échapper enfant. Il est constamment maltraité par son père, qui le bat presque tous les jours, et souffre d'un abandon affectif total de la part de sa mère. Il apprend à être obéissant et à accepter servilement son châtiment quotidien. Une bonne partie de l'Allemagne subit ce type pernicieux d'éducation. Confronté à une telle évidence, je ne pense pas que vous continueriez à soutenir que tout s'explique par une tension sexuelle, c'est-à-dire par le désir de cet enfant pour sa mère.

— Que cherchez-vous à démontrer au juste ? »

Wheeler sentait son hôte ambivalent, tenté à la fois de balayer d'un revers de main les divagations de ce patient délirant et de se défendre contre une attaque intellectuelle légitime.

« La vie sans examen, Herr Doktor. Vous et moi ne la tenons pas en très haute estime.

— Voilà qui me paraît une évidence, surtout compte tenu de la façon dont nous avons occupé ces dernières semaines.

— Eh bien, *examinons*. Je sais ce que vous essayez de dire, mais ce n'est à mon sens que la première vague d'une analyse brillante, appelée à changer le monde. Tout cela reste un peu étroit.

— Étroit ou non, je vous l'ai déjà dit : la séduction doit être envisagée sur un plan métaphorique.

— Et je vous l'ai déjà dit, la séduction doit être considérée sur un plan littéral *et* métaphorique. »

Les deux hommes étaient déterminés à camper sur leurs positions, et la tension était de plus en plus palpable. Chacun d'eux s'était trouvé un contradicteur à sa mesure, quelqu'un avec qui débattre sans jamais avoir besoin de ralentir ni de s'expliquer, une situation à la fois exaltante et inquiétante.

« Vous trouvez ma découverte de l'Œdipe trop restrictive ?

— Il y a d'autres mythes, vous savez.

— Je ne vois pas ce qu'un autre mythe pourrait apporter.

— En recourant au mythe d'Œdipe comme Jésus-Christ a recouru aux paraboles, vous obtiendrez l'attention générale et vous révélerez de vastes profondeurs à votre auditoire sans avoir besoin de décrire votre sujet au sens propre.

— Vous êtes trop aimable, dit Freud, sarcastique.

— Mais en vous cantonnant à cette seule possibilité, vous tombez dans un excès de rationalité. Le problème est que vous êtes presque exclusivement dans le *logos*.

— Et pas assez dans l'*éros* ?

— Précisément. Vous endossez la rationalité d'Apollon et vous ignorez la sensualité de Dionysos. À vous entendre, il n'y a que l'Œdipe. Les pulsions de l'enfance et rien d'autre.

— Vous allez devoir développer.

— Ne voyez-vous pas ce que vous faites ? reprit Wheeler après une brève pause. Vous initiez les gens à l'introspection en un temps où l'examen de soi n'est que très peu pratiqué. Vous préparez l'essor d'un principe unificateur qui viendra compléter les catégories excessivement masculines proposées par la science depuis des siècles. L'essor du féminin mythique, de la corrélation de toutes choses. »

Un bref instant, la curiosité de Freud fut ravivée.

« Le féminin mythique, répéta-t-il, séduit par le son de la formule. Oui. La corrélation de toutes choses.

— Mais pourquoi vous arrêter en si bon chemin ? »

Le médecin changea de position dans son fauteuil.

« Avez-vous autre chose à suggérer ? interrogea-t-il sèchement.

— Pourquoi ne pas aller plus loin en faisant appel à un autre mythe ? Puis à de nombreux autres ? Vous faites preuve de la même étroitesse de vue que les monothéistes que vous critiquez. Vous avez réussi à vous introduire dans le saint des saints, mais vous n'utilisez pas pleinement le pouvoir que cela vous confère.

— Quel autre mythe me recommanderiez-vous ?

— Eh bien, pourquoi pas Orphée, par exemple ? Le musicien qui en jouant de sa lyre fait se lever le soleil chaque matin. Après l'enlèvement de sa femme Eurydice par le maître des Enfers, il se retrouve privé de sa nature féminine, en un sens. Il parvient à convaincre Hadès de la lui rendre mais la reperd à tout jamais en enfreignant l'interdiction que le dieu lui a faite de se retourner pour la regarder.

— Je connais la mythologie grecque, Herr Burden, répliqua Freud, cachant à peine son indignation.

— Sauf le dénouement. Savez-vous qu'à la fin Orphée est attaqué par les femmes de Thrace furieuses de le voir rester fidèle à Eurydice, qu'il se fait déchiqueter et que ses morceaux sont jetés dans le fleuve ? »

Le médecin se prit à sourire.

« Seriez-vous en train de dire que je mérite de finir déchiqueté par des femmes en colère ?

— Certains ne manqueront pas de le suggérer, croyez-moi.

— Je ne vois pas en quoi ce mythe peut être relié à l'hystérie.

— L'inconscient est constitué de récits, répondit Wheeler du tac au tac. Vous le dites vous-même.

— Et en quoi cela nous éclaire-t-il, je vous prie, sur les racines de l'hystérie ? »

Wheeler était lancé. Rien n'aurait pu l'arrêter.

« Cette histoire montre le drame d'un personnage fractionné. La scission, voilà ce qui tue vos patients. Ils ont besoin d'unifier les deux parties de leur être, le *logos* et l'*éros*, si vous voulez. Nous portons tous cette division en nous, mais dans leur cas elle est invalidante. Orphée symbolise à la fois Apollon et Dionysos, le *logos* et l'*éros*. Nous sommes séparés de notre véritable nature et, à moins que l'immersion physique dans la vraie vie ne nous rende notre unité, nous resterons fragmentés à jamais. »

Freud soutint longuement le regard de son visiteur.

« Très intéressant. » Et il ajouta d'un ton sec, comme s'il reprenait soudain ses esprits : « Merci pour cette leçon de mythologie. Mais je vais m'en tenir à mon analogie de l'Œdipe, si cela ne vous dérange pas.

— Bien sûr, c'est votre droit. Je dis juste qu'elle me paraît trop étroite, indigne de la grandeur de votre œuvre.

— Je pense que vous ne comprenez pas mon point de vue, Herr Burden.

— Ni vous le mien.

— Je pense... »

Freud hésita. Il avait été tenté de croire à la spectaculaire théorie de son patient, ce qui l'aurait amené au bord d'un dangereux précipice, et le moment était venu de revenir en terrain connu.

« Herr Burden, dit-il lentement, d'un air grave, je sais que vous êtes certain d'être ici pour me dissuader de renoncer à ce que vous appelez ma théorie de la séduction au profit de l'Œdipe. J'apprécie l'ardeur et la conviction avec lesquelles vous avez développé vos arguments. Mais ce que vous ne voyez pas et que vous ne verrez peut-être jamais, c'est qu'en m'exposant cette fiction très élaborée et en me faisant partager le contenu de votre journal, vous n'avez fait que renforcer ma conviction au lieu de l'affaiblir. »

Le débatteur impénitent qu'était Wheeler fut un instant réduit au silence.

« Attendez, finit-il par dire. Vous dites que mon histoire *renforce* votre conviction ?

— Oui.

— Vous pensez que j'aurais inventé une histoire aussi fantastique parce que je ne veux pas me sentir coupable de vouloir tuer mon père pour rester seul avec ma mère ? » Ces mots, lâchés dans une bouffée d'exaspération, s'installèrent entre eux, incontournables, dans un silence de plomb.

Freud haussa les épaules comme pour saluer l'éclosion d'une vérité douloureuse et non dite.

« La vie sans examen, Herr Burden. Ni vous ni moi ne la tenons en haute estime. »

Wheeler secoua la tête.

« Je crois que nous avons encore bien des choses à nous dire, et... »

Sigmund Freud l'interrompit.

« Je crois que nous allons mettre un terme à ces entretiens. Nous ne nous reverrons plus. »

Il se leva et, tournant le dos à Wheeler, marcha à pas rapides vers la porte.

« Vous retrouverez certainement le chemin de la sortie. »

Au moment où Sigmund Freud quittait la pièce, Wheeler remarqua une nouvelle fois à quel point il était de petite taille.

44

RECOINS SOMBRES

« Comment se fait-il que je te confie tous mes secrets ? » Weezie était assise sur le rebord de la verrière donnant sur la Stephansplatz, les jambes ramenées sous elle. Elle portait un corsage de dentelle blanche partiellement déboutonné et ses cheveux étaient noués en chignon, comme lors de leur soirée à l'opéra. « C'est comme si tu étais mon confesseur. » Elle se retourna en souriant vers Wheeler, installé dans un fauteuil capitonné et admiratif de l'effet qu'elle produisait dans le halo de lumière matinale. « J'aurais d'ailleurs bien besoin de me confesser sur la façon dont je me suis laissée envoûter par nos conversations.

— Tu n'avais jamais parlé aussi librement à personne ?

— Oh, mes amies et moi sommes bien trop respectueuses des convenances. Il y a toujours eu des filles qui parlaient de ces choses-là, mais… » Weezie fit une moue d'adolescente. « Elles étaient de réputation douteuse.

— Même pas à un jeune homme ? »

Weezie eut un mouvement de recul.

« Grands dieux, non ! Nous aurions préféré mourir sur place plutôt que de raconter nos secrets à un jeune homme.

— Bref, tu as toujours tout gardé pour toi ?
— C'est ce que tout le monde fait.
— Et quelle en est la conséquence ? »
Elle se détourna vers la vitre.

« On ne doit pas faire étalage de ses sentiments. C'est une simple question de courtoisie. » Elle hésita. « D'un autre côté, il semblerait que les sortir de leurs recoins sombres fasse beaucoup de bien. » Elle regarda à nouveau Wheeler, et son sourire revint. « C'est ce que tu m'as aidée à faire. Tu m'as incitée à ramener vers la lumière des secrets indicibles. Honteux. Et une fois qu'ils y sont, ils ne paraissent plus ni aussi graves, ni aussi dignes d'être cachés. » Elle déplia les jambes. « La voix sévère de la puritaine est de plus en plus couverte par celle de la sybarite, je le crains. Et tout cela à cause de toi.

— N'as-tu pas l'impression que ces deux voix s'effacent devant une troisième ? »

Elle le scruta d'un air perplexe, pour s'assurer qu'il ne cherchait pas à se moquer.

« Je ne te suis pas.

— Tu m'as expliqué l'autre jour que trois voix cohabitaient en toi. Ce que je veux dire, c'est que ta tante Prudence et la petite fille entêtée ont peut-être cessé de se livrer bataille pour laisser le champ libre à ce troisième personnage dont tu parlais. Te rappelles-tu comment tu l'as décrit ?

— Ma mère, lâcha-t-elle, pensive.

— Exact. Il y a ta part puritaine... » Wheeler leva une main pour indiquer le sommet d'une figure imaginaire, puis la laissa redescendre à la base. « Ta part libertine... » Sa main revint pour finir en position médiane. « Et il y a la voix intermédiaire, la modératrice, l'authentique. Le parent strict, l'adulte parvenu à maturité, l'enfant impulsif : trois voix que nous avons tous en nous, et c'est celle du milieu que nous devrions laisser parler.

— La voix de la maturité, que j'aimerais pouvoir écouter en permanence mais qui est trop souvent inaudible. »

Wheeler acquiesça en souriant.

« La voix de la maturité, c'est ça. Et à qui appartient-elle ?

— À ma mère. »

Wheeler n'ajouta rien, se contentant de poser sur elle un regard interrogateur. Elle se rendit compte qu'il attendait autre chose et sembla dans un premier temps déconcertée, comme si elle était incapable de deviner ce qu'il fallait répondre. Puis, au bout d'un moment, elle ferma les yeux et sourit.

« En réalité... non, ce n'est pas celle de ma mère. Plutôt un cadeau qu'elle m'a fait, mais que j'ai beaucoup de mal à m'approprier.

— Et qu'est-ce que c'est que cette voix ? insista doucement Wheeler.

— Ma troisième voix, la voix mature, celle que je voudrais faire entendre. Ce n'est ni celle de ma tante Prudence avec ses *il faut* et *tu ne dois pas*, ni celle de la petite fille entêtée, qui ne se soucie que de gratifications égoïstes. C'est ma seule vraie voix.

— Ta voix authentique, dit Wheeler.

— C'est une curieuse façon d'en parler... Mais c'est bien cela : ma voix authentique. Comme j'aimerais pouvoir l'utiliser en permanence !

— Tu n'es pas la seule à le souhaiter.

— Mais j'ai l'impression d'avoir un immense retard. Chaque fois que j'entends cette voix puritaine, la terreur me reprend et je me sens méprisable. Si seulement je pouvais surmonter cela... »

Wheeler sourit.

« Tu es en train de le faire. En t'ouvrant, en parlant.

— J'ai besoin de m'ouvrir davantage, répondit Weezie après un temps de réflexion. Je le sais. Avant, jamais je n'aurais raconté à qui que ce soit ma rencontre avec Herr Mahler. Et j'aurais croisé les doigts pour que personne ne sache ce qui m'était arrivé. J'étais tellement honteuse que l'envie me prenait de rentrer sous terre chaque fois que j'y repensais. Mais j'en ai si souvent parlé qu'elle me paraît aujourd'hui banale. Cela pourrait arriver à n'importe quelle jeune fille, en fait : tourner de l'œil en présence d'un grand maître.

— Et tu commences à entrevoir des corrélations.

— C'est le plus troublant. J'avais déjà connu ça – la rougeur, le tournis. À l'université, quand les filles parlaient de sujets embarrassants et qu'elles se délectaient de ma réaction, je ressentais une pression tellement terrible que j'étais à deux doigts de m'évanouir.

— Quel genre de sujets ? s'enquit Wheeler, amusé.

— Tu sais bien, les choses dont parlent les étudiantes quand elles cherchent à troubler une fille qu'elles jugent naïve ou trop pudique.

— Quel genre de sujets ? »

Elle rougit.

« Tu le sais très bien ! Je sais que tu le sais.

— Je n'ai jamais été étudiante, protesta-t-il en riant. Tu vas devoir me le dire.

— Des sujets qui peuvent pousser quelqu'un à rougir, et même à se sentir mal.

— Comme quoi ? La politique radicale ? Le droit de vote des femmes ? Un intérieur de mauvais goût ? Le manque d'hygiène ?

— Non, non, s'impatienta-t-elle. Autre chose.

— Quel genre de chose ? insista Wheeler, décidé à ne pas lâcher prise.

— Tu sais bien, dit-elle, exaspérée.

— Non, je ne sais pas. »

Elle regimba encore un peu, puis, de guerre lasse :

« Les choses du sexe.

— Et pourquoi feraient-elles rougir et même se sentir mal ? »

Elle fit de nouveau face à la verrière, et son agitation cessa brusquement, remplacée par un intense effort de réflexion. Elle finit par se retourner vers lui.

« Je n'en sais rien, avoua-t-elle. Je ne me suis jamais posé la question.

— Et c'est ce qui a provoqué ton malaise chez Herr Mahler ? »

Là encore, elle prit le temps de réfléchir.

« C'est curieux, répondit-elle d'un air absent. Je n'y avais jamais pensé sous cet angle. »

Certains jours, sachant que Dilly serait occupé ailleurs, Wheeler emmenait Weezie déjeuner avec Kleist et ses amis au Café Central. Ceux-ci se montraient d'une grande courtoisie avec elle et semblaient apprécier la façon dont elle tenait sa place dans les discussions artistiques, voire politiques. Bien entendu, elle ne craignait personne sur le thème de la musique, sa réputation en la matière étant déjà fermement établie.

« Ils savent que je suis ta bonne amie, dit-elle à Wheeler après un de ces repas.

— Cela n'a rien d'irrespectueux de leur part.

— Je pense qu'il vaudrait mieux que nous évitions d'être vus ensemble en public, afin de ne pas ébruiter notre… notre nouvel arrangement.

— Tu t'inquiètes du regard des autres.

— Je sais que les demoiselles convenables, celles que tous ces jeunes Viennois finiront par épouser, ne les rejoignent pas pour des rendez-vous galants dans des ateliers de peintre. Ce rôle est dévolu à des vendeuses et à des filles d'ouvriers aux mœurs légères.

— Tu parles ici de l'ordre ancien. Et c'est vrai. Mais il y a aujourd'hui des femmes modernes. »

Wheeler fut tenté de lui parler d'Alma Schindler, la fille du peintre, aussi belle que bien née, qui avait eu de nombreux amants avant d'épouser Gustav Mahler, puis l'architecte de renommée mondiale Walter Gropius, et pour finir l'écrivain Franz Werfel, l'auteur du *Chant de Bernadette*, mais, en 1897, Alma n'était encore qu'une inconnue de 18 ans. Aussi se contenta-t-il de dire :

« Je crois que les artistes de Vienne sont idéalement placés pour comprendre les "arrangements" de ce genre.

— Il n'y a pas qu'eux. J'ai l'impression d'être épiée. Par un jeune homme qui m'observe de loin. On dirait un compatriote, et cela me met très mal à l'aise. »

Elle se tut un moment, perdue dans ses pensées, puis changea brusquement de sujet :

« Quoi qu'il en soit, la compagnie de tes amis viennois me manquera beaucoup. Alors que les miens, à Boston, ne se soucient que de frivolités, eux abordent des problèmes substantiels.

— Comme la fin du monde.

— C'est vrai, reconnut-elle en souriant, ils tiennent parfois des propos un peu lugubres. J'ai du mal à comprendre qu'ils n'aient pas davantage de foi en l'avenir. Mes frivoles amies sont persuadées que Boston durera éternellement dans son état actuel. Les Viennois, eux, semblent convaincus que leur ville est au bord de l'effondrement. Mais parler avec eux est néanmoins très stimulant. »

L'après-midi touchait à sa fin lorsqu'elle arriva à l'atelier. Wheeler l'attendait avec un sourire impatient.

« J'ai une surprise pour toi, dit-il. Regarde dans le coin, là-bas. »

Son doigt était pointé sur un tableau aux couleurs flamboyantes. Elle s'en approcha et découvrit, derrière la toile, deux gros étuis adossés au mur.

« Un violoncelle ! » s'exclama-t-elle, ravie, en ouvrant le plus imposant des deux.

Wheeler ouvrit l'autre et en tira une guitare classique.

« J'ai découvert un vieux magasin de musique formidable. C'est là que j'ai loué tout ça, avec quelques partitions. »

Il alla chercher deux chaises. Weezie s'assit sur l'une d'elles, cala le violoncelle entre ses jambes, fit courir l'archet sur les cordes et produisit quelques sons discordants.

« Je suis rouillée. »

Wheeler installa un chevalet de bois en guise de pupitre et plaça dessus une partition ouverte.

« Bigre, dit Weezie. C'est du sérieux. »

Elle reposa le violoncelle, marcha jusqu'à son sac à main, l'ouvrit et en retira une petite pochette, d'où elle sortit une paire de lunettes à fine monture métallique. Elle ne les chaussa qu'après avoir regagné son siège.

« Je suis perdue sans elles, expliqua-t-elle en repositionnant son instrument. Même si ce n'est pas très distingué.

— Du Haydn, dit Wheeler en montrant la partition. Une pièce pour violoncelle et violon. Ce n'est pas vraiment mon style, mais je me suis dit que je devrais pouvoir improviser.

— Improviser, répéta-t-elle en soupirant. Cela ne te fait pas peur ? Personnellement, je suis incapable d'enfreindre les règles. Jouer de la musique, pour moi, c'est suivre à la lettre un modèle prescrit, en respectant la tradition.

— Il y a peut-être moyen de remédier un petit peu à tout ça. »

Et Wheeler se mit à jouer, conformément à la partition.

Tâtonnants au début, tous deux retrouvèrent peu à peu dans leur passé le flux magique de la musique et le plaisir de jouer avec l'autre. Les accents puissants et graves du violoncelle s'insinuèrent à la fois sous et entre les accords plaqués sur la guitare classique. Weezie et Wheeler se laissèrent entraîner par la mélodie à des années-lumière de Vienne et de 1897, et eurent bientôt la tête dans les étoiles. À un moment donné de leur duo, Wheeler regarda Weezie et vit sur ses traits une expression qui lui rappela l'« extase rêveuse » dont il avait fait mention dans son journal.

« Pourrais-tu me jouer quelque chose de San Francisco ? » demanda-t-elle ensuite.

La guitare toujours sur les genoux, Wheeler reprit les accords d'ouverture du morceau qu'ils venaient d'exécuter. Puis il entonna les paroles d'une chanson dont les origines remontaient à la nuit de blizzard de janvier 1959 où il l'avait chantée avec son idole Buddy Holly. Il l'avait ensuite tournée et retournée pendant des années dans sa tête jusqu'à ce fameux soir de 1975 où il s'était avancé avec la vieille guitare Martin de son père pour l'interpréter seul sur la scène du stade de Berkeley : « Coming Together », qui allait devenir un tube mythique.

En réalité, il l'avait déjà chantée une fois avant le concert de Berkeley, pour un public d'une seule personne : au chevet de Joan Quigley, la dernière fois qu'ils s'étaient vus.

« C'est beau, avait-elle lâché ensuite d'une voix faible. Tu voudras bien la chanter pour moi quand tout sera fini ?

— Une seule fois, avait promis Wheeler, bouleversé. Ensuite, je la retirerai définitivement.

— Un-Point-C'est-Tout ? avait dit Joan, parvenant tout juste à sourire.

— Un-Point-C'est-Tout. Et ce point-là sera pour toi.

— Je te reconnais bien là ! » s'était-elle esclaffée, retrouvant un instant son énergie d'autrefois.

Et dans l'atelier du peintre Einhorn, Wheeler Burden joua pour la troisième fois devant un public – la deuxième face à une audience d'une seule personne – « Coming Together », une chanson qui s'imposerait, avec le recul, comme son œuvre emblématique. Weezie Putnam, toujours penchée sur son violoncelle, l'écouta avec émerveillement.

« C'est l'un des plus beaux morceaux qu'il m'ait été donné d'entendre », dit-elle, encore sous le choc de cette première leçon d'improvisation.

45

PIRE QUE TU NE LE PENSES

« Tu l'as suivie, n'est-ce pas ? demanda Wheeler, à brûle-pourpoint, dans le train qui les ramenait de Lambach.
— Qui donc ? »
Dilly fut trahi par un tic nerveux : il savait pertinemment de qui parlait son fils.
« J'en étais sûr.
— Bon, c'est vrai, je l'ai retrouvée. Et je reconnais l'avoir observée de loin, deux ou trois fois.
— Avec assez d'insistance pour qu'elle s'en aperçoive.
— Euh… peut-être, concéda Dilly, mal à l'aise.
— Il me semble que c'est toi qui as dit que nous devions être d'une prudence sans faille.
— Je ne lui ai pas parlé. Je ne me suis pas approché d'elle.
— Mais elle t'a repéré.
— Il faut croire. C'est vraiment une beauté. Je ne peux pas m'empêcher de la regarder.
— Eh bien, tu ferais mieux d'arrêter, dit Wheeler avec le plus grand sérieux. Tu risques de tout compromettre. »
Ce matin-là, il avait rejoint Dilly dans son petit logement mal éclairé et sans chauffage au bord du

canal, près de la Rudolfsplatz. Il s'y était présenté de bonne heure parce que son père avait prévu une excursion en train vers l'amont du Danube, et avait lourdement insisté pour qu'il l'accompagne. En entrant, Wheeler l'avait trouvé assis devant sa table exiguë et encombrée de papiers.

« Qu'est-ce que c'est que ça ? demanda-t-il en prenant une chaise.

— Mes recherches », répondit Dilly, assez content de lui, en soulevant une feuille volante.

C'était du Dilly dans toute sa splendeur : la poursuite obsessionnelle d'un projet jusqu'à l'obtention de ce qu'il voulait. Rendre d'innombrables visites aux services de l'état civil pour quémander de l'aide, glisser pièces et billets dans les mains de fonctionnaires, se frayer un chemin dans la bureaucratie labyrinthique de l'Empire.

« Regarde, ajouta-t-il en pointant énergiquement son index sur la feuille. J'ai une adresse.

— Et qu'as-tu l'intention d'en faire ?

— Aucune idée. J'ai abattu un travail énorme, en partant de presque rien. Je ne savais pas grand-chose de lui, à part qu'il est né dans une petite ville de l'Empire et qu'il doit avoir aujourd'hui autour de 10 ans. Je savais aussi que son père s'appelait Alois, qu'il était fonctionnaire et que le nom Shicklgruber avait joué un rôle dans cette histoire à un moment donné. Mais bon, c'est drôle… » Il montra les papiers étalés sur la table. « À force de poser des questions, on finit par se rapprocher de son but. Et là, enfin… » Ses yeux tombèrent sur la feuille qu'il tenait à la main. « Je crois que je le tiens. Alois Hitler, à Lambach, retraité de la fonction publique, titulaire d'une pension, près de Linz, à quelques heures d'ici. Il y a un train bientôt. Nous pourrions être revenus dès ce soir.

— Je croyais qu'il ne fallait pas modifier le cours de l'histoire.

— Nous n'allons rien faire, répondit Dilly avec une flamme dans le regard. Je voulais juste savoir si je pouvais y arriver. Et je pense que oui. Nous serons de retour dans quelques heures.

— Attends un peu. »

Tout cela allait beaucoup trop vite pour Wheeler. Son expérience lui avait appris – la balle papillon, la bombe atomique d'Oppenheimer – que chaque fois qu'on avait la possibilité de se servir d'une arme, on s'en servait.

« Tu crois avoir trouvé Adolf Hitler. Et tu veux qu'on y aille, là, tout de suite.

— J'ai juste besoin d'une confirmation. La liste des pensionnés ne mentionne pas les noms des enfants. Tout ce que j'ai, à ce stade, c'est un Alois Hitler à Lambach. J'ai effectué toutes les recherches possibles, c'est donc le seul moyen qui me reste d'en avoir le cœur net. »

Wheeler considéra la masse de documents, qui représentait un travail colossal. Rien d'étonnant à ce qu'il ait si peu vu Dilly au Café Central ces temps derniers.

« Je ne te suis pas, dit-il en secouant la tête. C'est bien toi qui préconisais la plus grande prudence, non ? »

L'expression de son père s'adoucit.

« La haine était mon moteur, Stan. Je voulais l'étrangler, cette ordure. C'est elle qui m'a propulsé ici alors que je croupissais dans cette cellule de la Gestapo. Mais bon, maintenant que c'est réel et que j'ai eu la chance de passer quelques semaines avec mon fils dans cette ville remarquable, ma mission a pris un tour plus pacifique. Même si... » Ses yeux retrouvèrent tout à coup leur éclat dur, et il fut traversé par un grand frisson. « Même si on ne peut pas oublier les destructions, l'ignoble cruauté. On ne peut pas… »

Les mots lui manquèrent.

« Mais qu'est-ce que tu veux y faire ? » demanda Wheeler.

Dilly fit la grimace.

« Je ne sais pas, Stan. Je ne sais vraiment pas. Serais-je capable, le moment venu, de m'en prendre à ce sale fumier ?

— Bon, imaginons que tu décides d'intervenir et qu'il n'y ait pas de Hitler. Pour commencer, cela veut dire pas de programme Prêt-Bail, et pas de bombardements sur Londres. Tu n'aurais jamais rencontré maman, ni eu un enfant avec elle.

— Je n'ai pas dit que j'allais intervenir. Je veux juste aller voir. Et c'est très important pour moi que tu m'accompagnes.

— Ça ne me plaît pas. Nous ne sommes pas allés voir Haze alors que nous savons qu'il est ici, à Vienne. Tu as également intérêt à éviter Frank Burden…

— Je sais, je sais. Et je t'ai dit qu'il était exclu pour nous de les approcher. Cela vaut aussi pour Eleanor Putnam. »

Wheeler eut un léger mouvement de recul sur sa chaise, mais Dilly ne s'en rendit pas compte et continua sur sa lancée.

« Je suis très conscient de tout ça. Mais c'est de la petite bière. Il s'agit juste de nous assurer que les personnes et les circonstances adéquates seront réunies dans dix-sept ans pour que je puisse naître – et toi ensuite. Hitler, par contre… Nous parlons de la ruine de la démocratie, de la destruction de siècles de culture entiers et de la cathédrale de Coventry, de la perte de millions de vies innocentes…

— Et c'est encore pire que tu ne penses.

— Allons juste le voir, insista Dilly, retrouvant son regard fiévreux.

— Faire un aussi long voyage en train sur la foi de quelques bribes d'indices, c'est vraiment une idée folle. »

Pendant le trajet, Dilly fit montre d'une exaltation inhabituelle, comme un archéologue en passe de faire sa grande découverte.

« Je tournais en rond, jusqu'au jour où j'ai rencontré par hasard un percepteur des impôts à la retraite, un provincial de passage à Vienne. Un type assez niais, qui parlait sans arrêt mais qui avait une mémoire photographique. J'ai sauté sur l'occasion. » Il se tut quelques secondes pour contempler le paysage. « Comment est-ce que ça s'est terminé pour les Juifs, au fait ? Ils ont récupéré leurs biens ? »

Wheeler ouvrit des yeux ronds.

« Tu n'as pas entendu parler de Buchenwald ? D'Auschwitz ?

— Buchenwald, Auschwitz ? Qu'est-ce que c'est ?

— Les camps de la mort.

— Il y avait des rumeurs, lâcha Dilly, inexpressif.

— Après la Libération, je peux te dire que le stade de la rumeur a été largement dépassé. »

Et Wheeler décrivit à Dilly l'arrivée des soldats alliés dans les camps de concentration, le spectacle qu'ils y avaient découvert et toutes les horreurs révélées depuis par les archives nazies.

« Je n'y croyais pas, dit Dilly, abasourdi. Personne ne pouvait croire à une abomination pareille. Je faisais la sourde oreille. Il y a quand même des limites, voilà ce que je répétais aux gens. Faites-moi confiance. Tu sais, pendant mon avant-dernière mission en France, je me suis même accroché là-dessus avec une fille de la Résistance. Elle m'a dit que les nazis gazaient des enfants, et j'ai répondu qu'elle allait un peu trop loin.

— Ils en ont gazé, et pire encore. Le nombre de victimes a été évalué à dix millions. »

Wheeler parla ensuite à son père de Josef Mengele et de ses expériences, entre autres atrocités.

« Après avoir libéré les camps, les soldats alliés ont obligé les habitants du voisinage à défiler devant les tas de cadavres, pour que personne ne puisse prétendre que c'était une invention. »

Dilly secoua la tête en silence et se tourna vers la fenêtre avant de lâcher :

« Et dire que tu ne voulais pas venir. »

« Si mes souvenirs sont exacts, fit Wheeler, tu avais autre chose à me dire.

— Je parlais de Hitler. C'est tout.

— Il y avait autre chose.

— Oui, admit Dilly en baissant les yeux. C'est à propos d'Eleanor Putnam. En fait, j'ai toujours su qu'elle était à Vienne. Et je... c'est devenu pour moi une... euh, une espèce d'obsession.

— Tu as fait plus que la regarder ?

— Non, non, rien de plus. C'est juste que... » Dilly soupira. « Je ne m'attendais pas à ce qu'elle soit si... si belle.

— Qu'est-ce que tu as fait ?

— Le problème n'est pas tant ce que j'ai fait que ce que j'ai ressenti. Je veux dire, je ne lui ai pas adressé une seule fois la parole, ni rien de ce genre. Elle n'a jamais su que je l'observais. » Dilly se prit la tête entre les mains et ne vit pas l'embarras de Wheeler. « Je crois que j'ai eu... une sorte de coup de foudre.

— Un coup de foudre pour ta mère ? »

Dilly, mortifié, balaya le wagon du regard.

« Elle est si jeune, si fraîche... Ses yeux sont d'un bleu, et ce sourire... Elle a un sourire à tomber par terre. D'ailleurs, j'ai noté une évolution récemment. » Il prit le temps de bien choisir ses mots. « Depuis quelques jours, elle est rayonnante. J'en ai déduit qu'elle était amoureuse. On ne voit pas souvent une femme aussi pleine de vie et de passion. On dirait une fleur splendide en train de s'épanouir.

— La musique, sans doute. Et Vienne.

— Non. Je sais ce qui se passe.

— Vraiment ? fit Wheeler, sentant un voile de sueur perler sur son front.

— Il n'y a qu'une seule explication possible. C'est l'amour. Elle est amoureuse de Frank Burden. »

Le train s'arrêta à Lambach peu avant 13 heures. Dilly sortit un bout de papier de sa poche et demanda des indications de trajet au chef de gare. Ils s'enfoncèrent à grands pas dans les rues étroites de la petite ville, passèrent devant quelques gros édifices. Tout à coup, Dilly fit halte et montra une porte du doigt.

« C'est là, dit-il, tellement ému qu'on aurait presque pu voir son cœur bondir sous sa veste. Attends-moi ici. »

Wheeler regarda son père se diriger vers la porte et frapper. Une quadragénaire aux cheveux noirs apparut sur le seuil, en tablier, un torchon à la main. D'aspect plutôt aimable, elle sourit et hocha la tête puis, à un moment donné, indiqua le bas de la rue par-dessus l'épaule de Dilly. Après lui avoir serré la main, Dilly fit demi-tour. La femme referma la porte.

« Je me suis présenté comme un peintre américain installé à Munich. J'ai dit qu'on m'avait parlé de son fils de 8 ans, Adolf, en me disant qu'il avait de magnifiques yeux bleus, et je lui ai demandé s'il serait possible de le faire poser pour un portrait au fusain. En promettant de lui en offrir une copie.

— Cette dame s'appelle Frau Hitler ?
— Bien sûr.
— Et elle a un fils prénommé Adolf ?
— Il est à l'école et sera là dans une heure, répondit Dilly d'un ton détaché. Il rentre à pied, par ce côté-ci.
— Tu crois que c'est le bon ?
— Nous verrons bien. »

Ils tuèrent le temps en arpentant le parc de l'abbaye bénédictine du XIe siècle, unique centre d'intérêt de la bourgade. Mais ni l'un ni l'autre ne parvint à se concentrer. Une heure et dix minutes plus tard, ils avaient déjà regagné leur poste face à la porte de Mme Hitler lorsque le petit garçon apparut au bout de la rue. Dilly s'avança vers lui, et Wheeler n'eut d'autre choix que de lui emboîter le pas. À l'approche de l'enfant, Dilly lança :

« *Guten Tag*, Herr Hitler. »

L'enfant, d'abord surpris, lui rendit son sourire.

« *Guten Tag* », répondit-il au moment où les deux hommes le croisaient.

Dilly fit halte et se retourna sur le petit garçon qui marchait toujours en direction de son domicile. Il fit un pas en avant puis hésita, comme assailli par un doute monumental, avant de s'exclamer :

« Herr Hitler ! »

L'enfant s'arrêta et pivota sur lui-même.

« Je suis peintre, dit-il. J'aimerais dessiner votre portrait. Je reviendrai. »

L'enfant le considéra d'un air perplexe, hocha la tête, fit à nouveau demi-tour et repartit.

Dilly le suivit des yeux jusqu'à ce qu'il ait disparu derrière la porte puis se retourna vers Wheeler, le teint blême et les mains tremblantes.

Dans le train qui les ramenait à Vienne, Dilly, assis à la fenêtre, contemplait sans rien dire la campagne autrichienne. Il semblait tellement absorbé dans ses pensées que Wheeler, lui-même en pleine réflexion, respecta ce silence. La vision de Hitler enfant les avait tous deux profondément perturbés, leur ôtant jusqu'à l'envie de parler. Tout à coup, Dilly se détourna de la fenêtre et le regarda. Ses yeux avaient retrouvé leur éclat.

« Au fait, dit-il, je me demandais. Comment sais-tu que j'ai suivi ma mère ? »

46

DANSER AU BORD DU PRÉCIPICE

En rentrant de la gare, Dilly suggéra qu'ils fassent un saut au Café Central pour saluer leurs amis de la Jeune Vienne. Lorsqu'ils pénétrèrent dans la salle, Wheeler s'aperçut que, malgré ses efforts pour faire bonne figure, l'enthousiasme habituel de son père avait été mis à mal. La journée à Lambach et leur rencontre avec l'enfant Hitler avaient prélevé sur lui un lourd tribut, même s'il n'était pas disposé à l'admettre.

« Voyons ce que mijote la Jeune Vienne, dit-il en se dirigeant vers la tablée en grande conversation.

— Ah, les Américains sont de retour ! lança Kleist avec sa fougue habituelle. Cela fait un moment que nous ne vous avions pas vus. Vous deviez consacrer votre attention à d'autres projets, j'imagine », ajouta-t-il avec un clin d'œil pour Wheeler.

Claus se leva et leur indiqua deux chaises libres.

« Je vous en prie, prenez place. Schoetler ici présent est en train de nous expliquer ce qui ne va pas avec l'Empire. »

Schoetler, le scientifique, s'interrompit au beau milieu d'une phrase pour saluer les nouveaux venus.

« Cela n'a rien d'amusant, dit-il avec un sourire forcé. Nous sommes sur une pente dangereuse.

— Oh, c'est moins grave qu'il n'y paraît », réagit von Tscharner, souriant.

Schoetler ne se laissa pas dérider.

« Je crois que vous vous voilez tous la face. Karl Lueger a touché un point névralgique.

— Le beau Karl excite la populace, dit Kleist. Son antisémitisme n'est qu'un jeu politique, et il le sait.

— Il est plus proche de la réalité que vous ne voulez l'admettre, insista Schoetler d'un ton sombre. Les travailleurs se sentent bafoués, humiliés par la splendeur du Ring et par la magnificence de tout ce qu'ont créé nos pères, et ils commencent à unir leurs efforts. Ils sont amers et en colère.

— Une colère qu'ils passent sur nous, pauvres Juifs.

— Des pauvres Juifs ? releva von Tscharner, bon enfant. Cite-m'en deux.

— L'animosité a atteint un point de non-retour.

— C'est passager, affirma Claus. Cela ne peut pas durer. »

Schoetler prit un masque solennel, exaspéré que personne ne le prenne au sérieux.

« C'est vous, les Juifs, qui avez laissé la situation dégénérer, et vous êtes sur le point de le payer, répliqua-t-il d'une voix où ne subsistait plus aucune trace de bienveillance. Vous contrôlez quatre-vingts pour cent des banques. Vous dirigez les entreprises. Vous êtes habiles avec l'argent et pour vous serrer les coudes. Vous aviez un avantage, vous l'avez exploité au maximum. Et l'heure est venue de payer.

— Allons, allons, intervint Claus. Tes propos sont beaucoup trop sérieux pour notre cercle d'intellectuels. »

Mais Schoetler, piqué au vif, refusa de battre en retraite.

— Je suis très sérieux. Les Juifs sont en train de ruiner notre ville, et plus vite nous serons débarrassés d'eux, mieux cela vaudra.

— Une ville sans Juifs. J'ai du mal à l'imaginer, observa Kleist, cherchant à détendre l'atmosphère.

— Pas moi, riposta Schoetler. Et je dois le dire, j'attends ce jour avec impatience.

— Tu plaisantes. Qui composerait la musique ?

— Et les pièces ?

— Qui assisterait aux représentations ? »

Un rire nerveux monta du groupe.

« Je suis sérieux, insista Schoetler. On ne peut plus sérieux. Les choses sont allées trop loin, il est temps que cela change. » Il défia du regard le cercle de visages muets. « Vous vous moquez, mais j'ai raison sur ce point. » Il se leva de son siège. « Et beaucoup de gens sont d'accord avec moi. »

Et il s'en alla, laissant ses compagnons de table dans un silence embarrassé.

« Ma foi, déclara Dilly, c'était encore une discussion robuste. »

Mais il n'y avait aucune vie dans sa voix.

Les deux hommes ayant besoin de temps pour réfléchir et discuter, ils convinrent de se retrouver pour le déjeuner dans un restaurant du Prater avant de s'offrir une autre séance de frisbee, à la demande de Dilly.

« La Jeune Vienne file un mauvais coton, observa ce dernier, soucieux.

— Ils n'ont aucune idée de ce qui les attend.

— Et je suppose que nous n'avons pas le droit de les prévenir.

— Aucune influence », récita Wheeler d'un ton morne.

Il se demanda si Dilly allait revenir sur le sujet de Weezie Putnam et songea qu'il avait déjà eu beaucoup de chance que son père ne les ait encore jamais vus ensemble. Et que celui-ci se soit satisfait de son « J'ai deviné » après lui avoir demandé comment il pouvait savoir que lui-même tournait autour de la jeune femme. Ou peut-être les avait-il vus mais préférait-il rester discret là-dessus. Wheeler en doutait, ce choix suggérant une indécision qui ne lui ressemblait en rien. Quand Dilly Burden avait quelque chose en tête, il ne le gardait pas pour lui. « Il n'y a aucune trace de subterfuge dans son attitude. Il semble incapable de dissimulation, et c'est ce qui a fait de lui un grand espion », avait un jour dit la mère de Wheeler.

« Tu as peut-être remarqué que je ne suis pas au mieux de ma forme, commença Dilly une fois qu'ils furent assis. J'ai perdu une bonne part de mon énergie. Ces maudits Allemands m'ont eu à l'usure. »

Même si, dans l'esprit de Wheeler, son père était infatigable, il aurait été difficile d'ignorer les ombres de plus en plus profondes sous ses yeux et son souffle parfois court. Ce matin-là, pourtant, il semblait assez excité par la perspective de leur sortie dans les bois.

« Regarde ceci, dit-il, frappant du dos de la main l'édition du jour de la *Neue Freie Presse* qu'il venait de poser sur la table. Le premier article publié d'Egon Wickstein. Je me souviens de l'avoir lu et fait lire à mon ami Brod Walker en 1934, l'été qui a suivi notre première année de fac. Nous commencions alors notre tour d'Europe. »

Wheeler considéra la une du grand quotidien viennois : l'essai de Wickstein en occupait la partie inférieure, la place traditionnelle des *feuilletons**.

« *Les Conditions préalables d'un apogée culturel*, lut Dilly. Un peu pompeux, mais bon. N'oublions pas qu'il n'a que 18 ans. Je trouve ça épatant. Nous avons entre les mains un article qui restera dans l'histoire, et personne d'autre ne le sait. »

Dilly poursuivit sa lecture, assez lentement car il traduisait au fur et à mesure.

« C'est enlevé, dit-il. On sent que ce garçon a du talent. Je me souviens très bien de la première fois que j'ai lu ce texte à mon ami Walker. Je crois que c'est ce matin-là qu'il a décidé de vouer sa vie à l'étude de Wickstein. Il n'avait pas grand-chose d'un intellectuel à l'époque, tu sais. Il s'intéressait plus aux filles et aux tavernes de Cambridge. Mais, en 1934, la découverte de Wickstein a été l'étincelle, ajouta Dilly avec un sourire satisfait. Et tu me dis qu'il a fini par devenir un des plus éminents professeurs de Harvard ? C'est mérité. Brod était un homme exceptionnel. »

Wheeler regarda à nouveau la *Neue Freie Presse*.

« Ce texte est de moi, dit-il avec une touche d'amusement dans la voix qui fit d'abord croire à Dilly qu'il plaisantait. Je suis sérieux. C'est ma dissertation.

— Tu veux rire.

— Non. Je t'assure. J'ai quasiment dicté les phrases à Egon l'autre jour, au Café Central.

— Impossible. C'est du pur Egon, n'importe quel étudiant en licence te le dirait. Cet article sera même considéré comme son tout premier texte publié.

— Peut-être, mais il n'en reste pas moins que c'est presque mot pour mot le texte d'un devoir de philosophie que j'ai écrit à Harvard en 1960.

— Et comment a-t-il atterri dans la *Neue Freie Presse* ? Par osmose ?

— Non, je t'assure. C'est moi qui le lui ai soufflé. Il était au pied du mur et avait besoin d'idées, je lui ai donc donné les miennes et il les a notées.

— Cet essai est le premier texte sélectionné par Brod dans le livre qu'il a publié sur les œuvres de jeunesse de Wickstein, répliqua Dilly en regardant son fils dans le blanc des yeux. Il m'en a offert un exemplaire pour Noël en 1943, quand je suis revenu à Boston avec ta mère et toi. Et tu es là à me dire que c'est toi qui l'as écrit ?

— Je sais qu'il est dans le livre de M. Walker. Je sais qu'on le considère comme du pur Wickstein. J'ai eu l'occasion de m'en rendre compte on ne peut plus clairement le jour où j'ai failli être viré de Harvard pour avoir plagié mes propres écrits. Je dis simplement que ce sont mes idées.

— Tu veux dire que tu lui as suggéré le sujet.

— Et l'essentiel de la formulation. Il était en panne sèche et ne savait pas trop comment s'en sortir. Il avait ce délai à respecter. »

Dilly secoua la tête.

« Tu es en train de me dire qu'Egon Wickstein, sans toi, aurait peut-être consacré son premier article aux tulipes du Belvédère ?

— Exactement. »

Dilly avait maintenant la mine grave : il était en train de tirer les conséquences de ce qu'il venait d'entendre.

« Tu as soufflé à Egon Wickstein l'idée de son premier essai publié. J'ai lu cet essai à Brod Walker en 1935. C'est de là qu'est née sa fascination pour Wickstein, et Brod Walker a fini par devenir l'homme qui, en Amérique, a popularisé l'œuvre de Wickstein...

— Et ce n'est pas tout. Quand j'ai écrit cet essai en première année, dans le cadre d'un cours d'initiation à la philosophie, je l'ai intitulé "La grande interception". Le titre définitif, celui que tu trouves pompeux, n'est venu que plus tard. Il s'agissait pour moi de comprendre les raisons pour lesquelles les gens attachent autant d'importance à des événements mineurs mais spectaculaires, que ce soit en art, en politique ou...

— Ou en sport.

— Oui. Pendant toute ma scolarité à St Greg, les gens ont passé leur temps à me parler de ton héroïsme, de la façon dont tu avais remporté tel match à toi tout seul, de ce que tu pouvais faire avec une crosse de hockey, etc. Au début, je n'ai pas compris en quoi tout cela pouvait tellement compter pour des gens aussi snobs et aussi instruits. Et quand je suis arrivé à Harvard, rebelote : tout le monde a voulu me raconter les exploits que tu avais accomplis là-bas, en particulier sportifs. La plupart du temps, c'était ton fameux arrêt de volée contre Yale qui revenait : l'arrêt du siècle, comme ils disaient tous. Bref, l'idée m'est venue d'écrire ce devoir pour expliquer en quoi ce genre d'arrêt pouvait représenter le point culminant d'une civilisation. J'ai utilisé comme modèle l'interception de Willie Mays sur une balle frappée par Vic Wertz pendant la finale du championnat 1954. Leurs noms ne te disent rien, évidemment. Mon texte a fini par être publié sous le titre *Les Conditions préalables d'un apogée culturel*, et les idées que j'ai données l'autre jour à Egon au Café Central sortent tout droit de là. À cause de cela, un professeur assistant nommé Fielding Shomsky a frôlé l'apoplexie, et j'ai bien failli me faire renvoyer de Harvard pour plagiat.

— Qu'est-ce qui t'a sauvé ?

— Disons que ton ami M. Walker a plus ou moins enterré l'affaire. Dieu seul sait ce qu'il en a pensé. »

Dilly secoua la tête. Il commençait à voir le tableau d'ensemble mais était toujours absorbé dans son effort de compréhension.

« Sais-tu ce qu'est devenu Wickstein, au fait ? En 1943, quand Brod a publié son livre, on le disait incarcéré quelque part en Allemagne.

— Ça n'a pas bien fini », répondit Wheeler d'un air sombre.

47

UN MAGNIFIQUE EXEMPLE

Egon Wickstein vécut à Vienne jusqu'à ses 30 ans, étudiant puis enseignant la philosophie à l'université, où il se tailla une certaine réputation grâce à son esprit vif et à son style tranchant – abrasif selon certains –, publiant régulièrement des *feuilletons** dans la *Neue Freie Presse* et révélant une incapacité chronique à garder ses opinions pour lui. En 1914, âgé de 34 ans, il accepta en fanfare un poste à l'université de Cambridge pour se rapprocher de Bertrand Russell. Ce fut à cette époque qu'il commença à se distinguer et à attirer l'attention sur ses idées. Au début des années 1930 il publia *Critique de la raison pure*, un livre aujourd'hui considéré comme un fleuron de la pensée philosophique du XXe siècle. L'encre de la première édition allemande n'était pas encore sèche que ce texte fut inscrit sur la liste des ouvrages proscrits par les nazis et jeté au feu. L'année suivante parut son autobiographie, *Avant-Hier*, qui demeure à ce jour une des meilleures évocations de la vie intellectuelle et culturelle à Vienne au tournant du XXe siècle – mais là encore, taxé comme son prédécesseur de texte juif, le livre n'eut droit qu'à des feux de joie. « J'ai dû dire quelque chose de juste », se serait exclamé Egon Wickstein en apprenant la nouvelle de cette seconde distinction. Mais, comme ce fut le cas pour les premières œuvres de Freud, aucun de ces deux livres ne connut le succès, commercial ou critique.

L'enfant Hitler, de Lambach, quitta le toit familial en 1908, à 19 ans, et s'installa à Vienne dans l'espoir de devenir artiste peintre, ce qui l'amena à vivre plusieurs années dans la même ville qu'Egon Wickstein. Malgré un talent raisonnable, il échoua dans toutes ses tentatives d'admission à l'Académie des beaux-arts de Vienne. Pendant cinq ans, il vivota en vendant des aquarelles et aiguisa son sens politique et sa haine des Juifs en observant le maître en la matière, le maire Karl Lueger. Ce fut ainsi qu'il découvrit le pouvoir de l'éloquence démagogique et l'usage politique qui pouvait être fait de l'antisémitisme. Au cours de cette période, il est fort possible qu'il ait rencontré Egon Wickstein et ait nourri une profonde aversion pour cet homme qui incarnait à ses yeux tout ce qu'il haïssait chez les Juifs.

En 1914, Hitler partit à Munich et, après avoir combattu sous l'humble grade de caporal pendant la Grande Guerre, participa à la fondation du parti national-socialiste. Sans doute ni Wickstein ni Freud ne s'intéressèrent-ils à son cas lorsqu'il fut arrêté après sa tentative de putsch et condamné à quatre ans de prison, une peine dont il ne purgea que neuf mois. Ce fut pendant cette incarcération qu'il dicta *Mein Kampf* à Rudolf Hess.

En 1938, tandis que la tension ne cessait de monter en Allemagne, Egon Wickstein retourna à Vienne contre l'avis unanime de ses amis et collègues. Hélas, la vague déferlante du pro-germanisme et de l'antisémitisme était beaucoup trop puissante pour qu'un philosophe puisse la combattre, aussi brillant fût-il. En mars 1938, Hitler envahit l'Autriche. L'*Anschluss* fut salué avec enthousiasme par des centaines de milliers d'Autrichiens. Le cardinal de Vienne accueillit Hitler en personne et lui promit le soutien de la population majoritairement catholique du pays. Les conséquences pour les Juifs de Vienne furent immédiates et dévastatrices. Ils furent raillés et frappés, expulsés de chez eux, spoliés de leurs biens personnels comme de leurs outils professionnels par des voisins cupides. Un nombre considérable d'avocats, de juges, de médecins et de chefs d'entreprise améliorèrent grandement leur niveau de vie et les perspectives d'avenir de leur famille de cette manière. À l'université, presque tous les Juifs – quarante pour cent du corps enseignant et cinquante pour cent des étudiants – furent renvoyés. « De toutes les villes sous contrôle nazi, dirait Haze à ses élèves, Vienne fut la plus durement affectée par la Nuit de Cristal, quelques mois après l'annexion de 1938. Simon Wiesenthal, le grand chasseur de nazis, a déclaré après la Seconde Guerre mondiale que, par rapport à celle de Vienne, la Nuit de Cristal berlinoise avait été une gentille parade de Noël. »

Au cœur de cette période noire, tandis que la plupart des Juifs et opposants politiques cherchaient à fuir Vienne, Egon Wickstein jugea qu'il était de son devoir d'y retourner, au grand dam de son entourage à Cambridge. Une fois sur place, il joua un rôle majeur pour convaincre son ami Sigmund Freud, alors âgé de 82 ans, de quitter la ville, et, avec le soutien de forces extérieures à l'Autriche, il fit pression sur les nazis pour qu'ils le laissent partir. Après d'âpres négociations et le versement d'une somme de quatre cent mille dollars au parti nazi, Freud et ses proches furent autorisés à se rendre à Londres, où la jeune étudiante en psychiatrie Flora Zimmerman, parmi d'autres, était prête à l'accueillir. Après le départ de Freud, Wickstein et quelques amis photographièrent sous tous les angles son appartement du 19 Berggasse puis rassemblèrent dans un carton quelques affaires que le grand médecin n'avait pas pu emporter lui-même. Ce carton, étiqueté « Articles de toilette », fut emporté au nez et à la barbe des hommes de garde nazis, qui en quelques jours avaient vidé l'appartement de ses objets de valeur pour leur profit personnel et effacé toute trace des Juifs ayant vécu là, sans le moindre égard pour les contributions au progrès de la civilisation qui avaient pu y voir le jour.

Il était de plus en plus clair dans l'esprit de ses amis viennois qu'Egon Wickstein devait figurer en bonne place sur la liste des indésirables. Plusieurs d'entre eux tentèrent de lui proposer des plans d'exil, mais Egon ne voulut rien entendre, soutenant que Vienne était sa ville et qu'elle appartenait à son peuple, un peuple qu'il avait tendance à assimiler aux gens intelligents et éminemment cultivés qui fréquentaient les cafés. Peu après le départ de Freud, Egon fut interpellé pour être interrogé et fut retenu quelque temps dans le stade de football, après quoi on n'eut plus aucune nouvelle de lui. Les années suivantes, des intellectuels de plusieurs pays neutres tentèrent d'obtenir sa libération auprès du gouvernement allemand, mais on leur répondit qu'Egon Wickstein avait été condamné pour activités subversives et purgeait tranquillement sa peine dans un camp de concentration où il était bien traité.

Wickstein ne devait accéder à la notoriété qu'après 1944, alors qu'on ne savait toujours pas ce qu'il était devenu, quand Broderick Walker, un professeur de l'université de Harvard, publia un recueil en anglais de ses œuvres, dont la première était un *feuilleton** paru dans la *Neue Freie Presse* et intitulé *Les Conditions préalables d'un apogée culturel*. Il fallut attendre

1950 pour que le même professeur publie sa monumentale biographie de Wickstein, doublée d'une superbe description de Vienne au tournant du XXᵉ siècle, qui les mit l'un et l'autre en pleine lumière.

Après de minutieuses recherches sur la vie du jeune philosophe, Brod Walker apprit précisément, par des témoins oculaires, comment avait pris fin la vie d'Egon Wickstein. En 1938, il fut interrogé et incarcéré par les SS, puis transféré dans une prison en Allemagne où le haut commandement s'interrogea sur ce qu'il convenait de faire d'un détenu aussi influent. Après avoir eu quelques mois sous sa garde ce Juif insolent qui ne savait pas garder la bouche close, un officier SS le conduisit un jour dans la cour de la prison et, avec son Luger de service, tira une balle dans la tête de l'un des plus grands penseurs du siècle. Une triste illustration, déplora Brod Walker, de la capacité pour un esprit très limité d'avoir le pouvoir ultime sur un magnifique exemple d'intelligence humaine. On rapporte qu'en apprenant la mort du « Juif insolent » Hitler manifesta un vif plaisir.

Il fallut attendre la fin des hostilités pour que le décès d'Egon Wickstein soit officiellement établi et son martyre révélé. À l'époque du passage de Wheeler à Vienne, en 1897, la cité impériale comptait presque deux cent mille Juifs. Lorsque les chars russes pénétrèrent dans la ville en 1945, il en restait quelques centaines.

À l'été 1956, Arnauld Esterhazy, âgé de 77 ans, revint à Vienne pour la première et la dernière fois depuis la fin de la Première Guerre mondiale. L'opéra, détruit par une bombe alliée en 1945, venait de rouvrir ses portes. Après être allé se recueillir à Paris devant la plaque à la mémoire de Dilly Burden, il arriva à Vienne pour assister à une représentation du *Tannhäuser* de

Wagner. À la fin du concert, force lui fut de constater que quelque chose le gênait dans cet espace minutieusement reconstitué. Il pleura en repensant à tout ce qui s'était perdu, à son cher Dilly et à son vieil ami Egon Wickstein, mais il pleura aussi pour une raison plus profonde. Du début à la fin, le concert lui avait paru plat, dépourvu de l'énergie, des frissons électriques qui selon lui faisaient vibrer un public de connaisseurs du temps où Gustav Mahler était à la baguette. *Quelque chose sonnait affreusement faux*, écrivit-il peu après dans ses notes. *Pour une seule raison, implacable : il n'y avait plus de Juifs.*

48

UN CADEAU HISTORIQUE

Cet après-midi-là, au Prater, ils se dirigèrent vers une vaste étendue plane. Wheeler voulait montrer à son père ce qu'on pouvait faire d'un frisbee dans de très grands espaces. Dilly, enthousiaste, effectua un jet légèrement vacillant, qui retomba au sol à mi-chemin entre son partenaire et lui.

« Ça commence à venir, dit Wheeler.

— Cette fois, tu vas devoir m'apprendre exactement la technique du lancer. Je ne partirai pas d'ici avant de maîtriser le geste. »

Maîtriser, pour Dilly, signifiait se livrer à une analyse complète du fonctionnement de la chose : la façon précise dont le disque devait être tenu puis libéré, les forces aérodynamiques qui entraient en jeu, ainsi qu'un examen approfondi de tous les moyens d'optimiser les effets du lancer et d'en maîtriser la réception. Wheeler n'avait jamais vu quelqu'un adopter une démarche aussi analytique vis-à-vis d'un geste que lui-même avait toujours considéré comme instinctif.

« Laissons tomber les discours et allons-y », dit-il au bout d'un certain temps.

Il alla se poster à trente mètres de là et envoya le frisbee, qui s'éleva très haut dans le ciel avant de retomber avec grâce à l'endroit où se tenait son père. Dilly, ébahi par la beauté de la trajectoire, faillit manquer de la rattraper. Il était à chaque fois obligé de se rapprocher de quelques pas pour lancer, mais Wheeler voyait de loin qu'il s'améliorait au fil des essais, reconstituant mentalement son geste afin que le disque cesse de tourner sur lui-même juste après avoir pris son envol. Dilly ne tarda pas à réussir des jets de plus en plus longs, de plus en plus élégants et de plus en plus précis.

« Prêt pour la vraie distance ? » cria Wheeler à travers l'étendue verdoyante du Prater.

Il ramena le bras en arrière puis le projeta violemment vers l'avant, à hauteur de poitrine et en mettant tout le poids de son corps dans l'accompagnement de son geste. Le disque quitta sa main juste en dessous de sa hanche et partit comme une fusée vers Dilly, passant loin au-dessus de la tête de celui-ci avant de ralentir et d'entamer sa descente. Malade ou non, Dilly, surpris, commença par le suivre des yeux bouche bée, puis, dans une étonnante explosion d'énergie, pivota sur lui-même et, sans lever la tête, piqua un sprint à travers la pelouse jusqu'à l'endroit où il s'attendait à le voir retomber. À la toute dernière seconde, il jeta un coup d'œil par-dessus son épaule, aperçut le frisbee, tendit le bras droit et l'attrapa en extension d'une main sûre, avant de rouler à terre.

L'enchaînement qu'il venait d'exécuter était un chef-d'œuvre de coordination. Wheeler courut vers lui pendant qu'il se relevait.

« Quel arrêt fantastique ! dit-il, admiratif.

— Je voulais voir si j'en étais capable, répondit Dilly une fois debout, en époussetant son pantalon.

— Il faut croire que oui. »

Ni l'un ni l'autre n'avait vu le carrosse arriver, puis faire halte au bord du pré où ils s'entraînaient. S'il était tiré par deux chevaux blancs dont Wheeler et Dilly ne réaliseraient qu'après coup qu'ils étaient de pure race, la voiture et son cocher, en revanche, ne présentaient aucun signe particulier susceptible d'attirer l'attention. Le givre rendait les vitres presque opaques. L'équipage resta peut-être dix ou vingt minutes parqué au bord du pré.

Dilly était concentré sur son style, Wheeler admirait le souci du détail de cet athlète hors pair dont il avait entendu parler toute sa vie.

Ils se tenaient maintenant à cinquante mètres de distance, et le disque allait et venait entre eux avec toujours plus de grâce, les lancers of Wheeler retombant en douceur à portée de Dilly, ceux de Dilly se rapprochant chaque fois un peu plus de son lointain partenaire.

Ils ne virent pas davantage le cocher descendre de son siège et traverser la pelouse en direction de Wheeler.

« Si vous voulez bien, monsieur », dit l'homme en montrant du doigt le carrosse, dont la portière était désormais ouverte.

L'homme rebroussa chemin, suivi par Wheeler. Dilly resta à sa place et les regarda avec stupéfaction.

Wheeler s'approcha de la voiture sans voir qui il y avait à intérieur. Quelques pas seulement l'en séparaient quand il distingua la dame en noir assise sur la banquette et s'aperçut qu'il ne s'agissait pas d'un attelage ordinaire.

La dame suivit son arrivée du regard. Wheeler comprit qu'elle devait les observer depuis un certain temps. Son visage pâle avait quelque chose d'affectueux, ses yeux étaient brillants de larmes. Malgré son silence, elle fit clairement comprendre à Wheeler qu'elle voulait qu'il s'approche plus près. D'instinct, il posa un genou sur le marchepied.

« Je suis très honoré… »

Elle le fit taire en barrant ses lèvres de l'index. Elle le dévisagea en silence avant de dire, d'une voix qui n'était guère plus qu'un murmure :

« Vous nous avez montré beaucoup de beauté. »

Dans un bruissement de soie, elle se pencha en avant sur la banquette de cuir et lui tendit la main. Wheeler la prit entre les siennes. Elle lui déposa au creux de la paume un petit objet de la taille d'une noix enveloppé dans un mouchoir brodé, referma dessus les doigts de Wheeler et les maintint fermés pendant de longues secondes, comme si elle espérait lui transmettre ou recevoir de lui quelque force vitale.

« Prenez ceci, dit-elle, solennelle, en le regardant intensément. Et vivez. »

Wheeler resta planté au bord de l'allée du Prater jusqu'à ce que l'équipage et le bruit des chevaux aient disparu dans le lointain. Il se retourna vers son père, qui s'approchait à pas prudents.

« Ce n'était pas… ? » commença Dilly, abasourdi.

Tous deux baissèrent les yeux sur la main de Wheeler et le petit paquet d'étoffe. Lentement, Wheeler déplia le mouchoir. Lorsque son contenu apparut, ils retinrent leur souffle.

Dans sa paume ouverte flamboyait une grosse bague en or pour homme, incrustée sur tout son pourtour de petits diamants dont chacun aurait pu constituer la pièce maîtresse d'un collier ou d'une broche. Une énorme émeraude était sertie dans le chaton.

Dilly lâcha un soupir incrédule.

« C'est celle du prince héritier Rodolphe, murmura-t-il en se penchant pour examiner le bijou. Elle doit valoir une fortune. »

Dans le fiacre qui les ramenait en ville, ils réfléchirent au meilleur moyen de mettre cette bague en lieu sûr, et Dilly suggéra à Wheeler de la déposer sans tarder dans une banque.

« C'est un don du ciel, dit-il. De quoi subvenir à tes besoins pendant longtemps.

— Et aussi aux tiens. »

Une ombre de tristesse voila les yeux de Dilly, qui parurent se renfoncer dans leurs orbites.

« Je vais bientôt partir, hélas. Je ne fais que passer.

— Tu n'es pas obligé. Nous pouvons rester le temps que nous voudrons ici, à Vienne. Il n'y a aucune raison...

— Tu ne comprends pas, coupa Dilly d'une voix douce. Je n'en ai plus pour longtemps. »

Wheeler fut incapable de répondre. Il suffisait de regarder le visage de son père pour comprendre. Il secoua la tête et écarta les mains en signe de frustration.

« Mais... pourquoi ?

— C'était déjà comme ça quand je suis arrivé. J'avais juste droit à un petit supplément de temps. Une chance d'échapper à la situation désastreuse où je me trouvais.

— Tu le savais en arrivant ici ?

— Je m'en doutais. Et franchement, il n'y avait pas de quoi me plaindre. Je ne ressentais plus de douleur. J'avais souhaité de toutes mes forces sortir de cet enfer, et voilà que je me retrouvais à Vienne. Ç'a été merveilleux. J'ai revu mon père. J'ai revu ma mère... Ma splendide mère. » Il regarda Wheeler. « Et toi. J'ai eu la chance de connaître mon fils adulte et de voir que tu étais devenu quelqu'un de bien. Tu ne m'as pas encore tout dit de toi, de ce que tu as fait de ta vie d'homme. Il ne va pas falloir trop tarder. » Il hocha lentement la tête et sourit. « Oui, j'ai vécu des moments de grand bonheur. Je suis en train de m'éteindre, mais ce n'est pas grave.

— Nous pouvons sûrement te faire soigner, dit Wheeler, désespéré. Vienne est une des capitales mondiales de la médecine. »

Dilly sourit en secouant la tête.

« Comment décriras-tu le mal dont je souffre ? Et ma situation ? » Il posa une main sur celle de son fils. « Je pense que tu dois accepter ce qui arrive et remercier le destin de nous avoir permis de passer tout ce temps ensemble. Tu ne connaissais pas ton père, et maintenant tu le connais.

— Comment peux-tu être aussi résigné ? Ça ne ressemble pas à Dilly Burden. Où est passé ton courage légendaire ?

— Il n'y a pas d'alternative, dit Dilly, souriant toujours. On m'a donné du temps. »

Il ferma les yeux, rêveur.

« Il n'est pas question que je te laisse mourir !

— Je n'ai qu'un seul regret, tu sais...

— J'insiste, tu dois te faire soigner. Laisse-moi au moins t'emmener chez le Dr Freud.

— J'espérais revoir ta mère, murmura Dilly sans rouvrir les paupières. J'aurais trouvé ça merveilleux. Le couronnement d'un rêve merveilleux. »

Wheeler finit par abandonner Dilly à sa rêverie et contempla le canal du Danube en s'interrogeant sur le meilleur moyen d'apporter une aide médicale à cet homme qu'il avait appris à aimer. Il se rendit compte à ce moment-là qu'il avait grandi à l'ombre de sa légende, une légende qui l'avait toujours empli de crainte respectueuse. Depuis qu'il côtoyait l'homme dans sa vérité nue, son affection pour lui ne faisait que croître.

« J'ai l'impression que nous avons été envoyés ici pour faire connaissance », dit-il enfin.

Dilly le dévisagea longuement avant de répondre :

« Je pense que tu as raison. »

Il affichait un sourire rayonnant.

L'après-midi même, Wheeler se rendit dans plusieurs banques de la Kartnerstrasse pour se renseigner sur les modalités de dépôt d'un bijou de grande valeur. Alors qu'il venait de bifurquer dans une petite rue pour prendre un raccourci, sans ralentir ni regarder devant lui, la présence d'une silhouette venant à sa rencontre l'obligea soudain à lever la tête. Les deux hommes stoppèrent net pour éviter la collision, et Wheeler se retrouva nez à nez avec un Frank Burden cramoisi de colère.

« Vous ! » s'exclama le jeune homme.

Wheeler resta pétrifié.

« Espèce de voleur ! » accusa Frank Burden.

Ses yeux bleus lançaient des éclairs de haine, et ses mains commençaient à trembler.

Les deux hommes s'affrontèrent du regard pendant de longues secondes, jusqu'à ce que Wheeler Burden obéisse à son instinct de survie : il fit un bond de côté puis, reproduisant une tactique de repli utilisée des dizaines de fois du temps où il était une vedette du rock'n'roll, s'engouffra dans la première boutique venue, slaloma entre les clients jusqu'à la porte du fond, traversa la réserve, émergea dans un passage, se faufila dans la réserve de la boutique d'en face, traversa celle-ci en sens inverse, ressortit dans une rue parallèle et se volatilisa. Pour la deuxième fois, Frank Burden se retrouva les bras ballants, secoué par une rage devenue presque incontrôlable.

49

COMME UN CAUCHEMAR

L'histoire de l'enfant de Lambach devait être devenue pour Sigmund Freud un axe narratif à la fois fascinant et perturbant, et il avait sans doute résisté à l'envie de l'explorer plus en profondeur par crainte d'interrompre le flot d'associations libres qui ordonnait le reste du récit de Herr Burden. Mais à présent que leurs séances étaient révolues, il avait toutes les peines du monde à se la sortir de la tête.

Un enfant à l'avenir aussi noir, supposé une fois adulte entraîner le monde entier dans le torrent de sa haine, représentait sur le plan mythique l'antithèse de Hannibal, de Thésée, d'Œdipe et de Jeanne d'Arc. Cette figure dut lui apparaître remarquablement proche des archétypes du mal qu'étaient le diable, l'antéchrist ou Belzébuth. « Dans la mesure où l'homme crée un dieu parfait, écrirait-il un jour, il doit créer un mal parfait. » C'était un sujet sur lequel Herr Burden semblait en savoir long et il était visiblement avide d'en parler. L'histoire future de cet enfant était décrite par le menu dans son journal, accompagnée d'analyses substantielles. Freud avait découvert que les éléments constitutifs des mythes, des rêves et des délires des hommes étaient tous issus du terreau prodigieusement fertile de leur inconscient. Or les images que lui avait fournies la fiction complexe de Herr Burden comptaient parmi les plus riches que l'on puisse espérer.

Voici, grossièrement résumée, la synthèse qu'il en fit. L'enfant, un Autrichien maltraité par son père et en situation d'échec scolaire, devient, une fois adulte, dans les années 1930, le chancelier charismatique d'une Allemagne unifiée. Ce pays, qui vient de perdre une guerre contre la France, l'Angleterre et l'Amérique, a lui-même connu l'agression et l'humiliation. Le vieil Empire austro-hongrois s'est désintégré. Par l'usage de la peur, de la propagande et de la violence, cet homme d'État maléfique rallie le peuple à sa cause, relance l'activité industrielle et militaire et rend à l'Allemagne son statut de puissance internationale. Une fois bien installé au pouvoir, il lance une campagne de conquête planétaire et, en parallèle, d'extermination du bouc émissaire le plus évident qui soit : les Juifs. Ses actions déclenchent une nouvelle guerre, une conflagration mondiale, qui se termine par l'effondrement total du régime, mais pas avant que des millions d'indésirables, surtout des Juifs, aient été torturés et assassinés. Cet homme sera ensuite présenté dans les livres d'histoire comme une incarnation du mal absolu.

Malgré ses invraisemblances et sa démesure, la fable de Herr Burden, sorte de mythe du futur, abondait en détails captivants et en projections des peurs intimes du patient, qui lui-même vivait dans le doute et la démesure.

Le père violent de l'enfant de Lambach – qui a certainement lui-même été victime de violences dans son jeune âge – est un fonctionnaire d'ascendance douteuse : il est né hors mariage d'un père incertain, peut-être un Juif fortuné qui employait la mère. Il convient de souligner ici qu'il n'est pas rare, dans le cas des héros mythiques, que les origines parentales soient enrobées de mystère. Moïse et Œdipe sont tous deux des enfants trouvés, élevés ensuite comme des princes. En l'occurrence, le fonctionnaire illégitime inflige régulièrement à son fils des coups et des humiliations sur lesquels la mère, passive, ferme les yeux. Le fils est terrorisé par cette violence, mais aussi par l'approbation tacite de sa mère. Le père, malgré les injustices flagrantes qu'il commet, est considéré par la famille et la société comme un homme respectable. Le monde entier considère que ces comportements scandaleux relèvent du cours normal de l'existence. L'enfant maltraité finit par devenir en apparence un garçon respectueux et docile, pendant que sous la surface son ressentiment ne cesse de grandir. L'enfant mythique de Lambach refoulera cette rage monumentale jusqu'à son arrivée au pouvoir, avec les conséquences épiques tragiques que l'on sait.

Il rêve de toute-puissance pour pouvoir se retourner contre son père violent, mais celui-ci meurt alors que le garçon n'a que 14 ans, et sa rage, qui à ce stade a déjà atteint des proportions monstrueuses, restera souterraine jusqu'à ce qu'une cible légitime vienne justifier son déchaînement.

Le déchaînement ne survient qu'une fois l'adulte proclamé chancelier d'Allemagne. Sa furie s'abat alors sur les boucs émissaires juifs ainsi que sur les pays qui ont asphyxié et opprimé son pays depuis la fin de la guerre précédente. Les conséquences sont catastrophiques : destruction de cathédrales, de villes, puis d'un peuple entier.

À force de se sentir impuissant et opprimé, l'enfant victime d'abus réagit non par la sympathie envers les autres opprimés qui l'entourent, mais par le mépris et la violence systématique, de même qu'un enfant battu battra volontiers son pauvre chien. Freud, dans sa grande sagacité, dut s'interroger à maintes reprises sur les liens entre cet incroyable récit et ce qu'il supposait être l'enfance malheureuse de son patient.

À l'instar des politiciens viennois modernes comme von Schönerer et Lueger qui utilisaient l'antisémitisme pour rallier les masses, le démagogue austro-allemand mythique du XXe siècle allait s'appuyer sur un antisémitisme éhonté pour rallier à sa cause des millions de non-Juifs, par ailleurs très disparates. Dans le futur selon Herr Burden, l'antisémitisme devint tellement extrême dans l'Allemagne des années 1930 que les Juifs étaient insultés et frappés dans les rues par la police spéciale. Un Juif rentrant chez lui avec une bouteille de lait s'exposait au risque de voir le contenu de sa bouteille déversé sur son crâne par un soudard en chemise brune, aussi impuissant que peut l'être un enfant face à la tyrannie de parents violents, mais ayant le droit pour eux. Les Juifs apprirent donc à se soumettre en silence plutôt que de s'exposer à des agressions plus graves, voire à la mort.

Plus tard, toujours selon la fable du patient, les Juifs seraient parqués dans des wagons à bestiaux et envoyés vers des camps d'extermination en Pologne conçus comme une solution finale par l'enfant de Lambach, dont la haine trouverait là son ultime et terrifiant exutoire.

Le Dr Freud dut trouver particulièrement intéressante, dans le récit de Herr Burden, la mention de l'incapacité présumée de cet homme d'État à avoir des relations sexuelles normales. Adepte de pratiques sexuelles déviantes – notamment le besoin d'être aspergé d'urine pour accéder au plaisir –, il ne se marierait jamais et n'engendrerait pas d'enfants à maltraiter.

Le personnage mythique créé par Herr Burden est mû par une colère et par un sentiment d'humiliation refoulés tellement puissants qu'ils ont le pouvoir de contaminer une nation entière et de pousser le monde au bord du gouffre. Et ce n'est pas tout.

Dans son journal, Herr Burden va même jusqu'à établir un certain nombre de comparaisons entre son Hitler mythique et l'archiduc Rodolphe. S'affirmant détenteur d'informations auxquelles l'opinion publique de 1897 n'a pas accès, il s'interroge sur la nature des relations entre le prince héritier et son père, l'empereur François-Joseph. Apparemment, Rodolphe était libéral et souhaitait éloigner l'Autriche-Hongrie de toute dépendance vis-à-vis de l'Allemagne. Il haïssait le jeune et belliqueux Kaiser Guillaume, son cousin, et prônait une alliance avec la France ainsi qu'une reconnaissance effective de l'influence des Slaves à travers l'Empire. Son père, conservateur, jugea toujours inacceptable la politique d'ouverture de Rodolphe et s'employa à contrarier ses plans en l'accablant de reproches et d'humiliations publiques. Fou de frustration et de haine de soi, Rodolphe finit par se suicider, un acte ultime d'autodestruction et de vengeance contre ce père inflexible.

Jeune homme sensible et au tempérament d'artiste, Rodolphe a choisi de se détruire plutôt que d'attendre patiemment de monter sur le trône de l'empire Habsbourg. L'enfant mythique de Lambach, d'humble extraction, s'élèvera au contraire jusqu'au pouvoir absolu par la seule force de sa volonté, sans hésiter à détruire au passage une nation et un peuple. Les parallèles entre les deux personnages en disent long sur les blessures intimes de l'auteur du récit.

Quant à cet enfant de Lambach, existe-t-il vraiment ? Y a-t-il dans le cœur d'un tel être une part de bonté innée lentement érodée par les mauvais traitements, ou possède-t-il dès sa venue au monde une énergie maléfique que le destin et les circonstances se chargent de faire éclore au bon endroit au bon moment ? À 8 ans, est-il déjà trop tard pour modifier la direction dans laquelle le précipite sa vie, ou la possibilité existe-t-elle encore de le soustraire à sa lamentable situation et de le placer dans une famille d'accueil dont l'amour et les affectueuses attentions pourraient stimuler son sens de la compassion et de l'empathie ?

Sans doute Freud s'interrogea-t-il longuement sur son devoir. Il en savait assez pour croire que cet Adolf Hitler était un petit garçon bien réel de Lambach, à qui Herr Burden et un ami avaient anonymement rendu visite. Si l'un ou l'autre avait l'intention de nuire à cet enfant prétendument promis à un destin maléfique, Freud devait-il intervenir pour le défendre ?

De son côté, Herr Burden était confronté à un singulier dilemme moral. Comme il l'avait expliqué à Freud, si son ami et lui-même avaient la conviction que l'enfant de Lambach était bel et bien l'incarnation de cet homme appelé à faire tant de mal au monde, ils se demandaient que faire d'une telle information. Imaginons-nous disposant d'un tel pouvoir et d'un tel savoir. Ou plutôt imaginons un homme de 1897 se retrouvant en Corse en 1775, face à Napoléon Bonaparte enfant. N'a-t-il pas la possibilité d'épargner au monde un bain de sang et de souffrances inutiles en l'éliminant séance tenante ? Cela changera-t-il vraiment le cours de l'histoire, ou bien un autre personnage aux motivations similaires, sinon pires, émergera-t-il à sa place pour combler le vide ? N'a-t-il pas au contraire l'obligation de laisser l'histoire suivre son cours sans intervenir en quoi que ce soit ?

Pour la plupart d'entre nous, ces questions ne sont que des conjectures romanesques, mais pour quelqu'un qui est persuadé d'avoir remonté le cours du temps, elles font partie de l'affreuse réalité telle que la lui donne à voir son inconscient. Se savoir en présence d'un tel enfant lui confère un pouvoir d'action dont nous ne disposons que dans nos rêves et cauchemars.

Combien de fois, même après la cessation de leurs séances, le Dr Freud dut-il repenser malgré lui à ses entretiens avec ce visiteur hors du commun, et aux extraordinaires informations contenues dans son journal ? Et combien de fois, de façon totalement involontaire, le médecin dut-il se sentir incité à spéculer sur les tourments intérieurs qui avaient engendré la création d'un être aussi monstrueux et d'une fable aussi élaborée et aussi obsédante ?

50

UNE FEMME FLORISSANTE

Wheeler jugeait qu'il était grand temps d'éloigner Weezie de Vienne. Il lui proposa d'aller passer quelques jours à Baden, la station thermale voisine.

« Qui sera mon chaperon ? » demanda-t-elle avec candeur. Le regard surpris de Wheeler la fit rosir. « Les demoiselles comme il faut ne voyagent jamais sans chaperon, s'empressa-t-elle d'ajouter. Mais je suppose que les règles définissant ce qu'une demoiselle peut ou ne peut pas faire sont actuellement suspendues.

— Je ne veux pas te forcer la main. C'est juste que je trouve l'ambiance de Vienne terriblement étouffante ces jours-ci et que j'aimerais y échapper avec toi. Si ce n'est pas possible, je comprendrai très bien, et...

— Je ne demande pas mieux que de m'échapper avec toi. Il va falloir que je m'adapte, c'est tout. Depuis quelques jours, j'ai l'impression d'être coupée en deux. Une partie de moi est redevenue la petite fille puritaine et surprotégée de Boston, l'autre est une femme florissante en train de s'ouvrir au meilleur des mondes.

— Nous pourrions être là-bas en un peu plus d'une heure de train. Il y a un hôtel tranquille près des bains publics, à l'écart de la ville. Et toutes sortes de belles promenades à faire.

— Tu as raison, passer quelques jours hors de Vienne nous fera du bien. Je vais devoir raconter à Fräulein Tatlock que je pars rendre visite à des amis de mon père. J'espère qu'elle ne me posera pas trop de questions. »

Wheeler sourit.

« Je ne pense pas que Fräulein Tatlock soit née de la dernière pluie, dit-il en se levant. J'ai quelques détails à régler. Je passerai te chercher dans deux heures.

— Ne vaudrait-il pas mieux que je te retrouve à la gare ?

— Si, bien sûr. Tu es en train de devenir meilleure que moi à ce jeu. »

Il attendit vingt bonnes minutes à la gare, concentré sur l'aiguille des minutes de l'horloge qui se rapprochait inexorablement de l'heure du départ, avant de voir enfin Weezie apparaître à l'entrée ouest. Elle ne l'aperçut pas tout de suite, balaya d'abord l'immense hall du regard. Elle avait une petite valise à la main.

« J'ai bien cru que tu allais me faire faux bond, dit-il en la rejoignant.

— Il s'en est fallu de peu. J'ai failli demander au cocher de faire demi-tour au moins trois fois.

— Je suis content que tu ne l'aies pas fait. » Il prit sa valise. « Nous allons devoir nous dépêcher.

— Je ne savais pas trop comment m'habiller, ni à quoi une jeune femme doit ressembler dans ce type de situation. »

Ils partirent à grandes enjambées vers le quai.

« Il y a deux cas de figure, répondit Wheeler. La jeune mariée rougissante et l'épouse autoritaire.

— Pourquoi pas la cocotte effrontée ? »

Wheeler salua sa réplique d'un rire léger. En un sens, il restait incapable de la voir comme une femme légère.

« Je déteste être à ce point tiraillée, dit-elle après que le train se fut mis en marche. Je suis incapable de trancher, et cela me donne l'impression d'être une vraie tête de linotte.

— Entre quoi et quoi ?

— Entre le respect des convenances et... te rejoindre ici, répondit-elle en fronçant le nez. Elle était assise si droite sur la banquette qu'elle ne touchait pas le dossier. J'aimerais pouvoir soit faire une croix définitive sur toute cette affaire, soit l'accepter pour ce qu'elle est. Mais je passe mon temps à osciller comme un roseau dans le vent. Tantôt pleine d'audace, tantôt envahie par la culpabilité.

— Et de quel côté penches-tu en ce moment ?

— Le second. » Elle se détourna pour cacher les larmes qui commençaient à venir. « Je trouve que ce voyage est une idée déplorable. Je le pense depuis l'instant où tu as quitté le café. J'aurais tellement voulu dire non ! Tout à l'heure, je me suis sentie plus bas que terre en descendant l'escalier de Fräulein Tatlock avec ma valise et en lui mentant sur ma destination. J'aurais tellement voulu t'envoyer un mot disant de ne pas m'attendre...

— Je suis désolé, dit Wheeler, tentant de dissimuler sa déception. Je ne voulais pas te mettre dans une position difficile.

— Si seulement je pouvais comprendre, lâcha-t-elle, impatiente. Et au moment même où je te dis cela, je sens bien que je ne suis pas convaincante. Je ne suis pas fière de montrer aussi peu de détermination. »

Il attendit qu'elle tourne la tête vers lui.

« Moi, dit-il, je suis très heureux que tu n'aies pas changé d'avis, et je trouve au contraire que tu fais preuve d'une très grande détermination.

— Parce que j'ai choisi de faire ce dont tu avais envie, riposta-t-elle avec une pointe de défi dans la voix.

— Non. Parce que tu fais ce dont tu as envie, toi.

— Et tu penses que ce dont j'ai envie, c'est de m'avilir.

— Non. Je pense que tu as envie de te découvrir. »

Ils roulèrent un moment à travers la campagne, tous deux regardant par la fenêtre.

« Et pour la nuit ? interrogea-t-elle soudain, toujours aussi raide sur la banquette.

— Que veux-tu dire ? »

Wheeler la vit rougir.

« Dans ce genre d'arrangement, répondit-elle. Comment dort-on ?

— De la façon habituelle, j'imagine.

— Quand on est convenable, je veux dire.

— Euh, dans ce cas, on prend des chambres séparées.

— Et quand on est sensualiste, comment fait-on ?

— Ma foi, il me semble que les sensualistes dorment côte à côte, sans vêtements. »

Il la vit baisser les yeux.

« Souhaites-tu que nous prenions des chambres séparées ? proposa-t-il, craignant de l'avoir choquée.

— Ce serait une dépense superflue, dit-elle d'un ton ferme.

— Je pourrais faire installer un lit d'appoint dans la chambre.

— Non. Je préfère côte à côte, et sans vêtements. »

Ils arrivaient au sommet du chemin menant au restaurant Rudolfshof, qui dominait la ville.

« Bon, dit soudain Weezie, nous voici arrivés sur les lieux de nos amours illicites. Ne penses-tu pas que tous ceux qui nous entourent savent ce que nous sommes en train de faire ?

— Vois-tu des gens nous fixer avec insistance, comme si nous offrions un spectacle scandaleux ?

— Non, je n'ai rien remarqué de semblable. Mais je ressens tout de même une certaine gêne.

— Ne t'a-t-il pas effleuré que ces gens auxquels tu fais allusion sont peut-être trop occupés par leurs propres intrigues pour faire attention à qui que ce soit d'autre ? »

Cette remarque la fit sourire.

« Tu as le don de mettre en avant le côté léger des choses. C'est une qualité que j'apprécie beaucoup. Mais tout de même, ajouta-t-elle après avoir fait quelques pas en silence, il y a des pensées, des inquiétudes sur lesquelles on ne peut pas s'empêcher de revenir.

— Peut-être ne demandent-elles qu'à être réexaminées.

— Bigre, s'écria-t-elle. C'est affreusement moderne.

— Mais vrai. Essayons-en une. »

Weezie inspira profondément.

« D'accord, dit-elle en rassemblant tout son courage. Je revis sans cesse cette affreuse scène avec Herr Mahler. Je n'arrive pas à m'en débarrasser. Et chaque fois que j'y repense, j'ai envie de rentrer sous terre.

— Pourquoi t'es-tu évanouie, à ton avis ?

— Je ne saurais le dire. J'ai juste senti que tout se bousculait dans ma tête et, l'instant suivant, j'étais étendue sur cette méridienne, avec Herr Mahler et sa femme de chambre penchés sur moi.

— Que se passait-il quand tu as eu ce malaise ?

— Il était en train de me montrer sa musique.

— Décris-moi la scène en détail.

— J'étais debout près de lui face au piano, et il feuilletait des partitions. Il en a choisi une et s'est mis à me l'expliquer, en me montrant les portées. Il surestimait largement ma capacité à lire les notes.

— T'a-t-il touchée ?

— Il s'est penché vers moi. Je sentais son bras contre le mien.

— Et il te montrait les notes du doigt ?

— Non, répondit-elle avec un effort de mémoire. Il utilisait son os pour me montrer les notes, en tapotant la page. Je crois me souvenir qu'il était assez exalté, et...

— Attends un peu. Il te montrait les notes avec un os ?

— Non, répondit-elle, agacée. J'ai dit sa baguette.

— Continue.

— Il tapotait la partition avec sa baguette pour diriger mon regard vers certaines notes, mais j'avais de plus en plus de mal à rester concentrée. Elles ont commencé à danser devant moi.

— Il était penché vers toi. Excité.

— Il avait très envie que je comprenne exactement ce qu'il avait voulu exprimer dans sa musique. C'était un morceau inspiré du folklore hongrois, et il cherchait à m'expliquer comment il avait structuré le contrepoint.

— Il était attiré par toi.

— Non. Il me montrait sa musique. J'essayais de suivre, mais je n'y parvenais pas.

— Pense à la façon dont il te touchait.

— Il n'y avait que son bras contre le mien. Il appuyait un petit peu, pour m'inciter à suivre ce qu'il disait. Je sentais son souffle.

— Et il s'est penché encore plus près. »

Weezie était de plus en plus troublée.

« Nos bras se touchaient, et il y avait aussi sa hanche contre la mienne. Ce n'est pas quelqu'un de gras. Plutôt assez sec, en fait.

— Sa cuisse aussi ? »

Un voile de sueur perlait à présent sur le front de Weezie.

« Je crois que nous devrions en rester là, dit-elle en tendant la main vers son verre d'eau glacée.

— Tu l'as senti se presser contre toi pendant qu'il tapotait sa partition.

— Je faisais de mon mieux pour rester attentive. Ce qu'il disait était captivant. Le grand Gustav Mahler était en train de m'expliquer le fonctionnement de sa musique, et j'essayais de me concentrer sur ses paroles, mais je n'y arrivais pas. Je ne sentais que son souffle, et...

— Lui tout contre toi ?

— Oui. J'aurais voulu que cela s'arrête. J'aurais voulu lire la musique, mais c'était impossible. Ma tête s'est mise à tourner, mes genoux se sont dérobés et... » Elle s'interrompit un moment, un peu perdue. « Son bras, reprit-elle brusquement. Je ne suis pas tombée jusqu'au sol. Son bras m'a retenue. Il avait un bras autour de ma taille. En m'évanouissant, j'ai senti qu'il me rattrapait. Son bras...

— Continue.

— Il avait un bras autour de ma taille, et sa main... Sa main avait glissé...

— Continue.

— J'avais la tête qui tournait. Ce n'est pas très clair. Vraiment, j'ai du mal à me rappeler...

— Tu disais que sa main avait glissé. »

Wheeler était bien décidé à ne pas lâcher prise.

Elle continuait de se débattre avec ses souvenirs, écartant les toiles d'araignée les unes après les autres.

« Il tapotait la feuille avec sa baguette, et il y avait de plus en plus d'exaltation dans sa voix. Il m'a attirée vers la partition en passant un bras autour de mes épaules, et j'ai essayé de suivre.

— Et sa main ?

— Sa main avait glissé de mon épaule. Il était tellement absorbé par ce qu'il me disait sur sa musique qu'il n'a pas dû se rendre compte de ce qu'il faisait. J'ai commencé à me sentir mal, et sa main a glissé...

— Ne t'arrête pas. Où était sa main ?

— Elle avait glissé vers mon corsage. »

Wheeler garda le silence, se contentant de la laisser prendre conscience de ce qu'elle venait de dire.

« Que faisait-il ? »

Elle luttait toujours.

« Il était excité par la musique... »

Wheeler ne la quittait pas du regard.

« Herr Mahler voulait me montrer... »

Elle finit par fermer les yeux. Quand elle les rouvrit, ils brillaient d'une acuité nouvelle.

« Herr Mahler voulait me séduire. »

« Comment ai-je pu oublier tout cela ? demanda-t-elle plus tard. Sincèrement, je ne me rappelais rien. Une sorte d'amnésie totale.

— Et maintenant ?

— Tout est limpide. Je me tenais à côté de lui, et il se rapprochait toujours plus, il a passé un bras autour de mes épaules et je me suis sentie défaillir. Il me tenait par les épaules et sa main est descendue sur mon corsage.

— Corsage ?

— Sur ma poitrine. » Elle sourit. « C'est très facile à dire maintenant que je l'ai déjà dit.

— Tu es belle, dit Wheeler. Herr Mahler est un artiste au tempérament de feu. Il a tenté sa chance, comme on dit en Californie. »

Elle fit une moue.

« Mais pourquoi l'avais-je oublié ? Des pans entiers de cette histoire avaient disparu de ma mémoire, et voilà qu'ils me reviennent tout à coup avec une grande clarté.

— Et il y en aura d'autres », assura Wheeler.

Ils avaient pris une chambre dans un hôtel au bord de l'eau. Weezie était restée à attendre au café pendant que Wheeler effectuait la réservation au nom de M. et Mme Harry Truman. Tous deux s'étaient ensuite hâtés de traverser le hall et de monter les escaliers. Depuis près d'une heure, la jeune femme était assise sur une banquette, près de la fenêtre.

« Je pense souvent à ma tante Prudence.

— Une femme odieuse.

— Elle croyait bien faire.

— Je ne suis pas sûr que tu doives la défendre. Il me semble qu'elle a été dure, cruelle et injuste avec l'enfant que tu étais.

— Elle croyait bien faire... »

Elle s'interrompit.

« C'est une femme dure et cruelle, ajouta-t-elle, reprenant les mots de Wheeler d'un ton détaché. C'est exactement ça. C'est drôle, mais je ne l'ai jamais dit à personne.

— Ça fait du bien, non ?

— Oh, oui. Tante Prudence est une femme dure, cruelle et injuste. » Elle sentit qu'il en attendait plus. « Elle a été affreusement injuste envers moi. » Elle partit d'un petit rire. « Et en plus, c'était une...

— Continue, sourit Wheeler. C'était une quoi ? »

Weezie cessa de rire et se redressa.

« C'était une sorcière, dit-elle avec la diction appliquée d'une écolière.

495

— Tu en es sûre ? lâcha Wheeler, faussement sérieux.

— Sûre et certaine, dit-elle en s'esclaffant de plus belle, la tête renversée en arrière. C'était une sorcière, aucun doute là-dessus. Elle avait un balai caché dans son placard ! »

Et elle lui relata avec force détails l'épisode du savon : les mots entendus dans la bouche des deux grandes filles de l'école Winsor qu'elle avait répétés à la table du souper, la réaction de sa tante Prudence et le goût infect des bulles en train d'éclater dans sa gorge.

« De quoi ta mère est-elle morte ? demanda soudain Wheeler.

— De la diphtérie, répondit-elle aussitôt. Tu sais, j'ai cru pendant des années qu'elle était morte après avoir mangé du poulet à un pique-nique. Je n'avais que 8 ans, et je crois que personne ne s'est donné la peine de m'expliquer.

— Mangé du poulet ?

— Avalé un os. En fait, il m'arrive encore aujourd'hui de me laisser aller à y croire, tant l'image était claire dans mon esprit.

— L'image de ta mère mourant à cause d'un os de poulet ?

— Je sais que c'est bizarre. Le genre de confusion qu'une petite fille peut faire, j'imagine. Quelqu'un a dû dire quelque chose qui m'a induite en erreur.

— Et ces filles plus âgées dont tu as surpris la conversation dans le couloir de ton école, peux-tu me répéter ce qu'elles ont dit ?

— "Peut-être qu'elle lui a avalé l'os", répondit Weezie, déconcertée.

— Sais-tu de quoi elles parlaient ? » Elle le considéra avec dégoût.

« Maintenant, oui. Mais pas à l'époque.

— Et elles t'ont dit que tu comprendrais bien assez tôt ? »

Elle hocha la tête.

« Quelle est la question que tu as posée à table, exactement ?

— Je te l'ai déjà dit. Je voulais connaître le sens du mot "ardeur".

— Et ta tante t'a emmenée dans la salle de bains pour t'infliger ce traitement au savon ? »

Nouveau hochement de tête.

« N'est-ce pas excessivement brutal pour un mot comme celui-là ? Même les puritains emploient le mot "ardeur" en public. »

Weezie semblait de plus en plus perplexe.

« Essaie de revivre la scène, insista-t-il. Concentre-toi.

— Nous mangions du hachis parmentier, avec du chou. Je me souviens que mon père venait de parler du prochain sermon qu'il voulait faire sur le pardon, et c'est là que cela m'est revenu. J'ai posé ma question.

— Comment l'as-tu formulée ? »

Elle ferma les yeux.

« J'ai posé ma fourchette. J'ai tendu la main vers mon verre d'eau. J'ai dit que j'avais entendu quelque chose que je n'avais pas compris à l'école, et mon père a tourné la tête vers moi et m'a demandé ce que c'était. Et j'ai dit... J'ai posé ma question.

— De quelle façon exacte l'as-tu posée ?

— Tu sais bien que je ne m'en souviens plus. »

Elle hésita puis ajouta soudain, à sa propre surprise :

« J'ai demandé : "C'est quoi, l'os d'un homme ?"

— Et c'est ce qui a déclenché la furie de ta tante Prudence ?

— Oui.

— Et qu'a-t-elle dit en te lavant la bouche ?

— Elle a dit que ma mère n'était qu'une entêtée et elle m'a demandé si je savais quel sort Dieu lui avait réservé.

— Et tu as pensé qu'elle était morte en avalant un os ? »

Weezie secoua la tête. Tout cela allait trop vite pour elle. Elle lâcha, marmonnant presque :

« Le savon, l'os avalé, l'entêtement, le pique-nique...

— C'est ta tante qui te l'a dit. Elle a dit que Dieu avait tué ta mère.

— Elle a dit que c'était son entêtement.

— Tu avais 8 ans. Tu venais d'entendre l'histoire de ces filles plus âgées que toi.

— Le rêve. J'entre dans une cave obscure et je vois ma mère en blanc, en train de pique-niquer. Elle me fait signe de la rejoindre, et c'est à ce moment-là qu'elle s'étrangle en mangeant ce morceau de poulet.

— Tu veux rejoindre ta mère.

— Oui.

— Elle est dans la lumière et elle pique-nique, c'est l'antithèse de ta tante Prudence, toujours en noir. Elle te dit d'approcher. Qu'est-ce qui a tué ta mère, selon ta tante ?

— Son entêtement.

— Continue.

— L'os dont parlaient ces filles.

— Continue. »

Weezie fit une grimace, puis son visage s'éclaira.

« Le sexe, dit-elle. La seule chose que tante Prudence n'a jamais pu avoir. Cette sorcière m'a fait croire que c'était le sexe qui avait tué ma mère. »

Il était tard le soir. Weezie n'avait pas bougé de sa banquette près de la fenêtre. Wheeler, allongé sur le lit, fixait le plafond en l'écoutant avec attention. Elle était revenue à maintes reprises sur la façon dont elle avait reconstruit sa propre histoire à partir d'événements et de paroles prononcées par sa tante au fil des ans. L'enchaînement subtil d'incidents qui l'avait menée à croire que la sexualité de sa mère avait été à la fois sa grande force vitale et la cause de son décès lui apparaissait enfin. Cette force exerçait sur Weezie un effet double, d'attraction et de répulsion. Elle l'avait attirée vers Wheeler. Elle l'avait attirée vers Herr Mahler et jetée dans une pâmoison qui était un simulacre de mort. Elle l'avait poussée à s'enfuir du fiacre et à quitter Vienne après la soirée à l'opéra. Et elle l'avait fait revenir.

Le puzzle était quasi complet et n'attendait plus qu'une dernière pièce, capitale. Weezie avait les traits tirés ; d'une voix vide d'émotion, elle poursuivait sa réflexion dans la pénombre de la chambre d'hôtel. Il y eut un long silence, puis elle annonça soudain : « Je suis prête », et Wheeler quitta le lit pour s'asseoir à côté d'elle. Elle ferma les yeux. Les mots lui vinrent d'une traite, monocordes.

« J'étais au lit. J'y étais depuis plus d'une heure, je n'arrivais pas à trouver le sommeil et je pensais à des princesses dans des châteaux de contes de fées. J'ai entendu les pas dans l'escalier. J'ai trouvé cela inhabituel parce que mon père était déjà venu me souhaiter bonne nuit. La porte s'est ouverte en grinçant, il a dit mon nom. J'ai répondu. Il s'est approché de mon lit mais il n'a pas allumé la lampe à huile. La lumière de la rue qui s'infiltrait par la fenêtre m'a permis de deviner son visage triste, creusé par les soucis. J'étais contente qu'il soit revenu me voir dans ma chambre. Les moments où tante Prudence n'était pas entre nous, à surveiller mes moindres faits et gestes, étaient très rares. "Ma petite fée Dragée, a-t-il dit, si tu savais comme je suis seul…" J'ai senti qu'il avait bu, il mâchait un peu ses mots, mais je m'y étais habituée depuis la mort de maman. J'ai vu la tristesse sur ses traits. J'aurais fait n'importe quoi pour l'aider à s'en délivrer. Il m'a touché le front, et il y avait aussi de la tristesse dans ses doigts froids. "Si tu savais comme je me sens seul", répétait-il. Je brûlais d'envie de le soulager de ce chagrin qui l'accablait depuis si longtemps, presque sans répit. Il s'est allongé à côté de moi et est resté un très long moment immobile. Je n'ai pas bougé non plus mais j'avais très envie de le serrer dans mes bras, de l'aider à redevenir lui-même. »

Elle se tut. L'air de la chambre était sombre et lourd. Wheeler ne fit pas un geste et ne dit pas un mot. Elle n'avait plus besoin de ses incitations.

« J'ai à peine compris ce qui arrivait. Cela n'a été ni soudain, ni violent. J'ai juste compris que c'était la première et la dernière fois que mon père venait à moi. C'est arrivé, j'ai su ce qu'était l'os et j'ai senti que, pour mon père aussi, c'était ce qui avait tué maman. Après son départ, j'ai compris que cela allait me tuer aussi. Et pendant que j'étais allongée dans le noir, à attendre la mort, j'ai prié pour revoir ma mère et j'ai prié pour que mon père trouve la paix. »

Elle s'était enfoui le visage dans les mains et se mit à pleurer, d'abord tout doucement, puis avec des sanglots d'une violence déchirante, qui la secouèrent de la tête aux pieds. Il fallut un certain temps à Wheeler pour oser s'approcher d'elle et la serrer dans ses bras dans la pénombre d'une chambre d'hôtel de Baden en l'an 1897. Elle continua à pleurer au creux de son épaule, de moins en moins fort, avant de sombrer dans un profond et paisible sommeil.

Ils reprirent le train pour Vienne, assis l'un en face de l'autre dans un compartiment de première classe dont ils étaient les seuls occupants. Wheeler ne parvenait pas à détacher les yeux de Weezie, qui regardait par la fenêtre avec un léger sourire aux lèvres.

« À quoi penses-tu ? » finit-il par demander.

Elle tourna lentement la tête vers lui, émergeant d'une profonde rêverie.

« C'est difficile à expliquer, mais pour la première fois de ma vie je suis capable de me rappeler mes années de bonheur avec maman, sans la nuée noire. Comme si l'obscurité s'était levée. »

Wheeler ne put s'empêcher de sourire.

« C'est à cela que ça sert.

— Merci d'avoir fait cela pour moi, murmura-t-elle.

— Tu n'as pas à me remercier. N'y vois aucune fausse modestie de ma part, mais c'est toi qui as tout fait. Pour toi. Le héros doit se débrouiller seul. C'est vieux comme la plus vieille histoire du monde. Tu es allée fouiller dans les recoins et tu as trouvé ce qu'il y avait à trouver. Je n'ai fait que te prêter ma lanterne.

— Je t'aime, je t'aime de tout mon cœur.

— Théoriquement, dit Wheeler, un peu gêné, les deux sont censés être distincts : le guide et l'amant.

— C'est trop compliqué. Je sais juste que je ne suis plus la même personne et que c'est entièrement grâce à toi. Quant à ce que tu m'as fait découvrir sur le plan physique... c'est tellement bon ! Trop, je le crains. Les deux dimensions sont inséparables. Tu m'as ouvert la voie, c'est pour cela que je t'aime et que je t'aimerai toujours. J'en suis certaine, absolument certaine. Oui, affirma-t-elle, refusant de baisser les yeux, je t'aimerai toujours, qui que tu sois, quoi que tu fasses et où que tu ailles.

— Il y a quelque chose que je voudrais te donner, dit-il en sortant de sa poche de manteau le mouchoir brodé contenant la bague. Cet objet m'a été remis par une personne exceptionnelle. J'aimerais que tu l'acceptes et que tu le gardes en souvenir de ces instants. Quoi qu'il arrive. »

Weezie prit le paquet d'un geste hésitant et déplia précautionneusement la fine étoffe. En arrivant à la dernière couche, elle laissa échapper un petit cri en devinant ce qu'il contenait et regarda Wheeler avec une expression d'amour émerveillé qu'il garderait à tout jamais en mémoire.

À la vue de la bague, un soupir presque inaudible monta de sa poitrine. Elle la souleva dans le creux de sa paume tel un oiseau aux couleurs splendides et l'examina en détail avant de parler.

« Elle est d'une incroyable beauté.

— Tu veux bien la garder ? Quoi qu'il arrive ?

— Quoi qu'il arrive », promit-elle en un souffle.

51
LA LÉGENDE DE DILLY BURDEN

« Cela ne te choque pas d'apprendre comment les choses se sont passées ? » demanda Wheeler à Dilly.

Ils étaient dans la petite chambre de son père, Dilly assis au bord du lit et lui sur une chaise près du bureau. Dilly n'avait plus fait aucune allusion à son état de santé, mais les ombres noires sous ses yeux s'étaient encore creusées et son énergie semblait l'avoir définitivement abandonné.

« Tu parles de la supercherie ? De la ruse de Churchill ?

— Ton propre camp t'a livré à la Gestapo.

— C'était pour la bonne cause. Ils savaient que je craquerais. Et que la Gestapo me croirait justement parce que j'y croyais. C'était une stratégie géniale – peut-être un peu machiavélique, mais...

— Un peu !

— Mais pense au nombre de vies qu'elle a permis de sauver.

— Tu as été utilisé comme un pion. Toi, le grand Dilly Burden.

— C'est ce que disait ta mère, que j'avais toujours été un pion. Que les gens de St Gregory avaient besoin d'un héros pour prouver le bien-fondé de leur vision étroite du monde. Ensuite, à Harvard, j'ai continué à tenir ce rôle-là en cherchant continuellement à m'illustrer au sein du système – un système qui était en place depuis trois cents ans. Mes succès universitaires n'ont fait que renforcer l'autosatisfaction de ces vieux schnocks déjà très contents d'eux. Dieu lui-même est passé par Harvard, ça ne fait pas de doute. C'est vrai, je n'ai été qu'un pion sur un échiquier géant, et quelle que soit l'idée que je me faisais de ma mission, l'issue était inéluctable. Mon "sens rigide du devoir", comme disait ta mère, m'a donné des œillères. Il m'a fait voir le monde tel que je voulais qu'il soit et m'a empêché de regarder l'obscurité en face.

— Et ton passage dans cette cellule du siège de la Gestapo a changé la donne ?

— Dans ces cas-là, tu as beaucoup de temps pour réfléchir. » Dilly baissa la tête. « Je me suis souvent demandé comment ils pouvaient faire ce qu'ils faisaient. Torturer des adultes est une chose, mais je les ai entendus torturer des enfants ! Ç'a été le déclencheur, les enfants. Je me suis mis à penser à Hitler, le roi des ténèbres, et je me suis demandé ce qui se passerait si je le rencontrais enfant. Je me suis aussi souvenu de cette horrible dernière conversation que j'ai eue avec mon père. Je t'ai dit que l'idée de Vienne m'était venue grâce à ma mère, mais ce n'est pas tout à fait vrai. Tout est parti de Hitler. Si j'ai reconstitué Vienne, c'est parce que je rêvais de mettre mes doigts autour de son sale petit cou de mioche de 8 ans et de le serrer jusqu'à ce qu'il meure. C'est atroce, la torture. Tu es bien obligé de trouver de quoi faire diversion, et c'est ce qui m'a amené à penser de plus en plus souvent à ce fumier, puis à lui enfant, puis à Vienne. Reconstituer les lieux et l'époque dans le détail, en utilisant tout ce que j'avais appris par ma mère et par Haze, est vite devenu une occupation de tous les instants. »

D'un geste, il désigna le décor qui les entourait, celui de la Vienne de 1897.

« J'ai recréé le Ring. Oui, le Ring. J'ai recréé les bâtiments, les arbres, les parcs, la musique, la nourriture. Et je me suis pris à imaginer mon père et ma mère ici, tels qu'ils avaient dû être dans leur jeunesse. Dans ma tête, cela ressemblait à une sorte de journal de bord très détaillé. Je l'alimentais soigneusement, jour après jour, page après page, avec un maximum de précision pour rendre les personnages aussi vivants que possible – la faune des cafés, les hommes illustres comme Freud et Mahler, mon père, ma mère, toi. J'ai même imaginé l'histoire que racontait ma mère sur sa rencontre avec Gustav Mahler et la façon dont elle a tourné de l'œil. »

Wheeler buvait les paroles de son père, captivé.

« Rapidement, poursuivit Dilly, le réel et l'imaginaire ont commencé à se confondre. Et un jour...

— Tu t'es retrouvé ici.

— Exactement. Je ne pouvais pas y croire.

— Mais tu étais bien à Vienne.

— Oui. Et c'est là que j'ai mesuré l'étendue de mon erreur.

— Comment ça ?

— J'aurais mieux fait de concentrer mes pensées sur ta mère. J'aurais tellement aimé la revoir ! Je ne sais pas si tu te rends compte, ajouta Dilly en regardant Wheeler, mais 1914, l'année où je suis censé naître, n'est plus très loin. À moins que tu n'aies compromis cela à force de lui tourner autour. Franchement, tu aurais dû la laisser tranquille.

— Tu... tu es au courant ?

— Disons que j'en sais assez. »

Wheeler attendit la suite mais perdit vite patience.

« C'est plus grave que tu ne crois », avoua-t-il.

Dilly, plus pâle que jamais, le foudroya du regard.

« Bon Dieu. Depuis quand ?
— Un certain temps.
— Et jusqu'où… ?
— Assez loin, j'en ai peur, grimaça Wheeler.
— Et Frank Burden le sait ?
— Il nous a vus ensemble, je crois.
— Seigneur. Tu es vraiment doué pour le drame.
— Et ce n'est pas tout, dit Wheeler sans esquiver le regard de son père. Nous avons failli nous rentrer dedans, lui et moi. Il avait l'air furieux.
— Génial. Voilà qui va certainement arranger les choses. »

Et Dilly ajouta, après un long silence :

« Je crois que j'ai engendré un monstre. Je cherchais juste un moyen d'échapper à la Gestapo, et regarde où nous en sommes. »

La vraie cause de la colère de Dilly apparut tout à coup à Wheeler : ce n'était pas la nature de ses relations avec Weezie.

« Tu crois vraiment que c'est toi qui as créé tout ça ? Qui es à l'origine de toute cette vie ? »

Une vague étincelle réapparut dans les yeux de son père.

« Bien sûr. Tout cela est mon œuvre. »

Wheeler comprit alors la vraie grandeur de cet homme qui avait été érigé toute sa vie en demi-dieu, de ce père que lui-même n'avait jamais connu autrement que par sa légende. Dilly Burden, héros de St Gregory, de Harvard puis de la Seconde Guerre mondiale, créait ses propres mondes. Confronté à l'univers des sports scolaires, il s'y consacrait de façon tellement exhaustive qu'il finissait par les maîtriser totalement. Confronté aux disciplines universitaires, il inventait des catégories nouvelles. Confronté à la musique, il jouait de la clarinette comme personne ne l'avait fait avant lui. Et confronté à la défaite et à l'humiliation de son élimination par les nazis, il se réfugiait dans un passé romantique. Non pas à Vienne telle qu'elle avait été, mais à Vienne telle qu'il aurait voulu qu'elle soit.

« Et cela a fini par devenir réel ! s'exclama Dilly. J'ai tout reconstitué. La ville, à partir des histoires de ma mère et des cours de Haze, les personnages illustres à partir de mes lectures. » Il s'interrompit pour boire une gorgée d'eau. « Et je l'ai fait pour une seule raison.

— Pour t'évader, risqua Wheeler. Pour quitter cette fichue cellule.

— Pour retrouver l'enfant du diable. Et l'étrangler. Le pouvoir de ma haine m'a surpris moi-même. »

Voyant la douleur inscrite sur ses traits, Wheeler tenta de le consoler.

« Tu l'as retrouvé, mais tu ne l'as pas étranglé.

— Quand nous sommes montés dans le train de Lambach, j'étais bien décidé à le faire. J'avais l'intention de le retrouver, où qu'il soit, et de lui tordre le cou. Je m'attendais à ce qu'il meure avant que tu aies le temps d'intervenir. »

Wheeler réfléchit un instant avant de lâcher :

« Tu n'en avais pas vraiment l'intention.

— Qu'est-ce qui te fait dire ça ?

— Tu m'as proposé de t'accompagner. J'étais ton filet de sécurité, le meilleur moyen de t'empêcher d'aller jusqu'au bout.

— Au contraire. Je t'ai demandé de venir pour garder bien présente à l'esprit la réalité de ce que je faisais. J'avais peur, une fois face à ce gosse, de ne plus être capable de voir en lui le Hitler historique. Tu étais mon seul lien avec cette réalité.

— Pourquoi n'as-tu rien fait, dans ce cas ?

— Je voulais le faire. J'ai essayé, mais il était protégé par quelque chose de tellement solide que même ma haine n'a pas pu en venir à bout. Le bouclier ultime.

— À savoir ?

— C'était encore un enfant. »

Une idée commençait à germer dans l'esprit de Wheeler.

« Tu considérais cela comme une mission, n'est-ce pas ?

— C'est ce que j'essaie de t'expliquer, oui.

— Tu veux dire que tout cela est une affaire de volonté ? Il suffit que tu veuilles assez fort quelque chose pour l'avoir, et tu voulais tellement échapper à ces barbares que tu as recréé Vienne. N'est-ce pas ?

— Ma foi, c'est dit de façon un peu directe, mais... oui.

— Ça y est, lâcha Wheeler en souriant. Ça y est.

— Ça y est quoi ?

— L'héroïsme. J'ai passé toute ma vie à me demander pourquoi mon père était un héros, ce qui l'avait poussé à accomplir autant d'exploits. Je cherchais à comprendre ce qui se passait dans sa tête. Et ça y est.

— Je voudrais bien que tu m'expliques ça.

— La volonté, dit Wheeler. Tu te crois vraiment capable de contrôler le monde qui t'entoure. Dans ton esprit, tu as toujours été responsable de tout ce qui arrivait autour de toi. Si les choses se passaient bien, c'était grâce à toi. Et si elles se passaient mal, c'était ta faute.

— Euh, c'est un peu extrême...

— Tu étais persuadé que tout dépendait de toi. Alors que la plupart des gens pensent n'avoir aucune prise sur leur propre vie, toi, tu croyais détenir tous les pouvoirs. Ce devait être un fardeau énorme, conclut-il en regardant son père avec compassion.

— Tu es un sacré bonhomme, lâcha Dilly à mi-voix. Tu ressembles à ta mère.

— Et à mon père.

— Comment ça ?

— En cherchant à découvrir ton mode de fonctionnement, je cherchais à me comprendre moi-même. Je me suis toujours senti différent des autres. Enfant, j'étais incapable de rester les mains dans les poches comme les copains. Il fallait sans cesse que je m'attire des ennuis en faisant quelque chose de dingue. Tu étais un héros et moi un excentrique, mais cela revient au même, tu comprends ? L'un et l'autre, nous pensions être capables de changer le monde qui nous entourait. Nous étions tous les deux frappés par la même malédiction. »

Dilly hocha lentement la tête.

« Et tu sais laquelle, je suppose ? reprit Wheeler. Nous nous croyions omnipotents. »

Wheeler leur avait fixé rendez-vous à l'atelier, séparément. À Weezie en lui annonçant sans détour que quelqu'un souhaitait la rencontrer. À Dilly en lui proposant simplement de venir visiter les lieux à 11 heures du matin. Depuis leur escapade à Baden, Weezie rayonnait d'une assurance nouvelle. Elle ne semblait plus aussi impressionnée par lui et le traitait davantage comme un vieil ami, avec un mélange de respect et de familiarité.

« Tu as éclairé les recoins les plus sombres de mon âme, lui dit-elle ce jour-là.

— Il suffit d'y descendre et d'allumer quelques torches pour ne plus avoir honte ni s'étonner de rien.

— Serai-je bientôt tellement éclairée que je perdrai tout intérêt à tes yeux ?

— Tu m'intéresses irrépressiblement, répondit Wheeler en riant.

— Je trouve incroyable qu'il suffise de parler des choses les plus sinistres pour leur ôter tout pouvoir. Depuis que j'ai traité ma tante Prudence de sorcière – ce qui était un peu exagéré, je le crains –, c'est comme si elle s'était volatilisée. Quant aux avances de Herr Mahler, ajouta-t-elle avec un petit sourire, si tant est qu'elles ne soient pas le fruit de mon imagination…

— J'en doute. J'ai l'impression que Herr Mahler a bel et bien tenté une descente en piqué sur ta poitrine.

— Et au fond ce n'est pas si terrible, si ? Ma mère était une femme normale, joyeuse et extravertie, et, par malheur, c'est la diphtérie qui l'a emportée. J'arrive même à parler de l'autre incident sans… »

Elle détourna le regard.

« As-tu besoin de l'appeler "l'autre incident" ?

— En tout cas, j'arrive maintenant à en parler… mais seulement l'après-midi, dit-elle avec un petit sourire. Les conséquences ont été dévastatrices pour mon père. Il ne s'est jamais pardonné sa faute. Il n'a jamais pu m'en parler. La culpabilité doit le ronger. Si seulement il avait pu me regarder dans les yeux, reconnaître ses torts et me dire qu'il regrettait…

— Les gens ne fonctionnent pas de cette façon. Plus c'est grave, plus ils enfouissent.

— D'où te vient cette sagesse ? »

Wheeler éclata de rire.

« Je suis un excentrique, pas un sage. D'ailleurs, l'idée n'est pas de moi. Elle est née ici même, à Vienne.

— Et elle s'est frayé un chemin jusqu'à San Francisco ? Tu sais, le jour où j'ai fui Vienne, après notre soirée à l'opéra, j'ai eu de mauvaises pensées à ton sujet. Tu as l'air de savoir tant de choses, tu t'exprimes toujours si librement… qu'on te croirait presque venu d'une autre planète ou d'un autre temps.

Je me suis même dit que tu étais peut-être une incarnation de ce malin dont tante Prudence me parlait si souvent et qu'elle voyait partout.

— Pourquoi les hommes ont-ils inventé le diable ? Tu ne trouves pas ça étrange ?

— Il y a tout de même en toi quelque chose qui m'échappe. On dirait que tu m'as été envoyé.

— Envoyé ?

— Oui. Envoyé. Pour me libérer de mes recoins sombres. Avec les meilleures intentions, je présume.

— Envoyé par qui ? Je ne vois pas qui pourrait choisir d'envoyer quelqu'un dans mon genre.

— Tu as eu le même effet sur moi qu'un envoyé.

— Et l'envoyeur serait ?

— Je ne sais pas. Mon ange gardien.

— Voilà qui règle la question. Aucun ange gardien sain d'esprit ne m'enverrait à qui que ce soit.

— En tout cas, un envoyé ne m'aurait pas mieux conseillée. Tu as été pour moi… une bénédiction. »

Elle chercha son regard, et Wheeler fut incapable de l'esquiver.

« Merci, souffla-t-il. Je ressens un peu la même chose. »

Au moment où il se penchait vers elle pour l'embrasser, on frappa à la porte. Wheeler se leva, alla ouvrir, et Dilly entra. Malgré l'insondable fatigue inscrite sur ses traits, il semblait gai et ne se doutait manifestement pas de ce qui l'attendait.

« Alors, dit-il en s'avançant dans la pièce, quel est le programme du jour ? »

Il s'arrêta net en apercevant Weezie immobile devant la verrière. Wheeler le contourna pour l'empêcher de rebrousser chemin et le poussa en avant.

« Il y a quelqu'un que je mourais d'envie de te faire rencontrer, annonça-t-il avant que son père ait pu ajouter un mot. Permets-moi de te présenter Weezie Putnam, de Boston. Et Weezie, voici mon ami Herbert Hoover, qui vient comme moi de Californie. »

Dilly jeta à son fils un regard noir, mais il était trop tard pour reculer. Il avait déjà fait trois pas dans la pièce et Weezie se dirigeait vers lui, souriante, la main tendue.

« Bonjour, monsieur Hoover. Je suis enchantée de faire votre connaissance. »

Dilly lui prit la main et la serra d'un geste hésitant, trop ébloui par la beauté de la jeune femme pour prêter attention aux tableaux qui les entouraient.

« Miss Putnam... balbutia-t-il. Harry m'a beaucoup parlé de vous, et...

— J'ai parlé à M. Hoover de ta virtuosité au violoncelle, intervint Wheeler. Il espérait que tu consentirais à jouer un ou deux morceaux avec nous. M. Hoover est un enthousiaste de la clarinette. »

Dilly fronça les sourcils, mais Wheeler avait déjà atteint le chevalet derrière lequel étaient rangés ses instruments de location.

« Il se trouve que j'ai ici toutes les armes nécessaires, dit-il.

— J'aimerais juste régler une petite question avec toi avant, objecta Dilly avec un sourire contraint. Peut-être pourrions-nous sortir un moment sur le palier. »

Il quitta la pièce en faisant signe à Wheeler de le suivre et, dès qu'ils furent hors de portée de voix de la jeune femme, pointa l'index sur la poitrine de son fils en murmurant rageusement :

« Dis donc, ce n'est pas drôle du tout ! Tu joues avec le feu !

— Je tenais à ce que tu la rencontres.

— Tu aurais dû l'éviter. Et je n'ai strictement rien à faire avec elle.

— Tu m'as dit toi-même que tu la trouvais fascinante.

— Je n'arrive pas à croire que tu aies pu faire une chose pareille, gronda Dilly, au bord de l'explosion. Tu te crois autorisé à faire tout ce qui te passe par la tête, ma parole !

— Non, mais je n'aime pas qu'on se prive des bonnes choses de la vie pour obéir à des règles inutiles.

— Et tu considères le fait de modifier l'avenir comme un amusement inoffensif, je suppose ?

— Je ne vois pas pourquoi nous ne pourrions pas passer un bon moment tous ensemble. Où est le mal ? Allez, viens », dit Wheeler en prenant le bras de son père.

Dilly se dégagea sèchement.

« Où est le mal ? Notre existence est en jeu, figure-toi. Tout simplement.

— Ce qui doit arriver arrivera.

— Je vois. Tu cherches à te faire disparaître toi-même de l'histoire. Il te suffit pour cela de réduire à néant mes chances de naître et, bingo, le problème sera réglé, même si tu n'es pas mon fils biologique. Il n'est pas question que j'influence le cours du destin !

— C'est trop tard. Autant nous amuser un peu.

— Tu n'as donc absolument aucune notion des limites ? s'exclama Dilly, exaspéré.

— Viens donc. »

Wheeler ramena Dilly vers la verrière face à laquelle se tenait Weezie. Elle se retourna.

« Y a-t-il un problème ? » s'enquit-elle.

Mais Dilly avait la tête ailleurs. Immobile près de l'entrée, il venait enfin de remarquer la profusion de couleurs et de sensualité dans laquelle baignait l'atelier. Il était cloué sur place.

Wheeler avait choisi une pièce de Vivaldi pour trio à cordes. Dilly s'y attaqua sans conviction, refusant de se livrer au-delà du strict minimum requis par les circonstances. Wheeler s'aperçut qu'il s'interdisait aussi de regarder Weezie. C'était même tellement évident qu'à un moment donné de l'exécution du morceau, elle jeta dans sa direction un coup d'œil narquois qui signifiait on ne peut plus clairement : « Qu'est-ce qui ne va pas avec ton ami ? »

« Improvisons », suggéra Wheeler.

Il reprit la mélodie sur les cordes aiguës de sa guitare, bientôt suivi par Weezie au violoncelle. Dilly, lui, demeura impassible. Elle finit par se tourner vers lui.

« Allons, dit-elle avec un sourire à faire fondre un iceberg, joignez-vous à nous. »

Après une première série de notes enrouées et poussives, Dilly passa à la vitesse supérieure et réussit à atteindre le refrain. Weezie calqua son jeu sur le sien, et Wheeler attaqua un contrepoint. Tout à coup, Dilly leva sa clarinette et se mit à jouer la mélodie à la tierce. Le trio était lancé. Weezie croisa le regard de Wheeler et fit un signe de tête à Dilly, mais celui-ci avait les yeux clos. Perdu dans la musique, il faisait à présent jaillir de son instrument le flot caractéristique de notes douces et suaves qui lui avait permis de devenir populaire avec les Charles River Boys et d'éveiller l'intérêt du grand Benny Goodman.

« Continuons », proposa Wheeler lorsqu'ils eurent terminé.

Ils repartirent pour un tour. Weezie, qui n'avait jamais rien entendu de semblable, garda les yeux rivés sur Dilly jusqu'à ce qu'il rouvre les siens. Il avait beau vouloir éviter tout contact visuel, elle le fixait du regard, fascinée par les sons qu'il produisait et qui lui laissaient entrevoir les voies nouvelles que pourrait peut-être prendre la musique après Mahler – une découverte qui deviendrait la pierre angulaire de son traité de la musique viennoise. Le clarinettiste « moderne », protégé de Benny Goodman, tenta bien d'esquiver son regard, mais en vain. Dilly Burden finit par rendre son sourire à sa mère, toujours aussi envoûtée par ce style musical dont elle n'aurait jamais pu rêver.

« Voilà ! s'exclama-t-elle, admirative. Voilà la direction que va prendre notre musique ! »

Ce fut pour elle une illumination.

Le soir même, avant de se mettre au lit, Wheeler constata que son journal n'était plus là. Il le chercha partout. Il retourna même à grands pas au Café Central pour s'assurer qu'il ne l'y avait pas laissé. Cette disparition lui donna des sueurs froides, et il était sur le point de passer une nuit blanche à se creuser les méninges lorsqu'il se revit clairement le poser sur une table de l'atelier pour aller ramasser les instruments qu'il devait rapporter au magasin de musique.

Il se leva à l'heure habituelle le lendemain matin et avala une brève collation avant de partir à l'atelier. Une fois sur place, il se précipita vers la table où il était certain de l'avoir laissé. Pas de journal. Les tripes nouées de terreur, il se retourna lentement vers la verrière sous laquelle Weezie s'était assise la première fois, tel un personnage de Vermeer.

Elle était là, fixant sur lui un regard étrangement dénué d'expression. Toute couleur semblait avoir quitté ses traits. Le journal de Wheeler était sur ses genoux, grand ouvert.

« Tu... tu l'as lu ? » demanda-t-il, inutilement.

Elle acquiesça.

« En entier ? »

Elle hocha de nouveau la tête, toujours avec ce regard vide.

« De la première à la dernière ligne. Cela m'a pris presque toute la nuit. »

52

CE QUI DEVAIT ARRIVER

Dilly, pâle et les traits tirés, était debout dans son meublé, à côté du lit.

« Je dois l'admettre, cette musique était belle. Non, plus que belle. Je l'ai trouvée fantastique. Elle m'a redonné le goût de vivre.

— J'ai cru que tu allais me tuer, dit Wheeler, assis sur le matelas.

— Tu avais raison. Tu avais raison sur toute la ligne. L'avenir sera tel qu'il doit être. Pour que tout se passe comme prévu, pour ma mère… tout ceci devait arriver.

— Tout ?

— Tout ! Elle me l'a dit en confidence un soir, à l'époque de mes études de droit, alors que je remuais ciel et terre pour obtenir des informations sur cette étrange affaire des investissements du fonds Hyperion : ce qui lui était arrivé à Vienne avait changé à tout jamais le cours de son existence, "tu comprendras plus tard comment", ce sont les mots qu'elle a employés. Et ça y est, je commence enfin à comprendre. Ah, encore une chose.

— Quoi donc ?

— Tu te souviens de ce vieux carnet que j'ai déniché en fouinant dans sa bibliothèque ? Celui dont j'ai repris tout un passage en 1932 pour mon discours de remise des diplômes ? »

Wheeler fit oui de la tête.

« Eh bien, il contenait aussi une stratégie d'investissements détaillée pour le XXᵉ siècle. Je sais maintenant ce que c'est que ce carnet, ajouta-t-il en regardant son fils avec insistance. Et ma mère en a eu besoin pour devenir la femme qu'elle est devenue.

— Je l'ai récupéré, répondit Wheeler, mal à l'aise. Il est en lieu sûr, avec le reste de mes affaires.

— Tout va bien, déclara Dilly avec ferveur, comme s'il avait eu une révélation. Tu ne comprends pas ? Il n'arrive rien d'autre que ce qui devait arriver. Il fallait que je livre mes secrets à la Gestapo. Il fallait que tu rencontres Weezie. Ce qui devait arriver est arrivé.

— Tu as changé de disque, non ?

— J'ai compris que certaines choses devaient avoir lieu. Et c'est chose faite. Toi et moi sommes désormais libres de nous retirer. Ce sera douloureux pour Weezie, mais elle s'en remettra. Nous sommes mieux placés que quiconque pour le savoir. Elle deviendra une grande dame. »

Dilly tentait de renouer avec son personnage d'antan, celui qui incarnait la supériorité de l'esprit sur la matière. Il allait reprendre les choses en main et les sortir tous deux de la mauvaise passe où ils se trouvaient. Cela se voyait à l'étincelle qui pointait derrière le voile gris qui opacifiait son regard depuis quelques jours.

« Nous avons assez de vêtements, et, avec ce que le Dr Freud t'a prêté, nous devrions arriver à tenir en attendant de trouver un travail qui nous permettra de faire des économies. Nous avons tes disques volants, nous avons de l'imagination et nos compétences du XXᵉ siècle. Nous devrions pouvoir mener une petite vie tranquille quelque part en Europe jusqu'à avoir assez mis de côté pour nous payer deux billets pour New York, où nous serons en territoire familier. »

Dilly tentait de se convaincre qu'il avait recouvré la santé mais il se voilait la face, et Wheeler s'en rendit compte.

« Nous pourrions même tenter notre chance comme joueurs de base-ball, poursuivit-il, en introduisant ta balle papillon. Ou acheter une terre dans la vallée de Sacramento et y construire une ferme. Nous pourrions aussi nous lancer dans la finance : nous savons tous les deux où placer notre argent et les opérations à éviter. Si tu veux mon avis, nos personnalités sont tellement différentes qu'un partenariat au long cours pourrait être extrêmement productif et nous rendre très heureux. »

Il tira une montre de sa poche de gilet, regarda l'heure.

« Tâchons de ne pas nous mettre en retard. Notre train part de la Nordbanhof dans une heure. »

Ils avaient pris deux billets pour Budapest, où, munis de faux passeports aux noms de Hoover et de Truman, ils prévoyaient de jouer de la musique dans la rue en attendant de se trouver un orchestre. « Un peu comme Bob Hope et Bing Crosby dans leurs films », avait commenté Dilly, pour qui il suffisait de tout planifier et d'envisager toutes les options pour réussir.

« Je suppose qu'il n'y a rien à faire, soupira Wheeler avec une exaspération contenue. Elle va retourner à Boston et épouser ce connard arrogant. »

Dilly le regarda, surpris.

« J'aurais formulé cela en des termes moins directs.

— Et moi avec un mot plus fort, mais le vocabulaire me manque.

— Je dois reconnaître que c'est quelqu'un de... d'un peu austère.

— Ce que je ne comprends pas, c'est la mécanique de la chose. Je veux dire, comment diable est-il possible qu'elle épouse un type pareil ?

— Elle le fera. C'est tout.

— Mais pourquoi ? Qu'est-ce qui va l'amener à le faire ?

— Le fait de t'avoir rencontré, peut-être ? suggéra Dilly avec un sourire entendu.

— Là, oui, tu aurais pu choisir des termes un peu moins directs. » Wheeler se leva pour aller regarder le canal par la fenêtre.

« Elle l'épousera, répéta Dilly en s'asseyant sur le lit à côté du bagage de son fils. C'est tout ce que nous avons besoin de savoir.

— Et je suppose qu'elle voudra rayer tout ça de sa mémoire. »

Wheeler montra la ville d'un geste circulaire et frappa du plat de la main sur l'appui de la fenêtre. Dilly haussa les épaules et répondit avec une surprenante fermeté, digne d'un juriste :

« Que veux-tu que je te dise ? Oui, elle surmontera son chagrin, elle vous oubliera, Vienne et toi. Elle rentrera à Boston. Et elle épousera Frank Burden. Peut-être après une amnésie qui lui fera oublier toute cette affaire, ou peut-être parce qu'elle se rendra compte que c'est la seule solution pour que son histoire – son destin, si tu préfères – s'accomplisse. Ou peut-être tout bonnement parce qu'elle trouvera le moyen de tomber amoureuse de lui. Qui peut le dire ? C'est en tout cas ce qui va se passer : elle épousera cet homme. Et ce sera une bonne chose pour nous deux, conclut Dilly après une pause.

— J'avais peur qu'il, enfin, qu'il essaie de... »

Wheeler n'alla pas au bout de sa phrase.

« Tu craignais qu'il n'arrive quelque chose de grave ? Ici, à Vienne ?

— L'idée m'a effleuré.

— Eh bien non, il ne va rien arriver du tout, fit Dilly en agitant les billets de train pour Budapest. Nous tirons notre révérence.

— Soit, lâcha Wheeler, le regard toujours perdu dans le lointain. Mais c'est tout de même de mon histoire qu'il s'agit, pas de la tienne.

— Je suis quand même un peu concerné, ne l'oublie pas.

— Tu sais ce que l'avenir réserve à Weezie ? »

Dilly hocha la tête, une ombre de tristesse dans le regard.

« Elle va en baver, reprit Wheeler, giflant une deuxième fois l'appui de fenêtre. Elle va rentrer à Boston et retrouver sa vie d'avant. Toi et moi n'en ferons plus partie, et elle devra sans doute attendre des années avant qu'un autre événement vienne la sortir de sa routine. Peut-être le naufrage du *Titanic*, va savoir ? De toute façon, il ne se passera rien pour elle avant une quinzaine d'années, donc il se peut qu'elle ait tout oublié d'ici là. Mais une partie finira par lui revenir – la gloire montante de Sigmund Freud, l'arrivée d'Arnauld Esterhazy à St Gregory, la Première Guerre mondiale en 1914 ou bien... »

Il jeta un coup d'œil à Dilly par-dessus son épaule.

« Ou bien la naissance de son fils, compléta celui-ci.

— En tout cas, le passé la rattrapera vers cette époque-là.

— Peut-être qu'elle n'a pas tout lu, lâcha Dilly. Peut-être qu'elle s'est contentée de feuilleter les pages à la va-vite.

— Tu prends tes désirs pour des réalités. Si tu avais vu son regard, tu comprendrais. Tu es bien placé pour la connaître. Elle s'est jetée dessus comme une lamproie.

— Tu le lui as repris, n'est-ce pas ?

— Il est dans mes bagages. Je te l'ai dit. Au moins, il ne restera pas en sa possession. Elle n'est pas du genre à faire les choses à moitié. »

Un pesant silence s'abattit, comme si les deux hommes prenaient enfin la pleine mesure de la situation.

« Si seulement tu avais pris des notes moins minutieuses, regretta Dilly, avec un sourire triste mais teinté d'une pointe d'admiration. Elle sera comme une deuxième Cassandre. Connaissant l'avenir sans pouvoir y changer quoi que ce soit... »

Elle verrait Hitler grandir comme une fleur maléfique. L'enfant de Lambach perdrait son père à 14 ans, deviendrait peintre à Vienne, puis activiste politique à Munich, où il écrirait *Mein Kampf* en prison. Il gravirait les échelons jusqu'à devenir le chancelier de l'Allemagne et répandrait sa haine à travers le monde. Weezie verrait tout cela, sachant à quoi cela mènerait, sachant que ce torrent de haine tuerait son propre fils.

Dilly ajouta, serrant les mâchoires :

« Ce qu'elle saura de l'avenir, en bien et en mal, la conduira à exercer une énorme influence sur le monde. C'est ce que j'ai découvert pendant mon enquête à la faculté de droit. Elle est à l'origine de beaucoup d'événements. Des événements majeurs. » Il fit une pause. « Quand tu mets tout cela bout à bout, c'est assez impressionnant, et même stupéfiant. En 1909, elle a fait un très gros don à l'université Clark, grâce auquel ont pu se tenir les conférences qui ont fait connaître Freud en Amérique. Quelques années plus tôt, c'est elle qui a donné *L'Interprétation des rêves* à son ami William

James. Vers la même époque, elle s'est aussi arrangée pour verser au Philharmonique de New York de quoi engager Gustav Mahler comme chef d'orchestre. Ce dernier avait déjà fait parler de lui dans cette ville après la parution d'un opuscule signé par un certain Jonathan Trumpp, et tu sais comme moi qui se cache sous ce pseudonyme. »

Wheeler ouvrit des yeux ronds.

« Quoi ? Qu'est-ce que tu veux dire ?

— C'est maman qui l'a écrit. Je croyais que tu le savais.

— Non ! s'exclama Wheeler, abasourdi.

— Si.

— Tu veux dire que… Eleanor Burden, la Weezie Putnam que je connais et qui est ici à Vienne en ce moment, est l'auteur de *La Ville de la musique*, le "petit livre" si cher à Haze ?

— Oui.

— Je ne peux pas y croire.

— C'est pourtant vrai. C'était le mieux gardé de tous ses secrets, mais je l'ai percé cette année-là en fac de droit. Maman m'a fait promettre de ne jamais en parler à personne.

— Haze avait le livre de Trumpp dans sa collection, copieusement annoté. Je m'en suis beaucoup servi pour rédiger *Fin de siècle*. Je le connaissais presque par cœur. Haze s'y référait à tout bout de champ dans ses notes.

— Ma mère en a écrit chaque ligne. C'est même pour cela qu'elle est venue à Vienne, je pense, et elle l'a publié à son retour à Boston. Il a fait un tabac.

— Elle m'a dit qu'elle l'avait abandonné.

— Eh bien, elle va le reprendre. Si tant est que tu n'aies pas tout gâché. Bon, je t'ai déjà parlé de ses investissements, de la façon dont elle a échappé au krach de 1929. Ensuite, dans les années 1930, il y a eu ce pactole considérable qu'elle a versé à Princeton University Press pour la publication des œuvres complètes de Carl Jung, dont elle fera la connaissance en 1909. Tu le sais, ça, non ? »

Dilly attendit la confirmation de Wheeler pour continuer.

« Elle a soutenu les suffragettes, les mouvements pour les droits des citoyens et les organisations pacifistes, tout ce qui visait à promouvoir l'introspection et la tolérance. La liste est longue. Et on retrouvait toujours un peu le même thème.

— Quel thème ?

— Ça, je n'ai jamais vraiment réussi à le cerner. Il y avait un rapport avec Vienne, c'est certain. Et aussi avec l'introspection, la découverte de soi et la psychanalyse, mais je ne suis pas allé au-delà. »

Wheeler resta songeur puis s'exclama :

« Le livre de maman ! À l'époque, j'étais complètement immergé dans Victor Hugo, dans le base-ball et dans ce bouquin sur la mythologie que ma grand-mère m'avait envoyé pour mes 9 ans. Je le connaissais par cœur, ce qui fait que je ne me suis jamais trop posé de questions à son sujet. Mais un jour, un obscur éditeur de Boston surgi de nulle part est venu voir maman. Elle était dans sa période recluse, si j'ose dire. Elle s'est contentée de mettre en ordre toutes ses notes, dont une bonne part était tirée de nos conversations sur la mythologie, et ça a donné *L'Essor de Perséphone*. Un très beau texte, dommage que tu ne puisses pas le lire. Le bouche-à-oreille en a fait un grand succès et c'est devenu ce qu'on appelle un livre culte, que certains considèrent comme fondateur du mouvement féministe américain.

— Publié par Athenaeum Press, une création du fonds Hyperion ?

— Exact. Et c'est la même chose pour mon livre, ou plutôt le livre de Haze, *Fin de siècle*. Un type se pointe, toujours sorti de nulle part, toujours de Boston, et me propose un contrat. J'ai longtemps cru qu'il y avait un ancien de St Greg derrière tout ça, mais non, c'était Athenaeum Press.

— Ma mère était pourtant déjà morte. Elle a laissé des consignes posthumes.

— C'est drôle, fit Wheeler en secouant la tête. Si je suis ici, c'est à cause de ce livre. En un sens, la notoriété qu'il m'a apportée m'a fait la peau.

— Tu vois. Tout cela est l'œuvre d'une seule et même personne. Elle a tout déclenché, agissant dans l'ombre et dans l'anonymat. Il y a une foule d'autres exemples. Son rôle a été encore plus grand que nous ne le pensons.

— Tout finira bien pour elle, alors ?

— Tu devrais le savoir. Tu l'as vue à sa toute fin. Tu sais quelle femme puissante elle est devenue.

— Pour le moment, j'ai plutôt l'impression d'avoir commis une énorme erreur.

— Je trouve ce que tu as fait détestable et je n'ai aucune envie que tu me donnes des détails. Mais c'est ce qui devait arriver. Tu lui as donné ce dont elle avait besoin pour devenir la mère que j'ai eue et la femme d'influence qu'elle est devenue. » Dilly pesa ses mots avant d'ajouter : « Il n'est arrivé que ce qui devait arriver, et ma mère ne pourra jamais être une autre personne qu'elle-même. Nous avons fait tout cela pour elle !

— Tu omets un détail, bien sûr.

— Et lequel ?

— Le cycle complet. » Wheeler fit à nouveau face à Vienne et désigna la ville d'un geste ample. « Tout ça aussi, elle le saura. Elle saura que nous nous retrouvons tous ici à la fin de chaque boucle.

— Et tu y vois un motif de consolation ? »

Wheeler tourna le dos à la fenêtre et posa sur son père un regard empreint d'une farouche résolution.

« Pas toi ? »

Il observa l'homme assis devant lui et vit objectivement, pour la première fois, à quel point son état s'était dégradé.

« Tu n'as pas l'air au mieux, dis-moi.

— Je crois que j'ai besoin de m'allonger, répondit l'inusable Dilly. Ça pourrait bien être la fin. »

53

LE DERNIER DES BURDEN

« Nous avons eu droit à une seconde chance, toi et moi, déclara Dilly, gisant quasi immobile sur le lit de sa petite chambre. C'est la conclusion qu'on peut tirer de tout ceci, à mon sens.

— Je suis d'accord, dit Wheeler.

— Cela nous a donné du temps pour être ensemble et apprendre comment certaines choses se sont passées.

— Pourrais-tu m'en expliquer encore une ?

— Il n'y a plus de limite. » Même s'il lui restait tout juste assez de force pour soulever la tête, Dilly parvint à sourire. « Maintenant que tu as fait voler ma cuirasse en éclats.

— Que s'est-il passé entre ton père et toi quand tu es rentré de Londres pour Noël ?

— Noël 1943, murmura Dilly. Cela me semble si loin, c'est drôle. J'étais rentré à Boston avec ta mère et toi. Tu avais presque 3 ans, tu étais mignon comme tout. Nous avons fait le voyage à bord du *Queen Mary*, qui venait d'amener des renforts en Angleterre. La guerre faisait rage, mais les gens de l'Amirauté ont beaucoup insisté pour que je prenne ce congé. Ils ont dit que j'étais surmené et que j'avais besoin de repos. Ta mère et moi avons vécu des moments merveilleux pendant la traversée. Nous passions des heures à nous faire la lecture l'un à l'autre et, quand tu étais endormi...

— Vous faisiez délicieusement et bruyamment l'amour sur la banquette d'à côté ?

— Seigneur, tu t'en souviens ? »

Wheeler éclata de rire.

« Ne t'inquiète pas. Maman me l'a dit. »

Un sourire effleura les lèvres de Dilly.

« Voilà qui ne m'étonne pas d'elle. C'était ce qu'on appelait une femme libérée. » Il ferma les paupières pour mieux savourer le souvenir qu'il avait d'elle. « Je n'avais pas revu mes parents depuis longtemps et j'avais hâte de leur présenter ma femme et mon superbe fils, à eux et à Arnauld Esterhazy. Tout se passait très bien. Maman était ravie de nous recevoir, et nous avions de longues discussions ensemble. Je crois qu'elle avait pour moi une tendresse hors du commun. Et la présence de ta mère n'a fait qu'ajouter à son plaisir : il faut dire que Flora faisait tout pour que cela se passe bien, en se gardant d'évoquer ses idées les plus folles.

— Sur la libération sexuelle ou le pacifisme, par exemple.

— Entre autres. Ce n'est que vers la fin du séjour que mon père et moi avons eu cette discussion en tête à tête. Je crois t'avoir dit que lui et moi n'étions pas très proches. Il n'y avait pas d'animosité entre nous, mais nous n'avions jamais de conversations de fond. Bien sûr, il était très fier de mes exploits sportifs dans ses anciennes écoles, et il me parlait souvent de la vie scolaire de son temps ou des Jeux olympiques d'Athènes en 1896, mais nous ne partagions pas grand-chose sur le plan des idées. »

Dilly s'interrompit, à bout de souffle.

« Dis donc, je boirais bien un peu d'eau. »

Wheeler alla remplir un verre au pichet en porcelaine posé sur le bureau et l'inclina au bord des lèvres de son père pendant que celui-ci se désaltérait.

« Ça fait sacrément du bien. »

Et il reprit le fil de son récit.

Frank Burden et son fils se retirèrent dans le bureau lambrissé de chêne et fermèrent la porte. Dilly refusa le cigare qui lui était offert mais consentit à prendre un verre de cognac.

« Je me réjouis que nous puissions enfin passer ce moment seuls, commença le père. Nous avons à parler. Je tenais à ce que tu saches que j'admire la façon dont tu contribues à l'effort de guerre.

— Nous vivons des temps exceptionnels, fit remarquer Dilly.

— Je suis content de voir que tu te satisfais d'un rôle mineur depuis quelques mois. Je crains que la situation ne s'aggrave encore avant la paix.

— La paix ?

— Le grand débarquement approche. Nous le savons tous. Eisenhower va lancer une gigantesque offensive, et la riposte de Hitler va être féroce. Les deux camps vont s'épuiser, hélas, et tout cela se terminera par une paix négociée.

— Tu ne crois pas au succès du débarquement ? »

Frank Burden toisa longuement son fils.

« Les défenses de Hitler sont plus solides qu'on ne le croit. On a tellement mis l'accent sur la guerre aérienne que tout le monde a oublié où se situe sa vraie force. Les chars, ses divisions de Panzer. Ils sont excessivement mobiles et peuvent être déplacés vers n'importe quel point de l'Europe en quelques jours. C'est à cela que servent les *Autobahnen*[1]. Les divisions de Panzer sont la clé de tout.

— Les Alliés disposent de forces colossales.

— Je te parle ici de stratégie. L'armée d'invasion remportera quelques succès les premiers jours, puis les Panzer contre-attaqueront, et ce au moment où les forces alliées seront le plus vulnérables, avant que leurs lignes d'approvisionnement soient en place.

— Es-tu en train de me dire que le débarquement se soldera par un échec ? »

Le père lut de l'indignation dans les yeux du fils.

« Standish, Standish, je fais simplement preuve de réalisme. Je suis un Américain, un patriote, tu le sais. Mais nous devons nous préparer à ce qui va se passer. Hitler cherchera à obtenir la paix, et Franklin et son ami Winston Churchill reviendront à la raison. Nous reviendrons tous à la raison. La guerre sera finie dans un an, et les deux camps pourront panser leurs plaies et commencer à se reconstruire.

— Les Allemands resteront en France ?

— Les frontières européennes, lâcha Frank avec dédain. Elles changent tous les cent ans. Regarde ce que nous appelons aujourd'hui l'Italie. Regarde ce qu'a été l'Autriche-Hongrie.

— Je ne comprends pas comment tu peux dire une chose pareille.

— Je suis réaliste, mon fils. Simplement réaliste. La nouvelle Europe se profile à l'horizon, et il s'agit pour nous d'assurer notre position. C'est pourquoi tu dois t'accrocher pour le moment à ton rôle mineur et en même temps te préparer.

— Me préparer ? répéta Dilly, sans comprendre.

---

1. Autoroutes.

— Tu es observé, crois-moi. Tu es observé depuis le début : le football, la musique, cet arrêt de volée que tu as réussi contre Yale, tes brillantes études de droit, et aujourd'hui ton héroïsme à la guerre. Crois-moi, mon fils, rien de tout cela n'est passé inaperçu. Sache aussi que le retour de la paix va déboucher sur la mise en place d'une communauté financière internationale bénéficiant d'une puissance et d'un champ d'action gigantesques.

— Serais-tu en train de dire que tout se jouera à Berlin ?

— Pas à Berlin, rétorqua sans hésiter Frank.

— À Londres ? »

Frank secoua la tête.

« La banque internationale, un nouvel ordre mondial, une nouvelle façon d'entreprendre. Et il sera fait appel à toi.

— Attends un peu. Tu vas trop vite. Pas à Berlin, ni à Londres, alors où ?

— À Vienne. Tout est déjà décidé. Les intérêts financiers sont prêts à établir leur nouvelle base commune là-bas. Cette ville splendide, à l'histoire tellement riche, est enfin libre. »

Dilly dévisagea son père, incrédule.

« Libre ? » fit-il d'une voix blanche, redoutant déjà ce qui allait venir.

Frank Burden tapota son cigare contre le cendrier.

« Dans la Vienne impériale, dit-il, il y avait deux cent mille Juifs. Les Juifs contrôlaient tout, la presse, les arts, et en particulier les banques. Ils régnaient sans partage. Mais aujourd'hui... » Il tapota à nouveau son cigare. « Eh bien, aujourd'hui, ils ne sont plus là. La ville est libre. Nous l'avons financé et il a rempli sa mission, un peu brutalement, j'en conviens, mais le travail est fait.

— Attends… Vous avez financé Hitler ?

— Dès le début de sa carrière, un groupe dont je faisais partie a eu l'idée de miser sur lui. Nous avons fait Hitler, on peut le dire, et il se trouve que j'étais dans la position idéale pour coordonner tout cela. Sans cet effort conjoint de nos banques, il serait… eh bien, il serait resté un ex-caporal et un peintre de cartes postales. Nous lui avons donné de quoi fonder son Reich, et nous lui avons donné de quoi s'offrir ses Panzer. L'investissement a produit des retours faramineux.

— Je n'arrive pas à y croire, dit Dilly, les yeux écarquillés.

— Écoute, Standish, personne ne souhaitait que les choses se passent ainsi, mais une Allemagne dynamique et industrialisée était un élément clé de la formule. Nous étions tous d'accord là-dessus. C'est une réalité. Ce qui est arrivé est arrivé. Je cherche juste à t'ouvrir les yeux sur quelque chose qui t'avait peut-être échappé. Et je t'encourage à faire profil bas pendant quelques mois encore. Laisse passer la vague. Et quand ce sera fini, nous aurons besoin de dirigeants aux épaules solides. Il sera fait appel à toi. Il sera fait appel à mon fils, martela Frank Burden avec un sourire plein d'orgueil. Je le sais parce que je connais les gens qui lanceront les appels. »

Pendant de longues secondes, Dilly ne trouva rien à répondre.

« Père… dit-il enfin. Flora est juive. Ton petit-fils est juif. Le dernier des Burden est un Juif. »

Frank Burden soutint le regard de son fils, aussi froidement qu'un chirurgien observant un organe infecté.

« Je n'ai pas de petit-fils, cingla-t-il. Tu es le dernier des Burden. »

Dilly se replia dans le silence à la fin de son récit.

« Quelle horreur, murmura Wheeler dans un soupir étouffé.

— Ce sont les derniers mots que m'a dits mon père. C'est ce qui m'a décidé à retourner en France pour rejoindre la Résistance. » Dilly avait la tête clouée sur l'oreiller. Ses paupières étaient closes, et il respirait péniblement, produisant une sorte de sifflement. « Ensuite, maman m'a expliqué que Frank et elle avaient vécu des vies très différentes, des "vies parallèles", selon son expression. Et elle m'a dit d'aller voir Arnauld, seul. »

Un silence de plomb s'abattit sur la chambre.

« Bref, reprit Dilly au bout d'un certain temps, utilisant le langage lapidaire d'un homme dont le temps et les mots étaient comptés, voilà pourquoi j'ai fait ce choix qui pouvait paraître autodestructeur. Et accepté cette mission trop risquée. »

La fin approchait à grands pas.

« Je ne l'ai pas fait par haine de Hitler mais – comme aurait dit le Dr Freud – pour tuer mon père. Mais ce n'est pas tout. Bien sûr, je me sentais en partie obligé de compenser la répugnante influence de Frank Burden, mais il y avait autre chose. »

Il se tut à nouveau. Wheeler ne quittait pas son père des yeux. Dilly perdait rapidement du terrain. Sa nuque ne décollait quasiment plus de l'oreiller lorsqu'il parlait, ses orbites semblaient de plus en plus creuses.

« Tu sais que ta mère m'a toujours reproché mon sens exacerbé du devoir, mais cette fois-là c'était autre chose. J'ai voulu y aller à cause de ce que mon père m'avait dit, oui. Mais aussi pour la raison la plus sacrée qui puisse exister… J'ai voulu y aller pour mon fils. J'ai voulu y aller pour toi. »

S'ensuivit un nouveau silence, pendant lequel les deux hommes se regardèrent intensément, l'urgence les libérant de toute retenue.

« Merci, finit par dire Wheeler. C'était le chaînon manquant.

— Quand j'ai découvert le vrai visage de mon père, j'ai cru que c'était la fin du monde. Puis j'ai appris la vérité pour ce qui était de Haze, et cela m'a pour ainsi dire remis d'aplomb. Mais tout cela ne me semble plus très important. Depuis que je t'ai retrouvé, je me sens en paix. Tu es quelqu'un de bien et tu nous fais honneur, à ta mère et à moi. Je suis si heureux de t'avoir rencontré.

— Nous avons eu la chance de nous connaître vraiment.

— J'ai été envoyé ici pour ça, murmura Dilly. Une bénédiction pour moi.

— Tu sais, je n'en ai jamais parlé à personne, mais quand j'ai repris les notes de Haze, dans les années 1970 et 1980, je me suis aperçu que les feuilles volantes de ce vieux dossier dataient de diverses époques et étaient dans des états très différents. J'ai aussi constaté qu'il revenait sans cesse sur leur contenu, effectuant toutes sortes d'additions, de soustractions et de remaniements au fil des ans, en s'aidant de toute la documentation qui encombrait son placard. On pouvait deviner à quelle étape de l'évolution de sa pensée on avait affaire rien qu'à l'âge du papier. Mais ce que personne ne sait, c'est que la toute première page du dossier où Haze consignait ses fameuses notes, la plus ancienne et la plus jaunie de toutes, n'a jamais été modifiée. C'était la dédicace de l'œuvre d'une vie, en un sens. Et sais-tu ce qu'elle disait ? »

Au prix d'un effort surhumain, Dilly parvint à hocher la tête.

« Dis-le-moi.
— "À mon fils." »

Il régnait dans la chambre un calme qui n'appartenait plus à aucun lieu ni à aucun temps, une atmosphère sacrée.

« C'est bien, haleta Dilly, mais son sourire en disait beaucoup plus.

— Tu sais que je t'aime, dit Wheeler en lui prenant la main. Je t'ai toujours aimé, papa.

— C'est bien, répéta Dilly. Je t'aime aussi... mon fils.

— Tu t'en vas, dit Wheeler, les larmes aux yeux. Rien ne t'y oblige, tu sais. Il y a moyen... »

Sa voix s'étrangla de désespoir, et il se pencha encore plus près de son père.

« Ne t'en fais pas, souffla Dilly, toujours avec ce sourire apaisé, sentant la chaleur de la main de son fils envelopper la sienne. Cette fois, j'essaie de rejoindre ta mère. »

Et Dilly Burden s'en alla.

Quatrième partie

FIN DE SIÈCLE

54

UNE DÉTERMINATION FAROUCHE

Immobile face à la fenêtre de sa chambre, au premier étage de la maison de Frau Bauer, Wheeler embrassa une dernière fois du regard le canal du Danube. Il était désespéré de devoir quitter Weezie. Lui que la seule idée d'arpenter la ville avec Dilly suffisait jusque-là à rendre euphorique n'éprouvait plus qu'un double sentiment de perte. Les murs de sa chambre étaient nus et tout ce qui restait de son passage à Vienne se trouvait sur le lit, dans un sac de voyage en toile : les rares possessions qu'il avait pu accumuler, dont le costume dérobé à Frank Burden le premier jour, et surtout son carnet rouge, qu'il avait récupéré puis enrichi du récit de sa dernière conversation avec Dilly. Pour la toute dernière fois, Wheeler observa la pièce qui lui avait servi de domicile pendant cet extraordinaire séjour à Vienne.

Il avait un billet de train, et même deux, à destination de Budapest. Pourquoi Budapest, il n'aurait pas su le dire. Une idée de Dilly, qui avait apparemment jugé préférable de mettre le cap à l'est plutôt que sur Paris ou Londres. Mais il lui restait une chose à faire avant de partir, du moins si l'intéressé répondait positivement à son invitation : emmener Freud à Lambach.

« Qu'est-ce que ça t'apportera de bon ? lui avait demandé Dilly dans ses derniers moments, après que Wheeler lui eut fait part de ce projet.

— Honnêtement, je n'en sais rien. Mais si j'arrivais à lui faire sentir l'état de privation dans lequel grandit cet enfant... Cela pourrait peut-être changer la donne, ne serait-ce qu'un tout petit peu.

— Mieux que si j'avais étranglé ce sale mioche ? » avait demandé Dilly.

Dans sa lettre, Wheeler avait précisé à Freud qu'il leur restait très peu de temps pour effectuer cette visite. Il n'avait aucune idée de sa réaction.

« Peut-être a-t-il fini par croire à ton histoire, avait encore observé Dilly. S'il vient, ce sera un progrès notable : cela montrera qu'il a enfin compris.

— Je serais surpris qu'il vienne. Mais j'aurai au moins tenté ma chance. »

Seul dans sa chambre, Wheeler, comme souvent, revint en pensées sur les récents événements et leurs causes possibles. Dilly était mort paisiblement, un peu comme s'il avait épuisé sa réserve de carburant. Wheeler avait dû s'obliger à ne pas perdre de vue que son père mourait pour la deuxième fois – d'une mort qui non seulement était mille fois plus douce que la première, mais qui survenait au terme d'une période où tous deux avaient vu se réaliser l'un de leurs vœux les plus chers. On pouvait donc bel et bien parler de seconde chance.

Mais c'était quand même une mort. Wheeler resta longtemps assis au chevet du corps et pleura, réconcilié avec ce père qu'il n'avait jamais pu connaître. Ses pensées le ramenaient sans cesse à sa propre mère, Flora, dont Dilly et lui avaient tant regretté l'absence. Et pourquoi n'était-elle pas à Vienne, elle aussi ? Si Dilly et lui-même avaient fait le voyage, pourquoi pas elle ? Comme ils auraient pu être heureux tous ensemble ! L'idée lui vint que si Flora avait été là, Dilly serait sans doute resté. Au lieu de quoi son cadavre gisait, froid et cireux, dans la pénombre de ce garni, pendant que son âme, elle, survolait les époques à la recherche de son grand amour perdu.

Wheeler finit par quitter la chambre de son père, non sans avoir glissé un billet anonyme dans la boîte aux lettres du propriétaire des lieux pour signaler le décès de l'homme du premier étage, laissant aux autorités le soin d'établir son identité. Il n'y aurait personne pour venir réclamer la dépouille de Dilly Burden.

« Peut-être qu'ils m'enterreront dans la fosse commune à côté de Mozart », avait dit Dilly dans une ultime bouffée d'optimisme.

Le cœur serré par une tristesse à la limite du supportable, Wheeler souleva son bagage pour faire ce qu'il savait être son devoir : quitter Vienne sans laisser de trace, renoncer à tout jamais à Weezie. Elle avait une nouvelle vie devant elle, elle était solide et épanouie. Il était écrit qu'elle épouserait Frank Burden peu après leur retour à Boston, rien ne pouvait l'empêcher. Et il n'y avait rien d'irrévocable ni même de dommageable dans ce qui venait d'arriver : en fait, il n'existait aucun indice permettant de conclure que tout ne s'était pas déroulé conformément à la réalité historique.

Un point, tout de même, posait problème : Weezie avait lu son journal. Sa réaction, bien sûr, avait été excessivement pénible à affronter pour Wheeler. Elle semblait tout à la fois hébétée, confuse et accablée par le poids de ce qu'elle venait de lire. Il l'entendait encore lui lancer, plus abattue qu'en colère :

« Tu m'as laissée t'appeler par cet autre nom ! Même dans les moments les plus intimes que puisse connaître une femme.

— Il le fallait.

— Eh bien… Eh bien, répéta-t-elle après un temps de réflexion, je suppose que cela ne change rien à ces moments.

— J'espère que non.

— Tu sais, enchaîna-t-elle en le fixant avec une détermination farouche, j'ai la réputation d'être très forte en temps de crise. »

Wheeler ne put que souhaiter que cette réputation soit fondée.

Jamais il n'oublierait l'image d'elle à ce moment-là dans l'atelier, assise au bord de la fenêtre avec son journal sur les genoux, la tête grouillante de révélations extraordinaires. Elle semblait épuisée par ce qu'elle venait d'apprendre.

« Peu m'importe tout cela, finit-elle par ajouter, se ressaisissant. Je me suis donnée à toi en revenant à Vienne. Ma famille nous enverra tout l'argent dont nous aurons besoin. Nous pourrons nous installer n'importe où. »

Ses yeux flamboyaient de conviction. Wheeler, lui, ne savait pas par quel bout commencer.

« Tu n'étais pas censée lire ce journal, dit-il. Il ne me sert qu'à rester sain d'esprit. J'ai commis une terrible imprudence en le laissant traîner.

— Non, fit-elle, secouant vigoureusement la tête. Je fais partie de cette histoire. Il est important que je sache la vérité.

— Que comptes-tu en faire ?

— Il n'y a que deux façons possibles d'aborder ce texte, répondit-elle avec un effort visible pour rester maîtresse d'elle-même. En laissant de côté le fait qu'il est remarquablement fouillé et documenté, donc difficile à ignorer. Soit ce qu'il dit est vrai, et son auteur est un visiteur d'un autre temps, soit ce n'est pas vrai, et cet auteur est fou à lier.

— Et de quel côté penches-tu ?

— Honnêtement, je ne sais pas. Mais la deuxième solution est si effrayante que je préfère me dire que c'est vrai. »

En l'entendant parler ainsi, impressionnante de bravoure et d'optimisme, assise bien droite dans le halo de la fenêtre, Wheeler fut emporté par une vague d'admiration et d'amour. Ce n'était plus pour le cours de l'histoire qu'il s'inquiétait, mais pour le bien-être mental de la femme qu'il aimait.

« Je crois que tu devrais me rendre ce carnet, dit-il.

— Voilà qui est possible. »

Elle le souleva de ses genoux, le ferma et le lui tendit.

« Nous ne devons plus nous revoir », annonça-t-il une fois qu'il eut le journal entre les mains.

Elle laissa échapper un cri minuscule.

« Voilà qui est impossible.

— C'est pourtant nécessaire.

— Je pense que je mourrais si tu me quittais maintenant », dit-elle, les larmes aux yeux.

Il y avait une sorte de détachement dans sa voix. Comme si elle venait d'émettre un commentaire sur le temps qu'il faisait ou la couleur du papier peint.

Comprenant qu'elle était tout à fait sérieuse, Wheeler s'approcha d'elle et effleura sa chevelure. Elle leva sur lui ses yeux bleus devenus insondables. Il l'attira contre lui, se pencha vers elle et l'embrassa.

« Qu'allons-nous faire ? murmura-t-il ensuite, une question montée du tréfonds de son âme.

— Emmène-moi au lit. »

Ils restèrent enlacés en silence pendant ce qui leur parut une éternité, sans éprouver le besoin de se séparer, indifférents aux sollicitations du monde qui auraient pu les éloigner l'un de l'autre.

« Ton ami Dilly... » Elle hésita un instant, s'arma de courage. « Celui que tu décris comme mon fils. Il agonise, n'est-ce pas ?

— Je le crains », répondit-il, enfin capable de dire la vérité.

Elle tressaillit.

« N'y a-t-il rien à faire ?

— Apparemment, non.

— Et quand tu mourras, murmura-t-elle, enfouissant le visage au creux du cou de Wheeler, ce sera pareil ?

— Qui peut le dire ?

— Je serai près de toi à ce moment-là, affirma-t-elle avec ferveur.

— Avant que la fin vienne – et elle sera soudaine –, il y a quelque chose que tu dois absolument savoir. »

Elle se blottit contre lui et attendit la suite. Ses seins nus touchaient le torse de Wheeler, leurs jambes étaient entremêlées.

« J'ai attendu toute ma vie un amour comme celui-ci. Es-tu prête à accepter cette vérité-là ? De tout ton cœur et entièrement ?

— Oui, murmura-t-elle.

— Promets-le-moi.

— Je t'en fais le serment solennel », dit-elle en s'approchant encore.

Et ce fut à cet instant que Wheeler sut qu'il devrait la quitter et quitter Vienne pour toujours, quelles qu'en fussent les conséquences.

55

UNE ADMIRATION CLASSIQUE

La décision de quitter Vienne était l'équivalent d'une mort pour Wheeler, même s'il savait que renoncer à Weezie afin qu'elle puisse regagner Boston était la seule issue. Il sortit marcher sur le Ring, anéanti comme jamais, et se dirigea vers le Café Central pour une visite d'adieux et un dernier geste romantique.

Pour comprendre la suite, il est encore une chose que vous devez savoir à propos de la vie de Wheeler Burden. Lorsqu'il décida de quitter définitivement son groupe, Shadow Self, Wheeler n'était pas mû que par le besoin de tourner le dos à la scène. Il avait en tête de s'attaquer à un projet qu'il reportait depuis trop longtemps : la mise en forme des notes de Haze.

Il s'y consacra dix longues années, explorant chaque détail, compulsant toutes sortes de documents, interrogeant d'anciens élèves de la St Gregory School, s'immergeant corps et âme dans l'existence que son ancien mentor avait menée étant jeune. Étonnamment, la seule chose qu'il ne fit pas fut de se rendre à Vienne. « Pour ne pas tout gâcher », disait-il.

Après sa dernière prestation sur scène devant quarante mille spectateurs au stade de Berkeley, une sorte de mythification se développa autour de son personnage, et le public eut envie de savoir ce qu'il mijotait. « Tu es plus célèbre en ne faisant rien que la plupart des célébrités qui font des choses », lui avait dit un ami. Il travaillait sur un projet confidentiel, révéla un jour le magazine *Rolling Stone :* « Probablement un opéra-rock, supputa un ancien membre du groupe. Wheeler a toujours aimé cette musique bizarre. »

Enfin, au bout de dix ans, jugeant que cela suffisait, il fit relier son manuscrit et l'envoya à ses éditeurs d'Athenaeum Press, de Boston, qui avaient quasiment perdu tout espoir. Six mois plus tard parut *Fin de siècle*, d'Arnauld Esterhazy, qui à la surprise quasi générale devint un best-seller à Boston et ne tarda pas à faire fureur dans toutes les librairies et cafés littéraires du pays. Wheeler reçut donc une vague d'invitations à s'exprimer et, « pour Haze », consentit à apparaître de nouveau en public. Ses apparitions stimulèrent les ventes du livre, entraînant d'autres invitations. Il s'ensuivit pour lui une nouvelle période de célébrité qui signerait sa perte, mais nous y reviendrons plus tard ; il suffit pour le moment de savoir ce qui précède.

En franchissant pour la dernière fois le seuil du Café Central, il constata qu'aucun membre de la Jeune Vienne n'était assis à la table habituelle du groupe, ni ailleurs. Il fit plusieurs pas dans la salle avant de s'apercevoir que le seul client présent était quelqu'un qu'il avait assidûment évité jusque-là, Arnauld Esterhazy. Le jeune homme lisait la *Neue Freie Presse.* Il leva la tête, et le regard frontal qu'il lui adressa empêcha Wheeler de battre en retraite.

« Ah, Herr Truman, dit-il d'une voix forte, je suis en train de lire le *feuilleton** de mon ami Wickstein dans le journal de ce matin. C'est son deuxième.

— C'est bien, répondit prudemment Wheeler.

— C'est très bien. Même si celui-ci n'est pas du niveau du premier, qui était un pur chef-d'œuvre. Il a vraiment marqué les esprits. Je suis très fier de mon ami.

— Où sont-ils tous, ce matin ?

— Vous êtes le seul à vous être déplacé, Herr Truman. Il y a eu une éruption dans le groupe. Je doute qu'il redevienne un jour ce qu'il a été.

— Que s'est-il passé ? »

Et ce fut après cette question posée sans réfléchir que Wheeler se retrouva en grande conversation avec Arnauld Esterhazy.

« Un cataclysme. Une querelle politique. Nous devrions éviter la politique et la religion. Ces sujets-là provoquent toujours des schismes.

— Et sur quel point a porté celui-ci ?

— Notre maire. Je ne suis pas sûr que nous puissions survivre à une dissension aussi épouvantable. »

Arnauld lui relata la discussion enflammée qu'avait eu le groupe au sujet des Juifs, en décrivant les positions de chacun.

« Je ne comprends pas pourquoi, conclut-il d'un ton lugubre, mais l'antisémitisme semble être devenu la force motrice d'un mouvement culturel de fond. D'où cela peut-il venir ? »

L'évocation de cet incident plongea Arnauld dans un abîme de perplexité.

« Et il y a pire, Herr Truman.

— Quoi donc ? demanda Wheeler, rassuré par le caractère général des propos qu'ils avaient échangés jusque-là.

— Je suis amoureux de quelqu'un qui ne m'aime pas.

— Cela peut être très douloureux. Je le sais.

— Le désespoir me submerge. Je ne vois plus l'intérêt de...

— Oh, c'est souvent moins grave qu'il n'y paraît.

— J'en suis à souhaiter que tout s'arrête », s'écria Arnauld avec une exaltation fataliste qu'il aurait été malvenu de prendre à la légère.

Wheeler repensa tout à coup à une note découverte dans les papiers de son mentor, consacrée aux tendances sombres et autodestructrices qui avaient poussé au suicide tant d'artistes viennois. Haze y reconnaissait que lui-même, jeune homme, s'était laissé entraîner dans un semblable tourbillon d'idées noires, avant d'en être délivré par sa rencontre fortuite avec un homme d'âge mûr qui fréquentait à l'époque le Café Central.

« Et qui en est la cause ? demanda Wheeler.

— L'Américaine, soupira Arnauld. Fräulein Putnam. »

Wheeler, qui jusque-là s'était contenté d'une sorte de pas de deux verbal avec le jeune Esterhazy, gardant autant que possible ses distances, prit soudain conscience de la gravité de la situation en voyant le profond désespoir qui se lisait dans les yeux de son vis-à-vis. L'inquiétude le gagna.

« Vous êtes sérieux ?

— On ne peut plus sérieux. Je me demande si cela vaut la peine de continuer.

— À votre place, je ferais preuve de patience, Arnauld. »

Wheeler sentit que le jeune homme était suspendu à ses lèvres, comptant éperdument sur sa sagesse d'homme d'expérience.

« Vous... ne considérez donc pas que la situation est sans espoir ?

— Grands dieux, non ! Fräulein Putnam a beaucoup d'affection pour vous. » Il hésita, cherchant ses mots. « Songez à Abélard et à son Héloïse, à Pygmalion et à sa Galatée, à Gatsby et à sa Daisy.

— Gatsby ? répéta Arnauld, décontenancé.

— Pardonnez-moi cette référence à la culture locale californienne, s'empressa de dire Wheeler, prenant conscience de son anachronisme. C'est une histoire d'amour sur fond de ruée vers l'or. Songez à Dante et à sa Béatrice. »

Une étincelle d'espoir apparut dans les prunelles d'Arnauld.

« Dante et Béatrice, voilà qui me plaît. C'est même très réconfortant.

— Bien sûr. Vous éprouvez une admiration classique. De celles qui nourrissent les grandes œuvres artistiques. Je vous vois terminer vos études supérieures et devenir ensuite un brillant formateur de jeunes âmes. Je vous vois remporter de beaux succès et conquérir le cœur d'une femme ravissante, une Américaine, qui sera l'amour de votre vie et vous donnera un fils. Je vois vos écrits publiés et encensés. Soyez patient, et tout se passera beaucoup mieux que vous ne le pensez aujourd'hui. Cela prendra juste du temps.

— Vous me rassurez. »

Le très impressionnable jeune homme était ensorcelé par les paroles de Wheeler. À l'évidence, il se sentait déjà infiniment mieux.

« Faites-moi confiance, Arnauld. Je sais de quoi je parle.

— Oh, merci, répondit Esterhazy avec des larmes de soulagement. Merci mille fois. »

Ses idées suicidaires étaient déjà loin.

56

LE JUIF DE VIENNE

Il était temps de partir. Sigmund Freud ne se présenterait pas au rendez-vous, signe définitif qu'il persistait à ne voir dans son étrange histoire que le spectaculaire symptôme d'une hystérie complexe. Wheeler ramassa donc son sac de toile et promena un dernier regard sur la chambre pour vérifier qu'il n'oubliait rien – rien dont il aurait eu besoin pour son voyage, ni rien qui aurait pu constituer une preuve de son passage. Il pivota vers la porte.

Il aurait été bien en peine de dire depuis combien de temps elle se tenait là, dans son dos, figée comme une statue, les yeux grands ouverts, la chevelure en désordre. Elle tenait à la main la petite valise emportée à Baden. Son regard balaya les murs nus avant de tomber sur le bagage de Wheeler.

« Tu as l'intention de partir, n'est-ce pas ? »

Il sentit son visage se vider de son sang.

« Depuis quand es-tu ici ? demanda-t-il, presque à voix basse.

— Tu ne peux pas partir, dit-elle d'une voix posée. Peu m'importe ce que j'ai lu dans ton carnet. Je n'ai pas besoin de comprendre. Tu n'as pas besoin de m'expliquer quoi que ce soit. Mais tu ne peux pas me quitter. »

Elle s'avança résolument vers l'endroit où il se tenait, près de la fenêtre, et dès qu'elle fut à sa portée, elle lui tendit la main. Après avoir hésité un instant, en jetant partout des regards nerveux comme s'il cherchait une issue de secours, il finit par la prendre dans la sienne.

« Tout ce que je sais, dit-elle, c'est que je t'aime plus que tout. Et que nous ne sommes pas victimes de cette histoire. Si tu m'as appris une chose, c'est bien celle-là. » Weezie Putnam paraissait parfaitement calme. « Nous pouvons quitter Vienne ensemble. Tu as deux billets, je le sais. Nous pouvons jouer de la musique et aussi lire, parler, grandir ensemble. Rien ne nous en empêche. Nous pouvons aller n'importe où et faire n'importe quoi. »

Wheeler fut incapable de répondre, tétanisé par la foi et l'amour qu'il lisait dans son regard.

« Mais il y a une chose dont j'ai besoin, poursuivit-elle. J'en ai maintenant la certitude absolue. »

Ses yeux ne le quittaient pas. Ils l'attiraient comme des aimants, et il tenta en vain de leur échapper.

« Ma place est avec toi, Wheeler. Tu es ma vie, mon amour et ma vie. »

Il se sentit vaciller. Il aurait voulu dégager sa main mais se retrouva à presser celle de Weezie entre les siennes.

« Nous n'avons pas le choix, dit-il, soutenant son regard. Il y a des choses que tu ignores. Tu n'aurais jamais dû venir.

— Je mourrai sans toi, ne le vois-tu pas ? s'exclama-t-elle, et il sentit une pointe de désespoir affleurer sous sa résolution.

— Tu t'en remettras, dit-il d'une voix dont le manque de conviction le surprit lui-même.

— Je sais que tu m'aimes. Rien ne pourra m'ôter cela, dit-elle, implorante.

— Bien sûr que oui, je t'aime. » Wheeler posa les mains sur ses hanches, sentit sa douce chaleur sous l'étoffe. « Je t'aime aujourd'hui et je t'aimerai encore dans soixante ans. Je t'aimerai toujours.

— Alors tu ne dois pas partir seul, bégaya-t-elle, en larmes. Il faut que je te suive.

— Je dois... »

Wheeler était perdu. Sa détermination s'était volatilisée. Il ne put que regarder Weezie.

« Ne vois-tu pas ? » Elle inspira profondément, rassemblant toutes ses forces. « Il y a quelque chose que je sais de toi, désormais. Tu ne vas jamais au bout de tes actes. Tu as atteint plusieurs fois les sommets dans ta vie, au point de frôler l'accomplissement. Et tu t'es toujours dérobé. Je sais ce que tu représentes pour moi, mais je sais aussi ce que je représente pour toi. Chacun de nous est le destin de l'autre. »

Il l'attira contre lui. Ses dernières défenses venaient de céder, et ce qu'il lui restait de sens du devoir et d'instinct de survie fut emporté à tout jamais.

« Mon amour, lui glissa-t-il à l'oreille.

— Oui. Oui. »

Il se cramponna à elle comme jamais il ne l'avait fait. Cette fois, il ne se déroberait pas.

« Nous allons devoir nous dépêcher si nous voulons avoir ce train, dit-il.

— Je prends les billets. »

Au moment où Wheeler, venant d'ouvrir la porte de la maison de Frau Bauer, allait se retourner pour aider Weezie à franchir le seuil, un homme apparut sur le trottoir devant lui.

« On quitte Vienne ? » lança-t-il d'une voix froide, hostile.

C'était Frank Burden.

« Juste un bref voyage d'affaires, répondit Wheeler, pris de court, en repoussant doucement Weezie à l'intérieur.

— Non, pas du tout, rétorqua Frank Burden en le transperçant de ses yeux bleus. Vous fuyez.

— Ne suis-je pas libre de quitter Vienne ?

— Vous m'avez volé.

— Et je le regrette. J'étais au pied du mur. J'avais besoin de vêtements et d'argent. Je peux vous rembourser.

— Il ne s'agit pas de vêtements, ni d'argent, gronda Frank, frémissant de rage.

— Je regrette, répéta Wheeler avec un geste de supplication. Comment puis-je réparer… ?

— Vous m'avez humilié. »

Wheeler fit un pas de côté pour s'écarter encore de Weezie, pétrifiée dans l'entrée.

« Ce n'était pas intentionnel, dit-il.

— Ha ! » Frank hésita, les veines de son cou de plus en plus saillantes. « Vous vous payez ma tête.

— C'est un malentendu, dit Wheeler en posant son bagage. J'aimerais que nous en parlions.

— Vous ne comprenez pas, hein ? lâcha Frank Burden, les yeux réduits à deux fentes gorgées de haine pure. Je ne vais pas accepter cette humiliation. »

Sa main droite surgit de derrière son dos, tentant malgré ses tremblements de stabiliser le revolver pointé sur la poitrine de Wheeler.

« Arrêtez ! » s'écria Weezie en faisant un pas vers Frank Burden.

Il arma le chien. Weezie stoppa net. Wheeler recula d'un pas.

« Vous ne savez pas tout, Frank, dit Weezie, implorante. Vous devez vous arrêter. »

Frank Burden ne parut pas l'entendre, toujours obnubilé par son adversaire. Wheeler, toujours sur le seuil, écarquilla les yeux. Par-dessus l'épaule droite de Frank Burden, Sigmund Freud venait de surgir d'une rue latérale, un peu en retard pour le rendez-vous de Lambach. Il considéra Wheeler, qui avait toujours les mains écartées à hauteur de hanches. Puis il considéra Frank et vit le revolver entre ses doigts tremblants. D'abord déconcerté, il regarda le visage de Weezie et comprit tout.

« Prenons le temps de discuter », dit Wheeler.

Sans doute le « Non, Frank ! » de Weezie s'éleva-t-il une fraction de seconde avant la détonation.

57

SAN FRANCISCO, 1988

Minuit était passé lorsque, après avoir dédicacé un dernier livre et réussi à se libérer d'une dernière conversation, il regagna en voiture l'immeuble situé à l'angle de Stanyan et de Parnassus au rez-de-chaussée duquel il vivait depuis quinze ans. Il était d'humeur distraite et méditative, comme souvent depuis deux mois qu'il faisait la tournée des cafés et des librairies pour présenter *Fin de siècle* – peut-être était-il encore plus distrait que d'habitude car la séance de signatures avait eu lieu ce soir-là à la prestigieuse librairie City Lights, où il s'était rendu d'innombrables fois en tant que client. Redevenir l'objet de toutes sortes d'attentions après sa longue retraite avait été pour lui une expérience à la fois exaltante et perturbante. « Ils ne viennent que parce que tu es célèbre en ne faisant rien », n'aurait pas manqué de persifler Joan Quigley. Il pouvait l'entendre presque aussi nettement que si elle lui avait soufflé ces mots à l'oreille, allongée nue à côté de lui. « Tu devrais te raser la barbe et te faire couper en brosse, on verrait s'ils continuent. » Tu es obsédée par ces questions capillaires, se serait défendu Wheeler. Joan lui manquait.

Ce succès n'était pourtant pas lié à lui personnellement, affirmait-il, en aucune façon, et les faits lui donnaient en partie raison. Les gens venaient pour un ensemble de motifs, dont le flot de critiques qualifiant le livre de véritable événement littéraire. Les notes de Haze l'avaient occupé pendant dix ans, mais pas exclusivement, force lui était de l'admettre. Il y avait aussi tous les papiers que le vieil homme lui avait légués par testament et dont Wheeler avait fait don à la bibliothèque Widener sitôt relu le dernier jeu d'épreuves envoyé par Athenaeum Press. Les papiers de Haze consistaient en plusieurs cartons emplis de lettres, de fragments gribouillés, d'extraits de presse et d'observations sur à peu près tous les sujets possibles. Ils symbolisaient le génie dispersé d'un authentique grand esprit, et si Wheeler avait mis tant de temps à mettre en ordre ce qui était devenu *Fin de siècle*, c'est par souci d'être scrupuleusement fidèle à la pensée et aux impressions de son mentor, et parce qu'il tenait à être certain de saisir à la perfection le sens de cette pensée et de ces impressions. Ainsi Wheeler le sportif, le musicien et l'amant excentrique était-il devenu Wheeler le chercheur. « C'est donc à ça que tu as passé toutes ces années », lui glissa un ex-membre de Shadow Self pendant une séance de signatures à Ann Harbor.

Il n'acheva jamais son manuscrit, en vérité. « Ce truc pourrait durer éternellement », dit-il à sa mère un jour d'exaspération, pendant un de ses séjours au ranch, et il retira le feuillet inséré dans le chariot de sa vieille machine à écrire Royal, fourra la totalité de son texte dans un carton, ferma celui-ci à l'adhésif et l'envoya à Boston. « J'arrête là », annonça-t-il, et il partit avec elle faire une longue marche sur les basses terres de Feather River. Il procéda à quelques aménagements quand les épreuves lui furent envoyées, mais ce fut à peu près tout.

La première critique parut dans le *Boston Globe*, le jour de la sortie du livre dans le réseau des librairies locales. Pourquoi elle fut à ce point positive, Wheeler l'ignorait, mais cela était lié à une sorte de connexion que lui-même n'avait pas faite pendant son immersion dans les notes de Haze. Arnauld Esterhazy, ayant vécu jeune homme dans un lieu et à un moment charnières de l'histoire, avait été témoin de l'aube d'une nouvelle ère. Né avant le déluge, il avait en quelque sorte survécu à la montée des flots. Ce qu'il avait tenté de transmettre à ses élèves de St Greg pendant une cinquantaine d'années n'était ni plus ni moins que son émerveillement personnel face à ce bouleversement. « La naissance de la modernité », comme l'appelait le critique, qui félicitait par ailleurs le coauteur du livre d'avoir su exactement ce qu'il faisait.

La mère de Wheeler conserva soigneusement les critiques qui affluaient des quatre coins du pays et, quand il y en eut assez, elle les classa dans un grand album souple.

« Je n'y comprends rien, lui dit un jour Wheeler en agitant l'album. Je me suis contenté de ramasser un caillou et de le lancer. »

Athenaeum Press n'ayant prévu ni campagne promotionnelle ni tournée de conférences, les invitations arrivèrent spontanément, le plus souvent envoyées par des gens qui n'avaient les moyens de financer ni le déplacement ni le séjour d'un auteur. *Si d'aventure vous passiez dans la région*, précisait-on parfois. Et Wheeler, avec sa mère comme agent et le téléphone de celle-ci comme outil de contact, décida d'y répondre favorablement en s'engageant à « couvrir les frais », c'est-à-dire à voyager sur ses propres deniers – ce qui n'était pas un problème pour Wheeler, le dernier des Burden et l'héritier du fonds Hyperion. Ainsi commencèrent ses apparitions dans les librairies, et il ne tarda pas à répondre non aux grosses enseignes et oui aux petites. « Une stratégie brillante, comme l'écrivit plus tard un journaliste à propos de la foule qui débordait chaque fois jusque sur le trottoir. Rien de tel pour susciter la frénésie. » Et en effet, susciter la frénésie n'était pas le moindre des talents de Wheeler.

La signature chez City Lights fut un point culminant à plus d'un titre, d'abord pour des raisons sentimentales propres à Wheeler, ses réflexions sur son vieux maître ayant été particulièrement inspirées ce soir-là. Mais ce fut surtout pour la manière dont elle s'acheva que cette soirée allait rester aussi célèbre que sa dernière apparition sur un terrain de base-ball ou sur une scène de concert, le soir de « Coming Together ». « Jamais la librairie City Lights n'aurait pu contenir toutes les personnes qui prétendent s'y être rendues ce soir-là », lirait-on quelques années plus tard dans une rétrospective du magazine *Time*.

« Cette séance a fait remonter un flot de souvenirs », confia Wheeler au patron de la librairie avant de partir ce soir-là, et la légende considère que ce furent là ses dernières paroles, car personne ne sait s'il eut le temps de dire quoi que ce soit à l'homme avec lequel il se retrouva nez à nez dans le hall de son immeuble une petite demi-heure plus tard.

Dans ce hall, Wheeler avait ouvert sa boîte aux lettres comme il le faisait toujours et s'était ensuite dirigé vers sa porte pour introduire sa clé dans la serrure. Il n'avait sans doute pas senti la présence de l'homme tapi dans l'ombre à quelques pas de lui. Nous ne pouvons ici qu'émettre des conjectures. Wheeler se retourna et vit l'homme, mais ne s'affola pas, continua à se retourner lentement pour lui faire face. Il l'identifia, même s'il mit un moment à associer cette apparition décharnée, à la limite de la démence, à l'homme qu'il avait connu trente ans plus tôt. Il se peut qu'ils aient échangé quelques mots, nul ne le saura jamais, mais c'est peu probable. Le revolver était de gros calibre, assez en tout cas pour provoquer un fracas assourdissant dans ce hall étroit et projeter la victime au sol, expliquerait un policier aux journalistes. La première balle toucha Wheeler au flanc, signe qu'il ne s'était pas encore entièrement retourné, mais son mouvement de rotation fut accéléré par la force de l'impact, de sorte que la deuxième balle l'atteignit en pleine poitrine et le fit partir à la renverse contre le mur, au pied des boîtes aux lettres. Wheeler vécut donc ses derniers instants en position assise, le regard fixé sur l'endroit où s'était tenu son agresseur quelques instants plus tôt, contemplant la nuit qui recouvrait Stanyan Street. Et c'est de cette position, de ces instants et de cet endroit qu'est née toute notre histoire.

« Si vous voulez que je vous dise franchement ce que j'en pense, confia officieusement un enquêteur à un journaliste, il avait la tête de quelqu'un qui savait ce qui se passait. Leurs dernières pensées leur restent comme qui dirait gravées sur la figure, vous voyez. Il y a de tout, ceux qui suffoquent, ceux qui tombent des nues, ceux qui ont l'air d'en baver, sans parler de ceux qui sont frappés d'horreur ou d'effroi. Mais des comme lui, on n'en voit pas beaucoup. Vu ce qu'il venait de subir, ce mec-là avait l'air très tranquille. »

L'enquête conclut que, en se retournant pour ouvrir la porte de son appartement, Wheeler fut surpris, voire stupéfait, de découvrir le visage d'un homme qu'il avait vu pour la dernière fois à Harvard en 1961, lorsqu'il avait quitté en slip son monticule de lanceur.

Pendant toutes ces années, entre Woodstock, Altamont, les articles dans *Rolling Stone*, la dernière chanson à Berkeley et à présent – offense ultime – la publication d'un livre à succès sur Vienne, l'homme semblait avoir développé ce que les experts décriraient comme une obsession aliénante centrée sur la célébrité de Wheeler Burden. En plein délire, il se rendit ensuite à pied du hall d'immeuble fatidique au Golden Gate Park où, au centre du jardin japonais, il introduisit le canon de l'arme dans sa bouche et se fit sauter la cervelle.

Cet homme avait été le professeur assistant de philosophie de Wheeler Burden pendant sa première année à Harvard et s'appelait Fielding Shomsky.

58

LE LIVRE D'ESTERHAZY

Fin de siècle était entièrement l'œuvre d'Arnauld Esterhazy, le travail de toute une vie, recueilli et mis en forme par l'un de ses plus fervents disciples. C'est ce que se tuait à répéter Wheeler tout au long de ses séances de signature. « Ce livre est celui de M. Esterhazy. Je n'ai fait que l'organiser en un tout cohérent. » Tout était dans les notes de Haze, confiait-il aux anciens élèves de St Gregory venus l'entendre dans les librairies et cafés du pays où il était invité. Et ceux qui se souvenaient du style charismatique de l'éminent professeur souriaient, sachant qu'il disait vrai. Mais cela n'avait pas été tout à fait aussi simple que cela, et la mise en évidence de ce « tout cohérent » avait été pour Wheeler, au début, une tâche impressionnante. Tellement impressionnante qu'elle l'avait occupé dix ans.

Les « Notes éparses » de M. Esterhazy se constituaient d'environ deux cent cinquante feuilles volantes rassemblées dans un classeur, mais elles n'étaient restées ni statiques ni intactes pendant le demi-siècle que leur auteur avait passé à y puiser la matière de ses cours. Il les remaniait sans cesse. Il suffit d'avoir l'original entre les mains, ce qui a été donné à très peu de gens, pour voir sur-le-champ, à la couleur et à l'état des pages, qu'elles représentaient des versions différentes et interchangeables de sa pensée, certaines très anciennes, d'autres très récentes, d'autres encore à mi-chemin entre les deux. Il passait son temps à corriger, écourter, découper, recoller et déplacer des idées à mesure que de nouveaux aspects de la Vienne du tournant du XXe siècle mobilisaient son attention et en conduisaient d'autres à la désuétude. La version dont hérita Wheeler en 1965, à la mort de son mentor, n'était que la plus récemment révisée par l'auteur.

« S'il avait vécu quelques années ou même quelques mois de plus, avait coutume de dire Wheeler à son public en soulevant le classeur, nous aurions certainement une "version définitive" bien différente. »

Tous les fragments expurgés du sacro-saint classeur atterrissaient dans un des innombrables cartons de son placard. Rien n'était jeté, jamais. Une bonne partie du contenu des cartons était passée à un moment ou à un autre par le classeur avant de retourner au placard. Certains textes d'abord rédigés en allemand avaient été traduits puis sélectionnés. Il y en avait aussi en tchèque, en hongrois et dans les autres langues de l'Empire. Dès qu'il se fut sérieusement attelé à son travail de mise en forme, Wheeler découvrit que les notes de Haze étaient un document vivant, enrichi d'une énorme liste d'attente en perpétuelle évolution.

Aussi, pour rédiger la version qui finirait par être mise sous presse afin de rendre un hommage définitif au grand esprit qui les avait si durablement influencés, son père et lui, décida-t-il d'utiliser comme matériau la totalité des papiers à sa disposition, en s'efforçant à chaque étape d'exprimer tous les points de vue et de proposer toutes les illustrations possibles, comme l'aurait voulu Haze. Et cette tâche n'eut rien d'aisé. « Un autre que moi aurait produit un livre tout à fait différent », expliquait-il à ses auditoires. Parfois, face à un excès d'ornements, Wheeler fut obligé de récrire tel ou tel passage avec ses propres mots, mais toujours en s'efforçant de restituer le mode d'expression si particulier d'Arnauld Esterhazy.

La présentation de la grande théorie unificatrice avec laquelle Esterhazy s'était débattu soixante ans durant nous fournit un bon exemple de cette licence poétique que son coauteur s'autorisait parfois. De quoi s'agissait-il au juste ? Arnauld s'était bien rendu compte que la génération de son père avait offert à Vienne un essor extraordinaire. L'aristocratie et la haute bourgeoisie enrichie par la révolution industrielle, ayant compris que le destin de Vienne ne passerait pas par les victoires militaires, avaient opté pour la grandeur culturelle. Elles avaient travaillé de concert pendant toute la seconde moitié du XIXe siècle, comme dans aucune autre capitale européenne, pour créer la fabuleuse ville du Ring. Mais tout avait changé à la fin du siècle lorsque les fils de ces pères pétris de sens civique s'étaient rebellés. La Sécession dans les beaux-arts et en architecture, Mahler et Schoenberg en musique, Egon Wickstein en philosophie, Lueger en politique et bien entendu Sigmund Freud en psychologie, tous avaient été les chefs de file d'un mouvement qui, en mettant puissamment l'accent sur la personne, avait renversé l'ordre établi.

Le monde des pères était autoritaire, rigide, fixe et hiérarchisé. Le monde de leurs fils, cultivés à l'extrême, élevés dans des maisons où l'esthétique tenait une place centrale, privilégiait la qualité des relations interpersonnelles – « plus un réseau d'interactions qu'une échelle d'ordres », selon une formule de Haze restée célèbre –, voire la sensualité et l'érotisme. Cinq décennies durant, Arnauld s'était efforcé de conceptualiser ce qu'il avait vu et ressenti, et il suffisait de se plonger dans ses papiers pour percevoir l'étendue de ses efforts pour définir sa théorie unificatrice. Il avait lu *L'Interprétation des rêves* de Freud dès sa sortie, en 1899. Fraîchement débarqué en Amérique en 1909, il avait assisté aux conférences de l'université Clark qui avaient attiré l'attention du monde entier sur Sigmund Freud et Carl Gustav Jung. Il avait assisté aux concerts de 1910 du Philharmonique de New York, lorsque Mahler en était le chef d'orchestre. Il avait visité avant et après la Grande Guerre les musées où étaient exposés les peintres viennois Klimt, Kokoschka et Schiele. Il avait lu les travaux d'Arthur Schnitzler. Il avait observé le développement du modernisme en Europe et en Amérique dans les années 1930. Tout cela sans jamais cesser ni de travailler à sa théorie en peaufinant ses notes, ni de s'interroger sur le changement magique survenu à Vienne en 1897 : l'année où sa vie avait basculé, l'année où il était tombé amoureux de l'Américaine Weezie Putnam.

Puis, en 1955, il avait lu un livre, sans lien direct avec Vienne ni avec le tournant du siècle, qui lui avait enfin « ouvert les yeux », selon sa propre expression, sur le concept unificateur qu'il recherchait depuis si longtemps. Ce livre lui avait fait découvrir le monde de la mythologie classique – un monde d'ailleurs fréquenté par toutes les grandes voix de son temps – et les déesses. Ce livre, né du désir de son auteur de consigner les idées de son fils de 10 ans, sorte de libre penseur excentrique, s'appelait *L'Essor de Perséphone*, de Florence Standish.

Il est intéressant de remarquer que les critiques ont souvent mis en avant le même chapitre de *Fin de siècle*, tant lors de sa publication en 1988 que par la suite. Une lecture attentive du passage en question permet de constater que c'est celui où le coauteur a le plus clairement exercé sa licence poétique, mettant en scène un débat d'idées sous la forme d'un dialogue imaginaire entre un observateur cultivé de la vie viennoise au tournant du XXᵉ siècle et son élève le plus original et le mieux exercé à l'art de la conversation. Sans doute est-ce le chapitre qui résume le mieux l'insaisissable théorie unificatrice de Haze, tout en étant le plus à même de répondre à la question qui taraudait tous les anciens de St Gregory : pourquoi Haze avait-il légué ses notes à cet étrange gamin venu de Californie ?

Ce chapitre s'intitule « L'essor du féminin ».

59

FEATHER RIVER, 1988

Pour Flora Burden, l'histoire n'avait pas commencé avec l'arrivée à Vienne de Wheeler, ni même avec celle de Dilly, mais un matin de printemps, un mois jour pour jour après le tragique assassinat de son fils par un malade mental. Pour elle, tout avait commencé à la réception d'un colis livré par une de ces messageries express requérant la signature personnelle du destinataire. À l'intérieur de l'enveloppe en carton bariolée aux couleurs de la messagerie, elle en trouva une seconde en papier brun, beaucoup plus ancienne et portant l'inscription : « À envoyer le 10 juin 1988 à Mme Flora Burden, ranch de Feather River, Californie. » Le mot agrafé sur l'enveloppe était signé par le vice-président de la Five Cent Savings Bank de Boston.

Chère Madame Burden,

Je vous prie d'excuser la méthode d'envoi de ce paquet. Il a longtemps séjourné dans un coffre de notre banque, et à vrai dire tellement longtemps qu'aucun de nos employés actuels ne se souvient de son arrivée. Nous ne faisons que respecter les instructions de la déposante originelle, qui selon toute apparence est feu votre belle-mère, Mme Frank Standish Burden, bien qu'il subsiste quelques doutes quant à la date exacte où ces instructions ont été données. Si vous avez des questions ou des suggestions relatives au contenu de ce paquet, ou si ce contenu soulève des problèmes auxquels notre établissement serait susceptible d'apporter une solution administrative, n'hésitez pas à me contacter directement. Nous restons à votre entière disposition.

L'enveloppe était vieille et donnait en effet l'impression d'avoir été récemment époussetée après des années de stockage. Conformément aux instructions, le colis avait été posté à la date requise et livré à la porte de Flora le lendemain, le 11 juin. « À qui se fierait-on, avait coutume de dire Dilly, si on ne pouvait plus compter sur une banque de Boston ? »

Avec un mélange de curiosité et de détachement, elle déchira l'enveloppe à l'aide du coupe-papier posé sur son bureau. Elle trouva à l'intérieur un mouchoir délicatement brodé, un livre de la taille d'un roman et un vieux carnet relié de beau cuir rouge. Une longue lettre manuscrite dépassait des pages de celui-ci, datée de juin 1959. Elle commença par feuilleter le carnet mais, ayant du mal à en saisir le sens, elle déplia la missive et la lut.

Ma très chère Flora,

Plus tu avanceras dans la lecture de cette lettre, plus tu seras à même de comprendre le dilemme auquel je suis confrontée au moment d'entamer mon récit. Je sais parfaitement à quel point il va te bouleverser. Mais quelle que soit la voie que je choisisse, ce qui suit sera difficile à accepter et aura des conséquences durables.

J'écris ces lignes sans savoir si tu les liras un jour. Tu t'apercevras bientôt que le seul fait que tu les lises est une nouvelle confirmation de la nature extraordinaire du carnet relié de cuir que tu viens de recevoir par courrier. Mais permets-moi de commencer.

Ce carnet, tu sauras vite pourquoi, m'a apporté des informations précises sur la chronologie de nombreux événements indépendants de ma volonté, raison pour laquelle j'ai souhaité que cette lettre te parvienne exactement un mois après la tragédie qu'a été pour toi la perte de ton fils. J'aimerais exercer un effet apaisant sur ton immense chagrin et te transmettre au soir de ta vie un peu de l'espérance qui m'emplit l'âme au soir de la mienne. En bref, ma très chère fille, tu sauras bientôt si tu lis ces lignes de quelle manière nos vies s'entrelacent en une boucle fatidique, répétitive et perpétuelle, ce qui n'est pas simple à comprendre. Le carnet te fournira toutes les informations nécessaires pour reconstituer cet entrelacs complexe d'existences. Au début, je le crains, il suscitera ta perplexité et ton incrédulité, mais aie confiance, ma très chère fille. Quand le sens de tout cela t'apparaîtra pleinement, ton réconfort sera indescriptible.

Tant que tu n'auras pas une connaissance approfondie du journal ci-joint, les renseignements que je te donne ici te paraîtront difficilement accessibles, mais je suis sûre qu'avec le temps tu verras combien ils sont importants pour expliquer comment les choses se sont terminées pour nous à Vienne.

Mon rôle, en dernière instance, aura été d'orchestrer ce sinistre dénouement viennois. Comme tu le sais peut-être, il a toujours été dans ma nature d'agir discrètement, en coulisse, sans faire étalage de ma capacité de décision ; même si, en l'occurrence, j'ai su intervenir avec suffisamment de vigueur pour qu'à la fin tout s'arrange. Si ce rôle m'était réellement dévolu, ou si je l'avais usurpé, altérant de façon irréversible le cours de l'histoire, je ne l'ai su que bien des années plus tard, après la naissance de mon fils, ton entrée en scène et la venue au monde de notre magnifique Stan Burden, dit Wheeler. J'ai cessé depuis longtemps de m'interroger sur ce que l'on attendait de moi, pour ne plus obéir qu'à mon instinct. Voici un résumé sommaire de ce qui s'est passé.

La triste réalité est que Frank Burden, fou de rage, est venu trouver Wheeler et l'a abattu. J'étais convaincue à l'époque, et je le reste, que Frank s'était laissé aveugler par sa colère et avait momentanément perdu la raison. Lui aussi paraissait horrifié par son geste. Malgré mon état de choc, j'ai eu la présence d'esprit de récupérer le journal de Wheeler dans son sac de voyage avant l'arrivée de la police viennoise, connue pour sa sévérité. Une certaine confusion a suivi le coup de feu mais aucun lien n'a jamais été établi avec Frank Burden, ni avec l'autre décès survenu dans une chambre garnie du quartier. Deux personnes seulement connaissaient toute l'histoire : Sigmund Freud et moi-même. Cité par Frau Bauer, le Dr Freud s'est visiblement contenté d'évoquer devant les enquêteurs un patient souffrant d'amnésie sévère, dont il n'avait jamais réussi à savoir l'identité réelle. Au bout d'un mois d'accablement et de chagrin sans nom, j'ai été autorisée à rentrer en Amérique. Si j'ai réussi à rester saine d'esprit pendant ce mois abominable et mon voyage de retour à Boston, c'est uniquement parce que j'ai consacré le plus clair de mon temps à achever mon manuscrit sur Gustav Mahler et la musique viennoise.

Frank aussi a regagné Boston, et nous nous sommes effectivement mariés en 1903. Nous n'avons plus jamais parlé de Vienne ni des événements qui s'y étaient déroulés. J'ai rapporté dans mes bagages le journal que tu as désormais entre les mains. Frank a commis une faute gravissime, c'est indéniable. Il a poursuivi sa carrière jusqu'à devenir un banquier prospère et responsable. Un peu raide et distant en tant que père, certes, mais il ne s'en est pas moins réjoui des exploits de son fils – qui l'ont hélas conforté, tout comme les écrits de Lothrop Stoddard et de quelques autres, dans ses convictions les plus aberrantes. Lui et moi discutons rarement de nos idées, et je suppose que chacun tolérait celles de l'autre parce qu'il le fallait bien, mais cela nous a conduits à mener des existences relativement séparées. Frank a été anéanti par la mort de son fils à la guerre et ne s'en est jamais vraiment remis.

Je peux te dire que, pendant la première décennie du siècle, un jeune universitaire viennois de moins de 30 ans, Arnauld Esterhazy, a été engagé comme professeur à la St Gregory School, près de Boston. Ce n'est un secret pour personne, sa nomination a été organisée par mes soins, et ce jeune professeur est devenu un hôte habituel de notre maison. Dans ce journal, tu apprendras comment Arnauld a démissionné de son poste d'enseignant en 1914 pour retourner faire son devoir patriotique de soldat en Autriche, une expérience désastreuse qui a bien failli lui être fatale. Là encore, je suis intervenue afin de favoriser son retour en 1920 à St Gregory, où il a enseigné pendant les quarante années suivantes, exerçant une influence profonde sur mon fils comme sur le tien. J'ai adjoint au texte d'origine quelques annotations de ma main qui t'aideront à compléter l'histoire, notamment pour ce qui est des circonstances de la naissance de mon fils, restées secrètes pendant tout ce temps.

Et soit dit en passant, tu sais peut-être que Sigmund Freud n'a jamais mentionné dans aucun de ses écrits sa rencontre en 1897 avec un étrange visiteur venu d'Amérique. Il ne s'est jamais manifesté, ni à l'époque pour dire qu'il avait été témoin de son meurtre, ni plus tard pour admettre qu'il avait été averti des futures répercussions des mauvais traitements que subissait à l'époque un enfant de Lambach. Il est resté muet.

Quant à moi, une fois ma tâche achevée à Vienne, il a fallu que je surmonte un chagrin colossal, même si, bien sûr, sachant ce que je savais, j'avais de tous ces événements une vision très différente de celle des autres. De fait, je suis rentrée en Amérique après avoir perdu l'amour de ma vie. Une part de moi ne s'en est jamais relevée tandis que l'autre continuait de croître et de s'épanouir, à la fois réaliste et animée par cette merveilleuse foi romantique qui est le lot de l'amour. Jonathan Trumpp n'a jamais repris la plume, et sa véritable identité est demeurée secrète. Son seul ouvrage, publié en 1899, a connu une large diffusion dans le milieu musical. À l'époque, on lui a prêté une influence majeure dans la découverte par les New-Yorkais du travail de Gustav Mahler, qui a fini sa carrière comme chef d'orchestre de l'opéra philharmonique de New York.

J'ai mené une vie heureuse, en m'efforçant de rester dans l'ombre et de ne pas devenir un personnage public. J'ai toujours abattu mes cartes en coulisse. Mais comme tu n'es pas sans le savoir, les investissements du fonds Hyperion se sont avérés extraordinairement lucratifs. Pourquoi, tu le découvriras dans les pages de ce journal qui est à présent en ta possession. Le fonds a été créé après un placement extrêmement judicieux d'une forte somme d'argent, issue de la vente aux enchères d'un bijou d'une immense valeur :

une bague, authentifiée par les experts comme ayant appartenu au défunt prince héritier de l'Empire austro-hongrois. Elle m'avait été offerte dans le mouchoir que tu trouveras ci-joint. J'ai choisi mon portefeuille de titres et d'investissements en fonction d'indications très simples, mentionnées dans une des pages de ce remarquable carnet. Elles m'ont notamment permis, pendant la ruée sur les actions de l'été 1929, de me retirer entièrement de la Bourse et donc d'échapper au grand krach d'octobre de cette année-là.

Peu après mon retour à Boston, Sigmund Freud a publié son Interprétation *des rêves, et j'en ai donné un exemplaire, en allemand bien entendu, à William James, qui avait été un grand ami de ma mère. Avec l'aide du Dr James, le fonds Hyperion a fait don d'une forte somme à l'université Clark, qui a ainsi pu organiser ses conférences de 1909 et faire venir Sigmund Freud et Carl Gustav Jung dans notre pays. Je n'ai pas besoin de te rappeler l'importance de cet événement. À la même époque, un autre don du fonds Hyperion a permis au Philharmonique de New York d'engager Herr Mahler comme chef d'orchestre. Et peu de temps après, Athenaeum Press a fait paraître la première traduction en anglais du livre du Dr Freud. Tu n'as certainement pas oublié que c'est cette même maison qui a édité ton livre en 1955, puis celui de ton fils en 1988. Il va sans dire que ces projets, comme bien d'autres investissements tout aussi judicieux, n'auraient pas été possibles sans ce que j'ai vécu à Vienne et sans le carnet que j'ai réussi à en rapporter.*

Où tout cela mènera-t-il, ma chère Flora, je l'ignore. Ce que je sais, en revanche, c'est que je comprends profondément ta peine et que j'éprouve un immense réconfort à savoir que, pour nous tous, la vie sera un cycle sans fin. Nous rêvons, et nous nous rencontrons dans ces rêves. Comme l'aurait dit mon fils Standish, dit Dilly, nous restons des aigles.

Avec toute ma tendresse,
Eleanor, dite Weezie

60

L'ESSOR DU FÉMININ

À la fin du journal de Wheeler Burden, dans un passage écrit non de sa main mais de celle d'une femme, se trouve une description de la scène survenue devant chez Frau Bauer qui nous permet de reconstituer l'enchaînement des faits.

En voulant éloigner Weezie Putnam, Wheeler tendit un bras sur le côté et exposa pleinement son torse. Frank appuya sur la détente, une terrifiante déflagration emplit la rue, la balle frappa Wheeler en pleine poitrine et le projeta contre la façade de la maison de Frau Bauer. Il parut rester un moment en suspens, fixant son agresseur d'un œil incrédule, puis s'affaissa le long du mur jusqu'à se retrouver en position assise. La vie l'aurait quitté quelques minutes plus tard.

Les témoins, aux oreilles bourdonnantes, ne purent qu'assister avec sidération à la suite de la scène. Les deux mains devant le visage, Weezie poussa un hurlement puis se précipita vers l'endroit où gisait Wheeler. Un rictus lui déformait les traits. Il leva les yeux vers elle, d'abord hébété, puis de plus en plus calme. Il réussit à montrer du doigt Frank Burden.

« Emmène-le loin d'ici », dit-il, presque en un souffle.

Un moment pétrifiée, Weezie dévisagea sans comprendre l'homme qu'elle aimait jusqu'à ce qu'une sorte de déclic se produise en son for intérieur et lui ordonne de faire ce qui devait être fait – comme si, en cette seconde fatidique, elle venait soudain de prendre conscience de son destin. Frau Bauer surgit du seuil et s'immobilisa avec horreur en voyant Wheeler sur le trottoir et Frank Burden avec son revolver le long de la cuisse. Le Dr Freud, tout aussi horrifié, rebroussa chemin.

Tout à coup, Weezie devint comme possédée. Peut-être savait-elle déjà ce qui allait suivre. En tout cas, elle courut jusqu'à Frank et lui empoigna le bras. Frank, médusé, regardait les conséquences de son geste.

« Je ne pensais pas... bredouilla-t-il.

— Plus un mot, l'interrompit-elle avec une fiévreuse autorité. Vous allez m'écouter et faire exactement ce que je vais vous dire. Vous devez quitter Vienne sur-le-champ. » Elle lui tendit l'un des billets de train de Wheeler. « Il part de la Nordbanhof, destination Budapest. »

Frank dut être très surpris qu'une femme lui parle sur ce ton. Il prit mécaniquement le billet et le lut.

« Si vous êtes pris dans ce pays, insista Weezie, vous serez incarcéré et exécuté. Ou bien vous passerez le restant de vos jours en prison. Vous devez fuir, fuir sans vous retourner tant que vous ne serez pas à Boston. »

Frank fit oui de la tête. Il voulut dire quelque chose, mais elle lui coupa de nouveau la parole.

« Une fois là-bas vous ne risquerez plus rien, ils n'iront pas réclamer votre extradition. » Elle l'escorta sur quelques pas vers le bout de la rue. « Avez-vous votre passeport ? »

Il hocha la tête.

« Maintenant, dit-elle, donnez-moi la clé de votre chambre. »

Il enfouit une main dans sa poche et lui donna la clé.

« Vous pourrez toujours envoyer un câble à votre famille depuis Budapest si vous avez besoin d'argent. Je me charge de faire vos bagages à l'hôtel et de les expédier à Boston. Vous ne direz jamais un seul mot de tout cela à personne. C'est compris ? » Elle le remit en marche d'une bourrade. « Allez, partez. »

Quelques instants plus tard, à distance de la scène de désolation qu'il venait de provoquer, on verrait Frank Burden héler un fiacre, grimper dedans et disparaître. Non loin de là, la silhouette du Dr Sigmund Freud serait elle aussi visible, quittant prestement les lieux.

Weezie revint vers Wheeler, toujours assis au pied du mur, presque sans vie. Elle s'agenouilla et lui prit la main. Elle darda sur lui un regard incandescent.

« Tu ne peux pas partir, déclara-t-elle, comme si la décision finale lui appartenait. Tu dois résister. »

Un faible sourire ourla les lèvres de Wheeler.

« Tu accompliras de grandes choses, dit-il.

— Je ne veux pas accomplir de grandes choses, protesta Weezie, de moins en moins sûre d'elle. Je veux passer ma vie avec toi.

— Non, fit Wheeler Burden, levant vaguement une main en signe de protestation. Ce n'est pas ce qui est prévu.

— Emmène-moi avec toi ! »

Wheeler sentit que la panique la gagnait, réussit à capter son regard et la calma d'un sourire.

« Nous nous reverrons, tu sais.

— Mais je ne te reconnaîtrai pas.

— Je vais te confier un secret, répondit-il, presque à bout de souffle. Je trouvais ma grand-mère d'une grande beauté. J'avais le béguin pour elle.

— J'ai hâte d'y être, parvint-elle à dire. As-tu mal ?

— Non, murmura-t-il. Plus maintenant. » Il ferma les yeux, comme si la fin était venue, puis les rouvrit à demi et parvint à fixer son regard sur elle. « Ah, au fait... N'oublie pas d'envoyer ce bouquin sur la mythologie... d'Edith Hamilton... neuvième anniversaire... Tu n'auras qu'à écrire un mot sur la page de garde... »

Il voulut ajouter quelque chose, en vain.

Elle lui pressa la main.

« Je n'oublierai pas, dit-elle.

— Promets-le.

— Je te le promets.

— C'est bien, souffla Wheeler, entre la vie et la mort.

— Non », dit-elle avec conviction, en prenant son autre main.

Il rouvrit les yeux en grand et, pour la dernière fois, trouva son regard.

« Nous danserons encore une valse », articula-t-il très distinctement.

Ils échangèrent encore quelques paroles, Weezie serrant ses mains toujours plus fort entre les siennes. Puis il ferma les paupières, et ce fut fini.

Weezie resta agenouillée près de lui, les mains sur les siennes, pendant ce qui sembla une éternité, jusqu'à ce que l'arrivée imminente de la police viennoise la contraigne à se relever.

61

FIN DE SIÈCLE

Le chagrin s'abattit sur Weezie comme une nuit noire. Bien plus tard, lorsqu'elle serait assez avancée sur le chemin de la découverte de soi, elle comprendrait que celle-ci passait en grande partie par un retour sur le choc majeur de son enfance, la mort de sa mère, qu'elle n'avait pas été autorisée alors à ressentir dans sa vérité. Mais, en attendant, elle se débattait pour respirer, craignant que le sentiment d'abandon dévastateur qui la taraudait ne l'empêche de dormir, mais craignant également de céder au sommeil à cause de la terrifiante silhouette qui surgissait des ombres et s'approchait du lit, prête à l'agripper dans son étreinte.

Par bien des aspects elle menait une vie protégée, privilégiée : jamais elle n'avait connu les affres de la misère, ni celles de la violence physique, des préjugés raciaux, de la guerre. Elle était venue à Vienne en quête de quelque chose dont elle ne connaissait ni la nature ni le sens, et l'expérience acquise au contact de cette ville et d'un homme exceptionnel lui avait permis de prendre conscience non seulement de la profondeur de son âme, mais aussi de son insoutenable vulnérabilité.

« J'ai l'impression de t'avoir tout donné : mon corps, mon honneur, toutes mes parts d'ombre, avait-elle confié un jour à Wheeler, assise sur la banquette de l'atelier avec un drap pour tout vêtement. Je t'aime à la folie, et c'est cet amour qui te permet de porter tout cela pour moi. »

Ces mots avaient fait sourire Wheeler, immobile devant l'un des tableaux les plus emblématiques de la Sécession viennoise, celui de la déesse Athéna, avec son regard de feu et son casque étincelant.

« C'est un poids que j'accepte bien volontiers.

— Et si je te perdais ?

— Oh, ma belle, mon rôle de guide n'est que provisoire. Tu pourras bientôt continuer à explorer seule tes recoins sombres et transformer la paralysie en force. Tu découvriras que cette puissante déesse est à tes côtés et t'accompagne en permanence pour débusquer tous ces sinistres souvenirs enfouis et en faire une part utile de ton nouveau moi. »

Il avait promené ses doigts sur l'épaisse couche de peinture dorée qui, sur le plastron d'Athéna, représentait la face grimaçante de la Méduse, avant d'ajouter :

« Sa force immense est en toi. Elle y a toujours été et y sera toujours. Tu ne dois jamais, jamais l'oublier. »

Mais il n'était plus là, et elle éprouvait un sentiment de solitude intolérable. Elle ne bénéficiait plus de sa protection. Aucune déesse ne s'était manifestée pour la secourir. Alors que ses parts d'ombre revenaient à l'assaut par vagues comme pour la cerner et l'engloutir, elle n'avait plus ni guide, ni protecteur à qui faire appel. La force d'Athéna, qui lui avait paru si accessible tant que l'amour de sa vie était à ses côtés, semblait bien loin. « Emmène-moi avec toi », l'avait-elle supplié dans les ultimes secondes en sentant son courage l'abandonner, glisser vers les enfers, et les paupières de Wheeler s'étaient entrouvertes une dernière fois, et il avait réussi à lever deux doigts pour lui signifier qu'elle devait rester là où elle était.

Sa dévastation était totale et, étendue dans son lit, incapable de dormir, elle haletait, entraînée toujours plus loin dans le gouffre qui engloutissait tant de gens dans cette ville de suicidaires. Elle n'en voyait pas le fond et se sentait chuter, chuter sans fin. Même les images de sa mère en robe blanche, avec son sourire réconfortant, ne pouvaient plus l'aider. Elle était anéantie.

Du plus profond de son désespoir finit pourtant par surgir une infime étincelle d'espoir, fugace, un « moi » dont à aucun moment ou presque de sa vie elle n'avait perçu la présence, une force intérieure de survie qui cherchait à lui venir en aide. D'une certaine manière, elle savait déjà qu'elle devait sauver Frank Burden et rentrer à Boston. Elle n'avait pas le choix. C'est pourquoi, au beau milieu de cet océan de tristesse qui la paralysait, elle sut tout de même ce qu'elle avait à faire.

Après avoir été longuement interrogée par la police sur les lieux du crime, elle attendit qu'un chariot de la morgue vienne enlever le corps. L'étendue de son désespoir et de son chagrin n'échappa pas à l'agent de police qui l'escorta jusque chez Fräulein Tatlock pour lui prendre son passeport.

« Nous avons besoin que vous restiez à Vienne », dit-il.

D'une voix hachée, Weezie raconta à son chaperon ce qui s'était passé devant chez Frau Bauer.

« Qui est l'assassin ? demanda Fräulein Tatlock.

— Je ne sais pas », répondit-elle.

Et pourtant, dans son accablement, Weezie parvint à se ressaisir : après le départ du policier, elle se rendit à pied à l'hôtel Imperial, entra dans la chambre de Frank Burden et, secouant sa léthargie, rassembla toutes les affaires de celui-ci et les entassa dans son imposante malle-cabine. À l'intérieur de celle-ci, elle découvrit une série d'enveloppes contenant des devises de plusieurs pays européens. Elle s'en servit pour régler la note de Frank et pria la réception de réexpédier sa malle à Boston, en laissant un généreux pourboire à l'employé chargé de cette tâche. En fin d'après-midi, il ne restait plus aucune trace de la présence de Frank Burden à Vienne.

Au prix d'un effort plus héroïque encore, elle prit rendez-vous pour le lendemain matin avec Sigmund Freud et arriva au 19 Berggasse exactement à l'heure prévue. Le médecin et elle étaient les seuls vrais témoins de la catastrophe. Elle se savait obligée de lui parler en personne et elle savait exactement quoi dire à ce grand esprit pour lui permettre d'éclaircir un mystère : il le fallait. En entrant dans la pièce, elle fut frappée par la petite taille de Freud et la façon dont ses yeux perçants absorbaient tout. Il lui indiqua un siège face à son bureau, et elle s'assit.

« En quoi puis-je vous aider, Fräulein Putnam ? demanda-t-il, affable.

— J'ai à vous parler d'un sujet très complexe.

— Je suis assez compétent en matière de complexités humaines, vous le savez peut-être.

— Tant mieux. Nous ne nous connaissons pas, mais il se peut que vous ayez entendu parler de moi avant notre malheureuse rencontre d'hier, devant la maison de Frau Bauer. »

Le Dr Freud acquiesça d'un infime hochement de tête.

« Il se trouve que, comme vous le savez, j'ai été très proche de M. Truman. Vous m'excuserez si je fais parfois preuve d'incohérence pendant notre entretien, mais l'événement d'hier m'a fait perdre quasiment tous mes points de repère.

— Recevez mes sincères condoléances. » Le ton du médecin exprimait un peu plus de compassion qu'à l'ordinaire. « Et peut-être pourrai-je vous apporter une forme quelconque de soulagement.

— S'il vous plaît, ne vous méprenez pas sur le sens de ma démarche, Herr Doktor. Je ne suis pas ici pour parler de moi.

— Quel est votre but, dans ce cas ?

— Je suis ici pour tenter de protéger une personne à qui on a fait du tort, et je pense que vous pouvez m'y aider.

— Je vois.

— Un jeune Américain du nom de Frank Burden m'a suivie jusqu'ici, à Vienne, pour me demander ma main. Je regrette amèrement de m'être laissé distraire par les sentiments intenses et soudains que m'a inspirés l'homme que nous avons vu mourir hier. Mon comportement me fait honte, et je crains d'avoir ruiné mes chances d'honorer la proposition de M. Burden. Vous connaissez les critères de moralité en vigueur à Vienne pour une jeune femme souhaitant épouser un jeune homme prometteur ; ce sont les mêmes qui s'appliquent à Boston, ma ville natale. Il se pourrait bien que mon aventure passionnée avec M. Truman et le chagrin qui m'accable maintenant qu'il est mort aient tout compromis.

— Peut-être la situation n'est-elle pas aussi irrémédiable que vous le pensez.

— Oh, je crains que si, répliqua Weezie sans se détourner.

— Et en quoi puis-je vous porter assistance ?
— Il faut que je vous dise qu'il y a quelques jours un homme est venu me trouver, un homme de San Francisco, pour me faire une révélation choquante. Il a apparemment été l'associé de M. Truman et, ayant le sentiment d'avoir été trahi par ce dernier, il a tenu à m'informer de la vérité, selon lui pour me protéger. Il m'a expliqué que M. Truman était un escroc chevronné, qu'il avait l'intention de faire main basse sur ma fortune, et que M. Truman et lui-même avaient les mêmes intentions à l'égard de Frank Burden. Je dois ici ajouter que M. Burden et moi sommes tous deux issus de familles bostoniennes très prospères. »

À ce stade de son récit, sans doute les rouages du cerveau de Freud commencèrent-ils à s'enclencher.

« Et quel est le nom de ce monsieur ? demanda-t-il.
— Robert Dilly. »

Freud dut mettre un certain temps à digérer l'information.

« Et comment avez-vous réagi aux révélations de ce M. Dilly ?
— Pas bien, hélas. Je connaissais M. Dilly pour l'avoir déjà rencontré. C'est un musicien accompli, comme M. Truman, et nous avions joué quelques morceaux ensemble, ce qui, je le vois aujourd'hui, faisait partie d'un traquenard destiné à gagner ma confiance. Mais comme j'étais totalement et lamentablement sous le charme de M. Truman, j'ai décidé d'ignorer les avertissements de M. Dilly et de suivre mon séducteur quoi qu'il advienne.
— Sachez que vous n'êtes pas la première jeune femme à vous retrouver dans une telle situation, dit Freud, faisant un effort presque touchant pour la consoler.

— Pour ce qui est de Frank Burden, poursuivit-elle, ils s'étaient également liés d'amitié avec lui et cherchaient à lui extorquer des fonds. Ils s'étaient procuré la clé de sa chambre d'hôtel et comptaient lui voler certains papiers personnels pour manipuler son portefeuille de titres et son compte bancaire.

— Et avez-vous cru à cette histoire ?

— Oui. M. Dilly m'a dit que M. Truman était bel et bien de San Francisco mais qu'il sillonnait l'Europe depuis de longues années en prenant régulièrement pour cibles de jeunes voyageurs américains. Il a ajouté, pour illustrer son propos, que M. Truman et lui-même s'étaient récemment rendus dans une ville proche de Vienne où M. Truman avait un fils naturel, et ce parce que la mère de l'enfant exigeait de lui une participation financière à son éducation. M. Truman avait emprunté de l'argent à M. Dilly pour payer cette femme, et M. Dilly a eu très peur que M. Truman ne se rende sur place pour s'en prendre à son fils, même s'il ne s'est rien passé de tel. M. Dilly avait découvert peu auparavant que M. Truman projetait de quitter Vienne avec moi, en emportant la totalité du pactole qu'ils espéraient soutirer à Frank Burden.

— Et Frank Burden a découvert le pot aux roses, c'est cela ? fit Freud, très attentif.

— Je ne pense pas, non. Qu'est-ce qui vous fait dire une chose pareille ?

— Pourquoi, sinon, se serait-il présenté chez Frau Bauer armé d'un revolver ? »

Weezie jeta au médecin un coup d'œil qui se voulait perplexe.

« Je ne vous suis pas, dit-elle.

— M. Burden. Pourquoi est-il venu ?

— Je ne comprends toujours pas. » Elle marqua un temps d'arrêt, rassembla tout son courage et se força à affronter le regard pénétrant de Freud. « Vous n'avez jamais vu Frank Burden. N'est-ce pas ?

— Non.

— C'est un homme corpulent, et même d'un certain embonpoint. Aux cheveux roux assez clairsemés. »

Ce fut au tour de Freud d'afficher une mine perplexe. « Je croyais…

— Oh, Seigneur, non ! Ce n'était pas Frank Burden ! C'était M. Dilly !

— Et je vous ai vue vous diriger vers lui et lui prendre quelque chose. Qu'était-ce ?

— Je lui ai dit qu'il avait intérêt à partir au plus vite – je ne sais pas ce qui m'a pris – et j'ai exigé qu'il me remette la clé de la chambre de Frank Burden. »

Freud eut besoin d'un temps de réflexion.

« Vous avez fait mention d'un enfant naturel. Vous connaissez peut-être son nom et le nom de la ville. »

Weezie secoua la tête.

« Je regrette, mais je ne m'en souviens plus. Je suis tellement effondrée… » Son visage s'éclaira d'un seul coup, comme si elle venait de retrouver la mémoire. « Attendez ! Il me semble que j'avais noté… » Elle ouvrit son petit sac à main, farfouilla dedans et en sortit un morceau de papier, qu'elle tendit à Freud. « Ah, voilà. »

Il prit le papier et lut :

« Adolf Hitler. Lambach. » Il s'interrompit, scruta Weezie et ajouta, presque à voix basse : « Très intéressant. »

Elle garda le silence.

« Et qu'attendez-vous de moi au juste, Fräulein Putnam ?

— Docteur Freud, vous êtes trop perspicace pour ne pas voir que je suis dans un abîme de désespoir. Je compte bien échapper à cette situation dès que la police viennoise m'y autorisera. J'ai l'intention de rentrer à Boston, de me ressaisir et d'épouser M. Burden, si tant est qu'il veuille encore de moi. Il n'a strictement rien à voir avec ce drame épouvantable, et il est de la plus haute importance pour moi que son nom n'y soit mêlé en aucune façon. Je sais que Frau Bauer parlera aux enquêteurs de vos relations suivies avec M. Truman, et je sais qu'ils viendront vous poser des questions. »

Freud hocha la tête.

« La police m'a déjà contacté, et nous avons rendez-vous cet après-midi.

— Il était donc grand temps que je vienne. Je sais aussi que, dans l'histoire compliquée dont il vous a fait part, M. Truman a prêté à Frank Burden un rôle que celui-ci n'a absolument pas joué, je vous l'assure. Pour être tout à fait égoïste, la meilleure solution pour moi serait que Frank reparte à Boston sans avoir même entendu parler du décès malencontreux de M. Truman. Je ne saurais trop insister sur ce point.

— Vous souhaitez donc que j'évite de mentionner M. Burden dans ma déposition aux policiers ?

— C'est tout ce que je vous demande. Je le laisserai en dehors de la mienne, et je ne puis que vous implorer de le laisser en dehors de la vôtre. »

Freud prit à nouveau le temps de réfléchir.

« Cela me paraît possible.

— Vous n'imaginez pas à quel point je vous en suis reconnaissante. »

Après avoir échangé quelques amabilités avec le médecin, elle se leva pour partir.

« Je sais que vous venez de subir un violent traumatisme, Fräulein Putnam, dit Freud en la raccompagnant à la porte. Si je puis vous aider en quoi que ce soit, n'hésitez surtout pas à revenir.

— Merci, répondit Weezie. C'est très aimable à vous, mais je compte bien ne plus jamais vous déranger. »

Sa conversation avec le Dr Freud semblait avoir atteint son but – la police n'associa jamais le nom de Frank Burden au meurtre –, mais Weezie n'en retira que très peu de soulagement. Plongée dans des ténèbres toujours plus denses, elle avait l'impression de s'enfoncer dans un désespoir sans fin. Elle ne quittait sa chambre que pour de longues marches en solitaire. Fräulein Tatlock lui apportait ses repas sur un plateau, mais Weezie mangeait peu. La nuit, elle ne dormait que par à-coups, d'un sommeil agité, et la silhouette noire lui rendait de fréquentes visites, tellement menaçante qu'elle se réveillait chaque fois en hurlant. Cela dura presque une semaine, interminablement. Et puis, une nuit, il se passa quelque chose de très étrange. Elle dormait depuis environ deux heures quand la silhouette vint réclamer son dû comme d'habitude, mais ce fut alors qu'à côté du lit elle vit une forme scintiller et bouger. La silhouette noire battit en retraite, attendit un moment, puis se volatilisa. Au chevet de Weezie se dressait la déesse, avec son regard de feu, son casque d'or et l'effrayante Méduse frappée sur son plastron. Souriant en silence, puissante et sûre d'elle, elle indiqua au fond de la chambre la table sur laquelle étaient posés un stylo-plume et une pile bien nette de feuilles vierges. Lentement, péniblement, Weezie quitta son lit et s'approcha de la table, s'assit, prit le stylo et se mit à écrire. Soudain tous les mots qu'ils avaient échangés sur Vienne, la musique, Gustav Mahler, la valse, certains dits par lui, d'autres par elle, jaillirent à flots de sa main. Elle écrivit pendant deux heures puis regagna son lit et s'endormit, et juste avant de sombrer elle entrevit à nouveau la déesse penchée sur elle, belle, sage, noble, grande, et elle comprit d'instinct que ce serait désormais cette silhouette-là qui l'accompagnerait, jusqu'à la fin de son séjour à Vienne et jusqu'à la fin de sa vie.

L'interrogatoire de Weezie par la police viennoise se poursuivit tel un supplice, l'obligeant à rester dans cette ville qui ne recelait plus pour elle que de douloureux souvenirs. La première séance de questions se déroula sur les lieux mêmes du crime, juste après les faits : Weezie reconnut volontiers que M. Truman et elle avaient été proches et accompagna un des enquêteurs chez Fräulein Tatlock. Enfin, après trois semaines d'interrogatoires réguliers, pendant lesquels il ne fut jamais question de Frank Burden, on lui rendit son passeport en lui annonçant qu'elle était libre de quitter la ville. Weezie passa sa dernière soirée avec Fräulein Tatlock. Elle venait juste de la remercier pour tout ce qu'elle avait fait pour elle lorsque cette bonne dame, toujours espiègle, lui demanda, plongeant son regard dans le sien :

« C'est Frank Burden, n'est-ce pas ?

— Qu'est-ce qui vous fait croire une chose pareille, au nom du ciel ? fit Weezie, désarçonnée.

— Son signalement. »

Weezie marqua une pause, fixa la vieille Viennoise dans le blanc des yeux, lui prit la main et la pressa.

« Il est très, très important que vous ne pensiez pas cela.

— Je comprends », répondit Fräulein Tatlock.

Et quand, des années plus tard, elle aurait vent de certaines rumeurs, Eleanor Putnam soupçonnerait Fräulein Tatlock, mais en aucun cas Sigmund Freud, d'en être la source.

Après des adieux émus à son hôtesse, elle prit un train pour Paris, puis s'embarqua au Havre. Pendant son mois d'attente forcée et son long trajet de retour, elle passa l'essentiel de son temps à écrire sur Vienne, la musique et Gustav Mahler. À son arrivée à New York, et avant de reprendre la route pour Boston, elle passa au siège du *New York Times* remettre son volumineux manuscrit au rédacteur en chef.

« Votre texte significatif ? s'enquit-il avec un sourire, se rappelant la promesse faite par Weezie au moment de son départ pour Vienne.

— Une catharsis, rétorqua-t-elle en haussant les épaules. Jonathan Trumpp n'écrira plus. »

Le rédacteur en chef soupesa le manuscrit qu'il tenait à la main, avec un sourire à la fois surpris et fier.

« C'est carrément un livre.

— J'aimerais l'intituler *La Ville de la musique* », déclara Weezie avec autorité.

Après son retour à Boston, Eleanor Putnam ne fut plus que rarement appelée Weezie. Avec le temps, le souvenir poignant de ses moments à Vienne avec Wheeler Burden deviendrait pour elle une source de joie, puis d'inspiration. Elle parviendrait même à revivre les derniers instants, devant la maison de Frau Bauer, se revoyant, agenouillée au côté de cet homme remarquable qui resterait l'amour de sa vie. Avec le temps, elle se rappellerait de moins en moins son atroce chagrin et de plus en plus le sourire extatique et les derniers mots de Wheeler, qui semblaient contenir son avenir entier : « Nous danserons encore une valse. » Ces mots-là, elle les chérissait à présent plus que tout.

« C'est une énorme responsabilité », avait-elle dit tout à la fin, sans lâcher ses mains, luttant pour rester maîtresse d'elle-même, luttant pour trouver la force d'Athéna qui, à l'en croire, avait toujours été en elle.

Wheeler ne put que hocher la tête, les yeux toujours fixés sur elle. Ceux de Weezie, malgré leurs larmes, se mirent à étinceler d'un feu antique, issu des brasiers primordiaux.

« Tu dois savoir, murmura-t-elle en lui pressant les mains, que tout cela me paraît trop...

— Tu seras à la hauteur, l'interrompit-il dans un râle.

— Trop... »

Elle se reprit.

« Mais je peux réussir. Tu dois le savoir, Wheeler Burden, toi qui es l'homme de ma vie. Tu dois savoir que, oui, je serai à la hauteur de la tâche et que je réussirai. »

Il sourit.

« Je le sais, souffla-t-il.

— Je le ferai pour toi. Pour nous tous.

— C'est bien. »

Tels furent les derniers mots de Wheeler Burden. Pour cette fois.

REMERCIEMENTS

L'origine de ce roman remonte à plus de trente ans : pendant que mon ami Steve Cohen lisait *Wittgenstein's Vienna*, d'Allan Janik et Stephen Toulmin, lui et moi avons commencé à élaborer des conjectures autour de ce qu'il adviendrait si nous étions transportés dans le glorieux passé de la capitale autrichienne. J'étais alors étudiant en licence à l'université de Stanford et, pendant la session de printemps, j'ai soumis un premier jet de cette histoire à un professeur invité de Rutgers du nom de George Levine. Ensuite, à mesure que je développais, affinais et enrichissais ma trame, je me suis appuyé sur de nombreuses autres sources : *Vienne, fin de siècle : politique et culture*, de Carl E. Schorske ; *The Eagles Die : Franz Joseph, Elizabeth, and Their Austria*, de George R. Marek ; *The Viennese : Splendor, Twilight, and Exile*, de Paul Hofmann ; *Freud, une vie*, de Peter Gay ; et *The First Moderns : Profiles in the Origins of Twentieth-Century Thought*, de mon ancien camarade de promotion à Princeton Bill Everdell. Le livre de Schorske est celui qui a eu sur moi l'influence la plus durable, notamment en me faisant prendre conscience que la fin du XIXe siècle à Vienne était une époque bien assez riche pour mériter que je lui consacre tous mes efforts. Je l'ai également pris comme modèle pour imaginer les « Notes éparses » de Haze et *Fin de siècle*, le best-seller coécrit par Wheeler Burden.

Le personnage de Wheeler, bien sûr, a fini par prendre une vie propre au fil des ans, mais trois influences m'ont permis d'enrichir les détails de son histoire. L'essentiel de ce qui a trait à ses jeunes années provient de ma propre enfance dans une ferme de Californie du Nord spécialisée dans la production d'amandes et de pruneaux, puis de mon départ à Boston pour finir mes études secondaires dans un lycée privé. S'agissant de ses années intermédiaires, entre base-ball et musique, je me suis inspiré de mon ami Doug Messenger, un autre camarade de Princeton. Quant à sa carrière de rock star, de Woodstock à Berkeley en passant par Altamont, j'ai pris comme modèle celle d'un autre ami, David Crosby. Je les remercie tous les deux.

Le succès inespéré de ce roman au bout de tant d'années est le fruit d'un enchaînement de circonstances entièrement fortuit. Un ancien coéquipier au basket, Milt Kahn, a commencé par me recommander un brillant conseiller éditorial indépendant de New York, Patrick LoBrutto. Pat a été d'un soutien inestimable en m'aidant à percevoir et à développer l'unité de mon histoire, qui m'échappait depuis trois décennies. Il a ensuite adressé le manuscrit à un agent littéraire exceptionnel, Scott Miller, de Trident Media. Scott l'a défendu auprès de mon très talentueux éditeur, Ben Sevier, lequel l'a présenté de façon passionnée à son équipe de Dutton, et c'est ainsi que le projet s'est concrétisé. La foi enthousiaste avec laquelle les gens de Dutton ont accueilli mon roman m'a ému et réconforté au-delà de toute expression. Pendant le long et difficile processus de conversion d'un manuscrit en livre, un certain nombre de personnes ont joué un rôle clé. Je remercie infiniment Randall Klein, de Trident Media ;

Brian Tart, Trena Keating, Erika Imranyi, Lisa Johnson et Rachel Ekstrom, de Dutton ; et mes lecteurs Mike et Bobbi Wolf, Louis Sanford, Mallard Huntley, Susan Coats, Jano et David Tucker, Beth Clements, Barbara Kimmel, ma sœur Hannah, et mon confrère écrivain Dan McCaslin, un autre mordu de Schorske. Qu'il me soit permis d'ajouter à cette liste Jim Davidson, ami et conseiller patient. Quant à mes proches, Nan Pickens, Paula Edwards, Kirsten et Bruce Edwards, tous lecteurs avisés, ils m'ont offert leur soutien affectueux et des commentaires toujours sagaces et opportuns. Et je remercie bien entendu ma femme Gaby, qui a mis son attention et sa culture de professeur d'anglais au service de mon manuscrit en le lisant à haute voix et en examinant chaque page avec un soin dévoué.

Puisqu'il s'agit ici de l'œuvre d'une vie, je me sens obligé d'exprimer ma gratitude à tous ceux qui ont fait naître en moi la passion pour l'histoire et la fiction qui m'anime depuis si longtemps. Je suis extrêmement reconnaissant à Sydney Eaton et à Timothy Coggeshall, les professeurs d'anglais de mon « St Gregory », qui m'ont vu arriver de ma campagne californienne. Pendant ces années-là, j'ai aussi été profondément marqué par un professeur principal presque aussi légendaire que Haze, Eliot Putnam, et par certaines amitiés, en particulier celles de Mike Deland et de Jim Wood, à qui j'ai emprunté certains détails de cette histoire. Plus tard, pendant ma carrière de professeur d'anglais, je suis tombé sous le charme de Mark Twain, d'Arthur Miller, de J. D. Salinger, de F. Scott Fitzgerald, de John Irving et de Pat Conroy ; et toutes ces années de travail en milieu scolaire m'ont donné la chance de connaître et d'avoir pour amis un certain nombre d'écrivains réputés : c'est à ce titre que je remercie Max Byrd, Barnaby Conrad, Oakley Hall, Richard Ford et Beth

Gutcheon. Toujours pendant ma carrière d'enseignant, j'ai eu le luxe d'avoir pour collègues un certain nombre de professeurs exceptionnels et amoureux du dialogue littéraire, parmi lesquels je citerai ici Stan Woodworth, Joe Caldwall, Ed Hartzell, Bill Nicholson, Barclay Johnson, Katherine Schwartzenbach, Cathy Rose et Barbara Ore. Plus tard, la formation que j'ai suivie au Pacifica Graduate Institute m'a permis d'améliorer et d'enrichir ce roman de façon évidente et subtile. Je remercie tous mes professeurs et camarades de classe du Pacifica en général et Dennis Slattery, Bobbi Wolf et Al Smith en particulier.

C'est pour moi une profonde tristesse personnelle que ma mère et mon père ne soient plus là pour voir cet interminable projet éclore enfin, eux qui n'ont eu de cesse d'encourager leurs quatre enfants à tirer le meilleur parti de la superbe éducation qu'ils leur ont offerte en menant une vie dédiée à l'étude, aux livres et au service d'autrui. Je tiens à redire toute ma gratitude à mes trois merveilleux enfants : Nan, Bruce et Paula, qui sont une source de joie et d'inspiration pour leurs parents depuis le moment de leur naissance. Et pour ses encouragements, son inspiration, son soutien et son amour inconditionnel, je voue une reconnaissance sans limites à ma femme Gaby. Ce livre, qui représente l'accomplissement d'aspirations à la fois trop complexes et trop nombreuses pour être décrites ici, m'aura au moins permis d'atteindre un but très simple et qui se résume en quelques mots : exaucer le rêve que je nourrissais depuis cinquante ans de lui dédier un roman, mon propre « texte significatif ».

TABLE

Première partie :
LA CORRÉLATION DE TOUTES CHOSES

1. Arrivée	13
2. Un parcours peu ordinaire	21
3. Le vénérable Haze	28
4. La Jeune Vienne	40
5. Wheeler	49
6. Cap à l'est	61
7. Emily James, d'Amherst	73
8. Une enfant volontaire	85
9. Le projet Burden	97
10. La ville de la musique	106
11. Un enfant de St Gregory	115
12. Le premier des Shomsky	125
13. Un texte significatif	143
14. 19 Berggasse	153
15. Dernière valse	164
16. Le fils Burden	171
17. Une rencontre inattendue	181

Deuxième partie :
LA NATURE DE NOTRE CONDITION

18.	Célèbre pour sa célébrité................................	191
19.	Un lourd fardeau...	197
20.	Le beau Karl	204
21.	Un délire très complexe...................................	210
22.	Devoir et motivation...	223
23.	Une sorte d'aigle...	238
24.	Quelqu'un de bien	244
25.	Une situation peu banale..................................	251
26.	La nature de notre condition	263
27.	Une affaire privée entre deux gentlemen......	271
28.	Terriblement moderne	284
29.	Le poids énorme de l'histoire..........................	297
30.	L'illusion du vol	302
31.	Un spectacle hypnotique..................................	309
32.	Désarçonné..	321
33.	Un sentiment de désespoir...............................	328

Troisième partie :
LE DERNIER DES BURDEN

34.	Aucun secret	337
35.	Rouge-Gorge ne chantait pas	346
36.	Les conditions préalables d'un apogée culturel..	363
37.	L'enfant de Lambach..	370
38.	Première valse...	376
39.	Coming Together	395
40.	L'endroit idéal pour un rendez-vous galant..	407
41.	Le bon endroit au bon moment	414
42.	Juste cette fois...	424
43.	Sans prendre de gants......................................	428

44. Recoins sombres	440
45. Pire que tu ne le penses	449
46. Danser au bord du précipice	458
47. Un magnifique exemple	466
48. Un cadeau historique	472
49. Comme un cauchemar	480
50. Une femme florissante	487
51. La légende de Dilly Burden	503
52. Ce qui devait arriver	517
53. Le dernier des Burden	527

Quatrième partie :
FIN DE SIÈCLE

54. Une détermination farouche	539
55. Une admiration classique	545
56. Le Juif de Vienne	550
57. San Francisco, 1988	555
58. Le livre d'Esterhazy	561
59. Feather River, 1988	566
60. L'essor du féminin	574
61. Fin de siècle	578

10/18, une marque d'Univers Poche,
est un éditeur qui s'engage pour
la préservation de son environnement
et qui utilise du papier fabriqué à partir
de bois provenant de forêts gérées
de manière responsable.

Imprimé en France par CPI

N° d'impression : 2025020
Dépôt légal : mai 2015
Suite du premier tirage : septembre 2016
X06603/03